JANA LUKAS

Traum-
momente
in der
Bergpraxis

Roman

WILHELM HEYNE VERLAG
MÜNCHEN

FSC
www.fsc.org
MIX
Papier | Fördert gute Waldnutzung
FSC® C014496

Penguin Random House Verlagsgruppe FSC® N001967

Originalausgabe 07/2025

Neumarkter Str. 28, 81673 München
produktsicherheit@penguinrandomhouse.de
(Vorstehende Angaben sind zugleich
Pflichtinformationen nach GPSR)

Redaktion: Diana Mantel
Umschlaggestaltung: zero-media.net, München
unter Verwendung von © FinePic®, München
Satz: satz-bau Leingärtner, Nabburg
Druck und Bindung: GGP Media GmbH, Pößneck
Printed in Germany
ISBN: 978-3-453-42907-9

www.heyne.de

PROLOG

Karte von den Eltern aus Marbella, Spanien

Liebe Sanna, lieber Simon,
eine Reise um die Welt kann auch eine schmerzhafte Sache sein. Gestern ist uns bewusst geworden, dass wir den Waldkircher Sommer verpassen werden, und es hat sich ein bisschen Heimweh in unsere Herzen geschlichen.

Euer Vater wollte es bekämpfen, indem er für uns einen Flamencokurs gebucht hat. »Tanzen kann man schließlich überall auf der Welt«, hat er gemeint. Na ja, wir mussten im Anschluss das Gesundheitssystem in Spanien in Anspruch nehmen und verbringen die Nacht jetzt in einem wirklich schönen Hotel, weil er mit einem Hexenschuss auf keinen Fall im Camper liegen kann. (Ich bin nicht traurig darüber – über das Hotel, nicht über den Hexenschuss.)

Wir hoffen, in der Praxis läuft alles rund und ihr genießt das Stadtfest in vollen Zügen.

Liebe Grüße aus dem spanischen Sommer

Mama und Papa

PS: Das ist der erste Waldkircher Sommer seit fünfundzwanzig Jahren, den wir verpassen.

1

Waldkircher Landfrauen-Ratsch

Faulhaber Gerda:
Habt ihr es schon gehört?😱
Die Brunnerin ist wieder in der Stadt.

Steiger Moni:
Die Johanna?

Faulhaber Gerda:
Nein, die Marie. Ihr wisst schon …

Berger Ida:
Die Brunner Marie? Das ist ja unglaublich. Dass die sich überhaupt noch nach Waldkirch traut, nach allem, was sie getan hat! ☹

Müller Liesl:
Die arme Fanny.💔

Warmer Wind traf Simon Thaler, als er die Metallstufen der Außentreppe hinunterjoggte, die von seiner Wohnung in den Hof führte. Er blies ihm die Haare ins Gesicht und blähte seinen dunkelblauen Kasack, der mit grinsenden Smileys verziert war. Die Kinder liebten dieses Outfit. Und er … irgendwie auch.

Simon schob sich die Haare aus der Stirn, bevor er die Hintertür zu der Praxis öffnete, in der er als Kinderarzt arbeitete. Dort kraulte er noch einmal seinen Labrador Schiller zwischen den Ohren, bevor er den Hund in den Rezeptionsbereich trotten ließ, wo er gemeinsam mit Ginny, der Hündin seines besten Freundes Mats, auf seiner Decke herumlümmeln und die Patienten begrüßen würde. »Ich geh noch kurz zum Bäcker«, rief er seiner Schwester Sanna zu, die in der Tür ihres Sprechzimmers stand und gerade in ihren Arztkittel schlüpfte. Mats und sie hatten den frühen Dienst übernommen, weshalb ihm noch ein wenig Zeit blieb.

Sanna grinste breit und winkte ihm zu. »Ah«, sagte sie. »Du hast Mamas und Papas Story auf Instagram gesehen.«

Hatte er in der Tat. Und die süßen Gebäckteilchen, die seine Eltern zurzeit in Spanien genossen, hatten ihm Appetit gemacht. Er zwinkerte ihr zu. »Keine Sorge, ich bringe euch auch was mit.«

Das »Will ich auch hoffen«, das seine Schwester ihm hinterherschickte, wurde von der zuschlagenden Tür geschluckt, als Simon wieder auf den Hof trat und die Hausecke umrundete.

Der Marktplatz von Waldkirch lag um diese Tageszeit noch ruhig und ziemlich menschenleer vor ihm. Die Touristen, die sich im Sommer im Allgäu stapelten, lagen in ihren Betten und träumten von den abenteuerlichen Wanderungen und verwegenen Mountainbike-Touren, die sie in den nächsten Tagen unternehmen wollten.

Er winkte Frau Berger und Frau Zacher zu, die ihre Walkingstöcke in Richtung Kristallbach schwangen und unisono ein »Griaß Ihne, Herr Doktor« riefen. Eine weitere warme Böe trug die Worte über das unebene Pflaster zu ihm herüber. Der Föhn, der die Wetterlage beherrschte, würde ihnen heute in der Praxis jede Menge Kopfschmerz- und Kreislaufpatienten bescheren. Allein deshalb brauchte er dringend eine Stärkung. Er lief quer über den Platz, vorbei am gespaltenen Stamm der heilsamen Linde und an der ausrangierten gelben Bergbahngondel, an der die Hungrigen später für eine Portion Kässpatzen Schlange stehen würden.

Ein Schatten glitt über ihn hinweg, und Simon hob den Kopf mit einem wehmütigen Lächeln. »Servus, Alois«, rief er in den blauen Himmel und sah dem Freund nach, der mit seinem knallroten Gleitschirm über ihn hinwegglitt. Mit einem sehnsüchtigen Seufzen blickte Simon ihm noch ein wenig hinterher, als er auf die grauen Zacken der Bergketten des Hochallgäu zuhielt, die Waldkirch einrahmten. Heute herrschte perfektes Flugwetter, und Alois hatte die Chance genutzt, schon vor der Arbeit eine Runde zu drehen. Simons Terminkalender würde das nicht zulassen. Vielleicht hatte er ja am Wochenende Zeit für ein Hike and Fly.

Simon setzte sich wieder in Bewegung und zog im nächsten Moment mit einem »Servus« die Tür zur Bäckerei auf. Seine Schwester stand mehr darauf, in einem Haus ein wenig außerhalb zu wohnen. Seine Eltern mochten ihr Grundstück mit dem großen Garten und der Werkstatt seines Vaters – wenn sie nicht gerade auf Weltreise waren. Aber Simon liebte es, mitten im Ort zu wohnen und nicht nur einen kurzen Weg zum Bäcker zu haben, sondern sich auch abends direkt ins Getümmel stürzen zu können. Nicht, dass Waldkirch besonders groß wäre. Er grinste bei dem Gedanken, dass dieses kleine Bergstädtchen der Nabel der Welt war. Sein Nabel der Welt.

Die Kunden, die vor ihm in der Reihe standen, murmelten – weit weniger enthusiastisch und offenbar wesentlich müder als er – ebenfalls »Guten Morgen« oder »Griaß di«.

Simon atmete den Duft nach Gebäck und Brot ein und zog sein Handy aus der Gesäßtasche. Er scrollte durch die Instagram-Beträge, die seine Eltern in den letzten Tagen gepostet hatten. Seit sie sich als Reise-Influencer betätigten, stieg ihre Followerzahl ständig. 4352, stellte er fest. 43 mehr als am Vortag. Grinsend kommentierte er eines von den schrägen Fotos, die sein Vater ständig hochlud. Er hörte nur mit einem Ohr auf die gemurmelten Unterhaltungen vor sich, als er zu einem Gleitschirm-Account wechselte und sich Videos von ein paar Steilspiralen und Wing Tips ansah.

Erst als ihm bewusst wurde, dass ihn jemand beobachtete, hob er den Blick. Vor ihm stand eine Frau, die einen kleinen Jungen an der Hand hielt, der ihn neugierig anstarrte. Oder eher die Smileys auf seinem Kasack. Simon schnitt eine Grimasse, von der er sich sicher war, dass sie den Jungen zum Lachen brachte.

Die Reihe rückte ein Stück weiter vor, und der Kleine, Simon schätzte ihn auf vielleicht vier oder fünf, kicherte und verzog dann ebenfalls das Gesicht. Okay, das lief auf einen Grimassenwettkampf hinaus. Simon schob sein Handy zurück in die Hosentasche, hakte seine Daumen in die Mundwinkel und zog sie auseinander, während er in Richtung seiner Nasenspitze schielte. Der Junge ließ die Hand seiner Mutter los, um ihm mit aufgeklappten Segelohren die Zunge rauszustrecken.

Eine Geste, die die Frau dazu brachte, sich zu ihnen umzudrehen, als Simon den Kleinen gerade mit weit aufgerissenen Augen und aus dem Mundwinkel hängender Zunge ansah.

Simon löste die Grimasse und nickte der Frau zu. »Sorry«, sagte er und hob entschuldigend die Schultern. »Einer guten Grimasse kann ich einfach nicht widerstehen.« Sie kam ihm vage bekannt vor, auch wenn er sie nicht richtig einordnen konnte. Groß und schlank, mit wirklich langen Beinen (was er nur deshalb wahrgenommen hatte, weil der Kopf des Jungen sich auf Höhe ihrer abgeschnittenen Shorts befand). Genau wie das Kind hatte sie kupferrotes Haar und jede Menge Sommersprossen. Simon war sich allerdings sicher, dass der Junge keiner seiner Patienten war.

Die Frau nickte und drehte sich wieder um, als die Kundin vor ihr die Semmeltüte vom Tresen nahm. »Eine Brezn, bitte«, sagte sie mit einer leisen Stimme, die ein wenig rau klang, und griff wieder nach der Hand des Jungen.

Frau Seibold, die wie jeden Morgen mit ihrer Rüschenschürze und Dauerwelle auf der anderen Seite des Tresens stand, blickte allerdings statt zu ihr direkt zu Simon. »Was darf's sein, Herr Doktor?«, fragte sie.

Simon blinzelte. »Äh …« Er wies auf die Kundin vor sich. »Die beiden waren vor mir dran.«

Aber offenbar konnte entweder nur Simon die beiden sehen (wobei er es ziemlich cool fände, wenn er seiner Schwester und Mats erzählen würde, dass er Geister sah), oder Frau Seibold verhielt sich gerade extrem unhöflich und ignorierte die Kunden vor ihm einfach.

»Wie immer?«, fragte sie und richtete ihren Blick weiter an der Frau vorbei direkt auf ihn.

Die Rothaarige senkte den Kopf, und Simon sah, wie sich

ihre Wangen rot färbten. Was zur Hölle …? »Ja«, antwortete er. »Wie immer. Und eine Brezn.« Er nahm die Tüte mit den Croissants entgegen, angelte die Brezn heraus und reichte sie der Frau. »Ich wünsche Ihnen einen schönen Tag«, sagte er betont fröhlich und warf Frau Seibold noch einen verständnislosen Blick zu. Was war nur in die Bäckerin gefahren? Am liebsten wäre er dieser Frage jetzt sofort auf den Grund gegangen. Aber die Rothaarige warf ihm unter gesenkten Lidern einen Blick zu, der ihn deutlich dazu aufforderte, keinen Streit vom Zaun zu brechen und die Situation für sie nicht noch peinlicher zu machen. Also ließ er das Ganze auf sich beruhen. Für den Moment.

*

Nichts hatte sich verändert, dachte Marie Brunner. Sie senkte den Kopf und betrachtete die Brezn, die Simon Thaler ihr in die Hand gedrückt hatte. Sie hatte auch vierzehn Jahre nach ihrem Schulabschluss sofort gewusst, wer er war. Er hingegen hatte sie nicht wiedererkannt. In seinem Blick hatte sie lesen können, dass er Frau Seibolds Verhalten nicht verstand. Und dass er ihm auf den Grund gehen wollte. Aber in erster Linie hatte er ihr geholfen. Einfach … so. Die Hitze, die ihr in die Wangen stieg, brannte auf ihrer Haut. Sie hörte die Worte, die Frau Seibold hinter ihr zischte.

»Wie die Mutter, so die Tochter.« Wie eine giftige Wolke stiegen diese Worte zwischen Marie und dem Verkaufstresen auf.

Mit einer hektischen Bewegung riss sie die Tür auf und zog Emil nach draußen, damit die Bösartigkeit der Frau nicht auch noch ihren Sohn traf. Auf dem Marktplatz reichte sie ihm die Brezn und atmete die kühle, klare Morgenluft tief in ihren Brustkorb, der sich viel zu eng anfühlte.

»Was war mit der Frau?«, fragte Emil. Er gähnte und blickte Marie über die Brezn hinweg mit seinem besorgten Kinderblick an. »Die war nicht nett zu dir, oder?«

Marie schluckte und nickte. Man sollte niemals die feinen Antennen eines Kindes unterschätzen. »Nein, war sie nicht«, sagte sie. Frau Seibold war böse zu ihr gewesen. Sie war die Tante von Nikola, also konnte Marie das sogar irgendwie verstehen. Auch wenn verdammte vierzehn Jahre vergangen waren, seit Nikolas Leben zerstört worden war. Manche Dinge verjährten eben nie. »Bestimmt hatte sie nur einen schlechten Morgen«, versuchte sie Emil zu beruhigen. Sie wollte nicht, dass er schon an seinem ersten Tag in Waldkirch das Gefühl bekam, hier nicht willkommen zu sein.

Emil nickte. »So wie ich manchmal?«, fragte er.

»So wie du«, erwiderte Marie und stupste ihm mit einem kleinen Lachen gegen die Nasenspitze. Sie hockte sich vor ihren Sohn und zog ihn in ihre Arme. Emil verhielt sich in vielen Dingen nicht wie gewöhnliche Fünfjährige, die im Morgengrauen gelangweilt vor den Betten ihrer Eltern standen und in den Tag starten wollten. Emil wollte morgens nur eins: ausschlafen. Er konnte ziemlich grantig werden, wenn Marie ihn gegen seinen Willen aus dem Bett holte. Dass er sie heute überredet hatte, mit ihm zum Bäcker zu gehen und ihm eine Brezn zu kaufen, war eine große Ausnahme, die vermutlich der Aufregung über den Umzug geschuldet war. Und die sofort nach hinten losgegangen war.

»Der da war nett«, nuschelte ihr Sohn mit vollem Mund.

Marie drehte ihren Oberkörper ein wenig, um in die Richtung zu schauen, in die er mit seiner Brezn wies. Sie erhaschte einen Blick auf Simon Thaler, bevor er, seine Croissanttüte in der Hand, um die Hausecke der Waldkircher Hausarztpraxis verschwand.

»Ja, der ist nett«, stimmte sie Emil zu und richtete sich wieder auf. Simon war *immer* nett zu ihr gewesen. Was die Geste mit der gekauften Brezn, über die er wahrscheinlich gar nicht nachgedacht hatte, noch unangenehmer machte.

Die Hitze in Maries Wangen nahm zu, obwohl Emil und sie ganz allein auf dem Marktplatz standen. Sie hatte Simon seit der Schulzeit nicht mehr gesehen.

Dass er Arzt geworden war, wunderte sie nicht. Kinderarzt, wie der bunte Kasack und das Namensschild *Dr. Simon* vermuten ließen. Sie war nur überrascht, dass er in Waldkirch arbeitete. Als sie sich auf die freie Stelle in der Hausarztpraxis beworben hatte, hatte sie mit einer Frau Dr. Thaler gemailt und angenommen, dass das seine Mutter war, die die Praxis noch immer führte. Mit einem Seufzen zog sie ihr Handy aus der Tasche und rief Google auf. Etwas, das sie vielleicht hätte tun sollen, bevor sie sich auf die freie Stelle der Medizinischen Fachangestellten beworben hatte. Aber ihr war die Ausschreibung wie ein Wink des Himmels erschienen, als klar geworden war, dass sie nach Waldkirch zurückkehren und irgendwie Geld verdienen musste. Außerdem kannte sie die Praxis seit ihrer Kindheit und Dr. Josefine Thaler natürlich ebenso.

Manche Dinge hatten sich wirklich nicht verändert. Der alte Groll hing immer noch über der Stadt, wie vor all den Jahren, dachte sie und warf noch einen Blick zur Bäckerei zurück.

Und manche Dinge waren völlig anders: Simon grinste ihr von der Homepage der Hausarztpraxis entgegen. Er stand in einem weiteren bunten Kasack links neben seiner Mutter, die genau wie seine Schwester Sanna einen weißen Arztkittel trug. Er war wie vermutet Kinderarzt, also hatte sie aufgrund seiner bunt bedruckten Arbeitskleidung, in der er sich auch im Internet präsentierte, richtig getippt. Seine Haare waren nicht mehr so lang, dass er sie zu einem kurzen Zopf zusammenbinden konnte. Aber die Mischung aus Locken und Wellen, die noch immer ein eigenes Leben zu führen schienen, ließen ihn für seine kleinen Patienten wahrscheinlich nahbarer und weniger furchteinflößend wirken.

Marie scrollte auf der Seite ein Stück nach unten und las unter dem Bild eines weiteren Mannes, den sie nicht kannte, dass das Team der Hausärzte Waldkirch vorübergehend von Dr. Mats Lindberg ergänzt wurde. Es folgte eine lange Reihe von Fähigkeiten, Zusatzausbildungen und Zertifikaten, die ihn fast überqualifiziert für einen Landarzt wirken ließen.

Darunter wurde der Rest des Praxisteams vorgestellt. Aloisa, die schon für die Thalers gearbeitet hatte, solange Marie sich erinnern konnte. Und Mila Abendroth – Nikolas beste Freundin.

Marie schluckte und ließ ihr Handy langsam sinken. Vielleicht hätte sie sich die Homepage wirklich anschauen sollen, bevor sie sich beworben hatte. Das hier war … ein verdammter Super-GAU. Mila hasste sie definitiv noch mehr, als Frau Seibold sie verachtete. Aber Marie brauchte den Job in der Praxis zu sehr, um auf diese Befindlichkeiten Rücksicht nehmen zu können. Sie versuchte, ihren plötzlich dahinrasenden Herzschlag und die Angst, die in ihrer Kehle heraufkroch, zu ignorieren. Alle anderen Stellen, die sie gefunden hatte, waren viel zu weit weg. Sie wäre jeden Tag deutlich länger unterwegs, als sie Fanny und Emil mit gutem Gewissen alleine lassen konnte. Doch hier, an ihrem ersten Morgen in Waldkirch, nach der ersten Demütigung, der noch viele folgen würden, war sie sich nicht mehr so sicher, ob sie die richtige Entscheidung getroffen hatte.

Emil schob seine Hand in ihre. »Fahren wir zurück zu Fanny?«, fragte er.

»Ja. Das machen wir.« Sie drückte die kleinen Finger sanft. Es war keine Frage, ob sie die richtige Wahl getroffen hatte. Ganz einfach, weil es die einzige Option war, die sie hatte.

Marie lenkte ihren alten, zuverlässigen Golf durch die Gassen des Ortes. Waldkirch war nicht groß, aber die Bauernhäuser, deren Dächer sich tief über die Straße duckten, sahen liebevoll gepflegt aus. Aus den Blumenkästen an den Fenstern und von den Balkonen wölbte sich die üppige Pracht der Geranien, die aus dem Bild des sommerlichen Allgäu nicht wegzudenken waren. Als sie den Ort hinter sich gelassen hatte, folgte sie der Landstraße in Richtung Oberstdorf für einen weiteren Kilometer und bog dann in den holperigen Feldweg ab, der sie zu ihrem alten – und auch neuen – Zuhause brachte. Sie ließ den Golf, den Emil Sebastian getauft hatte, weil er die gleiche Farbe wie die Krabbe im *Arielle*-Trickfilm aufwies, vor dem Haus ihrer Großmutter ausrollen.

Emil schnallte sich sofort ab und sprang aus dem Wagen, während sie noch einen Moment sitzen blieb und versuchte, ihre Gedanken zu sortieren. Wahrscheinlich würde ihr Sohn Fanny gleich brühwarm erzählen, was sie beim Bäcker erlebt hatten. Sie würde es vor ihrer Großmutter also nicht geheim halten können. So wie Fanny es nicht vor ihr hatte verbergen können, dass das Alter langsam begann, ihr Probleme zu machen und ihr Gehirn nicht mehr so mitspielte, wie sie es gerne hätte.

Mit einem Seufzen stieg Marie aus dem Wagen und folgte Emil durch die offen stehende Tür ins Haus. Bis zu ihrem Vorstellungsgespräch am Mittag blieb ihr noch genug Zeit, um sich Nerven aus Stahl zuzulegen.

Das mit den Nerven aus Stahl klappte nicht, wurde Marie bewusst, als das Vorstellungsgespräch immer näher rückte. Sie hatte eine graue Stoffhose angezogen, die zu ihrer dunkelgrünen Bluse und den flachen schwarzen Pumps passte. Ihre Locken hatte sie zu einem strengen Knoten zusammengefasst. Jetzt stand sie im Bad, stützte die Hände auf das etwas altertümliche Waschbecken und ließ den Kopf hängen. Statt sich aufzuraffen und nach Waldkirch zu fahren, zählte sie die Wassertropfen, die vom nicht ganz dichten Hahn auf das angeschlagene Porzellan tropften. Zu diesem Termin zu gehen, kostete sie tatsächlich mehr Nerven, als sie erwartet hatte.

Hinter ihr öffnete sich knarzend die Badezimmertür. Marie musste nicht aufblicken, um zu wissen, dass ihre Großmutter den Raum betrat. Ihr Duft nach Lavendel und frisch gewaschener Baumwolle verriet sie. Genau wie die warme Hand, die sie zwischen Maries angespannte Schulterblätter legte.

»Bereust du, hergekommen zu sein?«, fragte sie leise.

Marie war sich nicht sicher. »Nein. Kein bisschen«, erwiderte sie dennoch.

»Es geht um diesen Job, oder? Willst du in der Praxis arbeiten?«, hakte Fanny noch einmal nach. »Wir brauchen nicht um den Elefanten herumreden, der neben dir an der Wand lehnt. Mila wird dir nicht wohlgesonnen sein.« Ihre Hand strich sanft über Maries Rücken.

Marie nickte langsam. Ja, sie wollte diesen Job. Weil sie gar keine Alternative dazu hatte.

»Dann wirst du ihn dir auch schnappen. Ganz egal, was die Leute hinter deinem Rücken tratschen. Und ganz egal, was für ein Biest Mila sein kann, wenn es um dich geht.«

Marie hob den Kopf. Ihr Blick traf im Spiegel auf den

ihrer Großmutter. »Woher nimmst du nur immer diese Zuversicht?«

Fannys Hand glitt von Maries Rücken, und sie breitete die Arme aus. Marie drehte sich um und ließ sich in die weiche, warme Umarmung ihrer Großmutter sinken. Mit geschlossenen Augen atmete sie tief ein und aus und bemerkte, wie sich ihr Puls langsam ein wenig beruhigte.

»Du bist einer der stärksten Menschen, die ich kenne«, flüsterte Fanny. Sie sagte nicht, Marie solle die Blödmänner, die sie mobbten, ignorieren. Sie sagte nicht, dass alles gut werden würde. Stattdessen strich sie Marie in einer liebevollen Geste über die Wange. »Ich bin so froh, dich hier zu haben. Aber ich will nicht, dass du wegen mir alter Schachtel bleibst.« Sie zwinkerte Marie mit einem kleinen Lächeln zu. »Wenn es dir nicht guttut, dir an diesen sturen Allgäuern den Kopf zu stoßen, dann musst du nicht hierbleiben.«

Doch. Das musste sie. Weil Fanny nicht länger allein bleiben konnte. Ein wenig entschlossener als noch vor ein paar Minuten richtete sich Marie auf. »Du vergisst, dass ich auch eine sture Allgäuerin bin. Selbst wenn ich die letzten Jahre in Augsburg gelebt habe.« Sie setzte ihren stolzesten Blick auf. »Ich gehe jetzt da hin und schnappe mir diesen Job.«

2

Thaler-Familien-Chat

Laurenz:
Gibt es schon Neuigkeiten wegen deinem Bus?🚐

Simon:
🙄Die lassen sich echt bitten.

Mats:
Wäre super, wenn er endlich ausgeliefert wird.😂 Du schaltest den Camaro ziemlich ruppig, wenn ich ihn dir leihe.

Simon:
Yeah! Du bist ein echter Freund, Mats!

Josefine:
Papa hat dir seinen Wagen doch angeboten. Er steht sowieso nur rum, solange wir weg sind.🚗

Simon:
Dieser ❗ ❗ Wagen ❗ ❗ ist ein knallroter Smart ❗

Sanna:
Ich weiß, ich darf nicht lachen.
Aber ich kann nicht anders. 😂😂😂
Rot ist deine Farbe, großer Bruder.

Simon verdrehte genervt die Augen und schob sein Handy in die Hosentasche. »Verdammter Mist«, brummte er.

»Was ist los?« Sanna reichte ihm die Kaffeetasse, die sie gerade gefüllt hatte, und griff nach ihrem pinkfarbenen Superärztinnen-Becher, um ihn unter die Kaffeemaschine zu stellen. Ihr Arztkittel war makellos. Die hellblaue Bluse mit den kleinen Blümchen passte zu ihren dunkelblauen Hosen. Nur ihre normalerweise streng zurückgebundenen Haare, die so aussahen, als hätte jemand mit seinen Händen darin herumgewühlt, und ihre etwas geschwollenen Lippen hoben die Perfektion seiner Schwester ein wenig auf. Wahrscheinlich hatten Mats und sie den Teil der Mittagspause, in dem es nicht um das Vorstellungsgespräch gegangen war, das sie gleich abhalten würden, hinter einer verschlossenen Tür verbracht. Resigniert schüttelte er den Kopf. Er wollte nicht über die beiden nachdenken: seine Schwester und seinen besten Freund.

»Das war das Autohaus«, beantwortete er Sannas Frage. Er nippte an seinem Kaffee und wandte sich dann in Richtung des Behandlungszimmers seiner Mutter, das seit ein paar Wochen von Mats belegt wurde. Da dieser Raum abgesehen von ihrem kleinen Operationssaal/Multifunktionsraum der größte der Praxis war, hatten sie beschlossen, das Vorstellungsgespräch dort stattfinden zu lassen. »Die Auslieferung meines neuen Busses verzögert sich noch einmal.« Er rieb sich mit der freien Hand über den Nacken.

Sanna zuckte zusammen und verzog das Gesicht, als sie ihm folgte.

»Nein, so habe ich das nicht gemeint«, ergänzte er, als ihm klar wurde, woran seine Schwester dachte. »Ich will nicht, dass du dich wegen Rosi schlecht fühlst.« Er war verdammt froh, dass Sanna bei dem Steinschlag, der seinen geliebten VW Bus namens Rosi zu einem kleinen Häufchen Blech zermalmt hatte, nicht verletzt worden war.

»Ja, aber ich war diejenige, die sich den Bus ausgeliehen hat«, erinnerte sie ihn.

Simon zuckte mit den Schultern. »Nur, weil Mats deinen Jeep gebraucht hat, um zu einem *Selbstfindungstrip* in die Berge zu fahren«, gab er ironisch zurück. Sie beide wussten, dass dieser *Selbstfindungstrip* Sanna das Leben gerettet hatte. Denn hätte Mats seine Schwester nicht gefunden … Simon schluckte. Er war normalerweise immer in der Lage, flapsige Worte von sich zu geben, aber er war gleichzeitig Emotion auf zwei Beinen, wie seine Mutter immer zu sagen pflegte. Und bei dem Gedanken, was Sanna hätte passieren können, zog sich ganz automatisch eine Gänsehaut über seinen Körper.

»Diese ständigen Verzögerungen bei der Auslieferung liegen an dem riesigen Haufen Extrawünsche, die du andauernd hast«, holte Sanna ihn aus seinen Gedanken und erinnerte ihn daran, dass er seine Rosi nicht durch irgendeinen x-beliebigen VW-Bus ersetzen würde. »Aber mach dir keine Sorgen: Solange du meinen Wagen brauchst, gehört er dir.

Mats und ich arrangieren uns schon irgendwie«, versprach seine Schwester ihm.

Simon seufzte. »Das weiß ich wirklich zu schätzen.« Sanna brauchte ihren Jeep allerdings selbst. Sie war die Talsprecherin und ständig in der Gegend unterwegs. Also konnte sie ihm nicht andauernd ihren Wagen leihen, ganz gleich, wie schlecht ihr Gewissen wegen Rosi war. »Abgesehen davon, dass er aussieht wie ein feuerwehrroter Elefantenrollschuh, ist nichts gegen Papas Smart einzuwenden. Ich werde sein Angebot annehmen und ihn fahren, bis sie den neuen Bus endlich ausliefern.« Schließlich brauchten seine Eltern dieses Spielzeugauto nicht, solange sie auf Weltreise waren. Simon hoffte sehr, dass er seinen neuen Wagen bekam, bevor die beiden zurück waren. Wobei, bei dem Tempo, in dem die Auslieferung gerade lief ... Er klopfte einmal gegen die geschlossene Tür des Behandlungszimmers und schob sie dann auf.

»... das Vorstellungsgespräch in die Mittagspause gelegt, damit alle Ärzte dabei sein können«, hörte er Mats erklären, als er den ersten Schritt in den Raum machte.

Simon wurde bewusst, dass er nicht einmal den Namen der Medizinischen Fachangestellten kannte, die sich heute vorstellte. Sanna hatte sich um diese Bewerbung gekümmert.

Er machte den nächsten Schritt – und stolperte. Blinzelte. Und starrte die Frau an, die Mats gegenübersaß. Die Frau, die heute Morgen beim Bäcker vor ihm gestanden hatte. Die Frau, der Frau Seibold mit einem wütenden Funkeln in den Augen eine Brezn verwehrt hatte. »Ähm ...«

Sie hatte ihre kupferroten Haare zu einem Knoten festgesteckt. Aber diese großen blau-grünen Augen und die Sommersprossen, die vollen Lippen ... »Ähm«, wiederholte er nicht besonders wortgewandt, und sie senkte den Blick auf die Tischplatte vor sich.

Simon sah sich zu seiner Schwester um und warf ihr einen Blick unter hochgezogenen Augenbrauen zu, der ganz klar sagte: Wer ist das? Aus den Augenwinkeln nahm er wahr, wie die Frau ihre Schultern straffte und wieder aufblickte, so als redete sie sich gerade im Stillen Mut zu.

»Simon, du erinnerst dich sicher noch an Marie Brunner. Wir sind zusammen zur Schule gegangen«, half ihm seine Schwester auf die Sprünge.

Die Brunner Marie. Endlich fiel der Groschen bei Simon. Deshalb war sie ihm irgendwie bekannt vorgekommen. Marie war zwei Jahre jünger als er und mit Sanna in einer Jahrgangsstufe gewesen. Sie hatte Waldkirch sofort nach dem Abitur verlassen, und auch wenn er mal gehört hatte, dass sie ihre Großmutter Fanny regelmäßig besuchte, war er ihr nie wieder begegnet. Bis heute Morgen. Und jetzt begriff er auch, was Frau Seibolds Problem gewesen war – beim Gedanken an das Verhalten der Bäckerin kochte noch immer Wut in ihm hoch.

Sanna ließ sich auf den zweiten Patientenstuhl vor dem Schreibtisch fallen, und Simon nahm auf dem Stuhl Platz, den sie für dieses Gespräch noch in den Raum gestellt hatten.

»Servus, Marie. Danke, dass du gekommen bist«, ergriff Sanna das Wort. »Und vor allem danke, dass du dich bei uns beworben hast.«

Marie verzog die Lippen zu einem leisen Lächeln. »Eigentlich dachte ich, dass das die Praxis deiner Mutter ist. Mit euch habe ich gar nicht gerechnet.«

»Oh.« Sanna runzelte die Stirn. »Ist das ein Problem für dich?«

Simon überlegte. Seine Schwester und Marie waren damals

in eine Klasse gegangen, hatten aber nicht viel miteinander zu tun gehabt. Sanna war allerdings eine Freundin von Mila und Nikola gewesen und war es noch immer. Vielleicht war das für Marie alles andere als okay.

»Nein.« Marie schüttelte den Kopf, und Simon bemerkte, wie sowohl Sanna als auch Mats langsam und bewusst ausatmeten.

»Das ist gut.« Sanna drückte Maries Arm in einer freundschaftlichen Geste. »Ich muss gestehen, dass mir da ein Stein vom Herzen fällt. Aber vielleicht erzählen wir dir kurz, warum die Situation in der Praxis momentan ein wenig angespannt ist. Vor allem, weil du unsere Mutter gerade schon erwähnt hast. Das hier ist eigentlich ihr Sprechzimmer«, erklärte Sanna.

»Aber sie hat sich von Sannas und Simons Vater zu einem ganz besonderen Abenteuer überreden lassen«, fuhr Mats fort. »Die beiden haben sich in einem alten VW-Bulli auf Weltreise begeben. Falls du ihnen folgen willst, ihr Instagram Account @weltenbummler_josefine_und_laurenz ist wirklich zu empfehlen.«

Sanna lachte unterdrückt, und Simon lehnte sich auf seinem Stuhl zurück, als seine Schwester wieder das Wort ergriff. »Mats war so lieb, für eine Weile als Arzt einzuspringen. Er wird nicht ewig hierbleiben können, aber im Moment nimmt er uns einen großen Teil der Arbeit ab. Besonders da ich vor ein paar Wochen auch noch zur Talsprecherin gewählt worden bin und jetzt jede Menge zusätzliche Verpflichtungen habe.«

»Glückwunsch!«, sagte Marie. Ihre Stimme klang genauso leise und eine Spur rau wie am Morgen.

»Danke.« Sanna strahlte sie an. »Wir sind für Mats' Unterstützung sehr dankbar, aber wir versuchen darüber hinaus schon seit geraumer Zeit, die Stelle einer Medizinischen Fachangestellten zu besetzen. Aloisa kümmert sich ja schon seit Urzeiten um unsere Anmeldung. Sie wird von Mila unterstützt.«

Simon sah, wie der Name ihrer ehemaligen Mitschülerin Marie zusammenzucken ließ, aber sie behielt ihren neutral-höflichen Gesichtsausdruck bei. »Mila ist allerdings eigentlich Versorgungsassistentin und könnte uns bei den Hausbesuchen und der Betreuung der Patienten, die nicht regelmäßig in die Praxis kommen, viel besser unterstützen, wenn sie die Zeit dazu hätte.«

»Und an dieser Stelle kommst du ins Spiel.« Mats schenkte Marie ein Lächeln. »Das Du ist doch okay, oder?«, fragte er. »Wenn ihr euch alle aus der Schule kennt, ist es irgendwie merkwürdig, wenn wir beide uns siezen.«

»Freilich«, erwiderte Marie abermals einsilbig.

»Wenn du in der Praxis anfängst, kann Mila ihre eigentlichen Aufgaben wahrnehmen, und wir wären alle entlastet.«

Sanna nahm einen dünnen blauen Ordner vom Schreibtisch und blätterte ihn durch, ohne auf den Inhalt zu achten, und Simon wurde klar, dass das Maries Bewerbung sein musste. »Wir haben uns deine Zeugnisse und Referenzen angesehen.« Sanna legte den Ordner wieder hin. Das ›wir‹ war nicht ganz korrekt, denn Simon hatte sich nichts davon angesehen. Was ihm jetzt echt peinlich war. Aber wenn seine Schwester Marie für geeignet befand, hatte er keinen Grund, das anders zu sehen. Dafür arbeiteten sie schon viel zu lange zusammen – und waren schon viel zu lange verwandt. »Du hast in deiner Ausbildung sogar ein Praktikum in einer pädiatrischen Praxis gemacht und über die Jahre immer wieder dort ausgeholfen. Das freut uns besonders, weil du auf diese Weise auch Simon gut unterstützen kannst.«

»Das Gespräch, das Marie und ich geführt haben, bevor ihr beide hereingekommen sind, hat mir ebenfalls sehr gut gefallen.« Mats lächelte erneut. »Du bist freundlich und professionell. Ich mag deine Art. Und unsere Patienten werden dich ebenfalls lieben.«

Wieder zuckte Marie kaum merklich zusammen. Mats hatte einen wunden Punkt in dieser Bewerbung gefunden. Den wundesten an der ganzen Sache. Ohne, dass ihm das bewusst gewesen wäre.

Simon hatte das Bedürfnis, ebenfalls etwas zu diesem Vorstellungsgespräch beizutragen. Mats nicht noch mehr sagen zu lassen, das Marie aus Versehen verletzte. Aber vor allem wollte er, dass sie sich bei ihnen wohlfühlte. Das hier war nicht die Bäckerei. »Fein.« Er klatschte in die Hände. »Du bist eingestellt«, sagte er das Erste, was ihm durch den Kopf ging.

Marie wandte ihm den Blick zu und blinzelte. »Aber …«

Sanna unterbrach sie. »Das war mein Satz«, ließ sie Simon leise wissen und stieß ihm ihren Ellenbogen zwischen die Rippen. »Wo er recht hat, hat er recht«, fuhr sie an Marie gewandt fort. »Herzlich willkommen im Team. Vorausgesetzt, du willst den Job noch, jetzt, wo du uns als Erwachsene kennengelernt hast.«

»Moment.« Simon fiel der Junge wieder ein, mit dem er sich am Morgen einen Grimassen-Wettkampf geliefert hatte. »Eins noch.« Drei Augenpaare richteten sich auf ihn. Er griff nach der Bewerbung und blätterte zu Maries persönlichen Angaben. »Du hast einen Sohn?«

Marie nickte. »Emil.« Ihre Wangen färbten sich eine Spur dunkler. Wahrscheinlich erinnerte sie sich gerade genau wie er an den unschönen Moment am Morgen.

»Ist er gut betreut, wenn du arbeitest?«, fragte Simon. »Wir können dir sonst auch dabei helfen, ihn in der Kita unterzubringen oder so was.« Er zwinkerte seiner Schwester zu. »Wir haben gute Kontakte zur Talsprecherin.«

»Ja.« Marie nickte ihr neutrales Nicken. Eine Geste, die nicht richtig zu ihren geröteten Wangen passen wollte. »Ja, Emil ist gut untergebracht. Und ja, ich würde den Job gerne annehmen.«

»Wunderbar.« Sanna erhob sich und schüttelte Marie die Hand. »Dann noch einmal herzlich willkommen. Ich habe die Unterlagen, die du noch ausfüllen musst, draußen an der Anmeldung. Du kannst sie mitnehmen und dir in Ruhe zu Hause ansehen. Bring sie einfach mit, wenn du deinen ersten Dienst antrittst. Im Prinzip kennst du die Praxis ja als Patientin, auch wenn du schon eine Weile nicht mehr hier gewesen bist«, plauderte sie weiter. »Deshalb denke ich, der Blick hinter die Kulissen genügt noch, wenn du anfängst.«

Marie reichte Mats und Simon höflich die Hand, bevor sie sich von Sanna aus dem Raum führen und in ein Gespräch verwickeln ließ.

Ein paar Minuten später stand Simon an den Empfang der Praxis gelehnt und wickelte einen der Lollis aus, die Aloisa für tapfere kleine Patienten hinter dem Tresen aufbewahrte. Sein Blick folgte Marie, die sich vor der Praxis gerade von Sanna verabschiedete hatte und über den Marktplatz davonging. Er hatte Fragen. Verdammt viele Fragen. Die seine Schwester ihm wahrscheinlich beantworten konnte, wenn sie endlich wieder reinkam. Aber Sanna wurde vor der Praxis von zwei älteren Damen mit Beschlag belegt. Er würde sich also noch ein wenig gedulden müssen.

Hinter ihm schlug eine Tür zu, und Simon schob sich

den Lolli in den Mund, bevor er sich umdrehte. »Hey, Mila«, grüßte er seine Mitarbeiterin, die die Praxis durch die Hintertür betreten hatte. Dann blickte er wieder nach draußen.

Mila trat neben ihn und folgte seinem Blick mit den Augen, neugierig, was ihn so interessierte.

»Ist das die Brunner Marie?«, fragte sie ungläubig, als sie die Frau entdeckte, der er nachsah. »Was wollte die denn hier?«

Simon wappnete sich innerlich für ihren Protest, schob den Lolli in seine Wange und nahm ein paar Patientenakten vom Tresen, um sie durchzublättern. »Für uns arbeiten.«

»Was?« Milas Stimme klang eindeutig eine Oktave zu hoch und ganz definitiv zu schrill für ihre sonst so entspannte Art.

»Sie hat sich auf die freie MFA-Stelle beworben – und wir haben sie gerade eingestellt.«

»Simon!« Mila wartete, bis er aufsah. »Das könnt ihr nicht machen!«

Milas Reaktion erinnerte ihn ein bisschen zu sehr an das Verhalten von Frau Seibold. Ärger flammte in ihm auf, aber er bemühte sich, gelassen zu bleiben. Er schob den Lolli in seine andere Wange und zog die Augenbrauen hoch. »Wolltest du nicht endlich als Versorgungsassistentin durchstarten?«, schlug er sie mit ihrer eigenen Unzufriedenheit.

»Aber doch nicht so!«, fauchte Mila. »Sie ist für Nikolas Unfall verantwortlich. Denkt ihr nicht, dass ihr eurer Freundin das schuldig seid, nicht ausgerechnet diese … diese …« Mit wütendem Blick presste sie die Lippen zusammen, als wolle sie verhindern, dass ihr das Wort über die Lippen kam, das sie dachte.

Simon blieb einfach stehen, die Augenbrauen weiter hochgezogen, als wollte er sagen »Und jetzt?«, und ließ den Lolli wieder auf die andere Seite wandern.

Mit einem frustrierten Laut warf Mila die Hände in die Luft. »Wenn ihr meint. Aber fühl dich gewarnt: Das wird den Waldkirchern nicht gefallen.«

Simon nahm den Lolli aus dem Mund. »Das lass mal unsere Sorge sein«, erwiderte er mit einem Lächeln. Er hatte keine Ahnung, wie gut Marie in ihrem Job sein würde. Aber seine Schwester hatte ihre Referenzen sorgfältig geprüft, sonst hätte sie Marie nicht einmal zu einem Vorstellungsgespräch eingeladen. Er war außerdem bereit zuzugeben, dass er inzwischen verzweifelt genug auf Unterstützung in der Praxis aus war, dass er sogar eine von Sannas Kräuterhexenfreundinnen eingestellt hätte.

Die Hintertür schwang abermals auf, und Aloisa kehrte aus ihrer Mittagspause zurück. »Was ist los?«, fragte sie, kraulte Schiller und Ginny, die auf ihren Hundedecken vor sich hin dösten, und platzierte ihre riesige Handtasche unter dem Tresen. »Ist irgendwas passiert?«

»Kann man so sagen«, zischte Mila.

»Mila!«, ermahnte Simon sie leise. Dann wandte er sich an Aloisa. »Du bekommst Verstärkung. Wir haben eine neue MFA eingestellt.«

»Die Brunner Marie«, platzte Mila neben ihm heraus.

»Die Enkelin von der Fanny?«, fragte Aloisa und ließ sich auf ihren Platz fallen. »Hab schon gehört, dass sie wieder da ist.« Ziemlich unbeeindruckt von der Tatsache, wer bald mit ihr zusammenarbeiten würde, schaltete sie ihren Computer ein.

»Das ist alles, was du dazu zu sagen hast?« Mila warf ihr einen fassungslosen Blick zu.

»Nein.« Aloisa richtete sich ein wenig auf und sah Mila direkt in die Augen. »Das ist nicht alles, was ich zu sagen habe. Denn was ich dazu wirklich zu sagen habe«, sie ließ den Blick zu Simon weitergleiten, »ist Gott sei Dank, dass ihr endlich jemanden gefunden habt.«

»Aber das ist die Marie!«, flüsterte Mila auf eine Art, die durchaus auch als leises Schreien durchging.

Aloisa zuckte mit den Schultern. »Mach dieses Mädchen nicht für die Fehler ihrer Mutter verantwortlich«, wies sie ihre jüngere Kollegin zurecht. »Und was damals passiert ist, als ihr noch zur Schule gegangen seid, da hat mehr als eine Person dazugehört.«

Simon sah Aloisa überrascht an. Sie war sonst nicht so nachsichtig mit ihrer Umwelt.

»Ist doch wahr«, verteidigte sie ihre Meinung, als sie Simons verblüffte Miene sah. »Wir waren alle nicht dabei, damals. Also gebt dem Mädchen eine Chance. Wir brauchen sie in dieser Praxis viel zu dringend, als dass wir uns diesen zickigen Gesichtsausdruck«, sie wies mit dem Kugelschreiber in der Hand auf Mila, »erlauben könnten.«

Simon erwiderte nichts darauf. Aloisa hatte den Nagel auf den Kopf getroffen, und es gab keinen Grund nachzulegen, vor allem, weil Milas Gesicht einen ungesunden Farbton annahm.

»Aloisa, kannst du die Superman-Pflaster nachbestellen?«, bat er stattdessen. »Letzten Monat waren Einhörner noch so angesagt, aber im Moment sind Superhelden offenbar wieder ziemlich im Trend.« Er schob den Lolli zurück in den Mund und schlenderte zu seinem Sprechzimmer, als spüre er Milas wütenden Blick nicht in seinem Nacken.

*

Marie ließ den Golf auf dem Hof ihrer Großmutter ausrollen. Sie atmete tief ein, und ihr Blick glitt über das Häuschen und den Garten. Hier war sie aufgewachsen – und alles sah noch genauso aus wie vor vierzehn Jahren, als sie Waldkirch verlassen hatte. Die Zedernschindeln an den Wänden hatten damals schon grau und ein wenig heruntergekommen ausgesehen. Das Dach hatte den Eindruck erweckt, dass es der extremen Witterung im Allgäu nicht mehr lange standhalten würde. Die Drähte des Rankgitters, die an der Front des Häuschens gespannt waren, um die Zweige des Apfelbaums, der davorstand, eine Wuchsrichtung vorzugeben, waren rostig.

Schäbig war das Wort, das den meisten Leuten vermutlich als Erstes einfallen würde, wenn sie die Vorderseite des Hauses erblickten.

Fanny hatte nie viel Geld gehabt und sich hauptsächlich als Näherin und Änderungsschneiderin durchgeschlagen. Sie waren immer über die Runden gekommen. Das Haus und der Hof waren penibel sauber und aufgeräumt. Und was von vorn schäbig wirken mochte, verwandelte sich hinter dem Häuschen in eine magische Welt aus Farben und Gerüchen. Der Garten war der ganze Stolz ihrer Großmutter. Fanny hatte ihr Zuhause so gemütlich gestaltet, wie es ihr möglich gewesen war. Sie hatte immer versucht, Marie glücklich zu machen. So glücklich, wie man ein Kind machen konnte, das von seiner Mutter auf der Jagd nach einem schöneren, aufregenderen Leben zurückgelassen worden war.

Marie löste den Sicherheitsgurt und stieg aus dem Wagen. Sie hatte keine Ahnung, wo ihre Mutter war oder wie deren Leben aussah. Und sie wollte es auch nicht wissen. Ihre Gedanken galten ausschließlich Emil und Fanny.

Maries Blick blieb an einem der geöffneten Fenster im Erdgeschoss hängen. Der Kater ihrer Großmutter, der Vizegraf – benannt nach einer von Fannys Lieblingsfiguren aus *Bridgerton* –, schlief zusammengrollt auf dem Fensterbrett, und Marie hörte das Summen der Nähmaschine und das Quietschen der Schaukel hinter dem Haus. Fanny war immer für sie da gewesen. Jetzt wurde es Zeit, für ihre Großmutter da zu sein. Seit sie hier war, beobachtete sie Fanny mit Argusaugen, was ihre Großmutter ziemlich nervte. Aber sie konnte es nicht ändern.

Es hatte erste Anzeichen für eine Demenz gegeben, bevor Marie und Emil nach Hause gekommen waren. Auch wenn Fanny das mit ihrer üblichen Altersvergesslichkeit, die ihr als über Achtzigjährige ja wohl zustand, abtat. Sie weigerte sich, zu einem Arzt zu gehen und sich untersuchen zu lassen. »Ich bin kerngesund«, pflegte sie zu sagen, »und das schon mein Leben lang.« Dass sie bei all ihrer vermeintlichen Gesundheit vergaß, das Bügeleisen auszuschalten oder einen Topf vom Herd zu nehmen, wischte sie mit einer wegwerfenden Handbewegung zur Seite. Aber zwei Feuerwehreinsätze in einer Woche waren schließlich zwei zu viel gewesen. Marie hatte gar keine andere Wahl gehabt, als nach Hause zurückzukehren und dafür zu sorgen, dass ihrer Großmutter nicht das Dach über dem Kopf abbrannte – oder einstürzte.

Fanny hatte sie bei ihrer Ankunft in den Arm genommen und sie beruhigt, dass sie einfach eine alte Frau war, die plante, das bisschen Leben, das ihr noch blieb, zu genießen. Und bis jetzt hatte es keine größeren Zwischenfälle gegeben, die Maries Alarmglocken klingeln ließen. Sie war allerdings nicht nur zurückgekommen, um sich um ihre Großmutter zu kümmern. Selbst wenn Fanny nicht an Demenz erkrankt war, wollte Marie, dass sie und Emil so viele schöne Erinnerungen wie möglich sammelten und ihr Sohn in dem Wissen aufwuchs, dass ihn seine Urgroßmutter genauso liebte wie seine Mutter.

Mit langsamen Schritten ging sie über den Hof und lehnte sich an die Hausecke. Die rotbraunen Locken ihres Sohnes wurden ihm aus dem Gesicht geweht, wenn er mit der Schaukel nach vorn flog. Er schwang so hoch er konnte. Genau wie Marie das früher gemacht hatte. Sie winkte ihm zu und erhielt ein Grinsen zur Antwort. Ihr Blick glitt über den blühenden Bauerngarten, der hinter dem rostigen Blumenbogen begann, der unter der Masse an Rosenblüten fast nicht zu erkennen war, und weiter hinten, am Bach, in ein wildes Paradies überging. Die kleine Außenküche an der Hauswand, die ihre Großmutter im Sommer benutzte, um Marmeladen und ihre berühmte Apfelbutter einzukochen, die eine ihrer Freundinnen für sie auf dem Markt verkaufte, war noch abgedeckt, und die Sitzecke, an der sie so viele zauberhafte Sommerabende erlebt hatte, wirkte heruntergekommen und wacklig. Genau wie das Gewächshaus, eine nostalgisch verschnörkelte Konstruktion, die an Orangerien englischer Herrenhäuser erinnerte. Maries Großvater hatte es lange vor ihrer Geburt für Fanny gebaut, und ihre Großmutter hielt bis heute daran fest und pflanzte dort drin ihre Tomaten, auch wenn bereits einige kaputte Scheiben durch Folie ersetzt worden waren.

Marie schluckte gegen das Brennen in ihrer Kehle an. Fanny, Emil und sie hatten immer Kontakt gehabt. Aber sie hatte sich zu lange nicht um ihr Zuhause gekümmert. In diesem Haus standen jede Menge Instandsetzungsarbeiten an. Viel mehr als die Schönheitsreparaturen, von denen sie gehofft hatte, dass sie ausreichten.

Fanny hatte ihr das Nähen beigebracht, und Marie hatte sich schon zu der Zeit, als Emil noch ein Baby gewesen war, einen Etsy-Shop aufgebaut, in dem sie selbst genähte Babydecken verkauft hatte. Damals hatte sie sich mit ihren Verkäufen gerade so über Wasser halten können.

Als sie nach Waldkirch zurückgekehrt war, hatte sie kurz darüber nachgedacht, ob die Einnahmen aus diesem Job auch hier fürs Leben reichten und sie ihre Zeit hauptsächlich mit Fanny und Emil verbringen konnte. Aber das Haus verlangte ganz deutlich nach Aufmerksamkeit. Und mit ihrem mageren Sparkonto waren die Arbeiten nicht zu stemmen. Also würde sie den Job in der Praxis Dr. Thaler annehmen, auch wenn das das schrägste Vorstellungsgespräch gewesen war, das sie jemals geführt hatte. Und obwohl es ihr so riesige Angst machte, auf Mila zu treffen. Die Freundin der Frau, deren Leben Marie zerstört hatte.

*

Simon hatte sich den ganzen Tag über Gedanken gemacht. Es war richtig gewesen, Marie einzustellen. Aber Mila hatte nicht ganz unrecht: Sanna, Mats und er machten ihre Entscheidungen nicht von anderen abhängig, aber zumindest mussten sie Nikola davon erzählen. Sie waren seit so vielen Jahren befreundet, dass es nicht okay wäre, einfach so zu tun, als hätte sich nichts Entscheidendes verändert.

Simon hatte in ihre Freundesgruppe geschrieben und gefragt, wer am Abend Lust und Zeit auf ein Bier in der Alpenliebe hatte. Sanna und Mats hatten noch einen Termin und würden nachkommen. Mila hatte mit einem schnippischen Kommentar abgesagt, was Simon nicht weiter verwunderte, und Jonas hatte das Daumen-hoch-Emoji geschickt. Paulina war sowieso da, weil ihr die Kneipe gehörte, in der sie ihren Stammtisch abhielten. Von Nikola hatte er nichts gehört, aber sie war dafür bekannt, im Gegensatz zum Rest von ihnen nicht ständig auf ihr Handy zu starren. Simon konnte nur hoffen, dass sie noch auftauchen würde und er ihr die Neuigkeiten schonend beibringen konnte.

Jonas saß schon unter einem der bunt geringelten Sonnenschirme auf der Terrasse, die das Markenzeichen der Alpenliebe waren, und hob die Hand zum Gruß, als Simon den Marktplatz überquerte.

»Servus«, sagte er und erhob sich, als Simon den Tisch erreichte.

Sie schlugen sich in einer halben Umarmung gegenseitig auf den Rücken und setzten sich. »Gut, dass wenigstens du hier bist«, sagte Simon und lehnte sich in seinem Stuhl zurück.

»Ja, wir sind zu einem kläglichen Häufchen zusammengeschrumpft.« Jonas trank einen Schluck von seinem Bier. »Aber der Abend ist schön und das Bier kalt.«

»Hmm.« Simon drehte sich nach Paulina um, die bereits mit einem Bier in der Hand an ihren Tisch kam.

»Hab ich schon für dich gezapft, als ich dich über den Platz habe traben sehen«, erklärte sie und hielt Simon das Bier hin.

»Danke. Das brauch ich jetzt wirklich.« Simon griff nach dem Glas.

Doch Paulina zog es zurück. »Zuerst erzählst du mir, was heute in der Praxis los war.« Sie hob die Augenbrauen so weit, dass sie unter ihrem schwarzen Pony verschwanden. »Mila ist vorhin gerade stinksauer an mir vorbeigerauscht und hat Wörter vor sich hingemurmelt, die man in einem Popsong mit pausenlosem Piepen überblenden müsste.«

Simon seufzte. »Wir hatten eine Auseinandersetzung, das stimmt.« Er wies auf einen der freien Plätze am Tisch. »Willst du dich kurz setzen?« Paulina und Mila wohnten in einer WG über der Alpenliebe. Wenn er jetzt nicht erzählte, was los war, würde Mila es später mit Sicherheit tun. Und dann wirklich mit ganz anderen Worten, temperamentvoll wie Mila sein konnte.

Paulina ließ den Blick über die Gäste schweifen, die auf der Terrasse saßen, und gab dann einer ihrer Bedienungen ein Zeichen, bevor sie sich setzte und Simons Bier in seine Richtung schob. »Ich bin gespannt«, sagte sie.

»Und ich erst.« Jonas legte seine Unterarme auf den Tisch und beugte sich aufmerksam vor. Es war ein offenes Geheimnis, dass ihn alles interessierte, was Mila betraf.

»Wir haben endlich eine neue Arzthelferin eingestellt«, begann Simon.

»Halleluja!«, unterbrach Paulina ihn mit einem Jubelruf. »Das wurde ja auch höchste Zeit. Aber eigentlich müsste Mila sich darüber ziemlich freuen.«

»Ja.« Simon kratzte sich unbehaglich am Hinterkopf. Die Entscheidung, Marie einzustellen, war das eine. Seinen Freunden davon zu erzählen … »Es ist die Brunner Marie.«

Einen Moment lang herrschte Stille am Tisch. Dann blinzelte Jonas. Paulina griff nach Simons Bierglas, trank einen Schluck und lehnte sich in ihrem Stuhl zurück.

»Hmm«, machte sie dann.

»Was hmm?« Simon hatte keine Ahnung, was der Laut bedeutete.

»Ich bin überrascht. Das ist alles«, erwiderte sie im gleichen Moment, in dem Jonas fragte: »Weiß Nikola das schon?«

Simon schüttelte den Kopf. »Ich wollte es hier erzählen,

aber sie hat sich noch nicht gemeldet. Allerdings bin ich mir sicher, dass Mila keine Sekunde zögert, es ihr brühwarm zu erzählen.«

»Was du ihr nicht verübeln kannst. Sie ist Nikolas beste Freundin und war all die Jahre immer für sie da. Natürlich wird sie ihr erzählen, wenn eine Frau, die so eng mit ihrer Vergangenheit verwoben ist wie Marie, in eurer Praxis anfängt.«

Simon bemerkte, dass Paulina nicht sagte, dass Marie daran schuld war, dass Nikola im Rollstuhl saß. »Ich hätte es ihr einfach lieber selbst gesagt.«

»Das wird wohl nicht passieren.« Jetzt hatte sich auch Jonas von seiner Überraschung erholt. »Nikola hat mir erzählt, dass sie heute noch ein paar späte Termine am Olympiastützpunkt in Oberstdorf hat. Und danach ist sie zum Essen verabredet.«

»Ach was?« Paulina grinste. »Sag nicht, dass schon wieder der Name Max gefallen ist.«

»Oh doch.« Jonas grinste ebenfalls und lehnte sich wieder zurück, zufrieden, dass er derjenige war, der den Tratsch und Klatsch als Erster verbreitet hatte.

»Welcher Max?« Simon runzelte die Stirn. Er war sich sicher, diesen Namen noch nie in Verbindung mit Nikola gehört zu haben. Nikola hatte Sportmanagement und soziale Arbeit studiert. Eine schräge Kombination, die es ihr aber jetzt ermöglichte, junge Sportler in ihrer Karriere zu unterstützen und zu fördern. Sie ging völlig auf in ihrem Job und verbrachte abgesehen davon viel Zeit mit ihrem Rollstuhlbasketball-Team. Von einem Max hatte Simon jedenfalls noch nie was gehört.

Paulina wackelte mit den Augenbrauen. »Sie verrät keine Details, aber dieser Name rutscht ihr in letzter Zeit öfter raus, ohne dass sie sich dessen bewusst ist.«

»Und dann grinst sie immer so«, ergänzte Jonas.

Nikola war verliebt? Oder fühlte sich zumindest zu einem Mann hingezogen? »Das freut mich für sie«, sagte Simon ehrlich. Der schreckliche Unfall kurz vor ihrem Abi und die Umstände, die dazu geführt hatten, hatten aus Nikola eine vorsichtige, manchmal sogar misstrauische Frau werden lassen, die ziemlich gut auf ihr Herz achtgab.

»Du musst dir keine Sorgen um Nikola machen«, holte Paulina ihn aus seinen Gedanken. »Sie wird mit den Neuigkeiten gut umgehen. Da bin ich mir sicher.«

Jonas brummte zustimmend. »Besser als Mila auf jeden Fall. Sie vergisst leider immer nur ziemlich schlecht.«

Simon nickte. Er konnte nur hoffen. Dass Nikola ihnen nicht übel nahm, dass sie Marie eingestellt hatten. Und dass Mila ihrer neuen Mitarbeiterin das Leben nicht zur Hölle machen würde, aus lauter Loyalität zu ihrer besten Freundin.

3

Bergdoktor – McDreamy – Direktleitung

Mats:
Was ist das eigentlich für ein Problem, das Mila mit Marie hat?

Mats:
Hab ich irgendwas verpasst?👻

Simon:
🙄 Lange Geschichte.

Mats:
🍻?

Simon:
👍Nach der Arbeit bei mir.

Die Gedanken an das merkwürdige Vorstellungsgespräch hatten Marie nicht losgelassen. Doch als der alte Wasserboiler angefangen hatte, dubiose Klopfgeräusche von sich zu geben, kaum dass sie sich nach dem Abendessen unter die Dusche gestellt hatte, hatte das ihre Entscheidung nur noch verfestigt. Sie würde Geld verdienen, bevor dieses Ding seinen Geist aufgab – auch wenn sie sich damit freiwillig auf einen Spießrutenlauf einließ. Sie konnte das ertragen, redete sie sich gut zu, als sie die Formulare ausfüllte, die Sanna ihr mitgegeben hatte, und den Arbeitsvertrag unterschrieb. Die Frage war nur, warum taten sich die Thalers das an?

Die Gedanken begleiteten sie in den nächsten Tag, als sie vor ihrem Kleiderschrank stand und überlegte, was sie anziehen sollte. Sanna hatte ihr keine Kleiderordnung genannt, und offenbar gab es kein einheitliches Praxis-Outfit. Während Sanna und Mats weiße Klamotten und Arztkittel getragen hatten, war Simons Kasack dunkelblau und mit bunten Smileys bedruckt gewesen. Mila und Aloisa hatte sie gar nicht gesehen, weshalb sie nicht wusste, was die Angestellten trugen. Sie entschied sich schließlich für Jeans, Kasack und Turnschuhe. Alles in Weiß, so wie an ihrer alten Arbeitsstelle. Wenn die Kleiderordnung in Waldkirch anders war, konnte sie sich ja immer noch umziehen.

Sie setzte sich zu Fanny und Emil an den Frühstückstisch, schaffte es aber nicht, ihren nervösen Magen mit etwas anderem als Kaffee zu füllen, während sie ihrem Sohn dabei zusah, wie er dick Apfelbutter auf einer frisch gebackenen Brotscheibe verteilte und abbiss. Unruhig trommelte sie mit den Fingern auf dem Tisch, bis es Zeit war, zu ihrem ersten Arbeitstag aufzubrechen.

Das Wartezimmer war bereits voller Patienten, als sie die Praxis kurze Zeit später betrat. Alle starrten sie an. Und alle rümpften die Nase. In dem Moment, in dem die Tür hinter ihr ins Schloss fiel, herrschte eine ohrenbetäubende Stille – nur um im nächsten Moment von Gemurmel abgelöst zu werden.

Marie blieb stehen, die Hand noch immer auf der Türklinke. Das Herz schlug ihr bis zum Hals. Sie konnte die leisen Unterhaltungen zwar nicht verstehen, aber sie wusste auch so, dass es sich dabei um sie drehte. Schließlich durchbohrten sie nach wie vor alle mit ihren Blicken, und sie konnte Wortfetzen wie »traut sich was«, »nach all den Jahren«, »sieht genauso aus wie ihre Mutter« oder »sollte sich was schämen« aus dem Gemurmel heraushören.

Ihr Fluchtinstinkt setzte mit aller Macht ein. Sie musste hier weg. Musste fort von dem Menschen, die sie so verurteilten. Ihr nie eine Chance geben würden. Ihre Hand drückte bereits zitternd die Klinke herunter, als sie eine Berührung an ihrem Bein spürte. Sie blickte hinunter – und in vier Hundeaugen. Ein brauner Labrador und etwas Kleines, Weißes, das aussah wie ein Wattebällchen auf Pfoten, schmiegten sich von rechts und links an ihre Beine und sahen flehend zu ihr auf. So als könnten sie die nächsten zehn Sekunden nicht überleben, wenn sie sie nicht sofort streichelte oder ihnen ein Leckerli zusteckte.

»Die beiden haben gute Antennen«, sagte eine Stimme leise neben ihr, als Marie sich herunterbeugte, um die beiden zwischen den Ohren zu kraulen.

Langsam richtete sie sich wieder auf. Aloisa war an ihrer Seite aufgetaucht und legte mit einer sanften Bewegung die Hand über Maries, die die Türklinke umklammert hielt. »Ich verstehe dein Bedürfnis, so schnell wie möglich das Weite zu suchen«, sagte sie leise. Ihr Blick wirkte offen – und vor allem ehrlich. »Aber damit wirst du dir nicht gerecht. Wenn du dich der Vergangenheit – und diesen Tratschtanten – nicht stellst, wirst du dich irgendwann selbst hassen.« Sie senkte die Stimme noch ein wenig weiter und beugte sich vor, damit Marie sie verstehen konnte. »Fanny braucht dich. Sie ist so glücklich, seit du wieder da bist. Du bist es euch beiden schuldig, die Schultern zurückzuziehen und das Kinn zu heben. Lass dich nicht von der Vergangenheit fertigmachen.« Sie beugte sich hinunter, um dem Labrador den Kopf zu tätscheln. »Jetzt komm mit, damit ich dir deinen neuen Arbeitsplatz zeigen kann.«

Marie schluckte. Ihr Fluchtmodus hatte tatsächlich ein wenig nachgelassen. Als sie aufsah, waren die meisten Patienten bereits wieder in ihre Klatschzeitungen oder Handys versunken. Ein paar neugierige und ein paar abweisende Blicke folgten ihr allerdings, als sie hinter Aloisa und den Hunden zum Empfangstresen ging. Mila Abendroth war nicht hier, wahrscheinlich befand sie sich gerade in einem der drei Behandlungszimmer und assistierte einem der Ärzte. Die Begegnung mit ihr würde abermals zu einer Herausforderung werden. Aber vielleicht war es ihr vergönnt, all den Hass, der ihr in Waldkirch entgegenschlug, nur häppchenweise verdauen zu müssen.

Für ein paar Stunden lief ihr erster Tag überraschenderweise normal ab. Aloisa wies sie in die Praxissoftware ein, die die Gleiche war wie an ihrer letzten Arbeitsstelle. Das würde schon einmal vieles erleichtern. Sie machte ein paar Blutentnahmen, bereitete Urinproben für den Versand vor und half Sanna, eine Aircast-Schiene bei einer Touristin anzulegen, die sich beim Wandern einen Bänderriss zugezogen hatte.

Natürlich war sie sich der Blicke bewusst, die ihr auf Schritt und Tritt folgten, sobald sie eines der Behandlungszimmer verließ oder aus dem kleinen Labor kam, das zur Praxis gehörte. Mila bekam sie allerdings die ganze Zeit nicht zu Gesicht.

»Marie?« Sie drehte sich um, als sie Mats' Stimme hinter sich hörte. »Könntest du bitte ein EKG vorbereiten?«

»Freilich.«

Mats lächelte sie aufmunternd an, als wollte er ihr sagen, dass er es am Anfang mit den Waldkirchern auch nicht leicht gehabt hatte. »Danke. Die Patientin wartet bereits im Funktionsraum.«

Marie erhob sich vom Empfang und schloss die Tür des Raumes hinter sich, in dem nicht nur EKG- und Ultraschalluntersuchungen vorgenommen wurden, sondern sogar kleinere Operationen durchgeführt werden konnten. »Griaß Ihne«, sagte sie höflich zu der Frau, die mit dem Rücken zu ihr auf der Kante der Untersuchungsliege hockte. »Ich bin hier, um ...« Die Worte blieben ihr im Hals stecken, als die Frau den Kopf zu ihr umwandte – und dann entsetzt aufsprang.

»Frau Riedinger«, brachte Marie heraus. Die Worte klangen wie ein Krächzen, als sie den harten, kalten Blick ihrer ehemaligen Schulbibliothekarin auf sich spürte.

»Du ...« Die Frau schnappte empört nach Luft. Dann glitt ihr Blick zum EKG. »Du wirst mich nicht anfassen, du dreckiges Gör.«

Marie schluckte und griff nach der Patientenakte, die Mats auf den Tisch gelegt hatte, und blätterte sie durch, in der Hoffnung, dass ihr ein paar Extrasekunden helfen würden, sich wieder unter Kontrolle zu bekommen. Genau vor diesen Momenten hatte sie sich gefürchtet. Sie hatte gehofft, dass noch ein wenig Zeit vergehen würde, bis sie sich mit den Bösartigsten ihrer Nachbarn auseinandersetzen müssen würde.

Sie atmete einmal tief ein und wieder aus. Was hatte Aloisa gesagt? Wegrennen half nichts. Früher oder später wäre sie mit diesen Leuten so oder so konfrontiert worden. Dabei hasste Frau Riedinger sie nicht einmal für das, was mit Nikola passiert war. Ihre Abneigung ging viel tiefer und hielt schon viel länger an. Sie reichte bis in die Zeit zurück, in der Marie noch ein kleines Mädchen gewesen war und ihre Mutter eine Affäre mit dem Mann der Bibliothekarin gehabt hatte, deren Ehe daraufhin zerbrochen war. Nichts, wofür Marie etwas konnte. Aber Sippenhaft war für Frau Riedinger schon immer ein probates Mittel gewesen, ihre Wut zu kanalisieren.

»Ihnen wird nichts anderes übrig bleiben«, sagte Marie und sah ihrem Gegenüber fest in die Augen. »Diese Praxis arbeitet am Rande ihrer Kapazität. Sie sind mit Herzbeschwerden hergekommen. Es wird nicht möglich sein, Ihre Extrawünsche zu berücksichtigen. Im Moment gibt es für Sie genau zwei Möglichkeiten: Sie lassen mich diese Untersuchung vorbereiten, wobei Sie mich so sehr hassen können, wie Sie wollen. Nur während das EKG geschrieben wird, sollten Sie versuchen, sich ein wenig zu beruhigen. Oder Sie gehen einfach wieder und probieren es im Krankenhaus in Oberstdorf oder bei einem Kardiologen in Kempten.« Marie lächelte sie herausfordernd an. »Wir wissen beide, wie gut die Chancen stehen, schnell behandelt zu werden. Also«, sie hob ihr Kinn noch ein Stück, »vielleicht schaffen Sie es ja, Ihren alten Groll lange genug zur Seite zu schieben, damit ich diese Untersuchung vorbereiten kann. Entgegen dem, was Sie von mir persönlich halten, bin ich in meinem Job sehr gut.«

Frau Riedinger hatte kein Wort gesprochen. Sie sagte auch jetzt nichts und starrte Marie stattdessen feindselig an. Aber sie schien ihre Optionen abzuwägen. Die Zeit dehnte sich zwischen ihnen in einer unangenehmen Blase. Doch schließlich ließ sich Frau Riedinger wieder auf die Untersuchungsliege sinken und bedachte Marie mit einer unwirschen Handbewegung. »Mach schon, Mädchen. Ich habe nicht ewig Zeit.«

»Freilich.« Marie stieß die Luft aus, die sie angehalten hatte. »Würden Sie bitte Ihren Oberkörper frei machen?«

Hinter ihnen erklang ein leises Klopfen, und im nächsten Moment wurde die Tür aufgezogen, und Simon betrat in einem Kasack den Raum, der über und über mit kleinen Hunden bedruckt war. »Hallo, Frau Riedinger«, sagte er und schenkte ihr ein charmantes Lächeln. »Ich habe gehört, dass Sie bei uns sind und wollte mich kurz erkundigen, wie es Ihnen geht.«

»Nicht besonders gut, sonst wäre ich ja nicht hier«, brummte die Frau, schaffte es aber nicht, ihren feindseligen Blick ihm gegenüber aufrechtzuerhalten.

»Bei uns sind Sie in guten Händen«, fuhr er fort, und Marie merkte, dass er in ihre Richtung sah. Sie hob den Blick und schüttelte leicht den Kopf, um ihm zu signalisieren, dass sie alles im Griff hatte.

Denn offenbar war genau das der Grund, aus dem er hier aufgetaucht war. Um sicherzugehen, dass einer der unangenehmsten Menschen aus ihrer Vergangenheit ihr nicht das Leben zur Hölle machen würde. Maries Hände zitterten. Sie hatte sich gegen eine der Hexen von Waldkirch durchgesetzt. Ganz allein. Souverän. Aber das hatte sie unglaublich viel Kraft gekostet. Die erste Schlacht war gewonnen. Was nicht hieß, dass sie den Krieg, den ein Teil dieser Stadt gegen sie führte, gewinnen würde. Aber zumindest wusste sie jetzt, dass sie sich zur Wehr setzen konnte.

Marie hatte das EKG von Frau Riedinger überstanden. Sie überstand auch die Schnittverletzung, mit der eine ihrer ehemaligen Mitschülerinnen, die jetzt als Köchin arbeitete, in die Praxis kam. Trotzdem war sie dankbar, als sie Simon unterstützen konnte, als er ein kleines Mädchen impfen musste, das genauso viel Angst vor Spritzen hatte wie seine Mutter. Die Familie lebte erst seit drei Jahren in Waldkirch, kannte Marie also nicht. Sie konnte sich ganz auf das Mädchen konzentrieren, das in Emils Alter war. Als sie und ihre Mama gar nichts von dem Pieks mitbekamen, den Simon ihr verpasste, schauten sie sie mit großen Augen an, und Maries Herz floss über. Und als sie ein rosafarbenes Pflaster mit kleinen glitzernden Schmetterlingen aufgeklebt bekam, erstrahlte ein breites Lächeln auf dem Gesicht der Kleinen. Für diese Momente machte Marie ihren Job. Am Ende würden sie die biestigen Kommentare überwiegen.

»Marie, kannst du noch einen Moment bleiben?«, fragte Simon, als er Mutter und Tochter hinausbegleitete.

»Natürlich.« Sie entsorgte die Kanüle und zog eine neue Papierlage über die Untersuchungsliege. Dann wartete sie, bis Simon der Mutter noch ein paar Infos zur Impfung gegeben hatte und zurückkommen würde. Sie nutzte den Moment, um sich in seinem Sprechzimmer umzusehen. Jede Wand war in einer anderen fröhlichen Farbe gestrichen. In einem Altholzregal saß neben der üblichen Fachliteratur ein Teddy mit Arztkittel und Stethoskop. Große gerahmte Poster von Wäldern, in denen sich Fantasiewesen tummelten, hingen über der Untersuchungsliege und an der Wand neben der Tür. Zwischen den Geranien in den Blumenkästen vor seinen Fenstern, die auf den ruhigen, begrünten Hinterhof hinausgingen, steckten bunte Windrädchen, die sich in der Brise, die von den Bergen herunterwehte, fröhlich drehten. Auf einer großen Pinnwand hinter seinem Schreibtisch waren unzählige Kinderzeichnungen und Karten aufgehängt, die ihm seine kleinen Patienten geschenkt hatten. Genau das, was Kinder brauchten. Eine ruhige, freundliche Atmosphäre. Dinge, die sie ablenkten. Von ihrer Angst. Ihren Schmerzen.

»Da bin ich wieder«, holte Simon sie aus ihren Betrachtungen.

Marie wandte sich ihm zu, als er sich in seinen Schreibtischsessel fallen ließ. »Danke für deine Hilfe«, sagte er.

Marie konnte nicht anders als lächeln. »Dafür habt ihr mich eingestellt«, erinnerte sie ihn daran, dass sie an diesem Morgen ihren unterschriebenen Arbeitsvertrag abgegeben hatte.

»Ja.« Simon rieb sich über den Nacken, und Marie erkannte das Unbehagen in seinem Blick. »Deswegen wollte ich kurz mit dir reden.«

»Okay.« Maries Herzschlag beschleunigte sich. Wollte er sie schon wieder feuern?

»Dieses Zusammentreffen mit Frau Riedinger … geht es dir gut? Als ich reinkam, war sie friedlich, aber ich kann mir gut vorstellen, dass sie vorher nicht so nett zu dir gewesen ist. Ich kenne sie schließlich auch noch aus unserer Schulzeit. Und sie hat mir damals schon ziemlich Angst gemacht.«

Marie behielt ihr Lächeln bei, auch wenn es zunehmend anstrengender wurde. »Ich habe alles im Griff gehabt«, sagte sie so fest sie konnte.

»Gut.« Einen Moment schwieg Simon.

Offenbar war das doch nicht das Kündigungsgespräch nach einer unüberlegten Einstellung. »Wenn das alles ist?« Marie wandte sich zum Gehen, dann blieb sie jedoch stehen und drehte sich wieder zu ihm um. »Ihr habt gewusst, dass es mit den Waldkirchern schwierig werden würde, wenn ihr mich einstellt. Warum habt ihr es trotzdem gemacht?«

Simon zuckte mit den Schultern, als wäre das keine große Sache. »Du kennst die Leute. Sie werden sich schon wieder beruhigen.«

Oder auch nicht. Marie war sich da alles andere als sicher.

»Vor allem«, fuhr Simon fort, »weil diese Vorwürfe völliger Blödsinn sind.«

Marie blinzelte, nicht sicher, ob sie gerade richtig verstanden hatte. »Wie bitte?«

»Marie, ich bin damals nicht blind gewesen. Ich habe sehr wohl mitbekommen, dass Anton dich und Nikola gegeneinander ausgespielt hat. Er hat dich benutzt. Er hat Nikola verraten. Aber die Leute gehen gerne den Weg des geringsten Widerstandes. Und bilden sich gern und schnell ein Urteil.«

Natürlich schossen sich die Leute auf die Schwächste ein. Natürlich waren sie bereit, nur das Schlimmste von dem Mädchen zu denken, dessen Mutter mit dem Ruf der Stadtschlampe bei Nacht und Nebel aus Waldkirch verschwunden war.

Simon schenkte Marie ein Lächeln, das ein wenig traurig wirkte. »Ich schäme mich wirklich, weil ich mich damals nicht mehr für dich eingesetzt habe.«

»Aha.« Marie schluckte. Sie verschränkte die Arme vor der Brust und bemühte sich um einen neutralen Gesichtsausdruck. Das war es also. Simon hatte sie nur aus seinem schlechten Gewissen heraus eingestellt. Er wollte ihr jetzt helfen, weil er es als Teenager nicht getan hatte. Verdammt. Sie hasste es, als Sozialfall behandelt zu werden. Wenn es um diesen Job ging, genauso wie früher, als sie die gebrauchten Klamotten anderer Mädchen hatte auftragen müssen. »Mach dir keine Gedanken«, sagte sie und sah Simon fest in die Augen. »Du warst damals schon in München und hast studiert. Weder war es damals deine Aufgabe, mein Leben zu retten, noch musst du dich jetzt für mich verantwortlich fühlen.« Verdammt. Sie klang zickiger, als sie sich in ihrer momentanen Situation erlauben konnte. So sehr sie diese Gönnerhaftigkeit hasste, sie brauchte jeden Cent, wenn Fanny, Emil und ihr nicht das Dach über dem Kopf zusammenfallen sollte.

*

Simon nahm zwei Bier aus dem Kühlschrank und öffnete sie an dem witzigen Öffner, den seine Gleitschirmkumpels ihm von einem Trip nach Hawaii mitgebracht hatten. Er liebte die kitschige, halb nackte Frau, die darauf gemalt war. Offenbar war sie im Moment die einzige Frau in seinem Leben. Was wirklich traurig war.

Kurz verdrehte er die Augen über seine pathetischen Gedanken und wandte sich mit den Flaschen in der Hand zu Mats um, der sich neben Simons Bergschirm, den er auf den Dielen ausgebreitet hatte, vor die Couch gesetzt hatte. Die Polster waren wie meistens mit zwei Gitarren belegt, die er vergessen hatte, in ihre Ständer an der Wand zurückzustellen. Aber Mats war das längst gewöhnt, nahm das Bier entgegen, das Simon ihm reichte, und lehnte sich gegen die Sitzfläche hinter ihm. Simon ließ sich an dem hölzernen Stützpfeiler hinunterrutschen, der mitten im Raum stand, und streckte seine Beine aus. Er hob das Bier, um Mats zuzuprosten.

Sein Freund hob die Flasche mit der linken Hand und streichelte mit der rechten abwechselnd seiner weißen Zwergspitzhündin Ginny und Simons Labrador Schiller über den Rücken, die es sich an seiner Seite bequem gemacht hatten. »Willst du mir erzählen, was das heute für eine Geschichte mit dieser Frau Riedinger war? Als du bemerkt hast, welche Patientin Marie da gerade an das EKG anschloss, bist du wie von der Tarantel gestochen losgerannt.« Er nippte an seinem Bier. »Ein bisschen, als müsstest du den edlen Ritter spielen, der die holde Maid aus den Fängen des bösen Drachen retten muss. Wobei ich bei holder Maid nicht an Frau Riedinger denke.«

Simon musste bei dem Gedanken an die Bibliothekarin als Drachen schmunzeln. Der Vergleich traf es ziemlich genau. Er hatte als kleiner Junge jedenfalls große Angst gehabt, dass sie gleich Feuer spucken würde, wenn er ein Buch zu spät zurückgebracht hatte. Und ihn hatte sie fast so etwas wie gemocht – in Maries Haut hätte er wirklich nicht stecken wollen. Weder damals noch heute.

Er seufzte. »Ja, irgendwie war es genau so. Frau Riedinger hasst Marie schon, seit wir Kinder waren. Aber offenbar ist die holde Maid nicht besonders hilfsbedürftig und zähmt ihre Drachen selbst. Meine Hilfe war dafür jedenfalls nicht erwünscht.«

Mats grinste breit, bevor er sein Bier noch einmal ansetzte, und Simon glaubte, ihn »das kenne ich nur zu gut« murmeln zu hören.

Simons Schwester gehörte definitiv zur Fraktion, die es mit jedem Drachen in ihrer Umgebung persönlich aufnahm. Und mit allen anderen Herausforderungen und Problemen, die das Leben und vor allem ihre neue Aufgabe als Talsprecherin ihr stellten. Mats hatte sich bei dem Versuch, ihr zu helfen, schon die eine oder andere blutige Nase geholt. Metaphorisch gesprochen natürlich. »Ich habe begriffen, dass

Marie es in Waldkirch offenbar nicht leicht gehabt hatte und es in der Vergangenheit ein paar Probleme gab, die noch nicht ganz aufgearbeitet sind«, sprach Mats weiter und entlockte Schiller ein glückliches Brummen, als er das Fell zwischen seinen Ohren kratzte. »Frau Riedinger ist scheinbar einer dieser Schatten aus der Vergangenheit. Oder vielleicht eher eine sehr dunkle Wolke.«

»Was ist mit dir passiert, dass du angefangen hast, in Bildern zu sprechen?«, konnte Simon sich nicht verkneifen, ihn aufzuziehen.

»Das ist eine Gabe, Mann.« Mats zog gespielt herausfordernd die Augenbrauen hoch. »Wenn sie dir gegeben ist, musst du sie auch nutzen.«

»Freilich.« Simon betrachtete seinen Freund einen langen Moment, bevor er innerlich den Kopf schüttelte und ebenfalls an seinem Bier nippte. Mats und er waren schon befreundet, seit sie sich im Medizinstudium eine WG geteilt hatten. Aber sein Freund gehörte zu der Version Arzt, bei der man sofort an arrogante, karrierebesessene Großstadt-Docs in einer Uniklinik dachte. Nicht besonders emphatisch. Nicht besonders nett. Mats war all das gewesen, bis er sich von Simon hatte breitschlagen lassen, in ihrer Landarztpraxis auszuhelfen, bis seine Eltern von ihrer spontanen Weltreise zurück waren. Die Waldkircher hatten ihn sich zurechtgebogen. Und was sie nicht hinbekommen hatten, hatte Sanna übernommen. Und jetzt saß ein Typ in Simons Wohnzimmer, der Metaphern benutzte. »Hallo, Fremder«, zog er Mats weiter auf. Dann wurde er wieder ernst. »Frau Riedinger kann Marie nicht ausstehen, weil ihr Mann mal eine Affäre mit Maries Mutter hatte. Und der Rest des Dorfes kann ihr nicht verzeihen, dass Nikola im Rollstuhl sitzt. Nikola war vor vielen Jahren mit Anton Wolff zusammen. Der hat dann was mit Marie angefangen. Und als das herauskam, ist Nikola in ihr Auto gesprungen, hat in einer Kurve die Kontrolle über den Wagen verloren und ist gegen einen Baum geprallt. Querschnittslähmung«, fasste er das Teenagerdrama zusammen, das damals die Stadt erschüttert hatte. Weiter wollte er aber nicht ins Detail gehen.

Mats nickte bedächtig. »Ich verstehe. Als Information reicht mir das völlig. Ich könnte mich jetzt natürlich an Klatsch und Tratsch beteiligen und dich über die Details ausfragen. Aber ehrlich gesagt würde ich es gern wie in Frankfurt halten. Dort hatte ich fantastische Mitarbeiter in der Notaufnahme, deren Privatleben ich nicht im Geringsten kannte. Es war für mich auch nicht von Bedeutung. Wichtig war für mich nur, dass ich mich auf sie verlassen konnte und sie gute Arbeit geleistet haben. Und genau das tut Marie auch. Also ist es mir egal, was irgendwann mal in diesem Dorf passiert ist, was offenbar keiner vergessen kann.«

»Hmm.« Simon rieb sich mit der Hand über den Nacken. »Du weißt, dass das in Waldkirch nicht so einfach ist. Die Geschichte der Menschen gehört hier einfach dazu. Du wirst sie nicht auf ewig außen vor lassen können. Aber ich bin ganz deiner Meinung, nichts auf das Geschwätz der Leute zu geben. Ich habe genau wie du das Gefühl, dass Marie wirklich gute Arbeit leistet. Und wir brauchen sie verdammt dringend. Ich wollte sie heute wirklich vor Frau Riedinger beschützen, weil ich mir sicher war, dass sie Marie anfeinden würde. Aber sie hatte die Situation bereits ohne mich geklärt. Wenn du etwas über Marie wissen willst, solltest du sie auf jeden Fall selbst fragen und nicht auf den Klatsch und Tratsch hören.«

»Was beruhigend ist. Wenn wir Marie vor jedem Patienten

beschützen müssten, der glaubt, aus der Vergangenheit noch eine Rechnung mit ihr offen zu haben, hätten wir am Ende mehr zu tun als ohne sie.«

»Die Leute werden sich an ihre Rückkehr gewöhnen. Und irgendwann wird das alles Schnee von gestern sein.« Das hoffte Simon zumindest. Er wusste, wie nachtragend die Waldkircher sein konnten. Mindestens so sehr, wie sie stur waren.

»Und was läuft da zwischen dir und Marie?«, fragte Mats dermaßen aus heiterem Himmel, dass sich Simon, der gerade einen Schluck Bier trinken wollte, verschluckte.

»Was?« Er wischte sich über den Mund und hob seine Hände dann zu einer verständnislosen Geste. »Was soll das heißen? Zwischen mir und Marie läuft nichts. Wie kommst du auf dieses schmale Brett?«

Mats zuckte die Achseln. »Ich dachte, du hast vielleicht ein Auge auf sie geworfen.« Ginny drehte sich gerade mit einem kleinen Hundeseufzer auf den Rücken, damit Daddy ihr den Bauch kraulen konnte. Mats warf dem aufgeplatzten Marshmallow, wie er sie nannte, einen liebevollen Blick zu, bevor er den Kopf wieder hob und Simon ansah. »Oder warst du früher mal in sie verknallt? Auf jeden Fall hast du ziemlich merkwürdig reagiert und sie irgendwie überrascht angestarrt, als du bei ihrem Vorstellungsgespräch in den Raum gekommen bist«, setzte er seine Beobachtungen fort.

Simon verdrehte die Augen. »Nein, natürlich nicht.« Er war einfach nur überrascht gewesen, Marie wiederzusehen, nachdem er ihr und ihrem Sohn bereits morgens beim Bäcker über den Weg gelaufen war. Aber von diesem Zwischenfall hatte er niemandem erzählt, weil das Marie sicher sehr unangenehm gewesen wäre. »Ich war meine Schulzeit über in festen Händen«, erinnerte er Mats daran, dass er in seinem ersten Studienjahr manchmal noch ganz schön unter Liebeskummer gelitten hatte.

»Jaja, Vicky Mayer.« Mats grinste. »Aber vergiss nicht, ich kenne dich, mein Freund. Ich kenne dich verdammt gut.« Er wies mit der Bierflasche in der Hand auf Simon. »Und diesen Blick, den kenne ich auch.«

Simon schnaubte. »Vielleicht hörst du einfach mal auf, ständig zu glauben, dass du wüsstest, was ich denke. Oder hättest eine Ahnung, was ich will.«

»Gut.« Mats hob noch einmal sein halb leeres Bier zu einem Toast. »Hoffen wir, dass auch Mila das zeitnah begreift. Sie hat mich schon zweimal darauf angesprochen, dass du einen Fehler gemacht hast.« Grinsend rieb er Ginny über den Bauch. »Auf mich hat sie dabei ziemlich eifersüchtig gewirkt.«

Mit einem entnervten Stöhnen lehnte Simon den Kopf gegen den Pfeiler und schloss für einen Moment die Augen. »Ich hätte wirklich nicht mit ihr ausgehen sollen. Seitdem hat sie offenbar das Gefühl, bei der Führung der Praxis ein Mitspracherecht zu haben.«

»Du hättest sie nicht küssen dürfen«, korrigierte Mats ihn. »Wenn du eine Frau zum Essen einlädst und dann küsst, musst du damit rechnen, dass sie anfängt, sich in dein Leben einzumischen, in deine Arbeit, in deine Freizeit. Und irgendwann … bestimmt sie vermutlich, was du anziehst.«

Simon verschluckte sich zum zweiten Mal innerhalb von Minuten an seinem Bier. »Hast du das gerade ernsthaft gesagt?«, keuchte er hustend. »Wenn ich das meiner Schwester erzähle, hast du ein Problem, Kumpel.«

»Ich bin ja glücklich, wenn sich Sanna in mein Leben einmischt. Das war das Beste, was mir passieren konnte. Aber Mila und du?«

»Hmm.« Simon wusste, dass es wirklich nicht die beste Idee gewesen war, auf ein Date mit Mila zu gehen. Er mochte sie. Sie waren seit vielen Jahren befreundet, und er hatte in den vergangenen Monaten begriffen, wie sehr er sich nach einer Beziehung sehnte. Er wollte das, was Sanna und Mats hatten. Das, was seine Eltern gerade neu für sich entdeckten. Aber er würde es nicht übers Knie brechen. Nicht nach dem Date mit Mila. Sie war ebenfalls offen für eine Beziehung. Doch als sie sich am Ende des Abends geküsst hatten, war da einfach gar nichts gewesen. Kein Kribbeln. Kein Funken. Es hatte sich fast angefühlt, als drücke er seine Lippen auf die einer kleinen Schwester. »Wir waren uns einig, das Ganze nicht zu verkomplizieren«, erklärte er Mats. »Es war ein Versuch und hat nicht funktioniert. Ende der Geschichte. Mila und Marie haben ihre eigene Geschichte. Aber ich bin mir sicher, dass sie es bald schaffen, eine gemeinsame Basis zu finden.«

»Um des Friedens in der Praxis willen hoffe ich das.« Mats zog sein Handy aus der Tasche. »Da ist noch was, was ich dir gerne zeigen würde.« Er tippte auf dem Display herum und reichte Simon das Gerät dann.

Simon blickte auf die Seite, die sein Freund aufgerufen hatte. »Die Ausschreibung zu einem Forschungsprojekt?« Er sah wieder auf. »In Paris?«

Mats nickte. »Innovationen auf dem Gebiet der Notfallmedizin. Sie haben mich extra angeschrieben und gebeten, mich zu bewerben.« Er tippte sich mit der Bierflasche gegen die Unterlippe. »Und ich denke ernsthaft darüber nach.«

»Verstehe ich.« Simon überflog die Ausschreibung. »Das ist genau dein Thema. Wenn du die Chance bekommst, bei so etwas mitzumachen, solltest du zuschlagen. Was spricht denn dagegen?«

Mats seufzte. »Mir ging es noch nie so gut wie in den vergangenen Wochen in Waldkirch«, sagte er leise. »Ich bin noch nie so zur Ruhe gekommen wie hier.«

»Du bist in meine Schwester verknallt. Natürlich fühlst du dich so gut wie nie zuvor. Aber so eine Chance …« Er reichte Mats das Handy zurück.

»Ich meine ja nur. Der Zustand könnte gern noch ein bisschen anhalten. Ich wollte mich gar nicht so schnell auf etwas Neues einlassen. Aber das Projekt startet auch erst im Januar. Ich müsste für ein Vierteljahr nach Paris und könnte es den Rest des Jahres digital betreuen.«

»Und wenn du zurück bist, ist diese Oberarztstelle in der Notaufnahme im Klinikum Oberstdorf vakant, mit der du liebäugelst. Das wäre doch perfekt.« Simon grinste. »Wie ich meine Eltern kenne, werden sie auf jeden Fall noch eine Weile unterwegs sein. Du kannst also, bis du in Paris durchstartest, weiter dein Unwesen in der Praxis treiben.«

»Danke. Das Angebot weiß ich sehr zu schätzen.« Mats leerte seine Flasche und rappelte sich, genau wie Simon, auf. »Und jetzt muss ich nach Hause. Ich will Sanna mit einem Abendessen überraschen, wenn sie von der Gemeinderatssitzung kommt, und das Ganze dann mit ihr durchsprechen.«

»Gnade uns Gott«, murmelte Simon und erhob sich ebenfalls. »Du weißt, dass die Tatsache, dass wir eine neue MFA haben, nicht automatisch bedeutet, dass Sanna und du wegen Lebensmittelvergiftung ausfallen könnt.«

Mats boxte ihm spielerisch in den Bauch, bevor er seine Flasche in den Leergutkasten hinter der Kücheninsel stellte. »Du bist so witzig. Nicht.«

»Ich habe beim Besten gelernt«, ging Simon auf die Kabbelei ein und stellte seine Flasche ebenfalls weg. Er war verdammt froh, dass sein bester Freund in Waldkirch lebte. Sie hatten nach dem Studium nie den Kontakt verloren und regelmäßig telefoniert und Mails ausgetauscht. Aber im gleichen Ort zu leben und zusammen zu arbeiten, war noch einmal etwas ganz anderes. Und er genoss jede verdammte Minute davon.

Simon blickte auf die Uhr, als Mats die Treppen von seiner Wohnung in den Hof hinunterpolterte. Er hatte noch ungefähr eine Stunde, bis er zur Bandprobe der Cover Bandits musste. Zeit genug, um noch ein paar Befunde zu schreiben, zu denen er in der Praxis nicht gekommen war. Aber zuerst würde er Kati Saalfeld anrufen und um einen Gefallen bitten. So, wie man es in Waldkirch machte, wenn man bei etwas Hilfe brauchte.

4

Die Strecke zur Probenscheune legte Simon mit dem Mountainbike zurück. Die Alternative wäre der Wagen seines Vaters gewesen, mit dem er sich noch immer nicht so richtig anfreunden konnte. Ein Smart war eben nicht seine Rosi. Er würde dieses Gefährt jedenfalls nur benutzen, wenn er unbedingt musste.

Simon trug seine Akustikgitarre auf dem Rücken. Er brauchte später zwar auch seine E-Gitarre, aber auf dem Rad konnte er nicht beide mitnehmen. Sein Freund Korbi, der gleichzeitig auch der Gründer der Cover Bandits war, hatte immer ein paar Gitarren bei den Proben dabei, von denen Simon sich eine leihen konnte. Es wurde wirklich höchste Zeit, dass sein Bus endlich ausgeliefert wurde.

Ein paar hundert Meter vor sich erkannte Simon seinen Kumpel Tim, der ebenfalls mit dem Mountainbike um die Schlaglöcher des Feldweges kurvte. Er war der Schlagzeuger ihrer Band. Sein Instrument blieb in der Probenscheune, solange sie es nicht für einen Auftritt brauchten, weshalb er im Gegensatz zu Simon nichts mit sich herumschleppen musste.

Simon trat fester in die Pedale, um zu Tim aufzuholen. Als er auf gleicher Höhe war, streckten beide die Hand zur Ghettofaust aus, die übliche Begrüßung zwischen ihnen. Eine Minute später rollten sie auf das Grundstück, auf dem die Banditen-Scheune, wie sie ihr Probendomizil nannten, stand. Die Autos von Korbi, ihrem Leadsänger, und Biber, dem Keyboarder der Cover Bandits, parkten bereits vor dem aufgeschobenen Scheunentor, aus dem ihnen Nirvana entgegenschallte.

Simon und Tim lehnten ihre Bikes an die Scheunenwand, die noch immer die Wärme dieses Tages speicherte, und betraten den großen, hellen Raum der Tenne. Korbi und Biber saßen sich an der Biertischgarnitur, die sie in die Ecke geschoben hatten, gegenüber und hatten die Köpfe zusammengesteckt. Als sie Simon und Tim bemerkten, blickten sie auf, und Korbi drehte Kurt Cobain ein bisschen den Saft ab. »Hey«, rief er ihnen zu. »Gut, dass du da bist, Doc. Unsere Diva hier hat ein kleines Problem.«

Biber hob prompt seine Hand und hielt ihnen seinen Mittelfinger entgegen. »Ich hab mir einen verdammten Spreißel in den Finger gerammt und krieg ihn nicht mehr raus. Du musst mir helfen.«

»Verdammt«, zog Simon seinen Kumpel auf, der tatsächlich ein wenig zur Weinerlichkeit und Hypochondrie neigte. »Ich habe gar nichts zum Amputieren dabei. Vielleicht rufe ich lieber einen Hubschrauber, der dich in die nächste Klinik bringt.«

»Alter.« Biber verdrehte die Augen. »Du bist kein bisschen witzig. Das tut weh. Und wahrscheinlich kommen Keime in die Wunde. So kann ich nicht spielen«, beschwerte er sich.

Simon stellte seine Gitarre ab, begrüßte Korbi ebenfalls mit einer Ghettofaust und griff dann statt einer Begrüßung nach

Bibers Hand, um ihn zu begutachten. »Schwester Tim«, rief er und schnippte mit dem Finger. »Einmal den Erste-Hilfe-Kasten bitte.«

Jeder von ihnen hatte etwas zur Banditen-Scheune beigetragen, was ihm wichtig war. Tim legte Wert auf sauber verlegte Elektrik, Korbi brauchte einen Bierkühlschrank und Biber das Dixi-Klo, das sie ein paar Meter entfernt am Waldrand aufgestellt hatten. Für Simon war eine ordentliche Notfallausrüstung nicht verhandelbar gewesen. Er griff nach der Box, die Tim über den Tisch schob, und holte Desinfektionsmittel und eine Pinzette heraus.

Der kleine Holzsplitter war ruckzuck entfernt, die winzige Wunde desinfiziert, und Biber hatte nur ein kurzes, gezischtes »Aua« von sich gegeben. Er wollte seinen Finger gerade wegziehen, als Simon ihn aufhielt. »Moment! Ich bin noch nicht fertig.« Er griff in ein Seitenfach des Erste-Hilfe-Päckchens und zog ein glitzerndes Pflaster hervor. »Du hattest völlig recht: Wir müssen die Wunde vor Keimen schützen.« Simon verfügte über Unmengen verschiedener Kinderpflaster und hatte eine besonders hübsche Auswahl hier deponiert. Mit geschickten Bewegungen wickelte er das pinkfarbene Leukoplast mit funkelnden Schmetterlingen in Regenbogenfarben um Bibers Fingerkuppe.

»Du bist so ein Arsch«, beschied Biber ihm sofort und fischte in der Notfallbox nach einem neutralen Pflaster. Aber Simon hatte zur Freude von Tim und Korbi den kompletten Pflasterbestand ausgetauscht. Biber warf ihm einen wütenden Blick über seinen jetzt bunten Mittelfinger hinweg zu, den Korbi in einem Schnappschuss festhielt und umgehend auf der Instagram-Seite der Band postete. Tim begleitete das Ganze mit einem Schlagzeugsolo.

Biber überlegte ernsthaft, ob er das Pflaster herunterreißen sollte, während Simon den Erste-Hilfe-Kasten wieder einräumte – die Angst vor Keimen war am Ende aber offenbar doch größer als der peinliche Verband. Schließlich trottete er mit einem missmutigen »Können wir jetzt endlich mit der Probe anfangen?« zu seinem Keyboard.

Simon fing Korbis Grinsen auf und blickte zu Tim hinüber, der sich das Lachen auch kaum verkneifen konnte. »Bereit«, teilte er Biber mit. »So was von bereit.«

*

Marie schaltete die Maschine aus, mit der sie den Namen »Emily« in eine Babydecke gestickt hatte. Die Auftragsarbeit einer künftigen Großmutter zur Geburt ihrer Enkelin, die sie über ihren Etsy-Shop erhalten hatte. Sie legte die Decke zur Seite und rollte ihre verspannten Schultern.

Fanny sah von ihrer Näharbeit auf und warf Marie einen Blick über den Rand ihrer Brille zu. Sie hatte Platz in ihrem Nähzimmer geschaffen, und Marie genoss es, wieder mit ihr zusammen zu arbeiten. Sie sprachen meist nicht viel, aber Marie hatte die ruhige, liebevolle Gegenwart ihrer Großmutter in diesem Raum immer am deutlichsten gespürt.

»Ist schön geworden«, sagte Fanny mit einem Blick auf die Decke. »Wenn die Leute so kurzfristige Arbeiten bei dir in Auftrag geben, solltest du aber wirklich ein bisschen mehr verlangen. Eine kleine zusätzliche Gebühr wäre da nur angemessen.«

Notwendig wäre sie auf jeden Fall, dachte Marie mit einem Blick in die linke Zimmerecke, in der sich die Raufasertapete über einer feuchten Stelle wölbte. »Ja«, sagte sie und seufzte. »Vielleicht passe ich das bald an. Aber im Moment möchte ich meinen Shop erst einmal wieder richtig zum Laufen bringen. Ich habe in den letzten Jahren nicht allzu viel gemacht.«

»Im Moment«, benutzte Fanny ihre Worte, legte ihr die Hand auf die Schulter und strich über Maries verspannte Muskeln, »solltest du mal an die frische Luft gehen und einen kleinen Spaziergang machen. Du bist völlig verspannt und siehst ein bisschen blass um die Nase aus.«

Maries zögerte. Ihr Blick ging zur Decke, und Fanny verstand offenbar, was sie dachte. »Emil schläft tief und fest. Und ich werde in der Zwischenzeit schon nicht die Küche mit dem Wasserkocher in Brand setzen.« Sie tätschelte Maries Hand und lächelte. »Du hast die Berge doch früher mal so geliebt und warst so gern in der Natur. Vielleicht kannst du dein Herz ja wieder für diese Gegend öffnen. Vor allem, wenn du vorhast, hier zu leben, solltest du dem Allgäu eine Chance geben. Erst der Landschaft, und dann irgendwann vielleicht auch wieder den Menschen.«

Marie macht sich nicht die Mühe, ihre Großmutter darauf hinzuweisen, dass nicht sie diejenige war, die den Menschen in Waldkirch eine Chance geben musste, aber die Idee, sich noch ein wenig die Beine zu vertreten, gefiel ihr. Sie warf einen unauffälligen Blick auf die Näharbeit ihrer Großmutter. Die Nähte sahen sauber und akkurat aus wie immer. Nichts deutete darauf hin, dass Fanny nicht orientiert, verwirrt oder vergesslich wäre. Allerdings war die Wasserflasche, die sie vor einer Weile neben Fannys Arbeitsplatz gestellt hatte, nach wie vor unangetastet. »Okay. Ich drehe aber nur eine kleine Runde und bin gleich wieder da«, versprach sie. »Unter einer Bedingung.« Sie zeigte auf die Flasche. »Du trinkst in der

Zwischenzeit ausreichend Wasser. Du hast den ganzen Tag über ziemlich wenig getrunken.«

Fanny seufzte auf eine Art, die einem verbalen Augenverdrehen entsprach. »Jaja, mach ich«, versprach sie. »Und jetzt geh.«

Der Abend war warm, und die Sonne gerade erst dabei, hinter die Bergkuppen zu sinken. Der Duft von Blumen und Gräsern lag wie eine schwere Decke über dem Tal. Marie schnappte sich einen Hoodie, weil es schnell kühl werden würde, sobald die Sonne verschwand, und schlenderte dann durch den Garten ihrer Großmutter, unter den Obstbäumen hindurch, vorbei an den vielen Blumen, die ihre großen, schweren Blütenköpfe in der leichten Brise wiegten.

Sie balancierte über die schmale, ebenfalls etwas baufällige Brücke auf die andere Seite des Baches, und ging dann weiter in Richtung der Wiesen, auf denen sie das leise, beruhigende Läuten der Kuhglocken hören konnte, das sie so sehr mit Zuhause verband.

Auf dem Feldweg kam ihr ein Traktor entgegen. Die Sonne stand bereits so tief, dass sich das orange Licht im Führerhaus spiegelte. Erst als das Gefährt sie schon fast erreicht hatte, erkannte Marie den Nachbarn ihrer Großmutter, Helmut Angermaier. Sie hatte die Hand bereits halb zum Gruß gehoben, als ihr klar wurde, dass er direkt auf sie zuhielt, seine Geschwindigkeit nicht verringerte und keine Anstalten machte auszuweichen. Im letzten Moment sprang Marie zur Seite, und der Traktor rauschte an ihr vorbei. Sie hatte das Gefühl, ein fieses Lächeln im Gesicht des Bauern aufblitzen zu sehen.

»Mistkerl!«, fluchte sie leise. Angermaier war dafür bekannt, ein schlecht gelaunter alter Stinkstiefel zu sein. Sie konnte also nicht mit Sicherheit sagen, ob er jeden so aufs

Korn genommen hätte, der über diesen Weg spaziert wäre. Aber wenn sie wetten müsste, würde sie darauf tippen, dass auch er nicht besonders begeistert von ihrer Rückkehr war.

Marie überlegte umzudrehen. Aber sie hatte es heute schon mit einer renitenten Patientin aufgenommen, also würde sie sich jetzt von einem griesgrämigen alten Bauern erst recht nicht in die Flucht jagen lassen. Sie ging ein Stück weiter und horchte überrascht auf, als sie neben der typischen Geräuschkulisse des Braunviehs noch etwas anderes hörte: Musik. Leise Gitarrentöne wehten aus Richtung der Scheune des alten Schlittenrieder Ferdinand zu ihr herüber. Das Ding hatte schon in ihrer Kindheit und Jugend jahrelang leer gestanden. Wer trieb sich also dort herum? Neugierig schlug sie den Weg in diese Richtung ein und folgte der Melodie.

Die Musik klang tatsächlich aus der Scheune des alten Schlittenrieder. Livemusik, wie Marie bewusst wurde, je näher sie kam. Sie überlegte einen Moment, ob sie einfach weitergehen sollte, doch dann zogen die Neugier und das Cover von Oasis' »Wonderwall« sie zu den offen stehenden Scheunentoren. Vorsichtig spähte sie um die Ecke – und erkannte als Erstes Simon, der, eine Akustikgitarre umgehängt, auf den Hals seines Instrumentes hinunterblickte, als wolle er sich versichern, die richtigen Akkorde zu greifen. Neben ihm, den Blick auf ein Tablet gerichtet, auf dem sich vermutlich die Noten und der Text befanden, stand Korbinian Schlittenrieder. Marie erkannte ihn sofort aus ihrer Schulzeit wieder. So wie auch Tim Brenner und Hase … nein, Biber. Genau. Peter – Biber – Holzmayer.

Marie erinnerte sich daran, dass die Jungs auch früher schon zusammen Musik gemacht hatten. Damals allerdings noch in einem muffigen Probenraum im Keller ihres Gymnasiums. Aber damals hatte sie nur Augen für Anton gehabt und deshalb von den anderen Jungs nicht so viel mitbekommen.

Korbi blickte von seinem Tablet auf, entdeckte sie und zwinkerte ihr mit einem breiten Grinsen zu. Ganz so, als verbinde er keine negativen Gedanken mit ihr. Was sich, wie sie gestehen musste, gut anfühlte. Besonders nach dem Beinahezusammenstoß mit dem Angermaier gerade eben. Sie erwiderte das Lächeln. Korbi hatte sich nicht besonders verändert, seit er Abitur gemacht hatte. Er war immer noch ein großer Schlaks mit einem wirren blonden Haarmob, der wilder aussah als der, den Simon früher getragen hatte. Tim, dessen zerrissene Jeans und Shirts zusammen mit seinen ausgelatschten, verdreckten Chucks damals ein Statement gewesen waren, trug ein schlichtes Poloshirt, dunkle Jeans (am Stück) und weiße Sneaker. Und Biber, der seinen Spitznamen nicht nur bekommen hatte, weil das Wort Holz in seinem Nachnamen vorkam, war inzwischen in seine etwas zu großen Vorderzähne hineingewachsen und sah mit dem gepflegten Bart und dem akkuraten Haarschnitt deutlich besser aus als zu Teenagerzeiten.

»Versaut den Übergang nicht wieder«, rief Korbi, als sich die Melodie änderte und sie zu einem Song von Green Day wechselten. Offenbar klappte der Übergang, denn Korbi nickte zufrieden.

Im nächsten Moment sah Simon auf, und ihre Blicke trafen sich. Überraschung spiegelte sich in seinem Gesicht, und seine Gitarre gab einen Ton von sich, der nicht ganz zur Melodie passte. Korbi gab einen genervten Laut von sich. Simon blickte zu ihm hinüber, und Marie glaubte, seine Lippen ein tonloses ›Sorry‹ murmeln zu sehen. Korbi verdrehte die Augen, grinste dann aber.

Auch die anderen Bandmitglieder hatten sie inzwischen entdeckt, und es fühlte sich so an, als erhielte sie ein kleines Privatkonzert. Sie hörte weiter zu, als sie zu einer bluesigen Version von Mark Ambors »Belong Together« wechselten und danach Bruce Springsteens »Born in the USA« anspielten.

»Pause«, verkündete Korbi, als die letzten Akkorde des Songs verklangen.

Für Marie das Zeichen, wieder zu verschwinden. Sie stieß sich aus dem Türrahmen ab, in den sie sich gelehnt hatte, und applaudierte der Band.

Artig, als hätten sie tatsächlich für sie gespielt, verbeugten sie sich.

Lachend winkte Marie ihnen noch einmal zu und wandte sich zum Gehen.

Sie hatte den Feldweg, der sie zu Fannys Haus führte, schon fast erreicht, als sie Schritte hinter sich hörte.

»Marie, warte.« Simon.

Sie drehte sich um und blieb stehen. Simon kam auf sie zu, in jeder Hand ein Bier. Die Sonne, die in seinem Rücken hinter die Berge sank, ließ ihn und seine Gitarre, die er an ihrem Gurt nach hinten gedreht hatte, leuchten, als wäre er von einer schimmernden Aura umgeben. Als ob ein goldener Junge wie er solche Special Effects überhaupt nötig hatte.

Simon hielt ihr eines der Biere entgegen. Als sie nicht sofort danach griff, legte er den Kopf schräg. »Auf deinen ersten Arbeitstag?«, schlug er vor.

Marie schnaubte und musste lachen. Obwohl sie gar nicht vorgehabt hatte, mit ihm zu sprechen, griff sie nach dem Bier. »Darauf sollte ich wirklich anstoßen. Ich habe ihn immerhin überlebt. Oder sollte ich besser sagen, ich habe Frau Riedinger überlebt?«

Simon zog die Mundwinkel hoch, lachte aber nicht. »Du hast das super gemacht. Und Marie, mach dir keine Sorgen, die Leute werden sich schon noch an dich gewöhnen.«

*

Simon sah Marie dabei zu, wie sie sich einmal um die eigene Achse drehte und ihre Umgebung in sich aufnahm, bevor sie an ihrem Bier nippte. Ihre Haare waren auf dem Kopf zu einem Knoten gebunden, und einige Strähnen fielen um ihr Gesicht und in ihren Nacken. Die untergehende Sonne ließ sie rotgold aufleuchten, wie auch die Sommersprossen auf ihrer blassen Haut.

Er war überrascht gewesen, als er aufgeblickt hatte und sie im Scheunentor hatte lehnen sehen. Einen Moment hatte er sich gefragt, was sie hier machte. Dann war ihm eingefallen, dass das Haus ihrer Großmutter gar nicht weit von der Scheune entfernt stand. So wie sie gekleidet war, in Jeans, einem Tanktop und einem Hoodie, den sie sich um die Taille gebunden hatte, sah sie aus, als wäre sie zu einem kleinen Abendspaziergang aufgebrochen und über den Probenraum gestolpert.

»Ich hatte diese Ecke hier gar nicht so schön in Erinnerung«, sagte sie. »Als Kind habe ich mich oft in der alten Scheune herumgetrieben. Damals lag noch Stroh auf der Tenne.«

Simon blickte zur Banditen-Scheune hinüber. »Dann hast du Glück gehabt, dass du nicht durch den Boden geknallt bist und dir das Genick gebrochen hast. Als wir die Scheune restauriert haben, war da oben alles morsch.«

»Ihr habt die Scheune selbst wieder in Schuss gebracht?« Marie sah ihn überrascht an.

»Wir haben sie zusammen mit ein paar Freunden so weit renoviert, dass sie uns beim Proben nicht auf den Kopf fällt. Deshalb feiern wir auch einmal im Jahr eine Banditen-Party für Freunde und Unterstützer. Die diesjährige hast du noch nicht verpasst, sie findet erst in ein paar Wochen statt. Ich würde mich freuen, wenn du kommst.«

»Mal sehen«, murmelte Marie. Im Moment konnte sie sich beim besten Willen nicht vorstellen, mit halb Waldkirch auf einer Party zu sein. »Ist das jetzt eure Scheune?«, versuchte sie, Simon auf ein anderes Thema zu lenken.

»Sie gehört noch immer Korbis Onkel«, erzählte er.

Marie nickte. »Dem alten Schlittenrieder.«

»Genau. Er hat dieses Ding schon seit Jahrzehnten nicht mehr genutzt und uns erlaubt, unseren Probenraum hierher zu verlegen. Nach dem Abi konnten wir ja nicht mehr in den Schulkeller. Ferdinand hat uns eben nur eine Bedingung gestellt: Wir mussten dafür sorgen, dass uns die Scheune nicht über den Köpfen zusammenfällt. Das war der Grund, warum wir sie erst in Schuss gehalten und dann über die Jahre immer weiter aus- und umgebaut haben.«

»Sie ist ein richtiges Schmuckstück geworden«, sagte Marie leise und trank noch einen Schluck Bier. »Und ihr spielt echt gut.«

»Danke.« Simon grinste. »Wir spielen übrigens auch auf dem Waldkircher Sommer. Falls du uns mal auf einer Bühne erleben willst und keine Zeit hast, zu unserer Party zu kommen.«

Sie zuckte mit den Schultern, als sei sie unschlüssig. »Vielleicht schaue ich mir euren Auftritt an«, blieb sie vage.

Simon hatte das Gefühl, dass sie innerlich bereits einen Schritt zurück machte. Aus einem Grund, den er selbst nicht ganz verstand, wollte er das Gespräch noch nicht beenden, auch wenn der Rest der Band vermutlich schon auf ihn wartete, um weiterzuproben. Die Nachricht seiner Schwester fiel ihm wieder ein. »Übrigens ganz gut, dass ich dich hier treffe.« Nachdem er mit Kati gesprochen hatte und auch Sanna noch einmal bei den Waldkircher Zwergen angerufen hatte, hatten sie einen Kitaplatz für Maries Sohn organisieren können. Die Leiterin der Einrichtung hatte vorgeschlagen, dass Marie einfach in ihrer nächsten Mittagspause bei ihr vorbeikommen und sich Katis Gruppe anschauen sollte. »Wir haben einen Kitaplatz für Emil.«

»Was?« Marie reagierte nicht so begeistert, wie er sich das vorgestellt hatte. Stattdessen wurde ihr Gesichtsausdruck für einen Augenblick abweisend und dann völlig blank. Die freundschaftliche Atmosphäre, die gerade noch geherrscht hatte, wich einer unangenehmen Distanz. »Das hättest du nicht machen müssen.«

Simon hatte keine Ahnung, was für Maries Stimmungsumschwung verantwortlich war. »Das war nicht *ich*«, betonte er, dass er persönlich höchstens zur Hälfte an dieser Entwicklung beteiligt war. »Das hat deine neue Arbeitsstelle für dich arrangiert.« Er zwinkerte ihr zu, in der Hoffnung, das Eis zu tauen, das sich plötzlich um Marie gelegt zu haben schien.

»Ihr«, korrigierte Marie sich. »Ihr hättet das nicht tun müssen.« Sie hielt Simon ihre halb volle Flasche hin. »Ich muss jetzt gehen. Danke für das Bier.«

Simon griff nach der Flasche und sah Marie überrumpelt hinterher, als sie sich einfach umdrehte und davonstolzierte.

»Uh«, hörte er Biber hinter sich. »Hat die Lady dich abblitzen lassen?«

»Ihr könnt mich mal«, knurrte Simon, als er sich umwandte. Seine Kumpels standen breitbeinig, mit vor der Brust verschränkten Armen im Scheunentor und betrachteten ihn, als wäre er ein interessantes Insekt. Es überraschte ihn, dass Maries Verhalten ihn ärgerte. Es war ihm eindeutig nicht egal, dass sie ihn einfach hatte stehen lassen. Vor allem, nachdem er so nett zu ihr gewesen war und sie kein bisschen behandelte, wie es zum Beispiel Frau Riedinger oder Frau Seibold taten.

»So viele hübsche Mädchen, und keine davon kriegst du an Land gezogen«, ließ sich Biber abermals vernehmen. Seine große Klappe war vermutlich die Rache für das Schmetterlings-Glitzer-Pflaster. »Vielleicht solltest du aufhören, deine Mitarbeiterinnen zu daten. Das hat ja bei Mila auch schon nicht geklappt.«

Simon schluckte. Das war schon das zweite Mal, dass ihn jemand an diesem Tag an seine Verabredung mit Mila erinnerte. Und an den Kuss, der so gar nicht funktioniert hatte. Er seufzte und sah Marie nach, die zwischen den Bäumen verschwand.

Korbi hatte die Cover Bandits in ihrer Teenagerzeit gegründet und Simon und die anderen überredet mitzumachen, um bei den Mädchen punkten zu können. Inzwischen nutzten sie die Band schon lange nicht mehr, um sich von den Frauen im Tal bewundern zu lassen. Aber ein bisschen beeindruckter hätte Marie sich vielleicht doch zeigen können.

*

Marie schaffte es lange nicht einzuschlafen. Als sie von ihrem Spaziergang nach Hause gekommen war, waren die Lichter bereits gelöscht. Sie hatte überprüft, ob der Herd und die Bügeleisen im Nähzimmer ausgeschaltet waren und Fanny wenigstens einen Teil ihres Wassers getrunken hatte, bevor sie die knarzenden Treppenstufen hinaufgestiegen war. Im Zimmer ihrer Großmutter hörte sie das leise Murmeln des Fernsehers, und ein Blick in Emils Reich zeigte ihr, dass ihr Sohn tief und fest schlief.

Marie ging leise in ihr Zimmer, zog sich aus und kroch unter die weiche Baumwolldecke in ihrem schmalen Bett unter der Dachschräge. Der Duft nach dem Waschmittel, dem Wald vor dem geöffneten Fenster und den Blumen in Fannys Garten hatte immer eine beruhigende Wirkung auf sie gehabt. Genau wie das Murmeln des Baches, der etwas von einem angenehmen Hintergrundrauschen hatte.

Doch sie war viel zu aufgewühlt, um all das wahrzunehmen. Der Tag war anstrengend und herausfordernd gewesen, mit den unschönen Begegnungen an ihrem Arbeitsplatz (dabei war sie Mila Abendroth noch nicht einmal über den Weg gelaufen) genauso wie die finanziellen Sorgen, die sie sich machte, wenn es um das Haus ihrer Großmutter ging. Das kleine Konzert der Cover Bandits war genau das gewesen, was sie gebraucht hatte. Dieser Moment hatte ihr gutgetan. Das Bier mit Simon hatte sie überrascht – auf die angenehme Art.

Und dann hatte er wieder angefangen, den Gönner heraushängen zu lassen. Sie hatte abermals das Mitleid gespürt, aus dem er – oder auch seine Schwester, ihr war das egal – einen Kitaplatz für Emil besorgt hatte. Noch ein Almosen, das sie nicht brauchen wollte. Das sie nicht ausschlagen konnte, weil sie Fanny nicht die komplette Verantwortung für ihren Sohn aufbürden wollte. Besonders nicht, solange sie nicht sicher sagen konnte, dass Fanny nicht doch Anzeichen von Demenz aufwies, auch wenn sie noch nichts davon bemerkt hatte, seit Emil und sie zurück waren.

Sie würde das Angebot annehmen müssen und ihren Sohn

und sich in der Kita vorstellen. Zähneknirschend. Aber verdammt, Simon Thaler hatte es an diesem Abend vor dieser wundervollen alten Scheune geschafft, einen schönen Augenblick zu zerstören.

5

Quax-Club

Moser Alois:
Geht heute jemand fliegen?

Simon:
Ich auf jeden Fall. Soll ich den Wagen meines Vaters an den Landeplatz stellen?

Oberer Peter:
Ist das nicht ein Smart?

Koch Justus:
Ha ha! 😂 Wie viele Leute willst du darin denn mit zum Startplatz nehmen?

Moser Alois:
Nicht nötig, Simon. Ich hab die Landebiervorräte aufgefüllt und lasse den Subaru stehen. Peter, nimmst du mich mit zum Startplatz?

Oberer Peter:
Freilich. 👍

Marie brachte die erste Arbeitswoche hinter sich. Es gab gute Momente, in denen sich auch Menschen aus ihrer Vergangenheit freundlich verhielten. Es hatte Augenblicke gegeben, in denen sie am liebsten im Boden versunken wäre, so direkt hatten Leute aus dem Ort ihren Hass auf sie geschleudert. »Hexe« war da noch das mildeste Schimpfwort gewesen. Aber all das war nichts gegen die Abscheu, die Mila ihr entgegenbrachte, wann immer sie sich in der Praxis über den Weg liefen. Zum Glück war das nicht zu oft der Fall. Seit Marie angefangen hatte, für die Thalers zu arbeiten, stürzte sich die Versorgungsassistentin regelrecht in ihren Job und war den größten Teil des Tages unterwegs. Marie wusste, dass Mila sehr beliebt war. Sie war nett und hilfsbereit und schaffte es, mit ein bisschen Charme und einem eisernen Willen selbst die störrischsten Patienten zu bändigen. Außerdem war sie den Thalers eine gute Freundin – und Nikolas stärkste Kriegerin. Alles Eigenschaften, die Marie an Mila schätzen würde, wäre nicht sie ihre Gegnerin. Sie konnte nur hoffen, dass sich diese offene Feindschaft ihrer Kollegin irgendwann in eine stillere Art der Ablehnung wandeln würde. Aber davon waren sie offenbar noch Lichtjahre entfernt.

Als das Wochenende anbrach, war Marie mental völlig erschöpft. Sie hatte das Bedürfnis, sich in ihrem Bett zu verkriechen, sich die Decke über den Kopf zu ziehen und zu schlafen. Und aufwachen wollte sie erst wieder, wenn alle ihre Probleme sich in Luft aufgelöst hatten. Stattdessen schleppte sie sich in der Hoffnung, ihre Lebensgeister ein wenig zu beleben, unter die Dusche.

Die Brause stotterte, und der Boiler klopfte furchterregend, als sie das Wasser aufdrehte, aber Marie hatte gelernt, die Hilferufe der alten Geräte zu ignorieren. Sie zog sich aus, fasste ihre Haare auf dem Kopf zu einem Knoten zusammen und stieg in die Badewanne. Dann schloss sie den mit bunten Blumen übersäten Vorhang und griff nach ihrem Duschbad.

Im nächsten Moment gab der Boiler einen dumpfen Laut von sich. Der Wasserstrahl versiegte – nur um gleich darauf mit vollem Druck zurückzukehren. Eiskalt.

Marie schrie erschrocken auf und sprang aus der Dusche, bevor sie das Wasser abdrehte. Gänsehaut überzog ihren Körper. Sie wickelte sich in ein Handtuch und wusch am Waschbecken das Duschgel von ihrer Hand. Ebenfalls mit kaltem Wasser, während sie das Monstrum, das in diesem Bad wie ein Fremdkörper wirkte, fassungslos im Spiegel ansah. Der Boiler gab keine Geräusche mehr von sich – genauso wenig wie warmes Wasser. Marie trocknete sich die Hände ab und hämmerte mit der Faust gegen den klobigen Wasserbehälter. Nichts passierte. Offenbar hatte er beschlossen, aus dem Leben zu scheiden, als Marie auf die Idee gekommen war zu duschen. Gut, hellwach war sie jetzt wieder. Sie legte die Hand auf ihr schnell klopfendes Herz. Die kalte Dusche hatte ihren Zweck auf jeden Fall erfüllt.

Sie hörte das Trappeln der Füße ihres Sohnes auf der Treppe und dahinter die langsameren, etwas schwerfälligen Schritte ihrer Großmutter. Im nächsten Moment flog die Badezimmertür auf, und Emil schoss in den Raum. »Was ist passiert, Mama? Wir haben dich schreien gehört.« Er blickte hektisch hin und her. »Ist hier eine Spinne oder so was? Ich kann die nicht wegmachen. Aber Oma sagt, wir können sie in einem Glas nach draußen bringen.«

»Nein.« Marie beugte sich hinunter, um ihren Sohn auf die wilden Locken zu küssen. »Keine Spinne.« Sie hob den Blick, als auch Fanny das Bad betrat. Besorgnis im Gesicht. »Ich habe den Boiler ermordet«, gestand sie.

»Ermordet?« Emil sah sie mit großen Augen an, was Marie zum Lachen brachte. »Ich habe ihn kaputt gemacht«, korrigierte sie sich. Ihr Sohn sollte nicht mit Floskeln zu Tötungsdelikten um sich werfen, wenn er am Montag zum ersten Mal in Waldkirch in die Kita ging.

»Er ging aber gerade noch«, erklärte Emil ihr. »Oma und ich mussten duschen, nachdem wir im Garten gearbeitet haben. Wir hatten ganz viel warmes Wasser.«

»Hmm.« Das war vermutlich der Grund, warum für sie nur noch die Eisvariante übrig geblieben war. »Er heizt nicht mehr«, sagte sie, wobei sie sich hauptsächlich an ihre Großmutter wandte.

Fanny zuckte mit den Schultern und seufzte. »Der Moser Gerd hat mir schon vor Jahren prophezeit, dass das Ding bald über den Jordan gehen würde. Dafür hat er noch ganz schön lange durchgehalten. Ich ruf den Moser mal an, vielleicht lässt sich da ja noch was machen.«

Es ließ sich nichts mehr machen, erklärte ihnen der Heizungsbauer, der netterweise noch am Freitagabend bei Fanny vorbeigeschaut hatte. Kopfschüttelnd hatte er im Bad gestanden und das veraltete Monstrum angestarrt. Ihnen würde nichts anderes übrig bleiben, als den Boiler zu ersetzen. Bestenfalls durch eine modernere Installation, die sich auf das ganze Haus beziehen würde, sodass es zum Beispiel auch im Erdgeschoss einen Warmwasseranschluss gab. Fanny hatte abgewinkt und erklärt, dass sie in der Küche ja ihr Schiffchen auf dem Herd stehen und damit immer heißes Wasser hatte. Marie hatte geschluckt und versucht, nicht darüber nachzudenken, was es kostete, die sanitären Einrichtungen im gesamten Haus zu erneuern.

Um sich von der Hiobsbotschaft abzulenken, schnappte sie sich den Akkuschrauber und machte sich daran, die Gartenmöbel, die ebenfalls in Begriff waren, sich in ihre Einzelteile aufzulösen, so zusammenzuschrauben, dass sie noch einen Sommer durchhielten.

Als sie sich aufrichtete und ein letztes Mal an der Holzbank rüttelte, um zu prüfen, ob sie wirklich hielt, kamen Fanny und Emil aus dem Haus. Maries Sohn trug einen Berg Kissen und Decken vor sich her und ihre Großmutter ein Tablett mit ein paar Kerzen, die sie in Weckgläser gestellt hatte, einer Flasche selbst gemachtem Eierlikör und Waffelbechern.

»Wir weihen die Sitzecke ein!«, rief Emil und warf die Decken und Kissen, die Fanny aus hellen, bunten Stoffen selbst genäht hatte, kreuz und quer auf die Sitzgelegenheiten.

Marie schnappte sich ein paar der Stücke und verteilte sie so, dass man gemütlich sitzen konnte. Fanny räumte währenddessen ihr Tablett ab und schob die Kerzen auf dem Tisch. Dann setzte sie sich und klopfte auf den Platz neben sich. »Dieser Abend verlangt auf jeden Fall nach einem Eierlikör«, sagte sie.

Marie konnte ihr nur recht geben. Eigentlich verlangte die ganze Woche danach. Sie ließ sich auf die Bank fallen und lehnte den Kopf an Fannys Schulter. »Eine fantastische Idee. Ein Eierlikör und ein Sonnenuntergang. Das ist auf jeden Fall gut für die Nerven.« Sie reichte einen Schokobecher, gefüllt mit Sprühsahne, an ihren Sohn weiter, der neben sie kletterte und sich an sie kuschelte. Dann griff sie nach dem Shot, den ihre Großmutter für sie eingeschenkt hatte, und stieß mit den beiden an.

»Auf bessere Zeiten«, brachte Fanny einen Toast aus.

»Auf bessere Zeiten«, schlossen Marie und Emil sich an.

Marie liebte die Liköre, die ihre Großmutter selbst herstellte. Normalerweise genoss sie diese Leckereien genauso wie den Waffelbecher, den sie mit kleinen Bissen herunterknabberte, wenn er leer war. Aber heute fühlte sie sich nicht nach genießen. Sie kippte einfach den Eierlikör hinunter und stellte den Becher auf den Tisch, damit Fanny ihn noch einmal füllte.

*

Simon atmete tief aus, als er sich vom Startplatz entfernte und durch die Luft glitt. Der Himmel über seinem rot-weiß gestreiften Bergschirm leuchtete beinahe unnatürlich blau im strahlenden Sonnenschein. Außer den Windgeräuschen war es vollkommen still um ihn herum, und wie immer entspannte er sich sofort. Gleitschirmflieger verteilten sich wie bunte Punkte zwischen den Bergen, so weit sein Auge reichte. Und doch fühlte er sich völlig allein mit sich selbst.

Wenn er flog, veränderte sich immer sein Blickwinkel auf die Landschaft und seine Heimat unter ihm. Er genoss das Gefühl, durch das Nichts zu gleiten, und die Freiheit, die sich tausend Meter über dem Boden ganz von allein einstellte.

Links von ihm glitt die Fliegerin mit den kurzen brünetten Haaren und dem sonnengelben Schirm vorbei, die vorhin hinter ihm am Startplatz gewartet hatte. Sie grinste ihm zu, ehe sie vorbeizog und sich in einer Steilspirale nach unten schraubte. Sie flog das Manöver elegant, und Simon musste lachen, als er sie einen begeisterten Schrei ausstoßen hörte.

Dann wurde es wieder still um ihn herum. Er flog noch ein paar hundert Meter auf Höhe der schroffen Felskanten zwischen den Gipfeln der Allgäuer Hochalpen hindurch, bevor er sich zu einem Wing Over aufschaukelte, bis er sich über seinem Schirm befand. Adrenalin kickte in sein System, als er sich in den Überschlag schaukelte und ebenfalls einen Jubelschrei ausstieß.

Er ließ sich noch eine Weile durch die Luft treiben, umrundete ein paar andere Flieger. Als er auf den Landeplatz zuhielt, sah er den sonnengelben Schirm wieder. Die Fliegerin war vor ihm, und als er landete, packte sie ihre Sachen bereits zusammen.

Simon lief aus, klinkte seinen Schirm aus und zog ihn zur Seite, um Platz für den Nächsten zu machen.

»Perfektes Wetter heute«, rief die Brünette und grinste ihn breit an. Ihre Haare waren verwuschelt, und ihre Augen konnte Simon hinter ihrer Sonnenbrille nicht sehen.

»Absolut.« Er zog seine Handschuhe aus und nahm den Helm ab. »Ich bin Simon«, stellte er sich vor.

»Theresa.« Sie hatte einen heftigen Händedruck, was Simon mochte. »Gehst du noch mal hoch?«

Er nickte. »Eigentlich wollte ich heute eine schöne Hike-and-Fly-Tour machen, aber dafür hat mir die Zeit nicht gereicht. Also gönne ich mir wenigstens ein paar Abgleiter.« Er stopfte seinen Schirm in den Transportsack.

»Hier kann man bestimmt gute Touren machen«, stimmte Theresa ihm zu und schaute in die Berge hinauf. »Aber ich dachte, ich fange mal mit einem der bekannten Startplätze an, bevor ich mich ins Abenteuer stürze.«

»Bist du neu hier? Ich hab dich noch nie gesehen.« Simon bemerkte, wie Theresas Blick an seinem Oberschenkel hängen blieb, als er sein Variometer abschnallte.

»Gerade hergezogen. Ich wohne in Fischen. Das ist heute mein erster Allgäu-Flug.«

Simon nahm seine Sonnenbrille ab und grinste sie an. »Dann willkommen in den Bergen. Soll ich dich noch mal mit hochnehmen?«

»Gerne.« Sie schulterte ihren Transportsack und wartete, bis auch er so weit war.

Er scannte die abgestellten Fahrzeuge und hielt dann auf Alois' Subaru zu. Mit der linken Hand tastete er nach dem Autoschlüssel auf dem Vorderrad. Mit der rechten zog er sein Handy aus der Hosentasche, um in die WhatsApp-Gruppe seines Vereins zu schreiben, dass er mit diesem Wagen zur Talstation der Gondel zurückfahren würde. Die Gleitschirm-Community funktionierte in erster Linie über Kameradschaft und Vertrauen. Ein paar Autos befanden sich immer am Start- und einige am Landeplatz und durften zum Hin- und Herfahren benutzt werden. »Wollt ihr noch mal mit hoch?«, rief er den beiden Fliegern zu, die nach ihm gelandet waren, und als sie ihnen winkten, warteten Theresa und er, bis auch sie ihre Schirme verstaut hatten und herüberkamen.

Gemeinsam legten sie die Strecke zur Talstation zurück und fuhren mit der Gondel zum Startplatz hinauf. Sie plauderten entspannt, und Theresa erzählte ein paar Geschichten von Gleitschirmerlebnissen aus anderen Ländern, in denen sie schon unterwegs gewesen war.

»Hast du Lust, zusammen zu fliegen?«, fragte sie, als Simon seinen Schirm ausbreitete.

»Klar. Gerne.« Er warf einen Blick auf den Flieger, der die gute Thermik vor dem Startplatz für ein paar Flugmanöver nutzte. »Sobald dieser Blödmann endlich verschwindet.«

Als hätte der Typ ihn gehört, bequemte er sich dazu abzudrehen, und Simon konnte starten. Konzentriert zog er seinen Schirm auf, lief an und schwebte im nächsten Moment über dem Tal. Theresa folgte ihm und glitt an ihn heran, um Wing Tipp an Wing Tipp zu fliegen. Ihr Grinsen reichte von einem Ohr zum anderen, als sie seine Flügelspitze mit ihrer berührte.

Simon erwiderte das Lächeln. Es wurde zwar immer davon abgeraten, so dicht nebeneinander zu fliegen, weil sich die Schirme verheddern konnten, aber Theresa schien nicht nur das Risiko zu lieben, sie war eine ziemlich gute Gleitschirmfliegerin.

»Lust auf ein bisschen Adrenalin?«, rief sie herüber.

Simon hob den Daumen und wartete, bis Theresa an ihm vorbeiflog und sich in die nächste Steilspirale drehte. Er folgte ihr, ließ sich von den Beschleunigungskräften von zwei G mitreißen, bei denen er zwanzig Meter pro Sekunde nach unten sank. Er hörte wieder Theresas begeisterten Schrei und musste laut lachen. Mit ihr in der Luft zu sein machte echt Spaß.

Als sie später hintereinander landeten und ihre Sachen zusammengeräumt hatten, ließ sich Theresa rücklings ins Gras fallen und stieß ein Seufzen aus. »Geht es dir auch immer so? Nach dem Fliegen bin ich so voller Adrenalin.« Sie hob den Kopf und blickte zu Simon hinüber. »Ich komm gar nicht mehr runter.«

Er fühlte nach einem Gleitschirmflug eher eine tiefe Entspannung. Aber er wusste, dass es genug Flieger gab, denen es anders ging. »Lust auf ein Landebier?«, fragte er. Mit Theresa rumzuhängen machte Spaß. Er hätte nichts dagegen, den Abend noch ein wenig auszudehnen.

Sie hob den Oberkörper und stützte sich auf ihren Unterarm, blieb aber liegen. »Gute Idee. Für ein Bier bin ich immer zu haben.«

Simon ging zu der Box, die am Ende des Landeplatzes in den Boden eingelassen war und öffnete das Zahlenschloss. Hier lagerte sein Verein immer einen Kasten Helles, der in seinem Erdbunker auch kühl blieb, wenn die Temperaturen stiegen. Er nahm zwei Bier heraus und kehrte zu Theresa zurück.

Sie öffnete sie mit einem Schlüssel an ihrem Schlüsselbund und reichte ihm eines. Dann stießen sie an, und Theresa ließ sich wieder zurückfallen und blinzelte in die Sonne.

Simon betrachtete sie einen Moment. Theresa war hübsch. Sie schien wagemutig und abenteuerlustig zu sein. Und sie war gerade frisch hergezogen, also würde sie wahrscheinlich auch noch eine Weile bleiben.

Er räusperte sich. Erst gestern hatte er mit seinem besten Freund über sein missglücktes Date mit Mila gesprochen. Das war wirklich nicht sein schlauester Schachzug gewesen. Und sein Zusammentreffen mit Marie an der Banditen-Scheune hatte ebenfalls dafür gesorgt, dass seine Kumpels etwas zu lachen hatten. Es war, als wäre er eingerostet und hätte keine Ahnung mehr, wie man mit Frauen umging, wenn sie nicht gerade die Mütter seiner kleinen Patienten waren. Aber er war wirklich so weit: Er wollte sich verabreden. Er wollte die Eine finden, mit der er so glücklich sein konnte wie Sanna mit Mats. Eine schöne Frau, die die gleichen Interessen wie er hatte und die ihn definitiv angeflirtet hatte, als sie in der Luft gewesen waren, war vielleicht kein schlechter Anfang. »Theresa?«, fragte er leise.

»Hmm?« Sie drehte den Kopf in seine Richtung.

»Hast du Lust, mal was mit mir essen zu gehen?«

Sie zwinkerte ihm zu. »Klar. Wie wäre es mit ›gleich‹?«

6

Bergdoktor – McDreamy – Direktleitung

Mats:
Wo bist du?

Simon:
Fliegen.

Mats:
👍 Dachte, du hättest vielleicht Lust auf ein Bier in der Alpenliebe.

Simon:
🤷 Sorry. Ein anderes Mal vielleicht.

Simon hatte die Idee, etwas in Oberstdorf essen zu gehen, gut gefunden. In Waldkirch trank er sein Bier meist in der Alpenliebe. Er mochte den Laden und die Leute, die sich dort auf einen Aperol Spritz oder ein Helles trafen. Er kannte immer irgendjemanden in der Bar, zu dem er sich an einen Tisch oder den Tresen setzen konnte, falls er mal Lust auf ein Bier hatte und keiner seiner Freunde Zeit. Und ihm gefiel die Tatsache, dass er nach einem Abend in der Alpenliebe nur über den Marktplatz gehen musste und zu Hause war.

Aber er hatte keine Lust darauf, dass die Kunde von seiner Verabredung mit Theresa so schnell die Runde machte, dass Sanna und Mats ihn schon mit neugierigen Fragen bombardieren würden, bevor der Abend überhaupt geendet hatte.

Die Kneipe, in die Theresa ihn entführte, hatte er allerdings auch nicht erwartet. Schließlich hatte Oberstdorf eine große Auswahl an Restaurants und richtig romantische Ecken. Aber das Bessere Zeiten … Er blieb auf dem Gehweg stehen und betrachtete den heruntergekommenen Flachbau am Stadtrand, nicht sicher, ob Bessere Zeiten bedeutete, dass diese irgendwann kommen würden – oder dass sie längst hinter der Kneipe lagen. Er tippte auf Letzteres. Links und rechts der scheckig grauen Tür standen zwei kleine Bistrotische mit rostigen Stühlen vor dem abbröckelnden Putz, auf denen jeweils ein überquellender Aschenbecher platziert war. Wenn das der erste Eindruck dieses Schuppens war, hatte er ganz eindeutig keine Lust, ihn noch besser kennenzulernen. Mit seinen Kumpels wäre ein Abend in so einer Bar ja wahrscheinlich sogar witzig gewesen. Aber wenn er eine Frau zum Essen einladen wollte … »Wir können hier draußen sitzen«, schlug er vor und wies mit dem Kinn auf den linken Tisch, der einen Hauch stabiler aussah als der rechts der Tür. »Der Abend ist viel zu schön, um irgendwo drin zu sein.«

Theresa lachte. »Drinnen ist es viel cooler«, behauptete sie.

Simon glaubte ihr kein Wort, ließ aber trotzdem zu, dass sie nach seiner Hand griff und ihn über die zerbrochenen, von Unkraut überwucherten Gehwegplatten zog und die Tür aufriss.

Der Achtzigerjahre-Rock, der ihnen entgegenschallte, passte zum muffigen Geruch der dunklen Pinte und dem klebrigen Gefühl, das der Boden unter Simons Füßen hinterließ.

»Crazy Resi«, brüllte der Barkeeper über den Tresen, kaum, dass sie den Raum betreten hatten.

Alle Gäste – insgesamt fünf – drehten sich nach ihnen um. Vom Billardtisch rief einer herüber: »Yeah! Und mit einem Schlag sind die Zeiten wirklich besser geworden.« Die drei Kerle, die Darts spielten, schoben sich wie auf Kommando zwei Finger in den Mund und pfiffen laut. Theresa warf lachend den Kopf in den Nacken. Dann rannte sie los, klatschte im Vorbeirauschen den Barkeeper ab, lief weiter und wiederholte die Begrüßung bei den Billard- und den Dartsspielern, bevor sie zu Simon zurückjoggte.

»Du scheinst hier gut bekannt zu sein«, bemerkte Simon, nicht sicher, ob er das lustig oder abschreckend finden sollte. Dieser Abend versprach definitiv, interessant zu werden.

Theresa zuckte mit den Schultern. »Meine Stammkneipe. Komm, wir setzen uns da rüber.« Sie packte Simon am Arm und zog ihn zu einem der Fenstertische.

Simon blickte sich nach einer Speisekarte um oder den Essensangeboten, die heutzutage ja oft auf einer Schiefertafel über der Bar hingen. Hinter diesem Tresen befand sich allerdings nur ein riesiges Spirituosenregal, in dem hauptsächlich Whiskey- und Wodkaflaschen aufgereiht standen. Dafür kam der Barkeeper in seiner ganzen glatzköpfigen, tätowierten Pracht zu ihnen an den Tisch. »Wie immer?«, fragte er Theresa.

»Jepp.« Sie grinste den Typen an. »Ein Helles für mich. Für dich auch, Simon?«

Er nickte.

»Und eine große Portion Nachos.«

»Mit Käsesoße«, ergänzte der Barkeeper. Theresa war hier wirklich Stammkundin. Sie wartete, bis sich der Typ umgedreht hatte und den Pool-Tisch ansteuerte, um ein paar leere Biergläser einzusammeln, dann beugte sie sich mit neugierig blitzenden Augen vor. »Erzähl mal, Simon. Was machst du denn so, wenn du nicht fliegst?«

»Ich bin Kinderarzt«, sagte er.

»Echt jetzt?« Theresa lehnte sich in ihrem Stuhl zurück und lachte. »Du siehst gar nicht aus wie einer, der sich gern mit so kleinen Scheißern beschäftigt.«

Simon hatte keine Ahnung, wie sie das meinte. Es klang auf jeden Fall nicht besonders freundlich. »Wie sehen solche Leute denn aus?«, fragte er.

»Du weißt schon.« Sie wedelte mit der Hand. »So Mütterchen halt. Oder Kindergärtnerinnen. In diesen Öko-Klamotten und Gesundheitslatschen.«

Wow. Simon hätte nicht gedacht, dass Theresa zur Schubladen-Fraktion gehörte, die dazu neigte, Menschen vorzuverurteilen.

»Ich meine, die sind doch meistens nervig, oder?«, fuhr sie fort, bevor Simon etwas darauf erwidern konnte.

Er beugte sich ein wenig vor, um über das Gitarrensolo von Slash nicht so brüllen zu müssen. »Ich mag meinen Job ziemlich gerne«, auch wenn ihn das im Moment in Theresas Augen vermutlich zum spießigsten Typen unter der Sonne degradierte. »Was machst du denn?«

»Ach.« Sie winkte ab. »So ziemlich alles.« Ein breites Grinsen huschte über ihr Gesicht. »Und dann auch wieder nichts. Ich versuche, mich zu entfalten und alle meine Facetten kennenzulernen. Und glaub mir«, sie zwinkerte Simon zu, »davon habe ich jede Menge.«

Trotz der Spitze gegen seinen Beruf musste Simon lächeln. Er konnte einfach nicht anders. Theresa war definitiv unkonventionell. Sie ging ihren eigenen Weg. Dabei wirkte sie zwar ein wenig unstet, was eigentlich überhaupt nicht sein Frauentyp war, aber er musste zugeben, dass sie ihn faszinierte. Er war auf der Suche nach einer festen Beziehung und wusste genau, dass seine Vorstellungen ein bisschen eng gefasst waren. Vielleicht musste er mal über seinen Tellerrand hinausschauen. Mats und Sanna waren am Anfang ebenfalls wie Feuer und Wasser gewesen, Gegensätze zogen sich schließlich an. Also würde er sich auf diesen Abend einlassen. Er würde Theresa eine Chance geben, auch wenn er sich die Frau, mit der er den Rest seines Lebens verbringen wollte, völlig anders vorgestellt hatte.

Der Barkeeper unterbrach seine Gedanken, als er ihre Biere und eine große Schüssel Nachos auf den Tisch stellte. Die Käsesoße, die er über die Maischips kippte, war so leuchtend orange, dass Simon sich fragte, ob ein Geigerzähler wohl ausschlagen würde, wenn man ihn an diesen Snack hielt.

»Ich finde es ziemlich cool, dass wir uns heute über den Weg geflogen sind.« Theresa schob die Schüssel zur Seite und fuhr mit dem Zeigefinger über Simons Unterarm. Über sein Handgelenk. Und zeichnete dann die Umrisse seiner Finger nach. »Es macht mich immer ziemlich heiß zu fliegen. Du weißt schon.« Sie zwinkerte ihm zu. »Das ganze Adrenalin und so. Ganz ehrlich, Kinder sind dagegen nicht so mein Ding. Aber dich, Herr Doktor, finde ich ganz schön scharf.« Ihr Finger zog kleine Kreise auf seinem Handrücken. »Und Doktorspielchen finde ich noch schärfer.« Unter dem Tisch spürte er ihren Fuß, der an seinem Schienbein nach oben glitt. »Spielst du manchmal welche?«

Simon schluckte. Ihm wurde heiß. »Ähm …« Er rutschte ein Stück zur Seite, um ihrem Fuß zu entkommen, zog die Hand unter ihrer weg und griff nach seinem Bier. Man konnte Theresa nicht nachsagen, dass sie nicht mit Höchstgeschwindigkeit auf das zusteuerte, was sie haben wollte. Und sich genau das nahm.

Sie grinste, als könne sie seine Gedanken lesen. Dann schnappte sie sich einen Nacho mit einem riesigen Klecks Käsesoße und balancierte ihn zu ihrem Mund. »Ich bin niemand, der um den heißen Brei herumredet«, sprach sie genau das aus, was ihm gerade durch den Kopf gegangen war. »Ich finde dich heiß.«

»Ähm … danke.« Simon spürte, wie ihm die Hitze in die Wangen schoss. Er hielt sich für einen ganz normalen Typen. Bisher hatte er in seinem Leben schon jede Menge Dates und ein paar Beziehungen gehabt. Und er hatte Respekt vor Frauen, war aber auch nicht schüchtern. Eine Frau, die so forsch war wie Theresa, hatte er allerdings noch nie kennengelernt. Er war sich nicht ganz sicher, wie er das fand. Einmal mehr ermahnte er sich, den Abend einfach auf sich zukommen zu lassen.

Simon griff ebenfalls nach einem Nacho, wobei er versuchte, den chemisch aussehenden Käse zu umgehen. Der Song, der durch den Raum schallte, endete mit einem spektakulären Gitarrenriff. Simon erkannte die ersten Klänge von Aerosmiths »Crazy«, die aber im Pfeifen und Grölen der anwesenden Bargäste untergingen. »Resi! Resi!«, skandierten sie, und Theresa sprang lachend von ihrem Platz auf.

»Das ist mein Song«, ließ sie ihn wissen und begann zu

tanzen. Simon verstand langsam, warum die Männer sie mit »Crazy Resi« begrüßt hatten.

Der Barkeeper tauchte mit einer Runde Kurzer auf, die sie nicht bestellt hatten. »Enzian?« Er hielt Simon das Tablett hin.

Er hob abwehrend die Hände. »Nein, danke. Ich muss noch fahren.« Innerlich verdrehte er die Augen über sich. Konnte er noch langweiliger klingen? Theresa hatte zwar gesagt, dass sie ihn anziehend fand, aber langsam begann sie sicher zu glauben, dass er der totale Loser war.

»Ich erledige das«, sagte Theresa prompt. Sie schnappte sich beide Schnäpse, kippte sie auf ex hinunter und stieg dann tanzend auf ihren Stuhl und von dort auf den Tisch, wo sie die Arme über den Kopf hob und sich in den Hüften wiegte, nur um im nächsten Moment den Hintern herauszustrecken und zur Begeisterung ihres Publikums ein bisschen zu twerken. Simon blieb abermals nichts anderes übrig, als den Langweiler heraushängen zu lassen und die Getränke und Nachos auf dem Nachbartisch in Sicherheit zu bringen.

Als der Song endete, verbeugte sich Theresa in alle Richtungen und sprang dann elegant vom Tisch. »Tanzen ist nicht so deins?«, fragte sie, ein wenig außer Atem. »Ich liebe es einfach«, fuhr sie fort, ohne seine Antwort abzuwarten. Sie trat dicht vor Simon, um an ihm vorbei nach ihrem Glas zu greifen. Sie setzte das Bier an und leerte es – ebenfalls zur Begeisterung ihrer Fans – auf ex. »Nachschub«, brüllte sie über ihre Schulter und konzentrierte sich dann wieder auf Simon. Mit dem Zeigefinger zeichnete sie seinen Wangenknochen nach, und er bemühte sich, etwas zu empfinden – aber diese Berührung löste nichts in ihm aus. »Habe ich schon mal erwähnt, wie heiß ich dich finde?«, wiederholte sie sich.

»Ähm … ja.« Simon wartete auf die sexuelle Anziehungskraft. Auf die Spannung, die sich zwischen zwei Menschen aufbaute, die sich aufeinander einließen. Doch da war … nichts. Vorsichtig schob er ihre Hand von seiner Wange und trat einen Schritt zurück. Wahrscheinlich erwartete Theresa, dass er ihr beteuerte, dass er ganz verrückt nach ihr war. Stattdessen schnappte er sich die Nachos-Schüssel und hielt sie wie einen Schutzschild vor sich. »Snack?«, fragte er.

Theresas Augen blitzten amüsiert auf. Und ein bisschen so, als wäre sie die Jägerin und er … ihre Beute. »Du bist nicht leicht zu knacken, habe ich recht?« Sie zwinkerte ihm zu. »Ehrlich gesagt gefällt mir das sogar ziemlich gut. Das macht das Ganze noch aufregender.«

Der Barkeeper tauchte auf, und Simon machte Platz, damit er sich an ihm vorbeidrängen konnte. Er stellte ein Tablett mit ihrem Bier und fünf Schnäpsen vor Theresa ab. »Von deinen Verehrern«, erklärte er.

Theresa warf den Männern am Pool-Tisch und an der Dartscheibe Kusshände zu. Dann schob sie die Shots in Simons Richtung. »Willst du jetzt einen?«

Und diesmal griff er nach dem Kurzen, ohne zu zögern. Er hatte keine Ahnung, wie er sich in diese Situation hatte manövrieren können. Dieses Date war definitiv eine Grenzerfahrung. Er kippte den Enzian, schüttelte sich und sah Theresa dann dabei zu, wie sie ihren Schnaps hinunterschüttete und mit einem Triumphschrei das Glas in die Luft reckte. Der Barkeeper trat hinter sie und zog es ihr vorsichtig aus der Hand. »Nicht wieder damit werfen. Das ist eins von den guten.« Sein gleichmütiger Ton ließ vermuten, dass das nicht das erste Mal war, dass ein Glas durch seine Bar flog. So wie Simon sie inzwischen einschätzte, würde ihn das noch nicht einmal wundern.

Theresa lachte. Statt nach dem nächsten Shot zu greifen, legte sie Simon die Arme um den Nacken und begann zu tanzen. Ihre Bewegungen waren sinnlich und aufreizend – und er kam sich wie ein Trottel vor, weil er einfach stocksteif stehen blieb. Auch wenn dieser Abend immer schräger wurde, legte er Theresa die Hände auf den Rücken und versuchte zu ignorieren, dass sie in dieser Bar die Einzigen waren, die tanzten und alle sie anglotzten.

Theresa löste ihre Hände von seinem Nacken, ließ sie über seine Brust gleiten und legte sie dann auf seine Unterarme, um sie weiter nach unten zu schieben. Weiter. Und weiter. Bis sie auf ihrem Po lagen.

Simon wurde schon wieder heiß. Sie wollte ihn doch nicht hier verführen? In diesem Laden? Mit all diesen Typen, die ihnen zusahen? Er versuchte, sich von Theresa lösen, doch sie hielt seine Hände an Ort und Stelle. Und rieb ihren Hintern an seinen Handflächen.

Simon wollte sich gerade von Theresa lösen, als die Eingangstür aufflog und ein weiterer Mann die Kneipe betrat. Man Bun. Hipsterbart. Und noch mehr Tattoos auf den muskulösen Armen. Der Typ ließ den Blick gar nicht erst durch den Raum schweifen. Er fixierte Theresa und hielt ohne zu zögern auf sie zu.

Scheiße, ging es Simon durch den Kopf. Sie hatte einen Freund. Denn der Kerl machte genau das, was er selbst gerade versucht hatte. Er sorgte dafür, dass sich Theresas Hände von seinem Hintern lösten, indem er um ihre Taille griff und sie rücklings an seinen Brustkorb zog.

Kichernd ließ sie sich in seine Umarmung sinken und erlaubte ihm, dass er ihren Kopf am Kinn zu sich drehte, um sie zu küssen. Auf die besitzergreifende Weise.

Simon zuckte zusammen und wich gleichzeitig einen Schritt zurück. Das hatte er nicht kommen sehen. Diese Frau hatte ihn in aller Öffentlichkeit angegraben, obwohl sie in einer Beziehung war.

Theresa lachte und griff nach ihm, um seine Flucht zu stoppen, aber Simon wich ihr aus und hob entschuldigend die Hände. »Tut mir leid«, murmelte er. »Ich wusste nicht ...«

»Dass wir eine offene Beziehung führen?«, fragte der Typ und zog die Augenbrauen hoch. Die Tattoos auf seinen Armen bewegten sich, als er die Muskeln anspannte.

Simon machte noch ein paar Schritte zurück und zog seinen Geldbeutel aus der Gesäßtasche. Er fischte einen Zwanziger heraus und legte ihn auf den Tresen. Das würde ja hoffentlich für das Bier und die widerlichen Nachos reichen.

Auf dem Weg nach draußen hob er die Hand. »Man sieht sich«, sagte er, in der Hoffnung, dass sich Theresa ab jetzt für Hike & Fly entscheiden würde und ihm nicht mehr an seinem Startplatz über den Weg lief.

Aus den Augenwinkeln sah er, wie sie eine Schnute zog und sich noch weiter in die Umarmung ihres Freundes kuschelte. »Ich hatte echt gehofft, dass du nicht ganz so spießig bist, wie du wirkst«, rief sie ihm hinterher.

Die Hälfte des Satzes wurde von der zuschlagenden Tür geschluckt. Simon atmete tief aus und dann wieder ein. Was zur Hölle war das für ein Abend gewesen? Er war kein Spießer. Er war einfach auf der Suche nach einer ernsthaften Partnerschaft. One-Night-Stands mit Frauen, die offene Beziehungen führten, fanden sich nicht auf seiner Bucketlist. Von Frauen, deren Spitzname mit Crazy begann, sollte er in Zukunft grundsätzlich die Finger lassen. Offenbar bekam man eine solche Bezeichnung nicht umsonst verpasst.

Er zog sein Handy aus der Tasche, als sein Nachrichtenton erklang. Sanna. Er klickte die WhatsApp an, während er langsam über die zersplitterten Betonplatten und das Gras, das durch die Ritzen wucherte, lief, und las die Erinnerung an das Familienfrühstück am nächsten Morgen. Seine Schwester kannte ihn verdammt gut. Wenn er es nicht schaffte, ein glaubwürdiges Pokerface aufzusetzen, würde sie die Geschichte dieses Abends aus ihm herausbekommen. Und ihn für den Rest seines Lebens damit quälen.

7

Krabbelgruppen-Überreste

Julie:
Wie läuft es?
Habt ihr euch gut eingelebt?

Marie:
Frag nicht!

Marie rieb sich mit beiden Händen über das Gesicht, bevor sie ihren Kopf mit einem frustrierten Laut auf den geöffneten Ordner vor sich fallen ließ. Sie saß in ihrem alten Zimmer, das sie bei ihrer Rückkehr nach Waldkirch wieder bezogen hatte, an ihrem kleinen Schreibtisch. Auf der rosa lackierten Oberfläche, auf der sie sich früher durch ihre Mathehausaufgaben gekämpft hatte, lagen jetzt Listen, Rechnungen und Kontoauszüge verteilt. Das hier war eine einzige Katastrophe. Sie wusste nicht, woher sie all das Geld nehmen sollte, das sie brauchte, um das Zuhause ihrer Großmutter wieder in Schuss zu bringen.

Langsam richtete sie sich auf und wischte mit den Fingerspitzen die Feuchtigkeit weg, die sich unter ihren Augen sammelte. Ein Heulanfall war das Letzte, was sie jetzt brauchte. Sie musste Lösungen finden. Sie musste dafür sorgen, dass sie wieder warmes Wasser hatten. Auch wenn ihr Sohn unglaublichen Spaß daran hatte, die Gartendusche zu benutzen. Das war definitiv nur eine Option, solange der Sommer noch so heiß und trocken war.

Der Boiler war allerdings erst die Spitze des Eisberges. Marie warf einen Blick zur Decke. Sie war sich nicht sicher, wie lange sie sich noch auf das Dach verlassen konnten. Wahrscheinlich würde es sich dem Boiler bald anschließen und in die ewigen Jagdgründe aufbrechen. Weder mit Fannys Finanzen noch mit ihren spärlichen Ersparnissen würden sie besonders weit kommen.

Marie blickte auf die Berge jenseits ihres geöffneten Fensters. Der Abend war mild. Sie roch die Blumen im Bauerngarten ihrer Großmutter. Das Brummen der Bienen und das Zirpen der Grillen drangen bis zu ihr herauf, und ebenso Emils fröhliches Lachen. Sie könnten das Grundstück verkaufen und sich mit Fanny zusammen eine schöne Wohnung im Ort suchen, die bezahlbar war. Aber Fanny ohne ihren Garten? Marie schüttelte den Kopf. Den Hof ihrer Großmutter aufgeben war keine Option. Dieser Flecken Erde war viel zu wundervoll, um ihn nicht retten zu wollen.

»Was ist am wichtigsten?«, murmelte Marie und ließ die Finger über die Papiere gleiten, als sie den Blick wieder auf den Schreibtisch senkte. »Die Versicherungen«, entschied sie. Die hatte Fanny in letzter Zeit schleifen lassen, und es waren bereits zwei Mahnungen ins Haus geflattert. Ganz egal, wie felsenfest ihre Großmutter behauptete, nicht an Demenz erkrankt zu sein und nur ein bisschen unter Altersvergesslichkeit zu leiden, sie konnte jederzeit wieder einen Topf auf dem Herd stehen lassen oder vergessen, das Bügeleisen auszustecken. Die Versicherung brauchten sie am dringendsten. Warmes Wasser würde ihr nächstes Projekt werden. Und dann kam das Dach dran.

Ihr Handy gab einen Signalton von sich, und Marie hob ein paar der Papiere an, um es schließlich unter einem Kostenvoranschlag des örtlichen Dachdeckers zu finden, der so astronomisch hoch war, dass ihr beim Lesen schlecht geworden war. Drei Mails von ihrem Etsy-Konto und eine Nachricht ihrer Freundin Julie aus Augsburg waren in den letzten Stunden eingegangen. Marie klickte als Erstes die Mails der Reihe nach an und atmete tief durch. Drei Auftragsarbeiten für insgesamt vier Babydecken. Sie schloss die Augen. Das war gut. Verdammt gut. Diese Näharbeiten machten sie nicht reich, aber sie würden helfen, ein paar der Projekte umzusetzen. Jetzt musste sie nur noch die Zeit zum Nähen finden.

Julie erkundigte sich, wie es in Waldkirch lief. Maries Freundin kannte ihre Geschichte. An einem besonders depressiven Abend hatte Marie ihr von ihrer Vergangenheit erzählt und zu ihrer Überraschung am nächsten Morgen nicht eine Freundin weniger gehabt. Stattdessen hatte sich ihre Freundschaft, die als Einzige die Zeit der Krabbelgruppe überstanden hatte, noch mehr gefestigt. Julie war traurig gewesen, als Marie entschieden hatte, nach Hause zurückzukehren, war aber fest entschlossen, demnächst zwei Wochen Urlaub im Allgäu zu verbringen, obwohl sie wandern hasste.

Julie:
Daniel und ich haben mal den Kalender gewälzt. Wir schaffen es frühestens in der ersten oder zweiten Septemberwoche nach Waldkirch. Ich bin soooo gespannt. Und ich vermisse euch!

Julie:
Ich habe mir übrigens die Homepage deiner Praxis angesehen. Was geben sie diesen Ärzten im Allgäu?
Die beiden Typen sind ganz schön heiß.

Marie musste lachen, als sie die Nachrichten las und drückte auf Antworten.

Marie:
Der eine ist vergeben. Und der andere … ist einfach nur mein Chef.
Du weißt ja, wie das mit den Leuten ist, die man schon aus seiner Schulzeit kennt.

Julies Antwort kam prompt.

Julie:
Nein, weiß ich nicht. Mich würden solche Chefs jedenfalls sehr von der Arbeit ablenken. Bin froh, dass mein Abteilungsleiter in der Bank ein alter, spießiger Stinkstiefel ist.

Marie schickte ein Augen verdrehendes Emoji und versicherte ihrer Freundin, dass sie sich schon sehr freute, wenn sie sie im Herbst endlich besuchen kamen.

Dann kippte sie ihren Stuhl auf die hinteren Beine, um ihr Laptop von ihrem schmalen Bett zu ziehen und auf die Papiere auf ihrem Schreibtisch zu stellen. Ihr Zimmer hatte sich nicht verändert, seit sie Waldkirch verlassen hatte. Die Patchworkdecke, die sie gemeinsam mit Fanny aus unzähligen Resten mit Blümchenstoff genäht hatte, war noch da. Sie passte zu den Vorhängen, die an ihrem Sprossenfenster hingen. Die weißen Wände waren mit der Zeit ein wenig vergilbt, ergänzten sich aber auf eine gemütliche Art mit den dunklen Deckenbalken, um die sich noch immer eine lange Lichterkette wand, an die sie Fotos, getrocknete Blüten und andere Erinnerungsstücke geklemmt hatte. Marie war fast ein wenig überrascht gewesen, dass sie noch funktionierte. Nur die Poster von Popsternchen und Sängern, auf die sie als Teenager gestanden hatte, waren verschwunden und hatten hellere Vierecke und die winzigen Löcher der Reißnägel in der Raufasertapete hinterlassen.

Sie klappte den Laptop auf und schrieb ihren neuen Kundinnen, um die Details für die Aufträge abzuklären.

Als sie ihr letztes Angebot abschickte, hörte sie Emil die Treppe heraufrennen. »Mama«, rief er und stürmte in ihr Zimmer.

Ehe Marie sich zu ihm umdrehen konnte, schlang er ihr die Arme um den Hals und drückte seine Wange an ihre. »Hey«, sagte sie und atmete den süßen Gummibärchenduft seines Superhelden-Shampoos ein.

»Was machst du?«, wollte ihr Sohn wissen.

Marie ließ den Blick über die unordentlich auf dem Schreibtisch verteilten Papiere und ihren Laptop schweifen. »Ich habe gerade ein Angebot für eine Babydecke fertig gemacht. Ich muss es nur noch abschicken. Was hast du gemacht?«

»Ich habe Fanny geholfen. Wir bereiten uns darauf vor, den Sommer draußen zu verbringen. Wusstest du, dass es total heiß werden soll in den nächsten Wochen? Das sagt der Bauernkalender. Und der Siebte Schläfer auch.«

Marie lachte und presste ihre Wange an die ihres Sohnes. »Siebenschläfer«, verbesserte sie ihn.

»Genau.« Emil löste sich von ihr. »So, wie das Wetter heute wird, wird es sieben Wochen lang. Irre, oder? Jedenfalls haben Fanny und ich im Garten gearbeitet und die Sommerküche vorbereitet. Wir können jetzt immer draußen essen, wenn die Sonne scheint. Und kochen!«, plapperte er weiter, als er nach Maries Arm griff und sie ungeduldig von ihrem Stuhl zog. »Du musst es dir ansehen. Und dann wollen wir essen.«

»Okay, okay, ich komme ja schon.« Mit ihrer freien Hand drückte Marie auf Senden, schickte die Nachricht ab und klappte ihren Laptop zu.

Emil zog sie in das schmale Treppenhaus und ließ sie dann los, um vor ihr die knarzenden Treppen hinunterzuhüpfen. Er lief aus der Seitentür, die von der Küche auf den Hof führte, und drehte sich mit ausgebreiteten Armen zu ihr um. »Schau mal!«

»Wow!« Marie vollführte eine Drehung um die eigene Achse und nahm die Veränderungen um sich herum auf. Fanny und sie hatten die Zeit an den warmen Sommertagen ebenfalls immer draußen verbracht, als sie noch ein Kind gewesen war. Das war eine von Maries schönsten Erinnerungen. Manchmal hatte ihre Großmutter sogar ihre Nähmaschine ins Freie geholt und in ihrer Essecke gearbeitet. Sie ging zu Fanny hinüber, die am Backofen ihrer Sommerküche herumhantierte, die zwar alt war, aber trotzdem blitzte und glänzte. Auf dem verwitterten Holzbrett, das sich über den Herd, die Spüle und die Arbeitsplatte spannte, standen bunte Töpfe mit Kräutern, die von hier ihren Weg direkt in die Kochtöpfe fanden. Eine Sonnenblume hatte sich dazwischen gemogelt, was sicher der Verdienst ihres Sohnes war. Und Salbei und Minze hingen bereits geerntet an dem Holz und trockneten für die Wintermonate. Sie legte ihrer Großmutter den Arm um die Schultern. »Das sieht wundervoll aus«, sagte sie. »Genau so, wie es hier im Sommer aussehen sollte.«

Fanny schob ihre Hand um Maries Taille. »Ja, nicht wahr. Für mich allein wollte ich mir die Mühe nicht machen. Aber jetzt, wo ihr da seid, ist alles anders.« Sie legte ihren Kopf für einen Moment an Maries Schulter. »Und jetzt geh mir aus dem Weg. Ich muss ein Brot aus dem Ofen holen, das perfekt zu der Kräuter- und Blütenbutter passen wird, die Emil und ich gemacht haben.«

»Das klingt fantastisch.« Marie nahm ihrer Großmutter die Topflappen aus der Hand und öffnete die Ofentür. »Ich mach das«, bestimmte sie und wartete einen Moment, bis sich die heißen Dämpfe verflüchtigt hatten und nur das kräftige Aroma des Brotes zurückblieb. Marie lief das Wasser im Mund zusammen, als sie die Form zum Auskühlen auf das Gitter stellte, das Fanny auf der Arbeitsplatte vorbereitet hatte.

»Ich habe den Teig geknetet«, ließ sich Emil hinter ihr vernehmen. »Und alle Zutaten, die Fanny geschnitten hat, in die Butter gemischt.«

»Dann warst du ja ganz schön fleißig.« Marie konnte nicht anders, als zu lachen, so aufgeregt, wie Emil auf seinen nackten Fußballen wippte.

»Das ist doch noch gar nicht alles«, erwiderte er ungeduldig. »Du musst dir den Tisch ansehen.« Er streckte Marie die Hand hin, und sie ließ sich von ihm in die Sitzecke führen.

Die Bänke und den Tisch, die sie mit ein paar zusätzlichen Schrauben stabilisiert hatten, waren nach wie vor mit bunten Decken und Kissen bedeckt, die aus Fannys Nähstube stammten. Maries Sohn und ihre Großmutter hatten das Ganze mit LED-Lampions aufgepeppt, die in den vergangenen Sommern schon ein wenig verblasst waren, in der Dämmerung aber trotzdem ein heimeliges Licht ausstrahlen würden. Sieben Stück insgesamt, zählte Marie, hingen an einer umfunktionierten Wäscheschnur, die sich von der Hauswand über den ausladenden Esstisch hinweg bis zum Kirschbaum zog. Die Weckgläser mit den dicken weißen Kerzen, die den Tisch schmückten, waren von einem großen, bunt bemalten Krug ergänzt worden, der so aussah, als hätte der halbe Garten seinen Weg in diesen Strauß gefunden. Marie erkannte das Weinrot der Astrantienblüten, weiß-gelbes Mutterkraut und leuchtend blaue Phazelien. Sie entdeckte Brombeerzweige und Wiesengräser und noch eine Menge anderer Gewächse, deren Namen sie nicht kannte, die aber perfekt in diesen Krug passten. »Das sieht wirklich wundervoll aus«, lobte Marie abermals und meinte es genau so. Emil strahlte sie von der Seite an. »Fanny hat gesagt, dass wir zu dem Brot und der Butter einen Salat essen. Das Gemüse müssen wir aber erst noch ernten.« Seine Augen leuchteten, als wäre das das größte Abenteuer, auf das man sich als Fünfjähriger einlassen konnte. Für ein Kind aus der Stadt war es das vielleicht sogar. »Und wir ernten alles zusammen, was wir heute essen. Wie findest du das?«

Marie beugte sich herunter und küsste ihren Sohn auf den

Scheitel. »Ich finde, das klingt großartig. Ich habe das Gefühl, dass das heute eine richtig tolle Sommerparty wird.«

»Eine Party! Ja!« Emil reckte begeistert die Faust in die Luft, und Fanny warf ihnen von der Sommerküche aus einen amüsierten Blick zu.

»Eine Sache fehlt allerdings noch.« Marie zog ihr Handy aus der Gesäßtasche ihrer Jeansshorts. »Musik. Zu einer guten Party gehört immer Musik. Und zwar die Art, zu der man richtig gut tanzen kann.« Sie rief eine Party-Playlist auf. Während Emil anfing, zu »Hey Ya!« von Outkast herumzuhüpfen, begegnete Marie dem Blick ihrer Großmutter. Fanny lächelte, aber es wirkte traurig und ein bisschen nostalgisch.

Marie ging zu ihr hinüber und umarmte sie. »Wie in alten Zeiten«, flüsterte sie.

»Ja«, gab Fanny leise zurück. Sie hatten oft zusammen in der Küche getanzt. Oder im Garten. Hier hatte Marie all die Hänseleien aus der Schule vergessen können. Hier hatte sie es geschafft auszublenden, dass ihre Mutter sie einfach verlassen hatte. Hier war sie glücklich gewesen. Mit der Hüfte stieß sie ihre Großmutter leicht an. »Wie sieht's aus? Lust auf ein Tänzchen?«

»Ich hoffe, ihr könnt mit mir mithalten«, erwiderte Fanny. Sie löste sich aus Maries Umarmung und tänzelte zu Emil hinüber, um ihn um seine eigene Achse wirbeln zu lassen.

Dieser Moment war wundervoll. Er war besonders. Marie wurde plötzlich klar, dass sie ihn nicht vergeuden würde, indem sie sich den Kopf darüber zerbrach, wie sie die Rechnungen für die Sanierung des Hauses zahlen sollte. Kaputte Wasserboiler und undichte Dächer spielten im Augenblick keine Rolle. Sie würde alle negativen Gedanken, Ängste und Sorgen aus diesem Abend verbannen. »Na dann, auf ins

Gemüsebeet.« Marie schnappte sich den Erntekorb, der neben der Sommerküche stand, und tanzte in Richtung von Fannys Bauerngarten davon.

Marie lächelte noch immer, als sie sich nach dem gemeinsamen Kochen und Essen an die Nähmaschine setzte. Abende wie dieser waren unersetzlich. Fanny war ganz vernarrt in Emil, und er himmelte sie an. All das bestätigte sie einmal mehr in ihrer Entscheidung zurückzukommen. Sie musste ihrem Sohn und ihrer Großmutter die Chance geben, so viel Zeit wie möglich miteinander zu verbringen und diese wertvollen Momente zu sammeln. Alles andere würde sie irgendwie hinbekommen.

Sie nähte, bis sie begann, die Nähte doppelt zu sehen. Schließlich schaltete sie die Maschine aus, stemmte sich von ihrem Stuhl hoch und streckte sich. Heute hatte sie nicht so viel geschafft, wie sie sich vorgenommen hatte. Dafür hatte ihr der Abend jede Menge Energie geliefert. Morgen würde sie sicher mehr hinbekommen.

*

Simon nahm das Mountainbike, um am Sonntag zum Frühstück zu seiner Schwester zu fahren. Sein Auftrag waren die frischen Brötchen gewesen, die er mit der linken Hand in einer Tüte balancierte. Schiller trottete gut gelaunt neben ihm her, zog mal an ihm vorbei, wenn Simon ihm zu langsam war, und ließ sich zurückfallen, wenn es etwas Interessantes am Straßenrand zu erschnüffeln gab.

Als sie Sannas Haus erreichten, sprang Mats' Hündin Ginny bereits aufgeregt am Zaun auf und ab. Simon öffnete das Tor, und die Hunde begrüßten sich, als hätten sie sich zwei Jahre nicht mehr gesehen. Dabei hatten sie den ganzen Freitag über nebeneinander auf ihren Plätzen in der Praxis gechillt.

Er folgte den beiden, die bereits durch den Garten jagten, vorbei an den duftenden Blumen- und Kräuterbeeten. Sanna fand viel von dem, was sie in ihre Tränke und Tinkturen mixte, auf den Bergwiesen. Manches baute sie aber auch extra an.

Seine Schwester und Mats hatten den Tisch unter der Schatten spendenden Pergola gedeckt und bereits den Laptop aufgestellt, über den sie mit ihren Eltern in Südfrankreich skype-frühstücken wollten. Ein Ritual, das sich in den letzten Wochen entwickelt hatte, um ein wenig mehr als die schrägen Instagram-Posts der beiden Weltenbummler mitzubekommen.

»Guten Morgen.« Sanna kam mit einer Thermoskanne Kaffee aus dem Haus, und Simon küsste seine Schwester auf die Wange, bevor er die Brötchen in den dafür vorgesehenen Weidenkorb schüttete.

Ein Familienfrühstück war für Sanna eine ernste Angelegenheit. Wenn sie sich bei Simon trafen, gab es Kaffee und Croissants. Falls er daran dachte, besorgte er noch Nutella und öffnete eine frische Packung Milch. Seine Schwester beschwerte sich nie, aber es war immer ein bisschen, als wolle sie mit ihrem eigenen Frühstückstisch angeben. In einem riesigen Glaskrug hatte sie einen Strauß arrangiert, in dem jede Blume dieses Gartens vertreten zu sein schien. Neben Honig gab es mindestens drei selbst gemachte Marmeladen. Als wäre das nicht genug, hatte sie Eissticks produziert, in denen jeweils ein Lavendelzweig steckte. Sie hatte in jedes Wasserglas eines dieser Kunstwerke platziert.

»Morgen«, sagte Simon und schnippte gegen den Eisstick in seinem Glas. »Erwarten wir den Papst zum Brunch?«

Sanna verdrehte die Augen. »Nur, weil du keinen Stil und keinen Geschmack hast, wenn es um Esskultur geht, müssen wir uns ja nicht alle wie die Barbaren von Croissants aus der Tüte ernähren.«

Crazy Resi tauchte vor Simons innerem Auge auf. Seine Schwester hatte ja keine Ahnung, wie viel Geschmack er im Vergleich zu ihr hatte. Die wahren Barbaren waren seiner Meinung nach diejenigen, die Nachos mit orangefarbener Käsesoße aßen. »Wo ist Mats?«, fragte er, statt seine Schwester noch ein bisschen zu ärgern.

»Hat extra noch ein Ei für dieses Weichei hier hart gekocht«, ertönte die Stimme seines Freundes hinter ihm, als er mit einem einzelnen Eierbecher in der Hand auf die Terrasse trat. Er schlug ihm freundschaftlich auf die Schulter und grinste breit.

Simon nahm ihm das Ei ab. »Danke.« Er hasste diese glibberigen, weichen Eigelbe, und ständig taten alle so, als sei es ein riesiger Verdienst, sein Ei einfach zwei Minuten länger im Wasser liegen zu lassen als die anderen.

»Seid ihr bereit?«, fragte Sanna und drückte den Button, der den Skype-Call startete, ohne eine Antwort abzuwarten.

Simon ließ sich, genau wie Mats, auf seinen Platz sinken und schenkte sich Kaffee ein, bevor er die Kanne weiterreichte. Es dauerte einen Augenblick, bis das verwackelte Bild seiner Eltern erschien. Genau genommen waren es im ersten Moment nur Körperteile, die sie zu sehen bekamen. Simon legte den Kopf schief, um die Anatomie der beiden besser zu erkennen. Das sah aus wie der Ellenbogen seiner Mutter. Dann geriet das Kinn seines Vaters ins Bild, als sie ihr Tablet offenbar hin- und herreichten.

»Huhu! Hört ihr uns?«, rief Josefine. Ihr Ohr geriet ins Bild.

»Wir würden euch sogar sehen, wenn ihr das Tablet einfach auf den Tisch stellt«, erwiderte Simon trocken und nippte an seinem Kaffee.

»Ah. Jetzt.« Josefine und Laurenz waren seiner Aufforderung nachgekommen und lächelten jetzt beide in die Kamera. »Da seid ihr ja.« Sie winkten euphorisch.

Nach der Begrüßung lehnte sich Simon entspannt zurück und lauschte den Abenteuern ihrer Eltern. Laurenz, der vor seiner Pensionierung die Polizeistation in Waldkirch geleitet hatte, war am Vortag in Marseille offenbar fast verhaftet worden.

»Stellt euch das vor«, erzählte Josefine aufgeregt. »Er hatte diese Ladendiebin bemerkt und wollte sie festhalten. Und diese Frau schreit los, dass er sie sexuell belästigen würde und entführen wolle.« Sie fächelte sich Luft zu. »Oder so was in der Art, so gut ist mein Französisch nicht.«

Laurenz grinste breit. »Meins schon«, erwiderte er. So wie er aussah, hatte er dieses kleine Abenteuer ganz eindeutig genossen. »Da liefen gerade ein paar Gendarmen Streife, die mich wirklich gleich festnehmen wollten. Aber ich konnte das Missverständnis schnell aufklären.«

»Die Frau wurde schon wegen anderer Diebstähle gesucht, und Laurenz hat sie geschnappt.« Simons Mutter beugte sich hinüber, um ihren Mann auf die Wange zu küssen. »Du warst großartig.«

»Jedenfalls«, lenkte Laurenz die kleine Anhimmel-Attacke, die seine Wangen ein wenig dunkler gefärbt hatte, wieder auf seinen Kriminalfall, »mussten wir zur Polizeistation und eine Aussage machen. Und als sie festgestellt haben, dass ich ein

Kollege bin, haben sie uns zum Essen eingeladen. Das war ein wirklich legendärer Abend.« Er legte den Arm um Josefine, und sie bettete den Kopf an seine Schulter. So vertraut und glücklich.

Simon sah zu seiner Schwester hinüber, die ihre Eltern versonnen betrachtete, die Hand fest mit der von Mats verschränkt.

»Was habt ihr denn gestern gemacht?«, fragte Josefine.

»Ich musste für den Waldkircher Sommer noch einiges organisieren. Und dann hatte ich noch eine Zoom-Konferenz mit Ellen Beller. Sie haben sich die Felder angesehen, die Jonas zur Verfügung stellen würde.«

Josefine seufzte. »Das ist schön, Liebes. Aber ich meinte eher, ob ihr die Zeit auch mit schönen Dingen verbracht habt. Ein Glas Wein unter dem Sternenhimmel. Ein Abend in der Alpenliebe. So was.«

»Na ja.« Sanna schenkte Mats ein wissendes Lächeln. Mit ihrer freien Hand winkte sie ab. »Wir haben uns einen ganz gemütlichen Netflix-Abend gemacht.«

Von wegen, dachte Simon. Die beiden hatten den Abend niemals vor dem Fernseher verbracht. Oder zumindest hatten sie sich nicht auf den Film konzentriert.

»Und du?«, fragte Sanna ihn.

»Ich … ähm …« Simon rieb sich über den Nacken. Er würde seiner Familie ganz sicher nicht von Crazy Resi erzählen, um ihnen die Möglichkeit zu geben, ihn bis an sein Lebensende damit aufzuziehen. Denn das würden sie garantiert tun. Irgendwann würde er Mats einweihen, aber bis dahin musste er selbst noch ein wenig seine Wunden lecken. »Ich war fliegen. Das Wetter war perfekt.« Er schenkte seinen Eltern das gut gelaunte Lächeln, das sie von ihm kannten.

»Haben wir euch schon von unserer neuen MFA erzählt?«, lenkte er das Thema von sich auf Marie.

»Tatsächlich?« Josefine lehnte sich neugierig vor. »Dann habt ihr die Brunner Marie eingestellt?« Sie klatschte begeistert in die Hände. »Fantastisch. Ich mochte das Mädchen schon immer.«

»Ich kenne sie erst ein paar Tage«, stimmte Mats ihr zu. »Und ich mag sie auch schon richtig gern. Sie ist gut. Professionell und trotzdem sehr empathisch.«

»Nicht, dass das alle Waldkircher verdient hätten.« Sanna verdrehte die Augen.

»Ach.« Simons Mutter winkte ab. »Die Leute werden sich schon an sie gewöhnen. Es wird ihnen ja nichts anderes übrig bleiben. Wenn sie erst mal merken, was für einen guten Job Marie macht, werden sie früher oder später auch die alten Geschichten vergessen.«

Das hoffte Simon ebenfalls. Genauso, wie er sich wünschte, Maries distanzierte Art ihm gegenüber zu verstehen.

8

Krabbelgruppen-Überreste

Marie:
😭😔Kennst du diese Momente, in denen du einfach in dein Auto steigen und losfahren möchtest? Ohne einen Blick in den Rückspiegel. Einfach weiterfahren.

Julie:
Verdammt oft! Dann steig ich ins Auto und stelle fest, dass Daniel wieder vergessen hat zu tanken. Also keine Flucht.

Julie:
Was auch immer gerade los ist: Ruf mich jederzeit an, wenn du reden möchtest. Bis dahin fühl dich fest gedrückt.

Es war kein Problem, Emil für die Waldkircher Zwerge zu begeistern. Er war auch in Augsburg gern in die Kita gegangen und freundete sich schnell mit anderen Kindern an. Zwar hatte er sich auf den Sommer mit Fanny gefreut, aber die Aussicht, neue Freunde zu finden, gefiel ihm so gut, dass er auf der Fahrt in den Ort vor Aufregung regelrecht vibrierte.

Da sie ja bereits zum Vorstellungsgespräch hier gewesen waren, steuerte er zielstrebig auf die Waschbären-Gruppe zu, zu der er ab sofort gehören würde.

Seine künftige Erzieherin, Kati Saalfeld, empfing sie an der Bank, an der Emil schon begann, seine Sneaker auszuziehen, um in seine Hausschuhe schlüpfen zu können.

»Wenn es Probleme gibt oder Emil sich nicht wohlfühlt …«, begann Marie.

»Keine Sorge.« Kati legte ihr beruhigend die Hand auf den Arm. »Er wird sicher Spaß haben. Und für alle anderen Fälle habe ich ja deine Handynummer.«

»Danke.« Marie atmete tief durch. »Ich bin normalerweise gar nicht der ängstliche Typ«, sagte sie leise und hockte sich dann hin, um ihrem Sohn viel Spaß zu wünschen und ihn zum Abschied auf die Stirn zu küssen.

Emil schlang für einen Moment, der sich anfühlte wie der Bruchteil einer Sekunde, die Arme um ihren Hals, machte sich dann los und rannte in das Waschbären-Zimmer.

Kati Saalfelds Lippen verzogen sich zu einem mitfühlenden Lächeln, das sie vermutlich schon Dutzenden Müttern und Vätern geschenkt hatte. »Am ersten Tag geht es allen Eltern gleich. Wie gesagt, mach dir keine Sorgen. Emil ist bei uns in den besten Händen.«

Marie richtete sich auf. Genau in dem Moment, in dem zwei Mütter vorbeiliefen. Aus Versehen stieß sie die linke der beiden an. »Entschuldigung«, murmelte sie und wollte sich schon wieder zu Emils Erzieherin umdrehen, als sie aus dem

Augenwinkel bemerkte, wie die angerempelte Frau noch einen Schritt machte, dann in ihrer Bewegung erstarrte und sich langsam zu ihr umwandte.

»Die Brunner Marie. Sieh mal einer an«, zischte die Frau.

Marie schluckte. War ja klar, dass sie ausgerechnet Melli Lauinger angerempelt hatte. »Melli.« Sie senkte ihr Kinn zu einem knappen Nicken.

Ihre alte Widersacherin legte den Kopf schief und presste die Lippen zu einer schmalen Linie zusammen. »Hab schon gehört, dass die Ratte in die Stadt zurückgekehrt ist. Dabei waren wir so froh, als du mit eingezogenem Schwanz das Weite gesucht hast.«

Kati riss neben ihr die Augen auf. Sie öffnete den Mund, um etwas zu sagen, aber Marie kam ihr zuvor. Sie fixierte Melli mit dem stahlharten Blick, den sie sich in den vergangenen Jahren antrainiert hatte. Ein Blick aus der Zeit, als sie sich selbst klargemacht hatte, dass sie weder Geduld noch die Nerven für Bullshit hatte. Ganz egal, wie sehr die Worte der anderen schmerzten. »Ich freue mich auch, dich zu sehen. Nicht.« Sie warf Kati ein schmales Lächeln zu und ging dann hocherhobenen Hauptes an Melli und deren Freundin vorbei.

»Ich habe schon gehört, dass sie ein Kind hat«, hörte sie die andere Frau in ihrem Rücken tuscheln. Wahrscheinlich war sie ebenfalls eine alte Mitschülerin, die Marie nur nicht wiedererkannte.

»Geht diese Brut etwa mit meinem Paul in eine Gruppe?«, empörte sich Melli.

Marie ignorierte das Brennen in ihren Augen. Erst als die Tür der Kita in ihrem Rücken ins Schloss fiel, ließ ihre Körperspannung nach, und sie sackte in sich zusammen. Mit zitternden Fingern strich sie sich die Haare hinter die Schultern. Melli Lauinger gehörte zu den schlimmsten Erinnerungen an ihre Schulzeit. Sie war eine von denen gewesen, die Marie am meisten gemobbt hatten. Und das auch schon, bevor das mit Nikola passiert war.

»Wenigstens kann dieser Tag nicht mehr schlimmer werden«, murmelte sie mit Blick auf die Bäckerei. Sie hätte diesen Schreck gern mit einem Croissant, viel Butter und Honig verdaut. Aber auf eine weitere Demütigung würde sie es nicht anlegen.

Allerdings brachte Simon oft frisches Gebäck mit in die Praxis. Vielleicht hatte sie ja Glück.

Marie hatte in der Tat Glück. In der Kaffeeküche der Praxis standen nicht nur frische Croissants und Brezn – ihr war auch eine Begegnung mit Mila erspart geblieben. Die Versorgungsassistentin war bereits zu ihren Hausbesuchen unterwegs und konnte ihr keine bösen Blicke zuwerfen, was Marie Zeit zum Durchatmen gab.

Die erste Patientin des Tages, bei deren Behandlung sie Sanna unterstützte, war eine Touristin, die sich den Knöchel verstaucht hatte. Gefolgt von der U4-Untersuchung eines Mädchens, dessen Eltern erst seit einem halben Jahr in der Gegend lebten, bei der sie Simon assistierte.

Sie hatten die Familie gerade verabschiedet, als die Tür aufgerissen wurde und ein Mann mit einem kleinen, weinenden Mädchen auf den Armen hereinstürmte, dessen Ärmel blutdurchtränkt war. »Wir brauchen Hilfe, bitte«, rief er. »Meine Tochter wurde gebissen.«

»Hier entlang.« Marie schaltete ganz automatisch in den Notfallmodus und lief vor ihnen her in den Funktionsraum.

»Setzen Sie die Kleine hier ab«, bat sie den Mann und wies auf die Untersuchungsliege.

Als er das Mädchen absetzen wollte, klammerte sie sich mit einem hysterischen Schluchzen an ihn.

»Okay, kein Problem.« Marie legte ihm mit einem beruhigenden Lächeln die Hand auf die Schulter. »Setzen Sie sich einfach hin, und behalten Sie Ihre Tochter auf dem Schoß. Wir bekommen das auch so hin.« Sie wandte sich an die Kleine. »Verrätst du mir, wie du heißt?«

Das Mädchen, Marie schätzte sie auf etwa vier, ein bisschen jünger als Emil, vergrub ihr Gesicht an der Brust ihres Vaters und schüttelte den Kopf.

»Ella«, übernahm der Papa. »Schmidt. Wir waren schon mal hier, als meine Tochter eine Mandelentzündung hatte. Aber sie hat Angst vor Ärzten. Und vor Spritzen«, fügte er leise hinzu.

»Hallo.« Marie hörte Simon hinter sich in den Raum kommen. Er erkannte die Kleine offenbar sofort, denn er ging vor ihr in die Hocke. »Hallo, Ella, erinnerst du dich an mich? Ich bin Doktor Simon. Du warst schon mal hier.«

Das Mädchen nickte, ohne den Kopf von der Brust ihres Vaters zu lösen.

»Können Sie mir sagen, was passiert ist?«, fragte Simon den Vater der Kleinen, der nicht viel mehr Farbe im Gesicht hatte als sein Kind.

»Waldi, der Dackel unserer Nachbarn, hat Barny zerfetzt.« Er zupfte an dem zerfetzten Plüschtier, das Ella unter den Arm geklemmt hatte. »Sie ist dazwischengegangen, und da hat dieser Hund sie am Arm erwischt.«

»Okay.« Simon erhob sich und zog ein Paar Latexhandschuhe aus dem Spender an der Wand. Dann schob er mit dem Fuß einen Hocker vor die Untersuchungsliege und griff nach Ellas Arm.

Er war vorsichtig. Unglaublich behutsam. Trotzdem brüllte das Mädchen auf, als habe er vor, ihr den Arm ohne Betäubung zu amputieren. Die Kleine war so in ihrer Panik und ihrem Schock gefangen, dass es schwierig werden würde, sie zu beruhigen. Als Simon versuchte, den zerfledderten Plüschhund aus ihrer Armbeuge zu ziehen, machte sie das nur noch hysterischer.

»Ich habe eine Idee«, sagte Marie leise zu Simon. »Gibst du mir einen Moment?«

Er nickte, ohne seine Konzentration von seiner kleinen Patientin zu nehmen.

»Bin gleich wieder da.« Marie hastete aus dem Untersuchungsraum und zum Empfang. Sie ignorierte die neugierigen Blicke, die ihr folgten. Wahrscheinlich war das Weinen der Kleinen nicht zu überhören, und die Neuigkeiten vom bissigen Waldi machten bereits die Runde in Waldkirch. »Aloisa, haben wir in der Praxis irgendwo ein Nähset?«, fragte sie ihre Kollegin leise, als sie zu ihr hinter den Tresen schlüpfte.

Aloisa schüttelte den Kopf. »Nicht, dass ich wüsste. Aber ich habe eines in meiner Handtasche«, ergänzte sie, als Marie enttäuscht seufzte.

»Ehrlich?« Marie griff nach Aloisas Hand. »Kann ich es mir ausleihen?«

»Freilich.« Aloisa kramte einen Moment in ihrer Handtasche herum, die sie immer unter den Empfangstresen stellte. Schneller, als Marie es bei dieser riesigen Tote Bag erwartet hatte, hielt sie das Notfallset triumphierend hoch und reichte es Marie.

Im nächsten Augenblick war Marie im Funktionsraum

zurück. Sie zog sich ebenfalls einen Hocker heran und nahm neben Simon Platz, der bei seiner Patientin noch nicht viel erreicht hat.

»Hey, Ella.« Marie strich dem Mädchen mit einer sanften Bewegung über den Rücken. »Barny sieht ziemlich verletzt aus. Ich würde ihn gern wieder gesund machen. Darf ich?«

Es dauerte einen Moment, bis die Kleine von der Brust ihres Vaters aufsah. Mit einer vorsichtigen Bewegung zog sie das Plüschtier unter ihrem Arm hervor und reichte es ihr mit ihrer gesunden Hand.

»Oh, er ist ja ziemlich schlimm verletzt.« Marie spürte die Blicke von Simon und Ellas Vater auf sich, aber sie konzentrierte sich ganz auf das Mädchen. »Das müssen wir nähen. Aber wahrscheinlich hat Barny ein bisschen Angst«, fuhr sie fort.

Ella nickte.

»Dann wäre es am besten, wenn du ihn festhältst, während ich ihm eine Spritze gebe, damit es nicht mehr wehtut, und ihn dann verarzte. Einverstanden?«

Wieder nickte Ella, und Marie verabreichte dem Stoffhund eine Spritze voller Luft. »So. Das war nur ein winziger Pieks, und gleich wird Barny gar nichts mehr wehtun«, erklärte sie. Aus den Augenwinkeln sah sie, wie Simon sich die Utensilien zum Betäuben, Säubern und Verschließen der Wunde an Ellas Arm zusammensuchte. »Wie lange hast du Barny denn schon?«, fragte sie das Mädchen, um es weiter von seiner eigenen Behandlung abzulenken.

»Schon immer, hat meine Mama gesagt. Als ich auf die Welt gekommen bin, war er schon da.«

»Das ist ja schon ganz schön lange.« Marie lächelte das

Mädchen an, das seinen Plüschhund fest umklammert hielt und aufmerksam zusah, wie sie langsam die zerfetzten Teile wieder zusammenflickte. »Wie alt bist du denn?«

»Vier.«

Sie plauderte weiter mit der Kleinen, die nur einmal kurz zu Simon herumfuhr, als er die Wunde betäubte, sich dann aber wieder von Marie, die ihren Barny behandelte, ablenken ließ.

Schließlich waren Plüschund und Kind verarztet und die Tränen versiegt. Ella wählte zwei Pflaster aus, die sie jeweils auf ihren Verband und den des Plüschtiers klebten, den Marie ihm angelegt hatte. Und als ihr Vater sie nach draußen trug und sie sich an der Anmeldung einen Lolli aussuchen durfte, kehrte bereits wieder ein schüchternes Lächeln in ihr Gesicht zurück. Marie achtete darauf, dass Ginny und Schiller hinter dem Tresen blieben, damit Ella nicht noch einmal in Panik ausbrach, und wünschte der Kleinen und Barny gute Besserung, während sich ihr Vater überschwänglich bedankte.

»Du warst unglaublich«, raunte Simon hinter ihr, als Marie den Schmidts nachsah, wie sie die Praxis verließen.

»Oh.« Sie spürte, wie Hitze an ihrem Hals nach oben kroch. Simon stand so dicht hinter ihr, dass sie seinen Duft wahrnehmen konnte, der sie irgendwie an frisch gewaschene Baumwolle und die Luft in den Bergen erinnerte. »Danke.«

Simon lächelte sie an, als sie ihm über die Schulter hinweg einen Blick zuwarf. »Ich muss dir danken. Das mit dem Hund war wirklich eine fantastische Idee.«

Sie zuckte mit den Schultern. »Teamwork«, sagte sie schlicht und reichte Aloisa ihr Nähset zurück.

Während dieser ersten beiden Behandlungen dieses Tages hatten sich Maries Nerven beruhigt. Vielleicht war der Tag doch nicht so schlimm, wie sie noch vor zwei Stunden gedacht hatte. Sie musste einfach nur das dumme Geschwätz in der Kita an diesem Morgen ignorieren.

9

Waldkircher Landfrauen-Ratsch

Berger Ida:
Ihr werdet es nicht glauben, aber ich bin gerade bei den Thalers in der Praxis. Ratet, wer auch hier ist?

Müller Liesl:
Wer denn?

Faulhaber Gerda:
😱🙈Der Wolff🦊 Anton

Müller Liesl:
Das Emoji ist ein Fuchs. Überhaupt: Musst du immer so viele Emojis verwenden?

Berger Ida:
Woher weißt du das, Gerda?

Faulhaber Gerda:
😱Die Stiegler Emma war auch in der Praxis und hat es mir erzählt.

Müller Liesl:
Trotzdem ist ein Fuchs das falsche Emoji für den Wolff.

Eine weitere Stunde später hatte Marie die Proben fertig verpackt, die für ein großes Blutbild ins Labor mussten. Kleine Sachen konnten in der Praxis selbst analysiert werden, aber für die meisten Untersuchungen reichten ihre Instrumente nicht aus. Sie zog gerade die Tür des Labors hinter sich zu, als sie Mats mit einer Patientenakte in der Hand winken sah. Er stand bereits an der Tür seines Sprechzimmers, und Marie lief schnell zu ihm herüber. »Hast du Zeit?«, fragte er leise. »Ich könnte dich da drin gebrauchen.«

»Freilich.« Marie lächelte ihn an. »Worum geht es?« »Urtikaria.« Nesselsucht. Sie verzog mitfühlend das Gesicht. Dieser Ausschlag war eine fiese Angelegenheit. »Alles klar.« Sie folgte Mats ins Behandlungszimmer. Im ersten Moment erkannte sie den Mann nicht, der mit dem Rücken zu ihr vor Mats' Schreibtisch saß. Doch als sie so weit in den Raum hineingetreten war, um sein seitliches Profil zu sehen – und er den Kopf zu ihr umwandte –, blieb sie stehen. Zur Salzsäule erstarrt. Sie war sich sicher, dass ihre Lungen die Arbeit eingestellt hatten. Genau wie ihre Knie, die sich plötzlich weich wie Butter anfühlten. »Anton«, brachte sie heraus – und hasste sich im nächsten Moment dafür, wie kratzig und unsicher ihre Stimme klang.

»Herr Wolff.« Mats zog die Aufmerksamkeit seines Patienten auf sich, warf Marie dabei aber einen besorgten Blick zu.

Anton ließ es sich nicht nehmen, ihr ein Grinsen zuzuwerfen, das angesichts seiner Nesselsucht eher dem Lächeln eines gruseligen Clowns ähnelte, bevor er sich zu Mats umwandte. »Ich …« Marie machte einen Schritt nach hinten. Sie musste hier raus. »Wir … ich …« Sie schloss für einen Moment die Augen und versuchte, sich zu sammeln. »Das Fenistil«, kam ihr die rettende Idee. »Wir haben nichts mehr hier. Ich hole schnell welches.« Nach zwei weiteren Schritten zurück spürte sie die Tür im Rücken. Sie drehte sich um – und floh aus dem Raum. In der kleinen Kammer, in der sie ihre Vorräte lagerten, lehnte sie sich mit dem Rücken gegen eines der Metallregale und bemühte sich, langsam ein- und auszuatmen. Sie musste verhindern, dass sie hyperventilierend zusammenbrach. Was für ein Bild würde das abgeben? Und was würden die Leute dann wieder über sie zu erzählen haben? Einatmen. Eins. Zwei. Drei. Ausatmen. Eins. Zwei. Drei. Langsam beruhigte sich der Aufruhr in ihrem Körper wieder. Ihr war klar gewesen, dass sie auf Anton treffen würde, wenn sie nach Waldkirch zurückkehrte. Sie hatte nur nicht damit gerechnet, ihm unvorbereitet gegenüberzustehen. Ohne Vorwarnung. Anton Wolff. Der ihr das Herz gebrochen hatte. Der sie benutzt hatte. Der ihr Leben zerstört hatte, ohne mit der Wimper zu zucken. Dieses Grinsen, mit dem er sie gerade bedacht hatte … Marie rieb über die Gänsehaut, die auf ihren Armen erblühte. Die Mischung aus roten Quaddeln und dem Angioödem, das bereits dazu geführt hatte, dass sein linkes Auge und sein Mund geschwollen waren, hatten dieses Lächeln so hässlich und verzerrt wirken lassen, dass sie das Gefühl hatte, plötzlich sein wahres Wesen vor sich zu sehen. Seinen bösartigen

Charakter. Die Türklinke wurde heruntergedrückt, und Marie fuhr geistesgegenwärtig herum und tat so, als suche sie nach dem Fenistil.

»Marie?«, fragte Mats hinter ihr leise.

Sie hörte, wie er die Tür schloss, und ließ resigniert die Schultern sinken. Anton hatte sie so aus der Bahn geworfen, dass ihr Chef sie jetzt vermutlich für eine Verrückte hielt. »Ich suche das Fenistil«, gab sie bemüht gleichmütig zurück. »Hab es gleich.«

»Die Salben liegen hier drüben«, sagte Mats und schwieg dann, bis Marie sich gezwungen sah, sich umzudrehen und seinen Blick zu erwidern. Mats hielt eine der Packungen in der Hand, die ganz vorn und gut zu erkennen im Regal lagen.

»Entschuldige«, murmelte Marie und senkte die Augen wieder. »Ich wollte nicht so davonstürmen. Es war nur …«

»Für einen Moment haben dich alte Erinnerungen eingeholt?«, hakte Mats nach, als sie nicht weitersprach.

Sie hob den Kopf wieder und sah Mats an. »Woher weißt du das?« Gerade fühlte sie sich, als würde ihr Körper Feuer fangen. Vor Scham. Weil sie sich so verraten fühlte. »Haben Simon oder Sanna dir davon erzählt?« Mats hatte sie bis jetzt immer so behandelt, als hätte er keine Ahnung von ihrer Vergangenheit. Natürlich würde er es irgendwann erfahren. Der Tratsch und Klatsch würden auch vor ihm keinen Halt machen. Aber sie hatte nicht damit gerechnet, dass ausgerechnet Simon und Sanna ihre Geschichte ausplaudern würden.

»Nein.« Mats schenkte ihr ein entschuldigendes Lächeln. Er legte die Salbe zurück und lehnte sich ihr gegenüber an das Regal, als stelle er sich auf eine kleine Plauderrunde ein. »Unser Patient hat mir erzählt, dass ihr zusammen zur Schule gegangen seid und …« Er räusperte sich, als suche er nach den richtigen Worten. »Ich hoffe, ich bin jetzt nicht zu indiskret. Er hat mir von eurer Situation erzählt.«

»Unsere … Situation?« Marie sah Mats fassungslos an. Sie war sich sicher, dass ihr die Kinnlade bis zum Boden gefallen war. Auch wenn sie es nicht spüren konnte, weil sich ihr ganzer Körper taub anfühlte. »Du plauderst mit den Patienten über mich?«

»Es ist nicht schlimm, unglücklich verliebt zu sein«, ging Mats über ihre Frage hinweg.

Das hatte Anton ihm also erzählt? Seine Version der Dinge. Das war ja klar.

»Ich komme auch ohne dich mit ihm klar«, schlug Mats vor. »Du musst dich dem nicht noch einmal aussetzen. Wenn du möchtest, kümmere ich mich allein um ihn.«

Unglücklich verliebt. Die Worte wirkten wie die kalte Dusche, die Marie dringend gebraucht hatte. Ein Ruck ging durch ihren Körper, und sie richtete sich auf. »Nein«, sagte sie und war erleichtert, dass ihre Stimme wieder ein wenig fester klang. »Antons Auftauchen hat mich tatsächlich ein wenig überrascht. Aber ich bin professionell genug, damit umzugehen. Das hier ist mein Job, und den werde ich jetzt machen.«

»Klingt gut.« Mats stieß sich vom Regal ab. »Vergiss das Fenistil nicht«, sagte er, als er bereits nach der Türklinke griff. Dann zögerte er und warf ihr einen Blick über die Schulter zu. Seine Lippen verzogen sich zu einem richtig breiten Lächeln. »Mir wird nachgesagt, nicht der allergrößte Empath zu sein. Aber weißt du, was Sanna jetzt wahrscheinlich zu dir sagen würde?« Marie schüttelte abwartend den Kopf. »Sie würde dich darauf hinweisen, dass es vermutlich keinen besseren Moment gibt, um seinen alten Schwarm wiederzutreffen. Sieh dich nur an. Du siehst fantastisch aus. Und er …

kein bisschen.« Er zwinkerte Marie zu, und dieser Gedanke brachte sie tatsächlich zum Lachen.

Sie trug Jeans und ihren Kasack. Die Haare im Nacken zu einem lockeren Knoten zusammengefasst. Das war kein weltbewegendes Outfit. Aber gegen Antons verschobene, mit Quaddeln übersäte Gesichtszüge hatte sie auf jeden Fall gewonnen. Sie griff nach einer Packung Fenistil und folgte Mats nach draußen. »Entschuldigen Sie die kleine Verzögerung, Herr Wolff«, sagte Mats, als er zum zweiten Mal innerhalb von ein paar Minuten sein Behandlungszimmer betrat. »Wir haben die Salbe gefunden, die Ihnen im Moment am besten helfen wird.«

»Gott sei Dank«, brummte Anton. Seine Stimme klang nicht ganz so tief und voll, wie Marie sie in Erinnerung hatte. Wenn sie sie zum Beispiel mit Simons Stimme bei dem kleinen Privatkonzert der Cover Bandits neulich verglich, war sie nicht einmal im Ansatz so sexy, wie in ihren Teenagerträumen. Sie schüttelte den Kopf über sich selbst und legte eine der beiden Salbenschachteln in die Schublade. Dann befreite sie die andere Tube aus ihrer Verpackung und hörte zu, wie Anton sich beklagte, dass das Jucken von Sekunde zu Sekunde schlimmer wurde und er das Gefühl hatte, sein ganzer Körper stünde in Flammen.

Mats nickte. »Der Ausschlag hat im Gesicht angefangen?«, fragte er.

»Ja. Und an den Händen und Füßen«, bestätigte Anton. »Aber inzwischen …«

»Okay. Marie wird Ihnen helfen, ihr Shirt auszuziehen«, entschied Mats. Marie trat hinter ihren Patienten und hob vorsichtig den Saum seines T-Shirts an. »Ich mache langsam«, sagte sie zu Antons Nacken, der ebenfalls schon unter dem Ausschlag glühte.

Er zischte vor Schmerzen auf, als der Stoff über seine Haut rieb, hob aber gehorsam seine Hände, damit sie das Shirt nach oben ziehen konnte. Sein Rücken sah bereits so schlimm aus, wie er behauptet hatte. Die Quaddeln zogen sich inzwischen mit Sicherheit über seinen Bauch und seine Beine.

»Haben Sie irgendwelche Unverträglichkeiten oder Allergien?«, fragte Mats, nachdem er die Angaben in der Patientenakte überflogen hatte.

»Nicht, dass ich wüsste«, erwiderte Anton und zuckte mit den Achseln, was ihn sofort wieder vor Schmerz knurren ließ. »Nehmen Sie im Moment irgendwelche Medikamente?«, setzte Mats die Anamnese fort.

»Ich hatte diese fiese Mandelentzündung und hab ein paar von den Antibiotikapillen genommen, die mein Vater noch übrig hatte. Den hat es letztes Jahr nämlich auch erwischt. Moment, ich habe sie mitgebracht. Dachte schon, dass es vielleicht daran lag.« Er hob seine Hüfte ein wenig an und zog eine zerdrückte Medikamentenschachtel aus der Gesäßtasche. Marie bemühte sich, nicht die Augen zu verdrehen. Jeder vernünftige Erwachsene wusste, dass man nicht einfach so ein paar Antibiotika einwerfen konnte, die irgendwo anders übrig geblieben waren.

Mats betrachtete die Schachtel einen Moment, dann hob er den Blick wieder. »Okay, Herr Wolff, das hier ist Penicillin. Sind Sie dagegen allergisch?«

»Ich habe keine Ahnung. Ich weiß gar nicht, ob ich so was schon mal genommen habe«, gab Anton zu.

»Das, womit wir es hier zu tun haben, ist eine Urtikaria. Eine Nesselsucht. Sie reagieren auf irgendetwas allergisch. Das könnte das Antibiotikum sein, oder auch etwas anderes, was Sie gegessen haben. Umwelteinflüsse. Pollen. Da gibt es viele

Möglichkeiten. Sowohl der Ausschlag als auch die Schwellungen in Ihrem Gesicht kommen daher. Im Moment fühlt sich das sicher sehr beängstigend an und ist vor allem schmerzhaft.«

»Und es juckt wie Sau«, ergänzte Anton.

»Genau. Deshalb machen wir jetzt Folgendes: Ich verschreibe Ihnen ein Antihistaminikum, das Ihnen schnell helfen wird. Um den Juckreiz zu lindern, benutzen Sie das Fenistil Gel. Cremen Sie alle betroffenen Stellen ein. Das dürfte erst mal helfen.« Mats warf Marie einen Blick zu, mit dem er sich noch einmal versicherte, ob das hier wirklich okay für sie war. Da sie hinter Anton stand, konnte ihr Patient ihr entschiedenes Nicken nicht sehen. »Marie wird Ihnen helfen und Ihren Rücken eincremen. Damit dürften wir das Problem erst einmal in den Griff bekommen. In ein paar Tagen sollten der Ausschlag und die Schwellungen verschwunden sein. Sie sollten aber auf jeden Fall noch einmal herkommen und einen Allergietest machen.« Marie zog sich Latexhandschuhe über und schraubte die Tube auf. »Achtung, das wird jetzt ein wenig kalt«, warnte sie Anton, als sie etwas von dem Gel auf seinen Rücken kleckste und vorsichtig begann, es zu verreiben.

Mats' nächste Worte gingen in einem erleichterten Aufstöhnen ihres Patienten unter. Marie war sich nicht sicher, was sie empfinden würde, wenn sie Anton nach vierzehn Jahren zum ersten Mal wieder berührte. Sie hatte als Teenagerin so oft davon geträumt, über seinen Körper zu streichen. Als sie es dann wirklich getan hatte, hatte das nicht nur Auswirkungen auf ihr eigenes Leben gehabt. Jetzt empfand sie nichts. Antons Schultern waren immer noch breit, aber seine Figur war massiger geworden. Ob er noch Fußball spielte? Sie erinnerte sich selbst daran, dass das völlig egal war und diese Gedanken hier keinen Platz hatten. In diesem Arztzimmer genauso wenig wie in ihrem Leben.

Anton war offenbar dankbar über die Behandlung, ignorierte Marie aber, seit Mats und sie ins Sprechzimmer zurückgekehrt waren. Bis auf den einen Blick und das Grinsen am Anfang tat er, als sei sie Luft. Er konzentrierte sich ausschließlich auf Mats. Zumindest, bis der sich verabschiedete, um sich um den nächsten Patienten zu kümmern und Marie mit dem Geist der Vergangenheit im Behandlungsraum allein ließ.

Ihr wurde bewusst, dass ihr doch nicht egal war, wie Anton sie behandelte. Nicht, weil sie sich wünschen würde, dass er sie noch einmal so ansah wie damals, als sie glaubte, all ihre Träume wären in Erfüllung gegangen. Diese Gefühle waren längst verflogen und würden nie wieder zurückkehren. Es traf sie, dass Anton so tat, als existiere sie gar nicht. Er hatte nie Verantwortung für diesen furchtbaren Nachmittag übernommen und würde das vermutlich auch nie tun. Er würde sich nicht bei ihr entschuldigen. Nie. Sie schluckte trocken und blinzelte gegen das Brennen in ihren Augen an. Dann reichte sie Anton die Salbentube über dessen Schulter hinweg. »Den Rest bekommst du sicher selbst hin«, durchbrach sie die Stille zwischen ihnen. »Wenn du weite, leichte Kleidung trägst, hilft dir das. Kaltes Duschen auch.«

Anton prustete los. Jetzt wandte er den Blick doch zu ihr um, während er nicht nur nach der Salbe, sondern gleich nach Maries ganzer Hand griff. »Süße, wegen dir werde ich keine kalte Dusche mehr brauchen.«

Was für ein Arschloch. Marie presste die Tube, die zwischen Antons und ihren Fingern eingeklemmt war, zusammen, sodass ein großer Klecks des Gels im Schritt ihres Patienten landete. Wenn er versuchen würde, es wegzuwischen, würde er aussehen, als hätte er sich eingenässt. Dann zog sie ihre Hand mit einem Ruck aus seinem Griff. »Fass mich nie wieder an«, zischte sie und wich zurück.

Ein Klopfen an der Tür ließ sie herumfahren. »Anton? Bist du hier?« Ein Mann steckte den Kopf herein, ohne eine Antwort abzuwarten. Er schenkte Marie ein Lächeln, bevor sein Blick am Rücken hängen blieb und er das Gesicht verzog. »Mats meinte, ich könne einfach reinkommen und ihn einsammeln.«

»Ah.« Marie blinzelte. Einen Moment überlegte sie, wer der Mann war und warum er ihr so bekannt vorkam. Dann klickten die Rädchen in ihrem Gehirn ineinander. »Jonas.« Sie hatte Antons Bruder genau wie all die anderen Waldkircher nicht mehr gesehen, seit sie ihr Abitur in der Tasche hatte. Jonas war in ihrer Klassenstufe gewesen. Genau wie Sanna, Mila und … Nikola. Er hasste sie vermutlich genauso wie die meisten anderen.

Doch er hatte sie gerade angelächelt, obwohl ihm klar sein musste, wer sie war. Und er tat es noch einmal. »Schön, dich zu sehen, Marie«, sagte er, hakte die Daumen in die Taschen seiner Jeans und betrachtete den Rücken seines Bruders genauer.

»Bist du fertig mit Small Talk? Ich will endlich los«, knurrte Anton.

Jonas verdrehte die Augen. »Danke, lieber Bruder, dass du dir im Gegensatz zu allen anderen die Zeit nimmst, mich abzuholen«, gab er zurück.

Marie erinnerte sich, dass die beiden zu Schulzeiten nicht das beste Verhältnis gehabt hatten. Offenbar hatte sich das nicht so sehr geändert. Trotzdem war Jonas jetzt hier, um seinen Bruder abzuholen.

Marie nickte Jonas zu. »Er kann nach Hause. Die Salbe hat er. Das Rezept für das Antihistaminikum bekommt ihr an der Rezeption von Aloisa.« Sie zog die Handschuhe aus, ließ sie in den Mülleimer neben der Tür fallen und verließ den Raum, diesmal in einem Tempo, das nicht wie Flucht wirkte.

»Alter, hast du dir in die Hose gepinkelt?«, hörte sie Jonas belustigt hinter sich fragen. Sie schloss die Tür, ehe Antons Antwort zu ihr drang. Sie brauchte einen Moment für sich.

Mats hatte recht gehabt. Sie hätte sich keinen besseren Zeitpunkt für ein Wiedersehen aussuchen können. Umso mehr schockierte es sie, wie sehr diese Begegnung sie trotz allem aus dem Gleichgewicht brachte. Der Lagerraum war kein gutes Versteck, nachdem Mats sie einmal dort aufgespürt hatte. Blieb nur die Mitarbeitertoilette. Marie schloss die Tür des kleinen Waschraums hinter sich ab. Sie stützte die Hände auf den Rand des Waschbeckens und betrachtete sich im Spiegel darüber. Eigentlich sah sie aus wie immer. Ein wenig blass vielleicht. Aber wenn sie jetzt wieder hinausging, würde niemand merken, wie viel Kraft sie diese Begegnung gekostet hatte. Zu viel Kraft, um sich gleich mit dem nächsten Problem auseinanderzusetzen. Marie klappte den Toilettendeckel hinunter und setzte sich für einen Moment. »Du hast gewusst, dass das passieren wird«, erinnerte sie sich leise daran, dass das zu erwarten gewesen war. Sie hätte Anton sowieso nicht für immer aus dem Weg gehen können. Jetzt hatte sie es hinter sich gebracht. Und sich gut dabei geschlagen, wie sie fand.

Genau wie sie die bösen Kommentare der Kita-Muttis

an sich abprallen lassen konnte. Emil musste glücklich sein. Fanny musste glücklich sein. Wenn diese beiden Voraussetzungen erfüllt waren, war sie ebenfalls glücklich. Ganz gleich wo. Ganz gleich, unter welchen Umständen.

Sie stand wieder auf und traf abermals auf den Blick, den ihr Spiegelbild ihr zuwarf. »Ihr könnt mir alle mal den Buckel runterrutschen«, erklärte sie leise, aber bestimmt. Und jetzt würde sie da rausgehen und sich den Herausforderungen stellen, die dieser Tag noch für sie zu bieten hatte.

Die nächste Challenge lauerte bereits im Flur, als sie aus der Toilette kam. »Na endlich«, zickte Mila, die mit vor dem Oberkörper verschränkten Armen an der Wand lehnte. »Wurde ja auch Zeit. Ich dachte schon, du willst da drin überwintern.« Sie stieß sich ab und machte einen Schritt nach vorn, womit sie auf unangenehme Weise in Maries persönlichen Raum eindrang.

Marie biss die Zähne zusammen und widerstand dem Drang, einen Schritt zurückzutreten, um den Abstand zwischen ihnen wieder zu vergrößern.

»Ist das deine Art, dich vor der Arbeit zu drücken?«, fuhr Mila fort. »Wundert mich ehrlich gesagt nicht. Aber wenn ich dir morgens einen Zettel mit den Sachen hinlege, die bestellt werden müssen, dann erwarte ich, dass das bis zum Nachmittag erledigt ist.«

Marie bemühte sich um einen neutralen Gesichtsausdruck. »Mir ist ganz entgangen, dass du meine Chefin bist«, sagte sie viel ruhiger, als sie sich fühlte. »Du bist meine Kollegin, das heißt, du kannst mich höchstens höflich darum bitten, die Bestellung für dich zu übernehmen. Aber bis jetzt bin ich noch nicht dazugekommen. Wir hatten hier jede Menge Patienten.«

»O ja. Ich habe schon davon gehört. Hast du dich wieder an Anton rangeschmissen, statt deinen Job zu machen?«, giftete Mila sie an.

Diesmal schaffte sie es, dass Marie zurücktaumelte, als hätte ihre Kollegin ihr eine Ohrfeige versetzt.

»Schluss jetzt!« Sanna kam in den Flur gerauscht. »Bist du von allen guten Geistern verlassen, Mila? So gehen wir in dieser Praxis nicht miteinander um.« Sie strich Marie mit einer beruhigenden Geste über den Arm und funkelte Mila wütend an. Vermutlich hatte sie nur die letzten Satzfetzen dieser Unterhaltung mitbekommen – aber das hatte ihr gereicht. »Du machst deine Bestellung selbst, so wie du es schon immer gemacht hast.«

»Nein.« Marie schüttelte den Kopf. »Kein Problem, ich mach das schon. Das schaffe ich noch, bevor ich heimgehe.«

»Oh.« Sanna sah Marie an, als würde ihr gerade etwas Wichtiges einfallen.

Etwas, das Marie nicht gefallen würde, wurde ihr klar, als sie Simons ruhige Stimme vernahm, der hinter seiner Schwester auftauchte und das Wort ergriff, bevor Sanna zu einer Erklärung ansetzen konnte. »Wir wollten dich nach Feierabend in die Alpenliebe einladen und auf dich anstoßen.«

»Als Einstand, sozusagen«, ergänzte Sanna.

»Pff.«

Marie blickte in Milas Richtung. Der unwillige Ton, der ihrer Kollegin entwichen war, war unverkennbar missbilligend. Ablehnend. Und natürlich konnte sie sich ein »Ohne mich« nicht verkneifen. Obwohl Simons Blick unter zusammengezogenen Brauen auf Mila gerichtet war, was ziemlich deutlich zeigte, dass er mit ihrem Verhalten nicht einverstanden war, schob sie noch ein »Da habe ich definitiv etwas Besseres vor« hinterher.

Marie spürte, wie ihr die Hitze ins Gesicht schoss. Für einen Tag hatte sie mehr als genug Ablehnung erfahren. Sie warf Mila einen Seitenblick zu, die die Nase krauszog, als hätte sie etwas Schlechtes gerochen. Als sie jedoch Simons stechenden Blick bemerkte, setzte sie sofort eine neutrale Miene auf.

»Danke für die Idee.« Marie mühte sich an einem kleinen Lächeln, das ihr nur mit Mühe gelang. »Aber ich kann auch nicht mitkommen. Ich muss nach Hause zu Emil.«

Simons Blick glitt von Mila zu ihr. »Ah, dein Sohn.« Seine Augen leuchteten auf. »Wir haben Fanny schon gefragt, ob sie auf ihn aufpassen kann, weil wir dich doch mit unserer Idee überraschen wollten«, erklärte er. »Sie war ganz begeistert davon.«

Das konnte sich Marie lebhaft vorstellen. Sie biss die Zähne zusammen und versuchte sich an einem weiteren Lächeln, das vermutlich einer gequälten Grimasse ähnelte. Natürlich war ihre Großmutter Feuer und Flamme, wenn Marie sich mit Leuten ihres Alters in einer Bar verabredete. Fanny würde ihr versichern, dass sie jede Menge Zeit mit ihrem Enkel nachzuholen hatte und dankbar war, wenn sie sich zusammen aufs Sofa kuscheln und einen Disneyabend veranstalten konnten. Sie würde darauf bestehen, dass Marie sich von nichts und niemandem davon abhalten lassen sollte, sich eine schöne Zeit zu machen.

Aber Marie hasste Überraschungen. Was Sanna und Simon nicht ahnen konnten. Fanny hingegen wusste es ganz genau. Außerdem konnte es Marie nicht ausstehen, wenn andere über ihren Kopf hinweg Entscheidungen für sie trafen.

Nichts fühlte sich so schlimm an, wie die Tatsache, dass ihr die Kontrolle genommen wurde. Aber wie redete sie sich aus dieser Einladung heraus, ohne dabei genauso unverschämt zu wirken, wie Mila gerade?

10

Bergdoktor-McDreamy-Direktleitung

Mats:
Alles okay? Du bist so schnell abgehauen.

Simon:
Ich hatte plötzlich die Nase voll von den Leuten in der Alpenliebe. Und ich hatte gehofft, Marie noch zu erwischen und mich für die blöde Idee, sie dorthin einzuladen, zu entschuldigen.

Die Alpenliebe hatte es noch gar nicht gegeben, als Marie zur Schule gegangen war. Damals hatte Paulinas Großmutter in dem alten Bauernhaus gelebt. Maries Mitschülerin war eine von denen, die ihr Ziel nie aus den Augen verloren hatte. Sie war früher fest entschlossen gewesen, Influencerin zu werden. Jetzt hatte sie auf Instagram um die 380 000 Follower, die sie mit ihren Sinnsprüchen und ihrer Liebe zu allem Skurrilen und zur Natur unterhielt. Paulina hatte das Haus ihrer Großmutter geerbt und umgebaut. Im Erdgeschoss befand sich jetzt die Alpenliebe, eine Mischung aus Café und Bar, darüber wohnte Paulina. In einer WG – ausgerechnet mit Mila. Die Alpenliebe hatte sich nach dem, was Fanny ihr erzählt hatte, zu einer Institution in Waldkirch entwickelt. Hier trafen sich die Einheimischen genauso wie Feriengäste oder Mountainbiker und Wanderer, die auf dem Weg das Tal hinauf waren. Die Kuchen, die es gab, entsprachen der aktuellen Laune der Wirtin, und die Speisekarte war überschaubar. Dafür hatte Paulina jede Menge fantasievolle bis experimentelle Drinks auf Lager. Marie ließ ihren Golf auf dem Hof hinter der Praxis stehen und ging mit Sanna, Simon und Mats quer über den Marktplatz auf die bunt geringelten Schirme auf der Außenterrasse der Alpenliebe zu, die das Markenzeichen der Bar waren und perfekt zu den farbigen Sitzkissen der Stühle und Bänke passten. Mats und Simon rannten übermütig lachend durch die Lücke, die über die Jahrhunderte im Stamm der Heilenden Linde entstanden war und ganz ihrem Namen entsprechend heilende Kräfte wirken konnte, wenn man hindurchtrat. Das war so typisch für das Allgäu. Und einer der Gründe, warum Marie diese Stadt trotz aller bitteren Erinnerungen so liebte. Die Linde befand sich nur zwanzig Meter Luftlinie von der Praxis entfernt. Die Leute kamen zu ihnen, um sich behandeln zu lassen, stiegen aber im Anschluss vorsichtshalber trotzdem noch mal durch die Öffnung in dem Baum, um sicherzugehen, dass die Methoden der Schulmedizin auch wirklich halfen.

Der Abend war warm und hell, sodass die Lichterketten mit den kleinen Glühbirnen, die für eine gemütliche Atmosphäre auf der Terrasse sorgen sollten, gar nicht notwendig gewesen wären. Im Außenbereich war jeder Tisch besetzt, also musste sich ihre kleine Gruppe wohl oder übel einen Platz im

Inneren der Bar suchen. Marie sah sich neugierig um, als sie hinter Sanna und Mats den Raum betrat. Simon war draußen noch an einem der Tische stehen geblieben, um mit jemandem zu sprechen, und hatte den Anschluss verloren. Das Café war ziemlich cool, stellte Marie fest. Auch hier dominierte Holz als Baustoff, so wie in den meisten Häusern der Gegend. Aber selbst wenn das Gebäude von außen noch immer wie ein altes Bauernhaus wirkte, das Innere war hell, schlicht und geradlinig. So, als hätte Paulina das Haus aus dem letzten Jahrtausend in dieses geholt, ohne seinen Charakter zu zerstören. An den Wänden hingen als einzige Farbtupfer Rahmen, in denen witzige Sprüche auf bunten Hintergrund gedruckt waren. *Das Problem will ich nicht. Zeig mir das nächste!*, las sie im Vorbeigehen. Über dem Stammtisch stand *Nur weil ich nicht singen kann, heißt das noch lange nicht, dass ich nicht singen werde.*

»Wie findest du es?«, fragte Simon so unerwartet neben ihr, dass Marie fast zusammengezuckt wäre. »Richtig cool«, erwiderte sie ehrlich und ließ den Blick noch einmal durch den vollen Raum schweifen.

Sanna nickte. »Genau das, was Waldkirch braucht: eine Alternative zum Ochsen und Vincent Wolffs Fünf-Sterne-Bunker. Wenn man es genau nimmt, ist das unsere Operationszentrale, ganz egal, um was es geht«, erzählte sie. »Hier haben wir zum Beispiel beschlossen, dass es gut für Mats wäre, zum Waldbaden zu gehen.«

»War es nicht«, warf Mats sofort dazwischen.

Sanna lachte und ignorierte seinen Einwurf. »Hier haben wir meinen Wahlkampf für die Talsprecherwahl geplant. Und hier haben wir Jonas davon überzeugt, uns Anbauflächen seiner Landwirtschaft zur Verfügung zu stellen, um Kräuter und

Pflanzen für eine neue Bio-Kosmetik-Linie anzupflanzen.« Sie seufzte. »Die Alternative wäre gewesen, mit einer Chemiefirma zu leben, die sein Vater und sein Bruder ins Tal stellen wollten.« Kaum hatte der Satz geendet, wurde Sanna offenbar klar, dass sie gerade den großen, rosa Elefanten in den Raum geholt hatte. Anton. Ein unangenehmes Schweigen setzte ein. Ein Schweigen, das Marie Zeit gab, über das nachzudenken, was Sanna gerade gesagt hatte. Jonas hatte sich gegen seinen Bruder und seinen Vater gestellt? Das war wahrscheinlich nicht auf besonders viel Begeisterung gestoßen. Und trotzdem war Jonas heute in der Praxis aufgetaucht, um seinen Bruder abzuholen.

Mats räusperte sich, um den unangenehmen Moment zu überspielen »Ich war vom ersten Moment an begeistert«, sagte er. »Und ich habe in Waldkirch ganz sicher nicht so eine Bar erwartet. Ich bin ruckzuck Stammgast geworden.«

Marie lächelte ihn an. Sie war ihm dankbar für den Themenwechsel. Sie konnte ihn sogar verstehen, aber sie würde ganz sicher kein Stammgast in der Alpenliebe werden. Weder wollte sie sich jedes Mal, wenn sie die Bar betrat, den Blicken und dem Getuschel aussetzen, noch hatte sie Geld für die Drinks übrig, die hier sicher nicht billig waren. Ganz abgesehen davon, dass Sanna gerade von ihrer Clique gesprochen hatte. Was bedeutete, dass auch Nikola und Mila regelmäßig hier waren. Und Paulina, von der Marie ebenfalls nicht wusste, wie sie zu ihr stand. In der Schule war sie nie gemein zu ihr gewesen, aber trotzdem gehörte sie zu diesem Freundeskreis.

Kaum hatte sie an die Wirtin der Alpenliebe gedacht, tauchte sie, ein Tablett in den Händen, auch schon an ihrem Tisch auf, ohne dass sie etwas bestellt hätten. Sie stellte

Weißbier vor Simon und Mats ab und platzierte dann Weißweingläser vor Marie und Sanna, in denen jeweils ein Eis am Stiel steckte. »Na, jetzt bin ich aber gespannt«, sagte Sanna begeistert und rieb sich die Hände. »Was ist das? Eis im Glas?«

»Sei nicht so ungeduldig«, wies Paulina die Freundin milde zurecht und legte ihr in einer Geste, die so vertraulich wirkte, dass sie an Maries Herzmuskeln zog, die Hand auf die Schulter.

»Paulina kreiert ständig neue Drinks«, erklärte Sanna. »Und sie sind immer verdammt lecker.«

»Genau so ist es.« Paulina deutete eine leichte Verbeugung an. »Das, meine Damen, ist meine neueste Kreation: Hugo am Stiel«, verkündete sie. »Ich habe den Holunderblütensirup mit Limette und Minze in Eis-am-Stiel-Formen eingefroren. Jetzt geben sie nicht nur ihren Geschmack ab, sondern kühlen den Drink auch.« Sie griff nach der Prosecco-Flasche, die noch auf dem Tablett stand. Mit einem »Ich bin gespannt, was ihr sagt« füllte sie die Gläser auf. »Zum Wohl!« Sie machte einen albernen kleinen Knicks und drehte sich dann nach anderen Gästen um, die etwas bestellen wollten.

»Also dann«, Mats hob sein Bier, »auf dich, Marie. Und darauf, dass wir dich gefunden haben.«

»Und für uns gewinnen konnten«, führte Sanna den Toast weiter.

»Wir sind verdammt froh, dich zu haben«, vervollständigte Simon die kleine Rede, so als ob die drei sich abgesprochen hätten. Erwartungsvoll sahen sie Marie über ihre erhobenen Drinks an.

Also griff Marie nach ihrem Glas und hob es ebenfalls, um mit den dreien anzustoßen. »Danke«, sagte sie leise. »Ich bin auch sehr froh, bei euch arbeiten zu können.« Sie hasste es, im Mittelpunkt der Aufmerksamkeit zu stehen. Wenn das in der Vergangenheit der Fall gewesen war, hatte es selten eine positive Ursache gehabt.

Marie senkte den Blick und nippte an ihrem Drink. Verdammt, war der gut! Überrascht sah sie wieder auf und blickte Sanna an, die ihr breit grinsend zuzwinkerte.

»Ich denke genau das Gleiche wie du«, sagte die Ärztin. »Das ist eine fantastische Idee für den Sommer.«

Marie gab ihr recht. Fanny und Emil würden das lieben. Sie sah sich mit ihrer Familie in der gemütlichen Sitzecke hinter dem Haus. Ihre Großmutter und sie mit einem echten Hugo und ihr Sohn mit einer Sprudelwasserversion des Sommerdrinks.

»Hey! Sanna!«, brüllte jemand ein paar Tische rechts von ihnen und übertönte damit den Gute-Laune-Song, der aus den Boxen drang.

Sie blickten ganz automatisch alle in die Richtung, aus der der Ruf kam, und Marie erkannte Robert Hochstetter. Die Härchen an ihren Unterarmen stellten sich auf, als wäre sie in eisig kalte Zugluft geraten. Hochstetter hatte zwar Sanna gerufen, richtete allerdings den Blick aus seinen kleinen, stechenden Augen auf Marie. Wenn sie nach den roten Flecken in seinem Gesicht ging, hatte er bereits deutlich mehr intus, als gut für ihn war. Marie wappnete sich innerlich. Sie war sich bewusst, dass er gleich eine fiese Bemerkung auf sie abfeuern würde. Und die ganze Kneipe würde Zeuge davon werden.

Hochstetter war einer der Männer, die etwas mit ihrer Mutter gehabt hatten und von ihr zugunsten eines Nachbarn oder Freundes verlassen worden war. Ein Umstand, der ihr den Ruf eines Flittchens eingebracht hatte und einen Groll nach sich zog, der auch Jahrzehnte später nicht verraucht war. Ganz zu schweigen von einem der Naturgesetze aus dem ländlichen Raum: Wie die Mutter so die Tochter! »Pass auf, dass die Brunnerin nicht zu viel trinkt. Sonst wird sie am Ende leichtsinnig und spannt dir noch den Wikinger-Doc aus.«

Johlendes Gelächter brandete an Hochstetters Tisch auf. Die Kumpels seiner Doppelkopfrunde klatschten ihn ab, und einer steckte sogar zwei Finger in den Mund und stieß einen lauten Pfiff aus, während der Rest des Raumes in einer plötzlichen Schockstarre zu verharren schien.

Maries Herz begann zu rasen, und Schweiß brach ihr aus – ganz klare erste Anzeichen einer Panikattacke. Sie starrte auf die Tischplatte hinunter und versuchte, das Brennen in ihren Augen wegzublinzeln. Okay, sie war nicht aus Teflon. An ihr prallte nicht alles ab, was diese Stadt hinter ihrem Rücken tuschelte oder ihr direkt ins Gesicht brüllte. Quer durch eine Bar, die voller Einheimischer war, die ihre Version dieses Augenblickes weitertragen würden.

Sie sah Sannas Hand, die sich kurz über ihre eigene legte und sie vermutlich aus Mitleid drückte. Dann stand die Ärztin auf, und Mats und Simon überschlugen sich fast, um das Schweigen, das sich über sie gesenkt hatte, mit einem neuen, unverfänglichen Thema zu überbrücken. Marie hatte aber keine Energie mehr, sich an dieser Unterhaltung zu beteiligen.

Aus den Augenwinkeln beobachtete sie, wie Sanna zu Hochstetters Tisch hinübermarschierte, die Hände auf der Tischplatte abstützte und sich zu ihm hinunterbeugte. Leise sagte sie etwas zu dem Mann und erreichte damit tatsächlich, dass dieser den Blick senkte und sich ein wenig duckte – und vor allem die Klappe hielt.

Mit einem selbstzufriedenen Ausdruck im Gesicht wirbelte

Sanna auf dem Absatz ihres Schuhs herum und kehrte zum Tisch zurück. »So, das hätten wir«, sagte sie.

Doch Marie wusste nicht, was sie darauf antworten sollte. Was sie überhaupt noch sagen sollte. Das war das schlimme Ende eines wirklich furchtbaren Tages, von dem sie bereits mehrmals gedacht hatte, dass er nicht schlimmer werden konnte. Nur, um dann festzustellen, dass das ganz problemlos möglich war.

»Wir haben gerade über die Drohnenfotos gesprochen, die Jonas von seinen Kühen auf der Alpe gemacht hat, nicht wahr, Marie?«, versuchte sich Simon an der Normalität. »Ich finde sie echt spektakulär.«

Marie antwortete ihm nicht. Sie kippte den Rest ihres Hugos hinunter und erhob sich. »Danke für die Einladung«, sagte sie, ohne einen der drei Ärzte anzusehen. »Ich muss jetzt wirklich los.«

Die Blicke der Barbesucher stachen in ihre Haut wie heiße Nadeln, als sie die Flucht antrat. Sie hatte gewusst, dass es ein Fehler gewesen war, diese Einladung anzunehmen. Warum nur hatte sie sich trotzdem darauf eingelassen? Sie wusste die Antwort auf diese Frage. Weil es Momente gab, in denen sie von einer Einsamkeit überwältigt wurde, der Emil und Fanny nichts entgegensetzen konnten. Das Bedürfnis, Teil einer Gemeinschaft zu sein. Zu einer Gruppe zu gehören. Freunde zu haben.

Meistens hatte sie diese Sehnsucht gut im Griff und hielt sie tief in ihrem Herzen verschlossen. Doch seit sie zurück in Waldkirch war, gelang ihr das plötzlich nicht mehr so problemlos. Marie hastete über den Marktplatz, auf dem nur noch wenige Leute unterwegs waren, und bog um die Ecke der Praxis.

Sie musste sich um ihren Sohn kümmern, rief sie sich in Erinnerung, als sie die Autotür aufschloss. Um ihre Großmutter. Ihren Job. Mehr gab es da nicht. Sie startete den Motor und schlug den Heimweg ein. »Alles andere ist unwichtig«, murmelte sie. »Alles andere ist unwichtig.« Wie ein Mantra. Die Lichter in Fannys Haus waren bereits gelöscht, als sie heimkam. Sie schlich die Treppe hinauf und übersprang die Stufe, die am lautesten knarrte. Vorsichtig schob sie die Tür zu Emils Zimmer auf. Im Schein des kleinen Nachtlichts an der Wand betrachtete sie sein Gesicht, das im Schlaf so friedlich und glücklich wirkte. Sie küsste ihn auf die Stirn und kehrte dann ins Erdgeschoss zurück, betrat das Arbeitszimmer und schaltete die Nähmaschine ein.

*

Simon sah Marie nach. Sie verließ die Alpenliebe so schnell sie konnte, ohne dass es als rennen durchging. Er war sich sicher, dass sie genau das tun würde, wenn sie nicht befürchten müsste, damit noch mehr Aufmerksamkeit auf sich zu ziehen. »So ein Arschloch«, fluchte er leise und leerte den Rest seines Bieres in einem Zug.

»Das kannst du laut sagen«, stimmte Mats ihm zu und schickte einen bösen Blick in Hochstetters Richtung.

Sanna seufzte. »Ich hätte mir gewünscht, dass sich für Marie langsam alles ein wenig normalisiert.« Sie fuhr nachdenklich mit dem Finger den Rand ihres Glases nach. »Klar, so ein Neuanfang ist manchmal nicht so einfach, aber ich hatte gehofft, dass die Leute nicht ganz so störrisch und verbohrt sind.«

»Es sind Allgäuer«, erwiderte Mats, wickelte sich ihren

Zopf um die Hand und zog sie zu einem Kuss an seine Lippen. »Mit stur kennst du dich doch bestens aus«, murmelte er und grinste.

Sanna stieß ein kleines Kichern aus und erwiderte den Kuss.

Bevor Simon bewusst wurde, was er da tat, sprang er so heftig auf, dass sein Stuhl laut über den Boden schabte und fast umkippte. Dieser verdammte Hochstetter hatte Marie gerade wirklich mies behandelt. Er konnte nicht hier rumsitzen und Sanna und Mats beim Rumturteln zusehen. »Entschuldigt mich«, murmelte er, als seine Schwester und sein Freund erschrocken auseinanderfuhren und ihn mit großen Augen ansahen. Er drehte sich auf dem Absatz um und war mit wenigen schnellen Schritte an der Tür. Mit einer heftigen Bewegung stieß er sie auf und wich im letzten Moment einer von Paulinas Bedienungen aus, die ihm mit einem beladenen Tablett leerer Weißbiergläser entgegenkam. Dann hastete er über die Terrasse und blieb erst am Rande des Marktplatzes stehen. Sein Blick scannte die Umgebung, doch Marie war bereits verschwunden.

»Mist«, murmelte er und fuhr sich mit den Händen durch die Haare. Langsam setzte er sich in Bewegung und lief auf die Praxis zu. Neben dem Auto seines Vaters, das im Hof abgestellt war, blieb er stehen. Er hatte das dringende Bedürfnis, Marie nachzufahren. Er war derjenige gewesen, der die dumme Idee mit dem Einstandsdrink gehabt hatte. Weil er geglaubt hatte, es würde ihr helfen, sich wieder in Waldkirch einzuleben. Er hatte gehofft, dass sie so schneller ihre Vergangenheit abschütteln und den Leuten die Marie zeigen würde, zu der sie in den letzten Jahren geworden war: eine tolle Frau, eine fantastische Mitarbeiterin in der Praxis.

Eine Arzthelferin, die die Bisswunde eines Plüschhündchens nähte, damit er sich in Ruhe um die Verletzung seiner kleinen Patientin kümmern konnte. Marie war einfach … besonders. Er hatte keine Ahnung, wann es ihm ein Bedürfnis geworden war, etwas für sie zu tun. Wahrscheinlich in dem Moment, in dem ihm klargeworden war, dass er ihr in ihren Teenagerjahren nicht wirklich beigestanden hatte, als sie diese Unterstützung noch viel dringender gebraucht hätte als heute.

Er wollte sich bei ihr entschuldigen und spielte bereits mit dem Autoschlüssel, den er aus seiner Hosentasche gezogen hatte. Andererseits … wenn er jetzt vor ihrer Tür auftauchte, vielleicht ihren Sohn weckte oder Fannys Neugier schürte, würde das vermutlich ein wenig merkwürdig rüberkommen. Ganz abgesehen davon, dass Marie nicht zu den Menschen gehörte, die sich gerne helfen ließen, das hatte er inzwischen begriffen. Sein Auftauchen wäre definitiv eine Grenzüberschreitung. Denn wenn er es genau nahm, waren Marie und er gar nichts. Nur Arbeitskollegen. Nicht mehr und nicht weniger. Aber diese fiesen Attacken auf sie gingen ihm einfach nahe. Das Verhalten dieser ganzen Stadt ging ihm gegen den Strich. Es triggerte seinen Beschützerinstinkt und appellierte an seinen Gerechtigkeitssinn.

Aber im Moment konnte er nichts für Marie tun. Vielleicht kam ihm über das Wochenende die zündende Idee, wie er seinen Fehler wiedergutmachen konnten. Denn das wollte er unbedingt. Sein Gerechtigkeitssinn war viel zu ausgeprägt, um es nicht zu tun. Im Moment war sein Gehirn allerdings wie leer gefegt.

Simons Handy vibrierte in seiner Hosentasche. Er zog es heraus und sah, dass Mats geschrieben hatte.

Mats:
Alles okay? Du bist so schnell abgehauen.

Simon:
Ich hatte plötzlich die Nase voll von den Leuten in der Alpenliebe. Und ich hatte gehofft, Marie noch zu erwischen und mich für die blöde Idee, sie dorthin einzuladen, zu entschuldigen.

Mats:
Hat es geklappt?

Simon:
Nein. Sie ist mir entwischt. Das wird wohl bis Montag warten müssen.

Mats:
Kommst du noch mal zurück?

Simon:
Nein. Ich lasse es für heute gut sein.

Während Simon schrieb, war er die Außentreppe zu seiner Wohnung hinaufgestiegen. Mats schickte ihm noch ein Daumen hoch und ein »Gute Nacht«.

Als Simon den Absatz vor seiner Wohnungstür erreichte, ploppte eine Nachricht seiner Mutter in der Familiengruppe auf. Simon öffnete die Tür, und Schiller stürmte ihm entgegen.

Der Hund holte sich ein paar Streicheleinheiten ab und polterte dann die Stufen hinunter, um die letzte Kontrollrunde des Tages zu drehen.

Simon setzte sich auf den obersten Treppenabsatz und rief das Bild auf, das seine Mutter geschickt hatte. Es zeigte sie und seinen Vater mit riesigen Cocktailgläsern mit Drinks, die die gleiche Farbe hatten wie die Sonne, die hinter ihnen im Meer versank. Er betrachtete das glückliche Lächeln auf den Gesichtern seiner Eltern und spürte einmal mehr dieses merkwürdige Gefühl, das ihn in letzter Zeit öfter beschlich, wenn er die beiden oder Sanna und Mats so auf Wolken schwebend und verliebt vor sich sah. Er war die ganze Zeit von diesen verdammten Pheromonen umgeben. Kein Wunder, dass sein Bedürfnis, selbst eine Beziehung zu führen, ständig zunahm und er sich manchmal regelrecht einsam fühlte, sogar, wenn er unter Leuten war.

Was allerdings nichts mit Marie, ihren langen kupferfarbenen Haaren, den Sommersprossen und ihren ellenlangen Beinen zu tun hatte, rief er sich in Erinnerung. Und doch … Er starrte noch einen Moment auf das Foto seiner Eltern, dann klickte er die Favoriten an und wählte die Nummer seiner Mutter, ehe er es sich anders überlegen konnte. Josefine Thaler hatte schon immer die besten Ratschläge auf Lager gehabt.

»Simon, mein Schatz«, nahm sie den Anruf entgegen. »Wie schön, von dir zu hören.«

»Hi, Mama. Ich habe gerade euer Bild gesehen und dachte mir, ich melde mich mal, bevor ihr diese Cocktail-Eimer geleert habt und völlig betrunken seid.«

Josefine lachte. Dann wurde sie wieder ernst. »Ist alles okay?«, stellte sie die gleiche Frage wie noch vor ein paar Minuten Mats.

Seiner Mutter war genau wie ihm klar, dass es nicht seine Art war, einfach so anzurufen. Er war der Typ, der flapsige Nachrichten schrieb oder die Fotos, die die anderen Familienmitglieder in die Gruppe einstellten, mit frechen Sprüchen kommentierte. »Ich brauche deinen Rat«, sagte er.

Josefine lachte leise. »Gut, dass ich den Cocktail-Eimer wirklich noch nicht geleert habe. Was ist passiert?«

»Es geht um Marie Brunner.« Simon erzählte seiner Mutter, wie die vergangenen Tage gelaufen waren. Angefangen mit dem Zwischenfall beim Bäcker, über Milas Verhalten und Anton Wolffs Behandlung, bis zur Krönung des Ganzen an diesem Abend in der Alpenliebe.

»Dieses Mädchen tut mir so leid.« Josefine seufzte.

Schiller kam die Treppe heraufgetrabt, ließ sich neben Simon fallen und legte seinen Kopf auf den Oberschenkel seines Herrchens. Er schob die Hand ins Fell des Hundes und kraulte ihn am Hals. »Genau das ist, was Marie am wenigsten will. Auf Mitleid reagiert sie ziemlich allergisch.«

Josefine stieß ein wissendes »Hmm« aus. »Das kann ich verstehen. Marie braucht kein Mitleid. Sie braucht einen Freund«, erklärte sie Simon. »Jemanden, der hinter ihr steht. Ihr den Rücken stärkt. Der Zeit mit ihr verbringt.« Sie machte eine kurze Pause, so als wolle sie den folgenden Worten mehr Gewicht beimessen. »Sei dieser Freund für sie.«

»Ja.« Die Antwort war so schlicht wie bedeutungsvoll. Genau das würde er sein. Denn etwas anderes würde er für sie nicht tun können. Manchmal half ein Blick von außen, um einen wieder klarsehen zu lassen. »Danke, Mama. Ich überlasse dich jetzt wieder deinem Eimer.«

Das Lachen seiner Mutter hatte wieder diesen fröhlichen, jungen Klang angenommen. »Da dein Vater seinen schon geleert hat und die ganze Zeit auf meinen schielt, sollte ich mich ranhalten.«

»Grüß Papa von mir, und macht euch einen schönen Abend. Bis bald.«

»Das wünsche ich dir auch«, verabschiedete sich seine Mutter. »Und ruf mich an, wann immer du mit mir reden möchtest.«

Sie legten auf, und Simon ließ das Handy sinken. Er klopfte Schiller auf die Seite. »Na komm, Großer. Lass uns reingehen.«

Sein Hund rappelte sich auf und trottete vor ihm her ins Haus. Simon fütterte ihn und stellte ihm frisches Wasser hin, bevor er sich auf seine Couch fallen ließ und nach seiner Akustikgitarre griff. Er stimmte einen trübsinnigen, melancholischen Song an. Dann noch einen. Und noch einen. Bis er sein Instrument, genervt von sich selbst, neben sich auf das Sofa legte und den Kopf gegen die Lehne fallen ließ.

11

Rettungsleitstelle:

»Notruf. Welchen Notfall
möchten Sie melden?«

Marie:

»Ich bin in der Kita in Waldkirch.
Wir brauchen so schnell
wie möglich einen Rettungswagen.«

Marie bemühte sich, in den nächsten Tagen unter dem Radar zu fliegen. Wenn sie morgens die Augen aufschlug, zwischen den sanft wehenden Vorhängen nach draußen sah und einen Blick auf die Berge erhaschte, war sie für den Bruchteil einer Sekunde glücklich. Bis ihr wieder einfiel, dass sie aufstehen musste, um zur Arbeit zu gehen und sich dieser verdammten, verächtlich auf sie herabschauenden Stadt zu stellen. Das war der Moment, in dem sie sich am liebsten wieder die Decke über den Kopf gezogen und den Tränen, die ihr neuerdings ständig in die Augen stiegen, freien Lauf gelassen hätte.

Simon war nett zu ihr gewesen, nach dem Zwischenfall in der Alpenliebe. Genau genommen waren in der Praxis alle außer Mila sehr nett zu ihr. Aber Simon schien sich besonders anzustrengen, sie diesen unschönen Abend vergessen zu lassen. Ganz so, als ob dieser Einstandsdrink seine Idee gewesen wäre und ihm jetzt leidtäte, wie die Einladung gelaufen war.

Tja, so war das, wenn man sich in das Leben anderer Leute einmischte, dachte Marie bitter, als er ihr morgens ein frisches Croissant vom Bäcker mitbrachte, wobei ihm das schlechte Gewissen regelrecht aus den schönen bernsteinbraunen Augen strahlte. An einem anderen Morgen steckte ein Schokoriegel in der Tasche ihres Kasacks und einmal ein Zettel mit einem dieser Abreiß-Kalendersprüche: *Das Leben wäre wirklich manchmal einfacher, wenn man manche Menschen als Spam markieren könnte.*

Das stimmte sogar. Marie würde gern eine ganze Menge Waldkircher als Spam markieren und von ihrem Leben fernhalten. Sie vermutete, dass auch diese kleinen Aufmerksamkeiten von Simon stammten. Aber sie war ihm aus dem Weg gegangen. Einfach, um deutlich zu machen, dass er sie in Ruhe lassen sollte und sich weitere Aktionen wie den Besuch der Alpenliebe sparen konnte. Er war nicht der Typ, der sich leicht ausbremsen ließ. Aber Marie erwischte ihn öfter dabei, wie er sich mit beiden Händen durch die Haare fuhr und sie ratlos anstarrte. Als sei sie ein Fabelwesen, das er nicht durchschauen konnte.

Im Gegensatz dazu hielt Fanny sich auffällig zurück. Marie hatte ihr nicht erzählt, was in der Alpenliebe passiert war. Vielleicht hatte sie es trotzdem von irgendjemandem erfahren.

Vielleicht spürte sie einfach nur die abgrundtiefe Traurigkeit, die Marie seit diesem Abend einhüllte wie eine bleischwere Decke. Auch wenn sie nicht darüber sprachen, hatte ihre Großmutter offenbar verstanden, dass sie zu weit gegangen war, als sie mit Sanna und Mats hinter ihrem Rücken entschieden hatte, dass Marie diesen Abend unter Erwachsenen brauchen und sie auf Emil aufpassen würde. Marie hoffte, dass Fanny begriffen hatte, dass sie genau das nicht wollte, und dass sie sich in Zukunft hoffentlich nicht mehr in ihr Leben einmischen würde. Wenigstens hatte ihre Großmutter noch immer keine Anzeichen für eine Demenz gezeigt. Marie fragte sich, warum sie vor ihrer und Emils Rückkehr so vergesslich gewesen war. Sie hatte da so eine Idee, die sie bei Gelegenheit mit jemandem aus der Praxis besprechen musste. Wenn ihre Vermutung stimmte, könnten sie wenigstens diesbezüglich aufatmen. Dann war Fanny nicht krank und sie konnten aufhören, sich zu sorgen.

Abgesehen davon war Marie erschöpft. Die Rückkehr nach Waldkirch wuchs ihr über den Kopf. Doch nicht nur die emotionalen Sorgen und finanziellen Probleme hielten sie im Griff, die langen Nähsessions, die die Nächte wegfraßen, taten ihr Übriges.

Als sie am Freitagmorgen erwachte, hatte sich ihr Sohn einen kleinen Teil der Matratze ihres schmalen Jugendbettes und einen großen Teil ihrer Decke erobert. Marie konnte sich dunkel erinnern, dass er mitten in der Nacht in ihr Bett geklettert war. Jetzt waren seine Ärmchen fest um sie geschlungen. Sie spürte, wie er, an ihren Körper gekuschelt, langsam wach wurde.

Marie strich ihm über die Haare. »Guten Morgen«, flüsterte sie.

»Guten Morgen«, wisperte er zurück und schmiegte sich noch ein wenig enger an sie.

»Konntest du heute Nacht nicht schlafen?«, fragte Marie. »Oder hast du schlecht geträumt?« Emil kam eigentlich schon lange nicht mehr nachts zu ihr, außer er wurde in Albträumen von Monstern verfolgt.

»Nein«, nuschelte er. »Ich wollte dich nur trösten, weil du in letzter Zeit immer so traurig bist.«

Oh, verdammt! Maries Augen brannten. Sie presste ihre Lippen fest auf seinen Scheitel. »Das ist lieb von dir«, flüsterte sie, als sie das Gefühl hatte, ihre Stimme wieder einigermaßen unter Kontrolle zu haben. »Ich bin nur ein wenig müde von der ganzen Arbeit.« Ihre Gedanken rasten. Sie wollte nicht, dass ihr Sohn sich Sorgen über ihren Zustand machte, und suchte nach einer Ablenkung. »Was hältst du davon, wenn wir am Wochenende irgendwas Tolles unternehmen? Wir könnten mit Fanny einen Ausflug machen. Lass uns beim Frühstück etwas überlegen«, schlug sie vor. Das war die beste Möglichkeit, ihren morgenmuffligen Langschläfer richtig wach und aus ihrem Bett zu bekommen.

»Ja!«, schrei-flüsterte er. Er krabbelte von der Matratze und sprang dann aufgeregt auf und ab. »Das ist die beste Idee«, ließ er sie wissen, bevor er über die knarzenden Dielen aus ihrem Zimmer hüpfte. Marie sank mit einem kleinen Lächeln noch einmal in ihre Kissen zurück. Wahrscheinlich war Emil auf dem Weg, ihrer Großmutter brühwarm von ihren Wochenendplänen zu berichten.

Marie blieb noch einen Moment liegen, bevor sie ihm folgte. Bis sie alle im Bad gewesen waren und in Ruhe gefrühstückt hatten, waren sie übereingekommen, am Samstag einen Badeausflug an den Alpsee zu machen. Inklusive Luftmatratze, Eis und Pommes mit Ketchup vom Kiosk.

Marie ging es ein bisschen wie Emil. Sie fieberte darauf hin, dass der Tag endlich vorbei war und das Wochenende begann. Nachdem sie ihren Sohn in der Kita abgesetzt hatte, fuhr sie zur Praxis, um den anstrengenden Tanz, bestehend aus professioneller Arbeit, Simon aus dem Weg zu gehen und Mila keine Angriffsfläche zu bieten, aufs Parkett zu legen.

Sie atmete erleichtert auf, als der Feierabend kam und sie den Tag ohne größere Krisen hinter sich gebracht hatte. Ihre Erschöpfung hatte weiter zugenommen, und sie war verdammt froh, sich ein schönes Wochenende machen zu können und den seelischen Druck des Alltages hinter sich zu lassen.

Vor der Kita standen bereits die Autos einiger Mütter, die ihren Nachwuchs abholten. Marie nickte nur flüchtig in ihre Richtung, als sie an ihnen vorbeihastete.

Emil saß neben Paul, Melli Lauingers Sohn, mit dem er gern spielte, auf der kleinen Bank vor dem Zimmer der Waschbären-Gruppe und zog grinsend seine Schuhe an. Dabei redete er auf seinen Freund ein, der ihm aber überhaupt nicht zuzuhören schien.

Marie ging vor Emil in die Hocke und ließ ihn zur Begrüßung seine Arme um ihren Hals schlingen. Dann küsste sie ihn auf die Schläfe. »Bist du so weit?«, fragte sie.

»Nur noch der eine Schuh«, erwiderte Emil. Er bestand darauf, seine Schnürsenkel selbst zu binden, brauchte dafür allerdings hin und wieder ein wenig länger. Marie war stolz auf seine Selbstständigkeit und ließ ihm die Zeit gerne. »Wusstest du, dass Paul in zwei Wochen Geburtstag hat?«, fragte Emil.

»Nein, ich hatte keine Ahnung.« Marie sah zu Paul hinüber. Er hörte Emil wirklich nicht zu und sah ziemlich blass aus. Schweiß stand auf seiner Stirn, und seine Augen fielen immer wieder zu.

»Paul macht eine riesige Party. Und er hat mir gesagt, dass er mich auch einlädt.«

Marie konzentrierte sich auf ihren Sohn. Seine Augen strahlten vor Begeisterung, was ganz automatisch dazu führte, dass sich ihr Herz zusammenzog. Unter allen kleinen Jungen, mit denen er sich befreunden konnte, hatte er sich ausgerechnet den ausgesucht, dessen Mutter Marie am meisten hasste. Vermutlich würde Melli alles daransetzen zu verhindern, dass Abschaum wie ein Brunner auf der Party ihres Sohnes auftauchte.

Sie blickte wieder zu Paul hinüber, der ein wenig zur Seite rutschte. Fast so, als werde er gerade ohnmächtig. »Hey, Paul«, sprach sie ihn an und griff nach seiner klammen Hand. »Geht es dir gut?«

Er antwortete nicht.

Aus den Augenwinkeln sah Marie die Betreuerin der Jungen, die an der Tür mit einem Vater sprach. »Kati«, rief sie leise, um nicht die Aufmerksamkeit der ganzen Kita auf sich zu ziehen. »Hast du einen Moment für mich?«, schob sie hinterher, als die Erzieherin zu ihr herüberblickte.

»Natürlich.« Mit ein paar schnellen Schritten war sie bei ihnen und ging neben Marie in die Knie. »Was ist los?«

»Paul geht es nicht gut. War heute irgendetwas auffällig?«

»Hmm.« Kati strich dem Jungen das feuchte Haar aus der Stirn. »Nils hat Muffins mitgebracht, weil er Geburtstag hatte. Paul hat sich richtig heißhungrig draufgestürzt und ganze drei Stück verputzt. Vielleicht ist ihm von den Süßigkeiten schlecht geworden.« Sie zuckte in einer hilflosen Geste mit den Schultern und warf Marie einen besorgten Seitenblick zu.

Maries Fingerspitzen kribbelten. Irgendwie wirkte Paul nicht wie ein Kind, das sich einfach nur übergessen hatte.

»War in der letzten Zeit sonst noch etwas anders als sonst?«, hakte sie nach.

»Er hat definitiv Gewicht verloren«, erwiderte Kati. »Nicht, dass er vorher kräftig gewesen wäre. Aber vor ein paar Wochen hatte er noch einige Kilos mehr auf den Rippen. Inzwischen ist er klapperdürr, obwohl er wirklich viel isst. Was stimmt denn nicht mit ihm?« Die Beunruhigung in Katis Stimme nahm zu. »Habe ich irgendwas übersehen?«

»Ich weiß es nicht.« Marie legte ihre Hand an Pauls Wange und drehte seinen Kopf vorsichtig in ihre Richtung. »Hey, Schätzchen«, sagte sie noch einmal und lächelte, als der Junge blinzelnd die Lider hob und sie fixierte. Ah, da war er ja wieder. »Kannst du mir sagen, ob dir irgendwas wehtut oder ob dir schlecht ist?«

»Mein Kopf«, wisperte er matt – und Maries Herz begann erst zu rasen und sank ihr dann in den Magen. Scheiße, dachte sie. Verdammte Scheiße!

»Was riecht hier so?« Kati drehte sich um und schnüffelte. Sie verstand nicht, woher der Geruch kam, der plötzlich zwischen ihnen schwebte. »Ist das … Nagellackentferner?«

Marie nickte. »Der Acetongeruch kommt von Paul. Oder besser gesagt, er atmet ihn aus. Trinkt er übermäßig viel und muss oft auf die Toilette?«

Katis Augen weiteten sich schockiert. »Jetzt, wo du es sagst …«

»Was veranstaltest du da?« Marie spürte, wie sich lange Fingernägel schmerzhaft in ihre Schulter bohrten und eine Hand sie nach oben zwang. »Nimm deine dreckigen Finger von meinem Kind.«

Marie ließ ihre Hand vorsichtig von Pauls Wange gleiten und ließ den Jungen gegen die Jacken sinken, die hinter ihm an ihren kleinen, bunten Haken hingen. Kraftlos und apathisch lehnte er sich in dieses Polster.

Dann richtete sich Marie zu ihrer vollen Größe auf und blickte geradewegs in das zornig verzerrte Gesicht ihrer ehemaligen Mitschülerin.

»Wenn ich noch einmal erlebe, wie du …«, setzte Melli ihre Drohung fort.

Doch diesmal unterbrach Marie sie. »Trinkt Paul übermäßig viel und muss ständig auf die Toilette?«, richtete sie ihre Frage noch einmal direkt an Pauls Mutter.

»Was geht dich das an?«, zischte Melli. »Spielst du dich jetzt als Ärztin auf?«

»Ja oder Nein?«, blieb Marie entschieden. Im Moment war es ihr egal, wie ihre alte Feindin sie behandelte. Wenn ihre Vermutung richtig war, und scheiße, sie war sich fast sicher, dass es so war, dann musste Paul so schnell wie möglich in ein Krankenhaus.

Melli hockte sich neben ihren Sohn und küsste ihn auf die Wange. »Na, mein Kleiner. Bist du müde?« Sanft zog sie ihn in ihre Arme. »Wir machen noch eine kleine Pause, und dann fahren wir los, okay? Du hast dich doch so auf diesen Ausflug gefreut.«

»Melli …«

Pauls Mutter gab einen genervten Laut von sich und verdrehte die Augen. »Paul hat eine kleine Harnwegsentzündung. Deshalb muss er oft Pipi. Wir haben nächste Woche einen Termin bei Simon. Aber ich gebe ihm Blasen- und Nierentee, weil wir dieses Wochenende noch nach Italien wollen. Dieser Tee ist super«, ergänzte sie. »Den hat Sanna gemischt, und bei mir hilft er immer wunderbar.«

»Aber er trinkt auch zu viel, oder?«, fuhr Marie fort.

»Herrgott!«, fauchte Melli sie an. »Es ist Sommer! Es ist warm! Die Jungs rennen die ganze Zeit draußen herum«, sagte sie mit dem für sie so typischen herablassenden Tonfall. »Er trinkt mehr als sonst. So wie jeder andere von uns auch«, ergänzte sie, als wäre Marie ein dummes kleines Kind, dem man alles erklären musste.

Marie konnte Melli sogar verstehen. Sie hatte die Gefahr, in der ihr Sohn schwebte, nicht erkannt. Wie auch?

Statt weiter mit Melli herumzudiskutieren, zog Marie ihr Handy aus der Tasche und wählte Simons Nummer.

»Marie.« Er klang überrascht, als er ihren Anruf annahm. »Kann ich etwas für dich tun?«

»Kannst du so schnell wie möglich in die Kita rüberkommen? Ich habe hier einen fünfjährigen Jungen mit Polydisie und Polyurie. Dazu Acetonatem, Heißhungerattacken und Kopfschmerzen«, zählte sie die Symptome auf.

»Fünf Jahre alt?«, fragte Simon nach.

»Ja. Paul Lauinger.«

»Ach du scheiße«, entfuhr es Simon. »Das ist ziemlich jung.«

»Aber inzwischen gar nicht mehr so ungewöhnlich«, widersprach Marie ihm. »Ich kann mich täuschen«, fuhr sie fort und blickte auf Melli hinunter, die ihren Sohn sanft in den Armen wiegte. Sie war ein Aas, aber sie war keine Rabenmutter. Im ersten Moment hatte sie wirklich gedacht, Paul sei nur schläfrig nach einem anstrengenden Tag voller Herumgerenne mit seinen Freunden. Doch langsam wurde ihr bewusst, dass dieser weggetretene Gesichtsausdruck ihres Kindes eine andere Bedeutung hatte. Was sie verunsicherte und in Angst versetzte. Genau wie Maries Worte.

»Ich würde mich wirklich gern täuschen«, sagte Marie

zu Simon. »Aber ich glaube, wir haben eine ketoazidotische Stoffwechsellage. Wenn du mich fragst, stehen wir kurz vor einem Koma. Komm her!«, wiederholte sie ihre eindringliche Bitte. »So schnell wie möglich.«

»Ich bin schon unterwegs.« Marie hörte das Klicken in der Leitung und steckte das Handy wieder weg.

»Was soll das? Was für einen Scheiß redest du da?« Melli funkelte von ihrer Position vor der Bank zu Marie hinauf. »Ketozistoffwechsel. Poly-irgendwas. Willst du mir Angst machen? Und meinem Kind?« Sie blickte zu Emil hinüber, der mit ängstlich aufgerissenen Augen auf der Bank hockte. »Du schreckst ja nicht mal davor zurück, deinem eigenen Kind Angst zu machen. Du bist erbärmlich.«

Marie schluckte. Um sie herum hatte sich eine kleine Menschentraube gebildet, zwei Väter und vier Mütter mit ihren Kindern, die, genau wie Emil, Kati und eine weitere Erzieherin, jedes Wort hörten, das Melli auf sie abfeuerte.

Bevor Marie etwas erwidern konnte, fuhr Melli fort: »Wer gibt dir das Recht, dich hier so aufzuspielen?« Sie presste ihren Sohn an sich.

Marie legte Emil beruhigend die Hand auf die Schulter, und er lehnte sich gegen ihr Bein. »Es wäre gut, wenn alle ein wenig Platz machen würden«, bat sie ihr Publikum. Aber niemand kam auf die Idee, auch nur einen Millimeter zurückzuweichen. Die anderen Eltern sagten nichts, wirkten aber so, als würden sie Melli jederzeit gegen Marie zur Seite springen. Also wandte sie sich wieder an Pauls Mutter. »Die Symptome deines Sohnes deuten auf Diabetes Mellitus Typ 1 hin«, erklärte sie ihre Vermutung.

»Zucker?« Melli stieß ein harsches Lachen aus. »Zucker! So was kriegen doch nur alte Frauen. Du bist so lächerlich,

Brunnerin. Du würdest wirklich alles tun, um dich als Heldin in den Mittelpunkt zu spielen«, zischte sie. »Oder ist das deine Rache, weil du dich nicht gut genug von den Waldkirchern behandelt fühlst? Nach allem, was deine Mutter und du dieser Stadt angetan habt, kannst du auch jetzt einfach nicht aufhören, oder? Du willst mir unbedingt Angst machen.«

Marie kniete sich neben Melli auf den Boden. Es war egal, wie wenig sie Melli mochte – hier ging es um Paul. Einen kleinen fünfjährigen Jungen. »Du kannst von mir denken, was du willst«, flüsterte sie. »Was du von mir hältst, ist mir völlig egal. Weil ich hier einen medizinischen Notfall sehe. Ich würde gern etwas anderes sagen, aber meiner Meinung nach muss Paul so schnell wie möglich ins Krankenhaus. Aber du musst mir nicht glauben. Dafür haben wir schließlich Simon. Wenn er sagt, es ist alles in Ordnung, kannst du weiter auf mir rumhacken. Aber bis dahin …«

»Servus«, hörte sie in diesem Moment Simons atemlose Stimme hinter sich. »Lasst mich bitte mal durch, und macht ein bisschen Platz. Hier bekommt man ja gar keine Luft mehr.«

Mit einem Blick über die Schulter bemerkte Marie, dass ihre Gaffer den Kreis um sie herum vergrößerten, wenn auch zögerlich.

»Können wir uns irgendwohin zurückziehen?«, fragte Simon mit einem Blick in die Runde.

»Der Ruheraum«, schlug Kati vor und zeigte auf ein Zimmer rechts von ihnen.

»Den nehmen wir. Darf ich, Melli?« Er nahm ihr Paul sanft aus den Armen und trug ihn durch die Tür, auf der mit großen Buchstaben »Pssst« stand.

Marie griff nach seinem Arztkoffer, blieb aber noch einmal stehen, um Emil an sich zu drücken. »Kati, könntest du …«

»Keine Sorge. Emil und ich malen ein bisschen, bis ihr fertig seid.«

»Danke.« Marie beugte sich noch einmal herunter, um ihren Sohn auf seine wilden Locken zu küssen. »Kannst du noch ein bisschen bei Kati bleiben? Ich helfe Paul, damit es ihm schnell wieder besser geht.«

Emil nickte schüchtern, den ängstlichen Ausdruck noch immer in den Augen. Sie fühlte sich mies, weil sie ihm jetzt nicht erklären konnte, was los war. Aber das würde sie nachholen und ihrem Sohn die Furcht nehmen.

Später. Jetzt würde sie sich erst einmal um den Notfall kümmern. Sie lief Simon hinterher.

Er hatte Paul bereits auf einer der Schlafmatten auf dem Boden abgelegt. Marie hockte sich neben ihn, während er Melli genau die gleichen Fragen stellte, die sie auch gehabt hatte. Sie öffnete den Notfallkoffer und nahm das kapilläre Messgerät und Desinfektionsmittel heraus.

Die Antworten waren die gleichen, die sie auch vorhin schon bekommen hatte. Sie reichte Simon Latexhandschuhe und zog selbst ein Paar über. Dann schaltete sie das Blutzuckermessgerät an und schob einen Teststreifen ein, während Simon nach Pauls Hand griff und den Mittelfinger desinfizierte.

»Das wird jetzt kurz pieksen«, erklärte er Paul mit seiner ruhigen Stimme, der das gar nicht mehr wahrzunehmen schien. Dann stach er seitlich in die Fingerbeere, wischte den ersten Tropfen Blut ab, und Marie nahm den zweiten mit dem Teststreifen auf.

Sie reichte Simon das Messgerät, tupfte die Punktionsstelle ab und klebte ein Pflaster um Pauls Finger, auf dem kleine Supermänner aufgedruckt waren. Wenn es dem Jungen wieder besser ging, würde er diesen Verband hoffentlich cool finden.

»Melli.« Simon wartete, bis Pauls Mutter den Blick vom bleichen Gesicht ihres Sohnes hob, und drehte das Display des Messgerätes in ihre Richtung. »Dieser Wert ist extrem erhöht. Und du siehst selbst, wie schlecht es Paul geht. Wir werden ihn sofort mit einem Rettungswagen nach Oberstdorf bringen und dort mit seiner Behandlung beginnen. Die Details besprechen wir, wenn wir in der Klinik sind.« Er legte Melli die Hand auf die Schulter. »Mach dir keine Sorgen. Marie hat die Situation zum Glück richtig erfasst. Es kommt alles wieder in Ordnung.« Er wandte sich zu Marie um. »Kannst du einen RTW rufen?«

»Freilich.« Marie zog ihr Handy aus der Tasche und ging in die andere Ecke des Raumes, um die Leitstelle leise über den Sachverhalt und ihren kleinen Patienten zu informieren und den Rettungswagen anzufordern.

Als sie sich wieder umdrehte, lag Melli in Simons Armen und schluchzte sein Kasack voll, auf dem sich heute Welpen mit Sonnenbrillen und einem frechen Hundegrinsen tummelten.

Marie verstand, dass sie Melli nicht gerade sanft in eine Situation geschubst hatte, auf die keine Mutter jemals vorbereitet war. Sie wollte sich gar nicht vorstellen, was es mit ihr machen würde, wenn es Emil plötzlich so schlecht ginge und eine Diagnose wie Diabetes wie ein Damoklesschwert über ihr hängen würde. Also gab sie Simon die Chance, Melli noch ein wenig zu trösten, während sie selbst eine Infusion mit Natriumlösung vorbereitete.

12

Dr. Anna Ritter:
Hallo Simon, ich bin's, Anna.
Hier meine Nummer.

Dr. Anna Ritter:
Damit wir uns bei Pauls Behandlung abstimmen können.

Simon:
Danke, Anna. Vielleicht können wir das ja nächste Woche mal bei einer Tasse Kaffee besprechen. Pauls Diagnose, meine ich.

Der Rettungswagen kam schnell, und Simon war verdammt froh, seinen Patienten in die Klinik bringen zu können. »Marie, kannst du mir hinterherfahren? Ich begleite Paul«, bat er sie, als der Junge von den Sanitätern aus dem Raum geschoben wurde.

»Sicher. Ich muss nur …« Marie drehte sich suchend um, bis sie ihren Sohn erblickte, der mit einem selbst gemalten Bild in der Hand im Türrahmen der Waschbären-Gruppe stand. Sie ging in die Hocke und umarmte den Kleinen fest. Er klammerte sich an sie wie ein kleines Äffchen, das sich fürchtete, auch nur eine Minute länger ohne seine Mama zu sein. »Kati«, fragte sie die Erzieherin, die hinter ihrem Sohn aus dem Raum trat. »Kann Emil noch ein bisschen hierbleiben, bis meine Großmutter ihn abholen kommt? Ich rufe sie gleich an.«

»Ach was.« Kati winkte ab. »Ich bringe Emil nach Hause.«

»Danke.« Marie richtete sich wieder auf und drückte Katis Hand. »Du bist ein Engel.«

»Die Engel seid hier ja wohl eher ihr.« Kati zwinkerte ihr zu. »Emil hat noch was für Paul«, erinnerte sie den Jungen an das Bild in seiner Hand.

»Ja.« Emil streckte seiner Mutter das Gemälde entgegen.

Als Kinderarzt, der schon unzählige Bilder von seinen kleinen Patienten geschenkt bekommen hatte, hatte Simon eine gewisse Expertise entwickelt und erkannte zwei Personen und einen eierförmigen Fußball, vermutlich Paul und Emil beim Spielen.

»Kannst du das Paul geben?«, fragte Maries Sohn.

»Ich mache das.« Simon trat vor und nahm Emil das Blatt ab. »Ich sehe Paul nachher als Erster, also kann ich es für ihn mitnehmen.«

Emil nickte, als ob er das für eine gute Idee hielt, und sagte höflich »Danke«.

»Okay, aber jetzt müssen wir wirklich los«, erinnerte Simon Marie daran, dass es höchste Zeit war.

»Wir treffen uns in der Klinik«, sagte Marie, küsste ihren

Sohn noch einmal auf die Schläfe und eilte dann mit Simons Arztkoffer in der Hand zu ihrem altersschwachen Golf.

Simon kletterte hinter Paul und seiner Mutter in den Rettungswagen. Der Junge war stabil. Für ihn konnte er im Moment nicht viel tun. Deshalb konzentrierte er sich auf Melli, die noch immer völlig aufgelöst vor sich hin weinte.

»Ich hätte das merken müssen, oder? Was bin ich nur für eine Mutter? Die Brunnerin – eine Fremde, die meinen Sohn kein bisschen kennt – hat es bemerkt. Aber ich nicht!«, schluchzte sie.

Simon legte ihr tröstend den Arm um die Schultern. Das war es, was Kinderheilkunde ausmachte. Man hatte nie nur mit den kleinen Patienten zu tun, sondern behandelte die ganze Familie. Und wenn eine Situation so schlimm aussah wie diese, er aber trotzdem Hoffnung verbreiten konnte, war er verdammt dankbar. »Mach dich nicht verrückt, Melli. Wir können uns glücklich schätzen, dass Marie bemerkt hat, was los ist. Aber wenn man diese Symptome nicht kennt …«

»Ich dachte, verdammt noch mal, dass Paul eine Harnwegsentzündung hat und Sannas Tee helfen würde, bis wir nächste Woche in die Praxis kommen wollten.« Sie griff nach der schlaffen Hand ihres Sohnes und drückte ihm einen Kuss auf die Fingerknöchel. »Er ist doch noch ein so kleiner Junge. Wie kann er eine so furchtbare Krankheit bekommen?« Sie sah Simon an, und Hoffnung flackerte in ihrem Blick auf. »Er wird in Oberstdorf doch weiter untersucht, oder? Vielleicht ist es ja doch etwas anderes. Vielleicht ist ja alles gar nicht so schlimm.«

Simon schüttelte den Kopf. »Nein, Melli. Tut mir leid. Bei einer derart hohen Blutzuckerkonzentration, kombiniert mit diesen eindeutigen Symptomen, die Paul aufweist, gibt es leider keinen Zweifel an der Diagnose.« Er drückte ihre Schulter beruhigend. »Aber mach dir erst einmal nicht zu viele Sorgen. Im ersten Moment ist das ein riesiger Schock.« Er konnte sich vorstellen, wie verzweifelt und hilflos sich Melli fühlte. »Gerade kannst du dir das sicher nicht vorstellen, aber mit dieser Krankheit kann man gut leben. Die Ärzte in Oberstdorf werden dir das noch genauer erklären können. Aber eines kann ich dir schon mal versichern: Diese Diagnose ist nicht das Ende der Welt.«

Simon blieb während der Untersuchungen im Klinikum in Oberstdorf bei seinem kleinen Patienten. Die Diabetologin kümmerte sich darum, dass Pauls Körper mit Insulin versorgt wurde. Langsam und kontinuierlich. Mit stündlichen Laboruntersuchungen. Erst einmal konnten sie alle aufatmen. Während sie und ihr Team Paul versorgten, hängte er das Bild, das Emil für ihn gemalt hatte, mit ein paar Tesastreifen, die er im Schwesternzimmer geschnorrt hatte, an die Wand. Viele Zeichnungen, Luftballons und Blumen würden folgen. Aber Maries Sohn hatte den Anfang gemacht.

»Hallo, ich bin Dr. Ritter, die Kinderdiabetologin«, stellte die Ärztin sich Melli vor, als sie Pauls Mutter in Simons Begleitung schließlich in ihr Behandlungszimmer bat. »Ich muss die Diagnose, die mein Kollege und seine Mitarbeiterin gestellt haben, bestätigen.« Sie sah Pauls Mutter in einer Mischung aus Ernsthaftigkeit und Mitgefühl an. »Genau genommen hat das schnelle Einschreiten von Frau Brunner Ihrem Sohn das Leben gerettet. Es hat nicht viel gefehlt und Paul wäre in ein diabetisches Koma gefallen. Wenn er mit dieser unentdeckten Erkrankung mit Ihnen nach Hause gegangen wäre, hätte das Ganze wesentlich kritischer ausgehen können.«

Melli schluchzte auf, und Simon rieb ihr beruhigend über den Rücken. Er nickte der Ärztin zu. Sie war emphatisch, beschönigte die Dinge aber nicht. Das nahm Simon sofort für die Frau ein. Es passte zu ihrem netten Lächeln und den freundlichen Augen.

»Ich sage das nicht, um Ihnen ein schlechtes Gewissen zu machen«, fuhr Dr. Ritter fort. »Diabetes Mellitus Typ 1 ist eine chronische Erkrankung. Sie hätten nichts tun können, um das zu verhindern, Frau Lauinger. Und als Laie ist es schwer, die Symptome richtig zu deuten.« Sie schwieg einen Moment, als wollte sie den nächsten Worten mehr Nachdruck verleihen. »Diese Krankheit ist nicht heilbar, aber man kann sie sehr gut behandeln, und Ihr Sohn wird damit ein ziemlich normales Leben führen können.« Sie schenkte Melli ein aufmunterndes Lächeln. »Sie sollten Frau Brunner einen Blumenstrauß kaufen. Einen großen.«

Melli schluckte. »Wie geht es denn jetzt weiter?«, fragte sie so leise, als sei all ihre Kraft aus ihrem Körper gewichen.

»Erst einmal senken wir Pauls Blutzuckerspiegel. Das wird ein wenig dauern. Wir verabreichen ihm das Insulin ganz behutsam, kontrollieren und bilanzieren stündlich die Laborwerte. Alles andere würde die Stoffwechselprozesse in seinem Körper noch mehr durcheinanderbringen und stören. Die Gefahr eines Hirnödems wäre besonders hoch. Aber machen Sie sich keine Sorgen«, ergänzte sie, als Melli zittrig ein- und ausatmete und versuchte, das feuchte Glänzen in ihren Augen wegzublinzeln. »Wir haben das alles gut im Griff. Wenn der Zucker einmal unten ist, wird es eine Weile dauern, bis wir Paul so eingestellt haben, dass alles problemlos funktioniert. Er wird viel lernen müssen. Ihre ganze Familie wird viel lernen müssen«, korrigierte sie sich. »Aber das werden Sie hinbekommen, da habe ich keine Zweifel. Die nächsten zwei Wochen wird Ihr Sohn auf jeden Fall hierbleiben. Er ist noch so klein, dass wir vor allem Sie schulen müssen. Sie werden lernen, Ihren Sohn zu betreuen und zu unterstützen. Die Details besprechen wir aber nicht heute Nacht.«

»Und wir sind natürlich auch jederzeit für euch da und unterstützen euch«, ergänzte Simon.

Melli nickte, und er spürte, wie sie sich langsam ein wenig beruhigte.

»Gut.« Dr. Ritter hatte einen zufriedenen Ausdruck im Gesicht. »Dann bringt die Schwester Sie jetzt zu Ihrem Sohn.«

»Danke, Frau Doktor. Danke, Simon.« Sie umarmte ihn, und er spürte das erschöpfte Zittern, das ihren Körper durchlief.

Sanft strich er Melli über den Rücken. »Keine Sorge«, flüsterte er ihr ins Ohr. »Alles wird gut werden.«

Er wartete, bis sich die Tür hinter Melli und der Schwester schloss, ehe er sich wieder zu Dr. Ritter umdrehte. Sie schenkte ihm ein Lächeln, das die Grübchen links und rechts ihrer Mundwinkel aufblitzen ließ. Ihre freundlichen Augen musterten ihn neugierig. Sie waren von einem sanften Blau. Ein bisschen wie der Himmel an einem schönen Frühlingstag, dachte Simon und erwiderte ihr Lächeln.

»Was für ein Glück, dass es in Oberstdorf eine Kinderdiabetologin gibt«, sagte er erleichtert das Erste, was ihm durch den Kopf ging.

Dr. Ritter nickte. »Ja. Schlimmstenfalls hätten Paul und seine Eltern wirklich weite Wege auf sich nehmen müssen. Sie sind persönlich bekannt mit dem Patienten und seiner Familie?«

Simon zuckte mit den Schultern. »Wir leben in einem kleinen

Ort. Melli war ein paar Jahre unter mir in der Schule und hat jemanden aus meiner früheren Fußballmannschaft geheiratet. Natürlich kennen wir uns. Ich bin Pauls Kinderarzt.« Er ließ sich auf den Stuhl fallen, den Melli gerade freigemacht hatte, und wurde sich bewusst, dass er noch seinen Kasack trug, als der Blick der Ärztin über die coolen Hundewelpen glitt, die sie von dem Stoff aus angrinsten. »Danke«, lenkte er ihre Aufmerksamkeit auf Paul zurück. »Sie haben Melli beruhigt, jetzt ist sie nicht mehr so panisch.«

Die Grübchen tauchten wieder neben ihren Mundwinkeln auf. »Ich würde sagen, ein Teil des Lobes gebührt Ihnen, Herr Kollege. Ich bin Anna.« Sie streckte ihm die Hand hin.

»Simon.« Er ergriff sie.

»Ich habe schon von eurer Praxis gehört. Deshalb vermute ich, dass dein Angebot an Frau Lauinger kein leeres Versprechen war. Du wirst die Familie unterstützen?«

»Auf jeden Fall. Soweit mir das möglich ist«, bestätigte Simon. »Wie gesagt, wir kennen uns schon, seit wir Teenager waren.«

»Gut.« Anna warf einen Blick auf ihre Uhr. »Dann sehen wir uns in nächster Zeit wahrscheinlich öfter. Für heute war Paul mein letzter Patient. Ich habe jetzt Feierabend. Wie sieht's aus? Hast du Lust, noch einen Kaffee trinken zu gehen? Oder soll ich dich vielleicht nach Hause fahren? Die Sanis haben erzählt, dass du mit ihnen gefahren bist.«

Oh, Mist! Marie! Noch ein wenig verblüfft von der offenen, direkten Art der Ärztin überlegte er, wie lange seine Arzthelferin jetzt schon auf ihn wartete. »Auf den Kaffee würde ich wirklich gerne zurückkommen«, sagte er und verzog entschuldigend die Lippen und merkte, dass er das tatsächlich so meinte. Dr. Ritter machte nicht den Eindruck, so verrückt wie Crazy Resi zu sein. Sie war eine attraktive, interessante Frau. Und da sie den gleichen Beruf hatten, würden sie sicher immer ein Thema finden, über das sie reden konnten. »Meine Mitarbeiterin sitzt draußen im Wartebereich«, erklärte er Anna. »Sie ist extra mitgekommen, um mich nach Hause fahren zu können.«

Anna zuckte mit den Schultern und lächelte. »Vielleicht passt es ja ein anderes Mal.«

Simon erwiderte ihr Lächeln. »Das würde mich freuen.«

Während eines Notfalls hatte Simon oft das Gefühl, als wären nur Sekunden vergangen. Auch jetzt blinzelte er überrascht, als er in den Wartebereich des Krankenhauses trat und durch die bodentiefen Fenster, die das Panorama der Berge einfingen, sah, wie sich die Dämmerung über das Allgäu legte. Er war stundenlang in der Klinik gewesen – und Marie hatte die ganze Zeit hier gesessen und auf ihn gewartet.

Bei seinem Anblick sprang sie auf. »Wie geht es Paul?«

»Gut.« Simon lächelte sie an. Er spürte, wie die Anspannung von ihm abfiel, jetzt, wo er wusste, dass alles gut werden würde. »Er ist schon wieder etwas fitter, und Emils Bild hängt bereits an der Wand neben seinem Bett.« Er zwinkerte Marie zu. »Bei Dr. Ritter ist er in guten Händen. Lass uns fahren.«

Marie nickte, griff nach ihrer Handtasche, die noch auf ihrem Stuhl lag, und ging neben ihm zu ihrem Wagen, der auf dem Besucherparkplatz stand.

»Was für ein Tag«, sagte Simon und seufzte, als er sich auf den Beifahrersitz ihres etwas altersschwachen Golfes fallen ließ.

»Das kann man wohl sagen.« Marie startete den Motor und lenkte den Wagen auf die Straße.

Im Zwielicht des Abends entdeckte Simon die feinen Linien, die sich durch Maries Gesicht zogen. Sie wirkte müde und erschöpft. Aber sie war ihm so nah, dass er ihren Duft, der ihn an einen Sommergarten erinnerte, riechen konnte. Was irgendwie schräg war. Sie hatten sich noch nie zusammen auf so engem Raum befunden, dass er ihren Duft überhaupt wahrnehmen konnte. Oder die kleinen Locken, die sich unter ihrem strengen Haarknoten im Nacken kräuselten. Weder als Teenager, noch in der kurzen Zeit, die sie jetzt in der Praxis arbeitete.

Marie wandte den Blick nicht von der Straße ab, während er sich in den Sitz zurücksinken ließ und für einen Moment die Augen schloss.

»Das war verdammt knapp«, sagte er leise, als Marie auch nach ein paar Minuten noch nicht gesprochen hatte. »Du warst echt überragend.«

»Ich habe nur die Symptome erkannt. So wie jeder andere mit medizinischem Hintergrund es getan hätte«, gab sie zurück.

»Du weißt, dass das nicht stimmt. Du warst wirklich toll.«

»Hmm.« Sie zuckte mit den Schultern, ohne den Blick von der Fahrbahn zu nehmen.

»Marie?« Simon wartete, bis sie ihm einen kurzen Seitenblick zuwarf, bevor sie sich wieder auf die Straße konzentrierte. »Du kannst ein Kompliment ruhig annehmen, wenn du eins bekommst.«

»Hmm«, antwortete sie abermals einsilbig.

Sie ging ihm aus dem Weg, seit diesem hässlichen Zwischenfall in der Alpenliebe, der ihm unglaublich leidtat. Er hatte sie nie so einer Situation aussetzen wollen. »Bist du mir immer noch böse wegen Freitagabend?«

Marie schüttelte den Kopf. »Alles in Ordnung. Wirklich.«

Simon glaubte ihr kein Wort. Aber da sie nicht zu Small Talk aufgelegt zu sein schien, oder dazu, überhaupt mit ihm zu reden, beließ er es bei ihren schmallippigen Antworten und starrte wie sie durch die Windschutzscheibe auf die Bergketten vor sich, bis sie, in unangenehmes Schweigen gehüllt, das Ortsschild von Waldkirch passierten.

Er hatte begriffen, dass Marie nicht gern Hilfe annahm und es nicht ganz so einfach werden würde, ihr Freund zu werden. Aber musste sie ihm gegenüber wirklich so verschlossen sein? Als sie den Golf vor der Praxis ausrollen ließ, beschloss er, noch einen Vorstoß zu wagen. »Wie sieht's aus?« Er drehte sich in seinem Sitz so, dass er sie ansehen konnte. »Hast du noch Lust auf einen Absacker? Ein Bier auf diesen verrückten Tag, um wieder ein bisschen von dem Adrenalin runterzukommen, das Paul uns beschert hat?« Sie hatten heute etwas geleistet. Zusammen. Das verband … irgendwie.

Das dachte Simon zumindest, bis Marie den Kopf schüttelte und leise sagte: »Danke, aber ich muss jetzt nach Hause.«

Simon legte die Hand auf den Türgriff und zögerte einen Moment. Er hatte das Bedürfnis, einfach hier sitzen zu bleiben und weiter den Duft nach Sommergarten einzuatmen. Die Haarsträhne anzustarren, die im leichten Luftstrom aus dem Lüftungsschlitz an ihrem schmalen, glatten Hals erzitterte. Ein absurder Gedanke. Zumindest, wenn es sich dabei um seine Angestellte handelte. Nicht ihr Körper sollte für ihn von Interesse sein, sondern die Freundschaft, zu der seine Mutter ihm geraten hatte.

Marie blickte weiter stur geradeaus. Ganz egal, was sie

behauptete, sie hatte ihm nicht vergeben. Daran hatte sich auch nichts geändert, dass sie heute einen sehr emotionalen Fall behandelt und perfekt Hand in Hand gearbeitet hatten.

Vielleicht wollte sie einfach nichts mit ihm zu tun haben. Das musste er akzeptieren. Schließlich öffnete er die Tür. »Danke fürs Fahren«, sagte er leise. »Und noch einmal danke für deine tolle Reaktion heute.« Er verzog die Lippen zu einem leichten Lächeln. »Ich wünsche dir ein schönes Wochenende.«

»Dir auch«, erwiderte sie. »Gute Nacht.«

Simon schloss die Tür. Marie fuhr los, und er blickte ihr nach, bis ihre Rücklichter hinter der Kurve, die die Straße auf dem Weg aus der Stadt machte, verschwanden.

Er fühlte sich irgendwie leer, was daran lag, dass das Adrenalin sich aus seinem Körper zurückzog. Unschlüssig blickte er zur Alpenliebe hinüber. Lachen drang von der Terrasse auf den Dorfplatz. Lichterketten schwangen im sanften Wind. Über die Gesichter der Gäste flackerten die Schatten der Kerzen, die überall auf den Tischen verteilt waren. Er hörte die entspannten Klänge der Loungemusik, für die Paulina sich heute entschieden hatte.

Einen Moment dachte Simon darüber nach, noch auf einen Absacker in der Kneipe vorbeizuschauen. Er kannte mindestens die Hälfte der Leute, die die Bar bevölkerten, und würde problemlos einen Tisch finden, an dem die Kneipengäste für ihn zusammenrücken würden. Aber Pauls Notfall hatte mit Sicherheit schon die Runde gemacht, und jeder würde wissen wollen, was in der Kita passiert war und wie es dem Jungen ging.

Auf diese Neugier hatte er im Moment überhaupt keine Lust. Also kehrte er dem feuchtfröhlichen Freitagabend den

Rücken und stieg die Treppe zu seiner Wohnung hinauf. Sein Apartment wirkte leer und unpersönlich. Nicht einmal Schiller begrüßte ihn, weil seine Schwester den Hund mit zu sich nach Hause genommen hatte, damit er nicht zu lange allein auf ihn warten musste.

Mit einem Seufzen trat er sich die Sneaker von den Füßen, ließ sie liegen, wo sie waren, und holte sich ein Bier aus dem Kühlschrank. Er öffnete es an seinem geliebten Hawaiimädchen-Öffner und setzte sich vor seiner Couch auf den Boden. Dann trank er einen Schluck und griff zu seiner Akustikgitarre, die er nach dem letzten Spielen einfach auf dem Sofa hatte liegen lassen. Das war das zweite Mal innerhalb einer Woche, dass er die Stille seiner Wohnung und die sanften Akkorde der melancholischen Melodie, die er spielte, der Partystimmung in der Alpenliebe vorzog. Und beide Male hatte seine Entscheidung mit Marie zu tun gehabt.

*

Nachdem sie Simon abgesetzt hatte, fuhr Marie auf direktem Weg nach Hause, bemüht, nicht über den merkwürdigen Moment nachzudenken, den sie gerade mit ihm in ihrem Wagen erlebt hatte. Sie hatten schon in der Praxis auf kleinem Raum zusammengearbeitet, aber so nah waren sie sich noch nie gewesen. Nicht nur körperlich, sondern vor allem emotional. Klar, sie hatten Paul gerettet. Das verband … irgendwie. Aber trotzdem hatte sich dieser Augenblick, bevor Simon ausgestiegen war, angefühlt, als prickele die Luft zwischen ihnen. Ein absurder Gedanke. Genauso absurd wie ihr Wunsch gewesen war, seine Einladung auf ein Bier anzunehmen. Es hatte sie alle Willenskraft gekostet, ihm einen Korb zu geben. Aber sie hatte die richtige Entscheidung getroffen. Bei der Erinnerung an ihren letzten Besuch in der Alpenliebe zog sich eine Gänsehaut über ihre Arme.

Sie bog auf den Schotterweg ab, der zu Fannys Hof führte, und ließ ihren Golf überrascht neben einem kleinen Toyota ausrollen, der vor dem Haus ihrer Großmutter stand. Hatte sich Besuch angekündigt? Hatte sie einen Termin vergessen? Marie runzelte nachdenklich die Stirn, als sie aus ihrem Wagen stieg. Nein, da war nichts, woran sie sich hätte erinnern müssen.

Sie hörte die leisen Stimmen, als sie um die Hausecke bog, und entdeckte Fanny gemeinsam mit Emils Erzieherin Kati in der Sitzecke unter den träge im Wind schaukelnden Lampions. Die Kerzen in den Weckgläsern brannten und warfen flackernde Schatten auf ihre Umgebung.

»Hallo«, grüßte Marie die beiden Frauen, die sich zu ihr umdrehten, als sie sie näher kommen hörten. Sie umarmte ihre Großmutter von hinten, drückte ihre Wange gegen die der alten Frau und atmete den Duft nach Lavendel und frisch gebügelter Baumwolle ein. Wie immer versuchte sie, Fanny unauffällig abzuchecken, und stellte beruhigt fest, dass ihre Großmutter nach wie vor keine Anzeichen von Verwirrung oder Desorientierung aufwies.

Stattdessen tätschelte Fanny in einer liebevollen Geste ihre Hand. »Ich habe Kati eingeladen zu bleiben, bis du da bist. Sie will, genau wie ich, wissen, wie es dem kleinen Lauinger geht.«

»Es wird ihm wieder gut gehen«, antwortete Marie. »Er war rechtzeitig im Krankenhaus, und dort kümmern sie sich sehr gut um ihn.« So viel konnte Marie sagen, ohne die Schweigepflicht zu verletzen. Sie richtete sich wieder auf. »Lasst mich kurz nach Emil sehen und mir was Bequemes anziehen, dann bin ich gleich wieder bei euch.«

Sie betrat das Haus durch die Hintertür und ging leise die Treppe hinauf. Oben angekommen öffnete sie die Tür zu Emils Zimmer einen Spalt.

»Mama?«, murmelte Emil und drehte den Kopf blinzelnd in ihre Richtung.

Marie schob die Tür weiter auf und trat im Schein des Nachtlichts an sein Bett. »Hey«, sagte sie und streichelte seine Wange. »Solltest du nicht längst schlafen?«

»Ich bin müde«, gab er zu und gähnte. »Aber ich wollte wissen, ob Paul sehr krank ist.«

»Es wird ihm bald besser gehen«, versprach Marie nach Fanny und Kati auch ihrem Sohn. »Jetzt aber Augen zu!«

Emil gehorchte, ließ die Lider zuklappen und wisperte: »Da bin ich froh.«

Marie strich ihm die Haare aus der Stirn und küsste ihn auf die Schläfe. »Schlaf gut, mein Schatz«, flüsterte sie und verließ sein Zimmer dann leise, um sich eine bequeme Jogginghose und einen Hoodie anzuziehen.

Auf dem Weg zurück nach draußen hielt sie spontan in der Küche an, griff sich ein paar Gläser und nahm eine Flasche Grauburgunder aus dem Kühlschrank. »Ich brauche jetzt auf jeden Fall einen Schluck Wein«, verkündete sie, als sie zu der Sitzecke hinter dem Haus zurückkehrte. Inzwischen hatte sie doch das Bedürfnis nach dem Absacker, den Simon ihr vorhin angeboten hatte.

Sie stellte die Gläser ab und öffnete die Flasche. »Möchtet ihr auch einen Schluck?«

»Gerne«, erwiderten Fanny und Kati gleichzeitig.

Marie schenkte ihnen ein und schob die Gläser über den

Tisch. »Zum Wohl«, sagte sie und hob ihr Glas zum Toast. Der Wein lief kalt durch ihre Kehle und sorgte fast umgehend für ein leichtes Gefühl in ihrem Magen. Mit einem kleinen Seufzen schloss sie die Augen, genoss den Moment und lauschte dem Zirpen der Grillen und dem leisen Rauschen des Windes in den Baumwipfeln.

»Was für ein Tag«, hörte sie ihre Großmutter sagen und öffnete die Augen wieder. Fanny nippte an ihrem Wein. »Wisst ihr was? Ich bin eine alte Frau. Ich ziehe mich zurück.«

»Willst du denn nicht deinen Wein mit uns trinken?«, fragte Marie.

»Nein. Ich glaube, den trinke ich, während ich noch ein paar Seiten von meinem historischen Roman lese. Genießt den Abend.« Sie stand auf und küsste Marie auf die Wange. »Servus, Kati. Es war schön, dich kennenzulernen. Ich hoffe, du besuchst uns bald wieder.«

»Auf jeden Fall. Gute Nacht.«

Sie warteten, bis Fanny mit ihrem Glas im Haus verschwunden war und die Tür hinter sich schloss. Das Schweigen, das sich über sie senkte, war nicht unangenehm.

Doch dann räusperte sich Kati und trank einen Schluck Wein. »Ich weiß, wir kennen uns noch nicht lange«, begann sie, »und du musst mir natürlich nicht antworten, wenn du nicht darüber reden willst. Aber ich frage mich, was da zwischen dir und Melli Lauinger los ist. Ich finde es ziemlich heftig, wie sie dich anfeindet. Und ein paar der anderen Mütter behandeln dich auch, als wärst du …«

»Abschaum?«, beendete Marie den Satz, als Kati zögerte.

»Luft«, wollte ich sagen. »Auf jeden Fall behandeln sie dich nicht gut.«

Kati hatte recht. Sie kannten sich wirklich noch nicht lange.

Und Marie war sich nicht sicher, ob sie ausgerechnet dieses Gespräch mit ihr führen wollte. Die Erzieherin war neu in der Stadt, daher kannte sie Maries Vergangenheit nicht. Aber sie war ihr auch ohne Vorurteile begegnet. Marie hatte das Gefühl, dass Kati nicht zu den Menschen gehörte, die die falschen Entscheidungen eines anderen gegen ihn verwendeten. Sie konnte es nicht mit Sicherheit wissen, aber sie hatte das Bedürfnis, mit jemandem zu reden. Jemandem, der nicht Fanny war.

Marie trank einen großen Schluck Wein und schenkte Kati und sich nach. »Ich habe früher nicht gerade zu den beliebten Kids gehört«, sagte sie dann leise. Und selbst das war noch eine Beschönigung ihrer Jugend. Sie war das unbeliebteste Kind gewesen. »Fanny hat dir wahrscheinlich schon erzählt, dass ich hier, bei ihr, aufgewachsen bin.«

Kati nickte und nippte an ihrem Wein.

»Meine Mutter hatte keine Ahnung, wer mein Vater war. Soweit ich weiß, hat es sich um einen Touristen gehandelt. Ein One-Night-Stand, dessen Ergebnis ich war. Meine Mutter war nicht gut in Konventionen. Und sie war nicht gut darin, die Beziehungen anderer zu achten. Wenn ihr der Sinn danach stand, nahm sie sich, was sie wollte.« Marie stieß ein kleines, freudloses Lachen aus. »Wenn ich meine Mutter mit drei Worten beschreiben müsste, würden wohl rücksichtslos, egozentrisch und narzisstisch am besten passen.«

»Das klingt sehr hart«, sagte Kati, deren Leben sich zwischen Kindern und ihren Eltern abspielte.

»Ja, nicht wahr? Und dabei betrachte ich diese Frau inzwischen mit ausreichend emotionalem Abstand. Du hättest dich mal mit meinem dreizehn- oder vierzehnjährige Ich unterhalten müssen. Meine Mutter hat in Waldkirch für viel Unruhe gesorgt und sich den Ruf eines wahren Flittchens erarbeitet. Irgendwann ist sie mit einem Typen durchgebrannt, und wir haben nur noch einmal etwas von ihr gehört, als sie das Sorgerecht für mich auf Fanny übertragen hat.«

»Sie hat dich hier zurückgelassen?« Kati sah sie mit großen Augen über den Rand ihres Weinglases hinweg an. Die Flammen der Kerzen ließen den Wein golden funkeln.

Marie drehte ihr Glas nachdenklich in den Händen. »Ich habe mich oft gefragt, was besser für mich gewesen wäre. Hätte sie mich mitgenommen, wäre ich vermutlich in ziemlich zweifelhaften Verhältnissen aufgewachsen.« Sie zuckte mit den Schultern. »Ich habe keine Ahnung, was dann aus mir geworden wäre. Bei Fanny war ich sicher. Behütet. Ich bin im liebevollsten Haushalt aufgewachsen, den ich mir nur wünschen konnte. Aber die Waldkircher gehören nicht zu den Leuten, die schnell vergessen. Oder überhaupt jemals«, korrigierte sie sich und stieß ein tiefes Seufzen aus. »Außerdem sind die Leute in dieser Gegend große Fans von ›Wie die Mutter so die Tochter‹. Ich habe mich immer bemüht, ihnen keinen Anlass für diese Behauptung zu geben.« Sie stockte kurz, um sich zu sammeln. »Und dann, kurz vor meinem Schulabschluss, habe ich ihnen den Beweis geliefert, dass der Apfel wirklich nicht weit vom Stamm fällt.«

»Wahrscheinlich haben sie regelrecht darauf gelauert, dass du einen Fehler machst«, überlegte Kati laut.

»Na ja, niemand hat mich dazu gezwungen, mich auf jemanden einzulassen, der für mich hätte tabu sein müssen. Das habe ich schon ganz allein entschieden.« Antons Gesicht tauchte vor ihrem inneren Auge auf. Nicht das von der Nesselsucht aufgequollene Gesicht von neulich, sondern das des schönen Fußballgottes, der er in ihren Teenagerjahren gewesen war. »Ich war verliebt und konnte ihm nicht widerstehen. Dummerweise hatte er eine Freundin, die uns erwischt hat. Sie ist abgehauen.« Marie schluckte. »Sie ist in ihr Auto gestiegen und einfach davongerast, obwohl sie total aufgebracht war – und hatte einen furchtbaren Unfall. Seitdem sitzt sie im Rollstuhl, und ich bin schuld daran. Ich habe Spießrutenlauf über Spießrutenlauf durchgemacht, bis ich endlich mein Abitur in der Tasche hatte und selbst die Flucht ergreifen konnte.«

Kati schüttelte den Kopf. »Sie haben dich aus Waldkirch vertrieben«, brachte sie Maries Geschichte auf den Punkt.

»Ja, das haben sie. Und dann haben sie sich geweigert zu vergessen. Jetzt bin ich wieder hier, und sie erinnern mich täglich an meine Fehler.«

Kati griff über den Tisch und drückte Maries Hand. »Ich habe keine Ahnung, wie du das aushältst. Deine Stärke beeindruckt mich.«

»Ha!« Marie lachte trocken auf. »Du kannst dir gar nicht vorstellen, wie oft ich mir am liebsten die Decke über den Kopf ziehen und heulen möchte. Manchmal mache ich das sogar.«

Kati grinste schief. »Machen wir das nicht alle manchmal? Vielleicht brauchen die Waldkircher ein wenig länger. Ich glaube, sie werden noch begreifen, dass du nicht mehr das Teenagermädchen bist, das sich auf den falschen Kerl eingelassen hat. Und ich habe das Gefühl, dass du in Simon Thaler einen Fürsprecher hast. Er scheint große Stücke auf dich zu halten.«

Ja, dachte Marie. Vor lauter Mitleid und schlechtem Gewissen. Aber das verriet sie Kati nicht.

»Ich finde, dass du eine wunderbare, liebevolle Mutter

bist, und wie du das heute mit Paul gehändelt hast … Respekt!«, fuhr ihr Gegenüber fort. »Wenn du jemanden zum Reden brauchst oder einfach nur eine Freundin, die mit dir ein Glas Wein trinkt und *Bridgerton* schaut, lass es mich wissen.«

Marie schluckte und blinzelte gegen das Brennen in ihren Augen an. So einfach war das also. So leicht ließen sich Freundschaften schließen. Sie hatte schon so lange niemand Neues mehr in ihr Leben gelassen, dass sie das verlernt zu haben schien.

13

🍹 Lust auf Aperol 🍹

Paulina:
Wahnsinn! Stimmt es, dass Marie dem kleinen Paul das Leben gerettet hat?

Jonas:
Das hab ich auch gehört. Krass!

Sanna:
🙄 Ärztliche Schweigepflicht!

Paulina:
Tss! 😏 Ich brauch euch Docs doch gar nicht, um alle Infos zu sammeln. Wir sollten Marie 'ne fette Party schmeißen! 🍹 Eine, die besser läuft als die letztes Mal.

Mila:
🙄Ich kann Sanna nur recht geben.
Ganz abgesehen davon, dass es einfach Maries Job war. Das war nichts Besonderes. Jeder mit einer medizinischen Ausbildung hätte genau das Gleiche getan.

Nikola:
Diese Nachricht wurde gelöscht

Paulina:
Mila, du alte Miesepetra.🤣

Simon:
Gebt Marie ein bisschen Zeit. Was sie gemacht hat, war wirklich großartig. Aber ich glaube, im Moment will sie lieber ihre Ruhe.

Simon:
Ich weiß, du suchst ständig nach Gründen, eine Party zu schmeißen, Paulina.🍻

Paulina:
Klugscheißer!😘

Am Montag passierte genau das, was immer geschah, wenn es in Waldkirch einen Grund gab, über etwas Aufregendes zu tratschen: Die Leute kamen zusammen. Vorzugsweise dort, wo ihre Neugier am ehesten befriedigt wurde. Oft war das die

Bäckerei oder eine der Kneipen des Städtchens. Heute war es aber wieder einmal die Praxis. Die Patienten, die mit plötzlichen Halsschmerzen, Kopfweh und zu hohem Blutdruck aufgetaucht waren, stapelten sich regelrecht im Wartebereich.

Aloisa tippte mit deutlich mehr Vehemenz als üblich auf ihrer Tastatur herum, und Marie versuchte, sich um alle drei Behandlungszimmer gleichzeitig zu kümmern, weil Mila bereits zu ihren Hausbesuchen aufgebrochen war, bevor die Tratschtanten der Stadt über die Praxis hergefallen waren wie eine Schar Heuschrecken.

»Diese Menschen sind eine Plage«, brummte Aloisa prompt, und Marie konnte ihr nur recht geben.

Simon hatte an diesem Morgen als Erstes mit Dr. Ritter telefoniert. Sie hatte ihm versichert, dass es mit Paul aufwärtsging. Aber das war nichts, was sie den Leuten auf die Nase binden würden. Ganz egal, wie sehr sie das Praxisteam bedrängten und auszufragen versuchten. Marie riet ihnen, bei Pauls Mutter nachzufragen. Wenn Melli darüber reden wollte, würden es die Klatschtanten schon merken. Das zweite Thema, das mindestens so spannend zu sein schien, war Maries und Simons Rettungsaktion in der Kita. Auch hierzu hielt sich Marie zurück und versuchte, sowohl den Fragen als auch den neugierigen Blicken auszuweichen.

Am späten Vormittag, Marie kam gerade nach einer Blutentnahme aus Sannas Sprechzimmer, stolperte sie regelrecht in eine Wolke aus angespanntem Schweigen. Sie hob den Blick – und sah sich Melli Lauinger gegenüber.

Alle – wirklich alle –, die im Wartezimmer saßen, verfolgten die Szene höchst aufmerksam.

Marie räusperte sich. »Melli«, grüßte sie ihr Gegenüber. Sie konnte den Gesichtsausdruck der anderen Frau nicht lesen, aber der riesige Blumenstrauß in ihrer Hand sprach für sich. »Du willst sicher zu Simon«, bemerkte sie. »Kannst du noch einen Moment warten? Er hat gerade einen Patienten, aber danach kann ich dich kurz zu ihm reinlassen.«

»Nein.« Melli schüttelte in einer langsamen, aber entschlossenen Bewegung den Kopf. Ihre Augen schimmerten feucht. »Ich …« Sie streckte Marie die Blumen entgegen. »Ich wollte zu dir.«

Ein Raunen ging durch den Raum, als wären die Patienten Zuschauer einer schlechten Seifenoper. »Ähm …« Marie wusste nicht, was sie sagen sollte. Mit dem Daumen wies sie über die Schulter. »Wir können in die Kaffeeküche gehen.« Dort wären sie wenigstens ungestört und sicher vor all diesen neugierigen Augen und Ohren.

»Nein.« Melli schüttelte abermals entschieden den Kopf und blickte sich um, als wolle sie sichergehen, dass auch alle, die hier herumlungerten und Krankheiten vortäuschten, sie hören konnten. »Ich brauche nicht lange«, sagte sie laut. »Die Blumen sind für dich.« Immer noch hielt sie Marie den üppigen Strauß entgegen, der mit Sicherheit ein Vermögen gekostet hatte.

Zögernd machte Marie zwei Schritte nach vorn und nahm ihr die Blumen ab. Sie war sich noch immer nicht sicher, worauf das hier hinauslief. Hatte Melli eine neue Variante gefunden, Marie zu erniedrigen? Zu Schulzeiten war ihre Erzfeindin, was das betraf, sehr erfinderisch gewesen. Vor diesem Publikum wäre es durchaus möglich …

»Dr. Ritter hat mir genau erklärt, was am Freitag passiert ist«, holte Melli sie aus ihren Befürchtungen. »Du hast Paul gerettet. Ich wollte dir nicht glauben.« Sie senkte den Blick auf den Boden und schwieg einen Moment, als müsse sie sich sammeln. Dann hob sie den Kopf wieder und sah Marie fest in die Augen. »Ich habe dich angeschrien und mich über deinen Verdacht lustig gemacht. Und du bist einfach …« In einer hilflosen Geste hob sie die Hände. »Du hast einfach weitergemacht. Wenn ich Paul mit nach Hause genommen hätte, hätte sich sein Zustand innerhalb kürzester Zeit noch dramatischer verschlechtert. Vielleicht«, sie schluckte, »vielleicht wäre dann jede Hilfe zu spät gekommen. Dafür danke ich dir.«

»Das musst du nicht«, sagte Marie sanft. Sie sah, wie schwer ihrem Gegenüber die Worte fielen. Sein Kind in einer so furchtbaren Lage zu sehen, veränderte das Leben.

»Doch, das muss ich«, widersprach Melli. »Du hast meinem Kind das Leben gerettet, obwohl ich ein Miststück zu dir gewesen bin, solange ich denken kann.«

Wieder ging ein aufgeregtes Raunen durch die Zuschauerreihen. Anders ließ sich das Wartezimmer jetzt nicht mehr betiteln.

»Jedenfalls.« Melli knetete ihre Hände. »Das wollte ich loswerden. Mich entschuldigen. Für jetzt. Und für früher.«

»Danke.« Marie spürte, wie sich ihre Wangen dunkel färbten und sich ihr Puls beschleunigte. Die linke Hand, die sich um den Blumenstrauß krampfte, und die Rechte, in der sie noch immer das Blutentnahme-Set hielt, wurden feucht. Sie hasste es, so im Mittelpunkt zu stehen. Wenn sich in der Vergangenheit die Aufmerksamkeit auf sie gerichtet hatte, war das immer mit etwas Negativem verbunden. Zu sagen, dass es ihr Job gewesen war, Paul zu helfen, und sie das gern getan hatte, klang irgendwie profan. Deshalb nickte sie einfach nur.

»Die hier sind für die Praxis.« Melli hob einen Korb mit

Muffins hoch, den sie neben sich abgestellt hatte, und schob ihn, an der Nierenschale mit der Blutprobe vorbei, über Maries Unterarm, nur um anschließend noch einen Briefumschlag obendrauf zu legen. »Pauls Geburtstagseinladung an Emil«, erklärte sie. »Wir wissen noch nicht, wann wir feiern können. Aber dein Sohn ist auf jeden Fall eingeladen.«

Marie war sprachlos. Genau wie die Patienten. Es war so still in der Anmeldung, dass man eine Stecknadel hätte fallen hören können. Ohne ein weiteres Wort drehte sich Melli um und marschierte mit hocherhobenem Kopf und zurückgezogenen Schultern aus der Praxis. Marie blickte ihrer alten Feindin hinterher und hörte das kollektive Aufatmen, als die Tür hinter Melli zufiel. Als ob ihre Patienten die Luft angehalten hätten. Was Marie definitiv getan hatte, wurde ihr bewusst, als sie den Schmerz in ihrem Brustkorb fühlte und vorsichtig ausatmete.

»Na komm, Mädchen.« Sie hörte Aloisas Stimme hinter sich, die sie ins Hier und Jetzt zurückholte. Die Hand der Älteren legte sich in einer zarten Geste neben dem Muffin-Korb auf Maries Unterarm, bevor sie sanft die Blutproben aus ihren klammen Fingern zog. »Lass uns die Blumen ins Wasser stellen.«

Marie fühlte sich immer noch ein bisschen, als agiere sie auf Autopilot. Sie setzte sich in Bewegung und folgte Aloisa in die Kaffeeküche. Doch statt eine Vase für die Blumen zu suchen, legte sie den Strauß einfach auf den Tisch und stellte die Muffins daneben. Dann ließ sie sich auf einen der Stühle fallen und den Kopf hängen.

Aloisa drückte ihren Oberkörper sanft ein Stück weiter hinunter. »Kopf zwischen die Knie«, kommandierte sie. »Und ruhig atmen. Du bist kurz vor dem Hyperventilieren.«

Marie hörte, wie ihre Kollegin mit den Schranktüren klapperte. Wahrscheinlich war sie auf der Suche nach einer Vase. Sie schloss die Augen und atmete bewusst ein. Hielt den Atem kurz in der Lunge, bevor sie ihn genauso konzentriert wieder ausstieß. Ihr Herzschlag beruhigte sich langsam. Sie wollte gerade den Kopf heben, als sie schnelle Schritte hörte.

»Marie?« Simons Stimme.

Marie kniff die Augen zusammen, weil ihr Herzschlag sich schon wieder beschleunigte. Sie wollte nicht, dass er sie hier so sitzen sah und den Moment miterlebte, in dem sie versuchte, die Fassung zu bewahren. Weil er ihr Chef war. Weil er sie von früher kannte. Und weil sie sein verdammtes Mitleid nicht wollte, das sie schon wieder zwischen seinen Worten hören konnte.

»Geht es dir gut?« Marie spürte, wie Simon sich vor sie hockte.

Es machte keinen Sinn, den Vogel Strauß zu spielen. Marie öffnete die Augen und hob langsam den Kopf. Simon war ihr verdammt nah, wie er so vor ihr kniete. Sie konnte seinen sauberen und unaufdringlichen Duft nach Waschmittel und frischer Luft riechen. Und sie konnte die Besorgnis in seinem Blick überdeutlich lesen. Seine rechte Hand griff nach ihrem Handgelenk, um sie auf ihren Puls zu legen. Mit der anderen strich er ihr in einer fürsorglichen Geste eine Haarsträhne hinter das Ohr. Was eine seltsame Reaktion in ihrem Körper auslöste. Einen winzigen, prickelnden Schauer, der sich über ihre Haut zog. Marie schluckte. Das konnte nur daran liegen, dass sie schon seit Ewigkeiten von keinem Mann mehr auf diese Weise berührt worden war. Mit Simon – ihrem Chef – hatte das ganz sicher nichts zu tun. Und sie würde auch nicht zulassen, dass er ihr noch einmal so nahe kam. Also, sobald er ihr Handgelenk losließ. »Mir geht es gut«, brachte sie heraus.

»Hmm.« Simon presste noch immer seine Finger auf ihren Puls und warf einen Blick auf seine Smartwatch. »Leicht erhöht«, diagnostizierte er, was sie längst wusste.

Marie entzog ihm ihre Hand. »Das ist ja auch kein Wunder«, sagte sie. »Vor mir stand immerhin gerade Melli Lauinger und hat sich hochoffiziell bei mir bedankt.«

»Und entschuldigt«, ergänzte Aloisa, die im Schrank neben der Spüle ein Monster von einer Vase gefunden hatte und zum Tisch schleppte.

»Und entschuldigt.« Marie nickte ihr zu. »Was ziemlich krass ist. Immerhin hasst sie mich schon, solange ich denken kann. Sie hat es regelrecht darauf angelegt, dass Gott und die Welt mithören, wie sie zu Kreuze kriecht.« Da sie noch immer das Gefühl hatte, Simon viel zu nahe zu sein, richtete sie sich auf und rückte mit ihrem Stuhl ein Stück nach hinten, um den Abstand zwischen ihnen zu vergrößern.

Er lächelte sie an, und zum ersten Mal fiel Marie auf, dass sich kleine Krähenfüße in seinen Augenwinkeln bildeten, wenn er das tat. »Niemand mag Miststücke, die die Frau mobben, die ihrem Kind das Leben gerettet hat«, sagte er leichthin.

Marie verstand, was er damit sagen wollte. Melli wollte nicht als böse Hexe dastehen. Womit sie aber automatisch dafür sorgte, dass auch Marie ein Stück weit rehabilitiert wurde. Dafür hatte sie mit ihrem öffentlichkeitswirksamen Auftritt gesorgt. Marie und sie würden mit Sicherheit nie Freundinnen werden. Und es würde auch weiterhin genug Leute in Waldkirch geben, die sie für die Wurzel allen Übels hielten. Aber Melli wusste ganz genau, dass sie Marie mit ihrem Statement etwas Gutes getan hatte. Von so einem Moment hatte Marie schon viel zu lange geträumt. Sie atmete noch einmal tief durch. Das war irgendwie surreal, aber … »Wow.«

»Und ich habe alles verpasst«, beschwerte sich Mats, der in diesem Moment, gefolgt von Sanna, in die Kaffeeküche schlenderte, in der es jetzt verdammt eng wurde.

»Wir haben von der großen Geste gehört«, sagte Sanna und strich mit den Fingerspitzen über die wunderschönen Blütenblätter des Blumenstraußes.

Mats hatte sich bereits den Korb geschnappte und suchte nach dem schönsten Muffin. »Ich wäre wirklich gern Zeuge dieses epischen Moments geworden«, sagte er und biss von einem der Gebäckstücke ab.

»Was ist aus dem knallharten, emotionslosen Notfallmediziner geworden, der keine Ahnung hat, was Gefühle sind?«, zog Simon ihn auf und griff ebenfalls in den Korb. Anders als die sorgfältige Auswahl seines Freundes schnappte er sich den erstbesten Muffin, den er in die Finger bekam, und biss ein großes Stück ab.

Mats wies mit dem Gebäck in der Hand auf Sanna. »Sie hat einen Softie aus mir gemacht«, behauptete er.

»Du bist schon immer ein Softie gewesen«, hielt Aloisa fest. Sie arrangierte die Blumen in der Vase und trat dann zufrieden einen Schritt zurück. »Ich habe jedem, der sich Marie gegenüber nicht anständig benommen hat, gesagt, dass ihr sie nicht eingestellt hättet, wenn sie nicht genau die Richtige für diesen Job gewesen wäre. Jetzt haben wir den Beweis, dass ich vom ersten Moment an recht hatte.« Sie stemmte zufrieden die Hände in die Hüften. Marie war sich nicht sicher, ob sich dieser selbstgefällige Ausdruck in ihrem Gesicht auf den hübsch arrangierten Blumenstrauß auf dem Tisch bezog oder auf ihre kleine Rede. »Schon witzig, dass ausgerechnet die Lauingerin diesen Beweis erbracht hat.«

*

Simon war fasziniert von Marie. Er bewunderte die stoische Haltung, mit der sie bereits als Teenagerin die Sticheleien und das Getuschel hinter ihrem Rücken abgetan hatte. Vielleicht hatte ihn das sogar schon immer beeindruckt. Sie war taff. Durchsetzungsstark. Und auch wenn Melli sie mit ihrer Entschuldigung überrascht hatte, konnte Simon in ihren Augen lesen, dass ihr klar war, dass das nicht bedeutete, dass zwischen ihr und Waldkirch plötzlich Friede, Freude, Eierkuchen herrschte.

Marie ging einfach ihren Weg und war trotz der fiesen Attacken aus ihrer Jugend ein mitfühlender, hilfsbereiter Mensch. Simon war verdammt froh über ihre Bewerbung. Sie vervollständigte das Praxisteam, und die Patienten kamen nach und nach besser mit ihr klar. Es würde der Tag kommen, an dem es keine Probleme mehr gab. Aber bis dahin wollte er derjenige sein, der dafür sorgte, dass sie in der Stadt Anschluss fand. Er wollte ein Ausgleich zu dem Stress sein, der die Waldkircher für sie waren. Ein echter Freund eben.

Simon fand Marie nach der Behandlung einer besonders schwierigen Patientin in dem kleinen Labor ihrer Praxis, wo sie Blut- und Urinproben für die Abholung vorbereitete. Er stellte ihr einen Kaffee hin und hob seine eigene Tasse zu einem Toast. »Auf die Zwergenflüsterin«, sagte er.

Marie griff nach ihrem Kaffee. »Danke.«

»Ich danke dir. Lisa Faller ist das süßeste kleine Mädchen.

Aber in meinem Sprechzimmer verwandelt sie sich regelmäßig in ein Monster.«

Marie entfuhr ein kleines Lachen, das ihre Augen aufleuchten ließ. »Sie ist ein dreijähriges Kind.«

»Das keinen Bock auf seine Impfung hat.« Marie konnte unglaublich gut mit Patienten umgehen, aber vor allem für Kinder hatte sie ein Händchen. Lisa Faller gehörte zu seinen Angst-Patienten, die immer um sich schlugen, kratzten und schrien. Und was hatte seine Arzthelferin getan? Einfach einen Latexhandschuh aufgeblasen und mit Lisa zusammen bemalt, sodass er aussah wie ein Hühnchen. »Das war das erste Mal, dass ich selbst nicht geblutet habe und das Sprechzimmer renovieren musste, nachdem ich sie geimpft habe.«

Seine Übertreibung ließ sie die Augen verdrehen, zauberte aber auch ein leichtes Lächeln auf ihr Gesicht. Er mochte es, sie zum Lachen zu bringen. Einfach, weil sie das viel zu selten tat. Und weil der Raum immer ein wenig heller strahlte, wenn ihre Augen aufleuchteten wie gerade eben.

Simon trank noch einen Schluck von seinem Kaffee und zog den Prospekt aus der Gesäßtasche. »Hast du schon von der Sommerrodelbahn am Alpsee gehört? Sanna hatte gestern eine Sitzung im Rathaus, und ich habe sie gebeten, mir einen Flyer mitzubringen.« Er hielt ihr das Heft entgegen. »Vielleicht haben Emil und du ja mal Lust, einen Ausflug zu machen. Ich habe gehört, das soll ziemlich cool sein.«

Marie griff danach. »Danke. Emil und ich sind am Samstag schon dort gewesen.«

»Oh.« Simon schob den kleinen enttäuschten Stich, weil er nicht derjenige war, der ihr diesen Tipp gegeben hatte, zur Seite und grinste. »Ich hoffe, ihr hattet Spaß.« Er ließ den Prospekt los, und Marie klopfte sich damit auf die offene

Handfläche. »War es gut?«, fragte er noch einmal nach, weil sie nicht gleich antwortete.

»Ja, Emil hatte ziemlich viel Spaß«, erwiderte sie.

»Und du?« Simon legte den Kopf schräg und sah sie auffordernd an.

»Na ja.« Sie machte einen Schritt zurück, als wolle sie den Abstand vergrößern, obwohl sich zwischen ihnen bereits der kleine Tresen befand, auf dem sie Proben vorbereitete. Aber sie schenkte ihm ein weiteres kleines Lächeln, das fast schüchtern wirkte. »Ich hatte für meinen Geschmack am Freitag bereits genug Aufregung. Aber wir waren im Anschluss noch baden.«

Simon nickte. »Alpsee und Pommes?«, riet er.

»Rot-weiß«, ergänzte sie die bevorzugte Wahl aller kleinen Jungen.

»Klingt nach einem perfekten Samstag.« Simon lehnte sich gegen den Tresen und stellte seine Tasse ab. »Was hast du am Wochenende sonst noch gemacht?«, versuchte er sich an ein wenig Small Talk.

»Oh. Ähm …« Ihre Wangen färbten sich in einem hellen Rosa, dann zuckte sie mit den Schultern. »Nichts weiter.«

Okay. Marie wollte es ihm nicht verraten. Simon behielt sein Lächeln bei. Gerade wieder erinnerte sie ihn an ein scheues Reh, das wie paralysiert wirkte, wenn man es in den Mittelpunkt der Aufmerksamkeit schob. So wie es vorhin mit Melli der Fall gewesen war. Sie hatte irgendwie … verstört gewirkt, als er sie in der Kaffeeküche gefunden hatte. Zum Glück hatte sie sich schnell wieder gefasst. Simons Lächeln wurde bei den Gedanken, die ihm durch den Kopf gingen, noch ein wenig breiter: Ein schüchternes Reh – und trotzdem ein Stehaufmännchen.

Die Kombination faszinierte ihn. Er wollte für Marie da

sein. Wollte sie unterstützen. Aber die Idee mit der Sommerrodelbahn war jetzt bereits ein alter Hut. »Vielleicht hat Emil ja mal Lust, zum Gleitschirmfliegen mitzukommen. Nicht zum Fliegen«, ergänzte er schnell, als Marie überrascht die Augen aufriss. »Aber in die Nähe unseres Startplatzes gibt es ein paar schöne Aussichtspunkte, zu denen man wandern kann. Von da hat man einen spektakulären Ausblick.« Er hob in einer einladenden Geste die Hände. »Überleg es dir einfach, und sag mir Bescheid. Dann kann ich euch mit der Gondel mit hochnehmen.«

»Ich denke darüber nach.« Das schüchterne Lächeln in Maries Gesicht verflüchtigte sich und wich der für sie so typischen Distanziertheit.

Simon seufzte innerlich. Er hatte keine Ahnung, was er gerade wieder falsch gemacht hatte. Diese Frau war wirklich kompliziert. Simon hatte sich immer gedacht, er könne gut mit dem weiblichen Geschlecht umgehen. Immerhin hatte er eine Schwester und jeden Tag mit unzähligen Müttern zu tun, die mit ihren Kindern in die Praxis kamen. Aber Marie war und blieb ein Rätsel für ihn. Ganz abgesehen von der Frage, warum er die Zurückweisung der Freundschaft, die er ihr bot, nicht einfach akzeptieren und es gut sein lassen konnte. »Na ja.« Er behielt sein Lächeln bei, als er nach seiner Kaffeetasse griff und den Rückzug antrat. »Dann störe ich dich mal nicht länger.« Er nickte in die Richtung ihrer Proben. »Bis später.« An der Tür drehte er sich noch einmal zu ihr um, doch Marie hatte längst den Blick auf die Arbeit vor ihr gesenkt.

Am Mittwoch legte Simon seine Termine so, dass er ein wenig eher gehen konnte, um sich im Krankenhaus in Oberstdorf mit Melli und Dr. Ritter zu treffen.

»Paul macht gute Fortschritte«, sagte Anna zu Melli und ließ ihre Grübchen aufblitzen. »Die Schlauchpumpe funktioniert gut, aber trotzdem kann es zu Über- oder Unterzuckerungen kommen. Sie werden also trotzdem lernen müssen, Ihr Kind zu spritzen. Aber machen Sie sich keine Sorgen. Das Ganze wird sich einspielen, auch wenn Ihnen das im Moment noch nicht so leichtfällt.«

Sie sprachen noch eine Weile, bis alle Fragen beantwortet waren, die Pauls Mutter im Moment hatte. Und das waren eine ganze Menge, die sie in einer sauberen, geschwungenen Handschrift in einem Notizbuch aufgelistet hatte.

Nachdem sich Melli wortreich für das Gespräch bedankt und verabschiedet hatte, lächelte Anna ihn über den Schreibtisch hinweg an. »Sie hat Angst. Aber sie wird darüber hinwegkommen. Das hat bis jetzt noch jeder geschafft.«

Selbst wenn Paul entlassen würde, hatten er und seine Eltern vierzehntägige Kontrolltermine im Krankenhaus. Zumindest in den ersten Monaten. Erst wenn sich sein Blutzucker und der Umgang der Lauingers mit dieser Krankheit stabilisiert hatten, würden diese Abstände ein wenig größer werden. »Da habe ich keine Bedenken. Melli ist zäher, als sie im Moment wirkt. Und sie sind bei dir in sehr guten Händen. Es gibt also keinen Grund, sich Sorgen zu machen.«

Sie legte, immer noch lächelnd, den Kopf schräg. »Wie wäre es jetzt mit einem Kaffee?«, schlug sie vor.

Simon hatte an diesem Tag nichts mehr vor, aber es gab etwas, das er mit der Ärztin besprechen wollte. »Ja, warum nicht«, gab er zurück und erwiderte ihr Lächeln.

Sie holten sich in der Cafeteria zwei Cappuccinos und suchten sich einen ruhigen Platz am Rande der Terrasse.

»Ich habe mir ein paar Gedanken über Pauls Situation gemacht«, begann Simon und zerstörte mit seinem Löffel das Blatt, das die Barista auf seinen Milchschaum gezaubert hatte. »Die Lauingers können sich glücklich schätzen, dass es dich gibt und sie nicht noch weiter fahren müssen, damit der Kleine behandelt werden kann.«

»Aber du hast das, was du gesagt hast, ernst gemeint«, riet Anna.

»Hmm. Ich würde mich gern mehr einbringen, das stimmt. Deshalb habe ich mich über die Qualifizierung zum Diabetologen schlau gemacht.«

Anna lehnte sich in ihrem Stuhl zurück und sah ihn überrascht an. »Du meinst es also so richtig ernst. Es gibt genug Möglichkeiten, auch als Hausarzt zu unterstützen.«

»Gibt es. Aber ich bin mehr so der Ganz-oder-gar-nicht-Typ.« Simon grinste. Es fühlte sich gut an, etwas in Bewegung zu setzen, um Paul helfen zu können. Auch wenn er eine Weile brauchen würde, bis er so weit war. Paul wäre dann immer noch krank und konnte von seiner Hilfe profitieren. »Zwölf Monate Weiterbildung bekomme ich hin. Ich würde mich freuen, wenn du mir ein bisschen unter die Arme greifen würdest.«

Mit einem Lächeln beugte sich Anna wieder vor. »Das mach ich sehr gerne.« Sie streckte die Hand aus, um den Deal zu besiegeln. »Von uns gibt es viel zu wenige. Jede Qualifikation ist ein Gewinn.«

»Auf gute Zusammenarbeit.« Simon löste seine Hand aus Annas. »Und da wir das abhaken können«, wechselte er das Thema. »Bist du aus der Gegend?« Er glaubte, nur den Hauch von Dialekt in ihrer Stimme wahrzunehmen. Sein Grinsen wurde noch breiter, weil sein abrupter Themenwechsel Anna überrascht blinzeln ließ.

Sie verrührte den Schaum in ihrem Cappuccino. »Aus Wangen«, sagte sie. »Ich habe lange überlegt, ob ich mir einen Job in einer großen Klinik in der Stadt suchen soll. Aber dann …«, sie hob die Arme zu einer ausholenden Geste, »bin ich hier gelandet und glücklich.« Mit dem Löffel in der Hand wies sie auf ihre Umgebung. »Ich sehe die Berge, wenn ich aus meinem Behandlungszimmer schaue. Und sie sehen nie gleich aus. Das ist so besonders, und ich weiß das zu schätzen.«

Simon lachte. »Ich weiß genau, was du meinst. Mein bester Freund war einer der größten Adrenalinjunkies, die die Notaufnahme der Frankfurter Uni-Klinik je gesehen hat. Und jetzt lebt er in Waldkirch und liebt es, sich von alten Damen zu Kaffee und Kuchen einladen zu lassen.« Er beugte sich ein wenig vor, als wolle er Anna ein Geheimnis verraten. »Zur Tarnung nennt er das Ganze Hausbesuche.«

Sie legte für einen Moment lachend den Kopf in den Nacken. Dann griff sie nach ihrem Cappuccino und schaute Simon über den Rand der Tasse an. Wieder fiel ihm das hübsche Blau ihrer Augen auf. »Dr. Lindberg?«, fragte sie auf seine Geschichte hin.

»Genau. Woher weißt du das?«, wollte er wissen.

»Hat sich rumgesprochen. Unter anderem habe ich gehört, dass er sich auf die Leitung der Notaufnahme hier beworben hat. Eine Stelle, die Mitte nächsten Jahres frei wird.«

Simon zwinkerte ihr zu. »Manche Dinge machen einfach viel zu schnell die Runde.« Es war auch nicht auszuschließen, dass Kollegen, die sie beide kannten, darüber tratschen würden, wenn sie Anna und ihn bei diesem Kaffeedate sehen würden.

»Dich hat es nie aus Waldkirch weggezogen?«, fragte sie.

Simon schüttelte den Kopf. »Ich bin zwar zum Studium

und zur Facharztausbildung nach München gegangen, aber für mich war immer klar, dass ich in die Berge zurückwollte. Die Entscheidung habe ich bis heute nicht bereut.« Er nippte an seinem Cappuccino. »Was machst du, wenn du nicht in der Klinik bist?«

Anna lehnte sich entspannt in ihrem Sitz zurück. »Ich wohne ja zum Glück nicht so weit von meiner Familie und meinen alten Freunden entfernt und bin öfter in Wangen. Und ich verbringe gern Zeit mit meinem Hund.«

»Ein Hund? Cool.« Simon war überrascht. Zu einem Klinik-Alltag passten Hunde eigentlich gar nicht. »Ich habe auch einen. Der gammelt allerdings den Großteil des Tages mit seiner besten Hundefreundin in der Praxis herum. Genau genommen glaube ich, dass er ein bisschen in diese Zwergspitzdame verknallt ist. Das würde er allerdings niemals zugeben.« Wieder lachte Anna. »Wie machst du das mit dem Arbeiten? Passt dein Mann«, er blickte auf ihre unbedingten Hände, »oder dein Freund auf ihn auf?«

Annas Augen funkelten amüsiert. Okay, es war amtlich. Sie checkten sich gegenseitig ab. »Kein Mann, kein Freund«, erwiderte sie. »Aber eine WG mit meiner Cousine. Wir haben ein hübsches altes Bauernhaus gemietet. Sie ist Grafikerin und arbeitet viel von Zuhause. Bella ist ein Pudel und wirklich lieb. Was für eine Rasse ist deiner?«

»Schiller ist ein Labrador. Er ist auch ziemlich gut erzogen, und das ist wirklich hilfreich. Vor allem im Umgang mit Kindern, die Angst haben. Manchmal benimmt er sich wie ein Therapiehund. Ich bezahle ihn allerdings nur in Kauknochen.«

»Dann bekommt er also nur den Mindestlohn für einen wirklich harten Job. Hoffentlich findet er das nie raus«, zog

Anna ihn auf. »Schiller ist ein schöner Name. Klingt ein bisschen, als wäre er zusätzlich zu seinen psychologischen Fähigkeiten auch noch ein Poet.«

Simon lachte. »Ein Poet? Ist er vermutlich auf jeden Fall. Ich glaube, er bellt seiner Freundin Ginny jeden Morgen ein Sonnet, das er nachts für sie gedichtet hat. Seinen Namen hat er allerdings verpasst bekommen, als er noch jung und dumm war. Er ist mal in die Bücherei eingebrochen und hat Wilhelm Tell getötet. Zumindest die gelbe Reclam-Ausgabe seines Dramas. Um ihn in Schutz zu nehmen: Das war sein einziges pubertäres Aufbegehren. Also haben wir ihm verziehen. In der Bücherei hat er allerdings lebenslanges Hausverbot. Und«, ergänzte er, »wir legen ihm heute noch manchmal einen Apfel auf den Kopf, um an diese denkwürdige Aktion zu erinnern.«

Wieder legte Anna den Kopf in den Nacken und lachte dieses schöne, volle Lachen, das Simon wirklich gut gefiel. »Vielleicht sollten wir uns mal mit den Hunden treffen und eine Runde laufen«, schlug sie vor.

»Puh.« Simon kratzte sich nachdenklich am Kopf. »Ich befürchte ein Eifersuchtsdrama, wenn Ginny davon erfährt. Aber Schiller lernt wirklich gern Gleichgesinnte kennen. Falls du dir vorstellen könntest, ohne deinen Hund auszugehen, hast du ja vielleicht am Freitagabend Zeit. Ich spiele in einer Cover-Band …«

»Ihr habt einen Auftritt?«, fragte Anna begeistert, ehe er seinen Satz beenden konnte. »Wie heißt ihr?«

»Wir sind die Cover Bandits, und wir spielen nicht besonders viele Gigs. Aber wir haben eine alte Probenscheune, und dort feiern wir im Juli immer eine Party für Freunde und Unterstützer. Wenn du Lust hast, komm einfach vorbei«, schlug er noch einmal vor.

Anna war sympathisch, hübsch und intelligent. Simon mochte ihre Ausstrahlung und ihren Humor. Ein Fehler wie mit Crazy Resi würde ihm aber nicht noch einmal passieren. Es war viel aussagekräftiger, eine Frau, die er interessant fand, in sein Umfeld zu bringen und herauszufinden, wie sie dort hineinpasste. Was eignete sich dafür besser, als eine Party, bei der wahrscheinlich das halbe Dorf da sein würde?

Anna grinste begeistert. »Ich denke darüber nach. Schick mir den Standort, und«, sie zwinkerte ihm zu, »vielleicht bin ich da.«

14

🍹 Lust auf Aperol 🍹

Mila:
Verdammt, war diese Pokerface-Version von Lady Gaga gut. Könnt ihr die noch mal spielen?

Nikola:
O ja! Bitte!

Paulina:
Nur für die Gruppe!
Wir machen das
zu unserem Klingelton!

Simon:
🙄 Sorry, Ladys! Wir haben diesen Song so lange einstudiert, dass ich angefangen habe, ihn von ganzem Herzen zu hassen.

Jonas:
Das ist ja echt so! 🎸 Du musst nur ein blödes Instrument können, und schon sind alle Frauen ganz verrückt nach dir.

Simon:
Nur kein Neid, Kumpel! Die Frauen sind auch so verrückt nach mir. 😂

Marie trat im Badezimmer weit genug zurück, um so viel wie möglich von sich im Spiegel über dem Waschbecken betrachten zu können. Sie war seit einer Ewigkeit nicht mehr ausgegangen. Die heiße Dusche, die sie dank des neu eingebauten Boilers hatte nehmen können, hatte sie eben voll und ganz genossen. An den kalten Gartenduschen der letzten Tage hatte tatsächlich nur Emil Spaß gehabt.

Allerdings hatte das entspannte Gefühl nur für einen Moment gehalten. Jetzt zupfte sie nervös am Saum ihres Jeansrockes herum. Er war möglicherweise zu kurz. In der Welt außerhalb dieses Bergtales wäre er das definitiv nicht. Aber Waldkirch hatte eigene Regeln. Zumindest wenn es um Marie ging, die immer an anderen Maßstäben festgemacht werden würde, als der Rest der Frauen.

Simon hatte sie auf die Banditen-Party eingeladen, die seine Band jedes Jahr für Freunde und Unterstützer veranstaltete. Sie würde dort nicht allein sein. Diese Einladung umfasste die halbe Stadt. Mindestens. Genau das war es, was ihr Sorgen machte. Dass das Konzert der Cover Bandits gut werden würde, wusste sie, nachdem sie neulich ihrer Probe gelauscht hatte. Angst machten ihr die Menschen, die dieses Mal außer ihr zuhören würden.

Die Tür wurde einen Spalt weit aufgeschoben, und Emils Kopf erschien. »Oh«, sagte er und strahlte sie zahnlückig an. »Du bist total schön, Mama.«

Sein Kompliment ließ ihr Herz schmelzen wie Schokolade in der Sonne. »Danke, mein Schatz.« Sie warf sich einen letzten Kontrollblick zu und strich mit den Fingerspitzen über die zarte Spitzenkante, die sich am Saum und am Dekolleté ihres Tops entlangzog. Das Smaragdgrün passte perfekt zum Rot ihrer Locken, die offen und in einer ungebändigten Wolke über ihren Rücken fielen.

»Fanny hat mich hochgeschickt, damit ich dir sage, dass Kati da ist«, erinnerte ihr Sohn sie an den Grund seines Auftauchens.

»Alles klar.« Marie lächelte ihn an. »Ich bin gleich da«, versprach sie und schlüpfte in ihre Flip-Flops.

Sie folgte Emil, der bereits die Treppe hinunterpolterte und seine Information »Mama kommt gleich!« ins Erdgeschoss brüllte.

Kati stand mit Fanny vor dem Haus und plauderte. Das luftige Sommerkleid im Hippie-Style, das sie anhatte, schwang im leichten Wind. Sie trug ihre blonden Haare genauso offen wie Marie.

Als Marie aus dem Haus trat, grinste Kati sie breit an. »Da bist du ja. Bereit?« Sie schüttelte sich, als liefe ihr ein angenehmer Schauer über den Rücken. »Ich liebe ja Liveauftritte. Bands«, korrigierte sie, ehe sie den Kopf für einen Moment nachdenklich zur Seite legte und das Gesagte dann mit einer Handbewegung wegwischte. »Musiker. Ich finde Musiker einfach scharf.«

»Warum findest du sie scharf?«, wollte Emil, der sich an Maries Seite gelehnt hatte, mit großen Augen wissen. »Scharf ist doch nur Essen. Oder Scheren und so ein Zeug.«

»Ja«, sagte Kati gedehnt. Marie musste sich auf die Innenseite der Wange beißen, um nicht laut loszulachen. Ausgerechnet die Erzieherin hatte vor einem Kind einen fragwürdigen Spruch abgelassen. »Genau darum geht es«, erklärte sie Emil mit einem Grinsen. »Scharf bedeutet, dass etwas ein bisschen außergewöhnlich und besonders ist. So wie manches Essen und eine gut geschliffene Papierschere, die beim Basteln nicht zu unterschätzen ist.«

Emil betrachtete sie skeptisch. »Dann findest du Musiker außergewöhnlich?«

»Auf jeden Fall.« Kati wandte den Blick von Maries Sohn ab und zog gut gelaunt die Augenbrauen hoch. »Sollen wir?«, fragte Kati noch einmal, ob sie bereit für den Abend war.

Marie war sich nicht sicher. Aber das war nicht die Antwort, die Kati hören wollte. Also lächelte sie und sagte: »Ich bin bereit.«

Fanny klatschte begeistert in die Hände. »Ihr zwei seht so umwerfend aus. Das wird ein toller Abend«, beschied sie ihnen und zog Emil an ihre Seite. »Wir machen es uns auch gemütlich. Die Musik hören wir bestimmt bis hierher.« Sie griff nach Emils Hand und wirbelte ihn einmal um seine eigene Achse, wobei er fast über den Vizegrafen stolperte, der wie aus dem Nichts aufgetaucht war und sich um Emils Beine schlängelte. Fanny hob den Kater hoch und legte ihn ihrem Urenkel in die Arme. »Vielleicht tanzen wir einfach ein bisschen durch den Garten.«

»Das klingt nach einer guten Idee. Danke, dass du aufpasst«, sagte Marie zu ihrer Großmutter.

»Immer.« Fanny legte ihre Hand an Maries Wange, und sie schob ihre darüber, um sie für einen Moment dort festzuhalten. Dann ließ sie los, beugte sich herunter und küsste Emil auf den Scheitel.

»Viel Spaß«, rief Fanny ihnen nach, als sie sich bei Kati unterhakte, die mit einem »Los geht's!« zum Aufbruch blies.

»Findest du Musiker auch scharf?«, hörten sie Emil hinter sich.

»Ja. Allerdings eher die junge Version des Mick Jagger«, gab Fanny zurück.

»Wer ist eine junge Version von Mi… wie heißt der?« Marie konnte die nachdenklich gerunzelte Stirn ihres Sohnes sehen, ohne sich umdrehen zu müssen.

»Mick Jagger. Junger Mann«, sagte sie zu ihrem kichernden Urenkel, »wir müssen heute Abend offenbar an deiner musikalischen Früherziehung arbeiten.«

»Da hab ich vielleicht was angerichtet.« Kati kicherte ebenfalls, als Fannys und Emils Stimmen hinter ihnen leiser wurden.

»Ja.« Marie konnte sich ein Lachen auch nicht verkneifen. »Ich habe die Befürchtung, dass ich in der nächsten Zeit ziemlich viel von den Rolling Stones zu hören bekommen werde.«

»Mein Gott, das ist wirklich wunderschön«, sagte Kati fast ein wenig ehrfürchtig, als sie die Festwiese erreichten, zu der das Grundstück des alten Schlittenrieder mutiert war.

»Was genau meinst du?« Marie stieß die Freundin mit der Schulter an. »Die Scheune«, die von unzähligen Lichterketten erhellt, romantisch in den Abend schimmerte, »oder die Band?«, die auf einer kleinen Holzbühne neben der Scheune spielte.

»Hmm.« Kati legte den Kopf schräg, um die ›scharfen‹ Musiker zu betrachten, was Marie Zeit gab, sich ein wenig umzusehen. Es tummelten sich bereits jede Menge Leute auf dem platt getrampelten Rasen. Auf Biertischen im Schatten der Scheune waren verschiedenste Speisen aufgebaut, und von einem großen Grill wehte ein verführerischer Duft herüber. Picknicktische standen über das Gelände verstreut, als hätte ein Riese Würfeln mit ihnen gespielt. Auf den Tischen waren Gläser mit Wiesenblumen und Windlichter mit Kerzen verteilt. In Zinkwannen voller Eis waren Bier und alkoholfreie Getränke bereitgestellt, und ein blinkendes Schild über dem Scheunentor wies darauf hin, dass sich im Inneren die Bar befand.

»Dein Doc ist auf jeden Fall nicht nur der Hammer, wenn er auf einer Mittagsschlafmatte in der Kita kleinen Jungs das Leben rettet. Er ist auch echt scharf, wenn er mit einer Gitarre um den Hals auf einer Bühne steht und ihm diese Locken so ins Gesicht fallen.«

Marie verdrehte gutmütig die Augen. »Er ist nicht mein Doc«, korrigierte sie die Freundin.

»Ha!« Kati bohrte ihr den Zeigefinger in den Oberarm, während die Band begann, eine ziemlich rockige Version von »Despacito« zu spielen. »Du sagst, er ist nicht dein Doc, aber dass er heiß ist, wenn er so mit seiner Gitarre da oben steht, hast du nicht abgestritten.«

Das ließ sich auch nicht abstreiten. Deshalb blieb Marie ihrer Freundin die Antwort schuldig. Was nicht schlimm zu sein schien, weil Kati bereits begonnen hatte, sich im Takt zur Musik zu bewegen und mitzusingen.

Simon sah wirklich gut aus, wie er bei seinem Solo seinen Kopf konzentriert über die Gitarre beugte und ihm eine widerspenstige Locke in die Stirn fiel. Simons Anblick löste ein kleines Kribbeln in ihrem Bauch aus. Offenbar war sie genau wie Kati ein Opfer scharfer Musiker. Aber anschauen durfte man einen Mann ja, solange man nicht … Simon hob den Kopf, als der Refrain einsetzte, den er gemeinsam mit Korbi sang, und sein Blick traf Maries. Ein kleines Lächeln kräuselte seine Mundwinkel, und das Kribbeln in Maries Magen vertiefte sich. Er sang den Refrain bis zum Ende mit, ohne dabei ihren Blick loszulassen, und Marie starrte wie paralysiert zu ihm auf die Bühne. Es fühlte sich ein wenig so an, als singe er nur für sie.

Als der Song endete, klatschte und pfiff das Publikum voller Begeisterung. Jemand rempelte Marie im Vorbeigehen an, und die merkwürdige Spannung zwischen Simon und ihr löste sich in Luft auf.

»Sollen wir uns was zu trinken holen?«, fragte Kati neben ihr.

»Ja, gerne.« Marie war verdammt warm, obwohl sie noch nicht einmal getanzt hatte.

Gemeinsam mit Kati schlängelte sie sich durch die Feiernden. Die meisten Leute, die hier waren, hatten ziemlich gute Laune. Maries Schultern, die sie auf dem Weg zur Bar ganz automatisch angespannt hatte, lockerten sich ein wenig, als ihr klar wurde, dass es hier durchaus viele Leute gab, die ihr lächelnd zunickten. Diejenigen, die ihr verhasste oder abwertende Blicke zuwarfen, gab es zwar nach wie vor, aber ihr Zahl schien zu schrumpfen – oder auf dieser Party nicht besonders stark vertreten zu sein.

»Nehmt ihr einen Spritz?« Paulina stand an der Bar, die die Cover Bandits aus Europaletten gebaut und mitten in der Scheune platziert hatten. Sie wedelte mit der Flasche in der

Hand, hob dann aber abwehrend die andere. »Ich bin hier nicht die Barkeeperin«, sagte sie lachend. »Ich habe nur zufällig die Flasche in der Hand. Und, na ja«, sie zwinkerte, »vermutlich fühle ich mich in der Nähe einer Bar am wohlsten.«

»Das Angebot nehmen wir aber gerne an«, erwiderte Kati.

»Zwei Spritz. Kommt sofort. Was ist mit euch, Mädels? Auch einen?«, sagte Paulina zu jemandem hinter ihnen.

»Da sind wir gerne dabei«, hörte Marie eine Stimme, die ihr vage vertraut vorkam.

Sie drehte sich um. »Oh. Hallo, Dr. Ritter«, sagte sie überrascht.

»Hallo.« Die Ärztin kniff für einen Moment die Augen zusammen, dann schnippte sie mit den Fingern, als sie sich erinnerte, und lächelte Marie an. »Sie sind Dr. Thalers Arzthelferin. Die, die dem kleinen Paul das Leben gerettet hat.«

»Hier kommen die Drinks«, unterbrach Paulina den Moment und schob vier Aperol über den Tresen.

»Zum Wohl«, sagte Dr. Ritter. »Schön, Sie wiederzusehen.« Sie nippte an ihrem Getränk. »Auf eine Party zu gehen und sich zu siezen ist allerdings ziemlich albern, oder? Ich bin Anna.«

»Marie. Und das ist meine Freundin Kati«, stellte Marie sich selbst und ihre Freundin vor. »Sie ist übrigens Pauls Erzieherin.«

»Und ich bin Greta«, sagte die vierte Frau. »Annas Cousine.«

Sie stießen an.

»Hier ist ganz schön was los«, stellte Greta mit einem Blick auf die Feiernden auf der Wiese fest. »Die Band ist wirklich cool.«

Anna lachte zustimmend. »Ich bin echt froh, dass Simon mich eingeladen hat. Dabei habe ich im ersten Moment echt gezögert.«

Marie, die gerade ihr Glas gehoben hatte, um einen Schluck zu trinken, erstarrte für einen Moment. Ihr Drink schwebte vor ihr in der Luft. Simon hatte die Ärztin aus Oberstdorf eingeladen? Natürlich, rief sie sich innerlich selbst zur Ordnung. Warum wäre sie sonst hier. Und warum sollte er sie auch nicht einladen? Sie löste sich aus ihrer Erstarrung. Ihre Reaktion war wirklich lächerlich. Anna war eine attraktive, erfolgreiche Frau. Nett. Mitfühlend. Und auf einem beruflichen Niveau mit Simon. Das Ganze sollte nicht so einen schalen Nachgeschmack bei ihr hinterlassen, den sie überhaupt nicht einordnen konnte.

Marie trank einen Schluck in der Hoffnung, diese merkwürdigen Gedanken zu vertreiben, und schloss sich der kleinen Gruppe an, die sie an der Bar gebildet hatten, als sie entschieden, wieder nach draußen zu gehen und sich weiter das Konzert anzusehen.

Marie sah, wie Simons Blick den der Ärztin traf, und er ihr ein Lächeln schenkte, das sie sehr an das erinnerte, das er noch vor ein paar Minuten für sie übriggehabt hatte.

Dann glitt sein Blick weiter, vorbei an Greta und Kati, bis er auf ihren traf. Sie sah, wie sich seine Augen für einen Moment vor Überraschung weiteten und zu Anna zurückkehrten. Marie trank noch einen großen Schluck von ihrem Spritz. Er hatte also sowohl die Ärztin als auch Marie eingeladen und war jetzt überrascht, sie zusammen vor der Bühne stehen zu sehen.

Was dachte sie denn da? Innerlich verdrehte sie die Augen über sich selbst wie Emil, wenn sie ihn daran erinnerte, seine Zähne vor dem Schlafengehen zu putzen. Sie hatte sein Lächeln völlig falsch gedeutet. Simon war kein Typ, der mit den Frauen spielte. Er hatte Anna eingeladen, weil er ganz eindeutig an ihr interessiert war. Marie hatte er nur aus Höflichkeit gefragt, ob sie zur Party kommen wollte. Offenbar litt er noch immer an seinem schlechten Gewissen und versuchte krampfhaft, mit ihr befreundet zu sein. Und, verdammt noch mal, weil jeder Waldkircher hier zu sein schien. Die Party ihr gegenüber nicht zu erwähnen, wäre einer Ausladung gleichgekommen.

Warum nur machte sie sich überhaupt diese Gedanken? Das war völlig unnötig. »Ich hole uns noch einen Spritz«, sagte sie und sammelte die fast leeren Gläser ein. Diesmal fand sie Paulina nicht an der Bar, also mixte sie die Drinks selbst und balancierte sie wieder nach draußen.

Die Stimmung um die Scheune hatte sich verändert. Die Songs waren folkiger geworden. In der Dämmerung, die hereingebrochen war, kamen die Lichterketten und Kerzen noch besser zur Geltung. Die Feuerschalen, die überall verteilt waren, sorgten für die perfekte Lagerfeuerstimmung. Die Band hatte einen langsameren Song gespielt, der jetzt von »Belong together« abgelöst wurde. Kati, Greta und Anna tanzten gut gelaunt auf der Stelle, die sie sich vor der Bühne erobert hatten. Marie balancierte die Getränke zu ihnen. Das Tanzen und Mitsingen sorgte dafür, dass noch mehr ihrer Anspannung von ihr abfiel. Sie genoss den Moment. Als Greta und Kati anfingen, von Bandleader Korbi zu schwärmen und von ihrem Platz vor der Bühne aus begannen, mit ihm zu flirten, musste sie so lachen, dass ihr die Tränen in die Augen schossen.

Sie vollführte eine fröhliche Drehung – und ihr Blick blieb an zwei Neuankömmlingen hängen, die am Rande der Menge standen. Marie stolperte erschrocken über ihre eigenen Beine und konnte sich gerade noch halten, bevor sie stürzte. Das Blut gefror ihr in den Adern. Ihr ganzer Körper schien plötzlich wie gelähmt, was ein schreckliches Gleichnis war. Aber genau so fühlte sie sich.

Anna lachte und zog sie wieder in die Senkrechte. »Hoppla«, rief sie über den Lärm der Musik hinweg. »Das war wohl ein Schluck zu viel.« Grinsend wies sie auf Maries fast leeres Glas.

»Vielleicht«, murmelte sie und richtete den Blick schon wieder an den Rand der Gästegruppe. Sie standen noch genau an derselben Stelle. Mila, die sie zwischen den Tanzenden hindurch wie immer böse anfunkelte. Und vor ihr, im Rollstuhl: Nikola.

Scheiße! Marie schluckte trocken. Das war das erste Mal seit vierzehn Jahren, dass sie sich persönlich sahen. Bei ihrem letzten Aufeinandertreffen hatte Nikola noch in ihrem Krankenhausbett gelegen.

Ihre Blicke trafen sich. Marie konnte Nikolas Gesichtsausdruck nicht lesen. Aber etwas begriff sie, als die andere begann, ihren Rollstuhl über den unebenen Rasen zu schieben und die Menge sich vor ihr teilte, um sie durchzulassen: Nikola hielt direkt auf sie zu. Und das ganz sicher nicht, weil sie sich den besten Platz vor der Bühne erobert hatten.

Marie wich einen Schritt zurück. Dann noch einen. Sie war nicht bereit für eine Konfrontation mit Nikola und ihrer treuen Soldatin. Denn genau so wirkte Mila, die mit geradem Rücken hinter dem Rollstuhl ihrer Freundin herging.

»Hey. Alles klar?«, fragte Kati, als Marie beim nächsten Schritt nach hinten gegen sie stieß.

»Ja. Nein. Sorry«, stammelte sie. »Tut mir echt leid, aber ich muss jetzt …« Sie wies mit dem Daumen über die Schulter in Richtung Fannys Haus. »Wir sehen uns.« Sie stellte ihr Glas auf einem der Biertische ab und trat die Flucht an.

*

Simon genoss es immer, die Gitarre umzuhängen und die Finger über die Saiten gleiten zu lassen. Er wollte kein Profimusiker sein. Um Himmels willen! Nie im Leben! Auch wenn Korbi ihnen in Teenagerzeiten von der großen Karriere vorgeschwärmt hatte, die sie eines Tages machen würden. Aber selbst ohne den Promistatus und ohne seinen Lebensunterhalt als Musiker zu verdienen, genoss er es, dass so viele Leute gekommen waren und auf ihrer Party Spaß hatten.

Die Cover Bandits hatten wirklich einen guten Abend. Alles lief wie am Schnürchen. Er hatte sich gefreut, als er Marie und Kati entdeckt hatte. Er konnte nicht leugnen, dass ihm Maries kurzer Jeansrock und die rote Haarmähne, die über ihren Rücken fiel, aufgefallen waren. Aber vor allem hatte er bemerkt, dass sie offener wirkte als sonst. Als sie »Despacito« gespielt hatten, hatte er zu ihr hinübergeschaut. Irgendwie hatte er nicht mehr wegsehen können, also hatte er ihren Blick mit einem Lächeln gehalten.

Marie kurz darauf gemeinsam mit Anna zu sehen, hatte ihn im ersten Moment überrascht. Aber es hatte ihn gefreut, dass die Ärztin seiner Einladung gefolgt war, ihn anstrahlte, tanzte und klatschte. Sie konnte sogar auf zwei Fingern pfeifen. Was Simon wirklich sexy fand.

Irgendwann hatte er Marie aus dem Blick verloren, aber Anna feierte mit einer Freundin das komplette Set. Als der Auftritt endete, angelte sich Simon ein Bier, das in einer der Zinkwannen auf Eis gelegen hatte, und hielt ein bisschen Small Talk mit ein paar Freunden, die ihn am Bühnenrand abfingen.

Dann entdeckte er Nikola und Mila und ging zu ihnen rüber. »Schön, dass ihr gekommen seid«, begrüßte er die beiden, bevor er sich herunterbeugte, um Nikola in ihrem Rollstuhl zu umarmen, um dann das Ganze bei Mila zu wiederholen.

»Die Show war grandios.« Nikola grinste ihn an und hielt ihm ihren Hugo entgegen, um mit ihm anzustoßen.

»Danke.« Simon erwiderte das Lächeln und stieß mit den beiden an.

Mila gab sich mal wieder wortkarg, wie sie es ihm gegenüber in letzter Zeit öfter tat. Ganz so, als habe sie ihm immer noch nicht verziehen, dass sie Marie eingestellt hatten. Sie stand wie ein Bodyguard hinter Nikolas Rollstuhl und scannte die Umgebung. Wahrscheinlich hielt sie genau wie Simon nach Marie Ausschau – nur aus einem anderen Grund.

»Euch hat der Auftritt also gefallen?«, nahm er das Gespräch wieder auf.

»Ich bin froh, dass ich mir die Zeit freigeschaufelt habe«, sagte Nikola. »Im Moment ist ziemlich viel los im Olympiastützpunkt. Dazu die Vorbereitungen für die Qualifikation der Rollstuhl-Basketball-Nationalmannschaft.« Sie seufzte. »Aber die liegen gebliebene Arbeit war den Abend echt wert.«

Simon zwinkerte ihr zu. »Ich habe gehört, dass es da einen gewissen Max geben soll, der dich ebenfalls ganz schön von der Arbeit abhält«, zog er Nikola auf. Einerseits, weil er neugierig war und andererseits, weil er sichergehen wollte, dass dieser Typ, den keiner von ihnen kannte, gut genug für seine Freundin war. Nach dem Unfall hatte Nikola lange gebraucht, um ins Leben zurückzufinden und einen neuen Weg einzuschlagen. Sie war sehr vorsichtig gewesen, wenn es um Männer ging, und hatte lieber einmal zu oft den Rückzug angetreten, statt sich die Finger zu verbrennen.

»Ihr seid solche Tratschtanten.« Nikola verdrehte die Augen. Aber das Funkeln in ihrem Blick und das Rot, das sich in ihre Wangen stahl, sprachen Bände.

»Bring ihn beim nächsten Stammtisch einfach mal mit. Dann müssen wir nicht mehr über ihn reden.«

»Pff.« Nikola verzog das Gesicht, bevor sie noch einmal die Augen verdrehte. »Könnte sein, dass ich mich ernsthaft für ihn interessiere. Was bedeutet, dass ich ihn auf keinen Fall mit euch zusammenbringen werde. Wenn er sieht, was für Freunde ich habe, tritt er vermutlich sofort die Flucht an.« Sie wedelte mit ihrem leeren Glas. »Mila, sollen wir uns noch einen Drink holen?«, fragte sie über ihre Schulter.

»Gute Idee.« Mila, die stumm, mit verschränkten Armen neben ihnen gestanden hatte, kam in Bewegung.

Simon hob seine Bierflasche zu einem kleinen Gruß. »Bring den Kerl vorbei, bevor wir ihn online stalken und ihm Nachrichten auf Instagram schreiben«, sagte er noch einmal, als Nikola lachend ihren Rollstuhl wendete.

Simon drehte sich um. Er konnte Marie nicht entdecken. Aber vermutlich war sie noch nicht so weit, sich in Nikolas Nähe aufzuhalten. Dafür entdeckte er Anna und ging zu ihr hinüber. »Wie schön, dass du es geschafft hast«, begrüßte er sie. »Ich freue mich, dass du meine Einladung angenommen hast.« Er umarmte sie auf eine lässige, freundschaftliche Art und wandte sich dann an ihre Freundin. »Hallo, ich bin Simon.«

»Greta.« Sie lächelte ihn über ihren Aperol hinweg an.

»Annas Cousine, richtig?«, bemühte er sich, die Puzzleteile ihres Kaffeegesprächs ins Gedächtnis zurückzurufen.

»Genau.« Sie zwinkerte ihm zu. »Du bist echt aufmerksam.«

So richtig aufmerksam offenbar doch nicht, denn er ließ während des Gesprächs den Blick über die Partygäste gleiten, konnte Marie aber immer noch nicht entdecken.

»Ihr seid wirklich toll gewesen.« Anna hob ihr Glas, und

Simon stieß mit ihr an. »Danke. Weißt du, wo Marie abgeblieben ist?«

Anna verzog entschuldigend das Gesicht. »Leider nicht. Ich glaube, sie hat gesagt, dass sie gehen müsse. Kann man die Cover Bandits für Events buchen?«, lenkte sie ihn wieder auf das ursprüngliche Thema zurück.

Simon rieb sich über den Nacken. »Ehrlich gesagt treten wir nicht besonders häufig auf. Die Banditen-Party und der Waldkircher Sommer sind gesetzt. Dann schaffen wir es hin und wieder, auf der Hochzeit oder einem Geburtstag von Freunden zu spielen. Mehr ist zeitlich meistens nicht drin.«

»Wie schade.« Anna trank einen Schluck Aperol und strahlte ihn an. »Dann werden aus euch also keine Profis, mit denen man angeben kann. Oder noch besser: ein Geheimtipp, den man weiterempfehlen kann.«

»Nein.« Simon lachte. Er konnte aber trotzdem nicht aufhören, den Blick über die Menge schweifen zu lassen. Dann dachte er an seine Begegnung mit Mila und Nikola. Waren die beiden vielleicht der Grund, aus dem sich Marie zurückgezogen hatte?

»Wie findest du das?«

»Hmm?« Er konzentrierte sich wieder auf Anna und ihre Cousine. »Entschuldigt bitte. Ich war gerade abgelenkt.«

»Ich habe mich gefragt, ob ihr darüber nachdenken würdet, die Scheune für Events zu vermieten. Wenn ihr keine Probe habt, steht sie ja leer, oder? Bei all dem Platz hier und dem urigen Ambiente …«, wiederholte Anna ihre Idee.

Überrascht sah Simon sie an. »Daran hat noch niemand von uns gedacht. Aber die Idee ist tatsächlich ziemlich genial. Ich werde den Jungs erzählen, dass ich eine wirklich schlaue Frau kennengelernt habe.«

Simon holte sich ein zweites Bier und plauderte weiter mit den beiden. Als sich die ersten Gäste verabschiedeten, machten auch Anna und Greta Anstalten, aufzubrechen.

Simon schenkte der Ärztin noch einmal das Lächeln, von dem seine Schwester immer behauptete, dass es superpeinlich war – was geschwisterpsychologisch betrachtet im Umkehrschluss bedeutete, dass es gut bei den Frauen ankam. »Wie sieht es denn mit unserem Hunde-Date aus?«, fragte er Anna. »Sollen wir uns am Wochenende treffen und im Anschluss an den Spaziergang noch etwas essen gehen?«

Annas Lächeln verlor ein wenig von seiner Strahlkraft, auch wenn es nicht ganz verschwand. »Hör mal.« Sie zog ihn ein Stück zur Seite, und Simon lehnte sich unter den Lichterketten gegen die Scheunenwand, die noch immer die Wärme des Tages speicherte. »Vielleicht sollten wir das lassen.«

»Okay.« Irritiert kratzte sich Simon am Kopf. »Ich dachte …«

»Du dachtest, du lädst mich hierher ein und schaust mal, ob ich in deine Welt passe, bevor du mich um ein richtiges Date bittest.«

»Ähm …« Simon spürte, wie seine Ohrspitzen Feuer fingen. »Ich hatte den Eindruck, die Party gefällt dir«, sagte er das Erste, das ihm durch den Kopf ging.

»Ja, es ist tatsächlich ziemlich cool hier. Und du bist ein echt interessanter Typ, den ich unter anderen Umständen gerne näher kennengelernt hätte.«

»Was stimmt denn mit den aktuellen Umständen nicht?«, fragte Simon. Diese Frau begann, ihn ein wenig zu verwirren.

»Was nicht stimmt? Ich bin nicht die Frau, für die du dich tatsächlich interessierst.«

»Was? Hier ist sonst niemand, mit dem ich vor ein paar Tagen einen Kaffee getrunken habe und die ich dann für heute Abend eingeladen hätte«, widersprach er Anna. Ihre Unterstellung ärgerte ihn ein wenig. »Ich bin nicht der Typ, der Spielchen spielt.«

»Das hoffe ich. Vielleicht bist du dir selbst noch nicht bewusst, dass deine Aufmerksamkeit praktisch an Marie klebt. Sobald sie in deiner Nähe ist, vergisst du alles andere um dich herum.«

»Oh.« Simon lachte verlegen und winkte ab. »Da kann ich dich beruhigen. Das ist nicht so wie du denkst. Marie und ich, wir sind nur Freunde. Das mit uns ist eine ganz besondere Geschichte«, verteidigte er sich und seine Freundschaft mit Marie. »Ich unterstütze sie nur ein wenig. Sie hat keinen leichten Stand in Waldkirch. Wenn ich nach ihr schaue, dann nur, weil ich sichergehen will, dass es ihr gut geht.«

»Mag sein.« Anna trank den letzten Schluck ihres Aperols. »Aber das zwischen euch sieht nach etwas Komplizierterem aus als ein bisschen Unterstützung einer Freundin. Sie und du … da liegt ganz schön viel Spannung in der Luft. Und die lässt sich nicht ignorieren.«

Er zog die Brauen hoch und sah sie ungläubig an.

»Ich kann diesen Vibe zwischen euch jedenfalls nicht übersehen«, korrigierte sie sich. »Wir können gerne mal eine Runde mit den Hunden drehen«, schlug sie vor. »Als Freunde und Kollegen. Wir werden ja durch deine Diabetologen-Weiterbildung sowieso viel miteinander zu tun haben. Aber ich bin nicht der Typ Frau, der die zweite Geige spielt. Mit dieser Rolle sollte sich keine Frau jemals zufriedengeben.« Sie erhob sich auf die Zehenspitzen und küsste ihn auf die Wange. »Mach's gut.«

Simon sah ihr nach, als sie zwischen den verbliebenen Gästen ihre Cousine suchte. Er schüttelte den Kopf. Was war das denn gerade gewesen?

Er überlegte, Anna nachzugehen und ihr noch einmal zu versichern, dass zwischen ihm und Marie wirklich nichts lief, als Sanna ihn abfing. »Hast du mitbekommen, dass Marie die Party fluchtartig verlassen hat?«

War Marie eigentlich das Thema des Abends? Simon blickte in die Richtung, in die Anna gegangen war, konnte sie aber nirgends mehr entdecken. »Ich habe so was in der Richtung gehört«, sagte er.

»Du solltest mit ihr reden«, bestimmte seine Schwester, als ob er das nicht sowieso getan hätte.

»Klar«, gab er zurück. »Aber erst mal bauen wir hier ab. Danke, dass du da gewesen bist, Schwesterchen.«

Die Cover Bandits hatten für diesen Abend nur geplant, das Nötigste aufzuräumen und den Rest am Samstag in Ruhe zu erledigen. Trotzdem dauerte es noch eine ganze Weile, bis sie so weit waren. Dann schaffte Simon es nicht, ein letztes Bier mit seinen Kumpels auszuschlagen. Und als er sich endlich auf den Weg machen konnte, war es richtig spät geworden.

Er hatte darüber nachgedacht, nach Hause zu radeln und am nächsten Tag in Ruhe mit Marie zu sprechen. Aber ob er nun auf direktem Weg in den Ort fuhr oder den kleinen Umweg über Fannys Haus in Kauf nahm, spielte auch keine Rolle mehr.

Das Brunner-Haus lag im Dunkeln. Nur in einem Zimmer im Obergeschoss brannte noch Licht. In dem Moment, in dem Simon sein Rad anhielt, ging jemand am Fenster vorbei, und er erkannte Marie in der Silhouette, die durch den Lichtkegel der Lampe glitt. Sie war also noch wach.

Simon zog sein Handy aus der Tasche. An der Tür zu klopfen würde das ganze Haus aufwecken. Ein Anruf vielleicht ebenso, wenn sie ihr Handy nachts nicht auf Stumm schaltete. Er begann, ihr eine Nachricht zu tippen.

Simon:
Hey, Marie, ist alles okay bei dir?
Ich habe mir Sorgen gemacht,
weil du verschwunden bist.
Ich wollte nur sichergehen,
dass du gut nach Hause gekommen bist.
Vielleicht können wir morgen
oder so mal reden.

Er fuhr sich durch die Haare. Was für einen Mist schrieb er hier eigentlich? Und warum lungerte er vor ihrem Haus herum? Marie war eine erwachsene Frau, die eine Party verlassen konnte, wann auch immer sie wollte. Sie war offensichtlich gut zu Hause angekommen. Und er hatte kein Interesse an ihr. Die Antworten, die er als Freund von ihr brauchte, hatte er gerade bekommen. Sie würde es mit Sicherheit nicht besonders cool finden, wenn er ihr mitten in der Nacht so merkwürdige Nachrichten schrieb.

Entschlossen löschte er den Text, schob das Handy wieder in die Tasche und lenkte sein Rad Richtung Waldkirch.

15

Vor 14 Jahren

Mila:
»Servus Leute. Ihr habt nur
meine Mailbox erreicht.
Ich ruf euch zurück, wenn ihr mir sagt,
was ihr wollt. Versprochen.
Ciao Kakao!«

Nikola:
»Mila? Geh ran! Bitte! Bitte bitte bitte!«

Marie war das Gegenteil ihrer Mutter. Darauf hatte sie immer geachtet. Denn eigentlich hatte sie schon früh gemerkt, dass man mit Flirten bei Männern viel erreichen konnte. Man konnte sich viele Wünsche erfüllen, wenn man die Wünsche der Männer erfüllte. Aber genau das würde Marie nicht tun. Das hatte sie sich geschworen, daran hatte sie sich gehalten – und das würde sich auch in Zukunft nicht ändern. Natürlich hatte sie ein paar Erfahrungen gesammelt, ein bisschen rumgeknutscht, ein wenig gefummelt. Aber sie würde mit keinem Jungen schlafen, in den sie nicht ernsthaft verliebt war. Man wird nur einmal zur Frau, sagte Fanny immer. Und dieser Moment sollte etwas Besonderes sein. Sie würde das nicht, wie ihre Mutter, einfach wegwerfen.

Das Dumme war nur, dass sie den Jungen, mit dem sie diesen Moment gern erleben wollte, nicht haben konnte. Anton Wolff.

Sie war schon so lange heimlich in ihn verliebt. Niemand wusste von ihrer Schwärmerei für ihn. Sie hatte es nur ihrem Tagebuch anvertraut. Wahrscheinlich ahnte Fanny etwas, aber sie hatte Marie nie darauf angesprochen.

Anton war wundervoll. Er spielte Fußball wie ein Gott. Seine Haare sahen immer auf eine Weise zerzaust aus, die dazu einlud, mit den Fingern hindurchzufahren, und sein liebevolles Lächeln raubte einem den Atem. Es war nie für sie bestimmt, aber sie hatte es oft genug in seinem Gesicht gesehen. Immer dann, wenn er seine Freundin Nikola damit bedacht hatte. Die beiden waren das Traumpaar ihrer Schule gewesen, auch wenn Anton seinen Abschluss bereits vor zwei Jahren gemacht hatte und in Kempten Tourismus-Management studierte, um später in die Hotels seines Vaters einsteigen zu können.

Ihr Traum würde nie in Erfüllung gehen. Darüber hatte sie sich keine Illusionen gemacht. Und doch rollte Antons Motorrad gerade neben ihr her. Marie war sich nicht ganz sicher, ob sie in der heißen Sommersonne angefangen hatte zu halluzinieren, denn er hob das Visier seines Helmes und grinste sie breit an.

»Hey, Marie, wohin bist du unterwegs?«, rief er ihr zu.

»N… nach Hause.« Stotterte sie? Verdammt. Der großartige Typ aus ihren Fantasien redete nie mit ihr. Und jetzt, wo er es tat, brachte sie keine anständige Antwort zustande. Hitze kroch ihr in die Wangen. Fantastisch. Das Rot in ihrem Gesicht biss sich zu tausend Prozent mit dem ihrer Haare. »Bus verpasst«, schob sie die Erklärung hinterher, warum sie zu Fuß unterwegs war.

»Soll ich dich ein Stück mitnehmen?«, stellte Anton die nächste unglaubliche Frage.

»Ähm … ich …« Marie blieb stehen und deutete auf ihren Kopf. Wenn sie ihr Sprachzentrum nicht gleich wieder zum Laufen brachte, hatte sie die vermutlich einzige Chance, überhaupt mit ihrem Traummann zu reden, in den Sand gesetzt.

Anton hielt seine Maschine an. Die Füße links und rechts des Motorrades auf den Boden gestellt, zog er seinen Helm vom Kopf. Seine Haare. O. Gott. Sie wollte ihre Hände durch diese verstrubbelte Mähne gleiten lassen.

Marie senkte den Blick auf ihre Fußspitzen. Es war offiziell: Sie war durchgedreht.

»Ich habe einen zweiten Helm«, sagte Anton, und Marie sah wieder auf. »Na komm.« Er zwinkerte ihr zu. »Ich bring dich nach Hause.«

Er hatte ihr zugezwinkert. Maries Herz begann wie wild zu klopfen. Sie hatte keine Ahnung, was hier gerade passierte. Anton hielt ihr einen Helm entgegen und trat dann den Kickstarter seiner Enduro durch. Mit zitternden Knien stieg sie hinter ihm auf. Sie hatte keine Ahnung, wo sie sich festhalten sollte. Ob sie vielleicht gleich runterfallen würde. Bis jetzt hatte sie noch nie auf so einer Maschine gesessen. Sie hatte noch nie das starke Vibrieren des Motors unter sich gespürt. Falls sie also sterben sollte, weil sie von Antons Motorrad fiel, wäre das absolut in Ordnung.

»Festhalten«, sagte Anton, bevor er seinen Helm wieder aufsetzte.

»Okay.« Marie hatte keine Ahnung, wo. Also krallte sie ihre Finger in den Jeansstoff an ihren Oberschenkeln.

Anton wandte den Kopf und sagte etwas, das sie durch ihre beiden geschlossenen Visiere nicht verstand. Und dann waren da seine Hände, die nach hinten griffen und ihre Arme vorzogen.

Um seinen Oberkörper herum, bevor er sie auf seinem Bauch verschränkte.

Maries Herz fühlte sich an, als setze es einen Schlag aus, bevor es sich an einem Looping versuchte. Ihre Brust wurde gegen seinen Rücken gedrückt. Ihre Oberschenkel lagen an seinen. Okay, auf diese Weise würde sie nicht vom Motorrad fallen und sterben. Ihr würde noch verdammt viel Lebenszeit bleiben, um diesen epischen Moment wieder und wieder vor ihrem inneren Auge ablaufen zu lassen.

Anton fuhr sie nach Hause und setzte sie mit einem weiteren Zwinkern und einem »Man sieht sich« auf Fannys Hof ab. Nur um am nächsten Tag wieder neben ihr aufzutauchen und einen draufzusetzen, indem er sie küsste. Kein wilder, alles verzehrender Kuss. Er war viel zarter, voller Versprechen. Als sie ihm den Zweithelm reichte, zog er sie an ihrem Handgelenk zu sich heran, beugte sich zu ihr und ließ ohne Vorwarnung seine Lippen über ihre gleiten. Es war … als hätte Marie einen Blick ins Paradies geworfen.

Als Anton seine Enduro auch am dritten Tag neben ihr aufheulen ließ, wurde Maries Glück langsam von der Frage abgelöst, was Anton von ihr wollte.

Und als könnte er ihre Gedanken lesen, schenkte er ihr ein breites Grinsen und fragte: »Hast du ein bisschen Zeit für mich? Ich würde dir gern was zeigen.«

Marie zögerte einen Moment, dann nickte sie. Wahrscheinlich würde sie so am ehesten erfahren, was das hier sollte. Es fühlte sich bereits wie eine kleine Routine an, den Helm aufzusetzen und sich an Anton zu schmiegen, nachdem er den Motor gestartet hatte. Sie liebte es, sich gemeinsam mit ihm in die Kurven zu legen, den Wind zu spüren. Ihre Bedenken verschwanden schnell, als sie sich die Serpentinen in die Berge hinaufschraubten und schließlich von der asphaltierten Straße auf einen ausgewaschenen Wirtschaftsweg abbogen. Anton drosselte das Tempo. Langsam holperte die Enduro durch den Wald, bis sich vor ihnen eine kleine Lichtung öffnete, die einen atemberaubenden Blick auf das Tal bot. Das war der schönste Ort, den Marie jemals gesehen hatte. Absolut überwältigend. Erst als Anton das Motorrad neben einer sonnengebleichten grauen Schindelwand hielt, nahm Marie das Gebäude zu ihrer Rechten wahr. Es sah schäbig aus und windschief und passte kein bisschen zu diesem wunderschönen Ort.

Anton nahm seinen Helm ab und gab ihr ein Zeichen abzusteigen. Marie kletterte vom Soziussitz und löste ihren Helm ebenfalls. Und plötzlich begriff sie: Das war die Hütte. Die *Hütte. Der Ort, von dem sie schon oft gehört hatte, ohne jemals hierher eingeladen gewesen zu sein. Hier wurden die legendärsten Partys gefeiert. Hier wurde getrunken und ab und zu gekifft. Hier hatten einige ihrer Mitschülerinnen und Mitschüler ihre Unschuld verloren. O Gott! War es das, was Anton vorhatte?*

Sie wirbelte zu ihm herum, doch er saß, noch immer breitbeinig die Füße auf dem Boden, auf seiner Maschine und grinste sie jungenhaft an. »Cool, oder?«, fragte er, und Marie hatte das Gefühl, dass es ihm wichtig war, dass ihr dieser Ort gefiel.

»Es ist absolut bezaubernd«, antwortete Marie. Du bist bezaubernd, schossen die Worte durch ihre Gedanken, doch sie biss sich auf die Zunge, um sie nicht laut auszusprechen.

Sie legte den Helm auf die verwitterte Holzbank neben der Tür und lief das kleine Stück bis zum Rand der Lichtung, wo die Wiese in einer beinahe senkrechten Felskante endete, und betrachtete das Tal unter sich. Anton konnte sie hinter sich spüren, noch bevor er etwas sagte. Er trat nah an sie heran. Und im nächsten Moment schob er seine Hände um ihre Taille, so wie sie es in den letzten Tagen getan hatte, wenn sie hinter ihm auf sein Motorrad gestiegen war.

Ihre Augen fielen zu, als er eine Hand wieder löste, um ihre Locken zur Seite zu streichen. »Deine Haare sind der Hammer«, murmelte er, und Marie konnte seinen heißen Atem auf ihrer Haut spüren. Dann glitten seine Lippen über ihre Halsbeuge.

Ihre Augen klappten zu. Eine erwartungsvolle Gänsehaut breitete sich auf ihrem Körper aus, und die Schmetterlinge in ihrem Bauch tanzten so wild, dass Marie schwindlig wurde. Dann zog Anton sie mit einer sanften, aber bestimmten Bewegung an sich. Ihr Rücken an seine Brust. Ihr Po an seinen … erschrocken zuckte sie zusammen und löste sich von Anton. Für einen Moment hatte sie das hier genossen, und sie vermutete, dass er sie nur hierhergebracht hatte, um … jedenfalls war er ziemlich erregt, wie er sie gerade hatte merken lassen. »Anton.« Sie hob abwehrend die Hände, als sie einen Schritt zurück machte und er ihr mit diesem selbstbewussten Grinsen folgte. »Ich kann das nicht. Nikola … ich …« Na super. Sie hatte sich nicht nur in eine äußerst fragwürdige Situation manövriert, das Stammeln war ebenfalls zurück.

»Keine Sorge.« Anton griff nach ihrer erhobenen Hand und zog sie wieder an sich. Strich mit den Fingerspitzen über ihrem Shirt an ihrer Wirbelsäule hinauf. Sein Zeigefinger glitt unter ihr Kinn und hob es leicht an, sodass sie sich in die Augen sahen. »Nikola und ich sind Vergangenheit.«

»Ihr … was?« Erschrocken riss Marie die Augen auf.

»Nikola und ich sind nicht mehr zusammen. Heute und hier gibt es nur dich und mich.« Seine Lippen glitten über ihre. »Nur uns beide.« Seine Zungenspitze stupste gegen ihre Unterlippe, und sie öffnete sich ihm ganz automatisch. »Nur das, was wir wollen.« Er vertiefte den Kuss. Schürte die Leidenschaft mit seinen Händen, die über ihren Körper glitten und Spuren aus Feuer

hinterließen, wo auch immer er sie berührte. »Bist du dabei?«, flüsterte er an ihren Lippen. Er eroberte sie erst im nächsten tiefen Kuss, als sie nickte. »Gut«, murmelte er grinsend an ihrem Mund. »Das ist sehr gut.«

Marie bekam keine Chance, in Panik auszubrechen oder sich Gedanken darüber zu machen, dass ihr jegliche Erfahrung fehlte. Dazu war Anton einfach viel zu überwältigend. Er dominierte sie, das war ihr am Rande ihrer Gedanken klar. Aber sie wollte das hier. Sie wollte es so sehr. Sie wollte ihn so sehr. Dominanz bedeutete auch, dass er sie führen würde. Sie bemühte sich ständig, die Kontrolle zu behalten. Es war gut, sie eine Zeitlang abgeben zu können.

Ohne den Kuss zu unterbrechen, dirigierte Anton sie rückwärts in Richtung Hütte. Seine Hände umfassten ihre Brüste, rieben über ihrer Kleidung über die aufgerichteten Spitzen. Dann griff er nach dem Saum ihres Shirts, zog es ihr über den Kopf und ließ es hinter sich fallen. Sein Polohemd folgte, bevor er den Verschluss ihres BHs öffnete. Im nächsten Moment fiel er zu Boden.

»Können wir unsere Sachen einfach so …«, begann Marie, als sie die Spur aus Klamotten bemerkte.

»Keine Sorge«, raunte Anton an ihrem Ohr. »Hierher kommt niemand. Hier sind wir ganz allein.« Er beugte sich herunter, um ihre Brustspitze mit dem Mund zu umschließen. Marie stieß einen stummen Schrei aus und vergrub ihre Hände in seinen wunderschönen Haaren, um seinen Mund genau dort zu behalten, wo er war.

Als er sich wieder von ihr löste, schob er seine Hände unter ihren Po und hob sie hoch. Marie schlang ihre Beine um seine Mitte, und er trug sie zur Hütte. Die Tür war nicht abgeschlossen, und im nächsten Moment fand sie sich auf dem Rücken auf einer Matratze wieder. Im Raum war es dämmrig, und die Luft roch abgestanden. Staubkörnchen tanzten in den Sonnenstrahlen, die ihnen durch die Tür gefolgt waren. Aber das Laken unter ihr fühlte sich sauber an und duftete schwach nach Waschmittel. Erleichtert konzentrierte sich Marie wieder auf Anton. Der sie küsste, ihr die Jeans und ihr Höschen auszog und dann selbst aus seinen Klamotten schlüpfte. Das Kondom, das neben ihr auf die Matratze fiel, nahm sie kaum war, so gebannt war sie von Anton. Seine zerzausten Haare, die halb gesenkten Augenlider und seine vom Küssen geschwollenen Lippen. Sie nahm den Anblick seines muskulösen Körpers in sich auf, als könnte sie ihn so für alle Zeiten abspeichern.

»Bist du bereit?«, fragte er, und Marie zögerte.

Sie war sich nicht sicher, ob Anton noch mit ihr zusammen sein wollte, wenn sie jetzt sagen würde, dass es ihr erstes Mal wäre und sie auch sonst nicht besonders viel Erfahrung hatte – sie wollte diesen Moment nicht verschenken. Also zwang sie sich zu einem Lächeln, das in den Mundwinkeln ein wenig zitterte. »Ja«, hauchte sie.

»Cool.« Anton zog sich den Schutz über und schob ihre Beine ein wenig weiter auseinander. Dann positionierte er sich vor ihr – und stieß zu.

Schmerz blitzte für einen Moment hinter ihren Lidern auf, und Marie atmete zischend ein, während Anton verharrte.

»Heilige Scheiße«, murmelte er und hob den Kopf weit genug, um Marie in die Augen blicken zu können. »Habe ich dich gerade entjungfert?«

Unromantischer konnte ein Satz nicht sein. Aber was hatte Marie erwartet? Anton konnte schließlich nichts dafür, dass sie ihm das nicht verraten hatte. Sie spürte schon wieder die Röte, die sich über ihr Gesicht ausbreitete. Ihren Hals. Vermutlich ihren gesamten Körper. »Es tut mir leid. Ich …«

»Das muss dir nicht leidtun«, flüsterte er mit rauer Stimme und küsste sie erneut. »Das ist verdammt geil. Du bist verdammt geil.« Er bewegte sich vorsichtig in ihr, und als ihr Körper sich an ihn gewöhnt hatte, begriff Marie, warum die Gefühle, die durch ihr Innerstes tobten, in Liedern und Büchern gepriesen wurden. In ihr baute sich eine Energie auf, die sie nie zuvor gefühlt hatte. Sie blickte in Antons vor Leidenschaft angespanntes Gesicht. Sah dem Spiel seiner Muskeln zu und erschauerte unter dem heiseren Ton, mit dem er seine Geschwindigkeit steigert. »Du bist so heiß«, brachte er zwischen zusammengepressten Zähnen hervor. »Und so verdammt eng.« Im nächsten Moment bäumte er sich über ihr auf, und mit einem letzten Stoß erreichte er seinen Höhepunkt. »Wow. Das war echt der Hammer.« Sein Brustkorb hob und senkte sich unter seinen heftigen Atemzügen. Er zog sich aus ihr zurück und rollte sich neben ihr auf den Rücken.

Marie fühlte die Leere sofort. Das Gefühl, dass ihr Körper auf dem Weg zu etwas ganz Besonderem gewesen war, dieses Ziel jetzt aber nicht mehr erreichen würde. Unsicher, wie es weitergehen würde, warf Marie Anton aus den Augenwinkeln einen Blick zu. Er hatte einen Arm über seine Augen gelegt, aber um seine Lippen lag ein zufriedenes Grinsen. Was Marie ganz automatisch ebenfalls zum Lächeln brachte. Das erste Mal war nie besonders toll. Hörte man das nicht immer und überall? Beim zweiten Mal würde es schon besser werden. Wenn sie …

Ein Schatten fiel auf das Bett, und Marie zuckte erschrocken zusammen. Anton neben ihr hatte noch immer den Unterarm über den Augen und bekam nicht mit, wie das Mädchen, das die die Hütte offenbar so leise betreten hatte, dass sie beide nichts davon mitbekommen hatten, ihn anstarrte. Maries Shirt und BH in der Hand stand sie einfach nur da.

Marie rappelte sich auf und versuchte, sich mit dem Laken zu bedecken. »N… Nikola«, stammelte sie. »Was machst du hier?«

»Sollte ich das nicht dich fragen, Schlampe?« Ihre Stimme klang nicht so eiskalt, wie es die Worte annehmen lassen müssten. Sie klang verletzt und enttäuscht. Betrogen.

Immerhin bewirkten ihre Worte, dass auch Anton auffuhr. »Nicky! Was zur Hölle machst du hier?« Er riss an dem Laken und zerrte es, ohne Rücksicht zu nehmen, von Maries Körper, um sich selbst darin einzuwickeln.

»Müsste ich diese Frage nicht euch stellen?«, wiederholte sie. »Wobei ich zwei gesunde Augen im Kopf habe und auch so verstehe, was hier passiert ist. Ihr widert mich an.«

Marie hatte die Beine angezogen und den Blick gesenkt. Scheiße, was passierte hier gerade? Ehe sie ein Wort der Entschuldigung oder Rechtfertigung herausbrachte, trafen sie ihre Klamotten im Gesicht. »Fahrt zur Hölle!«, flüsterte Nikola heiser, machte auf dem Absatz kehrt und rannte aus der Hütte.

Marie presste sich ihr Shirt vor den Oberkörper und fuhr zu Anton herum. »Du hast gesagt, ihr habt euch getrennt«

Er zuckte mit den Achseln. »Vorübergehend, oder so.«

»Oder so?« Maries Stimme überschlug sich. Hatte sie gerade ihr erstes Mal mit einem Jungen gehabt, der seine Freundin mit ihr betrogen hatte? O Gott!

»Wir haben uns gestritten, wenn du es genau wissen willst. Nicky kann manchmal verdammt zickig sein.«

»Du hast mich … wegen eines Streits …« Marie presste die Hand auf ihren Brustkorb, weil sie das Gefühl hatte, ihr Herz würde gleich herausspringen, so heftig schlug es.

Anton war aus dem Bett gesprungen und war dabei, wieder in seine Klamotten zu schlüpfen. »Hör mal, ich will das jetzt nicht diskutieren. Kannst du dich anziehen, damit wir ins Tal zurückkönnen? Ich muss mit Nicky reden, okay?«

Er musste mit ihr reden. Marie schlüpfte in ihr Shirt und suchte den Rest ihrer Klamotten zusammen. So schnell es ihre zittrigen Finger erlaubten, zog sie sich an. Was hatte sie nur getan? Sie wollte so anders als ihre Mutter sein. Und jetzt hatte sie sich genau so verhalten wie sie.

Sie wartete nicht auf Anton und vor allem nicht darauf, dass er sie ins Tal zurückbrachte. Schließlich kannte sie sich hier gut genug aus, um allein nach Waldkirch zurückzukommen. Sobald sie in ihre Schuhe geschlüpft war, schulterte sie ihren Rucksack und rannte davon.

Doch so sehr sie sich beeilte, so schnell sie auch versuchte, vor diesem schrecklichen Nachmittag davonzulaufen, das Gewicht, das ihren Brustkorb zusammendrückte und ihr die Luft zum Atmen nahm, wurde schwerer und schwerer.

Marie fuhr mit einem Ruck aus dem Schlaf, noch immer bemüht, nicht an ihren Schuldgefühlen zu ersticken. Sie brauchte einen Moment, um aus diesem furchtbaren Albtraum ins Hier und Jetzt zurückzufinden. Ihre Hand glitt zu ihrem Brustkorb, und sie stieß ein heißeres Lachen aus. »Vizegraf«, murmelte sie und hob den Kater vorsichtig auf das Bett neben sich. »Kein Wunder, dass ich keine Luft bekommen habe. Du wirst jeden Tag schwerer.«

Das Tier blinzelte sie aus seinen gelben Augen träge an, bevor es sie wieder schloss und schnurrend den Kopf gegen Maries Seite presste.

Sie streichelte sein weiches Fell und wartete darauf, dass sich ihr Herzschlag beruhigte. Das Gewicht des Katers auf ihrem Brustkorb war vielleicht für ihre Atemnot verantwortlich –

für die Erinnerungen, die sie im Schlaf heimgesucht hatten, konnte er allerdings nichts. Das war der Tatsache geschuldet, dass sie Nikola zum ersten Mal seit vierzehn Jahren wiedergesehen hatte.

Der Traum von Anton, den sie damals gehabt hatte, war in Erfüllung gegangen. Und er war zu einem wahren Albtraum mutiert.

Da sie zu Fuß die Abkürzung ins Tal genommen hatte, hatte sie nicht mitbekommen, wie Nikola in ihrem Polo den Berg hinuntergerast war, während sie versucht hatte, ihre beste Freundin am Handy zu erreichen. Die Mischung aus zu hoher Geschwindigkeit, von Tränen verschwommener Sicht, gebrochenem Herzen und Unachtsamkeit durch das Telefon hatten sie zu schnell in eine der Spitzkehren einbiegen lassen. Sie hatte die Kontrolle über ihren Wagen verloren, die Leitplanke durchbrochen und war mehrere Meter tief gestürzt, bis ein paar Bäume sie gestoppt hatten. Die Rettungsaktion war dramatisch gewesen – und Nikola mit lebensbedrohlichen Verletzungen in eine Klinik geflogen worden.

Marie hatte davon erst am nächsten Tag erfahren, als Mila die Nachricht bereits auf dem gesamten Schulhof verbreitet hatte. Mit ihr als böser Hexe, die den armen Anton verführt hatte.

Marie setzte sich auf und griff nach der Wasserflasche, die neben dem Bett stand. Die Demütigungen, die sie aufgrund Nikolas Unfall über sich hatte ergehen lassen müssen, hätten das Schlimmste sein können, das ihr im Leben passiert war.

Doch das Schicksal schien bei ihr immer das Gefühl zu haben, noch eins oben drauf setzen zu müssen. In diesem Fall war das ein paar Tage später, als sie herausfand, dass sie wirklich die ganze Schule für die schreckliche Verführerin des armen Anton hielt. Bis auf Anton. Und die vier Kumpels, mit denen er gewettet hatte, dass er es innerhalb von drei Tagen schaffen würde, sie flachzulegen.

Marie blickte auf ihr Handydisplay. Halb vier. Sie wusste, dass sie in dieser Nacht keinen Schlaf mehr finden würde. Vorsichtig, um den Vizegrafen nicht zu wecken, stieg sie aus dem Bett, zog ihren Morgenmantel über und schlich ins Nähzimmer. Wenn sie schon wach war, konnte sie auch ein wenig arbeiten.

*

Annas Worte setzten sich in Simons Gehirn fest. Er schaffte es das ganze Wochenende über nicht aufzuhören, darüber nachzudenken. Sie schwirrten durch seinen Kopf, als seine Kumpels und er den Rest ihres Festes abbauten und die Scheune wieder in ihren Probenraum verwandelten. Eine Weile konnte er diese Gedanken zur Seite drängen, als er am Samstagnachmittag spontan beschloss, Gleitschirmfliegen zu gehen.

Aber als er und Schiller am Sonntag bei strömendem Regen in seinem Apartment festsaßen, hatte er ganz eindeutig zu viel Zeit, sich Gedanken über Marie zu machen. Er kam zu dem Schluss, dass Anna sich irrte. Er wollte Marie nur ein Freund sein. Ein guter, der ein bisschen von der Ungerechtigkeit der anderen wettmachte.

Vielleicht hatte Anna einfach nur versucht, ihm zu sagen, dass sie sich nicht noch einmal mit ihm treffen wollte. Aber auch das war okay für ihn. Anna war interessant, das Herz würde sie ihm allerdings nicht brechen. Die gemeinsame Tasse Kaffee hatte ihm Spaß gemacht, aber seine Herzfrequenz nicht erhöht. Das Gassi gehen mit den Hunden wäre ein Date gewesen, bei dem er noch einmal versucht hätte, die Chemie zwischen ihnen zu testen. Aber wenn er ehrlich zu sich selbst war, gab es mit Anna keine magische Anziehung, so wie zwischen seiner Schwester und Mats. Er mochte Anna. Er fand sie sympathisch und war beeindruckt von ihrer Arbeit. Und selbstverständlich war sie hübsch. Aber sie ließ keine Schmetterlinge in seinem Bauch flattern.

»Findest du dieses Wetter auch so nervig?«, fragte er Schiller, der sich mitten im Wohnzimmer auf dem Boden ausgestreckt hatte, um sich von dem Gedankenkarussell in seinem Kopf abzulenken.

Sein Hund schlug nur einmal mit dem Schwanz auf die Dielen. Zu mehr Reaktionen schien er im Moment nicht in der Lage zu sein.

Simon horchte in sich hinein, schüttelte dann den Kopf über sich selbst und goss sich noch einen Kaffee ein, den er am Fenster mit Blick in den strömenden Regen trank, den der heftige Wind gegen die Scheiben klatschte. Wahrscheinlich war wirklich nur dieses deprimierende Wetter an seiner Gedankenachterbahn schuld. Marie und er, das war jedenfalls nur Freundschaft. Sie faszinierte ihn. Aber er wollte lediglich für sie da sein, wenn sie seine Hilfe brauchte. Und Marie hatte ganz sicher ebenfalls kein Interesse an ihm. Sonst hätte er das längst gemerkt.

16

Waldkircher Landfrauen-Ratsch

Steiger Moni:
Ist bei euch alles in Ordnung?
Irgendwelche Schäden?

Faulhaber Gerda:
Die Tomaten sind geplatzt vor lauter Regen, aber sonst ist bei uns alles gut.

Müller Liesl:
Den Buchberger hat es ziemlich schlimm erwischt. Durch seinen Garten ist eine ganze Schlammlawine gewalzt.
Vom Hang bis auf die Straße.

Berger Ida:
Und an der Straße nach Oberstdorf hat es einen Baum entwurzelt. Lag quer über die Straße. Die Feuerwehr musste ausrücken, sonst wären wir praktisch von der Außenwelt abgeschnitten.

»Mama!«

Marie zuckte zusammen, und die Naht verrutschte unter ihren Fingern. Sie sprang von ihrem Stuhl auf, um ins Obergeschoss zu laufen, wo Emil gespielt hatte.

Fanny, die am Tisch neben ihr mit der Ausbesserung einer Engelbert-Strauss-Arbeitshose beschäftigt war, erhob sich ein wenig schwerfälliger. Marie hörte ihre langsameren Schritte auf der Treppe hinter sich, als sie das Obergeschoss schon erreicht hatte.

»Was ist los, mein Schatz?« Ihre Augen hatten Emils Körper, der im Türrahmen seines Zimmers stand, bereits auf dem Weg nach oben abgescannt und weder Blut noch sonstige Verletzungen festgestellt.

»Der Regen ist in meinem Zimmer«, sagte er.

Für einen Moment glaubte Marie, er meinte damit ein Fenster, das offen geblieben war. Aber als sie über die Schwelle trat, entschlüpfte ihr ein »Oh, verdammt!« Ihr Blick blieb an der Decke hängen. Mitten im Zimmer, neben dem Bett ihres Sohnes, tropfte ein stetes Rinnsal herab.

Dann hörte sie Fanny hinter sich. »Du lieber Himmel!« Sie legte die Hand an ihre Wange und seufzte.

Kaum hatten sie einen neuen Warmwasserboiler, hatte das Dach ein Leck. Was für ein verdammter Mist! Marie drängte sich an ihrer Großmutter und Emil vorbei, um die Decke im Flur und dann in Fannys und ihrem eigenen Zimmer zu überprüfen. »Bei dir ist auch schon ein Fleck an der Decke«, informierte sie ihre Großmutter. Den Blick nach oben gerichtet stemmte sie die Hände in die Hüften. »Das dürfte nur noch eine Frage der Zeit sein, bis es hier ebenfalls durchtropft.«

Fanny, die ihr abermals gefolgt war, ließ sich in ihren Ohrensessel neben dem Fenster sinken. »Wie sollen wir das nur hinbekommen? Manchmal habe ich das Gefühl, dass mir dieses Haus unter den Füßen auseinanderbricht.«

»Das werde ich nicht zulassen.« Marie hockte sich neben ihre Großmutter auf den Boden und griff nach ihren vom Alter gezeichneten Händen. »Kein Grund, in Panik zu verfallen«, beruhigte sie sie, obwohl sie sich selbst zwingen musste, nicht zu verzweifeln. »Ich versuche die Lecks zu stopfen. Und dann finde ich einen Weg, dieses Problem zu lösen.«

»Ach, Schätzchen.« Fanny ließ den Kopf sinken und lehnte ihre Stirn gegen Maries Scheitel. »Ich fand es furchtbar, dass meine angebliche Verwirrung der Grund für deine Rückkehr war. Aber ich bin sehr dankbar, dass du hier bist.«

Genau wie Marie, die sich nicht vorstellen wollte, wie ihre Großmutter allein hier saß und dem Regen dabei zusehen musste, wie er die Decke aufweichte. »Als Erstes stellen wir Eimer unter die Lecks. Dann schaue ich mir das Ganze mal von oben an«, fasste sie einen Plan. Den einzigen Plan, der in diesem Moment Sinn machte.

»Du willst aufs Dach? Das wirst du auf keinen Fall tun!« Fanny richtete sich entsetzt auf.

Marie strich ihr noch einmal beruhigend über die Hände. »Eine von uns wird es tun müssen.«

Als Maries Wecker am nächsten Morgen klingelte, war das Erste, was sie wahrnahm, die Stille, die sogar den penetranten Ton ihres Alarms übertönte. Der Regen hatte aufgehört. Durch den Spalt im Vorhang vor dem Fenster konnte sie erkennen, dass der Himmel noch immer grau war, aber wesentlich heller erschien als am Vortag. Sie hatten eine Galgenfrist bekommen.

Marie schaltete den Wecker aus und rollte sich auf den Rücken, um an ihre – trockene – Decke zu blicken. Sie war völlig erschöpft. Es hatte bis in die Nacht hinein durchgeregnet und gestürmt, und die beiden Lecks waren nicht die Einzigen geblieben. Insgesamt fünf Eimer hatten sie im Obergeschoss aufstellen müssen, um das Wasser aufzufangen. Sie hatte lange im Schuppen herumgekramt, um genug Folie zu finden, die sie über die kaputten Stellen ausbreiten konnte, und war dann im strömenden Regen auf das glitschige Dach geklettert, um die Löcher wenigstens notdürftig abzudecken. In der Dunkelheit und bei dem Unwetter ein höllisches Unterfangen, das ihr Herz vor Angst und Adrenalin hatte rasen lassen. Als sie die Stellen mehr oder weniger gut geflickt hatte, war sie an ihre Nähmaschine zurückgekehrt, um die Babydecke fertig zu machen, deren Versand sie ihrer Kundin für den nächsten Tag angekündigt hatte. Die Frau hätte sicherlich Verständnis für die Dachrettungsaktion gehabt und einen Tag länger auf ihre Bestellung gewartet, aber Marie wollte als zuverlässig gelten und ihre Termine einhalten, wenn das irgendwie möglich war. Neue Kunden akquirierte sie nicht nur über die Modelle, die sie auf ihrer Etsy-Seite präsentierte, sondern auch mit den Bewertungen der anderen Kunden. Und pünktlicher Versand war in diesen Fall unerlässlich.

Als sie schließlich völlig erschöpft ins Bett gefallen war, hatten ihre Gedanken keine Chance gehabt, zur Ruhe zu kommen, und sich in einer Endlosschleife um das leidige Thema Geld gedreht, das einfach übermächtig war, seit sie in das Haus ihrer Großmutter zurückgekehrt war.

Jetzt hatte sie das Gefühl, gerade einmal eine Stunde geschlafen zu haben. »Nützt alles nichts«, murmelte sie sich selbst Mut zu und setzte sich auf. Der Tag würde sicher anstrengend werden. Aber nach der Arbeit würde sie einen weiteren Versuch starten und das Dach mit einem neuen provisorischen Schutz ausstatten. Denn einen Dachdecker würde sie sich im Moment auf keinen Fall leisten können.

Als sie in die Praxis kam, warteten bereits zwei Akutfälle. Ein älterer Herr mit Verdacht auf eine Lungenembolie, der sich zum Glück nicht bestätigte, der aber trotzdem sofort mit einem Rettungswagen nach Oberstdorf gebracht wurde, und ein junges Mädchen, das mit einer Blinddarmentzündung ebenfalls in die Klinik musste.

Das Adrenalin, das die beiden Notfälle durch ihren Körper hatte rauschen lassen, ebbte langsam ab, und die Müdigkeit kehrte zurück, jetzt schlimmer als am Morgen, weil der Adrenalinschub ihr die letzten Energiereserven geraubt hatte. Sie hatte noch nicht einmal einen …

»Hey«, hörte sie Simon hinter sich, als sie im Funktionsraum Ordnung schaffte.

Marie drehte sich nach ihm um und entdeckte die dampfende Tasse in seiner Hand.

»Du siehst aus, als hättest du heute noch keinen Kaffee gehabt«, sprach er aus, was ihr gerade durch den Kopf gegangen war.

»O mein Gott.« Sie stieß ein gequältes Stöhnen aus. »Kaffee!«

Simon reichte ihr den Becher, und sie drückte dankbar seine Hand, als sie ihn entgegengenommen hatte und den Duft tief inhalierte. »Danke. Mir fällt wieder ein, warum es Lebenselixier heißt. Vielleicht ändere ich den Namen in Überlebenselixier.«

Simons Lippen verzogen sich zu einem Lächeln. »Du siehst aus, als ob es dir lieber wäre, ich würde dir eine Koffeininfusion geben.«

Sie trank vorsichtig den ersten Schluck. »Nein, ganz so weit ist es noch nicht.« Wenn ihr Leben allerdings so weiterging, würde sie vielleicht bald auf dieses Angebot zurückgreifen.

»Ist alles in Ordnung bei dir?« Simon hielt noch immer ihre Hand, die sie gerade so dankbar gedrückt hatte, und strich mit dem Daumen sanft über ihren Handrücken. Was fast so viel Energie durch ihren Körper sandte wie das Koffein. »Du siehst müde aus. Und am Freitagabend warst du plötzlich verschwunden.«

»Ja. Alles okay.« Marie zog ihre Hand sanft aus seiner. Es fühlte sich gut an, diesen aufmerksamen Blick zu spüren und die fürsorgliche Geste, mit der er ihre Finger umfasst hatte. So gut, dass das Bedürfnis in ihr wuchs, ihm zu erzählen, was an ihr nagte. All die Rechnungen, die ihr über den Kopf wuchsen. Das reparaturbedürftige Haus. Nikola nach all den Jahren wiederzusehen. Und Milas mörderischer Blick, mit dem sie ihrer Freundin gefolgt war. »Mir geht es gut«, setzte sie energisch hintendran. Sie war hier, weil das ihr Job war. Simon war hier, weil er ihr Chef war. Sie würde ihm ganz bestimmt nicht ihr Herz ausschütten, nur weil ihr Kopf völlig übermüdet und der Kaffee eine wirklich liebenswerte Geste war.

*

Simon schenkte sich gerade eine frische Tasse Kaffee ein, als Mats in dic Küche kam.

»War eine Wahnsinnsparty am Freitag«, sagte er und schlug Simon kameradschaftlich auf die Schulter.

»Danke.« Simon grinste ihn an. »Wir hatten auch jede Menge Spaß«, erwiderte er.

»Und?«

»Und was?«, gab Simon zurück, als Mats nicht weitersprach.

Sein Freund verdrehte die Augen. »Du weißt genau, was ich meine.«

Das wusste Simon tatsächlich. Aber er hatte keine Lust, auf Mats' Halbsatzfragen zu antworten.

»Ich habe deine Dr. Ritter kennengelernt«, erklärte sein Freund.

Simon überlegte einen Moment, richtigzustellen, dass es nicht seine Dr. Ritter war, aber Mats sprach schon weiter.

»Sie ist ziemlich heiß und klug. Hab mich kurz mit ihr unterhalten.« Mats füllte seine eigene Tasse. »Muss ich dir jedes Wort aus der Nase ziehen? Wie war es mit ihr?«

»Gut«, antwortete Simon knapp. Einfach, weil es Spaß machte, Mats ein bisschen zu ärgern. Und weil er keine Lust hatte zu erklären, dass da etwas wirklich schiefgelaufen war und Anna ziemlich schräge Ansichten hatte, was Marie und ihn betraf. Wahrscheinlich war Mats sowieso von seiner Schwester vorgeschickt worden, um Informationen einzuholen.

»Das war ganz schön clever von dir«, fuhr Mats unbeirrt fort. »Diese Art von Date macht Sinn. Anna konnte dich als Musiker sehen. Und soweit ich weiß, werden alle Frauen schwach, wenn ein Kerl vor ihnen steht und Gitarre spielt.«

Simons Gedanken sprangen zu dem Moment zurück, in dem sich sein Blick mit Maries verhakt hatte. Vielleicht hatte es einfach nur daran gelegen. Er wusste natürlich, dass Frauen Musiker mochten. Schließlich war das einer der Hauptgründe, aus denen Korbi die Band in ihrer Teenagerzeit hatte gründen wollen. Marie war von ihrem Auftritt begeistert gewesen, und Anna hatte das völlig falsch interpretiert. Er könnte noch einmal mit der Ärztin reden. Könnte es erklären, wenn er das nächste Mal wegen Paul oder seiner Weiterbildung in die Klinik fuhr. Doch dann wurde ihm klar, dass er gar kein Bedürfnis hatte, das Missverständnis aufzuklären. Eine Freundschaft mit Anna klang nach einer guten Idee. Mehr musste daraus doch gar nicht werden, oder? Sie war jedenfalls nicht die Frau, mit der er den Rest seines Lebens verbringen wollte. Weil sein Herzschlag sich in ihrer Gegenwart nicht beschleunigte.

Ein Räuspern hinter Mats und ihm holte Simon aus seinen Gedanken. Sein Freund und er drehten sich in einer synchronen Bewegung um, als hätten sie es einstudiert, und erblickten Marie hinter sich.

Sie hob die Tasse, die Simon ihr vorhin gebracht hatte. »Ich wollte die eigentlich nur schnell in die Spülmaschine stellen«, sagte sie, wich Simons Blick dabei aber aus. Was ihm das Gefühl gab, dass sie das Gespräch zwischen Mats und ihm gehört hatte. Am liebsten hätte er ihr erklärt, dass es nicht so war, wie sie jetzt vielleicht dachte. Dass zwischen ihm und Anna nichts lief. Er schüttelte innerlich den Kopf, während Marie ihre Tasse aufräumte. Warum sollte er sich rechtfertigen? Das war mindestens so großer Blödsinn, wie Anna zu erklären, dass Marie nur eine Freundin war. Er wartete, bis sie mit einem kleinen Nicken – wieder, ohne ihm direkt in die Augen zu sehen –, die Küche verlassen hatte. Mats hatte ebenfalls geschwiegen, aber Simon spürte den Blick seines Freundes, der sich wie Laserstrahlen in seinen Nacken brannte.

Statt sich zu ihm umzudrehen und sich der Musterung zu stellen, trank er einen Schluck Kaffee – und verbrannte sich prompt die Zunge.

Die tiefen Schatten unter Maries Augen verschwanden nicht. Genau wie die Erschöpfung, die ihrer Haut einen grauen

Schimmer verpasste, unter dem ihre Sommersprossen verblassten. Marie hatte diesen Kaffee am Morgen also nicht gebraucht, weil es ihr wie allen anderen ging, die am Montag aufstehen und zur Arbeit gehen mussten. Hinter ihrer Müdigkeit steckte noch etwas anderes.

Nach dem merkwürdigen Zusammentreffen in der Küche ging sie Simon wieder aus dem Weg, soweit das in einer Praxis möglich war, in der sie zusammenarbeiten mussten. Ihr Lächeln erreichte ihre Augen nicht und ließ ihre Mundwinkel nur leicht zucken, während sie weiterhin seine Gedanken beherrschte.

Simon war sich sicher, erst aufhören zu können, über Marie nachzudenken, wenn er herausgefunden hatte, warum sie so müde und übernächtigt aussah. Und, wenn er endlich wusste, ob er ihr irgendwie helfen konnte, ihr Problem zu lösen. Als Freund, erinnerte er sich selbst an den Grund seiner Mission.

In der Mittagspause joggte er zum Kässpatzen-Stand auf dem Marktplatz, der früher mal eine Gondel der Bergbahn gewesen war, und holte die zwei Portionen ab, die er vorbestellt hatte.

»Marie? Hast du einen Moment Zeit für mich?«, fragte er, als er zurückkam. Er durchquerte die Praxis und verließ sie durch die Hintertür, ohne auf sie zu warten. Draußen setzte er sich auf die Stufen, die zu seiner Wohnung hinaufführten.

Marie tauchte kurz nach ihm auf. »Was ist los?«, wollte sie wissen.

»Mittagspause.« Simon hielt ihr die Portion Kässpatzen hin, die er für sie besorgt hatte.

Er hätte es wissen müssen und bemühte sich, den Seufzer, der ihm bereits auf der Zunge lag, herunterzuschlucken, als sie die Hände in die Taschen ihres Kasacks schob. »Danke, dass du an mich gedacht hast, aber ich habe etwas dabei.«

Simon lächelte sie auffordernd an. »Etwas, das kalt werden kann?«, fragte er unschuldig.

»Nein. Ich …«

»Die hier werden kalt, wenn du sie nicht isst«, unterbrach er Marie, bevor sie sich eine Ausrede einfallen lassen konnte. »Und das wäre doch wirklich schade.«

Er sah ihr dabei zu, wie sie mit sich rang. Ob Marie bewusst war, dass man ihr die Gedanken und Gefühle vom Gesicht ablesen konnte, wenn sie nicht daran dachte, ihren Schutzschild hochzufahren?

Einen Moment behielt sie ihre sture Haltung bei, dann ließ sie sich neben Simon auf die Treppe sinken und nahm ihm die Schale ab. Er atmete ihren zarten, blumigen Duft ein, der im nächsten Moment vom kräftigen Aroma des Allgäuer Bergkäses abgelöst wurde, als Marie das Essen auspackte.

Sie nahm eine Gabel und gab einen genüsslichen Laut von sich, der Simon auf direktem Weg in den Bauch fuhr und dort vibrierte. »Die sind gut, oder?« Er grinste Marie von der Seite an und versuchte, das merkwürdige Gefühl in seinem Magen zu ignorieren.

»Ich könnte die jeden Tag essen«, stimmte Marie ihm zu und lächelte.

»Ich auch.« Simon schaufelte sich eine große Gabel in den Mund und kaute.

Marie blickte einen Moment lang gedankenverloren zu den Berggipfeln auf, die sich hinter den Häusern erhoben. »Du musst damit aufhören«, sagte sie dann leise, ohne Simon anzusehen.

Er führte bereits die nächste Gabel Kässpatzen zum Mund,

hielt aber auf halbem Weg inne und wandte Marie den Kopf zu. »Womit?«, fragte er verständnislos.

»Du weißt schon.« Sie vollführte mit ihrer Gabel eine kleine Drehung in der Luft. »Kaffee, Croissants, Mittagessen«, zählte sie auf.

»Warum?« Simon befürchtete, bereits zu wissen, worauf dieses Gespräch hinauslief. Aber er wollte, dass Marie aussprach, was sie störte. Viel zu oft tat sie genau das nicht und zog sich stattdessen in ihr Schneckenhaus zurück, wo sie niemand erreichen konnte.

»Weil …« Sie überlegte kurz, als müsse sie sich die Wörter erst zurechtlegen. »Es ist einfach zu viel«, antwortete sie schließlich.

»Eigentlich ist das gar nichts«, erwiderte Simon. »Oder besser gesagt: Es ist das, was man kleine Aufmerksamkeiten nennt.« Er würde jedenfalls nicht damit aufhören, nur weil sie eine unterschiedliche Auffassung von fürsorglich und aufmerksam hatten.

Marie antwortete nicht darauf. Einen weiteren Moment hing ihr Blick an den Bergspitzen fest. Doch dann stach sie die Gabel zu Simons Erleichterung in ihr Essen und begann abermals genüsslich zu kauen. Gut. Wenigstens hatte ihre Erschöpfung keine Auswirkungen auf ihren Appetit.

Ein paar Minuten saßen sie schweigend nebeneinander, aßen und genossen die Sonne, die am leuchtend blauen Himmel stand und warm in den Hof strahlte.

Marie hatte ungefähr die Hälfte ihres Mittagessens verdrückt, als Simon fand, dass es Zeit war, auf sein eigentliches Anliegen zu sprechen zu kommen. »Du hast in den letzten Tagen morgens immer ziemlich müde ausgesehen.« Eigentlich vom ersten Tag an, fügte er in Gedanken hinzu. »Heute fand ich es besonders schlimm.«

»Na, vielen Dank auch«, gab sie zurück und warf ihm unter hochgezogenen Augenbrauen einen Blick zu.

»Du bist erschöpft«, beharrte Simon und ignorierte ihren Sarkasmus. »Möchtest du mir sagen, was los ist?«

Maries Antwort war ein stoisches Schweigen.

»Bitte, Marie.« Simon wartete, bis sie ihn abermals ansah, bevor er weitersprach. »Ich möchte nur sichergehen, dass es dir gut geht und alles okay ist.«

Sie seufzte und ließ ihre Gabel in das Schälchen sinken. »Du lässt mir keine Ruhe, bevor du nicht weißt, was los ist, oder?«

Jetzt war es an Simon die Augenbrauen hochzuziehen, als ob allein diese Frage lächerlich wäre. »Natürlich nicht.«

»Es geht dich zwar überhaupt nichts an, aber bitte, wenn das bedeutet, dass du mich danach in Ruhe lässt: Wir hatten ein paar Probleme mit dem Unwetter gestern«, erzählte Marie, und er hörte eine Spur Gereiztheit aus ihren Worten heraus.

Alarmiert richtete sich Simon auf. »Euch ist doch kein Baum aufs Haus gefallen oder so was?«

»Nein.« Maries Gesichtsausdruck wandelte sich von genervt zu traurig. Für einen Moment sah sie so unglücklich aus, dass er sie am liebsten in die Arme genommen und ihr über den Rücken gestreichelt hätte. »Wir haben ein paar Löcher im Dach entdeckt, die beim letzten Regen noch nicht da gewesen sind. Ich habe versucht, alles abzudichten. Was mir mehr oder weniger schlecht gelungen ist.« Sie zuckte mit den Schultern, und allein diese Geste wirkte so erschöpft, als laste das Schicksal der ganzen Welt auf ihr. »Ich hatte nicht das richtige Werkzeug und nicht das richtige Material. Und allein bekommt man das sowieso nur suboptimal hin. Besonders bei diesem miesen Wetter.«

Entsetzen packte Simon beim bloßen Gedanken, wie sie in dem Unwetter da draußen herumgekrochen war. »Du warst allein auf dem Dach?«, konnte er sich die Frage nicht verkneifen, die gleichzeitig deutlich machte, was er von dieser Idee hielt.

Marie zuckte abermals mit den Schultern. »Hätte ich lieber dabei zusehen sollen, wie uns das Haus vollläuft?«

Das war noch nicht die ganze Wahrheit, da war sich Simon sicher. Aber er war froh, dass sie ihm überhaupt etwas erzählt hatte. »Hast du schon einen Dachdecker angerufen?«, fragte er. »Ich habe da einen Kumpel, der …«

Marie schüttelte den Kopf. »Ich komme schon klar«, unterbrach sie ihn. »Wirklich«, versetzte sie mit Nachdruck, als Simon einen skeptischen Blick aufsetzte. »Aber danke für das Essen.« Marie versuchte sich abermals an einem kleinen Lächeln. »Manche Leute behaupten ja, dass dieses Essen wie ein Stein im Magen liegt. Aber ich finde immer, dass Kässpatzen die Lebensgeister wecken.«

Simon nickte langsam. Ihm war bewusst, dass sie ihre Meinung über das Essen dazu genutzt hatte, ihn von der Reparatur ihres Daches abzulenken. Aber sie hatte recht: Sie sah schon nicht mehr ganz so blass aus wie noch vor einer Viertelstunde. Wenn Spätzle, Sahne und Bergkäse diese Wirkung auf Marie hatten, würde er ihr ab jetzt öfter eine Schale davon holen.

17

Krabbelgruppen-Überreste

Marie:
Ich habe etwas wirklich,
wirklich Verrücktes getan.🙈

Julie:
Wie verrückt?🤔

Marie:
So richtig!

Julie:
Telefonieren?

Das Wetter hielt. Was Marie beruhigte. Sie fuhr nach der Arbeit zum V-Markt, einer der Institutionen in der Gegend. Hier bekam man nicht nur Lebensmittel, Plastiksouvenirs »Made in China« und Fahrradersatzteile, es gab hier alles von Benzin über Gartenzubehör bis hin zu Baumarktartikeln. Der Preis der Abdeckplane, die sie kaufte, ließ sie zusammenzucken.

Aber sie hatte keine Wahl. Das Provisorium, das sie in der vergangenen Nacht angebracht hatte, würde den nächsten stärkeren Windstoß wahrscheinlich nicht überstehen. Sie wuchtete die Rolle mit der Plane in ihren Golf und fuhr nach Hause.

Emil erwartete sie schon ganz begeistert, weil er ihr auf dem Dach unbedingt helfen wollte.

Marie küsste ihn auf den Scheitel und bat ihn, Fanny drinnen zur Hand zu gehen. Sie würde auf keinen Fall einen Fünfjährigen auf dem Haus herumklettern lassen.

Emil schmollte, beugte sich aber ihrer Bitte und trottete mit gesenktem Kopf über den Hof.

»Du hast ja keine Ahnung, wie gern ich dir folgen und mich da drin verstecken möchte«, murmelte Marie mit Blick auf die Leiter, die noch vom vergangenen Abend an der Dachrinne lehnte. Sie begrüßte ihre Großmutter, zog sich eine alte Jogginghose und ein ausgebleichtes T-Shirt an und kehrte vor das Haus zurück.

Marie holte tief Luft, ließ ihre Finger knacken, als bereite sie sich auf einen Kampf vor, und begann dann langsam und vorsichtig, die Leiter hinaufzuklettern, um als Erstes die Folien, die sie vergangene Nacht hier angebracht hatte, zu entfernen. Noch hatte sie keine Ahnung, wie sie die neue, viel schwerere Plane hier hochbekommen sollte. Aber eins nach dem anderen.

Behutsam balancierte sie über das Dach. Im Dunkeln, bei Wind und Regen, hatte sich das Ganze bereits nach einem Himmelfahrtskommando angefühlt. Aber jetzt, als sie sehen konnte, wie hoch über dem Boden sie sich tatsächlich befand, nahm das mulmige Gefühl in ihrem Bauch zu.

Der Ausblick von hier oben war atemberaubend. Fannys Garten war aus der Vogelperspektive ein Meer aus bunten Farben.

Der Blick reichte ein ganzes Stück das Tal hinauf. Marie sah den Bach durch die Bäume am Ufer blitzen, und sogar Simons Probenscheune konnte sie von hier ausmachen. Aber ein falscher Schritt würde ausreichen, ihren Sohn zur Waise zu machen. Bei dem Gedanken wurden ihre Knie weich. Adrenalin kickte durch ihren Körper, und ihre Finger zitterten. Mit wild klopfendem Herzen kauerte sie sich hin und begann vorsichtig, die Folien abzuziehen.

Als sie das Brummen eines Motors hört, richtete sie sich auf und blickte über die Schulter. Im ersten Moment erkannte sie den roten Kleinwagen nicht, doch dann begriff sie, dass das der Smart von Simons Vater war. Simon schimpfte regelmäßig darüber, dass sein neuer VW-Bus immer noch nicht ausgeliefert wurde und er sich mit dem winzigen Auto zum Gespött der Stadt machte. Ganz zu schweigen davon, dass er seine Gleitschirmausrüstung gerade so hineinbekam und sein Mountainbike nirgends hin transportieren konnte.

Was hatte ihr Chef schon wieder hier verloren? Marie hatte langsam das Gefühl, mehr Zeit mit als ohne Simon zu verbringen. Einen Moment überlegte sie, einfach auf dem Dach zu bleiben und ihm von hier oben mitzuteilen, dass er abhauen sollte. Aber bei ihrem Glück würde er unaufgefordert zu ihr hochkommen, um auszudiskutieren, was auch immer ihn hierhergeführt hatte. Auf dem Dach saß sie praktisch in der Falle. Langsam balancierte sie zur Leiter und kletterte hinunter.

Als sie wieder festen Boden unter den Füßen hatte, warf Simon gerade die Autotür hinter sich zu.

Marie drehte sich zu ihm um und entdeckte den Werkzeuggürtel in seiner Hand. »Was willst du hier?«, rief sie ihm zu und stützte die Fäuste in die Hüften. In der Praxis konnte er sie vielleicht herumkommandieren. Konnte sie dazu bringen, einen Kaffee zu trinken, den er ihr brachte, oder etwas zu essen, das er ihr hinstellte. Aber das hier war ihr Zuhause. Hier hatte er nichts verloren. Und hier konnte er nicht über Marie bestimmen. Sie hoffte, dass ihre missbilligend zusammengezogenen Augenbrauen ihm deutlich mitteilten, was sie von seinem Auftauchen hielt.

Offenbar schien es ihn nicht zu stören. Er hielt den Werkzeuggürtel mit einem schiefen Grinsen hoch, bevor er ihn umschnallte. Verdammt! Diese Dinger waren doch eindeutig erfunden worden, um Frauen die Konzentration zu rauben. Wer hatte eigentlich bestimmt, dass diese Teile grundsätzlich mit tief auf den Hüften sitzenden Jeans getragen werden durften?

»Simon.« Marie schob ihre Werkzeuggürtelfantasie zur Seite und erinnerte ihn mit warnendem Unterton daran, dass er ihre Frage noch nicht beantwortet hatte.

Langsam ging sie auf ihn zu. Sie wollte ihn anschreien, weil dieser Mann sie einfach nur frustrierte. Aber sie würde nicht über den ganzen Hof brüllen. Wahrscheinlich würde sie ihn gar nicht anblaffen, weil dieser verdammte Werkzeuggürtel sie viel zu sehr ablenkte.

»Ich möchte nicht, dass meine Mitarbeiterinnen nachts auf Hausdächern herumklettern«, sagte er schlicht. »Ich möchte, dass du ausgeschlafen zur Arbeit kommst und dir nicht das Genick brichst.«

Marie schnaubte. Wenn sie nicht das Dach reparierte, würde sie wahrscheinlich trotzdem übermüdet in der Praxis auflaufen, weil sie zu lange an ihrer Nähmaschine saß. Aber dieses Thema würde sie jetzt mit Sicherheit nicht vertiefen. Stattdessen stieß sie einen resignierten Laut aus. »Hör mal, Simon, das ist nett gemeint. Aber ich möchte deine Hilfe wirklich nicht. Ich bin eine gute Handwerkerin.« Den Gedanken daran, wie ihre Knie auf dem Hausdach gerade noch gezittert hatten, schob sie energisch zur Seite. Mit der Unterstützung von YouTube bekam sie schließlich das meiste hin.

»Marie.« Simons Frustration war ein Spiegel ihrer eigenen, als er einen Schritt näher kam. »Warum bist du nur so stur? Warum weigerst du dich so vehement, meine Hilfe anzunehmen?«

»Weil …« Sie schluckte. »Weil du das alles nur aus Mitleid machst. Und wenn es etwas gibt, das ich nicht ertragen kann, dann ist es Mitleid.«

»Wie bitte?« Simon stieß einen ungläubigen Laut aus. Zwischen seinen Augen bildete sich diese tiefe Falte, die immer zu sehen war, wenn er sich über etwas Gedanken machte.

Er würde nie verstehen, wie furchtbar es sich anfühlte, so behandelt zu werden. Marie senkte den Blick zu Boden und versuchte sich zu sammeln. »Ich …« Sie suchte nach den richtigen Worten, um ihm zu erklären, was sie meinte, aber sie fand sie nicht.

Für einen Moment breitete sich eine Stille zwischen ihnen aus, die sich irgendwie atemlos anfühlte.

»Marie«, sagte Simon noch einmal, und Marie hatte das Gefühl, dass seine Stimme irgendwie heiser klang. Er legte den Zeigefinger unter ihr Kinn und hob ihren Kopf, bis sich ihre Blicke wieder trafen. Hatten sie vor einer Minute auch schon so nah voreinander gestanden? Simons intensiver Blick ließ Marie schlucken. Sie hätte gern irgendwo anders hingeschaut, statt in seine Augen, aber sie schaffte es nicht, den Blick von seinem zu lösen. War er ihr gerade noch näher gekommen? »Interpretiere meine Hilfsbereitschaft bitte nicht falsch. Oder fühlt sich so Mitleid an?«

Wollte er sie etwa … Marie begriff zu spät, dass sich seine Lippen auf ihre senkten. Für den Bruchteil einer Sekunde ließ sein Kuss sie erstarren. Nur ihre Lippen berührten sich. So federleicht, dass dieser Moment sich fast nur wie der Schatten eines Kusses anfühlte. Und doch strömte plötzlich Wärme durch ihren Körper, direkt in ihr Herz, wo sie sich fremd und trotzdem aufregend anfühlte. Es war, als beginne die Mauer, die sie um ihre Seele errichtet hatte, ein wenig zu bröckeln, einen kleinen Riss zu bilden, durch den die Energie floss, die von Simon ausging.

Simons Finger schoben ein paar der Haarsträhnen, die sich aus ihrem unordentlichen Dutt gelöst hatten, hinter ihr Ohr und legten sich dann an ihre Wange. Wie von selbst schmiegte sie sich in seine Handfläche, was Simon als Aufforderung zu betrachten schien, seine Lippen fester auf ihre zu pressen, sie dazu zu bringen, sich ihm zu öffnen und den Kuss zu vertiefen.

Als er mit seiner Zungenspitze ihre berührte, spürte Marie das Seufzen, das aus seinem Brustkorb aufstieg. Er zog sie an sich, und sie ließ es zu. Ließ ihren Oberkörper gegen seinen sinken. Genoss die Stärke seiner Arme, die sie hielten. Simon vertiefte den Kuss noch weiter. Verführte ihre Zunge zu einem sinnlichen Tanz mit seiner. Verführte ihre Hände dazu, mit den Fingern an seinem Rücken hinauf zu streichen und das Tal seiner Wirbelsäule entlangzufahren.

Langsam, unendlich langsam, löste Simon seine Lippen schließlich von ihren, hielt nur Millimeter entfernt von ihrem Mund inne, nur um sie dann noch einmal zart zu küssen. So, als koste es ihn Anstrengung, sich von ihr zu lösen. So, als wäre er genauso überwältigt von diesem Augenblick wie Marie.

»Wow«, murmelte er und legte den Kopf ein wenig zurück, so, als suche er in Maries Blick eine Bestätigung dessen, was er gerade empfunden hatte. Und vermutlich fand er genau das, denn ein Lächeln umspielte seine Mundwinkel und ließ die Fältchen seiner Augenwinkel kräuseln.

Marie konnte es nicht verhindern, dass sich ihre Lippen ebenfalls zu einem Lächeln verzogen. Sie hatte gerade Simon geküsst. Das hatte sie nicht kommen sehen. Aber es war … wow. Er hatte das richtige Wort gefunden, um diesen Moment zu beschreiben. Sie würde das Ganze am liebsten auf der Stelle wiederholen, aber sie musste sich erst einmal darüber klar werden, wer sie da gerade umarmte. Simon war ihr Chef. Er war … Scheiße! Entsetzt fuhr sie zusammen. Dr. Ritter. Sie hatte Anna vergessen! »Du küsst mich, obwohl du eine Freundin hast?«, entfuhr es ihr.

»Was?« Simon blinzelte überrumpelt. Dann hob sich sein rechter Mundwinkel und verzog seinen Mund zu einem schiefen, jungenhaften Grinsen. »Würde ich dich so küssen, wenn ich eine Freundin hätte?«, murmelte er und eroberte ihren Mund aufs Neue.

*

Simon hätte ewig in diesem Gefühl weitertreiben können. In diesem ›Genau richtig‹. Denn so fühlte es sich an, Marie zu küssen. Er hatte diesen Moment nicht geplant. Sie hatte ihn aus der Reserve gelockt, stur wie sie war. Es war einfach passiert. Und jetzt wollte er gar nicht mehr aufhören, seine Lippen über ihre gleiten zu lassen, während seine Hände an ihrem Körper entlangstrichen und unter den Saum ihres Shirts fuhren. Warum sich dieser Kuss so anders anfühlte, als er erwartet hatte, würde er später analysieren. Jetzt würde er erst einmal genießen.

Und das tat er. Bis Marie sich von ihm löste. Langsam. Aber entschieden. »Emil …«, stammelte sie. »Meine Großmutter …«

Simon ließ die Hand noch einen Moment länger an ihrer geröteten Wange liegen, bevor er sie langsam sinken ließ und Marie damit die Möglichkeit gab, einen Schritt nach hinten zu machen und Abstand zwischen sie zu bringen. Sie hatte in den Fluchtmodus geschaltet. Das war unverkennbar.

»Steht die Leiter sicher?«, fragte er.

»Was?« Marie blinzelte, als wäre sie noch nicht ganz in der Realität angekommen.

»Die Leiter.« Er nickte zum Haus hinüber. »Steht sie fest?«

»Ähm … ja.« Es klang beinahe wie eine Frage, so, als könne Marie nicht nachvollziehen, was er vorhatte.

»Gut.« Simon schenkte ihr ein Grinsen und ging an ihr vorbei. Er spürte, dass sie ihm verwirrt nachblickte. »Gut«, murmelte er noch einmal zu sich selbst. Er musste sich darüber klar werden, was dieser Kuss bedeutet hatte. Aber Marie musste das mit Sicherheit noch viel dringender als er. Deshalb würde er ihr die Zeit geben, die sie brauchte. Die sie beide brauchten.

Simon hatte die Leiter schon fast erreicht, als die Haustür aufgerissen wurde und Maries Sohn herausgeschossen kam. Schlitternd kam der Junge vor ihm zum Stehen und blickte neugierig zu ihm auf. »Hi! Was machst du hier?«, wollte er wissen.

Simon blickte nach oben, und Emil legte den Kopf in den Nacken, um es ihm gleichzutun. »Servus. Ich repariere das Dach.«

»Cool.« Der Junge grinste ihn zahnlückig an. »Wir mussten Töpfe aufstellen. Auch in meinem Zimmer«, erzählte er.

»Die ganze Zeit hat es getropft. Bis Mami Planen auf dem Dach festgemacht hat«, plapperte er. »Aber das ist nur prosi… prosi…« Stirnrunzelnd suchte er nach dem richtigen Wort.

»Provisorisch«, sagte Maries Stimme hinter ihnen.

»Genau.« Emil schob seinen schmächtigen Brustkorb heraus, als hätte er seiner Mutter gerade souffliert.

»Dann wird es ja höchste Zeit, dass wir das Problem lösen.« Simon zwinkerte dem Jungen zu. »Willst du mir helfen?«

»Klar.«

Maries entsetztes Luftschnappen hätte genauso gut ein schockierter Aufschrei sein können, so laut klang es. Sie tat ja gerade so, als wolle er den Jungen auf das Dach schicken. Bemüht, nicht die Augen zu verdrehen, blickte er sich zu Marie um und grinste sie an, bevor er sich wieder ihrem Sohn zuwandte. »Ich brauche dringend jemanden, der diese Leiter festhält, während ich hochklettere.«

Emils Brust schwoll vor Stolz noch ein wenig weiter an. »Das kann ich«, sagte er.

»Gut.« Simon ließ den Blick über das Avengers-Shirt und die Shorts, die mit bunten, fröhlich grinsenden Haifischen bedruckt waren, bis zu den nackten Füßen gleiten, deren Erdspuren davon zeugten, dass er im Garten gespielt hatte. »Aber vorher musst du Schuhe anziehen. Das ist bei Dachdeckern Pflicht.«

»Alles klar.« Emil drehte auf der Ferse um und flitzte ins Haus. Seine Urgroßmutter sagte offenbar etwas zu ihm, das man draußen nicht hören konnte, denn er antwortete brüllend, dass er jetzt keine Zeit für Fanny hatte, weil er half, das Dach zu reparieren.

»Dachtest du echt, ich lasse Emil mit hoch?«, flüsterte er Marie zu.

Sie warf ihn unter hochgezogenen Augenbrauen einen Blick zu. »Ich weiß im Moment überhaupt nicht, was ich denken soll«, flüsterte sie zurück. Ihre Wagen waren gerötet, und ihre Lippen noch von seinen Küssen geschwollen. Simon glaubte ihr aufs Wort. Und es gefiel ihm.

Natürlich ließ es sich nicht vermeiden, dass Fanny ihrem Urenkel nach draußen folgte, als er im nächsten Augenblick, die Füße in blau-grün gestreiften Gummistiefeln, zu ihnen zurückkehrte.

»Simon!«, rief sie. »Wie schön, dich zu sehen. Wie geht es deinen Eltern?«

Er zwinkerte ihr zu. »Hallo, Fanny. Wenn du mich fragst, geht es ihnen absolut fantastisch. Sie genießen la Dolce Vita. Und zwar in vollen Zügen.«

»Das klingt wundervoll.« Die alte Dame legte den Kopf in den Nacken, um an ihrem Haus nach oben zu blicken. »Du hilfst uns mit dem Dach?«, fragte sie dann. »Das ist sehr nett von dir.«

»Keine Ursache. Ich helfe gern.« Er warf Marie einen Seitenblick zu, die die Augen verdrehte.

»Dann musst du uns versprechen, zum Essen zu bleiben«, lud Fanny ihn ein, nach der Reparatur nicht gleich vom Hof zu verschwinden.

Diesmal musste Simon nicht einmal zu Marie hinüberblicken, um zu sehen, wie sie die Augen verdrehte. »So einer Einladung kann ich auf keinen Fall widerstehen«, sagte er, weil alles besser war als sein leerer Kühlschrank. Und weil er sich sicher war, dass er Marie damit ein wenig ärgerte, die es gar nicht erwarten konnte, dass er vom Hof verschwand, um Zeit zu haben, in Ruhe nachzudenken. »Also dann«, wandte er sich an Emil. »Bist du bereit für deinen Einsatz?«

Der Junge nickte eifrig und hielt die Leiter fest, als Simon begann, nach oben zu steigen, um sich einen Eindruck von den Schäden zu machen.

Marie folgte ihm auf dem Fuß.

Simon war sich nicht sicher, warum Marie hinter ihm her kletterte. Lag es daran, dass sie ihm nicht zutraute, alles richtig zu machen? Oder wollte sie nach dem intimen Moment, den sie auf dem Hof geteilt hatten, in seiner Nähe sein? Ein paarmal hatte er das Gefühl, dass sie den Mund öffnete, um etwas zu sagen, ihn dann aber unverrichteter Dinge wieder schloss.

Ganz egal, wie sie zu Simon stand, oder zu dem Kuss: Sie waren ein gutes Team. Wie auch in der Praxis arbeiteten sie Hand in Hand. Ohne viele Worte entfernten sie die Folien, die Marie am Vortag angebracht hatte, und spannten den neuen Schutz über das Dach.

*

Simons Arbeitseinsatz entwickelte sich für Marie zu einer Gefühlsachterbahn. Erst hatte er mit ihr gestritten. Dann hatte er sie auf eine Art geküsst, die ihr Gehirn ausgeschaltet hatte. Nicht einmal an ihr Kind oder ihre Großmutter hatte sie in diesem Moment gedacht. Und als sie wieder zu sich gekommen war, hatte er ihr keine Chance gegeben, diesen Kuss zu verarbeiten, sondern einfach mit der Reparatur begonnen. Als wäre das nicht genug, hatte er Emil und Fanny um seinen kleinen Finger gewickelt. Was im Umkehrschluss bedeutete, dass ihr Sohn in ihm seinen neuen Helden sah und Fanny ihn eingeladen hatte.

Maries Großmutter und ihr Sohn hatten in ihrer Sitzecke im Garten gedeckt. Mit all den duftenden Blumen und Kräutern, den Lampions und Kerzen, die mit Einbruch der Dunkelheit alles in ein weiches Licht tauchten, wirkte das Abendessen fast zu intim.

Simon lobte den Hackfleischauflauf mit der dicken Käseschicht ihrer Großmutter, und Marie wurde Zeugin davon, wie sich Fannys Wangen ein wenig rosa färbten. »Oh, das freut mich sehr.« Die alte Dame winkte ab. »Ich sage immer: Wenn es nicht mit Käse überbacken ist, ist es kein Gericht.«

»Weise Worte«, gab Simon ihr recht und stach durch die Bergkäsekruste seiner dritten Portion.

»Noch einmal vielen Dank für deine Hilfe.« Fanny warf Marie einen Blick zu und schien in ihrem Gesicht lesen zu können. Denn sie setzte ein verschmitztes Lächeln auf und lehnte sich nach vorn, als wolle sie Simon ein Geheimnis verraten. »Marie hätte das selbstverständlich auch ganz allein geschafft«, sagte sie verschwörerisch. »Aber so seid ihr zumindest vor dem Essen fertig geworden, und niemand ist vom Dach gefallen.«

»Was das angeht«, Simon warf Marie einen Blick zu, wandte sich dann aber an ihre Großmutter. »Du weißt, dass das nicht ewig halten wird, Fanny. Spätestens mit den ersten Herbststürmen sind diese Planen über ganz Waldkirch verteilt.«

Fanny seufzte. Sie griff nach ihrem Weinglas und drehte es einen Moment gedankenverloren in den Händen. »Ich weiß, ich weiß«, sagte sie dann leise. »Aber im Moment ist ein neues Dach keine Option.«

»Du musst sicher gar nicht alles neu decken lassen. Ein paar Ausbesserungen bringen euch sicher gut über den Winter. Ich kenn da …«

»Nein!«, fuhr Marie dazwischen und bemühte sich gleich darauf um ein »Entschuldige«, weil nicht nur er sie überrascht anstarrte, sondern auch Fanny und Emil. Sogar der Vizegraf, der es sich neben Simon auf der Bank gemütlich gemacht hatte, hob den Kopf und zuckte missbilligend mit dem linken Ohr. »Ich meine, das ist nett, aber wir brauchen wirklich keine Hilfe.« Zum wievielten Mal wiederholte sie diesen Satz inzwischen eigentlich?

Fanny lachte. »Marie, mein Schatz, wir brauchen so was von Hilfe. Und zwar jede, die wir bekommen können«, machte ihre Großmutter ihr einen Strich durch die Rechnung. »Also lass Simon um Himmels willen ausreden.«

Marie spürte, wie ihr Hitze in die Wangen stieg. Sie hatte seit ihrer Ankunft kaum Hinweise darauf gefunden, dass ihre Großmutter wirklich an Demenz litt. Aber in Momenten wie diesen zweifelte sie zumindest an deren Zurechnungsfähigkeit. Verstand Fanny nicht, dass alles nur schlimmer wurde, wenn sie sich von Simon oder einem seiner Freunde abhängig machten? Sie wollte niemandem etwas schuldig sein. Schon gar nicht Simon. Er hatte sich bereits viel zu tief in ihr Leben gemogelt. Hatte sie ignoriert, wenn sie seine Hilfe abgelehnt hatte. Hatte behauptet, er helfe ihr nicht aus Mitleid. Und hatte sie, verdammt noch mal, auf eine Art geküsst, die sie ihn immer noch auf ihren Lippen schmecken ließ. Schnell trank sie einen Schluck von ihrem Wein, aber das änderte auch nichts daran, dass sich die Erinnerung an den Kuss in ihr Gehirn gebrannt zu haben schien. »Also gut«, forderte sie Simon auf, damit ihre Großmutter ihren Willen bekam. »Ich lasse dich ausreden.«

»Ich wollte eigentlich nur sagen, dass ich einen Kumpel habe, der Dachdecker ist. Er kann sich das Dach mal ansehen und überschlagen, wie hoch die Kosten für das Ausbessern wären.« Er wandte den Kopf so, dass er Marie direkt in die

Augen sehen konnte. »Nur ein Vorschlag«, sagte er an sie gewandt. »Ich wollte euch nichts aufschwatzen.« Als ob er ihre Gedanken lesen konnte.

»Na sicher«, erwiderte sie. »Frag ihn. Ein Angebot kann ja nie schaden.«

Den Rest des Essens bestritten Fanny, Emil und Simon in angenehmem Plaudern, während Marie sich zunehmend aus den Gesprächen heraushielt. Ihr Kopf war zu beschäftigt damit, dass Simon hier saß. Dass er sie geküsst hatte. Dass er bei der Rettung ihres Daches eine zentrale Rolle gespielt hatte. Dass seine Wangenknochen von dem Licht aus Spiel und Schatten betont wurden, das die Kerzen in die Dämmerung warfen. Dass er ... Simon war. Der in ihrem früheren Leben immer nur am Rand ihres Radars aufgetaucht war, seit ihrer Rückkehr aber wie das Auge eines Hurrikans in der Mitte blinkte.

Als Simon sich verabschiedete, brachte Marie ihn zu seinem Wagen. Doch er blieb nicht stehen, als sie den Smart erreichten. Er schien nicht im Geringsten daran interessiert zu sein, über den Kuss zu sprechen. Stattdessen zog er die Wagentür auf, winkte ihr kurz zu und glitt mit einem »Gute Nacht« auf den Fahrersitz. Im nächsten Moment sah Marie seinen Rücklichtern hinterher.

Als ob zwischen ihnen nichts gewesen wäre. »Mistkerl«, murmelte sie und ging wieder in den Garten. Ihre Großmutter und Emil waren bereits im Haus, aber Fanny hatte Maries Weinglas und die angebrochene Flasche auf dem Tisch stehen gelassen, als wäre ihr klar gewesen, dass Marie in Ruhe nachdenken musste.

Sie goss sich ein Glas ein und betrachtete den Wein, der im Licht der Kerzen golden schimmerte. Sie war sich nicht sicher, ob Simon mit ihr spielte. Und wenn, was für ein Spiel das war. Er war ein ewiger Junggeselle, soweit sie das beurteilen konnte. Sein Interesse an Dr. Ritter hatte offenbar auch nur fünf Minuten gehalten, bevor er sie fallen gelassen hatte.

Marie nippte an ihrem Wein und stellte sich die zentrale Frage dieses merkwürdigen Nachmittags: Warum hatte er sie geküsst? Um etwas zu beweisen? Weil ihm danach gewesen war? Sie konnte sich keinen Reim auf sein Verhalten machen. Und sie hatte die Befürchtung, dass dieser sinnliche Übergriff nicht ernst gemeint gewesen war.

»Was weiß ich schon?«, murmelte sie und strich dem Vizegrafen, der neben ihr auf die Bank sprang, über das Fell. Der Kater kletterte auf ihren Schoß und rollte sich zu einer Kugel zusammen. Sie war so viele Jahre weggewesen und hatte keine Ahnung, wen Simon in dieser Zeit wie oft geküsst hatte und welche Bedeutung die Frauen für ihn gehabt hatten. »Eigentlich auch egal«, erklärte sie dem Kater. »Ich bin nicht an ihm interessiert. Nicht an seiner Hilfe. Und auch nicht an seinem Nicht-Mitleid.«

Als sie am nächsten Morgen in die Praxis kam, fühlte sie sich kein bisschen besser als am Morgen zuvor. In der Kaffeeküche lehnte Simon an der Küchenzeile. Mats goss sich gerade eine Tasse Kaffee ein. Sie blickten beide in ihre Richtung, und Mats reichte den Kaffeebecher, den er gerade gefüllt hatte, an sie weiter. Als wäre ihm klar, wie viel dringender als er sie das Koffein brauchte.

»Ist schon wieder etwas kaputtgegangen?«, wollte Simon wissen und rieb sich mit der Hand über den Nacken. »Ich hoffe, das Dach hat dich nicht schon wieder wach gehalten.«

»Nein«, sagte Marie. Am Dach hatte es nicht gelegen. Es

war Simon, der sie, verdammt noch mal, vom Schlafen abgehalten hatte. Oder die Erinnerung an ihren ersten Kuss seit Jahren, die in ihrem Kopf Loopings gedreht hatte.

*

Verdammt! Es war ein Fehler gewesen, Marie zu küssen. Kein Fehler im Sinne von ›Was habe ich nur getan‹, sondern einer von der Sorte ›Dieser Moment lässt mich einfach nicht mehr los, und ich will ihn noch einmal erleben, um sicherzugehen, dass es wirklich so gut war, wie ich es mir inzwischen ständig vorstelle‹.

Simon hatte nicht über Marie nachgedacht. Nicht auf diese Weise, korrigierte er sich selbst und nippte an seinem Kaffee. Bevor Anna ihn mit der Nase darauf gestoßen hatte, dass zwischen Marie und ihm irgendeine Chemie bestand, hatte er nie darüber nachgedacht. Aber jetzt …

Er war fasziniert von Marie, und ja, auch ohne den Kuss waren seine Gedanken oft um sie gekreist. Vielleicht hatte er ja Gefühle für sie gehabt, die sich als Hilfsbereitschaft getarnt hatten. Aber das war auch egal. Es verblüffte ihn einfach nur, dass er früher nie so über sie gedacht hatte. Er hatte sie wahrgenommen, keine Frage. Aber er hatte nie dieses Kribbeln im Magen verspürt, das ihn jetzt überkam, sobald er in der Praxis auch nur eine Locke ihres roten Haares zu sehen bekam. Dabei hatte er sie früher weder gemobbt, noch auf ihr Leben herabgeschaut, wie es andere getan hatten. Sie hatte in ihm einfach nicht die Gefühle ausgelöst, die sie jetzt in ihm hervorrief.

Simon mochte ihre Stärke. Die Sturheit, mit der sie sich noch immer mit hocherhobenem Kopf der Stadt stellte. Und mit der sie sich ihm bei jeder sich bietenden Gelegenheit entgegenstellte, um ihn daran zu hindern, ihr zu helfen. Was ihre Aufeinandertreffen zu einer Art Herausforderung machte, an der er jede Menge Spaß hatte. Besonders, wenn er einen Sieg einfuhr und sich durchsetzte.

Simon mochte die Liebe, mit der sie sich um ihre Großmutter und ihren Sohn kümmerte. Ihr zupackendes Wesen, das Probleme einfach anging, ohne lange darüber nachzudenken.

Marie zu küssen hatte sich angefühlt, als hätte ein wunderschönes Paket die perfekte Schleife verpasst bekommen. Es hatte sich so richtig angefühlt, sie in seinen Armen zu halten. Als ob sie genau dort hingehörte. Ihr Kuss hatte nichts von diesem unbeholfenen Vortasten gehabt, das erste Küsse manchmal mit sich brachten. Er hatte das nicht geplant. Sie war auf ihn zugekommen. Wieder einmal wütend, weil er sich nicht abwimmeln ließ. Er hätte sie am liebsten an sich gerissen und seinen ganzen Frust über ihren Sturkopf in einen wilden, herausfordernden Kuss gelegt. Doch dann hatte ihn ein letzter Funken Verstand daran erinnert, dass Marie zwar stolz und stark war, aber trotzdem eine zarte Seele besaß, die in den vergangenen Jahren verdammt viele blaue Flecken abbekommen hatte. Wenn es um Marie ging, war Vorsicht geboten. Beim Thema Männer war sie ein gebranntes Kind und verhielt sich wie ein scheues Reh im Scheinwerferlicht. Was er verstehen konnte, nachdem dieses Arschloch, Anton Wolff, so mit ihr umgegangen war. Also hatte er den Instinkt, sie an sich zu ziehen und mit seinem Kuss zu überfallen, beiseitegeschoben und stattdessen seine Lippen behutsam über ihre gleiten lassen. Vorsichtig. Neckend. Bis er sie aus der Reserve gelockt hatte und sie sich an ihn geschmiegt hatte, um die

Liebkosungen zu erwidern. Dieser leise, zarte Moment war so sinnlich gewesen, dass ihm die Knie weich geworden waren. Simon hatte jede Sekunde davon genossen.

Aber er hatte in ihrem Blick lesen können, was sie dachte, sobald sie sich von ihm gelöst hatte. Marie hatte innerlich in den Fluchtmodus geschaltet. Simon glaubte nicht, dass sie den Kuss nicht schön gefunden hatte. Nein, sie hatte Angst bekommen. Was vielleicht daran lag, dass sie sich ebenfalls zu ihm hingezogen fühlte und nicht wusste, wie sie damit umgehen sollte.

Simon versuchte, sich selbst gegenüber ehrlich zu sein. Er wusste ebenfalls nicht richtig, wie er damit umgehen sollte. Aber er wollte wissen, wie sich das zwischen ihnen weiterentwickelte. Also hatte er sich einen Plan zurechtgelegt. Er würde das tun, was Marie am wenigsten erwartete. Statt den nächsten Schritt zu machen, hatte er sich zurückgezogen. Er war geduldig und konnte warten, bis Marie auf ihn zukam. Zumindest hoffte er, dass er stark genug war, ihr zu widerstehen.

18

Krabbelgruppen-Überreste

Julie:
Wie geht's dir? Was gibt es Neues?

Marie:
Neuigkeiten?
Stell dir vor, ich wurde abgecheckt!

Julie:
Von einem Typen? Dem heißen Doc?

Marie:
Von einem Vierjährigen. 🤣

Es war verdammt schwer, Simon zu widerstehen. Marie versuchte, den Kuss zu verdrängen, aber so einfach war das gar nicht, wenn Simon in ihrem Leben plötzlich omnipräsent war. Bei der Arbeit konnte sie den Kontakt zu ihm nicht vermeiden. Die Praxis war viel zu klein, um sich aus dem Weg gehen zu können. Aber er beließ es nicht dabei. Plötzlich tauchte er auch im Rest ihres Lebens auf. Er hatte Fanny um seinen kleinen Finger gewickelt und verstand sich prächtig mit Emil, der in ihm einen Superhelden zu sehen schien. Was nicht weiter verwunderlich war. Ihr Sohn kam in das Alter, in dem er ganz automatisch auf männliche Rollenbilder ansprang. Das war das Einzige, das Marie ihm nicht bieten konnte. Aber ihr gefiel nicht, dass er sich ausgerechnet auf Simon fixierte. Denn sie hatte keine Ahnung, was er von ihr wollte und wann er wieder aus ihrem Leben verschwinden würde. Sie konnte nur hoffen, dass er ihrem Sohn nicht das Herz brechen würde.

Ein paarmal war sie versucht gewesen, Simon zur Rede zu stellen und ihn zu fragen, was er da eigentlich trieb. Zum Beispiel, als sie zufällig gleichzeitig im Labor gewesen waren und er plötzlich hinter ihr gestanden hatte, ihre Haare zur Seite strich und seine Lippen über ihren Hals gleiten ließ. Bevor sie den angehaltenen Atem wieder ausstoßen konnte, war sein Mund bereits wieder von ihrer Haut verschwunden – und er aus dem Raum. Mit wackligen Knien hatte sie sich an den Arbeitstresen gelehnt und gewartet, bis ihr Herz wieder aufgehört hatte, wie wild zu schlagen.

Es gab diese zufälligen Berührungen, von denen sich Marie ziemlich sicher war, dass sie nicht aus Versehen passierten. Blicke, die sie in ihren Bann zogen. Von den regelmäßigen Croissants und Kaffeetassen, mit denen er sie überraschte, ganz zu schweigen.

Sie hatte noch keine Möglichkeit gefunden, ihn darauf anzusprechen, warum er versuchte, sie in den Wahnsinn zu treiben. In einen sinnlichen Wahnsinn. Aber egal. Er raubte ihr den Verstand. Wenn er noch lange so weitermachen würde, wäre sie diejenige, die sich auf ihn stürzte. Aber so weit würde sie es auf keinen Fall kommen lassen.

Sie führten diesen merkwürdigen Tanz eine Woche lang auf. Eine Woche, in der Simon das Spalier des Blumenbogens, der in den Garten führte, reparierte. Mit Emil ein kleines Fort am Bach baute. Und die Wäschespinne, die sich laut Fanny schon seit einem Jahr nicht mehr öffnen ließ, wieder in Ordnung brachte. Als Bezahlung genügten ihm die Essenseinladungen ihrer Großmutter oder ein frisches Apfel-Nussbrot mit einem Glas ihrer selbst gemachten Apfelbutter, nach der er echt verrückt zu sein schien. Und an einem Abend hatte er Fanny überredet, ihm einen Kasack aus dem Stoff mit den grinsenden Sonnenbrillen-Haien zu schneidern, aus dem Emils Lieblingsshorts bestanden. Mehr verlangte er nicht für seine Hilfe. Angeblich. Aber irgendwas musste er doch im Schilde führen.

»Simon braucht dich«, ließ Mila sie mit dem eigens für sie reservierten abfälligen Tonfall wissen.

Marie zuckte zusammen. Sie hatte gedankenverloren am Tresen gelehnt. Hoffentlich hatte niemand von den wartenden Patienten in ihrem Gesicht lesen können, was gerade in ihrem Kopf vor sich ging. Aloisa vielleicht. Zumindest sprachen die hochgezogenen Augenbrauen und das halbe Lächeln, das ihre Lippen umspielte, für sich.

»Bin schon weg«, sagte sie, bevor die Arzthelferin einen entsprechenden Kommentar loslassen konnte, der Mila erst recht auf die Palme brachte. Marie schnappte sich die Patientenakte, die Mila ihr hinhielt, und huschte zu Simons Behandlungszimmer davon. »Hey«, sagte sie, als sie den Raum betrat. »Was kann ich für dich tun?«

Simon hob den Kopf und sah sie über seinem PC-Bildschirm mit einem so durchdringenden Blick an, dass sie das Gefühl hatte, ganz genau zu wissen, was sie für ihn tun konnte.

Dumme, dumme Wortwahl, schalt sie sich innerlich selbst. Sie zwang sich zu einem unschuldigen Lächeln und ignorierte die Hitze, die an ihrem Hals hinaufkroch. Mit einer Geste, die sie beide daran erinnern sollte, warum sie in seinem Sprechzimmer standen, hob sie die Patientenakte und fächelte sich gespielt Luft zu. »Ich korrigiere meine Frage. Was kann ich für«, sie schielte auf das Deckblatt der Akte, »für Patrick Eberle tun?«

Simon grinste und streckte die Hand aus, um ihr die Patientenunterlagen abzunehmen. Ohne hineinzuschauen legte er sie neben seine Tastatur. »Könntest du dir seine Narbe ansehen und ihm einen neuen Verband verpassen? Er hat sich bei einer wilden Kletteraktion einen ziemlich tiefen Riss am Oberschenkel zugezogen, der genäht werden musste.«

»Alles klar.« Marie drehte sich zur Tür um und rief den kleinen Patienten auf, der sich gemeinsam mit seinem Vater von den Warteplätzen erhob.

»Ich muss kurz mit Sanna reden.« Simon erhob sich ebenfalls von seinem Platz. »Bin gleich wieder da.« Er begrüßte den Jungen und seinen Vater und schloss dann von außen die Tür hinter sich.

Marie betrachtete den kleinen Patrick, der für seine vier Jahre schon recht groß war. Seine Locken erinnerten sie an Emils wilde Mähne. Aber sein Blick war wesentlich frecher und herausfordernder als der ihres Sohnes. »Hallo«, sagte sie lächelnd. »Ich bin Marie, und ich möchte mir deine Wunde einmal anschauen.« Dann wandte sie sich dem Vater zu. »Ich überprüfe, ob sich die Naht entzündet hat und lege einen neuen Verband an«, erklärte sie ihm.

Der Mann nickte. Sie kannte ihn nicht, also war die Familie vermutlich erst nach ihrem Weggang nach Waldkirch gezogen. »Wir haben uns große Mühe gegeben, die Wunde sauber zu halten und Patrick daran zu hindern, allzu wild herumzurennen und das Ganze wieder aufzureißen.« Er warf seinem Sohn einen liebevollen Blick zu. »Aber es sieht, glaube ich, ganz gut aus.«

Marie nickte ihm beruhigend zu. »Das werden wir gleich sehen.« Sie nahm ein paar Latexhandschuhe aus dem Spender an der Wand und zog sie über. »Ziehst du bitte deine Shorts aus«, forderte sie den Jungen auf.

Patrick betrachtete sie einen Moment, dann verzog er die Lippen zu einem Schmollmund und verschränkte die Arme vor dem Reh mit Sonnenbrille, das seine T-Shirt-Brust zierte. »Nein«, sagte er und sah sie herausfordernd an.

Marie behielt ihr Lächeln bei. Störrische Kinder waren für sie nichts Ungewöhnliches. »Wir müssen einen Blick auf deine Naht werfen. Dazu musst du deine Shorts ausziehen.«

»Nein.«

»Ich verspreche dir, dass das wirklich schnell geht. Es wird nicht wehtun. Und du kannst dich gleich wieder anziehen.«

Der Schmollmund verschwand und machte einem nachdenklichen Blick Platz. »Okay«, sagte er langsam, als überlege er immer noch, ob das eine gute Idee war.

»Prima.« Marie trat einen Schritt auf ihn zu.

»Wenn du deine Hose auch ausziehst.«

Ein ersticktes Lachen erklang hinter ihr, während der Vater des Jungen entsetzt nach Luft schnappte. »Patrick!«, rief er.

Doch Marie war von dem Geräusch hinter ihr abgelenkt. Sie drehte sich um und sah Simon in der Tür stehen, der die Lippen zusammenpresste, um nicht laut loszulachen. In seinen Augen tanzte der Schalk. Und diese kleinen Fältchen in seinen Augenwinkeln. Verdammt. Sie hatte keine Ahnung, wann sie angefangen hatte, Krähenfüße attraktiv zu finden.

»Wir haben es jetzt«, holte Herr Eberle sie in die Realität zurück.

Marie fuhr zu ihnen herum und sah, dass der Kleine mit heruntergelassener Hose auf der Untersuchungsliege Platz genommen hatte.

»Dann schauen wir uns mal an, wie gut deine Verletzung verheilt ist.« Sie konzentrierte sich auf die Naht und den Verband des Jungen. Sie schaffte es allerdings nicht, Simon auszublenden, der hinter ihr stand und sich mit dem Vater des Jungen über das Gleitschirmfliegen unterhielt. Sie spürte seinen Blick in ihrem Rücken, hatte aber nicht das Gefühl, dass er ihre Arbeit überprüfte, sondern dass er einfach nirgends anders hinsehen konnte. Oder wollte.

»Wir finden selbst raus«, sagte Patricks Vater, als die Wunde neu verbunden und die Hosen seines Sohnes wieder hochgezogen waren. »Vielen Dank.«

Marie verabschiedete sich von den beiden, reinigte die Liege und warf die Wundverpackung und ihre Handschuhe in den Müll. Erst als sie ihre Hände gewaschen hatte, sah sie sich zu Simon um, dessen Blicke sie noch immer in ihrem Nacken spürte.

Er saß auf der Kante seines Schreibtisches und grinste von einem Ohr zum anderen.

»Was?«, fragte Marie.

»Hat da grad ein Vierjähriger versucht, dich klarzumachen?« Seine Mundwinkel zuckten. »Ich zieh meine Hose nur aus, wenn du sie auch ausziehst?« Er lachte laut auf.

»Tja.« Marie zuckte mit den Schultern und bemühte sich, seine Belustigung zu ignorieren. Er lachte nicht über sie, sondern über die Situation. Über den frechen kleinen Jungen. »Mir kann halt niemand widerstehen.«

Die Worte waren ihr rausgerutscht.

Und sie sorgten dafür, dass Simon aufhörte zu lachen. Genau genommen sah er plötzlich sehr ernst aus. »Ich weiß«, sagte er leise und erhob sich von seinem Platz. Wie ein Raubtier, das sich an seine Beute anschlich, ging es Marie durch den Kopf.

Sie blieb stehen, wo sie war, ihr Blick mit Simons verhakt. Ihr Herzschlag ein wenig zu schnell. Okay, viel zu schnell. Er blieb vor ihr stehen. Nah genug, dass sie seinen frischen, sauberen Duft riechen konnte. Die goldenen Sprenkel in seinen Augen sah. »Simon …« Sie schluckte.

Simon blieb einfach stehen. Zu dicht vor ihr, aber ohne etwas zu unternehmen. Er beugte sich nicht vor und küsste sie. Er zog sie nicht an sich. Stattdessen hielt er weiter ihren Blick. Abwartend. Und mindestens so herausfordernd wie der kleine Patrick.

»Simon«, wiederholte Marie noch einmal, nicht sicher, was sie eigentlich sagen wollte. In ihrem Kopf schrillten Alarmglocken. Aber der Rest ihres Körpers schien sich nicht darum zu scheren. Er lehnte sich gegen Simons Oberkörper, erhob sich auf die Zehenspitzen.

Und endlich kam Simon ihr entgegen.

Ihre Lippen trafen auf seine.

Und im nächsten Moment ging ihre Welt in Flammen auf.

Sie ließ alle Zurückhaltung fallen. Brachte ihn dazu, sich für sie zu öffnen, neckte seine Zunge. Im ersten Moment hielt Simon sich zurück, überließ ihr die Führung. Doch dann gab er einen rauen Ton von sich, vergrub seine Finger in ihren Haaren und neigte ihren Kopf, um den Kuss zu vertiefen.

Marie klammerte sich an seine Schultern. Sie hatte das Gefühl, den Boden unter den Füßen zu verlieren. Und Simon fühlte sich an wie der Fels, der sie halten würde.

Sie spürte die Wand hinter sich, als Simon sie dagegen schob. Spürte seinen muskulösen, sehnigen Körper, der sich gegen ihren presste. »Marie«, wisperte er an ihren Lippen und klang dabei so überrumpelt, wie sie sich fühlte.

Sie hatte keine Ahnung, was anders war, aber Simon zu küssen, war irgendwie … sie wollte nie mehr aufhören. Und er schien ebenfalls nicht das Bedürfnis zu haben, diesen Moment zu beenden.

Simons Hände fuhren unter ihren Kasack, und sie schob ihre unter seinen, ertastete die Muskeln an seinem Rücken, die sich unter ihren Fingerspitzen anspannten. Seine Lippen lösten sich von ihren, fuhren an ihrem Kiefer entlang, glitten zu ihrem Hals, wo sie genau über ihrem Puls liegen blieben. »Marie«, wisperte er noch einmal, beinahe ehrfürchtig. »Ich will …« Wieder trafen ihre Lippen aufeinander. Er schaffte es nicht, ihr zu sagen, was er wollte. Aber er zeigte es ihr. Noch mehr Nähe. Noch mehr Haut unter den Händen. Noch tiefere Küsse.

»Simon?«

Die Stimme erreichte Maries überreiztes Gehirn mit Verzögerung. Sie begriff, dass Sanna nach ihrem Bruder rief, als er sich bereits aus ihren Armen löste.

»Moment«, rief er, und seine Stimme klang rau. Er wandte sich von ihr ab, nur um seine Lippen im nächsten Moment noch einmal über ihre gleiten zu lassen.

»Simon!« Marie hörte die Panik in ihrem Flüstern. Sie legte die Hände auf seinen Brustkorb und schob ihn von sich. Wenn Sanna sie hier erwischte …

»Simon?«

»Ich komme ja schon.« Er drehte sich zur Tür um, ehe Marie seinen Gesichtsausdruck erkennen konnte. »Was ist?«, fragte er seine Schwester. Er hatte die Tür nur so weit aufgezogen, dass Sanna das Sprechzimmer nicht betreten konnte und er Marie mit seinem Körper verdeckte.

Sie sprachen leise miteinander, sodass Marie ihre Worte nicht verstehen konnte, während sie bewegungslos an der Wand lehnte und die Luft anhielt. Wahrscheinlich dauerte das Ganze nur Sekunden, aber es kam ihr wie Stunden vor, bis Simon die Tür wieder schloss und sich zu ihr umdrehte.

Im ersten Moment grinste er wie ein kleiner Junge, der mit den Fingern in der Keksdose erwischt worden war und es trotzdem noch einmal geschafft hatte, sich herauszureden. Doch ein Blick in Maries Gesicht ließ seinen Blick ernst werden. »Tut mir leid«, sagte er, als er zu ihr zurückkehrte, aber mit genug Abstand vor ihr stehen blieb, dass sie sich nicht eingeengt fühlte. »Falsche Zeit. Falscher Ort.«

»Falsche Zeit, falscher Ort?«, wiederholte sie ungläubig und schob seine Hand weg, mit der er ihr eine ihrer wild durcheinander geratenen Haarsträhnen hinter das Ohr schieben wollte. »Falsches Alles!«

»Nichts von dem, was wir tun, ist falsch, Marie.« Er trat einen weiteren Schritt zurück, verschränkte die Arme vor der Brust und lehnte sich mit der Schulter gegen die Wand. »Wir sind erwachsen, und niemand kann uns irgendetwas vorschreiben.« Jetzt klang eine Spur Frustration in seiner Stimme mit. »Wir machen, was uns gefällt. Und du kannst mir nicht erzählen, dass es dir nicht gefällt, mich zu küssen.«

»Nein … ich … Ja, es gefällt mir. Aber so einfach ist das nicht, Simon. Wir können nicht einfach durch die Gegend laufen und rumknutschen. So simpel ist das Leben nicht.«

»Könnte es aber sein«, widersprach er.

Marie gab einen ungläubigen Laut von sich. »In deiner Welt vielleicht. In meiner bestimmt nicht.«

Simon sah sie einen Moment schweigend an. »So kommen wir nicht weiter, oder?«

»Aber … wo willst du denn hin?«, hielt Marie dagegen. Denn das war etwas, das sie noch immer nicht verstanden hatte. Was, um Himmels willen, wollte Simon von ihr?

»Hör mal, Marie, das hier ist vielleicht nicht der richtige Ort für diese Unterhaltung.« Nein, das Sprechzimmer eines Kinderarztes eignete sich für so ein Gespräch ganz sicher nicht. Da musste sie ihm recht geben. »Wie wäre es, wenn ich dich nach der Arbeit auf ein Glas Wein einlade und wir über das reden, was da gerade zwischen uns passiert?«

Sie gab ein kleines Lachen von sich, das nicht besonders froh klang. »Und wo sollen wir uns treffen? In der Alpenliebe, damit der Rest von Waldkirch seine Meinung gleich noch mit von sich geben kann?«

»Die Meinung der Waldkircher interessiert mich nicht.« Das glaubte Marie ihm aufs Wort. Er war schließlich noch nie in einer Situation wie ihrer gewesen. Doch bevor sie ihm das an den Kopf werfen konnte, fuhr er fort. »Ich hatte eher an eine nette Bar in Oberstdorf gedacht, weil ich mir sicher bin, dass du dich dort wohler fühlst.«

»Ich überlege es mir.« Marie würde sicher nicht aus diesem Behandlungszimmer herauskommen, wenn sie sich weigerte. Und er hatte ja recht. Sie mussten miteinander reden. »Ich sag dir Bescheid, wenn ich mich entschieden habe«, versprach sie ihm und drückte sich von der Wand ab. Als ob das jetzt noch helfen würde, strich sie sich die Haare glatt und schlüpfte an Simon vorbei.

Ohne ein weiteres Wort huschte sie aus seinem Sprechzimmer. Sie war schon viel zu lange hier gewesen. Allein das reichte, um die Leute zum Reden zu bringen. Selbst wenn ihre Frisur nicht völlig zerzaust, ihre Wangen gerötet und ihre Lippen vom Küssen geschwollen wären.

Kaum hatte sie den Raum verlassen, lief sie Sanna über den Weg.

Die Ärztin stutzte kurz, blickte in Richtung der Tür, die Marie gerade hinter sich geschlossen hatte, und begann dann, breit zu lächeln. »Marie, Servus.« Sie drückte ihr einen kleinen Stapel Krankenakten in die Hand. »Könntest du die für mich zu Aloisa bringen? Sie wartet schon darauf.«

»Freilich.« Marie schnappte sich die Unterlagen. Dankbar, etwas zu tun zu haben und so die Aufmerksamkeit von dem geküssten Ausdruck in ihrem Gesicht abzulenken, schlug sie den Weg zur Rezeption ein, während Sanna zu Simons Behandlungszimmer weiterging. Wo sie gerade eben schon gewesen war.

Das konnte nur eines bedeuten. Marie schluckte das frustrierte Aufstöhnen hinunter, das in ihrer Kehle festsaß. Simon und sie würden definitiv reden müssen. Aber was das betraf, war seine Schwester auf jeden Fall schneller.

19

Lust auf Aperol

Paulina:
Erde an Simon? Gibt es dich noch?

Nikola:
Man könnte meinen,
er sei mit seinem Gleitschirm
abgehoben und nicht mehr gelandet.

Jonas:
@Nikola, du lässt dich in letzter Zeit
aber auch nicht gerade häufig blicken.

Jonas:
@ Simon, wir haben in letzter Zeit
wirklich nicht mehr viel von dir gesehen.
Wo treibst du dich rum, Mann?

Simon:
Ich verbringe meine Zeit
nicht mit dem Fliegen.

Sanna:
Aber mit dem Kopf in den Wolken! 😘

Simon:
🙄 Ich mache eine Weiterbildung.

Mila:
Bei der hübschen Frau Doktor in Oberstdorf? 💖

Jonas:
Versuch einfach, den nächsten Stammtisch nicht zu verpassen.

»Herein«, rief Simon auf das Klopfen an seiner Tür hin. Für einen Moment hoffte er, dass es Marie war, die noch einmal zurückkam. Um sich mit ihm zu verabreden. Oder um sich noch einen Kuss abzuholen.

Er ließ sich mit einem kleinen Seufzer auf seinen Schreibtischstuhl fallen, als der dunkle Schopf seiner Schwester im Türspalt auftauchte. »Ich hab dir doch gesagt, dass ich die Rede gegenlese, die du vor dem Gemeinderat halten willst.« Das war zumindest Sannas Anliegen gewesen, als sie Marie und ihn vorhin unterbrochen hatte.

Seine Schwester nahm ihr Amt als Talsprecherin sehr ernst. Besonders, seit sie dabei war, eine wirklich große Investition von Elle est Belle – einer weltbekannten Kosmetikmarke – an Land zu ziehen, die in Waldkirch Biokräuter für ihren Produkte anbauen würden, wenn der Deal klappte. Mats griff Sanna unter die Arme, wo er nur konnte. Aber wenn es um

Waldkirch ging, fragte sie trotz allem oft Simon um Rat, weil er die Stadt und die Sturheit, die die Allgäuer manchmal an den Tag legten, besser verstand, als der Wikinger aus dem Norden, wie Mats noch immer oft genannt wurde. »Deswegen bin ich nicht hier«, informierte sie ihn. Sie setzte sich auf die Untersuchungsliege und ließ die Beine baumeln. »Mich interessiert viel mehr, wieso Marie gerade aus deinem Sprechzimmer geschlichen ist und ausgesehen hat, als hättet ihr rumgemacht wie zwei Teenager.«

»Ich bitte dich …«

Sanna schüttelte den Kopf, und Simon verstummte. Er hätte sowieso nicht gewusst, was er sagen sollte. Die Tatsache, dass sie rumgemacht hatten wie zwei Teenager, abstreiten? Seiner Schwester gegenüber hatte er eigentlich keine Geheimnisse. Genau wie sie zu ihm immer offen gewesen war. Zumindest bis sie angefangen hatte, hinter Simons Rücken eine Beziehung mit seinem besten Freund zu beginnen. Das hatte ihm absolut nicht gefallen. Also würde er sich nicht genauso verhalten. »Du hast recht«, korrigierte er sich deshalb. »Marie und ich haben uns geküsst. Zufrieden?« Er zog die Augenbrauen hoch und verschränkte abwehrend die Arme vor der Brust. »Nicht, dass dich das irgendetwas anginge.« Er legte den Kopf schief. »Und nicht, dass du das Recht hast, irgendetwas dazu zu sagen. Ich habe Mats und dich schließlich oft genug knutschend in diesen Praxisräumen erwischt.«

Sanna grinste. »Ich meckere doch gar nicht. Mir gefällt die Idee von Marie und dir. Ich wollte nur sehen, wie du dich ein wenig unbehaglich windest, großer Bruder. Als kleine Rache für die blöden Kommentare, die Mats und ich uns schon von dir anhören durften. Also«, sie sprang enthusiastisch von der

Untersuchungsliege und kam zu seinem Schreibtisch herüber. »Was geht da zwischen dir und Marie? Was ist dein Plan?«

»Ich habe keinen Plan. Marie und ich haben uns geküsst.« Er verdrehte die Augen. Was zum Teil an der Frage seiner Schwester lag. Und daran, dass ›ich habe keinen Plan‹ nicht ganz die Wahrheit war. Er hatte sehr wohl ein Ziel. Von dem er Marie aber erst noch überzeugen musste.

»Ja, aber du warst auf der Suche nach einer Beziehung«, erinnerte seine Schwester ihn daran, dass er mehr für sich gewollt hatte, als ein paar heimliche Küsse in seinem Sprechzimmer, bei denen sich zumindest eine Partei so benahm, als täte sie etwas Verbotenes. »Ich kann mir vorstellen, dass Marie und du gut zusammenpassen. Marie hat ein riesiges Herz und du … na ja, zumindest Mama sagt, du bist ›Gefühl auf zwei Beinen‹. Ich finde ja eher, du bist ein hoffnungsloser Fall auf zwei Beinen«, konnte sie es sich nicht verkneifen, ihn ein bisschen aufzuziehen.

»Schwesterchen.« Simon erhob sich von seinem Stuhl, hakte Sanna unter und dirigierte sie zur Tür. »Nicht jeder lebt in einem Lovesong. Nur weil du, seit du mit Mats zusammen bist, die rosarote Brille gar nicht mehr absetzt, muss nicht gleich jeder genauso auf Wolke sieben schweben. Manche Menschen genießen einfach und schweigen. Was ich übrigens auch von dir erwarte.«

»Genießen?«, fragte Sanna und klimperte unschuldig mit den Wimpern.

Simon verzog das Gesicht. »Ich will nicht, dass du in meiner Gegenwart über Dinge sprichst, die du mit Mats genießt.« Er schüttelte sich und ließ den Arm seiner Schwester los, um ihn auf die Türklinke zu legen. »Genauso wie ich nicht wissen will, was Mama und Papa so alles genießen auf ihrer Reise.

Ich will nur, dass du nicht über Marie und mich sprichst. Du weißt schon: ärztliche Schweigepflicht und so.« Er zog die Tür auf und machte eine ausholende Handbewegung, die seine Schwester hinauskomplimentieren sollte.

Sanna kicherte. »Ich glaube nicht, dass die Dinge, von denen du sprichst, unter die Schweigepflicht fallen«, zog sie ihn auf.

»In dieser Praxis schon.« Er legte ihr die Hand auf den Rücken und schob sie mit einer sanften Bewegung über die Türschwelle. »Und jetzt entschuldige mich bitte, ich habe Patienten, die auf mich warten.«

»Sicher.« Sie zwinkerte ihm zu. »Du hast sie ja auch schon lange genug warten lassen, bevor ich bei dir vorbeigeschaut habe.«

Marie hatte nichts zu Simon gesagt, bis sie Feierabend gemacht hatte. Also hatte er beschlossen, erst einmal eine Runde fliegen zu gehen. In der Luft kam er immer zur Ruhe, hörten seine Gedanken auf, sich zu drehen. Erleichtert stellte er fest, dass am Startplatz nicht viel los war und dass vor allem weit und breit keine Crazy Resi in Sicht war. Er breitete gerade seinen Gleitschirm aus, als sein Handy eine Nachricht anzeigte.

Marie:
Ich habe darüber nachgedacht.
Du hast recht. Wir sollten reden.

Mist. Ausgerechnet jetzt, wo er auf dem Berg war. Simon überlegte umzudrehen. Aber wenn er schon mal hier oben war und Marie sich noch ein wenig gedulden konnte, würde er erst fliegen und ihr mit einem klaren Kopf gegenübertreten.

Simon:
Kannst du in einer Stunde
an der Talstation sein?
Dann lade ich dich
zum Essen in Oberstdorf ein.

Sein Handy gab einen Warnton von sich, dass sein Akku fast leer war. Als Arzt achtete er eigentlich immer darauf, dass das nicht passierte. Aber im Moment war es nicht so schlimm. Auf den Höhenmesser konnte er bei einem Abgleiter ins Tal verzichten, genau wie auf die Wetter-App. Und den Akku konnte er im Auto laden, wenn er mit Marie nach Oberstdorf unterwegs war. Oder zu Hause, falls sie keine Lust hatte, auf ihn zu warten.

Marie:
Okay.

Das klang nicht überschwänglich, aber auch nicht nach totaler Abweisung. Er schob sein Handy in die Oberschenkelhalterung und kontrollierte seine Leinen.

»Du bist dran«, rief der alte Schubert ihm über den Startplatz zu und hob den Daumen.

Simon antwortete auf die gleiche Weise, warf noch einmal einen Kontrollblick auf seinen Schirm hinter sich und lief an.

Wie immer genoss er den Kick, als er den Boden unter den Füßen verlor und glitt dann in die absolute Stille, die ihm inneren Frieden bescherte. Er hatte das Gefühl, dass sich Marie und er so ähnlich anfühlen könnten. Das aufgeregte Klopfen seines Herzens, wenn sie sich küssten, berührten. Und die angenehme Zufriedenheit und Ruhe, wenn sie zusammen am Haus ihrer Großmutter herumwerkelten und nach getaner Arbeit mit einem Glas Wein oder einem kalten Bier in diesem überwältigend schönen Garten saßen, der noch beeindruckender war als der seiner Schwester. Und war das nicht genau das, was er sich für seine Zukunft wünschte? Die Ausgeglichenheit zwischen diesen beiden Gegenpolen, die sich irgendwie gegenseitig zu bedingen schienen. Genau so würde er es Marie erklären, wenn er sie gleich traf.

Er steuerte den Schirm in Richtung Landeplatz. Marie konnte ihm von ihren Ängsten und Sorgen erzählen. Dann konnte er sie zerstreuen und ihr versichern, dass das mit ihnen beiden eine gute Idee war.

Sein Herzschlag beschleunigte sich. Auch das lag nicht an der Landung allein, sondern an seiner Vorfreude, den Abend mit Marie zu verbringen.

Er hatte den Boden schon fast erreicht, als sein Handy wieder das Akku-Warnsignal von sich gab und im nächsten Moment zu klingeln begann. Simon warf einen flüchtigen Blick auf das Display und las Sannas Namen. »Mist!« Ein Anruf seiner Schwester konnte nur bedeuten, dass es einen Notfall gab.

Er landete, lief aus und nahm sich die Zeit, seinen Schirm zur Seite zu ziehen, damit die Landebahn nicht blockiert war, bevor er das Handy aus der Halterung zog und seine Schwester zurückrief.

»Was gibt's?«, fragte er, als Sanna abhob.

»Hast du schon mal mit den Hansens zu tun gehabt?«, wollte sie wissen.

Diese Familie aus Norddeutschland, die sich vor einem Jahr in Waldkirch niedergelassen hatten? »Ja, ihr Sohn heißt

Niklas. Sie waren schon wegen ein paar Kleinigkeiten in der Praxis.«

»Die Mutter hat angerufen und ist auf meiner Notfallumleitung gelandet. Der Junge hat schlimme Hustenanfälle und bekommt schlecht Luft. Sie wusste nicht, ob sie herkommen oder nach Oberstdorf ins Krankenhaus fahren sollte. Ich hab ihr gesagt, dass die Praxis schon geschlossen ist, aber jemand vorbeikommt. Ich kann das übernehmen, aber …«

Das Piepsen des Akkus übertönte seine Schwester.

»Nein«, unterbrach Simon sie. »Ich kenne sie und übernehme das.« Er hatte seinen Gleitschirm bereits zusammengerafft und lief auf den Smart zu. »Gib mir die Adresse und ruf an, dass ich gleich da bin. Mein Akku macht jede Sekunde schlapp.«

Sanna ratterte Straße und Hausnummer herunter, und im nächsten Moment war Simons Akku tot. Er stopfte den Gleitschirm in den Kofferraum des Smart und riss die Fahrertür auf. Dann kramte er nach dem Ladekabel, schloss sein Handy an und schoss aus der Parklücke.

Simon war zu spät. Als er auf den Parkplatz der Talstation einbog, standen dort nur noch zwei Autos. Keins davon war Maries rostiger Golf. Die Seilbahn war für diesen Tag längst geschlossen.

Simon ließ den Smart ausrollen und lehnte den Kopf gegen die Nackenstütze. Was hatte er von Marie erwartet, nachdem sie sich dazu durchgerungen hatte, mit ihm zu reden? Dass sie zwei Stunden hier sitzen und auf ihn warten würde?

Er griff nach seinem Handy. Der Weg zu den Hansens war viel zu kurz gewesen, um das iPhone wirklich aufzuladen. Dann hatte er es auch noch einfach im Auto liegen lassen, und erst auf der Fahrt zur Talstation hatte es wenigstens so weit geladen, dass einige Nachrichten auf dem Display aufploppten.

Simon überflog die Anzeige. Sanna hatte ihm geschrieben und wollte wissen, ob mit Niklas alles in Ordnung war. Er schrieb ihr ein kurzes Update und scrollte dann durch Maries drei Anwählversuche. Keine WhatsApp. Keine Nachrichten auf der Mailbox. »Scheiße!«, fluchte er leise. Er hatte sie ohne ein Wort versetzt. Das würde sie ihm mit Sicherheit nicht einfach so verzeihen.

Er rief ihre Nummer auf und wählte. Nach sieben Freizeichentönen wurde er an Maries Mailbox weitergeleitet. Also legte er auf und versuchte es noch einmal. Diesmal drückte sie ihn weg. Ein Anzeichen dafür, wie sauer sie war.

Simon dachte darüber nach, ihr eine Voice-Mail zu hinterlassen, überlegte es sich dann aber anders. Er warf das Handy auf den Beifahrersitz und startete den Motor wieder. Als er vom Parkplatz der Talstation schoss, hinterließ er eine Staubwolke auf dem trockenen Splitt.

*

Marie hörte den Wagen. Sie saß mit ihrer Großmutter in der Sitzecke hinter dem Haus, ein Glas Wein vor sich, das sie bis jetzt nur dazu benutzt hatte, es in ihren Fingern zu drehen.

Fanny warf ihr einen Seitenblick zu. »Ist er das?«, fragte sie leise.

»Wahrscheinlich.« Marie seufzte. »Ich will ihn nicht sehen.«

Fanny erhob sich umständlich von ihrem Platz und blieb einen Moment stehen, bis sich ihre alten, müden Knochen an die Bewegung gewöhnt hatten. Dann legte sie Marie eine

Hand auf die Schulter. »Wenn du ihn nicht sehen willst, dann musst du ihm das sagen.« Sie beugte sich herunter und küsste Marie auf die Wange. »Ich gehe ins Bett. Mach dir keine Sorgen um Emil, falls du doch noch ausgehen willst.«

»Ich werde auf keinen Fall mehr ausgehen«, protestierte Marie. »Simon hatte seine Chance.«

Fanny war bereits ein paar Schritte gegangen, ehe sie zögerte und sich noch einmal umdrehte. »Wenn sich Simon wie ein Blödmann benimmt, hat er dich nicht verdient, Marie. Aber wenn er Fehler macht …« Sie zögerte abermals. »Wenn er Fehler macht«, fuhr sie dann fort, »benutze sie nicht als Ausrede, um die Flucht anzutreten. Du hast Glück verdient. Halte dich nicht selbst davon ab, es zu finden.« Ohne ein weiteres Wort und ohne eine Antwort von Marie abzuwarten, drehte sie sich um und ging auf das Haus zu.

Sie schloss die Tür in dem Moment hinter sich, in dem Simon um die Ecke bot. Seine Schritte verlangsamten sich, als er sie allein in der Sitzecke entdeckte. Dann straffte er die Schultern und kam entschlossen auf sie zu. »Hey«, sagte er, als er sie erreichte.

»Servus.« Marie blickte auf ihr volles Weinglas, das sie noch immer in ihren Händen drehte.

»Es tut mir leid, Marie«, setzte Simon an.

Doch sie hob die Hand, um ihm das Wort abzuschneiden. »Du musst dich nicht bei mir entschuldigen«, sagte sie zu ihrem Weinglas. »Du bist mir schließlich zu nichts verpflichtet.«

»Bullshit«, fluchte er leise. »Selbstverständlich halte ich eine Verabredung ein, wenn ich etwas ausmache. Daran halte ich mich immer. Aber bei dir war es mir besonders wichtig, dass wir endlich miteinander reden.«

»Tja …« Mehr sagte Marie nicht. Die Ironie seiner Worte müsste eigentlich auch bei ihm angekommen sein.

Simon fuhr sich mit den Händen durch die Haare und verschränkte sie dann an seinem Hinterkopf. »Das hier ist keine Ausrede. Ich wollte mich unbedingt mit dir treffen, aber dann kam ein Notfall rein, praktisch, als ich noch in der Luft war. Ich bin gelandet und losgerast. Mein Handyakku war leer. Es kam einfach alles zusammen. Und als ich dann an die Talstation kam, warst du weg.«

»Natürlich war ich weg.« Sie hatte fast eine Stunde auf ihn gewartet. Aber das würde sie ihm nicht erzählen. Es war geradezu erbärmlich, wie sehr sie darauf gehofft hatte, dass er auftauchen würde, nachdem sie endlich über ihren Schatten gesprungen war. »Was für ein Notfall war das?« Wenn Simon sie wegen eines Kindes versetzt hatte, würde sie ihm nicht böse sein können.

»Ein kleiner Junge mit Pseudokrupp. Die Eltern haben sich furchtbare Sorgen gemacht, weil er so schlecht Luft bekommen hat. Aber dank einem kortisonhaltigen Zäpfchen, einem Entzündungshemmer und viel kalter Luft vor dem Kühlschrank geht es ihm schon viel besser.«

Marie seufzte und legte den Kopf in den Nacken. »Jetzt fühle ich mich wie die letzte Idiotin«, murmelte sie und hielt den Blick auf die Bergspitzen vor sich gerichtet. »Sauer, während du ein Kind gerettet hast.«

»Ich musste es nicht retten. Ich habe ihm nur geholfen.« Simon ließ sich auf die Kante der Sitzbank fallen. »Und du bist keine Idiotin«, sagte er mit Nachdruck. »Du hattest verdient, dass ich dir trotz allem Bescheid gebe. Und das habe ich vermasselt. Also gib dir bitte nicht die Schuld daran.« Er griff nach Maries Hand und verschränkte seine Finger mit ihren, so, als wolle er vorsichtig testen, ob sie ihm verzieh. »Können wir jetzt noch reden?«, fragte er leise. »Oder ist es dafür schon zu spät?«

Marie blickte auf ihre verbundenen Hände hinab. Sie mochte die Wärme, die von seiner Haut ausging. Was er wohl mit zu spät meinte? Zu spät für diesen Abend? Oder zu spät für sie beide? »Wir können noch reden«, erwiderte sie leise.

Simon schaute zum Haus hinüber. »Ist das hier eine sichere Sache, oder werden wir Zuhörer haben?«

Marie folgte seinem Blick mit den Augen. »Wir sollten vielleicht einen kleinen Spaziergang machen«, schlug sie vor.

»Gute Idee.« Simon zog sie hoch und schlenderte in Richtung des Weges, der durch Fannys Garten auf die Felder führte. Die Sonne war bereits hinter die Bergketten gesunken, aber in der Dämmerung konnten sie den Weg vor sich noch immer gut genug erkennen. »Willst du anfangen? Oder soll ich?«

»Hmm.« Marie warf ihm einen Seitenblick zu. »Ich glaube, ich möchte wissen, wohin das hier führen soll«, platzte die Frage aus ihr heraus, die ihr am meisten zu schaffen machte. »Was willst du von mir, Simon?« Als er nicht sofort antwortete, fuhr sie fort. »Du flirtest mit den Frauen. Ich habe dich und Mats über Dr. Ritter reden hören. Der alte Sepp an der Talstation hat erzählt, dass du erst vor Kurzem mit einer verrückten Gleitschirmfliegerin ausgegangen bist. Und heute hat uns deine Schwester erwischt. Sie hatte diesen wissenden Blick, als sie an mir vorbeigestürmt und in dein Sprechzimmer marschiert ist. Gib es zu: Sie weiß, dass wir uns geküsst haben. Und sie hat vermutlich alles versucht, um dich davon abzubringen, das zu wiederholen.«

»Das stimmt.« Simon grinste sie von der Seite an. »Sie wusste das tatsächlich. Aber nur, weil sie ständig mit Mats in ihrem Behandlungszimmer rummacht und den gleichen Blick im Gesicht hat wie wir beide, wenn sie danach in den Spiegel schaut. Aber versuchen, mich davon abzubringen?« Er drückte ihre Hand. »Nee. So was würde sie nie versuchen, weil sie sich dann sicher sein könnte, dass ich genau das Gegenteil davon tue. Ganz abgesehen davon, dass Sanna mich für einen nervigen großen Bruder hält, dich aber sehr mag. Wahrscheinlich wünscht sie dir einen cooleren Typen als mich.« Er lachte. »Das ist sogar ziemlich wahrscheinlich. Und was die anderen Frauen angeht: Crazy Resi, so hieß die Frau, von der der alte Sepp gesprochen hat. Die war wirklich verrückt. Ich bin nur einmal mit ihr essen gegangen, was aus einer Portion Nachos, einem Tanz auf einem Tisch und einem Angebot für ein bisschen Spaß nebenbei bestand. Sie hatte nämlich bereits eine Beziehung mit einem rockermäßigen Typen – der aber angeblich kein Problem damit hatte.« Simon schüttelte sich, als laufe ihm ein Schauer über den Rücken. »Ich bin nicht lange genug geblieben, um herauszufinden, ob das stimmt.«

Marie wollte nicht lachen, aber Simons Erzählung ließen ihr wirklich keine andere Wahl. »Du hast ein ziemlich skandalöses Datingleben, Simon Thaler.«

»Und das ist die Stelle, an der du ins Spiel kommst, Marie Brunner.«

Lachend machte sie sich von ihm los und brachte Abstand zwischen Simon und sich. »Was?« Sie drehte sich um und lief ein paar Schritte rückwärts vor ihm her. »Ich will in diese Ausschweifungen nicht mit hineingezogen werden.«

*

Simon machte eine schnelle Bewegung, erwischte ihre Hand und zog sie an sich. »Das Einzige, in das ich dich hineinziehen will, ist ein ausschweifender Kuss.« Er ließ seine Lippen über ihre gleiten. »Oder zwei«, murmelte er, als sie an seinem Körper weich wie Wachs wurde. »Oder tausend.«

»Komm mit«, flüsterte Simon an ihren Lippen, bevor er Marie noch einmal küsste. Als er sich schließlich von ihr löste, griff er abermals nach ihrer Hand und schlug die Richtung zur Probenscheune ein. Dort konnten sie sich in Ruhe hinsetzen und reden. Nach dem, womit Marie gerade schon herausgeplatzt war, war der Bedarf, sich auszusprechen, sogar noch größer, als er angenommen hatte.

Er spürte, dass Marie geradezu vibrierte vor Fragen und Dingen, die sie sagen wollte. Wenn er das Gefühl hatte, dass sie es nicht länger aushielt, zog er sie zu einem Kuss an sich, murmelte an ihren Lippen, dass sie nur noch ein wenig Geduld haben musste. Versprach ihr, dass er jede ihrer Fragen beantworten würde, wenn sie sich vor der Scheune gegenübersaßen. Marie ließ sich darauf ein, auch wenn die Küsse dafür sorgten, dass sie wesentlich länger brauchten, bis sie das Refugium der Cover Bandits erreichten.

»Nimm Platz«, bat er Marie und deutete auf die Picknick-Garnitur neben dem Scheunentor. »Bier oder Wein?«

Marie hockte sich auf die Kante der Bank, als sei sie noch immer im Fluchtmodus und nur hier, weil Simon sich geweigert hatte, ihre Hand loszulassen. »Ich würde ein Glas Wein nehmen, wenn du welchen da hast.«

»Kommt sofort.« Er schloss auf und zog das Tor nur so weit auf, dass er hindurch schlüpfen konnte. Im Inneren schob er den Stecker in die Steckdose, der die Lichterketten am Giebel aufleuchten ließ. Mit den drei Kerzen, die er auf die Schnelle fand und auf ein Tablett stellte, würde das draußen für genug Licht sorgen, um sich bei ihrem Gespräch noch in die Augen sehen zu können. Eine etwas romantische Stimmung konnte Simons Meinung nach ebenfalls nicht schaden. Er zog ein Bier aus dem Kühlschrank und goss Marie aus einer kalt gestellten Weinflasche ein Glas ein. Die Kerzen zündete er bereits an, bevor er das Tablett nach draußen balancierte.

Er entspannte sich ein wenig, als er sah, dass Marie sich inzwischen richtig an den Tisch gesetzt hatte. Ihre Haare funkelten unter den Lichtreflexen, die die Lichterketten über ihr in die Dunkelheit warfen, wie flüssiges Kupfer. Simon wurde einmal mehr bewusst, wie atemberaubend sie war. Was irgendwie nach einem schrägen Gedanken klang. Er hatte natürlich immer gewusst, dass sie schön war. Aber dieses Schön war ein anderes, ein persönlicheres. Eines, das auch unter ihrer blass schimmernden Haut lag. Das in dem geheimnisvollen Blau-Grün ihrer Augen schimmerte. Ein Schön, das nur er wahrnehmen konnte.

»Bitte sehr.« Er reichte ihr den Wein und platzierte die Kerzen so auf dem Tisch, dass sie genug Licht verbreiteten, aber nicht zwischen ihnen standen. Dann schob er das Tablett zur Seite und hielt sein Bier zu einem Toast hoch. »Auf uns«, sagte er leise. »Danke, dass du dich auf dieses Gespräch einlässt.«

Marie stieß mit ihm an und blickte dann für einen Moment stumm in das Kerzenlicht, bevor sie den Blick wieder hob und Simon direkt in die Augen sah. »Was willst du von mir, Simon?«, fragte sie ihn noch einmal. Geradeheraus. Er glaubte, im flackernden Licht zu erkennen, wie sich ihre Wangen rosa färbten. Aber diesmal lieferte sie ihm keine Vorlage wie sein skandalöses Datingleben. Sie wartete einfach ab, was er zu sagen hatte.

»Wo fange ich an?« Simon nippte an seinem Bier und legte dann nachdenklich den Kopf schief. Das Wechselspiel aus Licht und Schatten, das die Kerzen über Maries Gesicht legten, lenkte ihn ein wenig ab, weil er das Bedürfnis hatte, jede dieser orangegoldenen Linien auf ihrer Haut mit den Fingerspitzen nachzuziehen. Oder mit den Lippen … Er blinzelte und räusperte sich. Antworten zuerst. Küsse danach. »Ich bin kein Weiberheld, falls du das denken solltest«, begann er. »Ich habe drei ernsthafte Beziehungen geführt, von denen eine damit endete, dass ich verlassen wurde, einmal habe ich Schluss gemacht, und einmal waren wir uns einig, dass es nirgendwohin führt und uns einvernehmlich getrennt. In den letzten zwei Jahren war ich solo.« Er zuckte mit den Schultern. »Ja, ich hatte hier und da eine kleine Affäre, die ebenfalls nirgends hingeführt hat«, gab er zu, weil er ehrlich sein wollte. »Aber in letzter Zeit hat sich das nicht mehr wirklich gut angefühlt. Ich will das, was meine Schwester und mein bester Freund haben. Ich will das, was meine Eltern über so viele Jahrzehnte teilen. Ich möchte von diesen oberflächlichen Geschichten weg.«

Jetzt war es an Marie, den Kopf schräg zu legen. »Und da bin ich dir in den Sinn gekommen?«, fragte sie. Die Ironie in ihrer Stimme war nicht zu überhören.

Simon lachte leise. Die Wahrheit, befahl er sich innerlich. Sag die Wahrheit. »Nein. Eigentlich nicht.«

Damit brachte er Marie zum Lachen.

»Als ich dich vor ein paar Wochen beim Bäcker wiedergesehen habe, war ich schockiert davon, wie die Seibold dich und Emil behandelt hat. Zu dem Zeitpunkt wusste ich noch gar nicht, dass du dich in der Praxis beworben hattest. Aber ich hätte dir auf der Stelle einen Job angeboten, nur um diesen gemeinen Weibern den Mittelfinger vors Gesicht zu halten.«

»Was ganz eindeutig die falschen Gründe für ein Jobangebot wären«, erwiderte sie leise.

»Das stimmt. Aber der Blick in ihre schockierten Gesichter hätte mir durchaus gefallen.« Simon beugte sich ein wenig vor. »Um das klarzustellen, weil ich immer wieder das Gefühl habe, dass du an meiner Motivation zweifelst. Und an der von Sanna und Mats. Wir haben dich aus zwei Gründen eingestellt: Weil du einen sehr guten Lebenslauf mitbringst und weil wir schon lange regelrecht verzweifelt auf der Suche nach einer Medizinischen Fachangestellten waren. Für uns bist du ein Glücksfall, über den wir sehr dankbar sind. Die Arbeit, die du leistest, ist fantastisch, und weder ich noch meine Schwester und mein Freund haben bereut, dich eingestellt zu haben.«

Er sah, wie Maries Schultern sich ein wenig entspannten. »Nicht jeder war so begeistert, mich zu sehen«, erwiderte sie trotz allem leise.

Simon nippte an seinem Bier und lächelte sie dann an. »Was einer der Gründe war, warum ich von ›Ich würde es euch gern zeigen, ihr ignoranten Idioten‹ zu ›Ich bewundere dich, Marie‹ übergegangen bin. Denn genau das tue ich. Ich bewundere dich. Für die Stärke, mit der du dich den Tratschtanten und Hetzern gegenüberstellst. Die im Übrigen weniger und weniger werden, wenn du mich fragst. Für die Liebe und Aufopferung für deine Familie. Ach«, er winkte ab, »ich könnte noch viel mehr aufzählen, aber dann sitzen wir noch ewig hier.«

Wieder schaffte er es, Marie ein kleines Lachen zu entlocken, und die Schmetterlinge in seinem Bauch schlugen mit den Flügeln, als wären sie ein bisschen aufgeregt.

»Deshalb hast du mich geküsst?« Ihre Stimme klang leise,

und sie senkte abermals die Lider, als wäre sie nicht sicher, welche Antwort sie hören wollte.

»Hmm.« Simon lehnte sich wieder zurück. »Ich habe dich geküsst, weil ich in diesem Moment nicht anders konnte. Nach dem Scheunenfest wollte ich mich mit Anna verabreden. Sie hat mir einen Korb gegeben.« Er lachte. »Mit der Begründung, dass meine Gedanken bei einer anderen Frau sind. Und mit solchen Männern verabredet sie sich nicht. Was absolut nachvollziehbar ist.«

»Ich …« Marie schluckte und sah ihn noch immer unter schüchtern gesenkten Lidern an. »Ich bin diese Frau?«

»So hat Anna es behauptet. Ehrlich gesagt war es mir zu diesem Zeitpunkt selbst noch nicht aufgefallen. Aber je länger ich darüber nachdachte, desto mehr wurde mir bewusst, dass sie recht hatte. Ich habe wirklich viel an dich gedacht. Ich habe es sehr genossen, dich zu küssen. Und ich habe Spaß daran, Zeit mit dir zu verbringen. Natürlich auch mit Emil und Fanny. Aber vor allem mit dir.«

»Was ist … mit meiner Vergangenheit? Mila arbeitet für dich. Sie hasst mich. Nikola hasst mich. Das sind deine Freunde.« Sie schüttelte leicht den Kopf, als hätte sie dieses Szenario durchdacht und wäre zu dem Schluss gekommen, dass das, was er wollte, ein Ding der Unmöglichkeit war.

Simon schob seine Hand über den Tisch und verschränkte seine Finger mit Maries.

»Deine Vergangenheit, wie du es so abwertend nennst, spielt keine Rolle. Nicht für mich jedenfalls. Mila und Nikola haben ein eigenes Leben, um das sie sich Gedanken machen können. Es geht sie nichts an, was zwischen dir und mir passiert. Du hast recht, Mila benimmt sich noch immer ein bisschen schwierig. Aber Nikola hat noch kein negatives Wort über dich verloren, seit du wieder da bist. Ich bin mir gar nicht sicher, ob sie dich wirklich hasst.«

»So einfach ist das nicht, Simon, das weißt du genau. Die Meinung der Leute über mich spricht für sich, und ein jahrelanger Hass lässt sich nicht einfach so zur Seite schieben. Am Ende beschädige ich damit deinen Ruf.«

Simon lächelte. »Ich mache mir um meinen Ruf wenig Gedanken. Ich bin hier der Kinderarzt, und Kinderärzte werden zurzeit mit Gold aufgewogen. Ich mache mir wenig Sorgen, dass jemand mich boykottiert, nur weil ihm mein Liebesleben nicht passt.«

»Liebesleben«, murmelte Marie und starrte wieder abwesend in die Kerzen.

»Das ist vielleicht ein weit gefasster Begriff«, sagte Simon schnell, weil er befürchtete, Marie allein mit diesem Wort in die Flucht zu jagen. Dabei war sie ihm gegenüber in diesem Moment so offen wie noch nie. »Ich hatte Spaß in den letzten Wochen«, gestand er ihr. »Zeit mit dir zu verbringen ist schön.«

»An unserem Haus und in unserem Garten herumzureparieren hat dir Spaß gemacht. Aber Simon, du warst so … Ich weiß auch nicht … da war dieser Kuss, bevor wir das Dach geflickt haben. Und dann … nichts mehr. Deine netten Gesten, ja. Aber bis heute in der Praxis hatte ich keine Ahnung, was du eigentlich von mir willst. Das, was du ausstrahlst, ist so widersprüchlich.«

Wieder lachte Simon. »Klassische Fehlkommunikation«, sagte er und zwinkerte Marie zu. »Du schleppst ziemlich viel emotionales Gepäck mit dir rum. Mir war klar, dass ich dich nicht in ein paar Tagen davon überzeugen konnte, dass es eine gute Idee ist, sich Hals über Kopf in eine Beziehung mit mir zu stürzen. Also dachte ich, ganz Gentleman, ich lasse dich erst einmal in Ruhe über diesen Kuss nachdenken und überlasse dir den nächsten Schritt.« Er führte seine mit Maries verbundenen Hände an seine Lippen und hauchte einen Kuss auf ihre Handfläche. »Da ich jetzt alles gesagt habe, was ich loswerden wollte, bleibt eigentlich nur eine Frage: Was erwartest du von mir?«

*

Maries Herz schlug einen Salto. Zumindest fühlte sich ihr Brustkorb so an. Was erwartete sie von Simon?

Sie nippte an ihrem Wein, drehte das Glas dann noch ein wenig in der Hand, um Zeit zu gewinnen. Simon war überraschend ehrlich gewesen und hatte seine Karten sehr offen auf den Tisch gelegt. »Ich habe versucht, nicht darüber nachzudenken«, versuchte sie sich am gleichen Maß Ehrlichkeit. »Die Signale, die du ausgesandt hast, waren so widersprüchlich. Ich wusste einfach nicht, was ich damit anfangen sollte. Was ich mit dir anfangen sollte. Und ich glaube, egal, auf was das hier hinauslaufen sollte, es ist keine gute Idee. Ich habe schon einmal einen Shitstorm erlebt, weil ich mit einem der goldenen Söhne der Stadt angebandelt habe. Das wird mir kein zweites Mal passieren.«

»Dann muss ich die Frage wohl anders stellen«, versuchte sich Simon an der Imitation eines strengen Richters. »Was würdest du von mir erwarten, wenn alle anderen keine Rolle spielen würden?«

»Es ist wahrscheinlich eher die Frage, was ich von mir selbst erwarten würde.« Marie sah ihm in die Augen. »Ich würde mir wünschen, dass ich deinen netten Gesten nicht so ablehnend und skeptisch gegenüberstehen würde. Ich würde mir wünschen, dass ich die Zeit, die ich mit dir verbringe, mehr genieße und mich in den Moment fallen lasse. Und von dir«, Maries Herz klopfte wie verrückt, aber sie würde so ehrlich und offen bleiben, wie er ihr begegnete. Sie zog ihre verbundenen Hände über den Tisch und presste ihre Lippen nun ihrerseits auf seine Handfläche, »von dir würde ich mir wünschen, dass du mich noch einmal so küsst.«

»Wie?«, versuchte Simon sie offensichtlich aus der Reserve zu locken. »Wie bei unserem ersten Kuss? Wie heute in der Praxis? Wie vorhin, auf dem Weg hierher?«

»Halt die Klappe«, tadelte Marie ihn milde. Sie erhob sich von ihrem Platz, ohne ihre Hand aus seiner zu lösen, trat um den Tisch herum und setzte sich neben ihn. »Küss mich einfach.«

Diesem Befehl würde er sich ganz sicher nicht widersetzen. Er strich mit den Fingerknöcheln über Maries Wange, spürte die weiche Haut unter seinen Fingerspitzen und den blumigen Duft ihres Haares, als er ihr eine verirrte Strähne sanft hinter das Ohr strich. Seine Lippen senkten sich auf ihren Mundwinkel, verharrten dort einen Moment, und Maries Herz schlug einen weiteren Looping.

Dann übernahm ihre Sehnsucht nach Simon die Führung. Ihr Verlangen nach einem richtigen Kuss. Nicht nach einem wie ihrem ersten, oder einem wie in der Praxis. Sie wollte einen neuen. Einen, den sie für immer mit den Lichterketten und Kerzen, dem Duft nach Simon und dem Heu auf den Feldern und dem Gesang der Grillen verbinden konnte. Einen Sommerkuss. Sie neigte ihren Kopf. Sorgte dafür, dass seine Lippen von ihrem Mundwinkel glitten. Strich mit der Zungenspitze über seine Unterlippe und entlockte ihm damit einen Laut, der ihr einen sinnlichen Schauer über den Rücken jagte. »Simon«, murmelte sie an seinen Lippen, so, als wolle sie sichergehen, dass er noch da war und sie hielt, damit sie nicht von ihren Emotionen davongetragen wurde. Einfach so davonschwebte.

Aber er hielt sie, zog sie auf seinen Schoß und legte die Arme um sie, ohne den Kuss zu unterbrechen. Seine Hände glitten an ihren Seiten hinauf und wieder herunter. Fuhren unter ihr Shirt und über ihren Rücken.

Maries Finger strichen durch die dunkeln Wellen seiner Haare. Sie zog ihn noch näher an sich, wünschte sich so sehr, dass er ihre Brüste berührte, als er wieder an ihren Rippen nach oben strich, diesmal unter dem Stoff ihres Shirts. Seine Hände auf ihrer Haut, die kleine Glücksfunken durch ihren Körper schickten. Sie wollte mehr davon. Mehr von ihm. Mehr …

»Marie.« Simon löste sich sanft von ihren Lippen. Er lehnte seine Stirn an ihre, und sie konnte nicht nur an seinem heftigen Atem, sondern auch am schnellen Heben und Senken seines Brustkorbes erkennen, dass es ihm schwerfiel, den Kuss zu unterbrechen. »Warte kurz«, murmelte er, bevor er seine Lippen noch einmal über ihre gleiten ließ und sich dann abermals zurückzog. »Warte kurz.« Sie hatte das Gefühl, dass er weniger zu ihr sprach, als sich selbst ermahnte.

»Was ist?«, wisperte Marie. Sie hatten sich ausgesprochen. Sie waren ehrlich zueinander gewesen. Und doch konnte die Unsicherheit, die seit so vielen Jahren in ihr schlummerte, nicht von einer Sekunde auf die nächste den Rückzug antreten.

»Nichts. Ich will nur …« Er zog Marie so an sich, dass sie ihren Kopf in seine Halsbeuge legen konnte. »Ich will es nicht überstürzen, okay?« Simon klang beinahe schüchtern bei diesen Worten. »Ich will dich kennenlernen, Zeit mit dir verbringen. Schauen, wohin das führt. Und das willst du sicher auch. Aber Marie«, er lehnte sich ein Stück zurück, und sie hob ihren Kopf, um ihm in die Augen sehen zu können. »Du hast ein paar miese Erfahrungen in Waldkirch gemacht. Wenn du noch einmal mit einem Mann von hier zusammen bist, dann soll sich das anders anfühlen. Besser. Viel besser.«

O Gott. Maries Herz raste. Hatte er das gerade wirklich zu ihr gesagt? »Simon, du bist …« Sie wusste nicht, wie sie in Worte fassen sollte, dass noch nie jemand etwas so Wundervolles zu ihr gesagt hatte. »Du …« Statt stammelnd nach weiteren Wörtern zu suchen, die gar nicht beschreiben konnten, was für ein besonderer Mann er war, presste sie ihre Lippen auf seine und ließ sich erneut in einen tiefen Kuss sinken, bevor sie »Danke« murmelte.

Marie verlor das Gefühl für Raum und Zeit. Dieser Kuss fühlte sich an wie ein Versprechen. Sie hätte Simon endlos so weiterküssen können. Sie hätte ihre Hände noch weiter unter sein Shirt schieben können. Sie wollte den Kontakt zu ihm nicht verlieren. Nicht den ihrer Lippen auf seinem Mund. Nicht den ihrer Fingerspitzen auf seiner Haut.

Doch irgendwann löste sich Simon von ihr, strich mit seinen Lippen über ihre Wange und ließ Gänsehaut auf ihrer Haut aufblühen, als sein Atem beim Sprechen über ihren Hals strich. »Wir haben Zeit«, wisperte er. »Lass es uns langsam angehen.«

Einen Moment blinzelte Marie überrascht. Und dann begriff sie: Simon tat das für sie. Ihm war klar, dass sie sich nicht von jetzt auf gleich in dieses Abenteuer stürzen konnte. Das hatte sie einmal getan – und litt noch immer unter den Folgen. Irgendwann hätte sie mit Sicherheit die Reißleine gezogen.

Ein weiteres Mal flüsterte sie »Danke«, bevor ihre Lippen abermals in einem Kuss verschmolzen.

Als sie sich diesmal voneinander lösten, murmelte Simon ein heiseres »Ich bringe dich jetzt nach Hause«. Er schob Marie sanft von seinem Schoß, löschte die Kerzen und schaltete die Lichterketten aus.

Der Vollmond, der das Panorama der Berge in einen Scherenschnitt verwandelt hatte, leuchtete hell genug, dass Marie und Simon ihren Weg zu Fannys Haus zurück auch ohne das künstliche Licht der Handylampen fanden. Hand in Hand schlenderten sie durch die Nacht, blieben immer wieder stehen, um sich zu küssen, bis sie den Hof erreichten. Das Haus lag im Dunkeln, als sie neben dem Smart stehen blieben.

Simon lächelte sie an. »Hättet Emil und du Lust, morgen mit mir Pizza essen zu gehen? Fanny natürlich auch, wenn sie möchte.«

»Oh.« Als ob Marie aus einer Zeitblase gefallen wäre, stolperte sie erschrocken einen Schritt zurück – und landete in der Realität. »Simon.« Sie legte die Hände auf seinen Brustkorb. Sein Herz schlug stark und stetig unter ihren Fingern, und seine Haut fühlte sich auch durch das Shirt warm und einladend an. Marie durfte sich nicht davon ablenken lassen. »Können wir das, was da zwischen uns passiert, für uns behalten?« Marie schluckte. »Ich meine …« Sie senkte den Blick auf ihre Hände, die noch immer auf seinem Oberkörper lagen. »Ich glaube, es ist besser, wenn wir das nicht gleich an die große Glocke hängen.«

Als Simon ihr nicht antwortete, hob Marie den Blick wieder. Bevor sie noch etwas sagen konnte, zog Simon sie wieder an sich und hielt sie fest. »Dann Pizza bei euch«, korrigierte er sich. »Du sagst, was ihr mögt, ich bringe sie mit.«

Marie schloss die Augen und schob ihre Arme um Simons Mitte, um ihn an sich zu drücken.

»Mach dir keine Sorgen«, murmelte er. »Wir lernen uns ja erst kennen. Wir können das für uns behalten.« Dann löste er sich wieder von ihr und küsste sie. »Ich muss los.« Er öffnete die Wagentür, drehte sich dann aber noch einmal um und zog sie zu einem weiteren, kurzen Kuss noch einmal an sich. »Jetzt muss ich aber wirklich los«, sagte er und stieg so schnell in den Smart, als befürchte er, es sich in der nächsten Sekunde noch einmal anders zu überlegen.

20

Simon:
Ich weiß, du möchtest das mit uns noch ein wenig geheim halten. Aber morgen Abend treffen wir uns alle in der Alpenliebe. Und ich habe mich gefragt, ob du nicht trotzdem Lust hast, mich zu begleiten.

Simon:
Ich würde wirklich gern mit dir ausgehen. Meine Freunde sind nicht so schlimm, wie du denkst.

Marie:
Es tut mir leid. Ich kann nicht. 💔

Simon hielt Wort. Marie sah am nächsten Tag nicht viel von ihm, weil sie hauptsächlich Sanna und Mats unterstützte und er am Mittag nach Oberstdorf fuhr, um die weitere Behandlung von Paul zu besprechen.

Er hatte sie nicht gefragt, welche Pizza sie mochte. Aber als er am Abend mit vier duftenden Pappschachteln aus seinem Smart stieg, erfuhr sie von ihrem Sohn, dass er angerufen und sich nach dem jeweiligen Lieblingsbelag erkundigt hatte. Wie auch bei seinen bisherigen Besuchen passte sich Simon perfekt in ihre Familie ein, ohne sich dafür besonders anstrengen zu müssen. Er lauschte Emils Abenteuern aus der Kita. Bezirzte Fanny, um nach der Pizza noch ein Stück ihres Pfirsichkuchens abzustauben.

Maries Sohn bestand darauf, von Simon ins Bett gebracht zu werden und seine Gutenachtgeschichte vorgelesen zu bekommen. Erst als er sich für den Abend verabschiedete und Marie ihn zu seinem Wagen begleitete, schafften sie es, ein paar verstohlene Küsse auszutauschen.

Als Marie hinter das Haus zurückkehrte, um die Pizzaschachteln wegzuräumen, stellte sie überrascht fest, dass ihre Großmutter noch in der Sitzecke saß und ihr entgegenblickte. »Ich dachte, du bist schon ins Bett gegangen.«

»Setz dich doch noch einen Moment zu mir«, ignorierte Fanny ihre Bemerkung.

Marie ließ sich auf ihren Platz von zuvor fallen und griff nach dem Eisteeglas, das ihre Großmutter nachgefüllt hatte.

»Du und Simon Thaler …«, begann Fanny.

»Nein.« Marie schüttelte den Kopf. »Da ist nichts, worüber es sich zu sprechen lohnt.« O verdammt, es gab so viel, worüber sie reden wollte. Aber sie hatte nicht das Gefühl, dass Fanny die Richtige für dieses Gespräch war. Ihre Großmutter hatte schon einmal miterleben müssen, was passiert war, als Marie sich mit jemanden aus Waldkirch eingelassen hatte. Fanny hatte damals so mit ihr gelitten, ohne ihr helfen zu können. Marie wollte nicht, dass sie sich noch einmal solche

Gedanken machen musste. Vor allem, weil sie überhaupt nicht wusste, wohin das mit Simon führen würde.

»Hmm.« Fanny nippte an ihrem Eistee.

Marie schwieg, aber als auch ihre Großmutter nichts sagte, verlor sie diesen Wettkampf in Sturheit, genau wie sie es früher nie geschafft hatte, Fanny auszusitzen. »Was hmm?«, fragte sie.

Ihre Großmutter ließ sich noch einen Moment Zeit, bevor sie antwortete. »Es wundert mich nur ein bisschen. Das ist alles.«

»Was wundert dich?«, schob Marie pflichtschuldig nach.

»Dass es sich darüber nicht zu sprechen lohnt, dass deine Augen aufleuchten, wenn dieser rote Smart auf unseren Hof gerollt kommt. Dass es nicht nennenswert sein soll, dass deine Wangen glühen und deine Haare völlig durcheinander sind, wenn ihr für ein paar Sekunden allein gewesen seid. Und natürlich wundert es mich, dass Simon ständig bei uns herumhängt. Versteh mich nicht falsch«, sagte sie, als Marie den Blick von ihrem Glas hob und ihre Großmutter fixierte, »ich bin sehr dankbar, dass er dir hilft, dieses Haus und das Grundstück in Ordnung zu bringen. Aber ich bin nicht alt und senil genug zu glauben, dass er das alles für ein frisches Brot und ein Glas meiner Apfelbutter tut. Und sicher auch nicht, um sich Emils fantasievolle Abenteuergeschichten anzuhören. Also, willst du mich für alt und begriffsstutzig verkaufen, oder gibst du zu, dass du dich zu ihm hingezogen fühlst?«

Marie legte den Kopf in den Nacken und blickte in die Wolkenbänder, die am Mond vorbeizogen. »Das ist alles nicht so einfach«, versuchte sie sich an einer Erklärung, ohne etwas erklären zu müssen.

»Aus meiner Perspektive sieht das ziemlich einfach aus«, widersprach ihre Großmutter. »Simon scheint dich sehr zu mögen. Und du magst ihn auch. Aber du verbietest dir, glücklich zu sein, weil du glaubst, das nicht verdient zu haben.«

Marie schnaubte. Wie immer brachte Fanny es auf den Punkt, nur dass sie sich in einer Sache irrte. »Ich habe es nicht verdient. Ich habe ihn nicht verdient.«

»Jetzt hör mir mal zu.« Ihre Großmutter sprach die Worte liebevoll aus, beugte sich aber vor und fixierte Marie mit einem eindringlichen Blick. »Du hast es so was von verdient, glücklich zu sein. Du bist ein wundervoller Mensch. Du bist eine liebevolle Mutter, eine fantastische Arzthelferin.« Sie legte die Hand auf ihren Brustkorb. »Aber das, was damals passiert ist, war eine tragische Verkettung unglücklicher Umstände.«

»Und falscher Entscheidungen«, warf Marie ein.

»Und falscher Entscheidungen«, stimmte Fanny ihr mit einem Nicken zu. »Aber nicht nur du hast an diesem Tag Fehler gemacht. Und du solltest nicht diejenige sein, die die ganze Schuld auf sich nimmt. Das habe ich dir schon immer gesagt.« Sie griff nach Maries Hand und drückte sie. »Damals konnte ich damit nicht zu dir durchdringen, und ich verstehe, dass du die Flucht vor all dem, was passiert ist, als die einzige Option angesehen hast. Aber, mein Schatz, diese Zeit ist lange vorbei. Du hast einen wundervollen Mann kennengelernt. Mach das, was ihr jungen Leute so macht.« Sie konnte sich ein Lächeln nicht verkneifen und zwinkerte Marie zu. »Du weißt schon. Genieß es einfach nur eine Weile lang, wenn du das möchtest. Oder lasse es zu einer ernsthaften Beziehung wachsen, die Zukunft hat. Ganz egal, wofür du dich entscheidest. Wichtig ist nur, dass du dir erlaubst, endlich glücklich zu sein. Versprichst du mir das?«

»Fanny …«

»Versprich es mir!«, ließ sich Fanny nicht ablenken.

Marie zog eine Grimasse. »Hat dir schon mal jemand gesagt, dass du verdammt stur bist?«

»Freilich. Irgendwoher musst du das ja haben. Also, versprichst du mir, glücklich zu sein?«

Marie seufzte. »So glücklich wie ich sein kann. Versprochen.«

»Ich glaube, dass das ziemlich glücklich ist«, sagte Fanny. Sie drückte noch einmal Maries Hand und erhob sich. »Und jetzt geh ich ins Bett und überlasse dich noch ein bisschen den Gedanken an diesen hübschen Kerl.«

»Fanny.« Marie stieß ein unterdrücktes Kichern aus.

»Gute Nacht, mein Schatz.« Fanny legte die Hand auf Maries Schulter und küsste sie auf die Wange.

»Gute Nacht.«

Fannys Worte hörten nicht auf, ihre Kreise in Maries Kopf zu ziehen. Langsam und gemächlich, als wollten sie ihren eigenen Glückspfad errichten, auf dem sie dann ihre Runden drehen konnte. Wenn sie so weit war, selbst daran zu glauben.

Simon tat sein Übriges, sie nicht vergessen zu lassen, was sie alles haben konnte, wenn sie bereit dazu war. Wenn sie mehr Nähe zulassen würde. Dabei hatte sie längst nichts mehr gegen die Intimität mit ihm einzuwenden, sie könnte nur die Blicke und das Getuschel der Waldkircher nicht ertragen, wenn das herauskam und jeder der Meinung wäre, Simon hätte etwas Besseres verdient.

Die heimlichen Berührungen, die gestohlenen Küsse und die Blicke, die ihr sagten, wie sehr er sie begehrte, begleiteten sie durch ihre Arbeitstage, und immer wieder erwischte sie sich dabei, dass sie breit grinsend durch die Gegend lief und der Version von »Glücklich sein«, wie ihre Großmutter es definierte, schon ziemlich nahe kam.

Am Donnerstag überredete Simon sie, ihm und den Cover Bandits bei ihrer Bandprobe Gesellschaft zu leisten. Bis zum Waldkircher Sommer war es nicht mehr lange, und die Band hatte ein paar zusätzliche Proben eingeschoben.

Marie zögerte. Sie wollte nicht, dass Simons Freunde über sie tratschten oder vielleicht eine abfällige Bemerkung machten.

Wie meistens schaffte Simon es, ihren Widerstand auf vorsichtige, aber unnachgiebige Art aufzuweichen. Hauptsächlich mit Küssen, die ihr den Verstand vernebelten, bis sie Ja sagte.

Zu ihrer Überraschung verhielten sich die Cover Bandits ihr gegenüber kein bisschen abwertend. Sie drückten ihr ein Bier in die Hand und behandelten sie, als wäre sie das Publikum aus mehreren Hundert Leuten, das beim Waldkircher Sommer vor der Bühne stehen würde. Sie fragten sie nach ihrer Meinung, bezogen sie in ihre Blödeleien mit ein.

Marie nippte an ihrem Bier und entspannte sich zusehends. Simons Freunde waren genau wie er – und Anton – in der Schule zwei Klassen über ihr gewesen. Sie konnte sich nicht an viel aus dieser Zeit erinnern, weil sie sie bereits vor Jahren sorgsam zur Seite geschoben und nie wieder in ihre Gedanken gelassen hatte. Waren die Cover Bandits auch damals schon so umgänglich und kumpelhaft gewesen? Vielleicht wäre sie mit ihnen sogar ganz gut ausgekommen. Aber daran konnte sie sich auch nicht erinnern, als sie vorsichtig ein wenig an ihren Erinnerungen zupfte.

In der Pause setzte sich Simon zu ihr, während Korbi und der Rest der Band über das Arrangement eines Songs stritten.

»Deine Freunde sind wirklich toll«, sagte Marie leise zu ihm.

Simon warf einen Blick zu den laut diskutierenden Männern

und schnappte sich dann Maries Bier, um einen Schluck davon zu trinken. »Manchmal glaube ich, dass sie noch immer zwölf sind und sich um eine Action-Figur streiten. Jetzt zum Beispiel.« Er grinste und reichte Marie die Flasche zurück. »Wie sehen deine Pläne für Sonntag aus?«, wechselte er das Thema, ohne dass sie sich darauf hätte vorbereiten können.

»Sonntag?« Marie schluckte. Was hatte er vor?

Sie spürte, wie Simon seine Hand an ihrem Rücken hinaufschob und sanft begann, ihre Schultern zu massieren. »Keine Panik, Marie«, wisperte er. »Ich habe nur eine Nachricht von meinem Kumpel bekommen, der nach den Scheiben für Fannys Gewächshaus Ausschau halten wollte. Er hat was gefunden, das passt, und ich könnte am Sonntag vorbeikommen und sie einbauen.«

Verdammt. Simon hatte davon geredet, dass er jemanden kannte, der in einer Glaserei arbeitete, aber Marie und Fanny hatten im Moment kein Geld für die Reparatur des Gewächshauses. Die Folie, die sie gespannt hatten, funktionierte und würde auch den Rest des Sommers halten. Sie öffnete den Mund, um abzulehnen. Doch Simon presste seine Lippen auf ihre. »Bevor du etwas sagst«, murmelte er an ihrem Mund, »das ist altes, ausgesondertes Glas, für das es sonst keine Verwendung mehr gibt. Mein Kumpel würde es gegen eines der Apfel-Nuss-Brote deiner Großmutter und zwei Gläser Apfelbutter eintauschen.« Seine Lippen glitten noch einmal über ihre. »Und ich arbeite sowieso für Naturalien.«

»Natürlich.« Sie legte die Hand an Simons Wange und vertiefte den Kuss. »Naturalien.« Diesmal war sie sich sicher, dass er damit kein Abendessen ihrer Großmutter oder ein frisch gebackenes Brot meinte.

Ein kleiner Trommelwirbel brachte Marie dazu, sich von Simon zu lösen. Hitze stieg ihr in die Wangen, als sie in Simons Blick lesen konnte, dass ihre Interpretation von »Naturalien« genau dem entsprach, was er dachte.

Korbi räusperte sich, und das Mikrofon verstärkte das Geräusch und ließ es über die Wiese vor der Scheune schallen. »Wenn ihr zwei dann so weit wärt, könnten wir weitermachen.«

Simon ging zu seinem Platz hinüber und hängte sich die Gitarre über die Schultern – und Marie blieb mit ihren Gedanken zurück. Die sich geradezu überschlugen.

Bis zum Wochenende wurde sie immer unruhiger, immer aufgeregter. Simon geisterte durch ihre Träume. Auf eine Art, die definitiv nicht jugendfrei war.

*

Simon hatte sich Sannas Jeep geliehen, weil das Autohaus immer noch nicht in der Lage war, seinen neuen Bus zu liefern. Heute hätte er ihn wirklich gut brauchen können, um die Scheiben für das Gewächshaus zu transportieren, die auf keinen Fall in den Smart passten. Seine Schwester hatte ihm ihr Auto mit einem wissenden Grinsen allerdings nur zu gern überlassen.

Als er es auf dem Hof vor Fannys Haus ausrollen ließ, goss Maries Großmutter gerade die Blumen in den Kästen neben der Tür.

»Servus, Simon«, grüßte sie ihn lächelnd, als er ausstieg. »Marie ist schon im Garten.«

»Danke.« Simon ging auf sie zu, um sie auf die faltige Wange zu küssen. Für einen Moment inhalierte er den Duft nach Lavendel und frisch gebackenem Brot, der immer um Fanny zu schweben schien. »Und servus. Ich geh gleich hinter.«

Er folgte dem schmalen Weg ums Haus herum, musste aber erst durch den Rosenbogen mit seinem betäubenden Duft treten, ehe er Marie entdeckte, die bereits am Tomatenpalast, wie sie das Gewächshaus nannte, herumwerkelte. Sie hatte ihn noch nicht bemerkt, und Simon genoss den Anblick, den sie bot. Die langen Beine steckten in Jeansshorts, die ihr nur knapp über den Po reichten. Dazu trug sie ein hellgrünes Tanktop, das sich perfekt an ihre Kurven schmiegte. An den Füßen hatte sie Clogs, die über und über mit Blümchen bedruckt waren, und ihre Haare waren zu einem unordentlichen Knoten auf dem Kopf zusammengefasst, der sich leicht nach links neigte.

Sie legte gerade den letzten Rest Folie zur Seite, der die beschädigten Fenster bisher geschützt hatte, und zog ihre Arbeitshandschuhe aus, als sie ihn bemerkte.

»Hey«, sagte sie, als Simon sich wieder in Bewegung setzte und auf sie zuging.

»Hey.« Er wollte sie zur Begrüßung auf die Wange küssen, wie er es sich angewöhnt hatte, um sie nicht gleich in die Flucht zu jagen. Doch Marie überraschte ihn, indem sie ihm die Arme um den Nacken schlang und ihre Lippen auf seinen Mund legte. Ohne ihn loszulassen trat sie zwei Schritte zurück, in den Schatten des Apfelbaums. Simon blieb nichts anderes übrig, als ihr zu folgen. Im Schutz der tief hängenden Äste lehnte sie sich mit dem Rücken an den Stamm, was für Simon ein Zeichen war, den Kuss zu vertiefen und sich gegen sie zu pressen. Sie spüren zu lassen, wie groß sein Verlangen nach ihr war. Dem kleinen Seufzen nach zu urteilen, das sie ausstieß, als er seine Lippen über ihren Hals gleiten ließ, ging es ihr nicht anders als ihm.

»Mama!«

Simon hörte Emil hinter sich durch den Garten preschen wie ein kleiner Bulldozer.

»Mama!«, rief er noch einmal.

»Ich bin hier«, antwortete Marie. Sie sprach mit ihrem Sohn, hielt aber Simons Blick und hob die Fingerspitzen an ihre Lippen, als spüre sie dem Kuss nach. Eine Geste, die ihm auf direktem Weg in den Unterleib fuhr.

Verdammt. Simon musste sich zusammenreißen. Im nächsten Moment würde ein Fünfjähriger vor ihm stehen, dessen Mutter nicht gerade begeistert wäre, wenn er merkte, was sie hier gerade trieben. Auch wenn Marie daran schuld war, dass seine Gedanken ziemlich einseitig unterwegs waren.

»Simon!« Emil strahlte ihn an, als er um den Stamm des Apfelbaumes herumspähte, und hob die Hand zur Ghettofaust.

Simon stieß seine dagegen.

»Ich habe das Auto gesehen«, erklärte der Junge ihm. »Du bist gar nicht mit deinem roten Smart da.«

Simon musste sich beherrschen, um nicht zusammenzuzucken. »Das ist der Jeep meiner Schwester. Aber der Smart ist auch nicht mein Auto«, erklärte er. »Das ist ein Feuerwehrauto für Mäuse oder so was.«

Emil kicherte.

»Lach du nur. Wenn du meinen wunderschönen neuen VW-Bus siehst, wirst du Augen machen.« Falls dieses verdammte Autohaus ihn jemals ausliefern sollte.

»Weißt du was?«, wollte Emil wissen.

»Nein. Was denn?« Simon ging in die Hocke, um mit dem Jungen auf Augenhöhe zu sein.

»Ich gehe heute auf eine Geburtstagsparty«, platzte Emil heraus und wippte vor lauter Aufregung auf den Fußballen.

»Wie cool! Dann wünsche ich dir viel Spaß.«

Marie legte ihrem Sohn die Hand auf die Schulter. »Schatz, schaust du, wo Fanny ist? Ihr müsst gleich los.«

»Ich bin hier«, hörten sie Maries Großmutter, die ihrem Urenkel offenbar etwas langsamer gefolgt war. »Ich habe das Brot und die Apfelbutter für deinen Freund in der Küche stehen«, erklärte sie Simon, wo er die Bezahlung für die Glasscheiben fand. »Daneben steht ein Kräuterzupfbrot, das ich für dich gebacken habe.« Sie zwinkerte ihm zu. »Alles ganz frisch.«

»Danke.« Simon beugte sich hinunter und küsste sie noch einmal auf die Wange.

Fanny kicherte und legte ihm die Hand in einer liebevollen Geste auf den Arm. »Ich hoffe, die Arbeit geht euch schnell von der Hand und ihr müsst euch nicht zu sehr mit dem Gewächshaus schinden.«

»Du bleibst gar nicht hier und leistest uns Gesellschaft?« Simon bemühte sich, den Blick nicht zu Marie wandern zu lassen. Wenn Fanny und Emil unterwegs waren, blieben Marie und er zumindest für eine Weile allein hier. Ganz allein.

»Ich bringe Emil zu seiner Geburtstagsparty«, erklärte Fanny ihm. »Und dann muss ich zu meinem Chortreffen.« Sie seufzte. »Die letzte Probe vor dem Waldkircher Sommer.«

»O ja.« Simon verdrehte die Augen. »Uns bleibt mit der Band auch nicht mehr viel Zeit. Ich wünsche euch toi, toi, toi.«

»Viel Spaß.« Marie küsste ihren Sohn auf den Scheitel und umarmte ihre Großmutter.

Simon wartete, bis die beiden sich unter den Ästen des Apfelbaumes hindurchgebückt hatten und verschwunden waren, bevor er sich unternehmungslustig die Hände rieb. »Na los. Dann wollen wir mal.«

Doch Marie stellte sich auf die Zehenspitzen und zog seinen Kopf zu sich herunter, um ihn noch einmal zu küssen wie gerade eben. »Jetzt können wir anfangen«, sagte sie mit einem frechen Grinsen, als sie sich von ihm löste.

»Na toll«, brummte Simon. »Jetzt können wir anfangen mit Glas zu arbeiten, und meine Hände zittern.«

Marie warf lachend den Kopf in den Nacken, griff nach seiner Hand und zog ihn hinter sich her zum Jeep, um die Scheiben auszuladen.

Mit Marie zu arbeiten machte nicht nur in der Praxis Spaß. Simon konnte verstehen, dass sie zumindest am Anfang nicht so begeistert von seiner Unterstützung gewesen war. Sie war handwerklich sehr geschickt, und so schafften sie es, die neuen Fenster in Rekordzeit einzusetzen, ohne dabei auch nur eine Pflanze im Tomatenpalast zu beschädigen.

»Das ging wirklich schnell«, stellte Marie begeistert fest, als sie mit einem Krug Eistee und Gläsern aus dem Haus kam. Sie stellte alles in der Sitzecke ab, in der ein bunt gestreifter Sonnenschirm, der ihn an die Alpenliebe erinnerte, Schatten spendete.

Simon griff nach einem der Gläser, stieß mit Marie an und nippte daran. »Verdammt«, sagte er überrascht, als er den Eistee wieder absetzte. »Zum Handwerken gehört eigentlich ein Bier, aber das hier ist viel besser.«

»Wenn Fanny etwas in der Küche zaubert, ist es immer lecker«, brachte Marie es auf den Punkt.

»Ja. Eigentlich sollte mich das wirklich nicht überraschen«, stimmte Simon ihr zu und legte Marie den Arm um die Schultern, um sie an sich heranzuziehen.

»Danke für deine Hilfe mit dem Gewächshaus. Fanny liebt das alte Ding wie verrückt, und ich bin froh, dass es noch ein paar Jahre länger durchhält.« Marie schmiegte sich an seine Seite und legte den Kopf an sein Schlüsselbein.

»Das alte Ding wird uns vermutlich alle überleben. Abgesehen davon, dass es wirklich schön aussieht und perfekt in diesen Garten passt. Meine Schwester wäre superneidisch auf den Tomatenpalast. Und ich hab dir gern geholfen.« Er drehte den Kopf und küsste Marie aufs Haar, weil das die einzige Stelle war, die er erreichte, ohne sich großartig bewegen zu müssen. »Ich muss mich bei dir bedanken, dass du meine Hilfe akzeptiert hast. Immerhin bekommst du das meiste allein hin. Aber es ist schön, Zeit mit dir zu verbringen. Auf welche Weise auch immer.«

Marie kicherte. »Das geht mir genauso. Ich erledige wirklich am liebsten alles selbst. Aber mit dir macht es ziemlich viel Spaß.«

»Warum ist das so?«, rutschte Simon eine der Fragen heraus, die ihm schon lange auf den Lippen lagen und die aus Marie nach wie vor ein etwas mystisches Wesen voller Geheimnisse machten.

Sie drehte sich in seinen Armen um und funkelte ihn mit diesem herausfordernden Lächeln an, das er so an ihr mochte. Weil es vor Selbstsicherheit und Mut nur so strotzte. »Warum das so ist?«, fragte sie und hob neckend die Augenbrauen. »Weil …«, sie senkte ihre Lippen auf seinen Hals, wo sie mit Sicherheit spürte, wie Simons Puls dahinjagte, »du sehr gut bist in dem, was du tust.« Sie verstand ihn absichtlich falsch. Doch im nächsten Moment hatte sie sich rittlings auf seinen Schoß gesetzt, und Simons Gehirn stellte die Arbeit ein. »Weil du sehr talentierte Hände hast.« Sie schob seine Hände an ihren Po, und Simon konnte nicht anders, als mit einem unterdrückten Stöhnen zuzudrücken. »Mit denen du wirklich magische Dinge vollbringst.« Ihre Lippen waren nur Millimeter von seinen entfernt. »In diesem Garten«, wisperte sie. »Und am Haus.«

»Und an dir«, ergänzte er. »Wenn du das willst.« Simon küsste sie nicht. Er spürte ihren Unterleib, der sich gegen seinen presste. Er spürte, wie er hart wurde und sein Verlangen nach ihr ins Unendliche stieg. Doch er wartete auf Maries Antwort. Wartete darauf, dass sie den ersten Schritt machte.

»Deine magischen Hände an mir?« Ihr heißer Atem strich über seine Haut. »Ich könnte mir nichts Schöneres vorstellen.« Sie überbrückte die letzten Millimeter, die sie von ihm trennten, und presste ihre Lippen auf seine.

21

Marie:
Danke für diesen Tag.

Simon:
Immer wieder gerne.

Marie:
Träum was Schönes.

Simon:
Ich weiß genau, wovon ich träumen werde. 😉 Du hoffentlich auch. Dann können wir uns in diesem Traum treffen.

Der Kuss geriet genauso schnell außer Kontrolle wie Maries Emotionen. Sie hatte aufgehört zu denken und konnte nur noch fühlen. Simons Hände, die sie selbst auf ihren Po geschoben hatte und die sie jetzt gegen seine Erregung drückten.

Die Sehnsucht nach ihm ließ sie ein kleines Keuchen aussto-ßen, das er mit seinem Mund auffing. O Gott, alles an diesem Mann war so unglaublich sexy. Sie hatte keine Ahnung, wie sie es in den vergangenen Tagen geschafft hatte, ihm zu widerstehen. Heute würde sie das ganz bestimmt nicht schaffen. Sie wollte das tun, wonach sich ihr Körper und ihr Herz sehnten, auch wenn es ihr Kopf nie ganz schaffte, seine Alarmglocken abzustellen.

Fanny hatte gesagt, sie solle glücklich sein. Und genau das war sie im Moment. Glücklich. So glücklich.

»Simon«, murmelte sie, als der nächste ungezügelte Kuss endete.

»Hmm.« Er ließ seine Lippen an ihrem Kiefer entlanggleiten.

»Willst du mein Zimmer sehen?«

Er wurde ganz still unter ihr. Marie konnte sehen, wie sich sein Brustkorb hob und senkte. Sie fühlte, wie erregt er war. Und dann lehnte er die Stirn gegen ihr Dekolletee, ließ sie an ihrem Brustansatz ruhen. »Marie«, brachte er rau heraus. »Ich würde dein Zimmer unglaublich gern sehen. Aber nur wenn du …«

»Sch.« Sie lehnte sich ein wenig zurück, und Simon hob den Kopf wieder. Ihre Blicke trafen sich. Das Verlangen in seinen Augen war ein Spiegel ihrer eigenen Sehnsucht. »Ich will es«, wisperte sie. »Unbedingt.«

Ihre Lippen kollidierten abermals. Simon verschlang sie regelrecht mit seinem Mund, während er die Hände wieder an ihren Po legte, sie fest an sich drückte. Im nächsten Moment schwebte Marie, weil er aufgestanden war und sich in Richtung Haus in Bewegung setzte. Ohne den Kuss zu unterbrechen schafften sie es bis zur Tür.

Aber sie waren langsam. So quälend langsam. Viel zu langsam. »Lass mich runter«, bat Marie, und Simon ließ sie nach einem kurzen Zögern an seinem Körper hinabgleiten. Hatte er Angst, sie würde es sich anders überlegen? Da hatte er sich getäuscht: Es ging ihr nur nicht schnell genug. Sie griff nach seiner Hand und zog ihn hinter sich her ins Haus und die Treppe hinauf.

Simon war schon in Emils Zimmer gewesen, aber ihren Rückzugsort hatte er noch nie betreten.

Sie öffnete ihre Tür und zog Simon über die Schwelle.

»Wow.«

Marie wirbelte zu ihm herum, als er einfach stehen blieb. Sein Blick glitt durch den Raum. Betrachtete das Bett unter der Bettschräge. Sie räusperte sich. »Es ist nicht besonders groß.«

Simons Aufmerksamkeit kehrte zu ihr zurück. Ein Grinsen ließ die Grübchen in seinen Wangen aufblitzen. »Dann müssen wir wirklich sehr sehr eng zusammenrücken«, sagte er und zog sie mit einer langsamen Bewegung an sich. »Ich fühle mich gerade wieder wie mit siebzehn und so, als würde ich mich in das Zimmer eines Mädchens schleichen.« Den Mund immer noch zu einem Lächeln verzogen, küsste er Marie wieder.

Seine Finger glitten unter den Saum ihres Tanktops und schoben es nach oben. Unter ihren Brüsten hielt er inne, die Hände über ihren Rippenbogen gespannt, als wolle er Besitzanspruch auf sie erheben.

Maries Herz überschlug sich, als sich seine Lippen einen Weg über ihre Halsbeuge und ihr Schlüsselbein nach unten suchten, ihr Dekolleté steiften und dann über den Stoff weiter hinunter, um mit offenem Mund Küsse auf ihrem nackten Bauch zu verteilen.

Marie seufzte. Sie zog sich das Top über den Kopf, als sie Simons Finger am Knopf ihrer Jeans spürte. Er zog sie ihr aus und ließ seinen Mund am Saum ihres Höschens entlanggleiten.

Marie zupfte an seinem Shirt. Er richtete sich wieder auf, als er es abstreifte. Sie hörte, wie er der Tür, die immer noch offen gestanden hatte, einen Schubs gab, sodass sie ins Schloss fiel. Im nächsten Moment landete ihr BH auf dem Boden, und ihr nackter Rücken fand sich am kühlen Holz des Türblattes wieder.

Simons Körper presste sich gegen ihren, aber Marie bekam keine Chance, ihn zu betrachten. Er verschlang sie mit seinen Küssen. Seine Finger reizten ihre Brustspitzen und glitten tiefer. Sie umkreisten ihren Bauchnabel und schoben sich dann in den Bund ihres Höschens. Er atmete ihre Seufzer ein, als er ihren sensibelsten Punkt fand und begann, sie zu streicheln. Auf eine Art, der Marie nicht lange würde widerstehen können. Sie legte den Kopf in den Nacken, als Simons Lippen über ihren Hals abermals nach unten wanderten, ihr Dekolleté mit Küssen bedeckten und sich schließlich um eine ihrer aufgerichteten Brustspitzen schlossen. Seine freie Hand umfasste die andere Brust, und Marie glaubte, den Verstand zu verlieren. Sie krallte ihre Hände in seine Haare und stieß einen heiseren, überraschten Schrei aus, als Simon einen Finger in sie gleiten ließ.

»Simon, ich …«, brachte sie heraus, doch statt ihr zu antworten, veränderte sein Daumen den Druck und ließ eine Welle purer Lust durch Maries Körper rauschen. Sie zog sich um seinen Finger herum zusammen, ließ den Höhepunkt durch sie hindurch jagen. Simon fing ihr Stöhnen mit den Lippen ein. Sein Körper presste ihren gegen die Tür. Was gut war. Sie brauchte seine nackte Haut an ihrer. Und sie hätte ohne ihn wahrscheinlich den Halt verloren, so sehr wie ihre Knie zitterten, nachdem der wilde Rausch in ihrem Körper langsam abklang.

»Ich hab dich«, flüsterte Simon an ihrem Hals. Er schlang die Arme um sie und hielt, was er versprach. Marie ließ sich in seine Umarmung fallen und hob den Kopf, um ihn voller Leidenschaft zu küssen. Doch er erwiderte den Kuss sanft und zärtlich.

Ich hab dich, hatte er gesagt. Und Marie wusste, dass sie sich darauf verlassen konnte.

*

Ich hab dich. Simon hatte die Worte genau so gemeint, wie er sie gesagt hatte. Marie konnte sich auf ihn verlassen. Und das tat sie, als sie sich fallen ließ. In seinen Armen. Dieses Vertrauen setzte ein Flattern in seinem Brustkorb frei. Nur ganz zart. Aber trotz des Verlangens, das seinen Körper fest im Griff hatte, deutlich zu spüren.

»Vertrau mir«, murmelte er in ihr Haar, dann bückte er sich, schob einen Arm unter ihre Kniekehlen und den anderen um ihren Rücken, und trug sie die wenigen Schritte zu ihrem Bett. Er musste sich bücken, um nicht mit dem Kopf gegen die Dachschräge zu stoßen. Aber da Marie ihn sowieso mit sich herunterzog, als er sie auf der Matratze ablegte, lief er keine Gefahr, dass dieses alte Haus ihn ausknockte.

Als sie ihn küsste und es auf dem schmalen Bett irgendwie schaffte, sich so mit ihm zu drehen, dass er unter ihr lag, schaltete sich sein Kopf sowieso aus. Er spürte ihre Hände, ihre Lippen, die über seine nackte Haut glitten. Ihn erforschten und ihm erogene Zonen seines Körpers zeigten, von denen er bis zu diesem Moment keine Ahnung gehabt hatte. Jeder Zentimeter Haut, den Marie berührte, verwandelte sich in ein Bündel hochsensibler Nerven.

Seine Bauchmuskeln zogen sich zusammen, als sie ihren Mund in kleinen, neckenden Küssen um seinen Nabel herum auf seinen Körper presste.

Als sie den Bund seiner Jeans erreichte, hatte er das Gefühl, Sterne zu sehen.

»Warte«, unterbrach er Marie, als sie es auf der schmalen Matratze nicht schaffte, ihn auszuziehen. Er schob sie sanft von sich, was ihm einen protestierenden Laut einbrachte und ihn grinsen ließ. Marie wurde ungeduldig.

Er stand auf, nahm seinen Geldbeutel aus der Gesäßtasche, holte sein Notfallkondom heraus und warf es auf das Kopfkissen. Dann ließ er seine Brieftasche fallen, riss sich den Rest seiner Kleidung vom Körper und ließ sich wieder von Marie auf ihr Bett zurückziehen.

»Simon«, wisperte sie, bevor sie in einem weiteren innigen, tiefen Kuss versanken.

Er hörte die Sehnsucht in diesem Wort. Und er liebte es, verdammt noch mal, wenn Marie seinen Namen so aussprach. So voller Verlangen, das seinem eigenen in nichts nachstand. In fiebrigen Bewegungen tasteten sie über den Körper des anderen. Simon fand Stellen, die Marie zum Seufzen brachten. Die sie den Kopf mit geschlossenen Augen in den Nacken legen ließen und ihn dazu brachten, einmal mehr zu denken, wie wunderschön sie war. Sie brachte ihn dazu, ein raues Stöhnen auszustoßen, als sie die Hand um seine Erregung schloss und ihn schon wieder Sterne sehen ließ.

Er griff nach dem Kondom, streifte es über und glitt zwischen Maries Beine, die sie bereitwillig für ihn öffnete.

Sie waren sich so nahe. Lagen in den Armen des anderen. Die Lippen in einem sanften Kuss verbunden. Als Simon in sie eindrang, stockte ihnen beiden der Atem. Der Rest der Welt war in diesem Moment weit weg. Es gab nur Marie und ihn. Ihre Verbindung, die nicht nur körperlich war. Die Gefühle, die sie in ihm auslöste. Das Verlangen, das von Sekunde zu Sekunde wuchs.

Als er sich nicht länger zurückhalten konnte, begann er langsam, sich zu bewegen. Maries Lider schlossen sich flatternd. Dann öffnete sie die Augen wieder, als wolle sie nicht eine Sekunde von dem verpassen, was gerade zwischen ihnen geschah – und Simon versank in dem magischen Blau-Grün.

Simon bewegte sich so langsam es ihm möglich war. Er wollte diesen wunderbaren Moment, der nur Marie und ihm gehörte, so lange wie möglich auskosten. Jeden ihrer kleinen Seufzer genießen. Die Reaktionen ihres Körpers auf seinen bewundern. Marie kam ihm bei jeder dieser trägen, mit Emotionen aufgeladenen Bewegungen entgegen. Stellte seine Zurückhaltung auf die Probe.

Doch dann legte sie ihre Beine um seine Hüften, zog ihn bei jedem Stoß noch näher an sich, und Simons Beherrschung kippte. Ihr Rhythmus beschleunigte sich. Maries Blick hielt seinen fest, während sein Herzschlag sich immer weiter beschleunigte, die Leidenschaft immer wilder durch seinen Körper wirbelte. Er ließ eine Hand an ihrem Körper nach unten gleiten, fand ihren sensibelsten Punkt, reizte Marie, bis ein atemloses Keuchen auf ihren Lippen lag.

Simon war nur noch Sekunden davon entfernt, den Verstand zu verlieren.

»Marie«, stöhnte er. »Komm mit mir.«

Als ob sie nur auf diese Bitte gewartet hätte, zog sich ihr Körper um ihn herum zusammen. Während sie sich fallen ließ, hielt auch er nicht länger am Hier und Jetzt fest und stürzte sich kopfüber in seinen Höhepunkt.

*

Maries Herzschlag beruhigte sich langsam wieder. Sehr langsam. Sie konnte noch immer nicht glauben, was für ein Feuerwerk Simon und sie gerade gezündet hatten.

»Ein Wunder, dass euer baufälliges Dach die Druckwelle meines Höhepunktes ausgehalten hat«, murmelte Simon in diesem Moment in ihr Haar, als hätte er ihre Gedanken gelesen, und Marie konnte nicht anders, als in wildes Kichern auszubrechen.

Sie hatten sich aneinander gekuschelt. Simon lag hinter ihr, hatte die Arme um ihren Bauch geschlungen und den Kopf in ihre Halsbeuge gebettet. Ihr Rücken ruhte an seinem Brustkorb, und sie spürte, dass auch sein Herz noch ziemlich schnell gegen seine Rippen hämmerte. »Danke für diesen denkwürdigen Moment«, brachte er den nächsten albernen Spruch.

Marie legte ihre Hand auf ihrem Bauch über seine. »Dabei hast du die ganze Arbeit gemacht«, neckte sie ihn.

Marie schloss die Augen und genoss einfach, mit ihm hier zu liegen und den Moment nachklingen zu lassen. Sie gehörte nicht zu den Frauen, die besonders viele Erfahrungen mit Männern gemacht hatten. Nach dem schrecklichen ersten

Mal mit Anton hatte sie zwei Beziehungen gehabt und nach der dritten mit Emils Vater beschlossen, diesem Thema einfach abzuschwören. Aber da hatte sie noch nicht gewusst, wie es sein würde, mit Simon zusammen zu sein. Verdammt. Sie fühlte sich ein bisschen, als hätte er gerade ihre Welt aus den Angeln gehoben. Das war definitiv etwas, worüber sie nachdenken musste. Wenn die Endorphine aufhörten, ihren Körper zu fluten, als wäre ein Damm gebrochen.

Simons Hand strich über ihren Bauch. Seine Lippen glitten an ihrem Hals entlang, bis sie ihr Ohr erreichten. »Ich glaube, ich sollte jetzt besser gehen«, murmelte er – und Maries Herz setzte einen Schlag aus.

O Gott! Während sie darüber fantasierte, wie unglaublich der Sex mit ihm gewesen war, überlegte er schon, von hier wegzukommen. Für ihn war es nicht das Gleiche gewesen wie für sie. Es hatte ihn nicht …

»Marie?«, fragte er leise, als sie nicht antwortete. Schwang da ein Hauch von Besorgnis in seiner Stimme mit? Das ergab keinen Sinn, oder?

»Ähm … ja.« Es klang mehr wie eine Frage. Sie räusperte sich. »Du solltest wirklich gehen. Ich muss … ich muss auch …« Ja, was denn? Es war sicher besser, wenn er ging. Oder wollte sie, dass er blieb? Er sollte sie jedenfalls nicht als das lockere Ding sehen, dessen Ruf sie ihre Jugend hindurch verfolgt hatte und der auch jetzt noch manchmal aufkam. Aber wenn sie ihn bat zu bleiben … nein. Sie wusste überhaupt nicht mehr, was sie wollte. Ihr Kopf war völlig vernebelt.

»Marie?« Simon rutschte so weit es ging gegen die Wand und schaffte genug Platz zwischen ihnen, um sie an der Schulter zu sich herumzudrehen.

Sie schaute auf seinen Brustkorb, als er die Hand an ihre Wange legte. »Sieh mich an«, bat er sie leise.

Langsam hob Marie die Lider, bis sich ihre Blicke trafen.

»Sag mir bitte, dass du das jetzt gerade nicht falsch verstanden hast«, sagte er und strich mit dem Daumen über ihren Wangenknochen.

»Was hätte ich richtig oder falsch verstehen sollen?« Sie meinte die Frage ernst, weil sie wirklich nicht wusste, worauf Simon hinauswollte.

»Ich glaube, ich sollte gehen, weil ich nicht weiß, wann dein Sohn oder deine Großmutter nach Hause kommen und sie uns vielleicht nicht nackt im Bett erwischen sollten. Ich habe das nicht gesagt, weil ich wirklich gehen will.«

»Dann bleib.« Die Worte waren Marie herausgerutscht, bevor sie sich bremsen konnte. »Ich meine, wenn du willst«, fügte sie schnell hinzu. »Wir können uns wieder anziehen und in den Garten setzen.«

»Okay«, murmelte Simon an ihren Lippen, bevor er sie küsste. Und dann dauerte es doch noch eine ganze Weile, bis sie es schafften, das Bett zu verlassen und ihre wild verstreuten Klamotten einzusammeln.

*

Marie schenkte ihnen noch ein Glas Eistee ein, bevor sie es sich abermals in der Sitzecke im Garten gemütlich machten. Sie hatte sich neben Simon gesetzt, aber er ließ diesen Abstand nicht zu und hatte sie auf seinen Schoß gezogen, wo er sie im Arm halten, berühren und küssen konnte.

Marie entspannte sich unter seinem zärtlichen Mund und den sanften Berührungen. Wenn Fanny oder Emil nach

Hause kamen, würden sie das Auto hören, und dann könnte sich Marie immer noch zurückziehen. Aber bis dahin würde sie genau hier sitzen bleiben.

»Was ist eigentlich mit Emils Vater?«, fragte Simon plötzlich.

Marie zuckte zusammen. Sie hatte dieses Thema nicht kommen sehen. »Ich nehme an, es geht ihm gut. Wie kommst du denn darauf?«

Simon hob die Schultern und ließ sie wieder fallen. »Keiner von euch erwähnt ihn jemals. Ich habe mich nur gefragt, wo er steckt und ob Emil regelmäßigen Kontakt zu ihm hat.«

Marie überlegte, was und wie viel sie Simon erzählen konnte – und wollte. Ihr war klar, dass sich vermutlich viele Leute diese Frage stellten und überlegte, ob eine kurzgefasste, beschönigte Version à la ›Wir haben uns freundschaftlich getrennt‹ reichen würde. Aber dann entschied sie, Simon nicht damit abzuspeisen. Er war an ihr und ihrem Leben interessiert. Sie gewöhnte sich zwar immer noch daran, aber er hatte die Wahrheit verdient. »David, das ist sein Name, spielt in unserem Leben keine Rolle.« Sie legte den Kopf an Simons Schulter und ließ ihn durch ihre Locken streichen. »Ich bin aus Versehen schwanger geworden. Aber ich habe mich von der ersten Sekunde an auf Emil gefreut. Ich hätte die Schwangerschaft nie infrage gestellt.«

»Er aber schon«, mutmaßte Simon.

»Hmm.« Marie ließ ihren Zeigefinger in kleinen Kreisen über Simons Brustkorb wandern. »Er hat nie ausgesprochen, dass er das Baby nicht wollte. Trotzdem hat er es mich deutlich spüren lassen. Bei jeder sich bietenden Gelegenheit. Doch dann kam Emil, und er hat es zumindest versucht. So viel muss ich ihm zugestehen. Er konnte mit dem Baby allerdings nichts anfangen. Er hat«, sie nahm die Hand von Simons Brustkorb und legte sie auf ihr Herz, »einfach keine Verbindung zu diesem wundervollen kleinen Wesen gehabt.« Sie seufzte, als sie an die Zeiten zurückdachte, in denen sie und ihr Freund auf Zehenspitzen umeinander geschlichen waren, in der Hoffnung, nur keinen Fehler zu machen. Um den anderen nur nicht auf die Palme zu bringen. Oder das Baby zum Weinen. Diese Zeit war emotional hart gewesen. Die meiste Arbeit war an Marie hängen geblieben. Und trotzdem hatte sie nicht gewusst, wie sie die Situation so hätte ändern können, dass sie alle glücklich gewesen wären. »David war verdammt froh, dass ich nicht darauf bestanden hatte, ihn zu heiraten. Versteh mich nicht falsch. Er war kein schlechter Kerl. Und er hat mich wirklich geliebt – auf seine Weise. Aber das hat eben nicht gereicht, um sich der Verantwortung zu stellen, die ein Kind mit sich bringt.«

»Und du?«, fragte Simon. »Hast du ihn geliebt?«

Marie schwieg einen Moment. Ihre Gedanken hingen in der Zeit fest, in der Emil ihr Leben bestimmt hatte. Mit Koliken. Mit seinen ersten Zähnchen. »Ich glaube, er hat mir damals das Herz gebrochen. Aber es hat sich eher wie Verrat angefühlt, weil er Emil und mich einfach uns selbst überlassen hat. Ob ich ihn geliebt habe, hätte ich zu diesem Zeitpunkt gar nicht mehr sagen können.« Julie war diejenige gewesen, die sie aufgefangen hatte. Ohne sie hätte Marie die erste Zeit nicht überstanden. »Eine Freundin, die ich im Babyturnen kennengelernt habe, hat mir durch die erste schwere Zeit geholfen. Und dann sind wir immer besser klargekommen, Emil und ich. Ich habe herausgefunden, dass ich David in unserem Leben nicht brauche. Und Emil war noch zu klein, als er uns verlassen hat. Er hat ihn nie vermisst.«

Simon stieß einen verächtlichen Laut aus. »Er wollte nie Kontakt zu seinem Sohn? Kein geteiltes Sorgerecht? Keine Besuchszeiten?«

»Nein.« Marie zuckte mit den Schultern. »Er hatte ein Angebot bekommen, das er nicht ablehnen konnte, wie er mir erklärt hatte. Ein Kumpel von ihm hat eine Tauchschule auf irgendeiner thailändischen Insel eröffnet und hat ihm angeboten, als Tauchlehrer anzufangen. Carl, so hieß der Kumpel, dachte, dass David seine kleine Familie mitnimmt. Aber er hatte andere Pläne. Für ihn war es die Chance, endlich von uns wegzukommen. Ganz abgesehen davon, dass ich niemals ausgewandert wäre. So weit weg von Fanny«, sie schüttelte den Kopf, »nein, das wäre keine Option gewesen.«

»Du sagst, er war kein schlechter Kerl«, sagte Simon leise. »Aber ich finde, dass er nicht das Recht hat, von dir auch noch verteidigt zu werden. Dass es zwischen euch nicht funktioniert hat, ist das eine. Aber sein Kind im Stich lassen …«

Marie ließ das wehmütige Gefühl zu, das ihr Herz flutete. »Du hast natürlich recht. Aber Fakt ist nun mal, dass er mir Emil geschenkt hat. Dafür werde ich ihm bis in alle Ewigkeit dankbar sein.«

»Emil ist ein fantastischer Junge. Aber das hat er ganz offensichtlich nur dir zu verdanken.«

»Danke.« Marie drehte den Kopf und küsste Simon. »Er mag dich sehr.«

»Da geht es ihm wie mir. Ich mag ihn auch ziemlich gern.«

Marie zwinkerte ihm zu. »Er ist in letzter Zeit sehr damit beschäftigt, sich eine Strategie zurechtzulegen, wie er dich davon überzeugen kann, deine Bohrmaschine benutzen zu dürfen.«

Simon zog die Augenbrauen hoch. »Du willst mich jetzt

aber nicht darauf hinweisen, dass das kein Spielzeug für kleine Jungen ist?«

»Nein.« Sie küsste ihn noch einmal. »Ich weiß, dass ich dir absolut vertrauen kann.«

Simon erwiderte ihren Kuss. »Das kannst du. Absolut.«

Fanny und Emil ließen sich wirklich Zeit, und Simon musste schließlich gehen, um seiner Schwester den Jeep zurückzubringen und Schiller abzuholen. Marie begleitete ihn zum Auto, wo er sie noch einmal an sich zog und leidenschaftlich küsste. »Ich will nicht, dass das eine einmalige Sache war«, erinnerte er sie daran, wie viel sie ihm bedeutete. »Ich will dich wiedersehen. Ich will dich davon überzeugen, mit mir auf ein Date zu gehen. Ich will Zeit mit Emil und dir verbringen.«

»Simon, ich …«

Er strich ihr mit einer zärtlichen Geste eine Haarsträhne hinter das Ohr. »Ich weiß. Du brauchst Zeit. Aber vergiss nicht: Ich bin geduldig.« Er zwinkerte ihr zu und küsste sie noch einmal.

Angermaier, der in diesem Moment auf seinem Traktor an Fannys Grundstück vorbeituckerte, nahm Marie nur ganz am Rande wahr. Ihre Sinne waren gefangen von Simon und der festen Umarmung, in der er sie hielt.

22

Mila:
Nikki, ich muss dir was erzählen!

Mila:
Nikki?

Mila:
Ruf mich an, sobald du Zeit hast, okay?

Marie startete mit einem Strahlen in die neue Woche, das sie selbst von sich nicht kannte. Oder zumindest schon lange nicht mehr gesehen hatte. Fanny bemerkte es und quittierte es mit einem zufriedenen Lächeln. Sogar Emil fiel es auf, der ziemlich knatschig und schlecht gelaunt aus seinem Bett geklettert war.

Vor allem Marie selbst war überrascht von dem glücklichen Grinsen, das ihr Spiegelbild ihr zuwarf, als sie sich im Bad für den Arbeitstag fertig machte. Simon war so ein Gentleman gewesen. Er hatte ihr so viel Freiraum und Zeit gegeben, und dann waren sie zusammen verglüht wie eine Sternschnuppe. Dieser Kerl hatte es geschafft, dass sie sich Hals über Kopf in ihn verknallt hatte. Und ja, wenn sie ehrlich zu sich selbst war, hatte sie nicht erwartet, dass es noch einmal einen Mann in ihrem Leben geben würde, der sie so fühlen ließ.

Weil Emil einfach nicht fertig wurde, hatte Fanny ihr angeboten, ihn in die Kita zu fahren, damit Marie nicht zu spät zur Arbeit kam. Summend war sie in ihren Golf gesprungen und hatte Julie angerufen, die alles über den Abend mit Simon hatte wissen wollen. Die intimen Details hatte Marie für sich behalten, damit würde sie sich in ihren Träumen beschäftigen. Aber die Gefühle, die Simon in ihr ausgelöst hatte, teilte sie ausführlich mit ihrer Freundin.

In der Praxis kam ihr der Mann, über den sie gerade noch geredet hatte, breit grinsend entgegen und gab ihr mit einem verstohlenen Kopfnicken zu verstehen, dass sie in sein Sprechzimmer kommen sollte.

»Was gibt's?«, fragte sie, als sie die Tür hinter sich schloss.

»Das hier.« Simon zog sie zu einem langen, sinnlichen Kuss an sich. »Ich habe dich vermisst.«

Maries Verstand wollte einen Schritt zurücktreten. Wollte ihn einbremsen, indem sie ihn daran erinnerte, dass er ja erst gestern ziemlich viel von ihr zu sehen bekommen hatte. Stattdessen entschied sie sich für das, was ihr Herz dachte. »Ich habe dich auch vermisst.«

Simon lachte leise und lehnte die Stirn gegen ihre. »Heute ist ein ganz besonderer Tag«, erklärte er ihr. »Denn heute passieren gleich zwei Dinge, mit denen ich vor einer Woche noch gar nicht gerechnet habe. Erstens«, er küsste sie noch einmal, »stehe ich hier und knutsche mit der heißen neuen Frau in meinem Leben herum.«

»Und zweitens?«, fragte Marie.

»Bekomme ich endlich meinen neuen VW-Bus.« Er schwenkte Marie in einer übermütigen Geste herum. »Ich fahre heute noch mal zu Paul in die Klinik, und im Anschluss kann ich ihn abholen.« Noch ein Kuss. »Vielleicht komme ich heute Abend einfach bei dir vorbei und zeige ihn dir.«

»Das wäre toll.« Ihre Lippen fanden sich abermals, während Simon sie noch einmal herumschwenkte.

»Oh! Entschuldigung!« Milas Worte drangen nur den Bruchteil einer Sekunde nach ihrem Klopfen an Maries Ohr. Ihre Kollegin war ins Sprechzimmer getreten, ohne auf Simons »Herein« zu warten.

Maries Blick traf Milas über Simons Schulter hinweg und blickte in ungläubige Fassungslosigkeit, die sich im nächsten Moment in angewiderte Abscheu verwandelte. »Es tut mir leid«, sagte sie und setzte ein Lächeln auf, als Simon über seine Schulter blickte. »Ich wollte mit dir über das Rezept von Daniel Bachmann sprechen. Aber ich kann auch …«, sie wedelte mit der Akte in der Hand in Richtung Tür, »einfach später noch mal wiederkommen.«

Simon ließ seine Hände von Maries Taille gleiten, was eine sofortige Leere hinterließ. Gleichzeitig hatte sie das Gefühl, dass die Stellen, an denen er sie gerade noch berührt hatte, wie Feuer brannten, weil Milas Blick daran klebte. O Gott! Es war genau das eingetreten, was sie hatte vermeiden wollen. Eine der Frauen, die sie am meisten hasste, hatte sie erwischt. »Ich muss sowieso los«, murmelte sie, wich Milas und Simons Blicken aus und zwängte sich an der Versorgungsassistentin vorbei aus dem Raum.

Sie lief auf direktem Weg auf die Toilette, wo sie sich Wasser ins Gesicht schaufelte. Aber als sie in den kleinen Spiegel über dem Waschbecken blickte, war die strahlende Frau verschwunden, die sie noch vor einer halben Stunde gewesen war. Stattdessen hatte ihr Blick einen ängstlichen Ausdruck angenommen. Ihre blasse Haut war von hektischen roten Flecken überzogen, die sich mit dem Farbton ihrer Haare bissen.

Mila hatte ihr vor vierzehn Jahren das Leben zur Hölle gemacht. Und Marie hatte es im Blick ihres Gegenübers gesehen: Sie würde es wieder tun.

Marie fühlte sich den ganzen Tag, als balanciere sie über ein Mienenfeld, ohne den Hauch einer Ahnung zu haben, wo der nächste Sprengkörper versteckt war. Sie wollte umdrehen. Wollte alles rückgängig machen, was passiert war. Aber das war unmöglich. Es ging nur vorwärts. Sie war gezwungen, einen Schritt nach dem anderen zu machen. Wie in einem Albtraum, in dem man gefangen war und auf die Gefahr zulief, ohne sich selbst stoppen zu können. Nur, dass Marie mit offenen Augen durch ihren Albtraum lief, Patienten anlächelte, mit Aloisa sprach und hauptsächlich Mats und Sanna zur Hand ging. Von Simon war den ganzen Tag über nicht viel zu sehen. Aber Mila lief ihr viel öfter über den Weg als sonst, obwohl sie einen Terminkalender voller Hausbesuche hatte. Marie war sich sicher, dass ihre Kollegin nur auf den Moment wartete, in dem sie ihr eine Szene machen konnte.

Fast wünschte Marie sich, es endlich hinter sich zu bringen. Mila sollte ihr an den Kopf werfen, was sie wollte, und sie dann in Ruhe lassen.

Doch ihre alte Feindin ließ sich Zeit und bedachte Marie jedes Mal mit einem mörderischen Blick, wenn sich ihre Wege kreuzten. Aber sie ließ Marie schmoren.

Erst am Nachmittag, als Marie gerade dabei war, im Labor

ein paar Blutproben für den Kurier zu verpacken und beschriften, fiel Milas Schatten über den Tisch.

Marie richtete sich auf, atmete tief durch und wappnete sich für die Gemeinheiten, die ihre Kollegin gleich loslassen würde, während Mila die Tür hinter sich schloss. Sie lehnte sich mit dem Rücken dagegen, verschränkte die Arme vor der Brust und funkelte wütend auf Marie herunter, die immer noch saß. »Fühlst du dich gut?«, fragte sie in süffisantem Tonfall.

Marie antwortete ihr nicht, erwiderte einfach nur Milas Blick und bemühte sich, einen gelangweilten Ausdruck über ihr Gesicht zu legen, um ihrem Gegenüber zu zeigen, dass sie sich nicht so leicht aus der Fassung bringen ließ.

»Was ist diesmal dein Plan?« Mila zog herausfordernd eine Augenbraue hoch. »Schnappst du dir nur den Kerl? Oder zerstörst du wieder ein Leben? Mit welchem dramatischen Ereignis dürfen wir denn diesmal rechnen?«

»Ich habe keine Ahnung, wovon du redest.« Marie bemühte sich, ruhig zu klingen und hoffte, das leichte Zittern in ihrer Stimme blieb Mila verborgen. Es würde auf ihr Gegenüber wirken wie frisches Blut im Ozean auf einen Hai: Mila würde sich verbal auf sie stürzen und sie vernichten. »Musst du nicht noch zur Angermaierin?«

»Genau. Zu ihr muss ich später noch. Aber dort höre ich auch nur das, worüber schon halb Waldkirch redet. Über dich und den Doc. Tss.« Sie schüttelte angewidert den Kopf. »Ich bin ja heute Morgen nicht darum herumgekommen, mir euer Geturtel ansehen zu müssen. Aber ich bin nicht die Einzige. Der Angermaier hat euch auch zusammen gesehen.«

Marie schluckte. Der Kuss. Sie hatte den Traktor gehört, als sie sich am Abend von Simon verabschiedet hatte. Aber sie hatte in diesem Moment keinen klaren Gedanken gefasst. Sonst hätte sie sich von Simon losgemacht und verhindert, dass der verhasste Nachbar sie erwischte. Jetzt würde genau das passieren, was sie befürchtet hatte. Mila und der griesgrämige Bauer würden in der Stadt verbreiten, dass Simon und sie sich nähergekommen waren. Trotzdem hob sie das Kinn ein wenig. Sie war nicht mehr die achtzehnjährige Aussätzige. Simon hatte recht: Er und sie gingen niemanden etwas an. »Das ist nicht dein Problem«, sagte sie so ruhig wie möglich.

»Ha.« Mila verzog das Gesicht. »Glaubst du? Du hast mit einem Fingerschnippen das Leben meiner besten Freundin zerstört. Und jetzt sitzt du hier, klimperst unschuldig mit den Wimpern und versuchst das Gleiche wieder.« Ein Lächeln umspielte ihre Lippen. Breit und falsch. »Denkst du ernsthaft, dass ich noch einmal dabei zuschauen werde?«

»Was …?« Marie wurde erst heiß. Dann überzog ein eiskalter Schauer ihren Rücken.

Triumph schlich sich in Milas Blick. Sie hatte ihr Ziel erreicht. Sie hatte Marie verunsichert.

»Ich weiß nicht, wovon du redest.« Ihre Stimme klang nicht einmal im Ansatz so selbstsicher, wie Marie sich das gewünscht hätte. Eher erinnerte es sie an ein angstvolles Wispern.

Aber Mila hatte offenbar genug zu sagen, um ihren Gefühlszustand wirklich wahrzunehmen. »Ich rede von Anna.« Sie legte den Kopf schräg, um die Worte in Maries Gedanken sickern zu lassen. »Dr. Anna Ritter. Sie und Simon … du weißt schon.«

Nein, Marie wusste nicht.

»Was denkst du denn, warum er gerade auf dem Weg zu ihr

ist? Ganz bestimmt nicht nur wegen Paul. Der kleine Lauinger war nicht bei jedem ihrer Treffen der Grund.«

Maries Herz begann zu rasen. Das war doch nicht wahr, oder? Mila log sie an. Sie musste lügen. Simon hatte ihr erzählt, dass zwischen ihm und der Ärztin aus Oberstdorf nichts gelaufen war. Sie hatten nur beruflich miteinander zu tun. Er ließ sich zum Diabetologen weiterbilden. »Ich habe keine Ahnung, wovon du redest.« Sie erhob sich von ihrem Platz und machte einen Schritt auf Mila zu, die noch immer die Tür versperrte.

»Aber ich habe eine Ahnung, was du vorhast. Du versuchst dir einen Mann zu krallen, der außerhalb deiner Reichweite ist. Weit, weit außerhalb deiner Reichweite. Genau wie Anton auf einem anderen Level gespielt hat als du. Aber du willst diese Männer trotzdem haben, nicht wahr? Auch wenn du weißt, dass du sie niemals wirst halten können, weil sie eine Nummer zu groß für dich sind. Weil sie eine Klasse haben, die du niemals erreichen wirst. Du kannst niemand anderem sein Glück gönnen. Du musst alles zerstören.«

Marie stand da, wie zur Salzsäule erstarrt. Sie sah zu, wie Mila sich von der Tür abstieß, die Klinke drückte und im nächsten Moment im Flur verschwand. Alles lief wie in Zeitlupe vor ihr ab.

Mila hatte zum Schlag ausgeholt. Zum Tiefschlag. Und sie hatte mit absoluter Präzision getroffen.

*

Simon konnte nicht mehr aufhören zu grinsen. Er hatte sich mit Anna getroffen, und die Neuigkeit, dass Paul und seine Eltern langsam aber sicher mit seiner Erkrankung zurechtkamen, war eine fantastische Nachricht gewesen, die gereicht hätte, um diesen Tag besonders zu machen. Und jetzt saß er am Steuer seines neuen dunkelblauen VW-Busses, den er Bella taufen würde. Liebevoll tätschelte er das Lenkrad und sah zu Schiller hinüber, der stolz auf dem Beifahrersitz hockte und den Kopf voller Begeisterung aus dem Fenster hängte. Das machte seinen Tag noch besser. Er hatte eine Flasche Sekt dabei und hoffte, dass Marie diesen Bus mit ihm taufen würde.

»Ich habe das so vermisst«, rief er Schiller zu, der sich kurz mit einem breiten Hundegrinsen zu ihm umwandte, als wolle er sagen »Und ich erst!«

»Nie wieder Papas Smart«, versprach er seinem Hund – und sich selbst.

Er lenkte Bella auf den schmalen Weg, der von der Landstraße zu Fannys Haus führte. Und vielleicht würden Marie und er sich ab heute auch nicht mehr verstecken. Nachdem Mila sie am Morgen gesehen hatte, war die Katze sowieso aus dem Sack, und es gab keinen Grund mehr, so zu tun, als wären sie nur Arbeitskollegen, die sich kaum kannten.

Simon ließ Bella auf dem Hof ausrollen und hupte übermütig. Schiller gab ein aufforderndes Bellen von sich. Also beugte sich Simon zu ihm hinüber und öffnete die Beifahrertür. Sein Hund sprang heraus und verschwand im nächsten Moment um die Hausecke. Um diese Uhrzeit waren die Brunners sicher im Garten.

Vielleicht hatten sie ihn nicht gehört. Schiller würde dafür sorgen, dass Marie und ihre Familie auf ihn aufmerksam wurden. Simon schnappte sich die Sektflasche und stieg ebenfalls aus. Er folgte seinem Hund in Richtung Hausecke und hatte den Hof schon halb überquert, als Marie auftauchte. Sie sah umwerfend aus. Dabei legte sie es kein bisschen darauf an.

Ein schlichtes Tanktop mit dem Aufdruck ›just peachy‹, abgeschnittene Jeansshorts und Flip-Flops, die ihre Beine ellenlang wirken ließen. Ihre Haare waren zu einem unordentlichen Knoten auf ihrem Kopf zusammengefasst. Ein paar Strähnen hatten sich aus der etwas windschiefen Konstruktion gelöst und ringelten sich um ihr Gesicht, dessen obere Hälfte hinter einer großen Sonnenbrille verschwand.

»Was sagst du?«, rief er über den Hof und breitete die Arme aus, um mit der Flasche in der Hand auf den Bus zu deuten. »Marie, das ist Bella. Bella, darf ich vorstellen, Marie.« Er hatte ihr so oft von Rosi erzählt, seinem geliebten VW-Bus, der einem massiven Steinschlag auf einer der Bergstraßen zum Opfer gefallen war und dabei fast auch seine Schwester und Mats das Leben gekostet hätte. Er hatte Rosi geliebt, aber er hatte sich auch sehr auf Bella gefreut und unter den Lieferschwierigkeiten gelitten, bis er den neuen Autoschlüssel endlich in der Hand gehalten hatte. Marie hatte über seine Vorfreude und Ungeduld gelacht und seine Liebe zu Bella süß gefunden.

Doch jetzt wirkte sie nicht besonders glücklich, wurde ihm bewusst, als sie stumm näher kam. Ihre Augen konnte er hinter den getönten Gläsern ihrer Brille nicht sehen, aber ihre Lippen verzogen sich bei seinem Anblick nicht zu einem Lächeln, und ihre Hände waren nicht in die Gesäßtaschen ihrer Shorts geschoben, sondern fest vor ihrem Oberkörper verschränkt.

Langsam ließ Simon seine Arme sinken und ging zwei Schritte weiter auf sie zu, bis sie sich gegenüberstanden. »Ist etwas passiert?«, fragte er.

Nun verzogen sich Maries Lippen doch zu einem Lächeln. Eines, das irgendwie bitter wirkte. Und ein bisschen endgültig.

Simons Herzschlag beschleunigte sich. Ohne ihren Blick deuten zu können, wusste er plötzlich, dass sie dabei war, ihre Beziehung, die noch gar nicht richtig begonnen hatte, zu beenden.

»Sieht schön aus«, sagte Marie. Ihr Blick blieb einen Moment zu lange an Bella hängen, dann wandte sie sich langsam zu ihm um. »Simon …« Sie atmete tief durch, sah zu Boden und hob den Kopf wieder, als müsse sie sich selbst Mut machen, um die nächsten Worte zu sagen. »Ich fand es sehr schön, mit dir zusammen zu sein. Ich bin sehr dankbar für das, was du für meine Familie getan hast. Und für das Haus.« Sie wandte den Blick zu ihrem Zuhause um. »Es hat selten besser ausgesehen als im Moment, wenn man die Dachabdeckung mal beiseitelässt.«

Simon lachte nicht über diesen flachen Scherz. Sein Magen zog sich zusammen, und er schluckte trocken. Er wollte Marie fragen, was dieser Blödsinn sollte, aber sie war noch nicht fertig.

»Ich habe nachgedacht«, fuhr sie fort. »Und bin zu dem Schluss gekommen, dass wir beide nicht zusammenpassen. Das mit uns kann auf lange Sicht nicht funktionieren. Also denke ich, es ist besser, es jetzt zu beenden, als sich noch weiter aufeinander einzulassen. Am Ende wird so etwas immer nur noch schlimmer.«

Simon stieß einen ungläubigen Laut aus. »Du schläfst mit mir, und am nächsten Tag machst du mit mir Schluss?«

»Hör zu …« Das, was er unter der großen Sonnenbrille von Maries Wangen sehen konnte, färbte sich rot.

Er wünschte sich, sie würde dieses verdammte Ding abnehmen und ihm ins Gesicht schauen. »Nein, du hörst jetzt mal zu«, fuhr er sie an. »Wieso glaubst du zu wissen, was ich will?

Gestern dachte ich eigentlich noch, wir wollen beide dasselbe: uns kennenlernen. Zeit miteinander verbringen. Herausfinden, wohin das führt. Was ist heute anders?«

Marie rieb sich über die Arme, als wäre ihr kalt. »Ich habe einfach meine Meinung geändert. Ich halte das mit uns für keine gute Idee.«

»Was ist passiert?«, fragte er noch einmal. Eindringlicher diesmal. Gestern hatte Marie nicht im Entferntesten in diese Richtung gedacht. Und heute Morgen, als er sie lachend in seinem Büro herumgewirbelt hatte, ebenfalls nicht. Heute Morgen, als noch alles in Ordnung gewesen war. Bis Mila … »Ist es wegen Mila? Hat sie irgendetwas Blödes zu dir gesagt? Marie.« Er strich sich mit der freien Hand durch die Haare. »Sie ist ein bisschen eifersüchtig. Wir …« Er räusperte sich. »Ich bin mit ihr ausgegangen, bevor du zurückgekommen bist. Nur einmal«, betonte er, als ihr Gesicht plötzlich schneeweiß wurde. Sie trat einen Schritt zurück, brachte mehr Abstand zwischen sich und ihn. »Es war sofort klar, dass aus uns nie etwas wird. Wir sind einfach dafür bestimmt, Freunde zu sein. Sonst nichts. Wenn sie also etwas Blödes zu dir gesagt hat, rede ich mit ihr, okay? Sie entschuldigt sich, und dann …«

»Nein, Simon.« Ihre Stimme klang leise und entschlossen. »Es hat nichts mit Mila zu tun. Das ist meine Entscheidung. Bitte akzeptiere sie. Würdest du …« Sie machte eine unstete Bewegung mit der Hand. »Würdest du jetzt bitte gehen?«

Wut stieg in Simon auf. Verdrängte die Fassungslosigkeit. »Das kann nicht dein Ernst sein. Verdammt, Marie!«

»Bitte …«

Sie würde ihre Meinung nicht ändern, wurde ihm bewusst. Zumindest nicht im Moment. Simon konnte sie nicht umstimmen, und der Zorn verflog so schnell, wie er gekommen war, und machte Resignation Platz. Er nickte. »Natürlich.« Dann stieß er einen Pfiff aus, der Marie zusammenzucken ließ, und drehte sich ohne ein weiteres Wort um. Schiller, der um die Hausecke gerast kam, und er erreichten Bellas Beifahrertür gleichzeitig. Er ließ den Hund hinein, schlug die Tür hinter ihm zu und umrundete den Bus. Dann stieg er ein, startete den Wagen und wendete. Er wollte nicht zurückschauen. Er wollte nicht darüber nachdenken, dass Marie ihn gerade abserviert hatte. Während er … tja was? Er hatte sein Herz an sie verloren. So einfach war das. Und so beschissen.

Schiller winselte neben ihm. »Ich weiß, Kumpel.« Er kraulte den Hund hinter den Ohren. »Lass uns einen Ausflug machen. Wir haben diese schöne Bella. Wir sollten sie genießen.«

Und dann tat er es doch. Hob den Blick von der Straße und sah in den Rückspiegel. Sah Maries Gestalt vor dem Haus kleiner und kleiner werden.

Er riss sich von ihrem Anblick los und angelte seine Sonnenbrille aus der Ablage. Die untergehende Sonne blendete ihn. Sie war mit Sicherheit auch an dem Brennen in seinen Augen schuld.

*

Marie blickte dem VW-Bus nach. Simons neuer Bella. In einem der letzten Sonnenstrahlen, die über die Bergkuppen blitzten, funkelte der nagelneue dunkelblaue Lack auf. Bella war schön. Und Simon so glücklich, endlich den roten Smart los zu sein. Und sie hatte es ruiniert.

Sie schniefte und schob die Sonnenbrille höher auf ihre Nase. Nein, sie würde nicht weinen. Das hatte sie genug getan, seit sie von der Arbeit nach Hause gekommen war. Im

Nähzimmer, über die Maschine gebeugt, während Emil und Fanny im Garten gewesen waren.

Mila hatte nicht in allem recht gehabt, was sie Marie an den Kopf geworfen hatte. Sie glaubte nicht, dass Simon sie geküsst und mit ihr geschlafen hätte, wenn er an Anna interessiert wäre. Aber wenn eine andere Frau ein Auge auf ihn geworfen hatte, würde das am Ende nur Probleme bringen. Für sie. Sie würde sich kein zweites Mal in eine Situation wie vor vierzehn Jahren bringen. Der Spießrutenlauf hatte sie beinahe zerstört. Aber damals hatte sie keine Chance gehabt – diesmal konnte sie das Ganze steuern. Sie wollte hierbleiben. Bei Fanny. Sie wollte, dass ihre Großmutter und Emil wundervolle Erinnerungen sammelten. In diesem Garten. In diesem Haus. Sie würde niemandem in dieser Stadt einen Grund geben, erneut auf sie loszugehen.

Sie hörte ihren Sohn, der mit der Lautstärke eines mittelgroßen Sauriers um die Hausecke getrampelt kam. »Was ist mit Simon los?«, fragte er, als er neben ihr zum Stehen kam und der kleinen Staubwolke nachsah, in der man den VW-Bus nicht mehr ausmachen konnte. »Schiller hat uns im Garten besucht, aber er ist gar nicht gekommen.«

Marie beugte sich herunter und presste ihre Lippen auf den Scheitel ihres Sohnes. »Er wollte nur schnell Hallo sagen und musste gleich wieder weiter«, griff sie zu einer Notlüge.

Im Moment fühlte sie sich nicht in der Lage, irgendjemandem zu erklären, was zwischen Simon und ihr vorgefallen war. Welche Entscheidung sie getroffen hatte, und warum. Die Sonne, die langsam begann, hinter die Bergkuppen zu rutschen, blendete sie. Ihre Augen begannen erneut zu brennen, und Marie blinzelte hinter ihrer Sonnenbrille. »Na komm, lass uns schauen, ob wir Fanny noch etwas im Garten helfen können.«

Sie drehte der kleinen Staubwolke – und dem, was hätte sein können – den Rücken zu und kehrte Seite an Seite mit ihrem Sohn in den Garten zurück.

23

Bergdoktor – McDreamy – Direktleitung

Mats:
Ich brauche deine Hilfe für so
eine kreative Sache.
Ich will deine Schwester überraschen.

Simon:
Kreativ.😂😂😂

Mats:
Halt die Klappe.
Und kein Wort zu Sanna.😡

Simon fuhr mit Bella zu seiner Schwester. Er führte den Bus seinen Freunden in der Alpenliebe vor. Mit Jonas drehte er eine Runde über schmale Bergstraßen. Aber das Glücksgefühl, das er im ersten Moment verspürt hatte, war verschwunden. Weil er es nicht mit Marie teilen konnte. Weil sie feige war und einen Rückzieher gemacht hatte. Weil sie ihm nicht genug vertraute, dass er sie am Ende nicht hängen lassen würde.

Und weil ihr die Meinung der anderen wichtiger war als das, was sie beide füreinander empfanden.

Und das bildete er sich nicht ein. Marie sah so jämmerlich aus, wie er sich fühlte, wenn sie morgens in die Praxis kam. Den Blick gesenkt, die Schulter herunterhängend, als läge das Gewicht der ganzen Welt auf ihnen. Mila stampfte währenddessen noch immer mit wütendem Gesichtsausdruck durch die Gegend.

Sanna hatte ihn am Vortag beiseitegenommen und die Augen verdreht. »Da hast du ja ein schönes Chaos angerichtet, großer Bruder.«

»Ich?« Seine ganze Frustration hatte in diesem einen Wort gelegen.

»Ja, du.« Sanna hatte ihm den Finger in die Rippen gebohrt. »Du hast unserer Angestellten den Kopf verdreht, was jetzt zu einer unschönen Situation an unser aller Arbeitsplatz führt. Ganz abgesehen davon, dass unsere zweite Angestellte, mit der du auch schon ausgegangen bist, deswegen sauer ist.« Sie hob mit einem genervten Laut die Arme. »Die Planung dieses Sommerfestes treibt mich in den Wahnsinn. Dazu ist der Deal mit Ellen Beller, den wir für das Tal an Land ziehen wollen, eine große Herausforderung. Die Entnahme und Analyse der Bodenproben für die Anbauflächen der Kräuter ziehen sich viel zu lange und Jonas gerät ständig mit seinem Vater und seinen Bruder aneinander, weil sie ihn immer noch davon überzeugen wollen, diese verdammte Lackfabrik auf seinen Feldern zu bauen. Ich brauche wirklich keinen dritten Kriegsschauplatz, um den ich mich sorgen muss.«

»Das ist ja wunderbar«, hatte er zurückgeätzt. »Wir alle sind bemüht, der großen Talsprecherin das Leben so leicht wie möglich zu machen. Entschuldigung, dass ich auch noch ein Leben habe, das nichts mit dieser Praxis und deinem Amt zu tun hat.«

»Sei kein Blödmann«, hatte sie geantwortet. Ihr Blick war allerdings sanfter geworden, als sie ihm die Hand auf den Arm gelegt hatte. »Ist es so schlimm?«

Simon dachte für den Bruchteil einer Sekunde darüber nach, abzuwiegeln und sich bei seiner Schwester für seinen Ausbruch zu entschuldigen. Sie stritten sich fast nie und hatten beide ein ausgeprägtes Harmoniebedürfnis. Aber wem war geholfen, wenn er die Situation beschönigte? Sanna hatte sicher eine Ahnung, wie es um ihn stand. Und um Marie. »Ja, kleine Schwester«, sagte er, ebenfalls in sanfterem Ton, »es ist so schlimm. Vielleicht sogar noch schlimmer.« Es war nicht immer von Vorteil, Gefühl auf zwei Beinen zu sein, wie seine Mutter gerne behauptete. Manchmal zerrissen einem zu viele Gefühle das Herz.

»Oh!« Sanna sah ihn aus aufgerissenen Augen an.

Doch bevor sie ihm die nächste Frage stellen konnte, drehte er sich um und verließ die Kaffeeküche, in der sie ihn abgefangen hatte.

Eine Woche hatte er in diesem Gefühlschaos zugebracht. Er war mit Schiller joggen gegangen, und er hatte seinen Gleitschirm in den Bus gepackt und war ein paarmal fliegen gewesen. Das hatte ihm aber nur so lange Ruhe, Frieden und Freiheit beschert, wie er in der Luft gewesen war. Sobald er wieder festen Boden unter den Füßen gehabt hatte, waren die Gedanken an Marie zurückgekehrt.

Ein paarmal hatte er versucht, mit ihr zu reden, aber sie war jedes Mal mit einer anderen Ausrede abgehauen und war ihm danach noch konsequenter aus dem Weg gegangen.

Er war froh, als endlich das Wochenende anbrach und er sich in seine Wohnung zurückziehen konnte. Die Bandprobe am Freitagabend brachte er noch hinter sich. Aber am Samstag und Sonntag wollte er einfach nur seine Ruhe haben und niemanden hören oder sehen. Er wollte allein sein. Mit seinem Hund. Seiner Gitarre. Ein paar Flaschen Allgäuer Büble und seinem geliebten Hawaii-Mädchen-Flaschenöffner.

Als es am Samstagmorgen an seiner Tür klopfte, hatte Simon einen Kater – und verdammt viele traurige Liebeslieder gespielt. Was ihn nur noch mehr deprimiert hatte. Er war echt am Arsch.

Simon dachte darüber nach, sich einfach auf die andere Seite zu drehen und weiterzuschlafen. Nachdem er aber ein paar Sekunden darüber nachgedacht hatte, schob er sein Kissen weg, strampelte seine Bettdecke weg und setzte sich fluchend auf. Er war Arzt. Wenn am Samstagmorgen jemand an seine Tür klopfte, konnte er das nicht ignorieren. Vielleicht war es sogar Marie, die endlich reden wollte.

Er machte sich nicht die Mühe, etwas überzuziehen, und tapste barfuß und in Boxershorts zur Tür, an der Schiller bereits fiepend auf und ab lief. Ein gutes Zeichen dafür, wer draußen herumpolterte. Simon legte für einen Moment den Kopf gegen das Türblatt, das von weiterem Hämmern erschüttert wurde, atmete tief durch und öffnete dann. »Mats. Wie schön, dich zu sehen. Nicht«, knurrte er.

»Guten Morgen, Sonnenschein.« Sein Freund schob sich an ihm vorbei und betrat die Wohnung. Seine kleine Hundelady sprang aufgeregt um Schiller herum und kläffte in einer Tonhöhe, die die Schmerzen hinter Simons Schläfen um ein Vielfaches in die Höhe schnellen ließ.

»Was willst du hier?«, brummte Simon, schloss die Tür und legte den Kopf wieder dagegen.

»Ich brauche Hilfe.« Mats, der schon auf dem Weg in Richtung Kücheninsel gewesen war, drehte um und kehrte zu ihm zurück. »Und ich habe schon deine Bezahlung dabei.«

»Croissants?« Simon wandte den Kopf, ohne sich von der Tür zu lösen, und schnupperte an der Tüte, die sein Freund ihm vor das Gesicht hielt.

»Frisch vom Bäcker. Ich koch dir sogar einen Kaffee, wenn du jetzt unter die Dusche gehst. Du stinkst, Mann.« Mats ließ die Tüte sinken und verzog angesichts Simons alkoholischer Ausdünstungen das Gesicht. »Danach erzähl ich dir von meiner Mission.«

»Mission«, brummte Simon und stieß sich von der Tür ab. »Was für eine Scheiße am Samstagmorgen. Ich habe dich für einen Notfall gehalten.« Oder für Marie, fügte er im Stillen hinzu. Er drehte sich um und schlurfte in Richtung Bad. »Löse mindestens drei Ibuprofen in dem Kaffee auf – dann können wir über alles reden.« Im Gehen drehte er sich noch einmal zu Mats um. »Über fast alles«, ergänzte er vorsichtshalber, weil er nicht sicher war, ob Mats von Sanna geschickt worden war, um seine aktuelle Gemütslage auszukundschaften. Seiner Schwester war das durchaus zuzutrauen.

Nachdem Simon sich eine ausgiebige Dusche gegönnt hatte, spürte er, wie die Lebensgeister langsam in seinen Körper zurückkehrten. Er schlüpfte in eine Jogginghose und ein altes Ramones-T-Shirt und kehrte in den Wohnraum zurück, wo ihm der Duft nach frischem Kaffee entgegenschlug. Mats hatte es sich bereits mit einer Tasse und einem Croissant, auf das er dick Nutella geschmiert hatte, auf der Couch bequem gemacht. Die Hunde fehlten, also hatte er sie wahrscheinlich zu ihrer Morgenrunde rausgelassen.

Simon schnappte sich die zwei Schmerztabletten, die sein Freund für ihn auf den Küchentresen gelegt hatte, und spülte sie mit dem Wasser hinunter, das danebenstand. Dann griff er wie ein Ertrinkender nach seiner Kaffeetasse und nahm einen so großen Schluck, dass er sich die Zunge verbrannte. »Scheiße!«, fluchte er.

Mats grinste ihn vom Sofa aus an. »Nicht so gierig, könnte noch heiß sein«, gab er einen seiner schlauen Sprüche von sich. »Du hast gefühlt zwei Stunden zum Duschen gebraucht, Können wir jetzt endlich los?«

»Was hast du vor? Und wieso habe ich nicht mal Zeit, in Ruhe meinen Kaffee zu trinken und dieses Croissant zu essen?«

»Ich erkläre es dir unterwegs. Du hast so lange gebraucht, dass mir langsam, aber sicher die Zeit davonläuft. Du kannst den Kaffee in einen Thermobecher füllen und das Croissant unterwegs essen. Wir nehmen deinen Bus.«

»Wie bitte?«, nuschelte Simon, der gerade mit den Zähnen einen großen Bissen von seinem Gebäck abgerissen hatte. »Ich glaube, du spinnst. In meiner Bella wird nicht gegessen.«

Mats sagte nichts. Er sah Simon einfach unter hochgezogenen Augenbrauen an.

»Was für ein beschissener Morgen«, verlieh Simon seiner Laune noch einmal Nachdruck, klemmte sich den Rest des Croissants zwischen die Zähne und drehte sich um, um einen Thermobecher aus dem Schrank über der Küchenzeile zu nehmen.

Kurz darauf folgte er seinem Freund aus dem Apartment und öffnete Bellas Türen, damit sich die Hunde einen Platz suchen konnten. Mats nahm auf dem Beifahrersitz Platz und rieb sich die Hände, als wäre er ein Bösewicht in einem alten Schwarz-Weiß-Film, der sich einen besonders spektakulären Plan ausgedacht hatte.

»Sag mir, dass ich das nicht bereuen werde«, verlangte Simon, als er den Motor startete.

»Auf keinen Fall«, gab Mats zurück. »Wir müssen als Erstes zu Paulina. Dort habe ich alles deponiert, was wir brauchen.«

»Verrätst du mir jetzt endlich, was du vorhast?«

»Gleich.« Mats grinste. »Sei doch nicht so ungeduldig.«

Simon seufzte und fuhr über den Dorfplatz zur Alpenliebe, wo sich in einem Schuppen ein Haufen Zeug fand, das aussah, als habe Mats vor, einen Deko-Laden eröffnen.

Simon stemmte die Hände in die Hüften. »Wenn du mir nicht sofort sagst, was du vorhast, fahr ich auf der Stelle nach Hause und gehe wieder ins Bett.«

»Ich überrasche Sanna. Und du hilfst mir dabei. Sie hat in letzter Zeit viel zu schwer geschuftet. Dieser ganze Stress mit dem Talsprecherjob, den Verhandlungen mit Elle est Belle und den Vorbereitungen für den Waldkircher Sommer«, zählte er auf. »Sie braucht einfach mal eine Auszeit.«

»Bei Depot?«, fragte Simon sarkastisch und rieb sich mit einem frustrierten Laut über den Nacken. »Entschuldige. Ich klinge wie ein Arsch.« Er gönnte Mats und Sanna ihr Glück. Er war froh, dass sein bester Freund sich darum kümmerte, dass es seiner kleinen Schwester gut ging.

»Schon gut.« Mats schlug ihm gut gelaunt auf die Schulter, als könne nichts seine Stimmung trüben. Er zog sein Handy aus der Tasche, scrollte ein bisschen herum und hielt es Simon dann hin. »Kennst du die Hütte?«

»Die Sonnen Alpe?« Simon gab das Handy zurück. »Klar. Ziemlich abgelegen. Ziemlich spartanisch.«

»Ziemlich romantisch«, korrigierte Mats.

Simon zog die Augenbrauen hoch.

»Zumindest, wenn wir beide mit der Deko fertig sind. Heute Mittag hol ich Sanna zu einer Mountainbike-Tour zur Sonnen Alpe ab und überrasche sie mit einer Übernachtung dort draußen.«

»Womit habe ich das verdient?«, murmelte Simon und schnappte sich den ersten Karton. »Kriegst du das nicht alleine hin?«

»Auf keinen Fall.« Mats folgte ihm mit einer zweiten Kiste. »Mein Camaro schafft den Weg dorthin nicht. Den Jeep kann ich mir nicht leihen, weil Sanna dann wissen will, wofür ich ihn brauche. Und du hast deine Bella, die sicher ganz wild darauf ist, einen kleinen Ausflug in die Berge zu machen.«

Simon schüttelte den Kopf. »Ich hatte keine Ahnung, dass du plötzlich darauf stehst, mit dem Mountainbike in den Bergen herumzukurven und Nächte auf einsamen Hütten ohne fließend Wasser zu verbringen.«

»Es gibt einen Wasserfall direkt hinter dem Haus«, widersprach Mats und ignorierte den Rest. »Das eisige Wasser im Kristall-Tobel hinter Sannas Haus hat mich abgehärtet.«

»Wo ist nur mein arbeitswütiger Freund aus der Frankfurter Notaufnahme abgeblieben? Ich glaub, manchmal vermisse ich diese Version von dir tatsächlich ein bisschen.«

Mats grinste breit und schob eine Flasche Wein neben die Sachen, die Simon bereits in den Bus geladen hatte. »Tust du kein bisschen. Du bist genauso begeistert wie Sanna von meinem neuen Ich.«

Simon blieb nichts anderes übrig, als noch einmal den Kopf zu schütteln. Sie luden Mats' Gemischtwarenladen in den Bus, sammelten die Hunde ein, die sich bei Paulina in der

Alpenliebe ein paar Leckerli ergaunert hatten, und brachen zu einer der abgelegensten Hütten der Gegend auf.

Kurz darauf sah sich Simon LED-Kerzen auf Fensterbänken und roh gezimmerten Holzmöbeln verteilen, während sein Freund das Bett bezog. Sie verstauten das Essen im kühlen Keller, und weil Mats darauf bestand, dass Sanna es lieben würde, hängten sie jede Menge Lichterketten an das dunkle Gebälk. Ein großer, bunter Strauß stand auf dem Tisch, und Simon musste seinem Freund zugestehen, dass er Sanna wirklich gut kannte. Mit roten Rosen hätte er sie vielleicht nicht um den Finger wickeln können – aber ein Strauß mit Blumen, die so aussahen, als hätte er sie aus ihrem Garten geklaut (was er vermutlich auch getan hatte), würde auf jeden Fall ihr Herz erweichen.

Sie schichteten Holz im Kamin und in der Feuerschale vor dem Haus, sodass Mats es am Abend nur noch anzünden musste. Dann stellte Simons Freund den Wein und zwei Kristallgläser, die er akribisch poliert hatte, neben die Blumen. »Perfekt«, befand er und drehte sich einmal im Kreis, um ihr Werk zu betrachten. »Komm mit«, forderte er Simon auf und ging nach draußen. »Für mich und Sanna hab ich nur das gute Zeug dabei, aber ein Helferbier hast du dir auf jeden Fall verdient.« Er zog zwei alkoholfreie Radler aus der Kühltasche, die noch im Bus stand, und reichte Simon eins. »Sorry«, sagte er und nickte zum Etikett. »Was anderes kann ich nicht trinken, wenn ich heute noch auf das Mountainbike steigen will.«

Simon nickte dankbar. Nachdem er es am vergangenen Abend ein wenig übertrieben hatte, stand ihm der Sinn sowieso nicht besonders nach Alkohol.

Sie ließen die Hunde noch ein bisschen die Gegend erkunden und setzten sich auf die schmale Bank vor der Hütte.

Die Rücken gegen die verwitterten, von der Sonne aufgeheizten Zedernschindeln gelehnt, blickten sie ins Tal und auf die gegenüberliegenden Bergspitzen der Nagelfluhkette.

»Wie geht es dir?«, fragte Mats, nachdem sie beide für ein paar Minuten ihren Gedanken nachgehangen hatten.

»Du meinst, wie mir Maries Abfuhr bekommen ist?« Simon schaffte es noch immer nicht, die Bitterkeit aus seinen Worten herauszuhalten. »Ich habe keine Ahnung. Manchmal hoffe ich einfach, dass sie es sich noch einmal anders überlegt und mir eine Chance gibt. Aber na ja, das ist wahrscheinlich Wunschdenken, und ich sollte aufhören, mir der Kopf über sie zu zerbrechen.«

Mats trank einen Schluck von seinem Bier, ohne den Blick von dem Bergpanorama vor sich abzuwenden. »Sanna und ich haben es am Anfang auch nicht leicht gehabt. Oder besser gesagt, wir haben es uns nicht leicht gemacht. Für uns hat eine Beziehung bedeutet, dass sich vor allem für mich das gesamte Leben ändern würde. Bei Marie ist es ganz ähnlich, wenn auch aus anderen Gründen. Ich habe Zeit gebraucht. Vielleicht muss sie das Ganze auch erst einmal für sich sortieren und herausfinden, wie sie am besten damit umgeht. Aber ich glaube, dass ihr beiden das schafft. Gib ihr einfach ein bisschen Raum.«

Simon schloss die Augen und lehnte den Kopf gegen die Holzwand hinter sich. Die Sonne wärmte sein Gesicht, und er konnte das kleine Lächeln nicht zurückhalten, das sich in seine Mundwinkel schlich. »Mann, Mann. Die Liebe hat echt eine andere Persönlichkeit aus dir gemacht. Du dekorierst Berghütten. Erteilst mir Beziehungsratschläge.« Er öffnete ein Auge einen Spalt weit und schielte zu Mats hinüber. »Diese Seite an dir gefällt mir. Und sie tut meiner Schwester wirklich gut.«

Mats lachte. »Und mir erst.«

»Ich habe nicht viel Hoffnung, dass Marie ihre Meinung noch einmal ändern wird. Dazu ist sie viel zu stur.«

»Tss.« Wieder lachte Mats. »Das ist das Erste, was ich in Waldkirch gelernt habe: Allgäuer sind verdammt stur.«

»Und Marie ist Allgäuerin«, knüpfte Simon an diese These an. »Auch wenn sie vierzehn Jahre woanders gelebt hat.«

»Ja, mein Freund.« Mats schlug ihm auf die Schulter. »Du aber auch.« Er nippte an seinem Bier. »Wenn du mich fragst, solltest du es ihr sagen.«

»Was?« Simon warf ihm einen Seitenblick zu.

Sein Freund zuckte mit den Schultern. »Dass du geduldig bist und auf sie wartest.«

24

Waldkircher Landfrauen-Ratsch

Müller Liesl:
Habt ihr schon gehört,
dass das Auto vom Thaler Simon
ständig auf dem Hof
der Brunners stehen soll?

Berger Ida:
Ich glaub, er hilft der Fanny
ein bisschen mit dem Haus.
Fällt ihr ja bald über
dem Kopf zusammen –
Gott steh ihr bei.

Steiger Moni:
Wird wohl eher an der jungen
Brunnerin liegen, dass er sich
ständig dort herumtreibt.
Der Angermaier hat sie
doch zusammen gesehen.

Faulhaber Gerda:
Das war ja auch der Grund.
Aber eure Informationen sind
schon wieder überholt:
Da läuft nichts mehr zwischen
dem Doc und der Brunner Marie.

Manchmal raste die Zeit nur so dahin – außer man wollte irgendetwas schnell hinter sich bringen. Dann zogen sich selbst Sekunden wie Kaugummi. Den man in Zeitlupe kaute.

Marie hatte sich irgendwie durch die vergangene Woche gequält. Irgendwie. Sie hatte mit Julie telefoniert, die ihr auf den Kopf zu gesagt hatte, dass es feige war, sich aus der Affäre zu ziehen, nur weil irgendwelche neidischen Weiber ihr das Glück mit Simon nicht gönnten. Sie verstand Julies Blickwinkel. Und wenn sie eine Freundin um ihre Meinung gefragt hätte, wäre ihr Rat vielleicht ähnlich ausgefallen. Aber Julie kannte Waldkirch nicht. Sie war noch nie hier gewesen. Sie hatte nicht erlebt, wie es war, beim Bäcker einfach übergangen zu werden, als wäre man Luft. Oder etwas Schleimiges, das über den Boden kroch.

Es war eine Qual, jeden Tag in die Praxis zu gehen und ihre distanziert-professionelle Maske aufzusetzen, die Tonnen zu wiegen schien. Es war furchtbar, Sanna und Mats zu sehen, die nach einem Wochenende auf einer geheimnisvollen Berghütte so vor Liebe strahlten, dass sich Eifersucht in ihr Herz schlich. Aber noch viel schlimmer war es, Emils unzählige Fragen danach zu beantworten, warum Simon plötzlich nicht mehr vorbeikam. Er vermisste ihn. Er vermisste Schiller. Das Quengeln ihres Sohnes trieb sie in den Wahnsinn. Genug, um sich den irrwitzigen Gedanken durch den Kopf gehen zu lassen, einen eigenen Hund anzuschaffen. Was absoluter Blödsinn war. Sie hatten weder das Geld für ein weiteres Haustier, noch würde der Vizegraf besonders begeistert sein, wenn sie plötzlich einen Welpen anschleppte. Ganz abgesehen davon, dass ihr weder die Energie noch die Zeit blieb, das Tier zu versorgen und zu erziehen.

Aber solange sie sich mit solchen Dingen beschäftigte, wanderten ihre Gedanken wenigstens nicht automatisch zu Simon.

So wie in der vergangenen Nacht, als sie an ihrer Nähmaschine eingenickt war, den Kopf auf ihre übereinandergelegten Hände auf den Tisch gebettet. Sie hatte überrascht geblinzelt, als die sanfte Hand, die sich auf ihre Schulter gelegt und sie aus ihrem Traum gerissen hatte, ihrer Großmutter gehört hatte.

»Geh ins Bett, Schätzchen«, hatte sie gemurmelt und Marie auf den Scheitel geküsst, so wie sie es bei Emil immer tat.

Sie hatte die Augen geschlossen und die liebevolle Geste in sich aufgesogen wie die Energie, die sie unbedingt brauchte. Fanny hatte nichts dazu gesagt, dass Simon nicht mehr vorbeikam. Sie hatte versprochen, sich aus Maries Angelegenheiten herauszuhalten. Und daran hielt sie sich eisern. Aber Marie konnte es trotzdem im Blick ihrer Großmutter lesen. Die Fragen, die Fanny hatte. Die Traurigkeit, weil Marie so litt. Und darüber hinaus vermisste sie Simons Gesellschaft genauso sehr wie Emil.

Mit dem Beginn der neuen Woche, wenn sie wieder zur Arbeit ging, würde sie nicht mehr so oft in ihre traurigen Gesichter blicken müssen. Dafür würde sie Zeit mit Simon verbringen. Sie hatte ihn in der vergangenen Woche gemieden, so weit sie konnte. Aber sie war nicht nur Sannas und Mats' Arzthelferin, sie musste auch ihn unterstützen.

»Die Zeit wird es richten«, murmelte sie, als sie vom Marktplatz abbog, um auf den Parkplatz hinter der Praxis zu fahren. Irgendwann würde es ganz normal sein, mit Simon zusammenzuarbeiten, und sie würde bei dem Gedanken lächeln, was ihr damals wohl durch den Kopf gegangen war, als sie geglaubt hatte, es sei eine gute Idee gewesen, sich mit ihm einzulassen.

Sie bog um die Hausecke – und stieß einen frustrierten Laut aus. Simon. Als ob sie ihn mit ihren Gedanken herbeigezaubert hätte, lehnte er an seinem VW-Bus, und ihr blieb nichts anderes übrig, als ihren Golf auf dem einzigen freien Parkplatz abzustellen. Direkt neben ihm.

Sie schaltete den Motor aus, schloss für einen Moment die Augen und atmete tief ein und aus. Dann klebte sie sich ein Lächeln ins Gesicht und stieg aus. »Simon«, sagte sie über das Dach ihres Wagens hinweg. »Guten Morgen. Ich hoffe, du hattest ein schönes Wochenende.«

Er starrte sie einen Moment lang mit einem so intensiven Blick an, dass ihr Herzschlag sich beschleunigte. »Nein«, knurrte er dann. »Ich hatte kein schönes Wochenende.«

»Oh. Das … das tut mir leid.«

»Marie.« Er stieß sich von seiner Bella ab, die schon von einer dünnen Staubschicht bedeckt war, als wäre er in den Bergen herumgefahren. Langsam kam er um ihren Golf herum, bis er direkt vor ihr stand. Viel zu nah.

Sie widerstand dem Verlangen, einen Schritt nach hinten zu treten und genug Abstand zwischen sie zu bringen, dass sie seinen Duft nicht mit einatmete, der ihr bei jedem Atemzug die Sinne verwirbelte. »Bitte, Simon …« Konnte er sie nicht einfach in Ruhe lassen? Warum machte er es ihr so schwer? Warum machte er es sich selbst so schwer? Jemand hatte mal gesagt, dass Männer eine Niederlage nicht ertragen konnten und so lange weitermachten, bis sie hatten, was sie wollten. Bis sie gewonnen hatten. Aber so war Simon nicht. Oder doch? Seine nächsten Worte rissen sie aus ihren Gedanken.

»Ich will das, was zwischen uns ist, nach wie vor, Marie. Eine Woche hat nicht ausgereicht, um dich zu vergessen. Und auch zwei Wochen werden dafür nicht ausreichen. Du kannst dir das ja einreden, aber das wird sich dadurch nicht ändern. Ich dränge dich zu nichts. Ich verlange nichts von dir. Ich werde einfach nur geduldig auf dich warten.« Er strich ihr mit einer sanften Geste eine Haarsträhne hinter das Ohr, von der sie sich gar nicht sicher war, dass sie sich überhaupt gelöst hatte. Fast so, als suche er einen Vorwand, sie zu berühren. »Das wollte ich dich nur wissen lassen.« Noch bevor Marie etwas sagen konnte, drehte er sich um und ging auf die Hintertür der Praxis zu.

Jetzt war es an ihr, sich gegen die Seite ihres Wagens zu lehnen, weil ihre Knie plötzlich weich geworden waren. »Heilige Scheiße«, murmelte sie. Das war eine Kampfansage. Eine, bei der Simon sie genau das hatte wissen lassen, woran sie gerade gedacht hatte. Er würde in gewisser Weise erst aufgeben, wenn er gewonnen hatte. Aber sie wollte verdammt sein, wenn das nicht das Heißeste war, was je ein Mann zu ihr gesagt hatte. Und er hatte den Ball in ihre Hälfte gespielt. Aufschlag: Marie. Sie war am Zug. Sie konnte das, was zwischen ihnen war, noch retten.

Sie hob den Kopf und erhaschte einen Blick auf einen Schatten am Fenster der Kaffeeküche, dessen Silhouette sehr nach Mila aussah. Nein. Mit einer Klarheit, als hätte ihr jemand einen Eimer kaltes Wasser über den Kopf geleert, wurde ihr bewusst, was sie sich da fast zusammengeträumt hatte.

Sie würde ihre Beziehung nicht retten. Und so schön Simons Worte auch klangen: Sie würde nicht zulassen, dass er eine Ewigkeit auf sie wartete.

*

Mila winkte Nikola zu, als sie mit schnellen Schritten über den Marktplatz hastete. Ihre Freundin saß unter einem der bunt geringelten Sonnenschirme, die das Markenzeichen der Alpenliebe waren, und hatte einen von Paulinas Hugos am Stiel vor sich stehen, die in diesem Sommer zum Renner der Saison zu werden schienen.

»Sorry, mich hat noch eine Patientin aufgehalten«, rief sie, als sie auf die Terrasse trat und ihre Freundin umarmte.

Nikola hatte einen Stuhl an ihrem Tisch zur Seite geschoben, um Platz für den Rollstuhl zu haben. Mila rückte ihn noch ein Stück weiter aus dem Weg und ließ sich neben Nikola fallen.

»Was ist denn so dringend?«, fragte ihre Freundin und nippte an ihrem Drink.

Mila hätte sich am liebsten sofort mit Nikola getroffen, nachdem sie das mit Simon und Marie herausgefunden hatte. Doch ihre Freundin, die ja seit ein paar Jahren ziemlich erfolgreich Rollstuhlbasketball spielte, war in einem Trainingslager gewesen und erst gestern zurückgekommen.

»Griaß di. Was darf ich dir bringen?«, fragte die Aushilfe, Lisa, die Paulina für den Sommer eingestellt hatte. Sie hatte sich ein Tablett unter den Arm geklemmt, lächelte breit unter ihrem pinkfarbenen Pony hervor und zückte ihr Bestell-Pad. Mila hatte sie von Anfang an gemocht und erwiderte das Lächeln automatisch. »Ich nehm das Gleiche wie Nikola«, bestellte sie.

»Freilich.«

Mila wartete, bis Lisa sich abgewandt hatte, um an den umliegenden Tischen leere Gläser abzuräumen. »Danke, dass du für mich dein Date mit dem mysteriösen Max, den wir immer noch nicht kennengelernt haben, gecancelt hast.«

Nikola grinste sie an. »Nicht abgesagt, nur verschoben«, sagte sie und zwinkerte ihr zu.

Mila lächelte zurück, doch dann wurde ihr wieder bewusst, warum sie Nikola um ein Treffen gebeten hatte, und das Lächeln verschwand von ihren Lippen. »Du kannst dir nicht vorstellen, was diese Brunnerin getan hat.«

Nikola drehte ihr Glas am Stiel zwischen ihren Fingern. »Marie oder Fanny?«, fragte sie dann. Unnötigerweise, wie Mila fand.

»Marie natürlich.« Mila lehnte sich ein wenig vor, um leiser sprechen zu können. »Sie hat doch allen Ernstes versucht, bei Simon zu landen.«

Nikola drehte ihr Glas noch einen Moment, bevor sie aufblickte. »Und das darf sie nicht, weil …?«

»Weil …?« Mila schnaubte ungläubig. »Was ist denn das für eine Frage? Simon war gerade dabei, Dr. Ritter näher kennenzulernen. Das ist die Ärztin aus Oberstdorf.«

Nikola nickte. »Die, die den kleinen Lauinger behandelt. Wir haben sie auf dem Scheunenfest kennengelernt. Nette Frau.«

»Ganz genau.« Mila lehnte sich zufrieden zurück und wies mit dem Finger auf Nikola. »Du hast es erfasst. Nette Frau. Aber natürlich muss die Brunnerin sich dazwischendrängen und alles zerstören.« Sie machte eine Pause, um ihren Worten noch mehr Bedeutung zu verpassen. »Wieder einmal.«

»Mila …«, begann Nikola, wurde aber von Lisa unterbrochen, die mit einer schwungvollen Bewegung und einem »Wohl bekomm's« den Hugo vor Mila abstellte.

»Danke«, murmelte sie, konzentrierte sich aber weiter auf Nikola.

»Du musst aufhören, dich so auf Marie zu fokussieren. Das Ganze ist vierzehn Jahre her. Wir waren damals noch halbe Kinder.«

Mila verschluckte sich an ihrem Drink, an dem sie gerade nippte. Keuchend stellte sie das Glas ab und wischte sich die Tränen weg, die der Hustenanfall in ihre Augen hatte steigen lassen. »Was?«, krächzte sie. Und dann etwas leiser, weil sich bereits die ersten Gäste von den anderen Tischen zu ihnen umdrehten. »Wie kannst du einfach sagen, das ist vierzehn Jahre her? Es ist völlig egal, wie lange das her ist. Sie ist dafür verantwortlich!« Mit einer wütenden Geste wies sie auf Nikolas Rollstuhl.

»Nein.« Nikola sah Mila mit einem so ernsten, eindringlichen Blick an, wie sie es vermutlich noch nie getan hatte. »Daran«, sie schlug mit der flachen Hand leicht auf die Lehne des Rollstuhls, »ist ein beschissener Unfall schuld, den ich selbst verursacht habe. Niemand sonst kann etwas dafür.«

»Das ist lächerlich.« Mila beugte sich noch ein wenig weiter vor. »Wenn dieses Flittchen dir Anton nicht ausgespannt hätte, wäre all das nicht passiert. Dann wäre deine Karriere nicht zerstört worden. Du würdest immer noch Biathlon laufen, hättest inzwischen schon zig olympische Medaillen und wärst Weltranglistenerste oder so was«, zischte sie.

Nikola legte den Kopf in den Nacken. Schmerz und Verlust zeichneten ihre Züge. Trauer. »Vielleicht. Vielleicht auch nicht. Wer weiß schon, wie sich mein Leben entwickelt hätte, wenn der Unfall nicht passiert wäre.«

»Entschuldige.« Mila griff nach der Hand der Freundin. »Sorry, Nikola, ich wollte das nicht alles aussprechen. Ich wollte dir nicht wehtun. Aber als ich gesehen habe, wie sie sich an Simon ranmacht«, sie hob ihren freien Arm in einer hilflosen Geste, weil Nikola die Augen wieder geöffnet hatte und sie ansah, »da ist das alles wieder in mir hochgekocht.«

Nikola drückte Milas Hand. »Wir hätten das aber tun müssen. Es aussprechen«, ergänzte sie, als sie den verständnislosen Blick bemerkte, mit dem Mila sie ansah. »Ich hätte es viel eher aussprechen müssen. Aber ich habe es nicht getan. Und das ist verdammt mies von mir gewesen.« Noch einmal schloss sie die Augen und seufzte. »Wahrscheinlich ist das auch der Grund, warum ich mir bisher keine richtige Mühe gegeben habe, mich mit ihr auszusprechen, seit sie wieder hier ist. Ich schäme mich.«

»Was meinst du damit? Was hättest du sagen sollen? Wofür solltest ausgerechnet du dich schämen? Du bist hier das Opfer.« Mila strich sich eine ihrer Beachwaves hinter das Ohr. Die Worte ihrer Freundin verwirrten sie.

»Ich hätte längst sagen sollen, dass Marie keine Schuld an allem hat, was passiert ist«, sagte Nikola leise. »Sie hat mir Anton nicht ausgespannt.«

»Was …?« Mila sah ihre Freundin fassungslos an. Ein bisschen war es, als hätte Nikola gerade Chinesisch gesprochen. Oder Klingonisch. Mila konnte das, was über ihre Lippen gekommen war, jedenfalls nur falsch verstanden haben. »Hast du gerade gesagt …«

»Ja. Und ich schäme mich wirklich furchtbar dafür, das nicht eher klargestellt zu haben. Aber Marie war weg. Verschwunden aus unserem Leben und aus Waldkirch. Ich habe nicht damit gerechnet, dass sie zurückkommen würde und diese ganzen alten Geschichten wieder aufgewärmt und ihr vorgehalten werden würden. Auf dem Scheunenfest wollte ich mit ihr reden, aber sie ist so schnell abgehauen, dass ich keine Chance dazu bekommen habe. Und ich war ehrlich gesagt erleichtert, weil ich das Unvermeidliche noch mal ein wenig aufschieben konnte.«

»Du … du wolltest mit ihr reden?« Mila blinzelte. Was lief denn hier falsch? »Lisa«, hielt sie die Kellnerin an, die gerade an ihrem Tisch vorbeiging. »Kannst du uns bitte noch zwei von diesen Hugos bringen? Und ich brauche einen Obstler. Oder nein, warte, ich nehm zwei. Ich brauche mindestens zwei«, murmelte sie.

Nikola stieß ein leises Lachen aus. »Ich wusste nicht, dass du Marie so hasst«, sagte sie dann und wurde wieder ernst.

»Natürlich hasse ich sie. Sie hat das Leben meiner besten Freundin zerstört. Wie hätte ich ihr das denn jemals vergeben können?«

»Ich bin unglaublich froh, dich zu haben.« Nikola beugte sich vor, um Milas Hand zu drücken. »Es gibt keine bessere, loyalere Freundin als dich. Du warst immer für mich da, hast mir durch die furchtbare Zeit nach dem Unfall geholfen und ich durfte mich immer an deiner Schulter ausheulen.« Nikola seufzte und lehnte sich wieder in ihrem Rollstuhl zurück. »Aber ich war nie ganz ehrlich«, gestand sie. »Und jetzt sehe ich, was für ein Riesenfehler das war. Du musst mir versprechen, damit aufhören, Marie die Schuld an dem zu geben, was damals passiert ist. Niemand hier sollte Marie für das verurteilen, was damals geschehen ist. Und misch dich nicht in die Sache zwischen ihr und Simon ein. Sie sind erwachsen. Genau wie Dr. Ritter.«

Mila schüttelte den Kopf, als wäre das die einzige Möglichkeit, die verworrenen Gedanken, die darin kreisten, zu ordnen. »Okay.« Sie straffte sich. »Reden wir.«

»Warte kurz. Da kommt Lisa mit unseren Drinks.« Nikola nickte in Richtung der Bedienung.

Sie warteten, bis die Getränke auf dem Tisch standen und Lisa sich anderen Gästen zuwandte. Dann griff Mila nach einem der Obstler und kippte ihn herunter. »Also los. Spuck's aus!«

Nikola lächelte angesichts ihres Befehlstons. Sie legte ihre Hände um das eiskalte Hugo-Glas und starrte einen Moment ins Leere. »Sie kam damals zu mir. Ins Krankenhaus.«

»Echt? Warum hast du mir das nicht erzählt?«

»Ich weiß es wirklich nicht. Und wie gesagt: Das war ein Riesenfehler.« Nikola seufzte. »Ich habe sie gehasst. So wie du es vorhin gesagt hast. Dieses gottverdammte Mädchen, dessen Mutter bereits die Stadtschlampe gewesen war, hat mir einfach den Freund ausgespannt, den ich über alles geliebt habe. Ich habe genau so gefühlt, wie du es gerade beschrieben hast. Sie hatte meine Karriere zerstört. Meine Zukunft. Mein Leben. Und alles, was ich denken konnte, war: Ich werde dir nicht vergeben, verdammtes Miststück.« Sie trank einen Schluck von ihrem Hugo, als wäre ihre Kehle staubtrocken, und stieß dann ein kleines Lachen aus. »Aber das wollte sie gar nicht.«

»Vergebung?«, fragte Mila.

»Nein.« Nikola schüttelte den Kopf. »Sie wollte mir einfach nur die Wahrheit erzählen.« Sie hielt kurz inne, als müsse sie sich sammeln. »Ich lag da. Bewegungslos. Hab die Wand angestarrt. Ich konnte nicht abhauen, obwohl ich in diesem Moment nichts lieber getan hätte. Ich wollte ihr nicht zuhören. Ihrer leisen, ernsten Stimme. Aber ich hatte keine Wahl, oder?« Nikola rieb sich über die Arme, als ließe die Erinnerung sie frösteln, und Mila griff ganz automatisch nach ihrer Hand. »Was sie zu sagen hatte, dauerte gar nicht lange. Sie hat behauptet, Anton hätte mit ihr geflirtet, hätte sie nach Hause gefahren, hätte sie geküsst. Er hat sie mit auf die Hütte genommen und ihr erzählt, dass wir Schluss gemacht haben. Sie war sogar so ehrlich, mir zu gestehen, dass sie seit Ewigkeiten in ihn verliebt gewesen war.«

»Und dann?« Mila starrte ihre Freundin mit offenem Mund an.

»Nichts weiter. Sie hat gesagt, dass es ihr unendlich leidtut, was passiert ist und dass sie mir alles Gute wünscht. Dann hat sie sich einfach umgedreht und ist gegangen, während ich noch eine Stunde lang die Wand angestarrt habe.«

»Du hast kein Wort gesagt, damals. Ich war jeden Tag bei dir, und du hast es nicht mit einer Silbe erwähnt.«

»Ich konnte damals nicht darüber reden. Ich habe versucht, den Unfall und alles, was damit zu tun hatte, zu verdrängen. Erst später, als ich diese Therapeutin hatte, haben sich die Dinge geändert. Es hat eine Ewigkeit gedauert, bis ich in der Lage war, mich damit auseinanderzusetzen. Ich habe Anton zur Rede gestellt und herausgefunden, dass Marie die Wahrheit gesagt hat. Aber da war es bereits zu spät. Marie war längst zum Hassobjekt der ganzen Stadt geworden und aus Waldkirch verschwunden.«

»Wow.« Mila lehnte sich, ohne Nikolas Hand loszulassen, in ihrem Stuhl zurück. »Das ist … ich weiß gar nicht, was ich sagen soll.« Sie schluckte. Seit Marie nach Waldkirch zurückgekehrt war, hatte sie sich bemüht, ihrer alten Mitschülerin das Leben zur Hölle zu machen. Und sie war verdammt gut darin gewesen. O Gott! Sie war zur schlimmsten

Mobberin der Stadt mutiert. Aus Loyalität ihrer Freundin gegenüber. Wegen eines Ereignisses, das so gar nicht stattgefunden hatte.

»Kannst du dich noch an die Mayerhofer Christel erinnern?«, holte Nikola sie aus ihren Gedanken. »Sie war eine Klasse über uns.«

Mila nickte. »Sie wohnt schon seit ein paar Jahren in Sonthofen, glaub ich.«

»Sie hat mir bei einem Waldkircher Sommer, bei dem sie ziemlich besoffen war, gestanden, dass Anton mit ihr die gleiche Nummer abgezogen hat. Schon ein Jahr, bevor er Marie angegraben hat. Sie hat mir erzählt, dass Anton mit seinen Kumpels gewettet hat, ob er sie flachlegen kann, weil sie eines von den schüchternen, zurückhaltenden Mädchen war. Also habe ich Anton noch einmal damit konfrontiert, und er hat es ohne Umschweife zugegeben. Fast wirkte er sogar ein bisschen stolz. Dieses Arschloch.« Nikola schnaubte. »Ich bin mir nicht einmal sicher, ob Christel und Marie die Einzigen waren, oder ob es da noch mehr gab. Fakt ist: Marie ist nicht diejenige, die mein Leben zerstört hat.« Sie nippte an ihrem Hugo, und Mila hatte das Gefühl, dass Nikola jetzt, wo sie sich alles von der Seele geredet hatte, ruhiger war. Fast erleichtert. »Und um korrekt zu sein: mein Leben wurde nicht zerstört. Ich habe nur eine andere Richtung eingeschlagen, als ich ursprünglich gedacht habe. Worüber soll ich mich beschweren? Darüber, dass ich einen echt tollen Job habe? Über die Roll-Basketball-Nationalmannschaft, in die ich berufen wurde? Oder etwa über den süßen Typen, mit dem ich ausgehe?« Sie zuckte mit den Schultern. »Ich hätte mir das als Achtzehnjährige in diesem Krankenhaus nie vorstellen können, aber ich bin glücklich.«

25

Marie:
Simon, kannst du bitte so schnell wie möglich herkommen? Ich brauch dich.

Simon war bei der letzten Bandprobe vor dem Waldkircher Sommer, als sein Handy klingelte.

»Keine Telefonate während der Probe«, schimpfte Korbi.

Simon zog das Handy mit einem entschuldigenden Schulterzucken aus seiner Jeanstasche. »Sorry, ich habe Bereitschaft. Und wir sind doch hier eh so gut wie durch.« Er schaute auf das Display, und sein Herz machte einen Satz. »Marie«, nahm er ihren Anruf an.

»Von wegen Bereitschaft«, brummte Korbi, verdrehte aber gutmütig die Augen und wies mit dem Kinn in Richtung Bierkühlschrank, was die Probe offiziell für beendet erklärte.

»Simon.« Er hörte an Maries Stimme, dass etwas nicht stimmte. Ganz abgesehen davon, dass sie wahrscheinlich noch lange nicht so weit war, ihn freiwillig anzurufen.

»Was ist passiert?«, fragte er ganz automatisch.

»Emil. Er … er hat Krämpfe. Kannst du bitte herkommen? So schnell wie möglich?«

»Ich bin an der Scheune. In zwei Minuten bin ich bei dir.« Er legte auf und nahm seine Gitarre ab. »Ich muss los, Leute. Notfall.« Ohne eine Erwiderung abzuwarten, rannte er aus der Scheune, sprang in seinen Wagen und raste über den Feldweg zu Fannys Hof hinüber.

Vor dem Haus war niemand, aber er machte sich auch nicht die Mühe, erst zu klopfen, sondern rannte, seinen Arztkoffer in der Hand, ins Haus und die Treppe hinauf, direkt in Emils Zimmer.

»Servus«, sagte er nach Luft schnappend und stellte den Koffer neben Marie auf den Boden. Sie kniete vor Emils Bett, der still in seinen Kissen lag, die Augen geschlossen. Fanny saß in dem Lehnstuhl, in dem sie abends immer die Gutenachtgeschichte lasen. Beide sahen Simon in einer Mischung aus Besorgnis und Erleichterung an.

Er legte dem Jungen den Handrücken an die Stirn. »Er glüht regelrecht«, stellte er fest.

Marie nickte. »Ich habe 40,1 Grad gemessen. Am Anfang habe ich nicht einmal gemerkt, dass er überhaupt Fieber hat. Und dann fing er plötzlich an zu krampfen.« Ihre Stimme zitterte.

Simon legte ihr beruhigend die Hand auf die verspannte Schulter. »Hey«, sagte er und wartete, bis sie ihn ansah. »Du weißt, dass das schlimmer aussieht, als es ist. Wir kriegen das schon wieder hin, okay?« Er wartete, bis Marie nickte. »Gut. Ich wasche mir kurz die Hände und bin gleich wieder da.« Auf dem Weg nach draußen wandte er sich an Fanny, die nervös die Hände rang. Sie würde sich besser fühlen, wenn sie etwas zu tun bekam. »Könntest du mir einen Gefallen tun?«, fragte er sie.

Fanny erhob sich sofort aus ihrem Sessel. »Freilich.«

»Kannst du dich darum kümmern, dass Emil kalte Wadenwickel bekommt?«, bat er sie.

»Natürlich. Sofort.«

Simon nickte ihr zu und wusch sich im Bad die Hände, bevor er in Emils Zimmer zurückkehrte und ihn untersuchte.

»Ist er zurzeit krank?«, fragte er Marie.

»Ein leichter Infekt. Nichts Schlimmes eigentlich.«

Er nickte. »Wie lange hat der Krampf angedauert? Hast du das mitbekommen?«

»Ja. Ich wollte ihm gerade seine Gutenachtgeschichte vorlesen. Es hat vielleicht zwei Minuten gedauert. Höchstens. Aber er war bewusstlos. Seine Lippen haben sich blau verfärbt und dann diese Zuckungen. O Gott!« Marie rieb sich in einer hilflosen Geste über das Gesicht. »Diese blauen Lippen. Ich dachte …«

»Keine Sorge.« Simon rieb ihr noch einmal beruhigend über die Schulter. »Zyanose ist ganz typisch bei einem Fieberkrampf. Genau wie der Bewusstseinsverlust. Wir senken jetzt das Fieber, und dann schauen wir weiter. Kannst du mir ein Diazepam-Miniklistier aus meinem Koffer holen?«

»Kommt sofort.« Simon merkte, wie sich Marie – genau wie ihre Großmutter – ein wenig beruhigte, sobald sie eine Aufgabe hatte.

Zusammen zogen sie Emil den nass geschwitzten Pyjama aus, und Simon verabreichte ihm das Medikament. »Das wird schon nach ein paar Minuten wirken.«

Marie atmete langsam aus und ließ sich dann neben dem Bett auf den Boden plumpsen. Sie griff nach Emils Hand und presste sie an ihre Wange. »Verdammt«, flüsterte sie. »Ich habe absolut panisch und unprofessionell reagiert.«

Simon schüttelte den Kopf und schloss den Notfallkoffer wieder. »Du hast wie eine Mutter reagiert. In so einem Fall ist Panik absolut erlaubt.«

»Ich habe so etwas noch nie erlebt«, sagte sie leise, ohne Simon anzusehen. »Ich habe darüber gelesen. Wir hatten schon Patienten in der Praxis, die nach einem Fieberkrampf noch einmal durchgecheckt wurden. Aber ich hätte mir nie vorstellen können, wie furchteinflößend dieser Moment in Wirklichkeit ist.«

*

Maries Herzschlag beruhigte sich so langsam wieder, wie das Fieber ihres Sohnes sank. Sie verabreichten ihm kühle Wickel und ließen ihn schlafen.

Emil hatte keinen weiteren Krampf, trotzdem war Simon auch drei Stunden später noch da. Maries Herz schmerzte, wenn sie ihn bei ihrem Sohn sitzen sah. Er hatte sich den Sessel ans Bett gerückt und überwachte Emils Schlaf, seine Fieberkurve und seine Vitalwerte. Er war sofort gekommen, als sie ihn um Hilfe gebeten hatte. Und er schien nicht gehen zu wollen, bis Emil wieder auf dem Damm war. Dafür war sie ihm so unglaublich dankbar. Am dankbarsten war sie ihm allerdings dafür, dass er die Situation nicht dazu benutzte, sie noch einmal dazu zu überreden, ihre Entscheidung erneut zu überdenken und eine Beziehung mit ihm einzugehen. Das hätte sie mit Sicherheit zusammenbrechen lassen. Aber zu wissen, dass er immer kommen würde, um für Emil da zu sein, ganz egal, wie sie sich entschieden hatte, beruhigte sie.

Sie saßen an Emils Bett, tranken Tee und sahen dem Fieber dabei zu, wie es sank. Irgendwann lehnte sich Simon in ihrem Vorlesesessel zurück und betrachtete Emil blinzelnd.

Im nächsten Moment waren ihm die Augen zugefallen, und sein Brustkorb hob und senkte sich unter regelmäßigen Atemzügen.

Sie holte eine Decke und breitete sie über Simon aus. Dann setzte sie sich wieder neben das Bett, lehnte den Rücken gegen die Wand und betrachtete den schlafenden Mann. Sein Anblick zerriss ihr das Herz. Sie würde sich so gern an ihn kuscheln, den Schreck dieses Abends in seiner Umarmung vergessen. Aber näher als in diesem Augenblick würde sie ihm wahrscheinlich nie mehr kommen.

Am nächsten Mittag stand Marie am Fenster und sah den kleinen SUV mit dem Praxislogo auf den Hof rollen. Sie war so erschöpft, dass sie einen Moment lang das Gefühl hatte, ihr Gehirn spielte ihr einen Streich. Denn diesen Wagen fuhr ausschließlich Mila, wenn sie ihre Hausbesuchsrunde machte.

Ihr Herz krampfte sich zusammen, und Marie rieb mit ihrer geballten Faust darüber, als könne sie den Schmerz so wegmassieren. Es war gut so, versuchte sie sich einzureden. Simon war sofort hergekommen, um sich um Emil zu kümmern. Er war die ganze Nacht nicht von der Seite ihres Sohnes gewichen. Erst im Morgengrauen, als klar war, dass das Fieber wirklich gesunken war und keine Gefahr mehr bestand, hatte er sich aus dem Sessel gequält und war nach Hause gefahren, um vor der Öffnung der Praxis noch zu duschen und seine Klamotten zu wechseln.

Und jetzt schickte er die Versorgungsassistentin, die Marie über alles hasste, um Emils Rezept zu bringen. Das ergab Sinn, oder? Er war so. Ein Arzt, der alles für seine kleinen Patienten gab. Der eine Ausbildung zum Kinderdiabetologen machte, um für Paul da sein zu können.

Natürlich hätte er Emil nicht im Stich gelassen. Ganz egal, wie sie und er zueinanderstanden. Er war da gewesen, hatte darüber gewacht, dass ihr Sohn wieder gesund wurde. Aber ein Rezept? Das musste er nicht selbst vorbeibringen.

Marie schloss die Augen und lehnte ihre Stirn gegen die kühle Fensterscheibe. Wahrscheinlich würde Mila das Rezept nur in den Briefkasten werfen und verschwinden. Ihre Kollegin war ganz sicher nicht darauf aus, Small Talk mit ihr zu halten.

»Was ist los?«, hörte Marie die Stimme ihrer Großmutter neben sich. Fanny legte ihr die Hand zwischen die Schulterblätter, was sich so tröstlich anfühlte, dass Marie am liebsten für immer so stehen geblieben wäre.

»Simon hat Mila mit dem Rezept geschickt«, murmelte sie. »Ich warte einfach, bis sie wieder weg ist, und fahre dann zur Apotheke.«

»Hmm«, machte Fanny. »Sie wirkt nicht wirklich so, als wolle sie so schnell wieder verschwinden.«

Marie hob den Kopf von der Scheibe und öffnete die Augen. Mila hatte das Rezept nicht in ihren Briefkasten geworfen oder in die Tür geklemmt. Sie saß noch immer in ihrem Wagen und starrte das Haus an. Marie konnte ihren Gesichtsausdruck nicht erkennen, aber vermutlich stellte sie sich gerade vor, wie sie Fannys Hof in Brand steckte. Scheiße. Sie hatte wirklich gehofft, sich für heute mit keinen weiteren Dramen auseinandersetzen zu müssen. Aber hier herumstehen und Mila dabei zusehen, wie sie zu ihr herüberstarrte, würde niemandem helfen.

»Soll ich mich darum kümmern?«, fragte Fanny.

»Nein.« Marie straffte die Schultern. »Ich geh schon.« Sie ging zur Haustür, atmete tief durch und öffnete sie.

Mila saß noch immer in ihrem Wagen, als sie vor das Haus trat. Marie zog ihre Strickjacke enger um sich. Sie fröstelte, obwohl die Sonne bereits vom Himmel strahlte. Erwartete Mila, dass sie zu ihr ging und sich das Rezept abholte? Würde sie nicht einmal aussteigen?

In diesem Moment öffnete ihre Kollegin die Wagentür und tat genau das. Sie hatte eine Tüte mit dem Logo der Apotheke in der Hand und kam langsam auf Marie zu. Sie wirkte fast … unsicher? Nein, das konnte nicht sein. Aber …

Marie verschränkte die Arme vor dem Oberkörper, wappnete sich für das, was kommen würde, und blieb im Türrahmen stehen.

»Hi.« Mila hielt ihr die Tüte entgegen und sprach weiter, als Marie nicht gleich danach griff. »Ich habe die Medikamente schon in der Apotheke geholt, damit du nicht noch einmal losmusst. Ich hoffe, das war okay.« Der letzte Satz klang wie eine unsichere Frage. »Wie geht es Emil?«

Marie nahm die Tüte und warf einen Blick hinein. Genau die Sachen, die Simon Emil verschrieben hatte. Ergänzt durch eine Packung Gummibärchen, die es nicht in der Apotheke gab. Das war das erste Mal, dass Mila etwas Nettes für sie getan hatte, seit … immer, wurde ihr klar. Sie wusste nicht, was ihr Gegenüber damit bezweckte. Sie wollte es allerdings auch nicht herausfinden. »Danke, dass du das vorbeigebracht hast. Emil geht es schon besser. Er schläft«, sagte sie und drehte sich zur Haustür um.

»Marie, warte.«

Sie drehte sich wieder um.

Mila strich sich mit beiden Händen die Haare aus dem Gesicht und stieß ein Lachen aus, das nicht besonders froh klang. »Ich möchte … hast du einen Moment Zeit?«

»Was ist los?« Mila wirkte tatsächlich unsicher. Marie hatte keine Ahnung, was das werden sollte. Auf welche Gemeinheit würde das hinauslaufen?

»Ich würde wirklich gern mit dir reden.«

»Okay.« Marie zog die Haustür hinter sich zu. Ihre Familie musste nicht mitbekommen, was Mila ihr als Nächstes an den Kopf werfen würde. »Komm mit.« Sie folgte dem Weg um das Haus herum und hielt auf die Sitzecke zu.

»Also erst einmal, Simon hätte dir die Medikamente gern selbst vorbeigebracht«, begann Mila, kaum, dass sie saß. »Aber ich habe ihm das Rezept regelrecht aus der Hand gerissen, damit ich einen Grund hatte, hierherzukommen.«

»Du hast einen Grund gebraucht, zu mir nach Hause zu kommen?« Marie zog ihre Jacke abermals um ihren Oberkörper zusammen und verschränkte die Arme.

»Ja, weil ich sonst vielleicht nicht den Mut aufgebracht hätte, das durchzuziehen.«

Marie blinzelte. Mila sah wirklich miserabel aus, wurde ihr erst jetzt bewusst. Ihre Locken schimmerten wie immer regelrecht golden im Sonnenlicht. Aber ihre Bindehäute waren gerötet und die Schatten unter ihren Augen riesig.

Ehe Marie etwas erwidern konnte, hörte sie die Tür hinter sich. Sie drehte sich genau wie Mila um und entdeckte Fanny, die mit einem Tablett in den Händen auf sie zukam.

»Servus, Frau Brunner«, sagte Mila.

»Griaß di.« Fanny stellte das Tablett auf dem Tisch ab. »Ich habe mir gedacht, ihr wollt vielleicht einen Kaffee trinken.« Sie drückte sanft Maries Schulter, als wolle sie ihr sagen, dass alles gut werden würde. »Und jetzt bin ich auch schon wieder weg.«

Sie warteten, bis Maries Großmutter wieder im Haus verschwunden war. Dann beugte sich Mila vor und griff nach den Tassen. »Darf ich?«, fragte sie und schenkte ein, als müsse sie ihre Hände beschäftigen, weil sie ansonsten aufspringen und davonrennen würde.

»Was ist hier los?«, fragte Marie statt einer Antwort.

Aber Mila ließ sich immer noch Zeit, bis sie Kaffee eingeschenkt, Milch dazugegeben und die Tasse in Maries Richtung geschoben hatte, bevor sie sich eine eigene nahm. Ein weiterer Moment verging, in dem Mila ihre Tasse in den Händen drehte. Dann sah sie auf, blickte Marie direkt in die Augen und sagte: »Ich möchte mich bei dir entschuldigen.«

Marie ließ sich auf der Sitzbank zurücksinken. Was? Sie hatte das Wort offenbar laut ausgesprochen, denn Mila gab noch ein kleines, unglückliches Lachen von sich.

»Ja. Du hast schon richtig gehört. Ich möchte mich für mein Verhalten entschuldigen. Für das, seit du wieder da bist – und für das damals. Ich war … ich war ein furchtbares Miststück.«

Was das betraf, hatte Mila völlig recht. Sie war grausam gewesen. Damals wie jetzt. Dass sie sich dafür entschuldige, begriff Marie allerdings nicht.

»Ich habe mit Nikola gesprochen.«

Maries Körper verspannte sich bei der Erwähnung des Namens ganz automatisch.

»Sie hat mir erzählt, was damals wirklich passiert ist. Also, deine Version … die sich später bestätigt hat.« Sie schüttelte den Kopf. »Ich kann es gar nicht glauben, wie ich dich all die Jahre behandelt habe. Wie ich eine von denen sein konnte, die dir das Leben zur Hölle gemacht haben. Wie ich dafür gesorgt habe, dass auch andere nie vergessen haben, was du angeblich getan hast. Ich …« Sie blinzelte heftig gegen das feuchte Schimmern in ihren Augen an. »Ich weiß nicht, ob du mir das jemals verzeihen kannst. Und das musst du auch nicht«, ergänzte sie schnell. »Aber ich wollte, dass du weißt, dass mir das alles unglaublich leidtut und dass ich alles in meiner Macht Stehende tun werde, um das wiedergutzumachen.« Mila erhob sich, ohne auch nur an ihrem Kaffee genippt zu haben. »Das war eigentlich schon alles.« Sie hatte sich bereits zum Gehen umgewandt, als sie noch einmal zu Marie zurücksah. »Und was Simon betrifft, du solltest ihn dir schnappen. Jede Frau träumt davon, so angesehen zu werden, wie Simon dich anschaut.«

Marie war noch nicht in der Lage, das Gesagte zu verarbeiten. Sie begriff nur, dass das für Mila sehr hart gewesen sein musste herzukommen. »Mila.« Sie wartete, bis die andere sich noch einmal umdrehte. »Danke.«

Mila nickte, wandte sich wieder um und war im nächsten Moment um die Hausecke verschwunden.

Marie hörte, wie sie den Motor anließ und vom Hof fuhr, aber sie blieb einfach sitzen. Völlig überwältigt von dem, was Mila gerade gesagt hatte.

Sie hörte, wie abermals die Hintertür geöffnet wurde. Im nächsten Moment setzte sich Fanny neben sie und griff nach ihrer Hand. »Alles okay, Schatz?«, fragte sie sanft.

Marie nickte. Dann schüttelte sie den Kopf. »Ja … nein. Ich weiß nicht.« Tränen stiegen ihr in die Augen. »Mila hat sich entschuldigt.« Das letzte Wort ging in dem Schluchzen unter, das sich nicht zurückhalten ließ. Wie eine Welle schwappten die Demütigungen und das Mobbing aus ihrer Schulzeit und den vergangenen Wochen über ihr zusammen, nahmen ihr für einen Moment die Luft zum Atmen. Sie beugte sich vor, barg das Gesicht in den Händen, und dann ließen sich die Tränen keine Sekunde länger zurückhalten. Ihr gesamter Körper erbebte unter ihren Schluchzern.

Fanny legte ihr, ohne etwas zu sagen, den Arm um die Schultern, zog sie an sich und ließ sie weinen, bis die Tränen nach und nach versiegten und eine Leichtigkeit in ihr Herz einzog, die sie schon lange nicht mehr gespürt hatte.

Marie hatte keine Ahnung, wie lange ihr Zusammenbruch gedauert hatte. Als die Tränen schließlich aufhörten zu fließen und sie Fanny die Details von Milas Besuch geschildert hatte, fühlte sie sich völlig erschöpft. Trotzdem summte Energie durch ihren Körper. Energie von einer Art, die sie schon viele Jahre nicht mehr gespürt hatte. Aufregung. Vorfreude auf einen Neubeginn. Simon hatte gesagt, er würde auf sie warten. Mila hatte gesagt, sie solle ihn sich schnappen. Und Julie und Fanny redeten schon seit Tagen auf sie ein, über ihren Schatten zu springen.

»Ich muss mit Simon reden«, platzte es aus ihr heraus.

»Das musst du unbedingt.« Fannys Lächeln legte tiefe Falten in ihre Augenwinkel. »Ich habe vorhin nach Emil geschaut. Er schläft. Und es geht ihm schon viel besser. Geh nur. Und Marie, du musst nicht zum Abendessen zu Hause sein«, ergänzte sie mit einem kleinen Kichern. »Ich mache es mir heute Abend mit Emil gemütlich. Wenn wirklich etwas sein sollte, weiß ich ja, wo du zu finden bist.«

»Danke.« Marie legte ihrer Großmutter die Arme um die Schulter und drückte sie fest an sich. »Du kannst dir gar nicht vorstellen, wie froh ich bin, dich zu haben.«

»Wahrscheinlich nicht ganz so froh, wie ich bin, dich und Emil zu haben«, antwortete Fanny, durch die Umarmung gedämpft. »Na los. Geh schon zu ihm.«

Marie schüttelte den Kopf. »Ich möchte ihm sagen, was ich für ihn empfinde. Aber ich muss mich auch unbedingt für seine Hilfe mit Emil bedanken. Bevor ich fahre, backe ich ihm ein Apfel-Nuss-Brot.« Sie löste sich von ihrer Großmutter. »Das gibt mir auch noch ein bisschen Zeit, darüber nachzudenken, was ich ihm alles sagen will.«

*

Simon hatte es sich mit einem Bier und dem Diabetologie-Lehrbuch auf dem Treppenpodest vor seiner Wohnungstür gemütlich gemacht. Schiller lag neben ihm und schnarchte leise. Jeder genoss die Sonne auf seine Weise.

Als er den Motor eines Wagens hörte, sah er von seinen Lernunterlagen auf. Sanna hatte heute den langen Dienst in der Praxis gehabt, aber selbst sie war vor einer Stunde gegangen. Wenn jetzt noch jemand mit einem Notfall auftauchte, musste er sich das Ganze ansehen und dann entscheiden, ob er die Behandlung übernehmen, seine Schwester oder Mats anrufen oder gleich einen Rettungswagen bestellen sollte. Er erhob sich und hielt dann mitten in der Bewegung inne, als er den rostigen Golf erkannte, der neben seiner Bella in die Parklücke fuhr, in der Marie immer stand.

Marie.

Hoffentlich war mit Emil alles in Ordnung. Wahrscheinlich hätte sie ihn angerufen, wenn es Probleme gegeben hätte. Er hätte gern selbst noch einmal nach ihm gesehen. Und er hätte gern noch einmal nach Marie gesehen. Aber Mila hatte ihn richtiggehend genötigt, ihr das Rezept zu überlassen und bei ihrer Rückkehr lediglich gesagt, dass es Emil besser ging.

Und jetzt war Marie hier. Simon blieb auf dem Treppenabsatz stehen und blickte zu ihr herunter. Sie stieg aus dem Wagen, sah auf, und ihre Blicke trafen sich, blieben aneinander hängen, und dann setzte Simons Herz einen Schlag aus, als sich ihre Lippen zu einem Lächeln verzogen.

»Servus«, sagte er, und Schiller, der gerade neben ihm erwacht war, wedelte mit dem Schwanz und stürmte die Treppe hinunter, als er Marie entdeckte. Sie bückte sich, um ihm das geforderte Maß an Streicheleinheiten zu verabreichen. Dann richtete sie sich wieder auf, griff noch einmal in ihren Wagen und kam dann mit einem Korb in der Hand über den Hof.

»Hey«, sagte sie und biss sich auf die Unterlippe, als sie zu ihm hinaufsah. Sie sah atemberaubend aus in einem dieser langen, blumigen Sommerkleider, die ihn immer ein bisschen an Hippies denken ließen. Ihre Haare fielen ihr in dunkelroten Wellen über den Rücken. »Darf ich hochkommen?«

»Kommt ganz drauf an.« Simon grinste und zog die Augenbrauen hoch. »Ist Apfel-Nuss-Brot in diesem Korb?«

Marie nickte und erwiderte sein Lächeln. »Und Apfelbutter.«

»Du bist so was von willkommen.« Simon klaubte sein Lehrbuch und die Bierflasche auf und wartete, bis Marie den Treppenabsatz erreicht hatte. Er zog sie nicht an sich, und er küsste sie nicht. Denn er hatte keine Ahnung, warum sie hier war. Sie wirkte offener und glücklicher als in den vergangenen Wochen. Aber der Grund dafür konnte einfach nur in ihrer Dankbarkeit darüber liegen, dass es Emil wieder besser ging. »Bitte. Nach dir.« Mit der Bierflasche in der Hand wies er ihr den Weg in sein Apartment.

Marie trat ein und drehte sich langsam einmal im Kreis. Dann lächelte sie ihn wieder an. »Genau so habe ich mir dein Zuhause vorgestellt.« Sie durchquerte den Raum und blieb vor seiner halb nackten Hawaiianerin stehen, um sie eingehender zu betrachten.

»Ähm …« Simon räusperte sich. »Das war ein Geschenk.«

Marie sah ihn über die Schulter an und, verdammt, sah sie schön aus, als sich ihre Lippen schon wieder zu einem Lächeln verzogen. »Sie passt perfekt hierher.«

Zu seinem Gleitschirm, den er in der Ecke ausgebreitet hatte und den zwei Gitarren, die meistens auf seiner Couch rumlagen. Wenigstens das Geschirr vom vergangenen Tag hatte er in die Spülmaschine geräumt. »Sorry«, sagte er und schob den Gleitschirm ein wenig weiter in die Ecke. »Ich war nicht auf Besuch eingerichtet.«

»Du musst dich nicht entschuldigen, wenn ich dich überfalle.« Marie stellte den Korb auf dem Küchentresen ab. »Ich finde es schön hier. Die Wohnung passt gut zu dir. Hell und freundlich.«

»Marie, ich …« Simon blinzelte. Da stand sie, die Frau, an der seine Gedanken seit Wochen nicht mehr vorbeikamen, und machte ihm Komplimente. Er brauchte einen Moment, um sich an seine guten Manieren zu erinnern. »Kann ich dir was anbieten? Ein Bier? Ein Glas Wein? Wasser?«

»Ehrlich gesagt«, sie verschränkte ihre Finger und knetete sie ein wenig nervös, »würde ich gern erst etwas sagen.«

»Okay.« Simon warf ihr einen auffordernden Blick zu. Als sie nicht gleich begann, nickte er mit dem Kinn zum Sofa. »Soll ich mich setzen?«

»Nein.« Das Lächeln, das sie ihm diesmal schenkte, zitterte ein wenig in ihren Mundwinkeln und passte zum nervösen Kneten ihrer Hände. Einen Moment zögerte sie, dann drückte sie ihren Rücken durch, zog die Schultern zurück und kam auf ihn zu. »Ich möchte mich bei dir bedanken für deine Hilfe mit Emil. Ich hatte wirklich Angst um ihn und bin unglaublich froh, dich an unserer Seite gehabt zu haben. Und«, sie blieb vor ihm stehen und griff nach seinen Händen, »ich wollte dir sagen, dass ich mich in dich verliebt habe und einfach ein bisschen länger gebraucht habe, bis ich bereit war, das mir selbst einzugestehen. Jetzt möchte ich es dir sagen. Und«, sie schluckte, »es soll kein Geheimnis mehr sein. Wenn du mich noch willst.«

26

Marie:
Kannst du noch ein wenig länger auf Emil aufpassen?

Fanny:
Emil und ich machen uns einen schönen Abend. Wir erwarten dich heute Nacht nicht zurück. Aber du kannst zum Frühstück Brötchen mitbringen.

Simons Herzschlag beschleunigte sich. »Du bist in mich verliebt?«

Marie nickte, stellte sich auf die Zehenspitzen und legte die Lippen in einer unendlich sanften Geste auf seine. Es war fast nur ein Hauch. »Ja, ich habe mich in dich verliebt.«

Simon hielt es keine Sekunde länger aus, sie nicht in seine Arme zu ziehen und zu küssen. Er legte eine Hand an ihre Taille, schob die andere in ihr Haar, und im nächsten Moment waren sie in einem leidenschaftlichen Kuss versunken, fast verzweifelt in dem Bemühen, so viel wie möglich des anderen zu berühren. Sie ließen ihre Hände über die Haut des anderen gleiten. Atmeten kleine Seufzer ein, von denen sie nicht sicher waren, wer sie ausgestoßen hatte.

Schließlich löste Marie sich von ihm und trat einen Schritt zurück, ihre Finger immer noch mit seinen verbunden. »Jetzt hätte ich Lust auf das Bier, das du mir angeboten hast.«

»Was?« Simon blinzelte sich in die Realität zurück. »Du willst ein Bier? Jetzt?«

»Ja.« Sie lächelte mit einem nachsichtigen Ausdruck im Gesicht, so, als wäre ihr völlig klar, dass sie noch ein wenig Geduld mit ihm haben müsse, weil sein Gehirn das Arbeiten vorübergehend eingestellt hatte.

Sie machte einen weiteren Schritt in Richtung seines Küchentresens.

»Warte.« Simon zog sie wieder an sich. »Warte mal kurz.« Er ließ seine Fingerknöchel über das Meer aus Sommersprossen gleiten, die ihre Wangen bedeckten. Marie schloss die Augen und lehnte sich in diese Liebkosung. »Ich habe noch gar nichts dazu sagen können.« Er lehnte die Stirn gegen ihre. »Dazu, dass du mich liebst.«

»Okay«, wisperte sie. »Was hast du dazu zu sagen?«

»Dass ich es sehr mutig von dir finde hierherzukommen, um mir das zu sagen. Ich weiß ganz genau, wie schwer dir das gefallen ist. Und ich bin noch gar nicht dazu gekommen, dir zu sagen, dass es mir genauso geht. Ich habe mich auch in dich verliebt.« Seine Lippen glitten sanft über ihre. »Ich liebe dich, Marie«, flüsterte er, nur Millimeter von ihrem Mund entfernt, was zu einem neuen, noch intensiveren Kuss führte.

Als sie sich diesmal voneinander lösten, blieben sie einfach stehen. Marie in seine Umarmung geschmiegt. Er atmete den Duft ihres Haares ein. Inhalierte ihn tief, zusammen mit dem Gedanken, dass er das von nun an für immer machen konnte. Nichts würde sie mehr daran hindern, eine Beziehung zu führen, nachdem sie ihm gestanden hatte, was sie für ihn empfand und dass sie bereit war, sich nicht länger zu verstecken. Auch wenn er noch nicht ganz nachvollziehen konnte, was zu ihrem plötzlichen Sinneswandel geführt hatte. »Erzählst du mir, warum du deine Meinung geändert hast?«, murmelte er.

»Hmm.« Seine Frage brachte Marie dazu, sich abermals von ihm zu lösen, was Simon auf der Stelle bereute. »Was das angeht und das Bier, das ich noch immer will«, sie funkelte ihn abenteuerlustig an, »Wie wäre es mit einer kleinen Spritztour mit deiner Bella? Ich erzähle dir von Milas Hausbesuch, und wir suchen uns einen schönen Ort, wo wir das Bier trinken und uns dabei den Sonnenuntergang ansehen können.«

»Das klingt nach einer perfekten Idee.« Simon zog Marie noch einmal in seine Arme. »Können wir das Brot auch mitnehmen?«, fragte er, und Maries Körper erzitterte unter dem Lachen, das sie gegen seinen Brustkorb atmete. »Zu einem Bier im Sonnenuntergang gehört auf jeden Fall eine Scheibe Apfel-Nuss-Brot.«

»Auf jeden Fall«, stimmte sie ihm, noch immer lachend, zu.

*

Es fühlte sich absolut richtig an. Mit Simon fühlte sich alles richtig an. Sie saß in seinem VW-Bus auf dem Beifahrersitz, und bewunderte seine Bella ausgiebig. Simons Finger waren noch immer mit ihren verschlungen, und er hatte ihre Hände auf seinem Oberschenkel abgelegt. Schiller saß hinter ihnen und hechelte glücklich.

Auf dem Weg aus der Stadt erzählte Marie von Milas Besuch und der überraschenden Entschuldigung.

»Ich wollte das Rezept wirklich selbst einlösen und mit den Medikamenten vorbeikommen.« Er hob ihre verbundenen Hände an seine Lippen und küsste Maries Fingerknöchel. »Aber sie hat sich das Rezept einfach genommen und darauf bestanden, das zu übernehmen.«

»Ich bin froh, dass sie den Mut hatte, mit mir zu reden. Das ist ihr sicher nicht leichtgefallen«, sagte Marie leise.

Simon lächelte zu ihr herüber. »Nein. Das war bestimmt nicht einfach. Vor allem, wenn man sich über so viele Jahre eine Meinung gebildet hat und dann feststellen muss, wie falsch man lag.«

»Ganz abgesehen davon, dass man niemanden mobben sollte. Aber in einem Ort wie Waldkirch ist es einfach schwer, die alten Muster zu durchbrechen, weil man sich damit selbst angreifbar macht.« Marie legte den Kopf gegen die Nackenstütze und blickte auf die sattgrünen Wiesen, die an ihrem Fenster vorbeizogen.

»Das stimmt. Dich hätte schon früher niemand so behandeln dürfen. Ich schäme mich auch, dass ich damals nicht für dich eingetreten bin, wie ich es hätte tun müssen«, erwiderte Simon. »Aber bei Mila …« Er schüttelte den Kopf. »Sie ist nicht nur eine Mitarbeiterin, sondern auch eine Freundin. Sie ist so hilfsbereit und mitfühlend. Ich habe überhaupt nicht verstanden, warum sie bei dir nicht über ihren Schatten springen konnte.«

»Sie war Nikola gegenüber loyal«, fasste Marie die Vergangenheit mit einem Satz zusammen.

»Wirst du ihr vergeben?« Simon warf ihr einen Blick zu, bevor er sich wieder auf die Straße vor ihnen konzentrierte und in einen Feldweg abbog.

Marie hatte keine Ahnung, ob sie das konnte. »Ich bin erst einmal froh, dass ich keine Gefahr mehr laufe, von ihr die Augen ausgekratzt zu bekommen, wenn sich unsere Wege kreuzen. Das ist ein guter Anfang, finde ich. Alles andere wird sich mit der Zeit zeigen.«

»Eine gute Einstellung.« Der Bus rumpelte einen steilen Pfad hinauf, und Waldkirch wurde im Rückspiegel immer kleiner.

Simon ließ sich von Marie genau schildern, wie es Emil ging. Dann wandte sich ihr Gespräch in ein entspanntes Plaudern, bis Simon seine Bella auf einem schmalen Plateau ausrollen ließ.

Marie blickte sich um, und ihr stockte der Atem, so schön war es hier. Krüppelige Zedern hüllten die kleine Lichtung, die von zwei großen, flachen Felsbrocken dominiert wurde, in einen schützenden Saum. Hinter ihnen stieg der Hang in einer Mischung aus Bergwiesen und kleinen Nadelbäumen weiter an. Alles war überzogen von einem bunten Teppich aus Bergblumen. Und vor ihnen endete alles in einer scharfen Felskante, über die hinweg man auf die andere Talseite blicken konnte, wo das Alpenglühen gerade begann. Unter ihnen lag Waldkirch und sah so friedlich und verschlafen aus, wie man sich ein Bergstädtchen nur vorstellen konnte.

»Wie hast du diesen Platz gefunden?«, fragte Marie und stieg, noch immer staunend, aus dem Bus. Schiller folgte ihr, indem er von hinten über die Mittelkonsole sprang und sich ungeduldig an ihr vorbeidrängte, um die Umgebung zu erkunden.

»Hike and fly. Ich bin schon ein paarmal hier hoch gewandert und von hier aus mit dem Gleitschirm gestartet.«

Marie trat vorsichtig an die Felskante. »Ich muss sagen, dass ich dieses Hobby ziemlich beängstigend finde. Aber von hier aus zu starten und über das Tal zu fliegen, stelle ich mir ziemlich sensationell vor.« Simon griff nach ihrer Hand und zog sie zu einem der flachen Steinbrocken, wo er bereits eine Decke ausgebreitet und ihr Picknick abgestellt hatte. Er reichte ihr eine der Bierflaschen. »Auf uns!«, brachte er einen Toast auf.

»Auf uns!«, antwortete Marie und stieß mit ihm an. Sie nippte an ihrer Flasche und blickte in den Sonnenuntergang.

Von einer erhöhten Position war das Alpenglühen noch viel besser zu sehen als aus dem Tal. Sie hatten den perfekten Fleck dafür gefunden, und Marie ertappte sich dabei, dass sie sich wünschte, in Zukunft noch oft mit Simon hier zu sitzen und der Sonne dabei zuzusehen, wie sie hinter den Bergen verschwand.

Das Alpenglühen hatte in Marie schon immer das Gefühl ausgelöst, dass die Welt für einen Augenblick stehen blieb. Was perfekt zu diesem Moment mit Simon passte. Die Berge bildeten eine Leinwand, auf die die kräftigen Gelb-Orange- und Rottöne projiziert wurden und die Gipfel aufglühen ließen. Die letzten verbliebenen Schneefelder leuchteten rosa, während die tieferen Bergregionen und das Tal bereits in den Schatten des Abends lagen.

Marie saß in Simons Arme gekuschelt da, als langsam die Nacht um sie Einzug hielt und die Berge im tiefen Blau der Dämmerung verschwammen. Er strich mit der Nasenspitze über ihre Wange und küsste dann jede Stelle, die er erreichen konnte, ohne sich bewegen zu müssen. »Wann musst du zu

Hause sein?«, flüsterte er. Seine raue Stimme ließ eine Gänsehaut auf Maries Körper aufblühen.

Sie wandte sich zu ihm um, bis ihre Lippen nur noch Millimeter von seinen entfernt waren. »Heute Nacht muss ich nicht nach Hause«, flüsterte sie.

Fanny hatte ihr vorhin eine Nachricht geschickt, dass es Emil gut ging. Sie hatten ein Selfie angehängt, auf dem sie beide in die Kamera grinsten, und ihr einen schönen Abend gewünscht.

Ihre Worte gingen wie ein Ruck durch Simons Körper. Er grub die Hände in ihr Haar, neigte ihren Kopf ein wenig und überfiel sie mit einem Kuss, der keine Worte mehr nötig machte. Sie waren zusammen. Sie waren allein. Niemand würde sie stören. Und sie war genauso wenig bereit wie er, nur noch eine Sekunde länger zu warten.

Marie drehte sich so, dass sie sein T-Shirt zu fassen bekam, und zog daran. Simon unterbrach den Kuss nur so lange, wie es dauerte, das Ding über seinen Kopf zu zerren. Dann waren seine Lippen wieder auf ihren, glitten an ihrem Kiefer entlang und fingen den rasenden Puls an ihrem Hals ein.

Irgendwie war sie auf dem Rücken gelandet. Die dünne Decke schützte sie nicht vor dem harten Stein unter sich, aber es war ihr egal. Sie nahm ihn kaum wahr, als Simon den Träger ihres Kleides zur Seite schob und ihr Dekolleté mit Küssen bedeckte, die in ihr nur das Verlangen nach mehr weckten. Viel mehr.

Seine Hände rafften den Stoff ihres Kleides zusammen und schoben ihn nach oben, wobei die Handflächen über die Außenseite ihrer Schenkel glitten. Erregung rauschte durch Maries Körper wie eine Welle.

Simon küsste sich an ihrem Oberkörper hinunter, reizte

ihre aufgerichteten Brustspitzen durch den Stoff ihres Kleides hindurch. Seine Hände schoben den Rock noch weiter nach oben. Der Stoff sammelte sich an ihren Rippen und erlaubte ihm, seine Lippen auf ihren nackten Bauch zu pressen, dort kribbelnde Haut zu hinterlassen und seinen Mund über die zarte Spitze ihres Höschens gleiten zu lassen.

Sie hob ihre Hüften, um ihm zu helfen, diesen Fetzen Stoff loszuwerden. Er streifte ihn ihr ab, und dann waren seine Hände zurück auf ihrem Körper, spreizten ihre Schenkel in einer sanften Bewegung.

Marie spürte Simons Atem an ihrer empfindsamsten Stelle, dann seine Lippen. Seine Zunge. Ihr Rücken bog sich durch. Ihre Hände fuhren über den Stein, fanden keinen Halt und krallten sich schließlich in Simons Haar.

Der Höhepunkt überrollte sie so plötzlich und schockierend heftig, dass Maries gesamter Körper für einen Moment erstarrte, bis sie die wilden Wellen, die durch sie hindurchrauschten, zuließ und in ihre Erlösung fiel.

An irgendeinem Punkt musste sie die Augen geschlossen haben, denn als Simon wieder über ihr war und sie sanft küsste, hob sie die Lider flatternd. »Simon …«, hauchte sie. Sie wollte ihm sagen, wie überwältigend dieser Moment gewesen war, aber ihr Gehirn, das sich in Luft aufgelöst zu haben schien, brachte keinen vollständigen Satz mehr zustande.

Aber offenbar brauchte sie auch nichts sagen, denn Simons Lächeln und seine Küsse waren voller Verständnis und Zärtlichkeit. »Lass uns versuchen, dich aus diesem Kleid zu bekommen«, flüsterte er und rollte sich mit ihr auf die Seite, sodass er den Reißverschluss in ihrem Rücken öffnen konnte. Trotzdem schafften sie es auf diese Weise nicht, ihr das Kleid abzustreifen.

»Warte.« Marie löste sich aus seiner Umarmung und stand auf, um sich auszuziehen.

Simon nutzte die Zeit, um seine Hose ebenfalls nach unten zu schieben und zusammen mit seiner Unterhose, den Socken und den Schuhen abzustreifen. Nackt und erregt hockte er auf der Kante des Steins und zog Marie wieder an sich. Sein Kopf befand sich auf Höhe ihres Bauchnabels. Er küsste ihn. Ließ seine Hände über ihre Seiten fahren und spreizte die Finger, als wolle er so viel wie möglich von ihr für sich beanspruchen. Dann glitten seine Hände weiter, fuhren über ihre Wirbelsäule nach oben, wieder hinunter, bis er sie an ihren Po legen konnte, um sie noch näher an sich zu pressen.

Marie blickte auf ihn, auf die wilde Mähne, die sie mit ihren Fingern noch weiter zerzaust hatte. Sie strich ihm die Haare aus dem Gesicht und beugte sich hinunter, um ihn auf die Stirn zu küssen. Dann schob sie seinen Oberkörper mit einer sanften Bewegung zurück und kniete sich über ihn. Mit den Händen und Lippen erkundete sie ihn, wie er es gerade bei ihr getan hatte.

Seine Bauchmuskeln zuckten unter ihren Berührungen, als sie die Hand tiefer gleiten ließ und ihn umschloss.

Simon hob den Kopf und sah zu, wie sie ihn streichelte, ihn immer weiter an den Rand seiner Kontrolle brachte. »Gott, Marie«, brachte er schließlich heraus und wollte sich aufrichten.

Doch sie schob ihn sanft zurück, positionierte sich über ihm und nahm ihn in einer quälend langsamen Bewegung in sich auf.

Simon legte den Kopf in den Nacken, kniff die Augen zusammen und presste die Kiefer aufeinander. Gut, dachte Marie. Es war gut zu wissen, dass sie nicht die Einzige war, die kurz davorstand, die Beherrschung zu verlieren. Langsam begann sie, sich zu bewegen. Simon kam ihr entgegen. Seine Hände glitten über ihren Körper, liebkosten ihre Brüste, streiften ihren sensibelsten Punkt wieder und wieder.

Ehe Marie ihn daran hindern konnte, richtete er sich auf, sog ihre Brustspitze in den Mund und ließ sie ein wimmerndes Geräusch ausstoßen. Dann fanden sich ihre Lippen erneut. Sie schlangen die Arme umeinander. Und so eng aneinandergeschmiegt, dass sie den Herzschlag des anderen hören konnten, erreichten sie den Höhepunkt gemeinsam.

»Ich hab dich«, flüsterte Simon, als er seine Arme noch fester um sie schloss und ihren Oberkörper gegen seinen presste.

»Ich liebe dich«, war alles, was Marie darauf antworten konnte.

*

Simon hatte sich auf den Stein zurückgelegt und Marie an seine Seite gezogen. Ihr Kopf ruhte auf seiner Brust, und er strich durch ihre Haare, während sie mit dem Zeigefinger kleine Kreise auf seiner Haut zog. Obwohl sein Brustkorb unter ihrer Berührung kribbelte, beruhigte sich sein Herzschlag. Er könnte einfach für immer hier liegen bleiben, Marie in seinen Armen und den Blick in die Sterne gerichtet, die nach und nach am Himmel aufblinkten.

»O Gott«, murmelte sie an seiner Seite und kicherte. »Wir werden morgen von oben bis unten blaue Flecken haben.«

»Willst du damit sagen, dass wir zu alt werden für solche Sachen?«, zog Simon sie auf.

»Auf keinen Fall.« Marie wandte den Kopf und presste ihre Lippen auf seinen Brustkorb. »Das hier hätte ich um nichts in der Welt verpassen wollen.«

»Dieser Platz ist schon immer besonders gewesen. Aber heute Nacht fühlt er sich geradezu magisch an.«

»Simon Thaler.« Marie richtete sich ein wenig auf und grinste ihn an. »Du bist ja ein Poet.«

Er rollte sich mit ihr herum, und Marie quietschte lachend auf, als er sich über ihr abstützte. Sie sah zauberhaft aus mit diesem Funkeln in den Augen und den vom Sex zerwühlten Haaren. »Wir könnten hierbleiben«, sagte er heiser. »Du und ich, heute Nacht.«

Sie zog ihn zu einem sanften Kuss zu sich herunter. »Das klingt sehr verlockend, aber ich bin mir wirklich nicht sicher, ob ich noch länger auf diesem Stein liegen kann.«

»Ich habe eine Matratze im Auto. Eine von der Sorte, die sich selbst aufbläst. Wir könnten die Nacht im Bus verbringen, die Heckklappe geöffnet, den Blick in die Sterne gerichtet.«

»Das ist nicht dein Ernst.« Marie rollte sich abermals mit ihm herum, bis er wieder unter ihr lag. »Wir haben uns auf diesem harten Stein geliebt, obwohl du eine Matratze dabeihast?«

»Sorry.« Er tupfte eine Spur kleiner Küsse auf ihre Wange. »Irgendwie konnte ich vorhin nicht mehr so richtig klar denken.«

»Ich auch nicht«, erwiderte sie. »Aber eine Nacht unterm Sternenhimmel klingt nach einer fantastischen Idee.«

*

Marie driftete nur langsam aus ihren Träumen in den Morgen. Sie spürte Simons Körper an ihrem Rücken, seinen Arm, der um ihre Taille lag und sie dicht an ihn zog, als könne er es keine Sekunde ohne sie aushalten. Auf einmal musste sie lächeln, als ihr bewusst wurde, dass sie nicht geträumt hatte: Sie hatte Simon wirklich gesagt, dass sie ihn liebte, und sie hatten die Nacht auf dem Berg verbracht. Unter dem Sternenhimmel.

Sie hatten sich noch einmal geliebt. Langsam und sinnlich. Hatten einander erkundet und einen sanften, warmen Höhepunkt erlebt.

Später war Schiller von seiner Erkundungstour zurückgekehrt und zu ihnen in den Bus gesprungen. Sie hatten lange geredet, Pläne geschmiedet und den Hund gekrault.

Und jetzt wachte Marie genau so auf, wie sie eingeschlafen war. Die Heckklappe des Busses offen, an Simon geschmiegt und Schiller an sie gekuschelt.

»Guten Morgen«, murmelte Simon und küsste ihren Nacken.

»Morgen.« Marie konnte nur den Kopf in seine Richtung drehen, weil Schiller sich keinen Millimeter bewegte. »Vielleicht muss ich mir das mit der Beziehung noch mal überlegen. Zusammen seid ihr echt einengend.«

»Hmm.« Simons Lippen glitten über ihr Haar. »Beziehung … dieses Wort klingt so fantastisch.« Sie spürte das Lächeln, zu dem sich sein Mund verzog. »Aber dieser kleine Mistkerl macht sich an meine Freundin ran.« Er löste die Hand von ihrer Hüfte, um Schiller über das Fell zu streichen. Der Hund rührte sich nicht und tat einfach so, als ob er nichts merke. »Ich glaube, ich muss mit ihm um dich kämpfen«, murmelte Simon.

Marie legte ihre Hand über seine. »Lass ihn noch ein bisschen schlafen.«

»Wie bist du morgens so? Früher Vogel, oder nicht in der

Lage zu denken, bis du den zweiten Kaffee hattest?«, wollte Simon wissen.

»Nach einer Nacht wie dieser würde ich verdammt viel für eine Tasse Kaffee tun. Aber eigentlich komme ich morgens ganz gut zurecht. Muss ich auch, da schon mein Sohn ein absoluter Morgenmuffel ist. Zwei von dieser Sorte wären wirklich übel. Und du?«

»Ist bei mir ähnlich. Ich lade die Batterien auch über Nacht.«

Marie seufzte theatralisch. »Zwei Duracellhäschen. Na super. Warum fragst du?«

»Damit du nachher nicht behaupten kannst, ich hätte dich im Halbschlaf überrumpelt und du hattest gar keine Chance, Nein zu sagen, weil dein Gehirn noch gar nicht richtig gearbeitet hat«, gab Simon zurück und ließ seine Fingerspitzen über ihre Seite und ihren Hüftknochen gleiten.

»Wozu könnte ich denn Nein sagen?« Der Gedanke, was er jetzt schon wieder plante, machte sie tatsächlich nervös. Sie waren offiziell ein Paar, rief sie sich selbst in Erinnerung. Sie konnte sich ab jetzt nicht mehr in Fannys Haus verstecken.

»Familienessen am Sonntag.«

Marie brauchte einen Moment, bis ihr Gehirn diese Worte verarbeitet hatte. »Mit deiner Familie?«

»Und mit deiner«, ergänzte er.

»Oh.« Marie wusste nicht, was sie dazu sagen sollte. Das ging ihr definitiv zu schnell. Oder? Es war nur ein Essen. Aber was, wenn …

»Sie werden dich lieben. Genau wie Emil. Und Fanny natürlich auch, wenn sie dabei sein möchte.« Er streichelte ihr beruhigend über die Schulter. »Sie kennen dich doch längst alle. Und du kennst sie. Wir treffen uns, wenn wir es hinbekommen, immer sonntags. Entweder zum Frühstück, zum

Mittagessen oder abends. Da meine Eltern noch eine ganze Weile in der Weltgeschichte unterwegs sein werden, schalten wir sie per Skype dazu. So können wir uns sehen, austauschen und …« Er küsste ihre Schulter, dort wo er sie gerade noch gestreichelt hatte. »Ich kann ihnen meine neue Freundin vorstellen.«

»O Gott.« Marie beugte sich vor und vergrub ihr Gesicht in Schillers Fell, was den Hund zumindest dazu bewegte, mit dem Schwanz zu wedeln. »Ich fühle mich plötzlich wie eine Siebzehnjährige, die zum ersten Mal vor den Eltern ihres Freundes bestehen muss.«

Simon lachte leise. »Du musst überhaupt nicht bestehen. Du musst einfach nur meine Marie sein. Das ist alles.«

Meine Marie. Sie hätte nicht gedacht, dass ihr Herz sich noch mehr weiten könnte, aber Simon schaffte es immer wieder, einen draufzusetzen.

27

Thaler-Familien-Chat

Laurenz:
Die Grillfackeln dürfen nicht zu viel Hitze abbekommen.

Josefine:
Hör nicht auf den alten Mann, Mats. Du machst das bestimmt wunderbar.

Laurenz:
Er wird die Grillfackeln verbrennen, wenn er die Hitze nicht reduziert. Die Pollo Fino neulich sind auch in Flammen aufgegangen.

Sanna:
Lasst Mats in Ruhe. Die Pollo Fino waren sehr lecker.

Laurenz:
Warum seid ihr jungen Leute nur so stur und weigert euch, von den Erfahrungen des Alters zu lernen?

Simon:
🙄

Mats hat die Gruppe Thaler-Familien-Chat verlassen.

Simon hat Mats wieder zur Gruppe Thaler-Familien-Chat hinzugefügt.

Bergdoktor – McDreamy – Direktleitung

Simon:
😂Ich bin so dankbar, dass du Teil unserer Familie bist und sich die ganze Aufmerksamkeit auf dich konzentriert, mein Freund.

Mats:
Du kannst mich!

Der Rest der Woche war ein Rausch aus Emotionen und ersten Schritten.

In der Praxis verhielten Simon und Marie sich professionell. Okay, sie versuchten, sich professionell zu verhalten. Einmal wurden sie von Mats und einmal von Mila bei ein paar heimlichen Küssen in Simons Sprechzimmer erwischt, was ihnen ein breites Grinsen von Mats und ein gutmütiges Augenrollen von Mila eingebracht hatte.

Simon schaute jeden Tag in Fannys Haus vorbei, und wenn es nur ein paar Minuten nach der Bandprobe waren. Am Donnerstagabend hatten Marie und Emil ihm beim Gleitschirmfliegen zugesehen. Sie hatten ihn am Landeplatz abgeholt und waren zusammen Eis essen gegangen. Ihr erster Test in der Öffentlichkeit – der gar nicht so schlecht lief, wie Marie befürchtet hatte. Sie spürte die Blicke, und das Getuschel hinter ihrem Rücken war nicht zu überhören. Aber wenn sie genauer hinsah, warfen ihr die wenigsten Leute giftige Blicke zu. Die meisten musterten sie eher neugierig.

»War doch gar nicht so schlimm«, hatte Simon gesagt, als sie sich schließlich an ihrem Auto verabschiedet hatten.

»Nein«, musste Marie zugeben. »Das ließ sich definitiv ertragen.«

»Dann freue ich mich schon darauf, das bald zu wiederholen. Und Emil sicher auch.« Er hatte ihrem Sohn zugezwinkert, der begeistert die Faust in die Luft gestoßen und »Total!« gebrüllt hatte.

Am Freitag setzte sich Mila auf die Kante des Arbeitstresens, als Marie im Labor war. Sie hatte noch immer diesen etwas vorsichtigen Ausdruck in den Augen, so, als wisse sie nicht richtig, wie sie mit ihr umgehen sollte, nachdem sie so viele Jahre lang eine klare Meinung zu ihr gehabt hatte. »Servus«, sagte sie und lächelte – ein echtes Lächeln, wie Marie feststellte.

»Hey. Was kann ich für dich tun?« Marie klebte das letzte Label auf eine Blutprobe.

»Wenn du heute Abend noch nichts vorhast … wir treffen uns zu einem Mädelsabend in der Alpenliebe. Ich würde mich freuen, wenn du mitkommst.«

Wow. Marie lehnte sich in ihrem Stuhl zurück. Das hatte sie nicht kommen sehen. Jedenfalls nicht so schnell. Es war ein Unterschied, sie nicht mehr zu hassen oder sie zu einem Abend mit ihren Freundinnen einzuladen. Was bedeutete, dass Sanna da sein würde, mit der sich Marie gut verstand. Paulina, die ihr bereits zu verstehen gegeben hatte, dass sie gutes Karma mit sich herumtrug, was auch immer das bedeutete. Aber es bedeutete eben auch, dass sie zum ersten Mal nach all den Jahren auf Nikola treffen würde. Und dafür … fühlte sie sich einfach noch nicht bereit. »Sei mir bitte nicht böse, aber ich …«

Mila lächelte. »Du bist noch nicht so weit«, beendete sie Maries Satz, als sie nicht weitersprach. »Mach dir keine Sorgen. Das kann ich verstehen. Ein Schritt nach dem anderen, richtig?« Sie legte Marie in einer flüchtigen Bewegung die Hand auf die Schulter und erhob sich dann. »Die Einladung steht. Vielleicht fühlt es sich an einem anderen Freitag besser an.«

Marie sah Mila nach, als sie das Labor verließ und die Tür leise hinter sich ins Schloss zog. »Ja, vielleicht«, murmelte sie und wandte sich den Urinproben zu. Man konnte Mila nicht vorwerfen, dass sie nicht versuchte, ihren Fehler wiedergutzumachen.

*

Simon war nervös. Er stand im Bad und betrachtete sein Gesicht im Spiegel über dem Waschbecken. Mit einem Seufzen strich er sich die Haare zurück, die sofort wieder in die Stirn fielen. Wenn seine Mutter ihn nachher sah, würde sie mit Sicherheit darauf herumreiten, dass ein Friseurtermin überfällig war. Aber das war es nicht, was die Aufregung in seinem Inneren steigen ließ. Dieses Gefühl war völlig irrational. Trotzdem musste er es sich eingestehen. Maries Besuch bei seiner Familie warf ihn ein bisschen aus der Bahn. Er hatte ihnen seit einer Ewigkeit keine Freundin mehr vorgestellt. Inzwischen war er aus dem Alter heraus, in dem das eine große Sache war. Ganz abgesehen davon, dass alle in seiner Familie Marie mehr oder weniger kannten. Auch wenn seine Eltern sie schon eine Weile nicht mehr gesehen hatten, war sie keine Fremde. Sie würden sie lieben. Das wusste er mit der Sicherheit, mit der ihm klar war, dass Heiligabend auf den 24. Dezember fiel. Dennoch schlug sein Herz ein wenig schneller. Vielleicht, weil es Marie im Moment gerade genauso ging. Wahrscheinlich blickte sie auch in den Spiegel über dem Waschbecken und fragte sich, was sie hier eigentlich tat. Sie hatten in der vergangenen Woche mehr Fortschritte gemacht als in all der Zeit zuvor. Auch wenn sie sich mit ihm und Emil in die Öffentlichkeit getraut hatte, blieb immer ein wenig Angst in Simon zurück, dass sie ihre Meinung ändern könnte.

»Es ist nur ein Grillabend mit der Familie«, erinnerte er sich selbst daran, dass es keinen Grund gab, so nervös zu sein, und griff nach seiner Haarbürste. Vielleicht lenkte das ja wenigstens seine Mutter davon ab, seine Frisur zu kommentieren.

Simon hätte sich keine Sorgen machen müssen. Marie lächelte zwar nur schüchtern, als er Bella auf dem Hof ausrollen ließ, aber Emil war Feuer und Flamme, als stünde ihm ein großes Abenteuer bevor. Er hatte sich seinen Kindersitz unter den

Arm geklemmt und kletterte zu Schiller auf die Rückbank, wo er den Hund begrüßte, als wären sie Schiffbrüchige, die sich nach zehn Jahren wiedersahen.

»Ich glaube, dass es eher so wird, wie Emil es sich vorstellt, als so, wie du es dir ausmalst«, sagte Simon leise, bevor er Marie auf die Wange küsste.

»Du hast mit Sicherheit recht. Ich beruhige mich bestimmt gleich wieder.« Ihr Lächeln wirkte schon ein wenig entspannter.

»Na komm.« Simon nahm ihr den Korb ab, aus dem es nach frisch gebackenem Brot roch, und griff nach Maries Hand, um sie zur Beifahrertür des Busses zu führen. Er wartete, bis sie saß und sich angeschnallt hatte, und reichte ihr den Korb zurück.

Dann umrundete er Bella, überprüfte, ob Emil richtig saß und ebenfalls angeschnallt war, und lenkte den Bus schließlich zurück auf die Straße. Bis zu Sannas Haus war es nicht weit, und noch bevor Simon jede von Emils Fragen beantworten konnte, die sich hauptsächlich darum drehten, warum sie heute eine Party feierten, ob es eine Geburtstagseinladung war, und ob er bis zum Schluss bleiben konnte, ließ er Bella vor dem Haus seiner Schwester ausrollen.

Emil und Schiller sprangen bereits heraus, bevor Simon sich abgeschnallt hatte, und Marie konnte ihren Sohn erst im letzten Moment daran hindern, hinter dem Hund herzurennen. Sie nahm ihn an die Hand und folgte Simon, der ihnen das Gartentürchen aufhielt.

»Da seid ihr ja!« Sanna kam ihnen mit einem strahlenden Lächeln entgegen, und Simon spürte, wie sich Marie noch weiter entspannte. »Servus!«

Sie blieb vor ihnen stehen. »Du musst Emil sein«, sagte sie

und hielt dem Jungen die Hand hin. »Es ist schön, dich kennenzulernen. Ich bin Sanna.«

»Hallo.« Der Kleine schüttelte ihre Hand. »Kann ich zu Schiller?«, fragte er, als er den Hund zusammen mit seiner Freundin Ginny hinter ein paar Büschen entdeckte.

»Freilich.« Sanna lächelte ihn an und sah ihm dann hinterher, als er davonbrauste. »Ein echtes Energiebündel«, sagte sie lachend und drehte sich dann wieder zu ihnen um. Sie legte Simon mit einem schnellen »Hallo« kurz den Arm um die Schultern und wandte sich dann Marie zu. »Es ist so schön, dass du gekommen bist.« Sie umarmte Marie, was diese offenbar überrumpelte, denn für einen Moment erstarrte sie, doch dann legte sie die Arme um Sanna und erwiderte die Geste.

»Danke für die Einladung. Dieser Garten ist unglaublich«, sagte Marie, als Sanna sich wieder von ihr löste.

»Das freut mich. Vieles von dem, was ich an homöopathischen Mitteln in der Praxis habe, ziehe ich hier selbst. Wenn die Männer sich nachher darum streiten, wer die Würstchen auf den Grill legen darf, können wir eine Runde durch den Garten drehen, und ich zeig dir ein paar Sachen. Wenn du willst, machen wir auch einen Abstecher in meine Hexenküche.«

Marie strahlte Sanna an. »Gerne. Fanny wäre begeistert, wenn sie das hier sehen könnte.«

»Ich hoffe, sie begleitet euch das nächste Mal. Von ihrem spektakulären Garten habe ich schon gehört. Vielleicht komme ich euch bei Gelegenheit ebenfalls mal besuchen, um ein bisschen über Pflanzen zu ratschen.« Während sie geredet hatte, waren sie dem Pfad entlang zur Terrasse gefolgt, wo Mats mit einem leicht angestrengten Gesichtsausdruck am rauchenden Grill stand.

»Hallo, ihr zwei«, sagte er, schlug Simon kameradschaftlich auf die Schulter und zog Marie, genau wie Sanna zuvor, in eine Umarmung.

Simon war dankbar, dass seine Familie sie so herzlich aufnahm und Marie keinen Grund gab, sich weiter zu sorgen.

»Hallo, hallo«, ertönte hinter ihnen die Stimme seines Vaters, und Simon drehte sich zum Tisch um.

»Mama, Papa, wieso seid ihr denn schon online?«, fragte er überrascht, als er die Köpfe seiner Eltern auf dem Bildschirm des aufgestellten Tablets entdeckte.

Sein Vater seufzte, während Simon aus den Augenwinkeln sah, wie Mats mit dem Rücken zum Tablet die Augen verdrehte. »Dieser Stadtjunge hat keine Ahnung, wie man einen Grill richtig bedient.«

»Na, dann ist es ja gut, dass ich jetzt da bin. Ich habe schließlich beim Besten gelernt.« Simon rieb sich die Hände. Er trug definitiv das Thaler'sche Grill-Gen in sich.

»Wer hat die Thalers eigentlich zu Grillgöttern ernannt?«, murmelte Mats neben ihm. »Eindeutiger Anflug von Größenwahn.«

»Hat er was gesagt?«, wollte Simons Vater wissen und kam mit dem Gesicht noch näher an die Tablet-Kamera.

»Nein, Paps«, rettete Simon seinen Freund und griff an Mats vorbei, um die Hitze der Gasflamme herunterzudrehen, weil sein Freund sonst ganz sicher wirklich die Grillfackeln verbrennen würde.

Jetzt drehte sich Mats auch in seine Richtung und verdrehte die Augen. »Ihr seid übergriffige Kontrollfreaks, allesamt«, brummte er.

Simon grinste. »Gib mir einen Moment. Ich übernehme gleich.« Er legte Marie den Arm um die Schultern und drehte sich mit ihr wieder zum Tablet um. »Mama, Papa, ihr kennt Marie«, machte er sich keine große Mühe mit der Vorstellungsrunde.

»Hallo, Dr. Thaler. Herr Thaler«, begrüßte Marie sie höflich.

»Ach.« Simons Mutter, die mit einer Hand einen Aperol Spritz balancierte, winkte mit der anderen ab. »Bitte keine Förmlichkeiten. Ich bin Josefine, und das ist Laurenz.« Sie warf ihrem Mann einen Seitenblick zu. »Du könntest dich um unseren eigenen Grill kümmern, mein Lieber, statt dem armen Mats digital in den Nacken zu atmen.«

Mats drehte sich um und zwinkerte Simons Mutter zu. »Du verstehst mich.«

Sie prostete ihm zu. »Und ich kenne meine Männer. Marie«, wandte sie ihr die Aufmerksamkeit zu. »Ich bin neugierig. Was ist in dem Korb?«

»Das wollte ich dich auch schon fragen«, sagte Sanna, die in diesem Moment mit einer Salatschüssel und einem Teller Kräuterbutter aus dem Haus kam.

»Ähm … ein Brot.« Sie hielt Sanna den Korb hin. »Ich hoffe, das wirft keine Essenspläne über den Haufen.«

»Ein frisch gebackenes Brot?« Sanna hob das Tuch an, mit dem Marie den Laib abgedeckt hatte, und sog genüsslich den Duft ein. »Mama, wenn du das riechen könntest«, zog sie Josefine auf, und Marie entspannte sich sichtlich.

Simon drückte ihre Hand, um ihr zu signalisieren, dass das doch alles super lief. »Ich muss jetzt Mats vom Grill verdrängen. Ist alles zu seinem Besten, sonst entkommt er den Rest des Abends nicht den gut gemeinten Ratschlägen meines Vaters.«

»Angeberische Ratschläge«, murmelte Mats.

»Und besserwisserisch«, ergänzte Simon leise, als er seinem

Freund die Grillzange abnahm. »Aber wir lassen ihn in dem Glauben, dass er das Grilllexikon auf zwei Beinen ist. Ist für alle Beteiligten entspannter.«

»Marie, möchtest du auch einen Spritz?«, fragte Sanna hinter ihm.

»Gerne.«

Simons Schwester verschwand nach drinnen und kehrte kurz danach mit den Drinks und einem Bier für ihn zurück. Sie stießen an, und er war einmal mehr begeistert, wie schön es war, seine Eltern auf diese Weise dabei zu haben. Es war fast, als säßen sie wirklich mit ihnen am Tisch.

*

Nach einer halben Stunde beim Thaler'schen Familienessen fragte sich Marie, warum sie sich so viele Gedanken gemacht hatte. Die Gespräche waren angenehm. Die Männer kabbelten sich auf eine Art über die richtige Benutzung des Grills, die zeigte, wie sehr sie sich mochten und wie gut sie sich kannten. Das hier war eine eng verwobene Gemeinschaft. Trotzdem fühlte sich Marie nicht ausgeschlossen. Genauso wenig wie Emil, der kurz, im Schlepptau die Hunde, am Tisch auftauchte, fragte, wer die Leute im Tablet waren, und mit einem »Cool« und einem Glas Limonade wieder im Garten verschwand. Er ließ sich erst einfangen, als sie sich zum Essen setzten.

Josefine und Laurenz hatten es sich in Spanien auf einem Campingplatz direkt am Meer gemütlich gemacht und grillten frischen Fisch. Simon und Mats hatten offenbar die komplette Metzgerei leer gekauft und alles auf den Grill geworfen, was man sich nur wünschen konnte. Marie konnte sich jedenfalls nicht erinnern, dass ihr Sohn schon einmal so viel Essen voller Begeisterung in sich hineingestopft hatte.

Nach einem Espresso, den Sanna im Anschluss an das Festessen verteilte, spazierten Marie und sie durch den Garten. Alles hier war wunderschön, durchdacht und perfekt konzipiert. Am meisten beeindruckte Marie das Tiny House, das am Bach stand, und in dem Mats die ersten Wochen seiner Zeit in Waldkirch gewohnt hatte, bevor er ohne viel Tamtam in Sannas Haus gezogen war.

»Versprich mir, dass wir das wiederholen«, bat Sanna sie, als sie es sich mit ihren Drinks in den beiden Liegestühlen auf dem Holzdeck neben dem kleinen Gästehaus bequem machten.

»Sehr gerne. Es ist wirklich schön hier«, antwortete Marie, ohne viel darüber nachdenken zu müssen. »Und mit euch«, ergänzte sie. »Aber vielleicht habt ihr ja auch mal Lust, zu uns zu kommen.« Sie war sich sicher, dass Fanny sich über diese Besucher freuen würde.

»Mama.« Emil legte einen Sprint durch den Garten zurück und ließ sich zwischen den Liegen auf den Holzboden fallen, einen Hund links und einen rechts von ihm. »Simon hat gesagt, dass er auf den Waldkircher Sommer geht. Mats auch.« Er blickte zu Sanna. »Gehst du auch hin?«

»Ob ich hingehe?« Sanna lachte. »Ich bin für dieses ganze Fest verantwortlich. Leider«, ergänzte sie in Maries Richtung und verzog gespielt genervt das Gesicht. »Als ich es noch nicht organisieren musste, hatte ich wesentlich mehr Spaß an dem Fest. Kommst du denn?«, wollte sie von Emil wissen.

»Ich gehe mit Fanny hin. Mama weiß noch nicht, ob sie mitkommt«, plauderte er Maries immer noch zögerliche Haltung aus, wenn es um das Zusammentreffen mit den Waldkirchern ging. »Es gibt ein Karussell.«

»Mit dem solltest du auf jeden Fall fahren. Aber wir haben auch noch eine Wurfbude und jede Menge Spiele für Kinder«, erzählte Sanna ihm. »Und du, Marie, solltest auf jeden Fall auch kommen. Die Cover Bandits werden die Hütte abreißen. Das willst du auf keinen Fall verpassen.«

Marie trank einen Schluck von ihrem Aperol. Die entspannte Stimmung, die sie gerade noch empfunden hatte, verflüchtigte sich. »Ich werde es mir überlegen«, blieb sie vage. Ein Familienessen der Thalers war nicht einmal im Ansatz so furchterregend wie ein Stadtfest.

28

Lust auf Aperol

Paulina:
Da denkt man, dass man sich
nur mit pazifistischen Leuten umgibt.
Und dann schlummert
jede Menge Gewalt
in diesen Menschen.

Mila:
Fantastisch. Das hat
dieses Wochenende auf jeden Fall
noch ein bisschen aufgewertet.

Mila:
Nicht falsch verstehen, Sanna.
Das Stadtfest war wirklich grandios.

Marie:
Und der Auftritt der Band
war ein absolutes Highlight.

Paulina:
Aber wenn sich diese unterschwellige Gewalt einen Weg bahnt …
das war wirklich … 🩶🔥🔥

Simon:
Halt die Klappe, Paulina.

Marie hatte keine Ahnung, wie das hatte passieren können, aber am folgenden Samstag fand sie sich inmitten Tracht tragender Einheimischer und an der schicken Outdoorkleidung erkennbarer Touristen auf dem Waldkircher Sommer wieder. Die Blaskapelle der Stadt spielte gerade eine sehr schräge Version von Lady Gagas »Pokerface«, und die langen Biertischreihen waren gut besetzt, als Emil sie zu den Schlemmerständen zog, wie Sanna die Fressbuden nannte. Überhaupt: Sanna! Marie hatte das Gefühl, dass Simons Schwester es als Talsprecherin und Verantwortliche für diese Veranstaltung als persönlichen Affront betrachtet hätte, wenn Marie sich nicht wenigstens kurz auf dem Marktplatz blicken ließ.

Es gab immer noch Leute, die Marie schräge Blicke zuwarfen. Aber unter all den gut gelaunten Feiernden und Ortsfremden fielen sie nicht ganz so auf wie sonst. Es war richtig gewesen, ihre Meinung zu ändern und herzukommen, rief sich Marie in Erinnerung, als sie Pommes für Emil, eine Bratwurst in der Semmel für sich und ein Langos für Fanny bestellte. Sannas schlagendes Argument war der Auftritt ihres Bruders gewesen. Die Cover Bandits hatten nicht besonders viele Auftritte im Jahr, und dieser Abend war eine der Chancen, sie live zu sehen. Simon live zu sehen. Mit einer Gitarre.

Was mindestens so sexy war wie Simon mit seinem Werkzeuggürtel. Oder Simon, der Kinderarzt. Er ließ Maries Herz höherschlagen. Einfach immer. Sie hatte sich so heftig in ihn verliebt, dass es für Sanna ein Leichtes gewesen war, sie dazu zu überreden, das Konzert anzusehen.

Marie und Emil balancierten das Essen zu der Bierbank zurück, die Fanny, die die Getränke organisiert hatte, für sie freihielt. Maries Großmutter hatte den Nachmittag mit Emil hier verbracht. Sie hatten sich zum Essen verabredet und würden danach nach Hause gehen. Marie hingegen hatte Sanna versprochen, sich auf einen Drink mit ihr zu treffen, sobald alles reibungslos lief und sie nicht mehr gebraucht wurde.

Kati gesellte sich mit ihrem Bier zu ihnen, kurz darauf vergrößerten Mila und Paulina die Runde, und dann tauchten auch noch Simon und seine Bandmitglieder auf, um ein letztes Bier vor ihrem Auftritt zu trinken.

Schließlich versuchte Fanny, sich und Emil zu verabschieden, um nach Hause zu gehen. Maries Sohn zeigte sich allerdings als harter Verhandler und bestand darauf, sein Glück noch einmal an der Wurfbude zu probieren, weil er bisher nichts gewonnen hatte.

»Ich begleite euch«, bot Simon an und hielt Emil die Hand zur Ghettofaust hin. »Ich wette, zusammen gewinnen wir irgendwas.«

»Ja!« Maries Sohn riss begeistert die Hände in die Höhe. »Los. Lass uns gehen!« Er zog Simon von der Bank, und Fanny erhob sich ebenfalls.

»Begleitest du uns?« Simon hielt Marie die Hand hin, und sie ließ sich von ihm auf die Beine ziehen.

»Ich glaube, das kann ich mir nicht entgehen lassen.« Sie

wuschelte Emil durch die Haare und küsste Simon auf die Wange. »Zwei Champions beim Dosenschießen.«

Sie schlängelten sich durch die Festbesucher und stellten sich an der Wurfbude an. Marie und Fanny hörten amüsiert dabei zu, welche Taktik sich Emil und Simon zurechtlegten, um ein Plüschtier zu gewinnen. Sie teilten sich die Würfe, was bedeutete, dass Emil einmal meilenweit an der Dosenpyramide vorbeizielte und Simon anschließend die Dosen mit zwei Würfen knallhart abrasierte.

Maries Sohn war im siebten Himmel, als er seinen Gewinn in den Händen hielt, und war endlich bereit, den Heimweg anzutreten.

»Sollen wir zu den anderen zurückgehen?«, fragte Marie, doch Simon griff nach ihrer Hand.

»Warte kurz.« Er drehte sich noch einmal zur Bude um und legte Geld auf den Tresen. »Ich nehme noch einmal drei Würfe.«

Der Budenbesitzer übergab Simon wortlos drei Bälle, und er brauchte nur zwei, um eine weitere Pyramide abzuräumen. »Ich nehme die Rose«, suchte sich Simon einen Gewinn aus.

»Du kannst dir aus dem Bereich etwas aussuchen«, erklärte ihm der Budenbesitzer und zeigte auf die Kuscheltiere.

Doch Simon schüttelte den Kopf und zwinkerte Marie zu. »Die Rose für meine Lady.«

»Wie du willst.« Der Typ zuckte mit den Schultern. »Such dir eine aus.«

Simon ließ sich Zeit, unter den hässlichen Plastikrosen die am wenigsten zerrupfte herauszusuchen, und überreichte sie Marie mit einer kleinen Verbeugung.

Sie lachte und ließ sich zu einem Kuss in Simons Arme ziehen. »Danke«, flüsterte sie an seinen Lippen. Diese Geste war so süß, dass ihr Herz einfach dahinschmolz, ohne dass Simon sich die Mühe hätte machen müssen, seine Gitarre umzuhängen. Sie küssten sich noch einmal, und je länger dieser Kuss andauerte, desto mehr wuchs Maries Sehnsucht nach Simon, danach, mit ihm allein zu sein. »Fanny erwartet mich heute Nacht übrigens nicht zu Hause«, wisperte sie ihm ins Ohr, als er einen Kuss auf ihren Hals presste.

Er lehnte sich ein wenig zurück, um ihr in die Augen sehen zu können. »Das hört sich sehr interessant an. Reservier mir nachher einen Tanz, und ich erzähl dir, was ich mir für heute Nacht …« Er brach ab, als er so hart angerempelt wurde, dass er ein Stück zurücktaumelte. »Was zur …«

»Thaler, du Arschloch.«

Marie zuckte zusammen, als sie die Stimme hörte. Obwohl sie vom Alkohol verwaschen war, erkannte sie ihren Besitzer noch, bevor sie ihn hinter Simon entdeckte. Anton Wolff.

»Hey, Wolff.« Simon hielt den Mann fest, der durch den Zusammenstoß ziemlich ins Taumeln geraten war. »Mach mal halblang. Du brauchst ja schon den ganzen Weg.«

»Nimm deine Pfoten weg.« Anton schlug Simons Hände zur Seite und verlor abermals das Gleichgewicht.

Marie machte ganz automatisch einen Schritt zurück, um Abstand zwischen sich und den Betrunkenen zu bringen. Der Blick, den er ihr zuwarf, ließ einen kalten Schauer über ihren Rücken rieseln.

Doch Simon ließ sich von der groben Bewegung nicht provozieren. »Geh heim, Mann.« Sein Ton war noch immer locker, fast ein wenig gutmütig. Als hätte er jetzt schon Mitleid wegen der Kopfschmerzen, mit denen Anton am nächsten Tag aufwachen würde.

»Sag du mir nicht, was ich tun soll.« In diesem Moment

spielte die Blaskapelle den letzten Ton, und Antons »Du Arschloch!« hallte laut über den Marktplatz. Die Leute drehten die Köpfe nach ihnen um, und Marie wurde heiß.

Simon wich ein Stück zurück, als Anton die Hände hob, um ihn zu schubsen. Er drehte sich nach Marie um und machte dann noch einen kleinen Schritt zur Seite, um genau zwischen ihr und dem betrunkenen Idioten zu stehen. So unangenehm ihr die Aufmerksamkeit auch war, in deren Mittelpunkt sie plötzlich standen, wärmte ihr diese beschützende Geste doch das Herz.

»Mach hier keine Szene«, sagte Simon so leise zu Anton, dass nicht alle Umstehenden mithören konnten. »Lass uns einfach durch, okay?«

»Lass uns einfach durch«, äffte Anton ihn in voller Lautstärke nach, und noch mehr Köpfe drehten sich zu ihnen um. »Wie weit seid ihr Thalers eigentlich gesunken?« Er lachte hämisch und versuchte abermals, Simon zu schubsen.

Marie sah, wie Simon die Hände an den Seiten ballte, während sein Gesicht ganz ruhig blieb, genau wie seine Stimme. »Lass uns einfach durch, Anton.«

Doch Wolff schien erst so richtig warm zu werden. »Erst spielt sich deine wichtigtuerische Schwester auf und schnappt meinem Vater den Talsprecher-Posten weg, nachdem er sich Jahrzehnte für Waldkirch aufgeopfert hat.« Er spuckte verächtlich vor Simon auf den Boden. »Und dann lässt du dich von der Dorfschlampe um den kleinen Finger wickeln.«

Die Zuschauer der kleinen Show schnappten unisono nach Luft. Und Marie wollte einfach nur im Erdboden versinken. Sie sah, wie sich ein paar Leute durch die Menge in ihre Richtung drängelten. Jonas, Antons Bruder, dessen Gesicht zu einer zornigen Miene verzogen war. Hinter ihm Mila und zwei der Bandmitglieder mit entschlossenem Ausdruck in den Augen. Aber sie waren noch zu weit entfernt, um ihnen zu helfen. Oder Anton zu beruhigen.

Simon war für den Bruchteil einer Sekunde wie erstarrt. Dann setzte er sich in Bewegung, als wollte er Anton zur Seite schieben.

Was der offenbar als Provokation empfand. Er holte aus, um Simon einen Boxhieb zu verpassen. Vermutlich lag es am Alkohol, dass er weder besonders schnell noch besonders zielsicher war.

Er traf Simon nicht, geriet aber aus dem Gleichgewicht. Zu ihrem Entsetzen holte Simon in diesem Moment aus. Der Schlag kam so unerwartet und schnell, dass Marie ihn fast nicht kommen sah. Er traf Anton im Gesicht. Mit einem Laut, der mehr nach einem Knurren als einem Schmerzensschrei klang, taumelte er nach hinten. Mit den Armen rudernd versuchte er, das Gleichgewicht wiederzuerlangen. Aber niemand der Umstehenden half ihm. Stattdessen wichen alle ein wenig weiter zurück, und Anton landete unsanft auf seinem Hinterteil.

Stille legte sich über den Marktplatz. Simon starrte seine Faust an, als könnte er selbst nicht glauben, was er gerade getan hatte.

Und dann setzte langsam das Gemurmel wieder ein. Marie hörte jemanden wispern, dass es höchste Zeit wurde, dass mal jemand diesen Blödmann in seine Schranken wies. Jemand anderes sagte, dass Anton sich schon viel zu lange aufgespielt hatte wie der König von Waldkirch, genau wie sein Vater.

Doch die nächsten Worte, die sie hörte, und die deutlich lauter ausgesprochen wurden, ließen sie erstarren. »So hat sich der Thaler noch nie aufgeführt. Kein Wunder, wenn man sich von so einem Weib den Kopf verdrehen lässt. Sie hat ihn manipuliert. Genau wie ihre Mutter es mit den Männern im Ort gemacht hat«, ließ eine gehässige Frauenstimme die Umstehenden wissen.

Marie kannte die Stimme nur zu gut. Frau Riedinger, ihre alte Schulbibliothekarin. Aber Marie war nicht ihre Mutter. Am liebsten hätte sie das laut herausgeschrien. Aber das würde das Chaos, das um sie ausbrach, nur noch schlimmer machen. Stattdessen spürte sie den Fluchtinstinkt in ihrem Inneren – und gab ihm nach.

Ihr Gesicht glühte. Tränen brannten in ihren Augen. Sie verstand, warum Simon zugeschlagen hatte. Aber damit hatte er sie – einmal mehr – in das Zentrum der furchtbaren Bemerkungen und bösen Blicke gerückt. Und das konnte sie nicht ertragen. Schnell drehte sie sich um, weg von Simon und Anton, und begann, sich mit gebeugtem Kopf durch die Menge zu kämpfen. Sie hörte Simon hinter ihr ihren Namen rufen, aber das Meer aus Festgästen ließ sie durch und schloss sich hinter ihr wieder, sodass er ihr nicht schnell genug folgen konnte.

»Marie!«

Sie hatte den Rand des Marktplatzes schon fast erreicht, als ihr Name aus den Lautsprechern klang. Wie in Zeitlupe drehte sie sich um. Ihr Herz schlug wie verrückt, als sie die Gestalt auf der Bühne erblickte. Nikola. In ihrem Rollstuhl. Ein Mikrofon in der Hand. Schräg hinter ihr stand ein großer Typ mit dunklen Haaren, den Marie noch nie zuvor gesehen hatte, der wie ein Wächter wirkte. Vermutlich der ominöse Max, von dem alle sprachen.

Aber das war nicht wichtig. Wichtig war nur, dass Marie verschwinden musste. Das Tuscheln und Lästern wurde abermals von einer ohrenbetäubenden Stille abgelöst, in die hinein Nikola das Mikrofon an die Lippen hielt und sagte: »Lauf nicht weg.« Sie hatte Maries Fluchtweg offenbar verfolgt, denn sie blickte sie von der Bühne aus direkt an. Die Leute, die den Platz bevölkerten, sahen zwischen Nikola und ihr hin und her, als erwarteten sie die Abrechnung des goldenen Mädchens der Stadt mit dem verstoßenen Miststück, die bereits vierzehn Jahre überfällig war. Der Fluchtinstinkt wurde noch stärker, aber Nikola schien das über die Entfernung hinweg zu erkennen. »Bitte«, sagte sie. »Lauf nicht länger weg.«

Als ob diese Wörter sie am Boden festgeklebt hatten, blieb Marie stehen, wo sie war, als Nikola das Mikrofon abermals hob und ihren Blick über die Menge schweifen ließ. »Ich habe etwas zu sagen«, hob sie an. »Und zwar euch allen. Jedem Einzelnen, der Marie zum Sündenbock für das macht, was mir passiert ist. Es tut mir leid, Marie.« Wieder trafen sich ihre Blicke. »Ich habe viel zu lange geschwiegen.«

Marie spürte, wie ihre Hände feucht wurden, und wischte sie am Stoff ihres Jeansrockes ab.

»So viele von euch verurteilen Marie dafür, dass sie sich mit Anton eingelassen hat. Aber es war nicht sie, die ihn um den kleinen Finger gewickelt und mir ausgespannt hat, weil sie ihn unbedingt haben wollte und es ihr egal war, dass sie unsere Beziehung zerstört. Nein.« Sie ließ die Worte wirken, bevor sie zum nächsten verbalen Schlag ausholte. »Es war Anton. Er hat Marie erzählt, dass wir nicht mehr zusammen waren. Er hat darauf gewettet, dass er Marie herumbekommt. Er hat mich betrogen. Nicht zum ersten Mal, wie ich später herausgefunden habe. Übrigens danke, Simon, für den Schwinger. Ich bin grundsätzlich gegen Gewalt, aber der war mehr als überfällig.«

Einige Leute in der Menge lachten und applaudierten. Marie war sich nicht sicher, ob sie damit Nikolas Rede meinten oder Simons Faustschlag. Sie spürte, wie sich eine Hand auf ihre Schulter legte und wandte den Kopf. Hinter ihr stand Mila und lächelte sie beruhigend an. Neben ihr hatte Kati Stellung bezogen.

»Halt deine verdammte Klappe!«, hörte sie Anton mit verwaschener Stimme über den Marktplatz brüllen.

Marie drehte sich wieder um und sah, wie Anton ausholte, um nach seinem Bruder Jonas zu schlagen, der versuchte, ihn aus der Menge zu ziehen, wahrscheinlich, um ihn nach Hause zu bringen. Weil er gleichzeitig versuchte, Nikola zum Schweigen zu bringen, war er nicht besonders effektiv in seinen Bemühungen, sich zu befreien. Jonas wich dem nächsten Schlag ebenso gekonnt aus wie dem vorherigen.

Nikola redete währenddessen unbeirrt weiter. »Ich hatte eine große Karriere vor mir. Ich hätte möglicherweise eine Weltklassebiathletin werden können. Wer weiß das heute schon. Aber eines müsst ihr endlich begreifen: Ich war diejenige, die in ihr Auto gestiegen und mit überhöhter Geschwindigkeit den Berg hinuntergerast ist. Ich bin diejenige, die während der Fahrt telefoniert hat, die einen Fahrfehler gemacht hat. Und deshalb hatte ich den Unfall und sitze jetzt im Rollstuhl. Nichts davon ist Maries Schuld! Begreift das endlich, und hört auf, sie wie eine Aussätzige zu behandeln. Mein Leben ist anders verlaufen als geplant. Aber ich habe verdammt viel erreicht. Und«, sie warf dem Typen hinter sich einen Blick zu und lächelte, »ich bin verdammt glücklich.« Wieder ließ sie die Worte sacken, bevor sie abermals Maries Blick suchte und weitersprach. »Wir alle müssen uns schämen für unser Verhalten. Ich habe viel zu lange geschwiegen. Ich hätte mich viel eher für dich stark machen müssen. Ich habe Fehler gemacht. Und dafür, Marie, bitte ich dich um Verzeihung. Vielleicht kannst du mir ja irgendwann vergeben.«

Marie schluckte. Die Tränen, die gerade noch in ihren Augen gebrannt hatten, liefen über. Ihr Blick war noch immer auf Nikola gerichtet. Aber aus den Augenwinkeln sah sie, wie Simon sich durch die Menge drängelte und direkt auf sie zuhielt.

»Jemand soll dieser blöden Kuh endlich das Mikro abnehmen«, hörte sie Anton fluchen. Seine Stimme klang bereits weiter entfernt, und Marie konnte ihn nicht mehr sehen.

Aber Nikola ließ sich noch immer nicht beirren. »Marie«, fuhr sie fort. »Ich kann es verstehen, wenn du diese gehässigen Klatschmäuler und missgünstigen Tratschtanten nicht mehr ertragen kannst. Ich kann verstehen, dass du vor ihnen weglaufen willst. Oder vor der Vergangenheit. Aber lauf nicht vor deinem Glück davon. Lauf nicht vor Simon davon.«

Marie unterbrach den Blickkontakt zu Nikola, als Simon schwer atmend vor ihr zum Stehen kam. Sein Blick war so liebevoll. Seine Daumen so sanft, als sie die Tränen von ihren Wagen wischten.

»Sie hat recht«, sagte er. So leise, dass nur sie ihn verstehen konnte. »Lauf nicht vor mir weg. Vor unserer Liebe.« Er zog sie in seine Arme, und Marie schluchzte auf, als sie ihren Kopf an seine Brust lehnte.

»So habe ich mir das vorgestellt«, hörte sie Nikolas Stimme aus dem Lautsprechern schallen. »Jetzt wäre der richtige Zeitpunkt, dein Mädchen zu küssen.«

Ein leises Lachen erschütterte Simons Körper. »Als ob mir jemand sagen müsste, wann ich mein Mädchen küssen muss«, flüsterte er an Maries Ohr. Er lehnte sich ein wenig zurück und legte zwei Finger unter Maries Kinn. Sanft hob er es an, bis sich ihre Blicke trafen. »Ich liebe dich«, sagte er leise. Und dann senkte er seine Lippen auf ihre und küsste sie.

Den Jubel, der um sie herum losbrach, das Klatschen, Pfeifen und die »Küssen, küssen!«-Rufe nahm Marie nur am Rande wahr. Auch wenn sie bedeuteten, dass Waldkirch sie nicht mehr verachtete und ihr am Ende sogar ihr Glück gönnte. Sie blendete alles außer der Umarmung aus, in der Simon sie hielt. Liebevoll. Beschützend. »Und ich liebe dich«, flüsterte sie zurück, bevor ihre Lippen in einem weiteren Kuss verschmolzen.

EPILOG

Simon:
Hast du nächsten Samstag Zeit?

Marie:
Ja, warum?

Simon:
Ich habe eine Lösung
für euer Dach gefunden.

Marie:
Das ist wirklich lieb von dir.
Aber im Moment haben wir
nicht das Budget, um das Dach
neu decken zu lassen.

Simon:
😉Ich kenn da jemanden. Den Kumpel
von einem Kumpel. Na ja, egal.
Ich hab da jedenfalls so eine Idee.💖

Marie stellte ihren Golf am Wegrand hinter all den anderen Wagen ab und bückte sich, um Schiller und Ginny zu streicheln, die auf sie zugerast kamen. Begleitet von den beiden Hunden lief sie auf das Haus ihrer Großmutter zu. Sie legte die Hand über die Augen, um die Sonne abzuschirmen und das Treiben auf dem Hausdach besser erkennen zu können. Simon turnte da oben herum. Seine Freunde Jonas und Korbi und … »Um Himmels willen«, murmelte Marie und beschleunigte ihre Schritte. »Wer hat denn deinem Herrchen erlaubt, auf dem Dach herumzuklettern? Ist das sicher?«, rief sie Sanna zu, als sie den Hof erreichte. »Mats da oben – das kommt mir irgendwie gefährlich vor.«

Sanna, die mit Maries Großmutter den Garten bewundert hatte, blickte zum Dach hinauf. »Ich will hoffen, dass es sicher ist«, murmelte sie. »Mein Vater hat ihn vermutlich ein paarmal zu oft mit seinen nicht vorhandenen Grillkünsten aufgezogen, und jetzt will er unbedingt beweisen, dass er ein Mann ist.« Sie seufzte.

»Gott sei Dank ist genügend medizinisches Personal anwesend«, sagte Mila, die einen kleinen Stapel Dachziegel schleppte, im Vorbeigehen.

Marie sah ihr hinterher. Sie konnte es noch immer nicht richtig fassen, dass Mila ihren alten Groll abgelegt hatte und sie sich irgendwie in eine Richtung bewegten, die sich fast ein bisschen wie Freundschaft anfühlte. Das war verrückt. Verrückter war nur, dass Nikola in Fannys Gartensitzecke saß und die kleinen Dankeschön-Pakete für die Helfer zusammenpackte. Es waren kleine Brote, die Fanny für alle gebacken hatte. Dazu gab es ein Glas ihrer berühmten Apfel-Butter, die sich offenbar zum Renner in Simons Clique entwickelt hatte, die jetzt auch zu Maries Freundeskreis geworden war.

Eine Bewegung am Tomatenpalast erregte Maries Aufmerksamkeit. Aloisa bückte sich mit einem Korb in der Hand durch die niedrige Tür. Marie eilte auf sie zu, um ihr die Ernte abzunehmen.

»Danke, meine Liebe.« Aloisa strich ihr über den Arm und streckte ihren Rücken durch. »Ganz schön was los bei euch.«

Marie folgte ihrem Blick und sah ihre Großmutter, die mit Paulina an ihrer Sommerküche stand und über etwas lachte.

»Du tust ihr verdammt gut«, hörte sie Aloisa neben sich sagen und blickte sie wieder an.

»Aloisa.« Marie stockte einen Moment und biss sich auf die Unterlippe. »Darf ich dich was fragen?«, versuchte sie es dann vorsichtig.

»Aber das weißt du doch.« Aloisa lächelte sie auffordernd an.

»Fanny …« Marie wechselte den Korb von einem Arm auf den anderen. »Du kennst sie schon so lange durch den Chor und alles. Ich verstehe nicht ganz, was mit ihr passiert ist.«

»Wie meinst du das?«

»Emil und ich sind hergezogen, weil der Verdacht bestand, dass sie an Demenz erkrankt ist. Sie hat mehrere Feuerwehreinsätze in einer Woche ausgelöst. Aber seit wir hier sind, habe ich keine Symptome feststellen können. Wie kann das sein?«

»Ich könnte sagen, dass es ein Wunder ist.« Aloisa zwinkerte ihr zu. »Aber wesentlich wahrscheinlicher ist, dass Emil und du deiner Großmutter einfach guttut. Bevor ihr hergekommen seid«, sie ließ den Blick wieder zu Fanny gleiten, »ging es ihr wirklich nicht gut. Sie war einsam. Hat nicht mehr gut auf sich geachtet. Zu wenig gegessen. Zu wenig getrunken. Du weißt, was das mit alten Leuten macht, vor allem, wenn sie nicht genug Flüssigkeit kriegen.« Sie zuckte die Schultern. »Das kann schon für ziemlich verwirrte Zustände sorgen. Aber du hast nicht nur darauf geachtet, dass sie genügend trinkt, du hast einfach dafür gesorgt, dass sie wieder aufblüht, weil du zurück bist. Wenn du es so willst, hast du ihr das Leben gerettet und sorgst jetzt dafür, dass die Jahre, die ihr bleiben, wundervoll werden. Und jetzt gib mir diesen Korb, damit ich ihn ins Haus bringen kann.« Sie nahm Marie ihre Ernte wieder ab. »Ich bin schließlich keine alte, gebrechliche Frau.«

Marie blickte ihrer Kollegin nach, als sie mit festen Schritten in Richtung Haus ging. Konnte es so einfach sein? Konnte Emils und ihre Rückkehr für alle die beste Entscheidung gewesen sein? Für Fanny genauso wie für sie?

Paulina winkte Marie zu sich herüber und holte sie damit aus ihren Gedanken.

»Mann, ich liebe diese Sommerküche«, sagte sie und goss etwas aus einem großen Glaskrug in ein Glas, das zur Hälfte mit Eiswürfeln gefüllt war, und reichte es Marie. »Ich könnte meinen Sommer genau hier verbringen. Probier!«, forderte sie Marie auf.

Gehorsam trank Marie einen Schluck. »Wow!« Sie setzte das Glas ab und versuchte, die Bestandteile dieses Drinks zu erraten. »Lavendel? Minze? Zitrone?«, fragte sie.

Paulina nickte. »Und noch ein paar andere Sachen. Eine perfekte Sommerlimonade, und wenn man einen Schuss Gin reinkippt, ein fantastischer Cocktail. Aber das lassen wir lieber, solange die Jungs auf dem Dach herumtanzen.«

Marie stellte das Glas zur Seite, bevor sie Paulinas Blick nach oben folgte. Simon kletterte gerade die Leiter herunter, um einen neuen Packen Dachziegel zu holen. »Danke, Paulina«, sagte sie. »Das bedeutet mir so viel, dass ihr uns alle helft.«

Paulina zuckte nur mit den Schultern. »Dafür sind Freunde doch da, oder? Na ja, heute bin ich eigentlich für die Verpflegung der Bautruppe eingeteilt. Damit fange ich jetzt auch gleich an, aber bei diesem Garten«, sie schwenkte die Hand in einer umfassenden Bewegung, »musste ich erst einmal einen Drink kreieren, der perfekt zu dir und Fanny passt.«

Marie musste sich nicht umdrehen, um zu wissen, dass Simon das Ende der Leiter erreicht hatte und zu ihnen herüberkam. Sie spürte ihn.

»Das sieht aus, als ob es mich vor dem Verdursten retten wird«, sagte er und griff nach Maries Glas, um es in einem Zug zu leeren, bevor er sich mit dem Unterarm über das Gesicht wischte. »Wir haben uns den heißesten Tag des Sommers für diese Aktion ausgesucht.«

»Ich habe gesehen, dass Fanny eine Gartendusche hat«, zog Paulina ihn auf. »Vielleicht solltet ihr euch nachher alle drunterstellen, bevor die Gartenparty steigt.«

»Gute Idee.« Simon wandte sich an Marie. »Hat mit Emil alles geklappt?«, erkundigte er sich, während sie ihm ein zweites Glas von der Limonade einschenkte.

»Ja. Nachdem er sich mit seiner Entscheidung abgefunden hatte, war er glücklich. Ich bin mir sicher, Pauls Party wird großartig.« Und sie war so froh, dass Melli Wort gehalten hatte und ihr Sohn zur nachgeholten Feier seines kleinen Freundes eingeladen war. Und sie war verdammt froh, dass Paul inzwischen gut eingestellt und wieder zu Hause war.

Emil war es sichtlich schwergefallen, sich zwischen der Party und den Dachdeckerarbeiten am Haus zu entscheiden. Aber als sich alle Erwachsenen vehement geweigert hatten, ihn aufs Dach zu lassen, war er zu dem Schluss gekommen, dass er bei Paul mehr Spaß haben würde.

»Wunderbar. Ich würde dich gerne küssen, aber im Moment bin ich dazu zu verschwitzt.« Simon zwinkerte ihr zu. »Das holen wir später nach.« Er stellte das Glas zur Seite und wandte sich ab, um die nächste Ladung Dachziegel zu holen.

»Simon!« Er hatte sie einem Freund von Korbi abgeschwatzt, der in einer Dachdeckerfirma arbeitete, wo genau wie bei der Glaserei immer mal wieder ein paar Dachziegel liegen blieben. Sie hatten die für Fannys Dach passenden zusammengesucht. Dann hatte Simon Freunde und Familie zusammengetrommelt und diesen samstäglichen Arbeitseinsatz gestartet. Die undichten Stellen wurden abgedichtet, und Fanny, Marie und Emil mussten sich bei den herbstlichen Stürmen, die unweigerlich bald kommen würden, keine Gedanken machen, dass das Haus noch einmal unter Wasser gesetzt wurde.

Simon drehte sich um, als Marie ihn rief. Sie überbrückte die wenigen Schritte, die er sich entfernt hatte, schlang ihm die Arme um den Nacken und küsste ihn. Ihr war es völlig egal, wie verschwitzt er war. »Danke«, flüsterte sie und küsste ihn noch mal. »Danke für diese Aktion. Und danke, dass du mich liebst.«

»Danke, dass du mir vertraust«, flüsterte er zurück. »Und danke, dass du mich auch liebst.«

»Hey, ihr Turteltäubchen!«, hörten sie Mats von oben rufen. »Kommt der Dachziegelnachschub noch, bevor wir einen Hitzschlag kriegen?«

Simon lachte an Maries Lippen. »Ich muss wieder«, sagte er. »Merk dir, wo wir stehen geblieben waren.« Er presste seine Lippen für einen weiteren schnellen Kuss auf ihre und joggte dann zu dem Haufen mit den Dachschindeln.

Als die Dämmerung über das Waldkircher Tal hereinbrach, hatten sie es sich in Fannys Sitzecke gemütlich gemacht. Das Dach war ausgebessert, und das Festessen, das Marie und Fanny mit Sannas, Milas und Paulinas Hilfe gezaubert hatten, war fantastisch gewesen. Jetzt saßen sie unter den Lampions, die sich über den Tisch spannten. In den Weckgläsern brannten die Kerzen und warfen warme Schatten auf die Umgebung. Von der Sonne war nicht mehr viel zu sehen. Es würde nicht mehr lange dauern, bis die ersten Sterne am Himmel auftauchten.

Marie hatte das Gefühl, dass gerade die beste Nacht ihres Lebens anbrach. Die erste einer Zukunft, in der sie nicht nur ihre Familie hatte und Simons Liebe spürte. Dieser Tag hatte ihr gezeigt, dass sie Teil einer Gemeinschaft war, gemocht wurde. Und das war so unglaublich wertvoll. Für jemand anderen hätte ein solcher Moment vielleicht keine große Bedeutung. Aber für jemanden, der wusste, wie einsam man sein konnte, war das pures Glück. Selbst die Waldkircher verhielten sich inzwischen freundlicher ihr gegenüber. Grüßten, lächelten. Nur selten hörte sie böse Kommentare hinter ihrem Rücken. Und – zu Emils absoluter Begeisterung – wurden sie in der Bäckerei bedient, nachdem Nikola ein ernsthaftes Wort mit ihrer Tante geredet hatte.

All das hatte sie Simon zu verdanken. Simon und seinem Sturschädel, mit dem er all ihre Abwehrstrategien ausgesessen hatte. Korbi und er hatten ihre Gitarren aus dem Wagen geholt und spielten entspannte Lagerfeuersongs, die zur Feuerschale passten, in der neben der Sitzecke die Holzscheite flackerten und knackten. Als ob Simon bemerkt hätte, dass Marie ihn beobachtete, hob er den Kopf und lächelte ihr zu.

Marie lehnte sich an die Schulter ihrer Großmutter und atmete deren Duft nach Lavendel und Baumwolle ein. Sie lächelte Simon zu und formte ein stummes »Ich liebe dich« mit den Lippen.

Simons Lächeln wurde breiter. »Und ich dich«, antwortete er ihr tonlos.

Marie blickte in den Himmel und sah die ersten Sterne aufblitzen. Mehr als das hier brauchte sie nicht. So konnte der Rest ihres Lebens aussehen.

DANK

Liebe Leonie Schöbel, der erste und tiefste Dank gehört wie immer dir, weltbeste Agentin!

Ein Buch ist immer eine Teamarbeit, deshalb auch an Heyne, allen voran dir, liebe Janina Dyballa, ein großes Dankeschön, für diesen wundervollen Roman, den wir haben entstehen lassen …

… einen Roman, dessen Zeilenglitzern ihr schon von Weitem sehen könnt. Danke, meine liebe Dr. Diana Mantel, dass du wieder deine Magie gewirkt hast.

Leonie Lastella, Seelenschwester und Sister in Crime. Wenn dieser Roman erscheint, haben wir uns schon in das nächste verrückte Abenteuer gestürzt. Ich freue mich und bin so dankbar: für alles, was war – für alles, was kommt.

Lieber Axel, danke für die Einblicke ins Gleitschirmfliegen. Alles, was du mir erzählt hast, bestärkt mich in dem Wunsch, das NIEMALS auszuprobieren. ;-) Aber es hat mir geholfen, Simon ein cooles Hobby zu geben. Danke … und immer aufpassen mit den Wing Tips. ;-)

Liebe Anica Towae vom DBW, dem Diabetiker BW e. V., danke, dass Sie Ihre Erfahrungen mit mir geteilt haben. Es hat mir geholfen, Pauls Erkrankung realistischer zu zeichnen – und gezeigt, dass sich das Leben mit dieser Diagnose nicht in Luft auflöst, sondern nur einen anderen Weg einschlägt.

Und last but not least: Liebe Leserinnen und Leser, DANKE! Ein ganz besonderes Dankeschön möchte ich euch schicken, liebe Blogger! Ich bin immer wieder begeistert, gerührt und überwältigt von den wundervollen Beiträgen und Fotos, die ihr zu meinen Geschichten ins Netz stellt.

Ich hoffe, wir sehen uns bei *Liebesglück in der Bergpraxis* wieder, damit ich euch zeigen kann, dass Mila wirklich toll ist – auch wenn sie sich Marie gegenüber nicht gerade mit Ruhm bekleckert hat. ;-)

Hedera helix 'Glacier'
LIERRE
☼ ◐ ☀ ❄❄❄ ↕10 cm ↔3 m

C'est l'un des plus beaux lierres à feuillage panaché, à utiliser en couvre-sol ou à palisser. Les feuilles persistantes gris argenté sont irrégulièrement bordées de blanc.

Hedera helix 'Ivalace'
LIERRE
☼ ◐ ☀ ❄❄❄ ↕10 cm ↔1,50 m

Cette belle variété couvre-sol dessine des tapis denses de feuillage légèrement lobé, ondulé, vert foncé brillant. Se prête également bien au palissage.

Hypericum calycinum
MILLEPERTUIS
☼ ◐ ❄❄❄ ↕30 cm ↔1,50 m

Les racines rampantes de cette espèce à feuillage persistant forment un tapis de pousses feuillues parsemées, en été et en automne, de fleurs jaune d'or à étamines rouges.

Leptospermum humifusum
LEPTOSPERMUM
☼ ❄❄❄ ↕10 cm ↔2 m

Cet arbuste à tiges tapissantes a de petites feuilles persistantes vert foncé et porte, en été, de petites fleurs blanches. Le froid de l'hiver fait virer le feuillage au bronze.

Viburnum davidii
VIORNE
☼ ◐ ❄❄❄ ↕1 m ↔1,50 m

Elle forme un large buisson de grandes feuilles persistantes à nervures marquées. Petites fleurs blanches suivies, chez les sujets femelles, de baies bleues en automne ou en hiver.

AUTRES ARBUSTES COUVRE-SOL À FEUILLAGE CADUC

Cotoneaster adpressus
Prunus pumila var. *depressa*
Salix yezoalpina
Salix uva-ursi

Vinca minor
PETITE PERVENCHE
◐ ☀ ❄❄❄ ↕10 cm ↔1,50 m

Les fines tiges prostrées aux feuilles opposées vert brillant assurent une couverture du sol efficace. Charmantes fleurs bleu-violet ou blanches au printemps et en été.

Petits rosiers arbustes pour espace limité

Les rosiers arbustes sont bien souvent de grande taille et demandent donc beaucoup d'espace pour s'épanouir pleinement. Mais il en existe de plus petits, qui conviennent à des plantations dans un espace limité. Parmi ceux qui sont cités ici, certains ont besoin du secours d'un support pour éviter que leurs tiges fines ne ploient et ne se cassent sous le poids des fleurs.

Rosa gallica var. *officinalis*
Rosier des apothicaires
☼ ❄❄❄ ↕1 m ↔1 m

Un feuillage luxuriant et une profusion de fleurs estivales parfumées, demi-doubles, rose foncé, couvrent les tiges assez étalées de cet arbuste. Cynorrhodons décoratifs en automne.

Rosa × *centifolia* 'Cristata'
Rosier centfeuilles
☼ ❄❄❄ ↕1,50 m ↔1,20 m

Les boutons floraux verts caractéristiques, mousseux, s'ouvrent en été sur des fleurs roses très parfumées. Les tiges souples de ce buisson épineux ont souvent besoin d'un support.

Rosa gallica 'Versicolor'
Rosier gallique
☼ ❄❄❄ ↕1 m ↔1 m

Ce rosier est issu d'une mutation de *R. gallica* var. *officinalis*, qui en diffère par ses fleurs rose pâle rayées de cramoisi. A tailler pour conserver un port compact.

Rosa 'Buff Beauty'
Hybride de rosier musqué
☼ ❄❄❄ ↕1,20 m ↔1,20 m

C'est un rosier apprécié pour son feuillage vert brillant, brun cuivré à l'état jeune, et pour sa floraison estivale généreuse très colorée et délicieusement parfumée.

Rosa × *centifolia* 'Muscosa'
Rosier mousseux
☼ ❄❄❄ ↕1,50 m ↔1,20 m

Les feuilles larges, velues, mettent bien en valeur les fleurs roses au parfum capiteux qui s'ouvrent en été à partir de boutons mousseux. Soutenir au besoin les tiges souples.

Autres petits rosiers arbustes

Rosa carolina
Rosa 'Cécile Brunner'
Rosa 'Comte de Chambord'
Rosa damascena 'Versicolor'
Rosa 'Jacques Cartier'
Rosa 'Little White Pet'
Rosa 'Madame Pierre Oger'
Rosa 'Perle d'Or'
Rosa 'Petite Lisette'
Rosa 'Rose de Rescht'
Rosa 'The Fairy'

Rosiers couvre-sol à port étalé

EN SITUATION ENSOLEILLÉE, les rosiers à port étalé ou à tiges retombantes forment de superbes couvre-sol. Ils conviennent tout particulièrement pour habiller un talus ou le haut d'un muret. Mais ils peuvent également accompagner d'autres rosiers, notamment ceux dont la base est un peu dénudée. Depuis quelques années sont apparues de nombreuses nouvelles variétés de ce type, très florifères. Si l'espace le permet, vous pouvez cultiver plusieurs sujets pour obtenir d'abondantes floraisons, mais dans un petit jardin un seul rosier fera également bel effet.

Rosa 'Grouse'
ROSIER COUVRE-SOL
☼ ❄❄❄ ↕50 cm ↔3 m

En été, ce rosier vigoureux, à longues tiges traînantes et feuillage brillant, offre une succession de toutes petites fleurs rose pâle, légèrement parfumées.

Rosa 'Max Graf'
ROSIER HYBRIDE DE RUGOSA
☼ ❄❄❄ ↕50 cm ↔3 m

En été apparaissent de grandes fleurs simples, au parfum de pomme. Le feuillage vert brillant de ce rosier très vigoureux habille les longues tiges étalées.

Rosa 'Nozomi'
ROSIER COUVRE-SOL
☼ ❄❄❄ ↕50 cm ↔1,20 m

Ce charmant rosier à port rampant a des tiges arquées portant de petites feuilles vert foncé et, en été, des fleurs simples, d'un blanc plus ou moins teinté de rose pâle.

AUTRES ROSIERS COUVRE-SOL

Rosa 'Ferdy'
Rosa macrantha
Rosa nitida
Rosa 'Paulii'
Rosa 'Perle Meillandecor'
Rosa 'Red Blanket'
Rosa 'Rivière de Diamant'
Rosa 'Rose Cascade'
Rosa 'Sea Foam'
Rosa 'The Fairy'
Rosa virginiana

Rosa 'Partridge'
ROSIER COUVRE-SOL
☼ ❄❄❄ ↕50 cm ↔3 m

Les abondantes petites fleurs blanc pur, parfumées, se succèdent tout l'été sur ce rosier, dont le développement est similaire à celui de *R.* 'Grouse', auquel il est apparenté.

ROSIERS MINIATURES

Rosa 'Bordure Rose'
Rosa 'Carinita'
Rosa 'Golden Meillandin'
Rosa 'Insolite'
Rosa 'Orange Meillandina'
Rosa 'Petit Four'
Rosa 'Pink Symphonie'
Rosa 'Robin Redbreast'
Rosa 'Roulettii'
Rosa 'Snow Meillandina'

Rosa 'Seagull'
ROSIER GRIMPANT
☼ ❄❄❄ ↕60 cm ↔4 m

Ce vigoureux rosier grimpant peut également être utilisé en couvre-sol, là où l'espace le permet. Grands bouquets ramifiés de fleurs parfumées blanches, demi-doubles.

Arbustes pour sol lourd et argileux

Si le sol de votre jardin est argileux — c'est-à-dire lourd et collant lorsqu'il est mouillé, rétracté et craquelé lorsqu'il est sec —, essayez de l'améliorer par un drainage approprié, et par de fréquents apports de sable grossier et de matière organique fibreuse. Évitez aussi de travailler un sol argileux lorsqu'il est mouillé. Malgré les inconvénients que présente ce type de sol, bien des arbustes peuvent s'en accommoder.

Cytisus 'Killiney Red'
GENÊT
☼ ❄❄❄ PH ↕1 m ↔1,20 m

Parmi les nombreux genêts supportant un sol argileux, celui-ci est une variété naine et compacte. Les fines pousses vertes fleurissent en fin de printemps et en début d'été.

Berberis darwinii
BERBÉRIS
☼ ❄❄❄ ↕3 m ↔4 m

Ce grand arbuste en dôme large a un feuillage dense, persistant, de petites feuilles vert foncé, et des bouquets de fleurs printanières jaune orangé suivies de baies noires.

Escallonia 'Langleyensis'
ESCALLONIA
☼ ❄❄❄ ↕2 m ↔2 m

Cet arbuste de climat assez doux est apprécié pour sa résistance au vent. En été, les tiges arquées portent de petites feuilles persistantes lustrées et des bouquets de fleurs roses.

AUTRES ARBUSTES À FEUILLES CADUQUES POUR SOL LOURD ET ARGILEUX

Colutea × *media* 'Copper Beauty'
Cotinus coggygria 'Royal Purple'
Cytisus × *praecox* 'Allgold'
Deuzia × *elegantissima* 'Rosealind'
Kerria japonica 'Pleniflora'
Magnolia 'Susan'
Prunus glandulosa 'Alba Plena'
Rhododendron occidentale
Ribes sanguineum 'White Icicle'
Sambucus nigra 'Guincho Purple'
Spiraea x *vanhouttei*
Syringa vulgaris 'Charles Joly'
Viburnum sargentii 'Onondaga'
Weigelia 'Fiesta'

Chaenomeles × *superba* 'Nicoline'
COGNASSIER À FLEURS
☼ ☀ ❄❄❄ ↕1 m ↔1,50 m

Les branches de ce vigoureux arbuste se couvrent au printemps d'une profusion de grandes fleurs écarlates, suivies de petits fruits jaunes ressemblant à des pommes.

Hydrangea arborescens 'Grandiflora'
HYDRANGÉA ARBORESCENT
☼ ☀ ❄❄❄ ↕1,50 m ↔2 m

Les grandes inflorescences blanches se succèdent de l'été au début de l'automne. Feuilles larges et ovales. Bel arbuste, ramifié, robuste, qui se plaît en sol riche et non sec.

Magnolia stellata 'Waterlily'
MAGNOLIA ÉTOILÉ
☼ ❄❄❄ ↕3 m ↔4 m

Ce bel arbuste à croissance lente est plus large que haut. Les fleurs printanières parfumées apparaissent sur les branches nues. Les feuilles virent au jaune en automne.

Neillia thibetica
NEILLIA
☼ ❄❄❄ ↕2,50 m ↔2,50 m

En fin de printemps et début d'été, les fleurs de cet arbuste vigoureux sont groupées en longs épis lâches sur des rameaux arqués, parmi des feuilles pointues, dentées et découpées.

Philadelphus 'Virginal'
SERINGAT
☼ ❄❄❄ ↕3 m ↔2,50 m

Cet arbuste robuste et vigoureux offre une généreuse floraison, en fin de printemps, de grandes fleurs doubles ou demi-doubles, très parfumées.

Potentilla 'Elizabeth'
POTENTILLE ARBUSTIVE
☼ ❄❄❄ ↕75 cm ↔1,50 m

Ce buisson très ramifié, en dôme bas, à petites feuilles très finement divisées, porte des fleurs jaune vif de la fin du printemps jusqu'en automne.

Rhododendron 'Mrs G. W. Leak'
RHODODENDRON
☼ ☀ ❄❄❄ ↕4 m ↔4 m

Ce grand arbuste à feuillage persistant est superbe à la fin du printemps, lorsqu'il se couvre de grands bouquets de fleurs roses en entonnoir, éclaboussées de cramoisi.

AUTRES ARBUSTES
À FEUILLAGE PERSISTANT
POUR SOL ARGILEUX

Aucuba japonica 'Crotonifolia'
Berberis sargentiana
Choisya ternata
Escallonia rubra 'Crimson Spire'
Osmanthus × *burkwoodii*
Pyracantha 'Orange Glow'
Skimmia × *confusa* 'Kew Garden'
Viburnum davidii

Spiraea japonica 'Anthony Waterer'
SPIRÉE
☼ ❄❄❄ ↕1,20 m ↔1,20 m

Cet arbuste très apprécié, à port dressé, compact, porte des feuilles oblongues, dentées, vert foncé, et des inflorescences aplaties rose cramoisi en été.

Spiraea nipponica 'Snowmound'
SPIRÉE
☼ ❄❄❄ ↕2 m ↔2 m

Les longues tiges arquées au feuillage dense se couvrent, en début d'été, de petits bouquets de fleurs blanches particulièrement spectaculaires.

Arbustes pour sol acide

LES ARBUSTES EXIGEANT ou préférant un sol acide, c'est-à-dire sans calcaire, sont assez peu nombreux, mais ils comptent quelques-uns des plus beaux sujets à fleurs. Les rhododendrons, camélias et bruyères sont les plus connus, mais il y en a d'autres, dont la floraison est également très intéressante. Si, dans la nature, ces espèces poussent sur des sols acides, au jardin elles s'accommoderont parfaitement d'un massif ou d'un bac préparé avec un terreau spécial pour plantes acidiphiles.

Calluna vulgaris 'Anne-Marie'
BRUYÈRE COMMUNE
☼ ❄❄❄ PH ↕ 50 cm ↔ 50 cm

Robuste et très florifère, cette bruyère forme un buisson compact. Les longs épis de fleurs doubles rose pâle se développent en automne, au-dessus du feuillage persistant.

Camellia japonica 'Adolphe Audusson'
CAMÉLIA
☼ ❄❄❄ PH ↕ 3 m ↔ 2,50 m

Ce bel arbuste buissonnant porte un feuillage persistant vert foncé. Grandes fleurs rouges à étamines jaune d'or en fin d'hiver et début de printemps. Se plaît sous climat doux et humide.

Camellia × *williamsii* 'Donation'
CAMÉLIA
☼ ❄❄❄ PH ↕ 3 m ↔ 2 m

Ce très beau camélia à port érigé a une croissance vigoureuse, un beau feuillage persistant et une floraison rose en fin d'hiver et au printemps. Pour climat doux.

Clethra delavayi
CLÉTHRA
☼ ❄❄ PH ↕ 4 m ↔ 3 m

Les épis horizontaux de fleurs parfumées blanches, rosées en bouton, en font un superbe arbuste lorsqu'elles s'épanouissent en été. Ne se plaît pas sur sol sec.

Daboecia cantabrica 'Bicolor'
BRUYÈRE DE SAINT DABOEC
☼ ❄❄❄ PH ↕ 45 cm ↔ 60 cm

Cet arbuste bas, buissonnant, à feuillage persistant, porte de la fin du printemps à l'automne de fins épis lâches de fleurs en clochette pendantes, blanches ou pourprées.

Desfontainea spinosa
DESFONTAINEA
☼ ❄❄ PH ↕ 2 m ↔ 1,50 m

Les fleurs tubulaires rouges se développent de l'été à l'automne à l'aisselle des petites feuilles persistantes ressemblant à celles du houx. Croissance lente, redoute les sols secs.

Enkianthus cernuus var. *rubens*
ENKIANTHUS
☼ ❄❄❄ PH ↕ 2,50 m ↔ 2 m

En fin de printemps, des bouquets de petites fleurs en clochette frangées, rouge soutenu, pendent sous les rosettes de feuilles. Feuillage coloré en automne. Éviter les sols secs.

Erica cinerea 'C. D. Eason'
BRUYÈRE CENDRÉE
↕30 cm ↔60 cm

Cet arbuste bas, à feuillage persistant dense, se couvre en été et en automne d'épis de fleurs rose carminé en clochette renflée. Feuilles en aiguilles fines.

Pieris 'Forest Flame'
PIÉRIS
↕4 m ↔2 m

Les feuilles persistantes de cet arbuste à port dressé sont d'abord cramoisies au printemps, puis virent au rose, au crème et enfin au vert lustré. Bouquets de fleurs printanières blanches.

Rhododendron 'May Day'
RHODODENDRON
↕1,50 m ↔1,50 m

Parfait sous climat assez doux, cet arbuste à feuillage persistant vert foncé, à port compact et arrondi, se couvre au printemps de gros bouquets de fleurs rouges en trompette.

Kalmia latifolia
LAURIER DES MONTAGNES
↕3 m ↔3 m

Très florifère et imposant, ce bel arbuste porte des feuilles persistantes vert foncé lustré et, en début d'été, des bouquets de petites fleurs roses, plus foncées en bouton.

AUTRES ARBUSTES À FEUILLAGE PERSISTANT POUR SOL ACIDE

Calluna vulgaris 'Kinlochruel'
Camellia 'Spring Festival'
Camellia × *williamsii* 'St. Ewe'
Crinodendron hookerianum
Erica australis 'Riverslea'
Grevillea juniperina f. sulphurea
Kalmia latifolia 'Ostbo Red'
Leptospermum scoparium 'Red Damask'
Rhododendron 'P. J. Mezitt'
Rhododendron yakushimanum

AUTRES ARBUSTES À FEUILLAGE CADUC POUR SOL ACIDE

Clethra alnifolia 'Paniculata'
Enkianthus campanulatus
Enkianthus perulatus
Fothergilla gardenii
Menziesia ciliicalyx
Rhododendron 'Blue Tit'
Rhododendron 'Homebush'
Rhododendron schlippenbachii
Vaccinium corymbosum
Zenobia pulverulenta

Rhododendron 'Hino-mayo'
AZALÉE À FEUILLAGE PERSISTANT
↕1,50 m ↔1,50 m

Cette azalée très ramifiée à port compact a de petites feuilles et se couvre, au printemps, de fleurs roses en entonnoir. Ne supporte pas les sols secs.

Rhododendron 'Narcissiflorum'
AZALÉE DE GAND
↕2 m ↔2 m

Cet arbuste vigoureux offre, au printemps, une profusion de fleurs jaune pâle à reflets plus foncés et au parfum délicat. Les feuilles se teintent de bronze en automne.

ARBUSTES

Arbustes pour sol calcaire

Les sols alcalins, ou calcaires, conviennent à de très nombreux arbustes qui apprécient un pH élevé, ainsi que les conditions de chaleur et de drainage assurées par ce type de sol. Nombre de ces plantes résistent bien à la sécheresse, ce qui ne signifie pas qu'elles n'aient pas besoin d'eau. De tels sols gagnent à être enrichis en matière organique, notamment sous forme de paillage. Des arrosages appropriés et une bonne teneur en matière organique assureront un bon développement à la plupart des arbustes d'ornement. La sélection présentée ici comprend des espèces qui comptent parmi les plus belles et les plus intéressantes au jardin, pour leur port, leur feuillage et leur floraison.

Indigofera heterantha
INDIGOFÉRA
☼ ❄❄❄ ↕1,50 m ↔1,70 m

Cet arbuste très ramifié a des tiges arquées au feuillage finement divisé. Tout l'été et jusqu'en automne, il porte des grappes de fleurs papilionacées rose pourpré.

Buddleia davidii 'Dartmoor'
ARBUSTE AUX PAPILLONS
☼ ❄❄❄ ↕2,50 m ↔2,50 m

En fin d'été et à l'automne, cet arbuste se couvre d'inflorescences caractéristiques, qui attirent papillons et abeilles. Rameaux arqués portant de longues feuilles pointues.

Kolkwitzia amabilis 'Pink Cloud'
BUISSON DE BEAUTÉ
☼ ❄❄❄ ↕3 m ↔2,50 m

Cet arbuste vigoureux forme un dôme aux tiges arquées, à petites feuilles ovales et masses de petites fleurs roses au printemps et en début d'été, suivies de petits fruits soyeux.

Deutzia longifolia 'Veitchii'
DEUTZIA
☼ ❄❄❄ ↕2 m ↔1,75 m

C'est l'un des plus beaux deutzias, à tiges arquées, feuilles étroites et grands bouquets de fleurs étoilées en été, d'un rose soutenu légèrement teinté de mauve.

Hibiscus syriacus 'Red Heart'
KETMIE DES JARDINS
☼ ❄❄❄ ↕2,20 m ↔2 m

Les branches de cet arbuste à croissance lente s'étalent avec l'âge. Les feuilles lobées se déploient tard dans la saison, et les grandes fleurs apparaissent en fin d'été et à l'automne.

AUTRES ARBUSTES À FEUILLAGE PERSISTANT POUR SOL CALCAIRE

Berberis darwinii
Choisya 'Aztec Pearl'
Escallonia 'Iveyi'
Itea ilicifolia
Jasminum humile
Mahonia × *media* 'Buckland'
Olearia macrodonta
Osmanthus × *burkwoodii*
Sarcococca hookeriana var. *digyna*

Osmanthus delavayi
OSMANTHUS
☼ ◐ ❄❄❄ ↕ 2,20 m ↔ 2 m

Arbuste persistant à fines tiges arquées portant de petites feuilles vert foncé et, au printemps, des bouquets de petites fleurs tubulaires très odorantes.

Philadelphus 'Boule d'Argent'
SERINGAT
☼ ❄❄❄ ↕ 1,50 m ↔ 1,50 m

Cette variété de seringat convient aux petits jardins. Elle a un port buissonnant et des tiges arquées. Bouquets de fleurs blanches légèrement parfumées en début d'été.

Prunus tenella
AMANDIER NAIN DE RUSSIE
☼ ❄❄❄ ↕ 70 cm ↔ 1,20 m

Cet arbuste bas, buissonnant, a des tiges fines portant des feuilles étroites, vert brillant, et se couvre, au printemps, de fleurs rose vif. 'Fire Hill' en est une belle variété.

Santolina pinnata ssp. *neapolitana* 'Sulphurea'
SANTOLINE
☼ ❄❄❄ ↕ 70 cm ↔ 1 m

Le feuillage plumeux est couvert, à la mi-été, de capitules jaune pâle à long pédoncule. Cet arbuste bas, à port compact, forme un dôme de feuillage persistant.

Spiraea canescens
SPIRÉE
☼ ❄❄❄ ↕ 2,20 m ↔ 1,70 m

En été, les tiges arquées de cet arbuste gracieux portent des bouquets de minuscules fleurs blanches sur presque toute leur longueur, au-dessus de petites feuilles gris-vert.

Syringa × persica
LILAS DE PERSE
☼ ❄❄❄ ↕ 2,20 m ↔ 2,20 m

Cet arbuste est apprécié à juste titre, car avec le temps il forme un grand buisson. En fin de printemps, les branches portent de spectaculaires inflorescences coniques parfumées.

Weigelia 'Looymansii Aurea'
WEIGÉLIA
◐ ❄❄❄ ↕ 1,50 m ↔ 1 m

Cet arbuste est surtout cultivé pour son feuillage doré en début de saison, qui vire ensuite au vert jaunâtre. Floraison délicate, en fin de printemps et en début d'été.

Xanthoceras sorbifolium
XANTHOCÉRAS
☼ ❄❄❄ ↕ 3 m ↔ 2 m

Cet arbuste peu courant, à port érigé, a des feuilles finement divisées et offre des épis floraux dressés à partir de la fin du printemps, parfois suivis de gros fruits après un été chaud.

AUTRES ARBUSTES À FEUILLAGE CADUC POUR SOL CALCAIRE

Abelia triflora
Buddleia alternifolia 'Argentea'
Chaenomeles speciosa 'Moerloosii'
Cotinus coggygria 'Notcutt's Variety'
Dipelta floribunda
Forsythia × intermedia 'Lynwood'
Hydrangea paniculata 'Pink Diamond'
Rubus 'Benenden'

Arbustes pour sol sableux

De nombreux arbustes se plaisent bien en sols sableux, car ceux-ci se réchauffent assez vite et sont très drainants. En période sèche, cependant, ces sols demandent des arrosages copieux pour compenser l'absence de réserves en eau. Vous pouvez améliorer un sol sableux en y incorporant de grandes quantités de matière organique à forte capacité de rétention d'eau, mais il est tout de même préférable que vous portiez votre choix sur des arbustes résistants à la sécheresse.

Ballota acetabulosa
Ballote
☼ ❄❄ ↕ 60 cm ↔ 75 cm

Cette plante laineuse, gris-vert, a des tiges dressées portant des feuilles arrondies, et en été, de petites fleurs roses bilabiées. Si elle a souffert du froid, il faut la tailler sévèrement en fin d'hiver.

Brachyglottis monroi
Brachyglottis
☼ ❄❄❄ ↕ 1 m ↔ 1,50 m

Cet arbuste en touffe basse, compacte, a de petites feuilles persistantes vert foncé à revers blanchâtre, à bord ondulé. En été, fleurs jaunes en forme de marguerite.

Callistemon citrinus 'Splendens'
Rince-bouteilles
☼ ❄❄ ↕ 2 m ↔ 2 m

En été, les épis floraux denses, en forme de goupillon rouge brillant, agrémentent cet arbuste à tiges arquées et à feuilles étroites, coriaces, vert lustré, persistantes.

Cistus × purpureus
Ciste
☼ ❄❄ ↕ 1 m ↔ 1 m

En début d'été, cet arbuste buissonnant se couvre de belles fleurs rose pourpré. Le fin feuillage persistant gris-vert met bien en valeur cette floraison.

Cytisus × praecox 'Allgold'
Genêt
☼ ❄❄❄ ↕ 2 m ↔ 2 m

Les fines tiges arquées de cet arbuste forment un dôme compact. Les rameaux gris-vert se couvrent, au printemps, de petites fleurs papilionacées jaunes, très durables.

Autres arbustes pour sol sableux

Atriplex halimus
Brachyglottis 'Sunshine'
Cistus populifolius var. *major*
Coronilla emerus
Cytisus nigricans
Genista tenera 'Golden Showers'
Halimodendron halodendron
Indigofera ambylantha
Potentilla 'Elizabeth'
Robinia hispida 'Macrophylla'
Santolina chamaecyparissus

Dorycnium hirsutum
Dorycnium
☼ ❄❄❄ ↕ 60 cm ↔ 60 cm

Ce petit arbuste à port arrondi est entièrement couvert de duvet gris argenté. Les bouquets de petites fleurs papilionacées blanches, en été, sont suivies de jolies gousses rougeâtres.

Grevillea 'Canberra Gem'
GRÉVILLÉA
☼ ❄❄ ↕2 m ↔2 m

C'est l'un des plus rustiques parmi les grévilléas. Il forme une touffe de feuillage persistant en aiguilles. Bouquets lâches de fleurs rouges en fin d'hiver et au début du printemps.

Hibiscus syriacus 'Woodbridge'
KETMIE
☼ ❄❄❄ ↕2,50 m ↔3 m

De croissance lente et à feuillaison tardive, cet arbuste d'abord dressé s'étoffe peu à peu. Belle floraison rose en coupe large en fin d'été et en automne.

Lespedeza thunbergii
LESPÉDÉZA
☼ ❄❄❄ ↕1,50 m ↔2,50 m

C'est l'un des plus beaux arbustes à floraison automnale. Les longues tiges arquées ploient alors sous les longues grappes de fleurs papilionacées pourpres. A tuteurer si besoin est.

Lavatera 'Barnsley'
LAVATÈRE ARBUSTIVE
☼ ❄❄ ↕2 m ↔2 m

Cet arbuste à feuillage semi-persistant offre tout l'été une succession de ravissantes fleurs rose très pâle à œil plus foncé. Feuilles lobées, vert sauge, duveteuses.

Potentilla fruticosa 'Manchu'
POTENTILLE ARBUSTIVE
☼ ❄❄❄ ↕50 cm ↔60 cm

Les tiges ramifiées à feuillage gris argenté forment une touffe basse et offrent, de la fin du printemps au début de l'automne, une profusion de petites fleurs blanches.

Romneya coulteri
PAVOT DE CALIFORNIE
☼ ❄❄❄ ↕2 m ↔2 m

Cette plante à croissance vigoureuse, à tiges gris bleuté et au feuillage très découpé, fleurit en fin d'été, en grands coquelicots parfumés, blancs, aux étamines orangées.

Arbustes pour situation sèche et ensoleillée

D'INNOMBRABLES ARBUSTES s'épanouissent en situation très ensoleillée et relativement sèche. Dans les régions à hivers doux, le choix est immense. Si les hivers sont plus rigoureux, tirez parti de tous les emplacements abrités, ou érigez une barrière protectrice constituée de plantes plus rustiques. Ces arbustes sont bien souvent originaires des régions méditerranéennes, où chaleur, soleil et sol rocailleux très drainés vont de pair.

Cistus × *cyprius*
CISTE
☼ ❄❄❄ ↕2 m ↔1,50 m

Les grandes fleurs blanches, à pétales marqués de rouge à la base et à étamines orangées, s'ouvrent en début d'été. Tiges et feuilles persistantes sont collantes au toucher.

Euphorbia characias ssp. *wulfenii*
EUPHORBE ARBUSTIVE
☼ ❄❄ ↕1 m ↔1 m

Cette plante à feuillage persistant gris-vert donne des tiges dressées bisannuelles, portant la deuxième année de grandes inflorescences jaune-vert.

AUTRES ARBUSTES POUR SOLEIL ET SÉCHERESSE

Abutilon × *suntense* 'Jermyns'
Carpenteria californica
Caryopteris incana
Cistus × *hybridus*
Colquhounia coccinea
Fremontodendron 'California Glory'
Grevillea 'Desert Flame'
Grevillea juniperina f. *sulphurea*
Xanthoceras sorbifolium
Zauschneria californica 'Dublin'

Erythrina crista-galli
ÉRITHRYNE CRÊTE-DE-COQ
☼ ❄ ↕2 m ↔2 m

Les épis caractéristiques de fleurs cireuses, rouge corail, s'ouvrent en fin d'été. Pousses épineuses à feuilles composées de trois folioles. Ne supporte pas les hivers froids.

Euryops pectinatus
EURYOPS
☼ ❄ ↕1 m ↔1 m

Il forme une touffe de feuillage persistant gris-vert, finement découpé, qui se couvre, de la fin de l'hiver au début de l'été, de fleurs en forme de marguerite jaune vif à long pédoncule.

Grindelia chiloensis
GRINDÉLIA
☼ ❄❄ ↕ 75 cm ↔ 60 cm

Cette plante à feuillage persistant, collant au toucher, donne, de la fin de l'hiver jusqu'en été, des fleurs jaune d'or longuement pédonculées, évoquant des bleuets dorés.

Phlomis fruticosa
SAUGE DE JÉRUSALEM
☼ ❄❄ ↕ 1 m ↔ 1 m

Ce bel arbuste formant un dôme étalé mérite d'être cultivé, ne serait-ce que pour son feuillage persistant duveteux, gris-vert et aromatique. Floraison jaune d'or en été.

Hibiscus syriacus 'Blue Bird'
KETMIE
☼ ❄❄❄ ↕ 2,50 m ↔ 2 m

D'abord dressé, cet arbuste à croissance lente s'étale avec l'âge. En fin d'été et à l'automne, il offre une abondante floraison de grandes fleurs en coupe bleu violacé.

Phlomis italica
PHLOMIS
☼ ❄❄ ↕ 1 m ↔ 60 cm

Les tiges dressées et les feuilles persistantes de cet arbuste bas sont couvertes de poils laineux gris-vert. En été, verticilles de jolies fleurs rose violacé, bilabiées.

ARBUSTES

Fabiana imbricata 'Violacea'
FABIANA
☼ ❄❄ ↕ 2 m ↔ 2 m

Les tiges de cette plante à feuillage persistant, dressées à évasées, sont couvertes de feuilles ressemblant à celles des bruyères et offrent en été des fleurs tubulaires mauves.

Olearia stellulata
OLÉARIA
☼ ❄❄ ↕ 1,50 m ↔ 1,50 m

A la fin du printemps, les tiges étroites portant des feuilles persistantes, à bord ondulé, disparaissent presque sous des masses de petites fleurs blanches.

Sophora davidii
SOPHORA
☼ ❄❄❄ ↕ 1,50 m ↔ 2 m

A tiges lâches au stade juvénile, cet arbuste devient ensuite dense et épineux. En été apparaissent des fleurs papilionacées blanc bleuté parmi les petites feuilles très divisées.

Arbustes supportant l'ombre

VOUS SEREZ PEUT-ÊTRE SURPRIS du nombre d'arbustes se prêtant à un emplacement ombragé. Il s'agit souvent de plantes de sous-bois, préférant ne pas être exposées aux rayons directs du soleil, ce qui ne signifie pas qu'elles peuvent survivre sans lumière. Certaines, cependant, s'accommodent mieux que d'autres d'une faible intensité lumineuse, et ce sont donc celles qui donneront les meilleurs résultats si elles sont plantées à l'ombre d'arbres à feuilles caduques ou de constructions voisines.

Crinodendron hookerianum
CRINODENDRON
☼ ☀ ❄❄ PH ↕3 m ↔2 m

De la fin du printemps jusqu'en début d'été, les branches de cet arbuste à feuillage persistant portent de belles fleurs rouges. Ne se plaît pas en sol sec.

AUTRES ARBUSTES À FEUILLAGE CADUC SUPPORTANT L'OMBRE

Cornus canadensis
Euonymus wilsonii
Hydrangea macrophylla 'Générale Vicomtesse de Vibraye'
Hypericum androsaemum
Kerria japonica
Rhodotypos scandens
Rubus odoratus
Rubus spectabilis
Symphoricarpos × chenaultii 'Hancock'

Daphne laureola var. *philippi*
LAURIER DES BOIS
☼ ☼ ☀ ❄❄❄ ↕30 cm ↔60 cm

C'est une variété naine d'un arbuste de sous-bois à feuillage persistant, qui s'accommode aussi du plein soleil. Bouquets de petites fleurs vert clair et parfumées en fin d'hiver.

Euonymus fortunei 'Sarcoxie'
FUSAIN
☼ ☀ ❄❄❄ ↕1,50 m ↔1,50 m

Cet arbuste vigoureux, dressé et buissonnant, a des feuilles persistantes coriaces, lustrées, vert foncé bordé de blanc. Capsules blanc crème à graines orange en automne.

Euonymus fortunei 'Vegetus'
FUSAIN
☼ ☀ ❄❄❄ ↕30 cm ↔2 m

Les tiges rampantes à dressées de cet arbuste buissonnant peuvent couvrir une grande surface. Feuillage persistant vert brillant et fruits en capsules rose orangé.

Hydrangea macrophylla 'Veitchii'
HORTENSIA À TÊTES PLATES
☼ ☀ ❄❄ ↕1,50 m ↔2,50 m

Ce bel arbuste porte en été des inflorescences aplaties, dont les éléments centraux sont violacés et fertiles, tandis que les éléments externes sont blancs et stériles. Éviter les sols secs.

Hydrangea serrata 'Blue Bird'
HYDRANGÉA À TÊTES PLATES
☼ ☀ ❄❄ ↕1,20 m ↔1,50 m

Les feuilles pointues de cet arbuste dense, buissonnant, se colorent souvent en automne. Inflorescences plates, violacées en été, à fleurs externes plus pâles. Ne se plaît pas en sol sec.

Pachysandra terminalis
PACHYSANDRA
☼ ☀ ❄❄❄ ↕10 cm ↔20 cm

Ce sous-arbrisseau drageonnant à feuillage persistant vert foncé se plaît en sol humide et fait un superbe couvre-sol pour l'ombre. Petits épis de fleurs blanches au printemps.

Skimmia japonica 'Fructo-albo'
SKIMMIA
☼ ☀ ❄❄❄ ↕75 cm ↔75 cm

Si vous plantez un sujet mâle près d'un pied femelle, pour assurer la pollinisation, cette variété à floraison printanière donnera des baies blanches en abondance.

Lonicera pileata
CHÈVREFEUILLE À CUPULE
☼ ☀ ❄❄❄ ↕60 cm ↔2 m

Son port bas et étalé en fait un excellent couvre-sol à feuillage persistant. La floraison insignifiante, en fin de printemps, est suivie de baies violettes.

Prunus laurocerasus 'Otto Luyken'
LAURIER-CERISE
☼ ☀ ❄❄❄ ↕75 cm ↔1,20 m

Les tiges de cet arbuste bas sont couvertes de feuilles persistantes étroites, lustrées, coriaces. Épis dressés de fleurs blanches au printemps, suivies de fruits noirs.

Mahonia nervosa
MAHONIA
☼ ☀ ❄❄❄ PH ▼ ↕60 cm ↔1 m

Cet arbuste drageonnant à tiges courtes, dressées, porte de grandes feuilles persistantes qui se teintent de pourpre en hiver. Épis de fleurs jaunes en fin de printemps.

AUTRES ARBUSTES À FEUILLAGE PERSISTANT SUPPORTANT L'OMBRE

Aucuba japonica 'Rozannie'
Buxus sempervirens 'Japonica Aurea'
Daphne pontica
× *Fatshedera lizei*
Fatsia japonica
Osmanthus heterophyllus
Rubus tricolor
Ruscus hypoglossum
Sarcococca confusa
Viburnum davidii

Vinca major 'Variegata'
GRANDE PERVENCHE PANACHÉE
☼ ☀ ❄❄❄ ↕30 cm ↔1,50 m

Les belles feuilles panachées sont bordées de blanc crème et forment un couvre-sol rampant. Floraison bleu violacé du printemps jusqu'en automne.

Arbustes pour sol marécageux et bord des eaux

LES SOLS HUMIDES EN PERMANENCE, comme ceux qui sont régulièrement inondés, ne facilitent pas les plantations. Les arbustes supportant un sol détrempé sont de ce fait précieux pour les jardiniers confrontés à des zones humides ou marécageuses. Lorsque c'est réalisable, vous pouvez améliorer de tels sols par un système de drainage ; sinon, essayez ces arbustes, car ils ont toutes les chances de s'épanouir sans difficulté.

Aronia arbutifolia
ARONIA
☼ ◐ ✻✻✻ ↕3 m ↔2 m

Cet arbuste vigoureux forme des touffes de tiges dressées qui finissent par s'arquer. Les petites fleurs printanières blanches sont suivies de baies rouges. Feuillage d'automne rouge.

Lindera benzoin
BENJOIN
◐ ✻✻✻ PH ↕3 m ↔3 m

Le feuillage vert vif et aromatique se teinte, en automne, de jaune clair. Des bouquets de petites fleurs jaune verdâtre apparaissent au printemps.

Myrica gale
BOIS-SENT-BON
☼ ✻✻✻ PH ↕1 m ↔1 m

Ce petit arbuste aromatique porte de nombreux chatons au printemps, avant l'apparition des feuilles vert bleuté. Ils sont suivis de fruits en épis, que l'on voit ici. Pour sol marécageux.

Physocarpus opulifolius 'Dart's Gold'
PHYSOCARPUS
☼ ✻✻✻ ↕2 m ↔2 m

Au printemps et en été, le feuillage jaune d'or éclipse la floraison de fin de printemps de cet arbuste aux grandes capacités d'adaptation. L'écorce des vieilles tiges s'exfolie.

Clethra alnifolia
CLÉTHRA
☼ ◐ ✻✻✻ PH ↕2 m ↔1,50 m

Il porte des épis de petites fleurs blanches, parfumées, en été. Les feuilles dentées de cet arbuste dressé, souvent drageonnant, prennent de belles teintes jaunes à l'automne.

AUTRES ARBUSTES SUPPORTANT UN SOL TRÈS HUMIDE

- *Amelanchier canadensis*
- *Aronia melanocarpa*
- *Calycanthus floridus*
- *Cephalanthus occidentalis*
- *Clethra barbinervis*
- *Cornus alba* 'Aurea'
- *Cornus alba* 'Elegantissima'
- *Cornus alba* 'Gouchaultii'
- *Cornus stolonifera* 'Flaviramea'
- *Hamamelis vernalis*
- *Myrica cerifera*
- *Neillia thibetica*
- *Photinia villosa*
- *Sorbaria aitchisonii*
- *Viburnum lantanoides*
- *Viburnum opulus* 'Xanthocarpum'
- *Viburnum sieboldii*

Rhododendron occidentale
AZALÉE
☼ ✻✻✻ PH ↕2 m ↔2 m

Les gros bouquets de fleurs en entonnoir, parfumées, s'ouvrent en début d'été, variant du blanc au rose ou au jaune pâle. Feuillage vert brillant très coloré en automne.

Rhodotypos scandens
RHODOTYPOS
☼ ☀ ❄❄❄ ↕ 2 m ↔ 2 m

Les fleurs blanc pur, qui se succèdent en fin de printemps et tout l'été, sont suivies de petits fruits noirs, brillants. Feuilles dentées, à nervures marquées pour cet arbuste vigoureux.

AUTRES SAULES SUPPORTANT UN SOL TRÈS HUMIDE

Salix acutifolia
Salix discolor
Salix elaeagnos
Salix exigua
Salix gracilistyla
Salix irrorata
Salix japonica var. *pubescens*
Salix purpurea 'Nana'
Salix triandra
Salix sachalinensis 'Sekka'

Spiraea × *vanhouttei*
SPIRÉE
☼ ❄❄❄ ↕ 1,50 m ↔ 1,50 m

Arbuste vigoureux formant une touffe dense de tiges arquées. En été, il porte des bouquets de petites fleurs blanches sur toute la longueur des branches.

Salix daphnoides
SAULE FAUX DAPHNÉ
☼ ❄❄❄ ↕ 6 m ↔ 6 m

Cet arbuste vigoureux est apprécié pour ses pousses violet clair en hiver. Au printemps, les sujets mâles offrent des chatons décoratifs, d'abord argentés, puis jaunes.

Vaccinium corymbosum
MYRTILLIER
☼ ☀ ❄❄❄ PH ↕ 1,50 m ↔ 1,50 m

Les bouquets de petites fleurs blanches ou rose pâle naissant à la fin du printemps sont suivis de baies noires, comestibles. En automne, les feuilles de cet arbuste buissonnant virent au cramoisi.

Viburnum opulus
ROSE DE GUELDRE
☼ ☀ ❄❄❄ ↕ 4 m ↔ 4 m

Les inflorescences blanches et aplaties de l'été sont suivies de bouquets de baies rouge brillant. Les feuilles de ce bel arbuste se teintent d'orangé, de pourpre ou de rouge en automne.

Arbustes supportant la pollution de l'air

L'ÉPOQUE OÙ LA POLLUTION INDUSTRIELLE régnait dans presque toutes les villes semble heureusement révolue. D'autres formes de pollution demeurent cependant préoccupantes, notamment celle qui est provoquée par les véhicules à moteur, d'où l'intérêt pour les jardiniers des arbustes relativement résistants à ces émanations nocives. Ceux qui sont présentés ici figurent parmi les plus robustes.

AUTRES ARBUSTES À FEUILLAGE PERSISTANT SUPPORTANT LA POLLUTION DE L'AIR

Aucuba japonica 'Rozannie'
Camellia japonica 'Adolphe Audusson'
Cotoneaster sternianus
Elaeagnus × *ebbingei* 'Gilt Edge'
Euonymus fortunei 'Emerald Gaiety'
Sarcococca hookeriana var. *digyna*

Brachyglottis 'Sunshine'
BRACHYGLOTTIS
☼ ❄❄❄ ↕1 m ↔1,50 m

Cet arbuste à fleurs est particulièrement prisé pour son feuillage persistant gris-vert, argenté au stade juvénile et sa généreuse floraison estivale jaune d'or.

Forsythia × *intermedia* 'Lynwood'
FORSYTHIA
☼ ◐ ❄❄❄ ↕3 m ↔2,50 m

Il est très apprécié pour sa floraison spectaculaire : en début de printemps, les tiges de cet arbuste robuste se couvrent de petites fleurs étoilées jaune vif.

Buddleia davidii 'Royal Red'
ARBUSTE AUX PAPILLONS
☼ ❄❄❄ ↕4 m ↔4 m

Les tiges arquées de cet arbuste vigoureux donnent des feuilles argentées qui virent au vert en été, lorsque apparaissent les épis de fleurs parfumées, qui durent jusqu'en automne.

Hypericum 'Hidcote'
MILLEPERTUIS
☼ ◐ ❄❄❄ ↕1,20 m ↔1,50 m

De l'été à l'automne, cet arbuste vigoureux à feuillage persistant ou semi-persistant porte une profusion de grandes fleurs jaune d'or, qui se détachent sur un feuillage vert foncé.

Mahonia aquifolium 'Smaragd'
MAHONIA
☼ ◐ ❄❄❄ ↕75 cm ↔1,50 m

Cet arbuste à port étalé et croissance lente a des feuilles persistantes à dents épineuses, d'abord bronze, puis vert lustré, et porte au printemps des bouquets de fleurs jaune vif.

Skimmia × confusa 'Kew Green'
SKIMMIA
☼ ☼ ☀ ❄❄❄ ↕75 cm ↔1,20 m

Les feuilles vert foncé, persistantes et aromatiques, sont dominées, au printemps, par les inflorescences coniques denses de couleur blanc crème et parfumées. Arbuste de culture facile.

Olearia × haastii
OLÉARIA
☼ ❄❄❄ ↕2 m ↔2 m

En été, les bouquets denses de petites fleurs blanches parfumées couvrent cet arbuste robuste, compact, à petites feuilles persistantes ovales, recouvertes au revers d'un feutrage blanc.

> **AUTRES ARBUSTES À FEUILLAGE CADUC SUPPORTANT LA POLLUTION DE L'AIR**
>
> *Amelanchier lamarckii*
> *Buddleia* 'Pink Delight'
> *Colutea × media* 'Copper Beauty'
> *Lonicera ledebourii*
> *Sambucus nigra* 'Guincho Purple'
> *Sorbaria aitchisonii*
> *Spartium junceum*
> *Viburnum opulus* 'Notcutt's Variety'
> *Weigelia coraeensis*

Rhododendron 'Susan'
RHODODENDRON
☼ ❄❄❄ PH ↕3 m ↔3 m

Buissonnant, compact et vigoureux, ce rhododendron à feuillage persistant porte, au printemps, des bouquets ronds de fleurs mauves ponctuées de pourpre.

Syringa vulgaris 'Mme Lemoine'
LILAS
☼ ❄❄❄ ↕4 m ↔3 m

Les bouquets de fleurs blanches très parfumées apparaissent en fin de printemps et en début d'été. Cet arbuste, à port d'abord dressé, s'élargit peu à peu.

Philadelphus 'Beauclerk'
SERINGAT
☼ ❄❄❄ ↕2,50 m ↔2 m

Ce bel arbuste mérite d'être planté, car il offre une superbe et abondante floraison parfumée, en début d'été, de grandes fleurs blanches à larges pétales.

Ribes sanguineum 'Pulborough Scarlet'
GROSEILLIER À FLEURS
☼ ❄❄❄ ↕2,50 m ↔2 m

D'abord dressé, puis à port étalé, cet arbuste vigoureux a des feuilles aromatiques, généralement précédées d'une floraison printanière en bouquets pendants.

Tamarix tetrandra
TAMARIS
☼ ❄❄❄ ↕4 m ↔4 m

Les pousses sombres de cet arbuste à tiges lâches sont couvertes de feuilles vertes en écaille. Plumets de minuscules fleurs roses en fin de printemps et en début d'été.

ARBUSTES

Arbustes pour le bord de mer

CONTRAIREMENT À CE QUE L'ON CROIT SOUVENT, de nombreux arbustes se prêtent à la culture dans les régions côtières. Certains apprécient même d'être battus par les vents violents et les embruns salés. La plupart, cependant, préfèrent une situation relativement abritée. En règle générale, ceux qui sont présentés ici s'adapteront sans aucun problème aux conditions des jardins de bord de mer.

Escallonia 'Apple Blossom'
ESCALLONIA
☼ ❄❄❄ ↕2 m ↔2 m

Cet arbuste à port compact a un feuillage persistant vert foncé brillant. En été, il porte des bouquets de fleurs rose et blanc évoquant des fleurs de pommier.

AUTRES ARBUSTES À FEUILLAGE CADUC POUR LE BORD DE MER

Colutea × media 'Copper Beauty'
Cytisus 'Killiney Red'
Elaeagnus angustifolia
Elaeagnus angustifolia var. *caspica*
Halimodendron halimifolium
Hydrangea macrophylla 'Ayesha'
Lycium barbarum
Rosa rugosa
Tamarix ramosissima 'Rubra'
Tamarix tetrandra

Atriplex halimus
POURPIER DE MER
☼ ❄❄❄ ↕2 m ↔2 m

Cet arbuste buissonnant à joli feuillage persistant gris argenté craint les grands froids et perd ses feuilles dans ces conditions. A utiliser en haie ou comme sujet isolé.

Bupleurum fruticosum
BUPLÈVRE LIGNEUX
☼ ❄❄ ↕2 m ↔2 m

C'est un arbuste buissonnant surtout apprécié pour son feuillage persistant vert bleuté foncé, agrémenté, en été et en automne, de petites inflorescences jaunâtres.

Buddleia globosa
BUDDLEIA
☼ ❄❄❄ ↕3 m ↔3 m

Lorsqu'il fleurit, en été, les petites inflorescences globuleuses jaune orangé font de cet arbuste un sujet original. Son feuillage est semi-persistant sous climat doux.

Colutea arborescens
BAGUENAUDIER
☼ ❄❄❄ ↕2,50 m ↔2,50 m

Cet arbuste vigoureux à port assez étalé porte de petites feuilles très divisées. Les bouquets de fleurs papilionacées jaunes de l'été sont suivis de gousses renflées.

Fuchsia magellanica
FUCHSIA
☼ ❄❄❄ ↕2 m ↔2 m

Ce fuchsia à port buissonnant, en dôme, peut être planté en sujet isolé ou dans des haies. Ses fleurs pendantes en forme de lanterne se succèdent en abondance de l'été à l'automne.

Hebe × *franciscana* 'Blue Gem'
HÉBÉ
☼ ❄❄ ↕ 60 cm ↔ 1,20 m

Cet arbuste à feuillage persistant est souvent planté dans les régions côtières. Il porte, de l'été jusqu'au début de l'hiver, de courts épis de fleurs violettes.

Hydrangea macrophylla 'Lanarth White'
HORTENSIA À TÊTES PLATES
☼ ◐ ❄❄❄ ↕ 1,50 m ↔ 2 m

En été, ce bel arbuste à port compact, arrondi, et à feuillage vert clair se couvre d'inflorescences très durables, composées de fleurs fertiles bleu foncé et de fleurs stériles blanches et étoilées.

Olearia nummulariifolia
OLÉARIA
☼ ❄❄❄ ↕ 2 m ↔ 2 m

Les tiges dressées sont couvertes de petites feuilles coriaces et persistantes, caractéristiques de l'arbuste. Petites fleurs parfumées vers l'extrémité des tiges en été.

Spartium junceum
SPARTE
☼ ❄❄❄ ↕ 2,50 m ↔ 2,50 m

Cet arbuste vigoureux a des tiges lisses, vert foncé, presque dépourvues de feuilles, et offre, du début de l'été à l'automne, des bouquets de fleurs papilionacées jaunes et parfumées.

AUTRES ARBUSTES À FEUILLAGE PERSISTANT POUR LE BORD DE MER

Brachyglottis 'Sunshine'
Elaeagnus macrophylla
Escallonia 'Iveyi'
Olearia macrodonta 'Major'

Lupinus arboreus
LUPIN EN ARBRE
☼ ❄❄❄ ↕ 1 m ↔ 1 m

Cette plante vigoureuse, à feuillage semi-persistant, a les feuilles digitées caractéristiques des lupins et porte, en début d'été, de nombreux épis effilés de fleurs jaunes, parfumées.

Tamarix ramosissima
TAMARIS
☼ ❄❄❄ ↕ 4 m ↔ 4 m

Ramifié et vigoureux, cet arbuste porte un feuillage plumeux vert bleuté sur ses longues branches et, en fin d'été et en début d'automne, de fines inflorescences roses.

Arbustes pour haies et écrans

Les arbustes à utiliser en haies se prêtent à une taille annuelle pour un effet formel, mais peuvent aussi conserver un port plus naturel. Les sujets à croissance vigoureuse et de grande dimension sont précieux pour constituer des écrans permettant de s'abriter des regards, de filtrer les bruits ou d'atténuer la force du vent. Les dimensions moyennes indiquées ici sont celles atteintes par un sujet adulte non soumis à la taille.

Autres arbustes pour haies basses

Berberis thunbergii 'Red Pillar'
Buxus sempervirens 'Suffruticosa'
Hebe × franciscana 'Blue Gem'
Ilex cornuta 'Burfordii'
Ilex crenata 'Convexa'
Lavandula angustifolia 'Hidcote'
Myrtus communis var. *tarentina*

Berberis × stenophylla
Berbéris
☼ ❄❄❄ ↕ 2,50 m ↔ 2,50 m

Très utilisé en haie libre, cet arbuste robuste à feuillage persistant a des tiges arquées, fines, de petites feuilles vert foncé et, au printemps, de toutes petites fleurs jaune d'or.

Cotoneaster lacteus
Cotonéaster
☼ ❄❄❄ ↕ 4 m ↔ 3 m

C'est l'un des meilleurs arbustes à feuillage persistant pour constituer un écran non taillé : feuilles à nervures marquées, floraison blanche en été, suivie de baies rouges de l'automne à l'hiver.

Buxus sempervirens 'Handsworthensis'
Buis
☼ ◑ ❄❄❄ ↕ 3 m ↔ 3 m

Port dressé, croissance vigoureuse, feuillage dense et persistant en font un sujet intéressant pour un écran ou une haie taillée. Feuilles vert foncé, arrondies ou oblongues, coriaces.

Autres arbustes pour haies basses

Berberis thunbergii 'Red Pillar'
Buxus sempervirens 'Suffruticosa'
Hebe × franciscana 'Blue Gem'
Ilex cornuta 'Burfordii'
Ilex crenata 'Convexa'
Lavandula angustifolia 'Hidcote'
Myrtus communis var. *tarentina*

Cotoneaster simonsii
Cotonéaster
☼ ❄❄❄ ↕ 2,50 m ↔ 2 m

Cet arbuste vigoureux fait d'excellentes haies, avec son feuillage brillant, caduc ou semi-persistant, et ses fleurs blanches en été, suivies, à partir de l'automne, de baies rouges.

Elaeagnus × *ebbingei*
CHALEF
☼ ❄❄❄ ↕4 m ↔4 m

En automne, de petites fleurs blanc argenté, parfumées, habillent les branches portant un feuillage lustré, persistant. Arbuste idéal pour constituer des écrans, taillés ou non.

Griselinia littoralis
GRISELINIE
☼ ❄❄ ↕6 m ↔5 m

Cet arbuste vigoureux à feuillage persistant vert vif peut être utilisé seul ou, comme ici, en association avec *Prunus cerasifera* 'Nigra'. Convient bien aux jardins de bord de mer.

Prunus laurocerasus 'Rotundifolia'
LAURIER-CERISE
☼ ◐ ● ❄❄❄ ↕3 m ↔2 m

Très utilisé en haie classique, le laurier-cerise est apprécié pour ses belles feuilles persistantes vert brillant et son port dressé. On peut également le laisser se développer librement.

Prunus lusitanica
LAURIER DU PORTUGAL
☼ ◐ ❄❄❄ ↕6 m ↔6 m

Particulièrement décoratif au printemps, lorsqu'il porte de fines grappes blanches, cet arbuste buissonnant offre aussi des feuilles persistantes pointues, vert brillant.

Fuchsia magellanica 'Riccartonii'
FUCHSIA
☼ ❄❄ ↕2 m ↔2 m

Superbe en haie libre, en région côtière surtout, ce fuchsia vigoureux forme un buisson dense, qui se couvre de gracieuses fleurs en été et en automne.

Ilex aquifolium 'Argentea Marginata'
HOUX
☼ ❄❄❄ ↕8 m ↔4 m

Parfait pour un écran ou une haie taillée, ce grand arbuste a des feuilles persistantes bordées de crème, à dents épineuses, et des fruits rouges lorsqu'il est pollinisé.

AUTRES ARBUSTES À FEUILLAGE CADUC POUR HAIES ET ÉCRANS

Amelanchier canadensis
Berberis thunbergii 'Atropurpurea'
Carpinus betulus
Chaenomeles speciosa 'Moerlooseii'
Crataegus monogyna
Fagus sylvatica
Hydrangea macrophylla 'Joseph Banks'
Prunus spinosa
Symphoricarpos 'White Edge'

Rosa rugosa
ROSIER RUGUEUX
☼ ❄❄❄ ↕1,50 m ↔1,50 m

Très utilisé en haie libre, ce rosier botanique a de grandes feuilles brillantes, gaufrées, et des fleurs rouge pourpré en été et en automne, suivies de beaux fruits rouges.

Arbustes pour pots et bacs

TOUS LES ARBUSTES OU PRESQUE peuvent être cultivés en pot, mais certaines espèces s'y prêtent mieux que d'autres. En règle générale, évitez les grands sujets vigoureux, sauf si vous les taillez régulièrement. Pots et bacs sont précieux pour les balcons, les terrasses et les cours, ainsi que pour la culture d'espèces non rustiques, qui doivent être rentrées en hiver. La culture en bac est également une excellente solution pour les espèces qui demandent un type de sol ne correspondant pas à celui du jardin. En outre, les conteneurs ont l'avantage de pouvoir être déplacés très facilement.

Aloysia triphylla
VERVEINE-CITRONNELLE
☼ ❄❄ ↕2 m ↔2 m

Surtout cultivé pour son feuillage au délicieux parfum citronné, cet arbuste aux tiges fines a une floraison assez insignifiante. A tailler en fin d'hiver pour limiter son développement.

Cestrum elegans
CESTRUM
☼ ❄ ↕3 m ↔2 m

Les tiges arquées de ce vigoureux arbuste à feuillage persistant ploient du printemps à l'été sous l'abondance des bouquets de fleurs tubulaires rouge vif.

Choisya 'Aztec Pearl'
CHOISYA
☼ ◑ ❄❄❄ ↕1,20 m ↔1,20 m

Les feuilles digitées, persistantes de ce bel arbuste sont aromatiques. Il porte, en fin de printemps et d'été, des bouquets de fleurs blanches parfumées, roses quand elles sont en bouton.

x *Fatshedera lizei*
FATSHÉDÉRA
◑ ● ❄❄❄ ↕2 m ↔2 m

Ce bel arbuste à port dressé a de grandes feuilles persistantes lobées, vert brillant. En automne, il porte des inflorescences lâches de petites fleurs crème.

Felicia amelloides 'Santa Anita'
ASTER DU CAP
☼ ❄ ↕30 cm ↔30 cm

Les fleurs en forme de marguerite bleu-violet à œil jaune, longuement pédonculées, sont bien mises en valeur, de la fin du printemps à l'automne, par une touffe de feuillage persistant.

AUTRES ARBUSTES NON RUSTIQUES POUR POTS ET BACS

Abutilon 'Canary Bird'
Brugmansia × *candida* 'Knightii'
Cestrum nocturnum
Nerium oleander

Fuchsia 'Cecil Smedley'
FUCHSIA
☼ ❄❄ ↕1,50 m ↔1 m

C'est l'un des fuchsias les plus rustiques, vigoureux, à port érigé. Les fleurs pendantes, à corolle rouge et sépales blanc rosé, se succèdent tout au long de l'été.

Fuchsia 'Thalia'
FUCHSIA
☼ ❄ ↕1 m ↔1 m

Apprécié à juste titre, ce fuchsia à port dressé porte tout l'été des bouquets retombants de fleurs longues et fines, au-dessus d'un beau feuillage vert à reflets rougeâtres.

Lantana camara
LANTANA
☼ ❄ ↕1,50 m ↔1,50 m

Cet arbuste à feuillage persistant, tiges épineuses et floraison estivale, prend un port buissonnant grâce aux pincements. Fleurs de différentes teintes, changeant avec l'âge.

Mimulus aurantiacus
MIMULUS
☼ ❄ ↕60 cm ↔1 m

De la fin du printemps jusqu'en automne se succèdent les fleurs jaune orangé, bilabiées. Les feuilles persistantes étroites de ce buisson bas sont collantes au toucher.

AUTRES ARBUSTES RUSTIQUES POUR POTS ET BACS

Camellia japonica 'Adolphe Audusson'
Camellia 'Spring Festival'
Camellia × *williamsii* 'Debbie'
Hydrangea macrophylla 'Mousmee'
Mahonia aquifolium 'Apollo'
Prunus laurocerasus 'Otto Luyken'
Rhododendron 'Hydon Dawn'
Rhododendron 'Vuyk's Scarlet'
Skimmia × *confusa* 'Kew Green'

Prostanthera rotundifolia
PROSTANTHERA
☼ ❄ ↕1,50 m ↔1,50 m

Froissées, les petites feuilles persistantes dégagent un parfum aromatique. Buisson dense et arrondi, à généreuse floraison de clochettes au printemps et en début d'été.

Pieris japonica 'Little Heath'
PIÉRIS
☼ ◐ ❄❄❄ ↕1,20 m ↔1 m

Bel arbuste à port compact, surtout apprécié pour ses petites feuilles persistantes bordées de blanc, rouges lorsqu'elles se développent au printemps. Croissance lente.

Rhododendron 'Homebush'
AZALÉE KNAPHILL
☼ ◐ ❄❄❄ ↕1,50 m ↔1,50 m

Ce charmant petit arbuste à port compact est surtout apprécié pour sa floraison en bouquets serrés de petites fleurs en trompette, en fin de printemps.

Arbustes à feuillage persistant

Là où les températures hivernales ne freinent pas trop leur croissance, les arbustes à feuillage persistant sont de superbes sujets ornementaux pour le jardin. Ils offrent une vaste gamme de formes, de tailles, de textures et de teintes, apportant ainsi variété et pérennité dans les massifs. Ils ont souvent l'atout supplémentaire d'une floraison, parfois aussi de fruits décoratifs. Certains sujets méritent d'être isolés dans une cour ou sur une pelouse, tandis que d'autres, à port étalé, feront d'excellents couvre-sol pour les situations ombragées ou ensoleillées. Plantez les espèces les moins rustiques à l'abri d'un mur ou à côté d'autres arbustes.

Elaeagnus pungens 'Maculata'
Chalef piquant
☼ ❄❄❄ ↕2,50 m ↔3 m

Cet arbuste robuste a un feuillage dense largement éclaboussé de jaune d'or, des rameaux bruns, écailleux. Bouquets de petites fleurs parfumées blanc crème en automne.

Aucuba japonica 'Rozannie'
Aucuba
☼ ◑ ❄❄❄ ↕75 cm ↔75 cm

Les minuscules fleurs femelles de cet arbuste nain à port compact apparaissent au printemps, suivies de fruits rouges s'il y a pollinisation. Convient à la culture en bac.

Olearia macrodonta
Oléaria
☼ ◑ ❄❄ ↕3,50 m ↔3,50 m

Cet arbuste vigoureux a des feuilles ressemblant à celles du houx et une belle écorce, d'abord brun clair, puis velue. En début d'été, inflorescences blanches et parfumées.

Buxus sempervirens 'Vardar Valley'
Buis
☼ ◑ ❄❄❄ ↕75 cm ↔1,20 m

Cette variété de buis commun est intéressante pour son port bas et étalé, ses feuilles coriaces, brillantes. Bon couvre-sol, dense, à recommander pour presque tous les types de sol.

Daphne odora 'Aureo-marginata'
Daphné
☼ ❄❄ ↕1,10 m ↔1,20 m

Ce beau sujet à feuillage persistant convient aux situations chaudes et abritées. Il offre, de l'hiver au printemps, une floraison délicatement parfumée. Feuilles à fine bordure jaune.

Autres arbustes à feuillage persistant

Berberis 'Goldilocks'
Camellia japonica 'Magnoliiflora'
Choisya ternata
Cleyera japonica
Danae racemosa
Elaeagnus macrophylla
Fatsia japonica
Mahonia × *media* 'Buckland'
Rhododendron bureaui
Skimmia × *confusa* 'Kew Green'

Ozothamnus rosmarinifolius
OZOTHAMNUS
↕2 m ↔1,50 m

Les tiges dressées de cet arbuste vigoureux sont couvertes de feuilles fines. Les petites fleurs parfumées apparaissent en début d'été. Pour situation chaude, bien drainée.

Prunus lusitanica ssp. *azorica*
LAURIER DU PORTUGAL
↕6 m ↔6 m

Cette forme vigoureuse du laurier du Portugal est très ramifiée, avec des feuilles d'abord rouges, puis vert clair. Fleurs estivales parfumées suivies de fruits pourpre foncé brillant.

Pittosporum tenuifolium 'Irene Paterson'
↕2,50 m ↔1 m

Cet arbuste en colonne large a de fines tiges noires et de petites feuilles ondulées, vert marbré de blanc à maturité, teintées de rose en hiver. Beau sujet pour culture en bac.

AUTRES ARBUSTES COUVRE-SOL À FEUILLAGE PERSISTANT

Arctostaphylos uva-ursi 'Radiant'
Ceanothus gloriosus
Ceanothus thyrsiflorus var. *repens*
Gaultheria shallon
Hypericum calycinum
Mahonia nervosa
Rubus tricolor
Sarcococca hookeriana var. *digyna*
Vaccinium vitis-idaea
Viburnum davidii

Vaccinium glaucoalbum
MYRTILLIER
PH ↕60 cm ↔75 cm

Ce bel arbuste bas à port compact a des feuilles vertes, coriaces. Les bouquets pendants de fleurs blanches teintées de rose, au printemps, sont suivies de baies noir bleuté.

ARBUSTES

Prunus laurocerasus 'Zabeliana'
LAURIER-CERISE
↕80 cm ↔2 m

Cette forme robuste, très étalée, du laurier-cerise a des feuilles étroites, lustrées. Les épis de fleurs de la fin du printemps sont suivis de fruits d'abord rouges, puis noir brillant.

Rhododendron 'Dora Amateis'
RHODODENDRON
PH ↕60 cm ↔60 cm

Ce rhododendron nain, à port compact et feuillage brillant, est très florifère. En fin de printemps, il offre ses bouquets terminaux de fleurs en entonnoir, blanches teintées de rose.

Viburnum 'Pragense'
VIORNE
↕2,50 m ↔2,50 m

Les feuilles vertes, étroites, de cet arbuste vigoureux ont des nervures marquées. Fleurs blanc crème, rosées lorsqu'elles sont en bouton, groupées en inflorescences arrondies au printemps.

Arbustes à feuillage panaché

LES FEUILLAGES PANACHÉS SONT TRÈS VARIÉS. Il s'agit le plus souvent de feuilles vertes bordées de blanc ou de jaune, parfois de feuilles blanches ou jaunes bordées de vert. Vous trouverez aussi de nombreux arbustes à feuillage vert, gris ou pourpre, éclaboussé ou rayé d'une teinte plus claire, voire de plusieurs teintes proches. Plus la panachure est accentuée, plus le feuillage fera d'effet aux côtés de plantes à feuillage uni.

Buddleia davidii 'Harlequin'
ARBUSTE AUX PAPILLONS
☼ ❄❄❄ ↕2,50 m ↔2,50 m

Ce bel arbuste vigoureux a des tiges arquées et des feuilles bordées de blanc creme. Les longs épis denses de fleurs rouge pourpré se succèdent de l'été à l'automne.

Aucuba japonica 'Crotonifolia'
AUCUBA
☼ ◑ ❄❄❄ ↕2 m ↔1,70 m

Les pousses vert vif de cet arbuste spectaculaire, dense et buissonnant, donnent des feuilles lustrées, coriaces, tachées de jaune. Sujet facile et décoratif.

AUTRES ARBUSTES À FEUILLAGE CADUC PANACHÉ

Berberis thunbergii 'Rose Glow'
Cornus alba 'Spaethii'
Daphne × burkwoodii 'Variegata'
Escallonia 'Silver Anniversary'
Fuchsia magellanica 'Sharpitor'
Hypericum × moserianum 'Tricolor'
Ligustrum sinense 'Variegatum'
Sambucus nigra 'Pulverulenta'
Stachyurus chinensis 'Magpie'
Weigelia praecox 'Variegata'

Buxus sempervirens 'Elegantissima'
BUIS
☼ ❄❄❄ ↕1,50 m ↔1 m

C'est une belle forme panachée du buis commun, à croissance lente et port compact. Il forme un buisson arrondi à petites feuilles persistantes bordées de blanc crème.

Cornus alba 'Elegantissima'
CORNOUILLER BLANC
☼ ❄❄❄ ↕2,20 m ↔2 m

Ce cornouiller offre, sur des pousses rougeâtres, des feuilles gris-vert bordées de blanc. A tailler court en fin d'hiver, pour obtenir des pousses bien colorées et de grandes feuilles.

Cornus mas 'Variegata'
CORNOUILLER BLANC
☼ ◑ ❄❄❄ ↕4 m ↔4 m

Cet arbuste buissonnant a un feuillage dense, bordé de blanc. De petits bouquets de minuscules fleurs jaunes couvrent les rameaux en fin d'hiver, avant l'apparition des feuilles.

Cotoneaster atropurpureus 'Variegatus'
COTONÉASTER
☼ ❄❄❄ ↕50 cm ↔1,20 m

Également appelé *C. horizontalis* 'Variegatus', il a des tiges basses, étalées, couvertes de petites feuilles bordées de crème, se teintant de rouge en automne.

Ilex aquifolium 'Ferox Argentea'
HOUX PANACHÉ
☼ ◑ ❄❄❄ ↕4 m ↔1,50 m

Ce beau houx à port buissonnant a de petites feuilles épineuses bordées de blanc crème. Il s'agit d'une forme mâle, utile pour polliniser les sujets donnant des baies.

Rhamnus alaternus 'Argenteovariegata' **ALATERNE**
☼ ❄❄❄ ↕2,50 m ↔1,70 m

Ce bel arbuste buissonnant a de petites feuilles lustrées, gris-vert, bordées de blanc crème. Une discrète floraison jaune peut être suivie de baies rouges les étés chauds.

Elaeagnus × *ebbingei* 'Gilt Edge'
CHALEF
☼ ❄❄❄ ↕2,50 m ↔2,50 m

Ce robuste arbuste à feuillage persistant a des tiges brunes, écailleuses, et des feuilles vert brillant, irrégulièrement bordées de jaune d'or. Petites fleurs parfumées en automne.

Viburnum tinus 'Variegatum'
LAURIER TIN
☼ ◑ ❄❄ ↕2,50 m ↔2 m

Les feuilles persistantes de cet arbuste à port arrondi ou conique sont irrégulièrement bordées de jaune crème. Floraison blanche parfumée en hiver.

AUTRES ARBUSTES À FEUILLAGE PERSISTANT PANACHÉ

Coronilla valentina ssp. *glauca* 'Variegata'
Euonymus fortunei 'Silver Queen'
Euonymus japonicus 'Latifolius Albomarginatus'
Pieris japonica 'Little Heath'
Pittosporum 'Garnettii'
Prunus laurocerasus 'Marbled White'

Osmanthus heterophyllus 'Variegatus'
OSMANTHUS
☼ ◑ ❄❄❄ ↕2 m ↔1,20 m

Ce buisson à croissance lente porte de petites feuilles persistantes bordées de blanc, ressemblant à celles du houx. En automne, bouquets de petites fleurs blanches parfumées.

Weigelia florida 'Variegata'
WEIGÉLIA
☼ ❄❄❄ ↕1,50 m ↔1,50 m

Cet arbuste de culture facile a des feuilles joliment bordées de blanc, qui mettent bien en valeur la floraison rose de fin de printemps et début d'été.

Arbustes à feuillage doré ou jaune

RIEN NE VAUT une belle tache de feuillage doré pour apporter une note chaleureuse aux plantations, surtout au cœur de l'hiver. Une large palette d'arbustes à feuillage persistant ou caduc offre des feuillages dans différents tons de jaune. Lorsqu'ils sont bien utilisés, ces arbustes permettent de créer toutes sortes de contrastes intéressants avec des plantes à feuillage vert ou pourpre.

Cornus alba 'Aurea'
CORNOUILLER BLANC
☼ ◑ ❄❄❄ ↕3 m ↔3 m

Ce cornouiller vigoureux forme une large touffe aux tiges rouge foncé couvertes, en été et en automne, de larges feuilles d'une jolie teinte jaune.

Berberis thunbergii 'Aurea'
BERBÉRIS
◑ ❄❄❄ ↕75 cm ↔75 cm

La masse dense, basse et compacte de petites feuilles arrondies est d'abord jaune vif, puis vire au jaune-vert. Ne supporte pas le plein soleil, sauf quand les étés sont frais.

Erica arborea 'Albert's Gold'
BRUYÈRE ARBORESCENTE
☼ ❄❄❄ ↕2 m ↔2 m

Les tiges ramifiées à fin feuillage dense ont toute l'année l'aspect de longs plumets dorés. Abondante floraison blanche au parfum de miel au printemps.

Calluna vulgaris 'Gold Haze'
BRUYÈRE COMMUNE
☼ ❄❄❄ ↕50 cm ↔50 cm

Parmi les nombreuses variétés de bruyère, celle-ci offre un feuillage dense teinté de jaune d'or, plus vif en hiver. Floraison blanche en fin d'été.

Choisya ternata 'Sundance'
ORANGER DU MEXIQUE
☼ ◑ ❄❄ ↕1,50 m ↔2 m

Le feuillage aromatique persistant jaune vif de cet arbuste à port arrondi devient plus fade avec l'âge. Floraison blanche parfumée en fin de printemps. Craint les vents froids.

Fuchsia 'Genii'
FUCHSIA
☼ ◑ ❄❄❄ ↕1,50 m ↔75 cm

Ce petit arbuste à port dressé très coloré a des tiges rouges et un feuillage jaune-vert vif. En été et en automne, belles petites fleurs pendantes, rouge et violet vif.

Ligustrum × *vicaryi*
TROÈNE
☼ ◐ ❄❄❄ ↕3 m ↔3 m

C'est un arbuste vigoureux à port buissonnant et feuillage semi-persistant. Il porte tout l'été des fleurs blanches délicatement parfumées et des feuilles jaune vif.

Lonicera nitida 'Baggesen's Gold'
CHÈVREFEUILLE
☼ ❄❄❄ ↕5 m ↔5 m

Les petites feuilles jaunes couvrent les tiges de cet arbuste buissonnant à feuillage persistant. Palissé contre un mur, il peut dépasser les dimensions indiquées.

Philadelphus coronarius 'Aureus'
SERINGAT
◐ ❄❄❄ ↕2,50 m ↔1,50 m

Le feuillage printanier jaune de ce seringat vire au verdâtre en fin d'été et craint les brûlures du plein soleil. Fleurs blanc crème parfumées en fin de printemps et en début d'été.

AUTRES ARBUSTES À FEUILLAGE CADUC DORÉ OU JAUNE

Acer palmatum 'Aureum'
Caryopteris × *clandonensis* 'Worcester Gold'
Cornus mas 'Aurea'
Fuchsia 'Golden Marinka'
Physocarpus opulifolius 'Dart's Gold'
Ptelea trifoliata 'Aurea'
Ribes alpinum 'Aureum'
Rubus cockburnianus 'Golden Vale'
Rubus parviflorus 'Sunshine Spreader'
Sambucus nigra 'Aurea'
Sambucus racemosa 'Plumosa Aurea'
Spiraea japonica 'Goldmound'
Syringa vulgaris 'Aurea'
Viburnum lantana 'Aureum'
Weigelia 'Looymansii Aurea'
Weigelia 'Rubidor'

Ribes sanguineum 'Brocklebankii'
GROSEILLIER À FLEURS
◐ ❄❄❄ ↕1 m ↔1,20 m

Malgré les bouquets de fleurs roses qui ornent cet arbuste buissonnant au printemps, son feuillage aromatique jaune d'or, craignant le plein soleil, demeure son principal atout.

AUTRES ARBUSTES À FEUILLAGE PERSISTANT DORÉ OU JAUNE

Aucuba japonica 'Sulphurea Marginata'
Calluna vulgaris 'Beoley Gold'
Erica erigena 'Golden Lady'
Erica vagans 'Valérie Proudley'
Escallonia laevis 'Gold Brian'
Euonymus japonicus 'Ovatus Aureus'
Ilex × *altaclerensis* 'Belgica Aurea'
Ilex crenata 'Golden Gem'
Ilex aquifolium 'Golden van Tol'
Ligustrum ovalifolium 'Aureum'

Sambucus racemosa 'Sutherland Gold'
☼ ❄❄❄ ↕3 m ↔3 m

Les grandes feuilles finement divisées de ce beau et vigoureux sureau doré ne craignent guère le soleil. Les bouquets de fleurs printanières jaunes sont suivis de baies rouges.

Spiraea japonica 'Goldflame'
SPIRÉE
☼ ❄❄❄ ↕75 cm ↔1 m

Les feuilles de cet arbuste bas, très ramifié, sont d'abord rouge orangé, puis virent au jaune d'or et enfin au vert. Petites inflorescences roses en été.

Viburnum opulus 'Aureum'
ROSE DE GUELDRE
◐ ❄❄❄ ↕2,50 m ↔2 m

Les feuilles, qui ressemblent à celles de l'érable, sont rouge-bronze au stade juvénile, puis jaune vif. Inflorescences blanches en été, suivies de baies rouges en automne. A protéger du soleil.

Arbustes à feuillage argenté ou bleu-gris

L'ÉCLAIR ARGENTÉ D'UN FEUILLAGE bleu-gris illuminé par le soleil ou ondulant dans la brise est toujours un spectacle superbe. Les arbustes à feuillage argenté sont en outre précieux pour leur effet apaisant, aux côtés de feuilles plus sombres ou plus vives. La couleur argentée peut être due à un duvet soyeux ou laineux, à des écailles argentées ou à une pruine poudreuse blanchâtre.

Berberis dictyophylla
BERBÉRIS
☼ ❄❄❄ ↕2 m ↔2 m

Ce gracieux arbuste a des tiges et des feuilles couvertes d'une pruine blanchâtre. Les fleurs jaune clair, en été, sont suivies de baies qui virent à l'écarlate en automne, comme les feuilles.

Calluna vulgaris 'Silver Queen'
BRUYÈRE COMMUNE
☼ ❄❄❄ PH ↕40 cm ↔45 cm

Cet arbuste nain à feuillage persistant est surtout apprécié pour son feuillage duveteux gris argenté. Jolie floraison de fins épis rose violacé en fin d'été et à l'automne.

Convolvulus cneorum
CONVOLVULUS
☼ ❄❄ ↕75 cm ↔1 m

Feuilles et tiges argentées et soyeuses en font l'un des plus beaux petits arbustes à feuillage persistant. Il se couvre, de la fin du printemps à l'automne, de fleurs blanches à gorge jaune.

AUTRES ARBUSTES À FEUILLAGE PERSISTANT ARGENTÉ OU BLEU-GRIS

Acacia baileyana
Artemisia arborescens
Artemisia 'Powis Castle'
Ballota pseudodictamnus
Brachyglottis 'Sunshine'
Cassinia leptophylla
Cistus albidus
Dendromecon rigida
Elaeagnus macrophylla
Euryops acraeus
Olearia × mollis
Rhododendron campanulatum ssp. *aeruginosum*
Rhododendron cinnabarinum
Teucrium fruticans
Yucca glauca
Yucca gloriosa

Cistus × argenteus 'Peggy Sammons'
CISTE
☼ ❄❄ ↕1 m ↔1 m

En été, les nombreuses fleurs rose clair de ce bel arbuste buissonnant ressemblent à de petites églantines. Feuilles gris-vert et tiges sont couvertes d'un fin duvet.

Hebe pimeleoides 'Quicksilver'
HÉBÉ
☼ ❄❄❄ ↕25 cm ↔60 cm

Les tiges sombres, filiformes, de cet arbuste bas à port étalé portent de petites feuilles persistantes bleu argenté et, en été, des épis courts de fleurs rose violacé pâle.

AUTRES ARBUSTES À FEUILLAGE CADUC ARGENTÉ OU BLEU-GRIS

Buddleia alternifolia 'Argentea'
Buddleia nivea
Dorycnium hirsutum
Elaeagnus angustifolia
Hippophae rhamnoides
Romneya coulteri
Rosa fedtschenkoana
Rubus thibetanus 'Silver Ferm'
Salix elaeagnos
Salix lanata

Helichrysum italicum
IMMORTELLE
☼ ❄❄ ↕60 cm ↔1 m

Les fines feuilles persistantes et aromatiques couvrent les tiges de ce sous-arbrisseau. Feuilles et tiges sont gris argenté, tandis que les fleurs estivales sont jaune d'or.

Leptospermum lanigerum
LEPTOSPERMUM
☼ ❄❄ ↕3 m ↔2 m

Les tiges rougeâtres de ce buisson portent un feuillage persistant dense, gris ou gris argenté. Il donne, en début d'été, de nombreuses petites fleurs blanches.

Salix exigua
SAULE
☼ ❄❄❄ ↕4 m ↔1,50 m

Ce grand arbuste à port dressé a de longues tiges souples portant de belles feuilles étroites, argentées et soyeuses, scintillant dans la brise la plus légère.

Perovskia atriplicifolia 'Blue Spire'
PÉROVSKIA
☼ ❄❄❄ ↕1,20 m ↔1 m

Les inflorescences ramifiées bleu-violet s'ouvrent en fin d'été et à l'automne, à l'extrémité de tiges gris blanchâtre aux feuilles gris-vert finement découpées.

Rosa glauca
ROSIER BOTANIQUE
☼ ❄❄❄ ↕2 m ↔2 m

Les feuilles de ce rosier aux tiges violet rougeâtre sont d'un pourpre glauque au soleil, rougeâtre teinté de gris-vert à l'ombre. Floraison en début d'été, suivie de fruits décoratifs.

Santolina chamaecyparissus
SANTOLINE PETIT-CYPRÈS
☼ ❄❄❄ ↕75 cm ↔1 m

Les fines feuilles persistantes et aromatiques, blanchâtres et laineuses, couvrent cet arbuste bas et touffu. En été, il donne de petits capitules ronds au-dessus du feuillage.

Arbustes à feuillage pourpre, rouge ou bronze

AU PRINTEMPS COMME EN ÉTÉ, les feuillages pourpres ou rougeâtres sont précieux au jardin, mais il ne faut pas en abuser. Ces couleurs assez sombres sont particulièrement mises en valeur lorsqu'elles contrastent avec des feuillages gris ou argentés. Mais elles seront plus remarquées encore si elles sont associées à des plantes à feuillage jaune ou doré, créant ainsi un effet intéressant.

Berberis thunbergii 'Red Chief'
BERBÉRIS
☼ ❄❄❄ ↕1,20 m ↔1,20 m

Cet arbuste vigoureux a un port dressé ou évasé, s'étalant avec l'âge. Il porte des pousses arquées rouge vif et de fines feuilles lustrées, rouge pourpré.

Acer palmatum 'Garnet'
ÉRABLE DU JAPON
◐ ❄❄❄ ↕4 m ↔4 m

Cet arbuste vigoureux, à port ouvert assez étalé, a de fines pousses sombres et de grandes feuilles rouge sombre finement découpées. Ne se plaît pas en sol sec.

Corylus maxima 'Purpurea'
NOISETIER POURPRE
☼ ❄❄❄ ↕6 m ↔6 m

A port d'abord évasé, puis assez étalé à maturité, cette forme très populaire du noisetier est cultivée pour ses grandes feuilles pourpre foncé. Chatons pourprés en fin d'hiver.

Acer palmatum 'Red Pygmy'
ÉRABLE DU JAPON
◐ ❄❄❄ ↕1,50 m ↔1,20 m

Les feuilles pourpre foncé de cet arbuste très ramifié, à croissance lente, virent peu à peu au vert. Les feuilles matures sont différentes des feuilles juvéniles présentées ici.

Berberis thunbergii 'Atropurpurea Nana' **BERBÉRIS**
☼ ❄❄❄ ↕60 cm ↔60 cm

Cet arbuste nain, en buisson dense et ramifié, a de petites feuilles arrondies rouge pourpré et convient tout particulièrement à une plantation en rocaille.

Cotinus coggygria 'Royal Purple'
ARBRE À PERRUQUES
☼ ❄❄❄ ↕4 m ↔4 m

Parmi les arbustes à feuillage pourpre les plus appréciés, il forme une touffe dense, en dôme, à feuilles sombres et plumets légers de minuscules fleurs rosées en été.

Hebe 'Amy'
HÉBÉ
☼ ❄ ↕1 m ↔1 m

Les feuilles persistantes lustrées, pourpre cuivré foncé de ce petit arbuste à port arrondi virent peu à peu au vert. Épis courts de fleurs violet pourpré en été.

AUTRES ARBUSTES À FEUILLAGE PERSISTANT POURPRE, ROUGE OU BRONZE

Hypericum androsaemum 'Albury Purple'
Nandina domestica 'Nana Purpurea'
Photinia × fraseri 'Red Robin'

Pittosporum tenuifolium 'Tom Thumb'
PITTOSPORUM
☼ ❄❄ ↕60 cm ↔60 cm

Les pousses sombres de cet arbuste nain en buisson arrondi portent des feuilles persistantes brillantes, à bord ondulé, pourpre rougeâtre foncé, mais vertes lorsqu'elles se déploient.

Prunus × cistena
PRUNUS
☼ ❄❄❄ ↕1,50 m ↔1,50 m

Ce petit arbuste à port dressé a des feuilles lustrées, d'abord rouges, puis se teintant de pourpre rougeâtre sombre. De petites fleurs blanc rosé apparaissent au printemps.

Prunus spinosa 'Purpurea'
PRUNELLIER
☼ ❄❄❄ ↕4 m ↔4 m

C'est un arbuste dense, buissonnant, ou un petit arbre, à rameaux épineux et feuilles d'abord rouge vif, puis pourpre sombre. Petites fleurs rose pâle au printemps.

AUTRES ARBUSTES À FEUILLAGE CADUC POURPRE, ROUGE OU BRONZE

Acer palmatum 'Bloodgood'
Berberis × ottawensis 'Superba'
Berberis thunbergii 'Bagatelle'
Weigelia florida 'Purpurea'

Prunus cerasifera 'Hessei'
PRUNIER MYROBOLAN
☼ ❄❄❄ ↕4 m ↔4 m

Au printemps, les fleurs blanc pur précèdent les feuilles, vertes lorsqu'elles émergent, puis se teintant de bronze pourpré et panachées, de crème ou de rose. Port buissonnant.

Sambucus nigra 'Gunicho Purple'
SUREAU NOIR
☼ ❄❄❄ ↕4 m ↔4 m

Les feuilles très divisées de cet arbuste vigoureux sont d'abord vertes, puis se teintent de pourpre foncé avant de virer au rouge en automne. L'été, floraison en boutons roses, puis blancs à l'éclosion.

Arbustes à feuillage d'automne très coloré

En conditions de culture favorables, la plupart des arbustes à feuilles caduques prennent de belles teintes automnales, avant de perdre leurs feuilles. Vous en trouverez ici une sélection dont les couleurs flamboyantes sont particulièrement intéressantes. L'effet d'un groupe d'arbustes en plein éclat automnal est toujours très spectaculaire, mais un sujet unique bien choisi et bien placé attirera aussi les regards dans un petit jardin.

Cotinus 'Flame'
ARBRE À PERRUQUES
☼ ❄❄❄ ↕4 m ↔4 m

Vigoureux, buissonnant, ce grand arbuste porte en été des plumets légers de fleurs rose pourpré, tandis que ses feuilles virent au rouge et orangé éclatant en automne.

Berberis thunbergii
BERBÉRIS
☼ ❄❄❄ ↕1,50 m ↔1,50 m

Les tiges arquées, épineuses, sont couvertes de petites feuilles rouge et orangé en automne. Petites fleurs printanières rouges, suivies de baies écarlates en automne.

AUTRES ARBUSTES À FEUILLAGE D'AUTOMNE TRÈS COLORÉ

- *Acer palmatum* 'Osakazuki'
- *Acer palmatum* 'Seiryu'
- *Aronia arbutifolia* 'Brilliant'
- *Berberis koreana* 'Harvest Fire'
- *Cornus alba*
- *Enkianthus perulatus*
- *Fothergilla major*
- *Rhododendron* 'Corneille'
- *Vaccinium corymbosum*
- *Viburnum opulus* 'Notcutt's Variety'

Acer palmatum var. *heptalobum*
ÉRABLE DU JAPON
☼ ☀ ❄❄❄ ↕6 m ↔6 m

La plupart des érables du Japon méritent d'être plantés pour leurs teintes d'automne. Les grandes feuilles vertes, lobées, de celui-ci virent au rouge orangé. Éviter les sols secs.

Callicarpa japonica
CALLICARPA
☼ ❄❄❄ ↕1,50 m ↔1,50 m

Les feuilles de cet arbuste buissonnant se teintent, en automne, de mauve ou de rose garance. Planté en groupe, il offre également, à la même saison, de petites baies violettes.

Disanthus cercidifolius
DISANTHUS
☀ ❄❄❄ PH ↕3 m ↔3 m

Cet arbuste à port évasé est surtout apprécié pour ses feuilles rondes vert bleuté, qui prennent en automne des teintes pourpre sombre, puis cramoisies et orangées. Éviter les sols secs.

Ribes odoratum
GROSEILLIER
☼ ☀ ❄❄❄ ↕2 m ↔1,50 m

Cet arbuste à port ouvert a des tiges dressées et des feuilles arrondies, lobées, qui virent au rouge et au pourpre en automne. Floraison printanière jaune d'or, parfumée.

ARBUSTES

Euonymus alatus
FUSAIN AILÉ
☼ ❄❄❄ ↕2 m ↔3 m

Cet arbuste à port compact et aux rameaux curieusement liégeux et aplatis est spectaculaire en automne, lorsque ses feuilles prennent des tons allant du rose au cramoisi brillant.

Fothergilla gardenii
FOTHERGILLA
☼ ☀ ❄❄❄ PH ↕1 m ↔1 m

Si les petites inflorescences printanières blanches sont jolies, ce sont les teintes d'automne du feuillage, orangé, rouge et pourpré, qui lui donnent son aspect le plus décoratif.

Hamamelis vernalis 'Sandra'
HAMAMÉLIS
☼ ☀ ❄❄❄ PH ↕3 m ↔3 m

Les feuilles d'abord pourpres au printemps, puis vertes, se teintent en automne de jaune, d'orangé, de rouge et de pourpre. Petits bouquets de fleurs parfumées jaunes en fin d'hiver.

ARBUSTES À FEUILLAGE PERSISTANT COLORÉ EN HIVER

Calluna vulgaris 'Boskoop'
Eurya japonica
Mahonia nervosa
Nandina domestica 'Firepower'

Arbustes à floraison parfumée

LORSQU'ON VOIT UNE BELLE FLEUR, on a souvent le réflexe de se pencher pour la sentir, dans l'idée qu'un parfum agréable l'accompagne. Ce n'est malheureusement pas toujours le cas ! De nombreux arbustes offrent cependant l'avantage d'une floraison très parfumée. Certains dégagent des effluves remarquables, alors que les fleurs elles-mêmes sont assez discrètes et sans intérêt décoratif.

Acacia dealbata
MIMOSA
☼ ❄❄ PH ↕6 m ↔6 m

Très populaire en fleur coupée, cet arbuste à croissance rapide, à feuillage persistant plumeux, vert bleuté, déploie en hiver et au printemps ses bouquets de petites boules jaunes.

Buddleia 'Lochinch'
ARBUSTE AUX PAPILLONS
☼ ❄❄❄ ↕3 m ↔3 m

Cet arbuste vigoureux à feuilles gris-vert, pointues et duveteuses, porte en été et à l'automne des épis effilés de fleurs tubulaires, bleu-violet à œil jaune.

Carpenteria californica
CARPENTÉRIA
☼ ❄❄ ↕2 m ↔2 m

Les feuilles persistantes de cet arbuste buissonnant sont coriaces, vert foncé, et son écorce s'exfolie. Il offre en été de belles fleurs blanches à cœur jaune.

Choisya ternata
ORANGER DU MEXIQUE
☼ ◐ ❄❄ ↕2 m ↔2 m

Ce bel arbuste est précieux pour son feuillage persistant lustré, aromatique, et pour sa floraison blanche et parfumée en fin de printemps, avec souvent une légère remontée en automne.

Coronilla valentina ssp. *glauca*
CORONILLE
☼ ❄❄ ↕1,50 m ↔1,50 m

Les feuilles persistantes de cet arbuste buissonnant sont charnues, vert bleuté. Des bouquets de petites fleurs papilionacées jaunes se succèdent de l'hiver jusqu'en début d'été.

Daphne × *burkwoodii* 'Somerset'
DAPHNÉ
☼ ❄❄❄ ↕1,20 m ↔1,20 m

Cet arbuste buissonnant à feuilles étroites est l'un des plus beaux de ce genre. En fin de printemps, il se couvre de bouquets de petites fleurs étoilées blanc et rose.

AUTRES ARBUSTES RUSTIQUES À FLORAISON PARFUMÉE

- *Abelia triflora*
- *Berberis julianae*
- *Buddleia crispa*
- *Ceanothus* 'Gloire de Versailles'
- *Clethra alnifolia* 'Paniculata'
- *Colletia hystrix* 'Rosea'
- *Daphne mezereum*
- *Dipelta floribunda*
- *Elaeagnus multiflora*
- *Genista tenera* 'Golden Shower'
- *Osmanthus delavayi*
- *Philadelphus* 'Belle Étoile'
- *Philadelphus* 'Sybille'
- *Rhododendron* 'Exquisitum'
- *Ribes odoratum*
- *Sarcococca confusa*
- *Skimmia japonica* 'Fragrans'
- *Syringa villosa*

Erica arborea 'Alpina'
BRUYÈRE ARBORESCENTE
☼ ❄❄❄ PH↓ ↕2 m ↔2 m

Les feuilles persistantes en aiguille, vert vif, couvrent cet arbuste à port dressé et compact. Au printemps, il donne des plumets de minuscules fleurs au parfum de miel.

Osmanthus × *burkwoodii*
OSMANTHUS
☼ ❄❄❄ ↕3 m ↔3 m

Cet arbuste vigoureux, à port compact, a de petites feuilles persistantes coriaces vert foncé, et au printemps des bouquets de petites fleurs blanches.

AUTRES ARBUSTES SEMI-RUSTIQUES À FLORAISON PARFUMÉE

Azara dentata
Buddleia asiatica
Buddleia madagascariensis
Buddleia officinalis
Cytisus 'Porlock'
Daphne bholua 'Jacqueline Postill'
Edgeworthia chrysantha
Elaeagnus macrophylla
Erica × *veitchii* 'Exeter'
Euphorbia mellifera
Hoheria lyallii
Itea ilicifolia
Lomatia myricoides
Myrtus communis
Olearia solandri
Pittosporum tobira
Rhododendron
'Lady Alice Fitzwilliam'

Syringa 'Mme Antoine Buchner'
LILAS
☼ ❄❄❄ ↕4 m ↔4 m

D'abord dressé, cet arbuste buissonnant s'évase peu à peu. Les fleurs rose-mauve, rouge pourpré quand elles sont en bouton, forment des grappes denses en fin de printemps et en début d'été.

Rhododendron luteum
AZALÉE
☼ ❄❄❄ PH↓ ↕2,50 m ↔2,50 m

Au printemps, les bouquets ronds de fleurs en entonnoir sont jaune vif. Les feuilles d'un vert profond se teintent, en automne, de cramoisi, de pourpre et d'orangé.

Viburnum × *carlcephalum*
VIORNE
☼ ❄❄❄ ↕3 m ↔3 m

Cet arbuste buissonnant et vigoureux, au feuillage vert foncé souvent très coloré en automne, porte au printemps des bouquets ronds de fleurs blanc rosé, roses quand elles sont en bouton.

Arbustes à feuillage aromatique

Si les jardiniers sont évidemment sensibles aux effluves des fleurs, ils négligent bien souvent ceux des feuillages. Or nombre d'arbustes offrent un feuillage aromatique, aux senteurs plus subtiles et plus discrètes que celles des fleurs, ou révélées seulement lorsqu'on froisse les feuilles. Certains parfums, comme celui des feuilles de ciste, sont plus perceptibles par temps chaud et ensoleillé.

Cistus ladanifer
LÉDON
☼ ❄❄ ↕ 1,20 m ↔ 1,20 m

Les feuilles persistantes vert foncé, étroites, ressemblant à celles des saules, sont couvertes, comme les rameaux, d'une cire collante et aromatique. Floraison estivale blanche.

Elsholtzia stauntonii
ELSHOLTZIA
☼ ❄❄❄ ↕ 1,50 m ↔ 1,50 m

Ce sous-arbrisseau buissonnant a des feuilles dentées au parfum mentholé lorsqu'on les froisse. En fin d'été et à l'automne, il porte des épis denses de fleurs violettes.

Rosmarinus officinalis 'Prostratus'
ROMARIN
☼ ❄❄ ↕ 15 cm ↔ indéfini

Idéal pour un haut de mur, cet arbuste prostré, tapissant, porte de fines feuilles persistantes et, en fin de printemps et en début d'été, des fleurs violet pâle.

Salvia microphylla var. *neurepia*
SAUGE
☼ ❄❄ ↕ 1,20 m ↔ 1 m

Les fines tiges dressées de cet arbuste buissonnant ont des feuilles vert pomme et, tout l'été et en début d'automne, des épis de fleurs écarlate brillant.

Prostanthera cuneata
PROSTANTHÉRA
☼ ❄❄❄ ↕ 1 m ↔ 1,50 m

Les rameaux de cet arbuste sont couverts de petites feuilles lustrées vert foncé, au parfum aromatique très prononcé. Abondante floraison printanière de petites fleurs blanches.

AUTRES ARBUSTES À FEUILLAGE CADUC AROMATIQUE

Artemisia abrotanum
Aloysia triphylla
Comptonia peregrina
Myrica gale

AUTRES ARBUSTES À FEUILLAGE PERSISTANT AROMATIQUE

Drimys lanceolata
Escallonia laevis
Eucalyptus niphophila
Gaultheria procumbens
Helichrysum italicum
Illicium anisatum
Lavandula 'Hidcote Blue'
Myrtus communis
Rhododendron cinnabarinum
Santolina chamaecyparissus

Arbustes à fruits décoratifs

LA PLUPART DES ARBUSTES À FRUITS DÉCORATIFS apportent au jardin une merveilleuse note colorée et sont une source de nourriture appréciable pour les oiseaux et les petits rongeurs. Si beaucoup d'espèces fructifient sans problème, d'autres demandent à être plantées en groupes pour être pollinisées. Pour d'autres encore, comme le houx et le pernettya, un seul pied mâle pollinisera plusieurs pieds femelles.

Callicarpa bodinieri var. *giraldii*
CALLICARPA
☼ ❄❄❄ ↕2 m ↔2 m

En automne apparaissent des bouquets de petites baies brillantes mauves ou violet clair, et les feuilles se teintent de mauve. A planter en groupe pour une bonne pollinisation.

Cotoneaster frigidus 'Fructuluteo' (syn. *C. f.* 'Xanthocarpus')
☼ ◑ ❄❄❄ ↕6 m ↔6 m

Ce grand arbuste vigoureux, ou ce petit arbre, porte un beau feuillage, des fleurs estivales blanches et, en automne, des grappes de baies jaunes persistant longtemps.

Euonymus hamiltonianus var. *sieboldianus* 'Red Elf' **FUSAIN**
☼ ◑ ❄❄❄ ↕3 m ↔3 m

D'abord dressé, ce fusain vigoureux s'étale avec l'âge. Il est surtout apprécié pour ses grappes de fruits rose foncé, qui s'ouvrent en montrant leurs graines orange.

Pernettya mucronata 'Wintertime'
GAULTHERIA
☼ ❄❄❄ PH ↕1 m ↔1,20 m

Avec un pied mâle par groupe pour une bonne pollinisation, cet arbuste persistant portera des baies blanches de l'automne à l'hiver. Finit par former de grosses touffes.

Ilex × meserveae 'Blue Princess'
HOUX
☼ ◑ ❄❄❄ ↕3 m ↔1,20 m

Cet arbuste à port dressé a un feuillage persistant épineux, aux reflets pourpres. De nombreuses baies rouges apparaissent après pollinisation des fleurs par celles d'un sujet mâle.

AUTRES ARBUSTES À FRUITS DÉCORATIFS

Berberis 'Rubrostilla'
Cotoneaster 'Rotschildianus'
Decaisnea fargesii
Euonymus europaeus 'Red Cascade'
Viburnum opulus 'Xanthocarpum'

Viburnum wrightii 'Hessei'
VIORNE
☼ ◑ ❄❄❄ ↕1 m ↔1 m

Les inflorescences blanches du début d'été laissent place, en automne, à des bouquets de baies rouges. Les larges feuilles nervurées se colorent vivement avant de tomber.

Arbustes donnant des baies pour les oiseaux

UN JARDIN EST INCOMPLET sans la présence d'oiseaux, qu'ils soient hôtes permanents ou visiteurs occasionnels, car leur chant est superbe. En automne et en hiver, quand la nourriture se fait plus rare, les oiseaux continueront à fréquenter votre jardin si vous y plantez des arbustes qui produisent des baies.

Cotoneaster × *watereri* 'Cornubia'
COTONÉASTER
☼ ◐ ❄❄❄ ↕6 m ↔6 m

Cet arbuste vigoureux, semi-persistant, donne des fleurs blanches au début de l'été, suivies de larges bouquets de grosses baies rouges, de l'automne jusqu'en début d'hiver.

Cotoneaster sternianus
COTONÉASTER
☼ ◐ ❄❄❄ ↕3 m ↔3 m

Les branches de cet arbuste sont couvertes de petites feuilles persistantes ou semi-persistantes, gris-vert, agrémentées en automne de bouquets de baies rouge orangé.

Crataegus × *schraderiana*
AUBÉPINE
☼ ◐ ❄❄❄ ↕5 m ↔5 m

En fin de printemps et en début d'été, une profusion de fleurs blanches couvre ce grand arbuste (ou petit arbre). Elles sont suivies de bouquets pendants de baies rouge pourpre foncé.

Ilex aquifolium 'J. C. Van Tol'
HOUX
☼ ◐ ❄❄❄ ↕6 m ↔4 m

Ce houx très répandu a des feuilles presque dépourvues d'épines. Des baies rouges couvrent les rameaux pourpres en hiver. Fructifie même sans la présence d'un pied mâle.

AUTRES GRANDS ARBUSTES DONNANT DES BAIES POUR LES OISEAUX

Amelanchier 'Ballerina'
Aralia spinosa
Aronia arbutifolia 'Brilliant'
Berberis canadensis
Cornus mas
Cotoneaster bullatus
Cotoneaster frigidus
Cotoneaster salicifolius
Elaeagnus multiflora
Prunus laurocerasus
Rubus spectabilis
Sambucus canadensis 'Maxima'
Sambucus racemosa
Viburnum opulus

Leycesteria formosa
ARBUSTE AUX FAISANS
☼ ◐ ❄❄❄ ↕2 m ↔1,50 m

Cet arbuste érigé porte en été des grappes pendantes de fleurs blanches entourées de bractées rouge bordeaux, suivies à l'automne de baies pourpre rougeâtre.

Lonicera xylosteum
CHÈVREFEUILLE DES HAIES
☼ ◐ ❄❄❄ ↕3 m ↔3 m

Vigoureux et touffu, cet arbuste a des branches retombantes ou arquées. Au printemps ou en début d'été, il porte des fleurs blanc crème, suivies de baies rouge brillant.

Mahonia aquifolium
MAHONIA
☼ ◐ ● ❄❄❄ ↕1 m ↔1,50 m

Les feuilles persistantes vert brillant de cet arbuste bas, touffu, sont épineuses. Les baies noir bleuté sont couvertes de pruine, issues de fleurs jaunes en bouquets denses au printemps.

Prunus laurocerasus 'Marbled White'
LAURIER-CERISE
☼ ◐ ❄❄❄ ↕5 m ↔5 m

Dense et compact, cet arbuste a des feuilles persistantes marbrées de vert et de crème. Les épis de fleurs blanches, en fin de printemps, sont suivis de fruits luisants, noirs.

Sambucus nigra
SUREAU NOIR
☼ ◐ ❄❄❄ ↕6 m ↔6 m

Ce sureau sauvage porte des corymbes aplatis de fleurs crème parfumées en début d'été. A leur suite apparaissent de lourds bouquets de petites baies noires.

AUTRES PETITS ARBUSTES DONNANT DES BAIES POUR LES OISEAUX

Aronia melanocarpa
Berberis 'Rubrostilla'
Berberis wilsoniae
Coriaria terminalis
Cotoneaster horizontalis
Daphne longilobata 'Peter Moore'
Daphne mezereum
Daphne tangutica
Gaultheria shallon
Hedera helix 'Arborescens'
Mahonia nervosa
Pernettya mucronata 'Bell's Seedling'
Pernettya mucronata 'Pink Pearl'
Rubus illecebrosus
Sorbus reducta
Vaccinium corymbosum
Vaccinium parviflorum
Vaccinium vitis-idaea 'Koralle'

Viburnum opulus 'Compactum'
VIORNE OBIER
☼ ◐ ❄❄❄ ↕1,50 m ↔1,50 m

Les feuilles profondément lobées de cet arbuste se colorent vivement en automne, quand apparaissent les baies rouge brillant. Inflorescences blanches au printemps.

Arbustes attirant les papillons

CERTAINS ARBUSTES délicatement parfumés ont la propriété d'attirer les papillons, et ce n'est pas là le moindre de leurs charmes. Le nectar des fleurs attire, outre les papillons, d'autres insectes butineurs, comme les bombyles et les abeilles. Toutes ces créatures industrieuses contribuent à rendre le jardin plus vivant et plus passionnant, et le jardinier aura à cœur de planter quelques-unes de ces espèces.

Buddleia davidii 'Peace'
ARBUSTE AUX PAPILLONS
☼ ❄❄❄ ↕4 m ↔4 m

Connus pour attirer abeilles et papillons, les buddléias sont des arbustes répandus. 'Peace' a des épis de fleurs blanches parfumées de l'été jusqu'en automne.

Calluna vulgaris 'Anthony Davis'
BRUYÈRE COMMUNE
☼ ❄❄❄ PH ↕50 cm ↔50 cm

Cette délicate bruyère buissonnante est couverte de feuilles persistantes gris-vert. Elle porte, de l'été jusqu'en début d'automne, de longs épis de fleurs blanches.

Escallonia 'Donard Seedling'
ESCALLONIA
☼ ❄❄❄ ↕3 m ↔3 m

Apprécié de longue date, ce bel arbuste a des tiges arquées au feuillage persistant, dense et brillant. En été apparaît une généreuse floraison blanc rosé, rose pâle en bouton.

Hebe albicans
HÉBÉ
☼ ❄❄❄ ↕60 cm ↔1 m

En été, de nombreux épis denses de fleurs blanches apparaissent à l'extrémité des pousses de cet arbuste nain à port en boule. Feuillage persistant vert bleuté.

Hedera helix 'Arborescens'
LIERRE ARBORESCENT
☼ ◐ ● ❄❄❄ ↕1,50 m ↔2 m

Ce lierre forme un dôme dense de feuilles persistantes brillantes. En automne, les fleurs vert brunâtre sont une véritable aubaine pour les insectes de fin de saison.

Lavandula angustifolia 'Hidcote'
LAVANDE
☼ ❄❄❄ ↕60 cm ↔75 cm

De longs épis de petites fleurs violettes, parfumées, émergent en été du feuillage persistant gris-vert de ce petit arbuste apprécié à juste titre.

Pyracantha × watereri
PYRACANTHA
☼ ☀ ❄❄❄ ↕2,50 m ↔2,50 m

Les branches étalées de ce vigoureux arbuste portent des feuilles persistantes étroites, vert foncé lustré. Bouquets de fleurs blanches en début d'été, suivis de baies rouges en hiver.

Syringa × hyacinthiflora 'Esther Staley'
LILAS
☼ ❄❄❄ ↕4 m ↔3 m

Arbuste buissonnant vigoureux, à port dressé puis étalé. Les panicules denses de fleurs parfumées, rose lilas, apparaissent du printemps au début de l'été.

AUTRES PETITS ARBUSTES ATTIRANT LES PAPILLONS

Aster albescens
Cotoneaster conspicuus 'Decorus'
Lavandula stoechas
Salvia lavandulifolia

Rubus 'Benenden'
RONCE
☼ ❄❄❄ ↕3 m ↔3 m

Cet arbuste à tiges érigées, arquées, robustes, finit par prendre un port étalé. Fleurs ressemblant à de petites roses blanches en fin de printemps et en début d'été.

AUTRES GRANDS ARBUSTES ATTIRANT LES PAPILLONS

Buddleia 'Lochinch'
Buddleia 'Pink Delight'
Clerodendrum bungei
Cotoneaster lacteus
Cotoneaster × watereri 'Cornubia'
Escallonia 'Edinensis'
Escallonia 'Langleyensis'
Ligustrum sinense
Rubus cockburnianus
Syringa microphylla

Ligustrum quihoui
TROÈNE
☼ ☀ ❄❄❄ ↕2,50 m ↔2,50 m

Ce joli troène a de fines branches arquées, des feuilles persistantes brillantes et, de la fin de l'été à l'automne, des bouquets coniques et ramifiés de minuscules fleurs blanches.

Salvia officinalis
SAUGE OFFICINALE
☼ ❄❄❄ ↕60 cm ↔1 m

La sauge est une plante aromatique très répandue. Elle forme un buisson de feuillage persistant gris-vert et donne, en été, des épis de fleurs bilabiées bleu-violet.

Thymus vulgaris
THYM COMMUN
☼ ❄❄ ↕30 cm ↔25 cm

Utilisé le plus souvent comme plante condimentaire, ce sous-arbrisseau a d'étroites feuilles aromatiques gris-vert et porte, en été, de courts épis de fleurs rose pourpré.

ARBUSTES

Arbustes à floraison hivernale

IL N'EST RIEN DE PLUS RÉCONFORTANT que le spectacle d'une floraison au cœur de l'hiver. La concurrence étant moindre en cette saison, les arbustes en fleurs sollicitent toute notre attention, à plus forte raison lorsqu'ils se détachent sur un fond sombre, comme un mur ou une haie de feuillage persistant. Ils présentent plus d'attrait encore lorsque leurs fleurs sont parfumées.

Daphne bholua 'Jacqueline Postill'
DAPHNÉ
☼ ◐ ❄❄❄ ↕ 2 m ↔ 1,50 m

A planter en situation abritée, cet arbuste vigoureux à port dressé a un feuillage persistant et porte des bouquets de fleurs très parfumées et durables. N'aime pas les sols secs.

Cornus mas
CORNOUILLER MÂLE
☼ ◐ ❄❄❄ ↕ 5 m ↔ 5 m

Arbuste ou petit arbre aux branches couvertes de bouquets de minuscules fleurs jaunes. On peut en couper des rameaux pour faire de très jolis bouquets.

Erica carnea 'Springwood White'
BRUYÈRE DES NEIGES
☼ ◐ ❄❄❄ ↕ 15 cm ↔ 45 cm

Ce petit arbuste parfumé est un bon couvre-sol au feuillage persistant dense, en aiguille. Il porte, jusqu'au printemps, des épis de petites fleurs blanches.

Chimonanthus praecox 'Grandiflorus'
CHIMONANTHE PRÉCOCE
☼ ❄❄❄ ↕ 2,50 m ↔ 3 m

Ce grand arbuste à croissance lente est réputé pour ses petites fleurs en coupe délicieusement parfumées. Celles-ci sont jaune clair avec un cœur pourpre.

AUTRES ARBUSTES À FLORAISON HIVERNALE

Abeliophyllum distichum
Camellia sasanqua 'Narumigata'
Daphne odora 'Aureo-marginata'
Erica carnea 'Myretoun Ruby'
Erica × darleyensis 'Darley Dale'
Erica × darleyensis 'Silberschmelze'
Garrya elliptica 'James Roof'
Hamamelis mollis 'Pallida'
Rhodendron dauricum 'Midwinter'

Hamamelis × intermedia 'Jelena'
HAMAMÉLIS
☼ ◐ ❄❄❄ PH ↕ 4 m ↔ 4 m

En automne, les grandes feuilles se teintent d'écarlate et de rouge orangé, tandis qu'en hiver des fleurs orangées, arachniformes, habillent les rameaux nus. Craint les sols secs.

Sycopsis sinensis
SYCOPSIS
☼ ☀ ❄❄❄ ↕5 m ↔4 m

Peu commun, cet arbuste à port érigé porte des feuilles persistantes pointues, brillantes, vert foncé. Bouquets compacts de fleurs minuscules. À planter en situation abritée.

Mahonia × *media* 'Buckland'
MAHONIA
☼ ☀ ❄❄❄ ↕3 m ↔3 m

D'abord érigé, ce grand arbuste à feuillage persistant et épineux s'étale avec l'âge. Longs épis cylindriques de petites fleurs jaunes, parfumées, suivies de baies noir bleuté.

Viburnum × *bodnantense* 'Dawn'
VIORNE
☼ ☀ ❄❄❄ ↕3 m ↔2,50 m

De l'automne jusqu'au printemps, des bouquets de fleurs roses très parfumées, plus foncées en bouton, garnissent les rameaux nus de ce bel arbuste.

Lonicera × *purpusii* 'Winter Beauty'
CHÈVREFEUILLE
☼ ☀ ❄❄❄ ↕2 m ↔4 m

Vigoureux, à port étalé à retombant, ce chèvrefeuille est surtout cultivé pour ses petites fleurs blanches au parfum suave, qui persistent longtemps sur les branches.

Sarcococca hookeriana var. *digyna*
SARCOCOCCA
☼ ☀ ● ❄❄❄ ↕1 m ↔1 m

Cet arbuste drageonnant, à feuillage persistant, finit par former des touffes denses de tiges dressées. Bouquets de minuscules fleurs blanches, odorantes, à l'aisselle des feuilles.

Viburnum tinus 'Eve Price'
LAURIER TIN
☼ ☀ ❄❄❄ ↕2,50 m ↔2,50 m

À partir de l'automne s'ouvrent de nombreuses fleurs blanches au parfum délicat, rougeâtres en bouton. Arbuste à port arrondi, aux feuilles persistantes, vert foncé lustré.

ARBUSTES

Arbustes à rameaux décoratifs en hiver

LES ÉLÉMENTS DÉCORATIFS qui animent un jardin en hiver sont bien sûr les bienvenus. Outre l'attrait indiscutable des floraisons hivernales et des feuillages persistants, les tiges et les rameaux de nombreuses plantes offrent des formes et des teintes parfois surprenantes. La silhouette de certains arbustes, comme le cornouiller et le saule, peut être améliorée par une taille sévère.

Cornus alba 'Sibirica'
CORNOUILLER BLANC
☼ ◐ ❄❄❄ ↕2 m ↔2 m

C'est l'un des plus beaux arbustes à rameaux colorés. Il produit des pousses rouges en hiver et de grandes feuilles en été. Il doit être taillé court chaque année. Belles teintes d'automne.

ARBUSTES À ÉCORCE DÉCORATIVE POUR L'HIVER

Abelia triflora
Clethra barbinervis
Deutzia scabra
Dipelta floribunda
Euonymus alatus
Euonymus phellomanus
Prunus tomentosa
Rhododendron barbatum
Rhododendron thomsonii
Rosa sericea f. *pteracantha*

Cornus sanguinea 'Winter Beauty'
CORNOUILLER SANGUIN
☼ ◐ ❄❄❄ ↕1,50 m ↔2 m

Taillé régulièrement, cet arbuste produit des tiges hivernales jaune orangé vif à la base, rose-rouge plus clair vers leur extrémité. Les feuilles virent au jaune en automne.

Cornus stolonifera 'Flaviramea'
CORNOUILLER
☼ ◐ ❄❄❄ ↕2 m ↔2 m

Les tiges jaune verdâtre de ce vigoureux arbuste drageonnant sont plus vives s'il est taillé régulièrement et planté en plein soleil. Les feuilles virent au jaune en hiver.

Corylus avellana 'Contorta'
NOISETIER TORTUEUX
☼ ◐ ❄❄❄ ↕5 m ↔5 m

En fin d'hiver, de jolis chatons habillent les belles tiges nues et tortueuses de cet arbuste vigoureux. Supprimez les pousses issues du porte-greffe dès qu'elles apparaissent.

AUTRES ARBUSTES À RAMEAUX COLORÉS EN HIVER

Cornus alba 'Kesselringii'
Kerria japonica 'Pleniflora'
Leycesteria formosa
Rubus biflorus
Rubus thibetanus
Salix alba var. *vitellina*
Salix alba var. *vitellina* 'Britzensis'
Salix fargesii
Salix irrorata
Stephanandra tanakae

Arbustes à branches épineuses

POUR DE NOMBREUX JARDINIERS, les arbustes à tiges épineuses jouent un rôle dissuasif contre les rôdeurs et autres indésirables. D'autres considèrent au contraire ces arbustes comme une nuisance, voire un réel danger. Quelle que soit votre position, sachez cependant que ce groupe compte des sujets très décoratifs par leur feuillage, leur floraison ou leur fructification.

Berberis 'Goldilocks'
BERBÉRIS
☼ ◑ ❄❄❄ ↕ 4 m ↔ 4 m

Les tiges et les branches arquées de cet arbuste sont extrêmement piquantes. Feuilles persistantes brillantes, épineuses, vert foncé. Fleurs jaune d'or au printemps.

Pyracantha 'Orange Glow'
PYRACANTHA
☼ ◑ ❄❄❄ ↕ 4 m ↔ 4 m

Cet arbuste vigoureux a des branches épineuses, des feuilles persistantes oblongues, vert brillant, des fleurs blanches en été, suivies de baies orange en automne et en hiver.

Rosa eglanteria
ÉGLANTIER ODORANT
☼ ❄❄❄ ↕ 2,50 m ↔ 2,50 m

Les tiges arquées et épineuses de cet arbuste vigoureux portent des feuilles au parfum de pomme. Fleurs simples roses en été, suivies de petits fruits rouges en automne.

Rubus thibetanus
RONCE
☼ ◑ ❄❄❄ ↕ 2,50 m ↔ 3 m

Les touffes de tiges épineuses, à écorce pourpre et pruine blanche, se revêtent de feuilles joliment divisées, argentées en dessous. Petites fleurs roses en été.

AUTRES ARBUSTES
À BRANCHES ÉPINEUSES

Berberis pruinosa
Chaenomeles cathayensis
Colletia hystrix
Colletia paradoxa
Pyracantha 'Mohave'
Rosa roxburghii
Rosa soulieana
Rubus cockburnianus
Rubus ulmifolius 'Bellidiflorus'
Ulex europaeus 'Flore Pleno'

Zanthoxylum piperitum
POIVRIER DU JAPON
☼ ◑ ❄❄❄ ↕ 2,50 m ↔ 2,50 m

Les tiges érigées et piquantes portent des feuilles aromatiques vert brillant, virant au jaune en automne. Fruits rouges en automne, renfermant des graines poivrées.

Arbustes délaissés par les lapins

LES ARBUSTES IGNORÉS par les lapins sont précieux, surtout pour les jardiniers en zone rurale. Que les lapins soient rebutés par le goût des feuilles et des pousses ou par leur texture, il est évident que ces plantes représentent une valeur sûre dans les terrains envahis par ces animaux. Les espèces ou variétés d'arbustes présentées ici ont ces qualités qui vous permettront de conserver un jardin présentable.

Hypericum kouytchense
MILLEPERTUIS
☼ ❄❄❄ ↕ 75 cm ↔ 1,20 m

De l'été jusqu'en automne, les tiges arquées de cet arbuste à feuillage semi-persistant portent de nombreuses fleurs jaunes, suivies de capsules de graines rouge bronze.

Aucuba japonica
AUCUBA
☼ ◐ ● ❄❄❄ ↕ 2,50 m ↔ 2 m

Cet arbuste touffu a de longues feuilles persistantes, lustrées, vert foncé. Les sujets femelles pollinisés par un sujet mâle produisent des baies rouges. Il en existe des variétés panachées.

Fuchsia 'Tom Thumb'
FUCHSIA
☼ ❄❄ ↕ 50 cm ↔ 50 cm

Ce fuchsia nain, à port dressé, a de petites feuilles vert brillant et de charmantes fleurs pendantes, rouge et pourpre, de l'été jusqu'au début de l'automne.

Kalmia angustifolia 'Rubra'
LAURIER DES MOUTONS
☼ ❄❄❄ PH ↕ 50 cm ↔ 1 m

Cet arbuste bas, buissonnant et arrondi a des feuilles étroites, persistantes. Il porte en été des bouquets de petites fleurs rose foncé. Ne se plaît pas en sol sec.

Buxus sempervirens 'Suffruticosa'
BUIS COMMUN
☼ ❄❄❄ ↕ 75 cm ↔ 75 cm

Les lapins délaissent toutes les formes de buis. Celui-ci est dense et compact, utilisé depuis très longtemps pour former des bordures basses, persistantes dans les parterres.

Pernettya mucronata 'Mulberry Wine'
PERNETTYA
☼ ❄❄❄ PH ↕ 1 m ↔ 1 m

Cet arbuste bas à tiges raides, garnies de feuilles persistantes pointues, coriaces, s'étale avec l'âge. Après pollinisation apparaissent de belles baies roses de l'automne jusqu'en hiver.

Rhododendron 'Strawberry Ice'
AZALÉE EXBURY
☼ ❄❄❄ PH ↕ 2,50 m ↔ 2,50 m

Au printemps apparaissent des bouquets de fleurs en entonnoir, rose pâle à gorge teintée de jaune. Les feuilles de cette azalée buissonnante se colorent vivement en automne, avant de tomber.

Sambucus nigra 'Aurea'
SUREAU DORÉ
☼ ❄❄❄ ↕4 m ↔4 m

Ce grand arbuste buissonnant a des feuilles jaune d'or et porte en été des corymbes aplatis de minuscules fleurs blanches, odorantes. Baies noir brillant en automne.

Rosa 'Rosy Cushion'
ROSIER ARBUSTE
☼ ❄❄❄ ↕1 m ↔1,20 m

Tout l'été, le feuillage vert brillant met en valeur les bouquets de fleurs parfumées, rose à centre blanc. Ce rosier vigoureux et dense a un port bas et étalé.

ARBUSTES DÉLAISSÉS PAR LES CERFS

Berberis × *stenophylla*
Buddleia 'Lochinch'
Hypericum × *forrestii*
Mahonia × *media* 'Buckland'
Rhododendron 'Exquisitum'
Romneya coulteri
Spiraea nipponica 'Snowmound'
Viburnum sargentii 'Onondaga'
Weigelia 'Victoria'

Skimmia japonica
SKIMMIA
☼ ◑ ❄❄❄ ↕1,20 m ↔1,20 m

Ce buisson compact, en boule, a un feuillage persistant et aromatique. Bouquets de fleurs blanches au printemps, suivis de baies rouges s'il y a pollinisation par un sujet mâle.

Rosmarinus officinalis
ROMARIN
☼ ❄❄ ↕1,50 m ↔1,50 m

Le romarin est un arbuste buissonnant apprécié pour son feuillage persistant étroit, gris-vert, aromatique. En été, il porte de petites fleurs bleu pourpré.

Ruscus aculeatus
PETIT HOUX
◑ ● ❄❄❄ ↕75 cm ↔1 m

Ce petit arbuste forme des touffes de tiges dressées aux feuilles persistantes, piquantes à leur extrémité. Les sujets femelles pollinisés portent des baies rouges qui persistent longtemps.

AUTRES ARBUSTES DÉLAISSÉS PAR LES LAPINS

Ceanothus thyrsiflorus var. *repens*
Cornus sanguinea 'Winter Beauty'
Cotoneaster horizontalis
Daphne tangutica
Prunus laurocerasus 'Otto Luyken'
Spiraea japonica 'Anthony Waterer'
Vinca major 'Variegata'
Vinca minor

CONIFÈRES

LES CONIFÈRES COMPRENNENT arbres et arbustes, mais j'ai choisi de les traiter séparément, selon l'usage courant. Ils forment un groupe distinct parmi les plantes ligneuses et apportent leur propre charme au jardin. Presque tous sont persistants. Les espèces à feuillage caduc sont signalées dans les descriptifs. Elles vous offriront l'attrait de leurs teintes automnales.

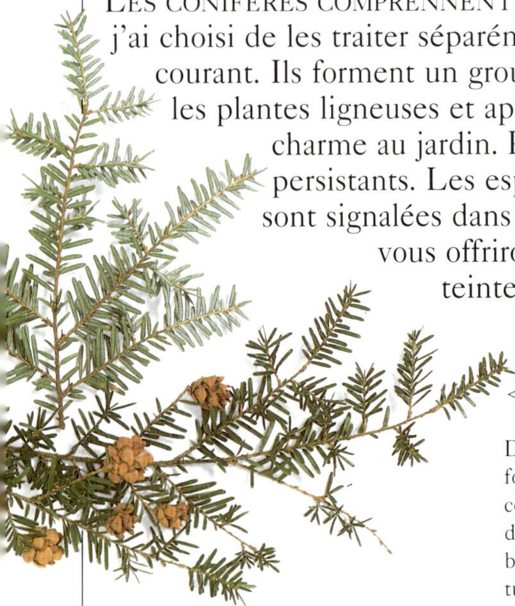

◁ Tsuga heterophylla

△ DÔME DE VERDURE *Ce* Chamaecyparis pisifera *'Filifera Aurea' jaune doré est idéal sur une grande pelouse.*

ATOUTS DES CONIFÈRES

- Grands conifères pour créer au jardin une impression de pérennité.
- Offrent une large sélection de formes, couleurs et textures.
- Feuillages persistants décoratifs, surtout en hiver.
- Spectacle des feuillages caducs changeant avec les saisons.
- Conifères nains et à croissance lente sont idéaux pour les rocailles et les terrasses.
- Rôle de protection assuré par les haies, écrans et brise-vent.

D'une grande variété de tailles, de formes, de couleurs et de textures, les conifères produisent de multiples effets décoratifs et conviennent à de nombreuses situations. Certains, aux majestueuses proportions ou à la silhouette élégante, sont d'excellents sujets à mettre en valeur.

FEUILLAGE DÉCORATIF

Les feuilles de conifères sont de petites écailles, comme chez les cyprès et les thuyas, ou des aiguilles, comme chez les pins, les épicéas et les cèdres.

Les genévriers ont des aiguilles ou des écailles, parfois les deux. Les feuilles de l'if sont étroites, et beaucoup de variétés offrent un joli feuillage juvénile plumeux et doux. Si l'on ajoute à cela les nuances de bleu, de vert et de jaune, sans oublier les diverses panachures, il devient évident que les conifères occupent une place spéciale parmi les plantes de jardin. Les conifères à feuillage caduc – mélèze, *Metasequoia*, et *Ginkgo* – illuminent l'automne d'un éclat d'or ou de jaune avant que leurs feuilles tombent.

CHOIX DE L'ARBRE

Pour choisir un conifère, prenez toujours en compte sa vigueur, sa taille et sa forme finales, et l'usage auquel vous le réservez. Certaines espèces utilisées pour des haies, par exemple, poussent rapidement et nécessitent une taille régulière pour obtenir de bons résultats. Ne plantez pas de haies à croissance rapide si vous ne pouvez pas les entretenir. Il existe de nombreux conifères petits ou moyens pour les emplacements limités.

△ ATTRAIT HIVERNAL *L'écorce brun rougeâtre de* Metasequoia glyptostroboides *est impressionnante.*

◁ CONIFÈRES ET BRUYÈRES *Ces conifères s'harmonisent parfaitement avec les bruyères à floraison hivernale.*

▷ COULEUR ET TEXTURE *Quelques conifères bien choisis s'associent pour créer un décor coloré et très réussi.*

Grands conifères

CERTAINS DES ARBRES LES PLUS SPECTACULAIRES du monde sont des conifères. Grâce à la persistance de leur feuillage (hormis quelques-uns) ils apportent une note de pérennité et de continuité aux grands jardins et aux parcs. La plupart des conifères vivent très longtemps. Ils prospèrent généralement beaucoup mieux sur les sols profonds, humides mais suffisamment bien drainés, bien qu'ils aient de bonnes facultés d'adaptation. Quelques-uns tolèrent parfaitement les lieux humides, mais peu d'espèces sont capables de survivre en terrain détrempé.

Abies nordmanniana
SAPIN DU CAUCASE
☼ ◐ ❄❄❄ ↕25 m ↔9 m

Ce sapin en colonne ou conique a des branches étalées garnies de feuilles étroites vertes. Des cônes dressés, brun verdâtre, apparaissent en été sur les branches supérieures.

Araucaria araucana
DÉSESPOIR DES SINGES
☼ ❄❄❄ ↕18 m ↔12 m

Jeune, cet arbre est conique, avec des branches verticillées jusqu'au sol, puis il perd ses branches basses et développe un grand tronc. Les rameaux sont gainés de feuilles larges et pointues.

Cedrus libani
CÈDRE DU LIBAN
☼ ❄❄❄ ↕25 m ↔15 m

Ce conifère est familier des grands parcs. D'abord conique, il prend, avec l'âge, la silhouette typique du cèdre, étagée et aplatie. Feuilles pointues, vert à vert-bleu.

AUTRES GRANDS CONIFÈRES EN COLONNE, OU ÉTROITS, CONIQUES

Abies grandis
Abies magnifica
Calocedrus decurrens
Cedrus atlantica 'Fastigiata'
Chamaecyparis lawsoniana 'Alumii'
Chamaecyparis lawsoniana 'Intertexta'
Chamaecyparis lawsoniana 'Wisselii'
× *Cupressocyparis leylandii* 'Naylor's Blue'
Cupressus abramsiana
Cupressus sempervirens
Juniperus virginiana 'Canaertii'
Metasequoia glyptostroboides
Picea abies 'Cupressina'
Pinus strobus 'Fastigiata'
Taxodium ascendens 'Nutans'
Taxodium distichum 'Pendens'

Cryptomeria japonica
CRYPTOMÉRIA
☼ ◐ ❄❄❄ ↕20 m ↔7 m

Cet arbre de forme allongée à conique a des feuilles étroites insérées en spirale sur les rameaux. L'écorce fibreuse est brun rougeâtre, et les petits cônes verts deviennent bruns à maturité.

Ginkgo biloba
ARBRE AUX QUARANTE ÉCUS
☼ ◐ ❄❄❄ ↕20 m ↔7 m

Très proche parent des conifères, cet arbre à feuillage caduc a une origine lointaine. Conique avec des branches érigées, il s'étale avec l'âge. Les feuilles virent au jaune à l'automne.

Sequoia sempervirens
SÉQUOIA TOUJOURS VERT
☼ ◐ ❄❄❄ ↕30 m ↔8 m

Il est conique quand il est jeune, formant par la suite une colonne. L'écorce spongieuse et fibreuse est très rouge, et le feuillage brillant rappelle celui de l'if.

Picea abies
ÉPICÉA COMMUN
☼ ◐ ❄❄❄ ↕25 m ↔7 m

D'abord conique, l'épicéa (le traditionnel arbre de Noël) s'élargit et s'étale avec l'âge. Ses branches étagées sont densément garnies d'aiguilles vert foncé.

AUTRES GRANDS CONIFÈRES AU PORT S'ÉTALANT AVEC L'ÂGE

Cedrus atlantica f. 'Glauca'
Cupressus macrocarpa
Larix decidua
Larix decidua 'Pendula'
Larix × *eurolepis*
Larix kaempferi
Larix kaempferi 'Blue Rabbit'
Picea sitchensis
Pinus ayacahuite
Pinus × *holfordiana*
Pinus nigra, ssp. *nigra*
Pinus radiata
Pinus × *schwerinii*
Pinus sylvestris
Pinus wallichiana
Pseudotsuga menziesii
Tsuga heterophylla

Pinus jeffreyi
PIN
☼ ❄❄❄ ↕20 m ↔9 m

Ce pin robuste est d'abord conique ou arrondi, puis il finit par former une colonne large. L'écorce fissurée est brun-gris, et les longues aiguilles vert bleuté.

Sequoiadendron giganteum
SÉQUOIA GÉANT
☼ ❄❄❄ ↕30 m ↔11 m

Célèbre dans le monde pour sa longévité, cette espèce finit par former une immense colonne de branches recourbées vers le bas, revêtues de feuilles vert-bleu. L'écorce est brun rougeâtre.

Conifères à port étalé et évasé

IL EXISTE DE NOMBREUX CONIFÈRES à branches redressées ou étalées, devenant avec l'âge plus larges que hauts. Ils conviennent parfaitement là où il est nécessaire de briser ou d'adoucir une ligne rigide, comme celle formée par une longue bordure droite. Mais vous pouvez également les planter en sujets isolés sur une pelouse pour pouvoir apprécier pleinement leur silhouette.

Cupressus macrocarpa 'Gold Spread'
CYPRÈS DE LAMBERT
☼ ✲✲ ↕ 1 m ↔ 2,50 m

C'est une variété basse et compacte du cyprès de Lambert. Les branches horizontales ou légèrement redressées sont revêtues d'un feuillage dense jaune vif.

Juniperus × *media* 'Blue and Gold'
GENÉVRIER
☼ ✲✲✲ ↕ 1,50 m ↔ 1,50 m

Les nombreuses tiges de ce joli genévrier sont garnies de feuilles gris-bleu, avec des panachures jaune crème qui peuvent colorer des pousses entières.

Juniperus × *media* 'Pfitzeriana Glauca'
GENÉVRIER
☼ ✲✲✲ ↕ 2 m ↔ 4 m

'Pfitzeriana glauca' est un vigoureux genévrier à port compact aux branches redressées et étalées garnies d'un feuillage dense, piquant, gris bleuté.

Juniperus davurica 'Expansa Variegata'
GENÉVRIER
☼ ✲✲✲ ↕ 80 cm ↔ 2 m

Bas et largement étalé, ce vigoureux genévrier porte des branches presque horizontales recouvertes d'un feuillage piquant, vert bleuâtre panaché de crème.

Juniperus × *media* 'Pfitzeriana Aurea'
GENÉVRIER
☼ ✲✲✲ ↕ 2 m ↔ 4 m

Colorées de jaune d'or en été, les pousses terminales et le feuillage dense de ce vigoureux genévrier prennent une teinte vert jaunâtre en hiver.

Juniperus × *media* 'Plumosa Aurea'
GENÉVRIER
☼ ✲✲✲ ↕ 1,50 m ↔ 2 m

Les nombreuses tiges de ce genévrier compact sont recouvertes d'un feuillage plumeux constitué de feuilles en écailles jaunes, virant au bronze doré en hiver.

AUTRES CONIFÈRES À PORT ÉTALÉ

Cephalotaxus fortunei 'Prostrate Spreader'
Chamaecyparis lawsoniana 'Tamariscifolia'
Picea abies 'Repens'
Picea abies 'Tabuliformis'
Pinus strobus 'Prostrata'
Taxus baccata 'Dovastoniana'
Taxus baccata 'Repandens Aurea'
Torreya californica 'Spreadeagle'

Juniperus squamata 'Blue Carpet'
GENÉVRIER
☼ ❄❄❄ ↕30 cm ↔2 m

Les branches largement étalées de ce vigoureux genévrier forment un tapis bas de feuillage piquant bleu métallique. Il produit un effet spectaculaire.

Juniperus virginiana 'Grey Owl'
GENÉVRIER
☼ ❄❄❄ ↕2,50 m ↔4 m

Ce beau genévrier vigoureux a des branches ascendantes garnies d'un épais feuillage doux, gris argenté. C'est un excellent buisson qui devient grand à terme.

AUTRES GENÉVRIERS À PORT ÉTALÉ

Juniperus chinensis 'Kaizuka'
Juniperus × *media* 'Blaauw'
Juniperus × *media* 'Gold Coast'
Juniperus × *media* 'Old Gold'
Juniperus × *media* 'Pfitzeriana'
Juniperus × *media* 'Pfitzeriana Compacta'
Juniperus × *media* 'Sulphur Spray'
Juniperus virginiana 'Blue Cloud'
Juniperus virginiana 'Frosty Morn'

Juniperus sabina 'Tamaraiscifolia'
GENÉVRIER SABINE
☼ ❄❄❄ ↕1 m ↔2 m

Cette belle variété de genévrier sabine, à port bas, produit des couches serrées de branches étalées, revêtues de nombreuses feuilles piquantes, vert brillant.

AUTRES CONIFÈRES À PORT ÉTALÉ ET RAMEAUX RETOMBANTS

Cedrus atlantica 'Glauca Pendula'
Cedrus deodara 'Pendula'
Larix kaempferi 'Pendula'

Taxus baccata 'Dovastonii Aurea'
IF
☼ ☀ ❄❄❄ ↕5 m ↔6 m

Cet élégant arbuste, ou petit arbre, a des branches horizontales en étages et de longs rameaux retombants. Les feuilles des pousses dorées ont une bordure jaune vif. Ne fructifie pas.

Conifères en colonne ou en cône étroit

LES CONIFÈRES À CIME EFFILÉE OU ÉTROITE sont précieux dans le cas où l'espace est limité. Ils sont souvent compacts et n'ont pratiquement jamais besoin d'être taillés, ce qui est un atout pour ceux qui ont peu de temps à consacrer à leur jardin. Leur ligne élancée, verticale, est idéale pour briser des lignes de plantations basses ou pour créer un point qui attire le regard.

Austrocedrus chilensis
AUSTROCÉDRUS
☼ ❄❄❄ ↕12 m ↔3 m

Les branches courtes et dressées de ce conifère touffu, peu commun, sont revêtues de rameaux aplatis aux feuilles écailleuses vertes ou vert-bleu. Petits cônes terminaux.

AUTRES CONIFÈRES EN COLONNE

Calocedrus decurrens
Cupressus sempervirens 'Swane's Golden'
Juniperus chinensis 'Aurea'
Juniperus virginiana 'Glauca'
Sequoiadendron giganteum 'Glaucum'
Taxus baccata 'Standishii'
Taxus × media 'Sentinel'
Thuja occidentalis 'Holmstrup'
Thuja occidentalis 'Malonyana'
Thuja occidentalis 'Spiralis'

AUTRES CYPRÈS EN COLONNE

Chamaecyparis lawsoniana 'Alumii Magnifica'
C. lawsoniana 'Blom'
C. lawsoniana 'Columnaris'
C. lawsoniana 'Elwood's Pillar'
C. lawsoniana 'Green Pillar'
C. lawsoniana 'Hillieri'
C. lawsoniana 'Intertexta'
C. lawsoniana 'Kilmacurragh'
C. lawsoniana 'Pottenii'
C. lawsoniana 'Winston Churchill'

Chamaecyparis lawsoniana 'Wisselii'
CYPRÈS DE LAWSON
☼ ❄❄❄ ↕15 m ↔3 m

Cette variété particulière du cyprès de Lawson a des branches dressées, compactes, curieusement contournées, et un feuillage vert bleuté. Petits cônes rouge brique au printemps.

Cupressus sempervirens
CYPRÈS DE PROVENCE
☼ ❄❄ ↕15 m ↔3 m

Les feuilles écailleuses, gris-vert, qui forment cette colonne étroite sont portées par des rameaux érigés. Cônes assez grands, brun-gris, luisants, la seconde année.

Juniperus chinensis 'Keteleeri'
GENÉVRIER DE CHINE
☼ ❄❄❄ ↕15 m ↔5 m

Cet arbre en colonne ou en cône étroit a une ramure dense et compacte portant des feuilles écailleuses, gris-vert. Excellente espèce pour des plantations structurées.

Juniperus communis 'Hibernica'
GENÉVRIER D'IRLANDE
☼ ❄❄❄ ↕4 m ↔50 cm

Fréquemment planté, ce genévrier forme une colonne effilée, avec des feuilles en aiguille. Chacune présente une ligne argentée sur la face inférieure.

Picea omorika
ÉPICÉA DE SERBIE
☼ ◑ ❄❄❄ ↕18 m ↔5 m

Les branches surbaissées de ce pin en forme de flèche se recourbent à leur extrémité. Feuilles étroites, vert foncé. Cônes pourpres, allongés, virant au brun à maturité.

Taxus baccata 'Fastigiata Robusta'
IF
☼ ◑ ❄❄❄ ↕10 m ↔1,50 m

Cet if présente une silhouette érigée, en colonne, prenant finalement une forme en cigare. Les feuilles étroites, vert foncé, sont disposées tout autour des rameaux.

Juniperus scopulorum 'Skyrocket'
GENÉVRIER
☼ ❄❄❄ ↕8 m ↔80 cm

L'un des conifères les plus étroits, ce genévrier se développe en colonne compacte très effilée. Nombreux rameaux de feuillage squamiforme, bleu grisâtre.

Pinus sylvestris 'Fastigiata'
PIN SYLVESTRE
☼ ❄❄❄ ↕6 m ↔1 m

C'est une variété en forme de colonne du pin sylvestre. L'écorce est brun rougeâtre, et les branches érigées sont garnies d'aiguilles vert bleuté. Redoute les situations ventées.

Thuja occidentalis 'Smaragd'
THUYA DU CANADA
☼ ◑ ❄❄❄ ↕2,50 m ↔80 cm

Les branches de ce conifère en cône étroit sont garnies de rameaux aplatis de feuilles vert vif, qui dégagent une agréable odeur fruitée quand on les froisse.

Conifères de taille moyenne

Il existe un très grand choix de conifères dans la gamme de hauteur allant de 6 à 15 m, dont de nombreuses espèces sauvages présentent à la fois un intérêt botanique et une valeur ornementale. Il faut y ajouter les innombrables variétés de conifères comme le cyprès de Lawson, le hinoki et les diverses espèces de thuya. Seuls les très petits jardins ne leur conviennent pas. La plupart sont rustiques ; ceux qui le sont moins apprécieront les régions douces ou un emplacement abrité.

Abies koreana
Sapin de Corée
☼ ◐ ❄❄❄ ↕10 m ↔5 m

Cet arbre large et conique a des branches dressées ou étalées, garnies d'aiguilles vert foncé à revers argenté. Même les jeunes sujets portent des cônes bleu-violet.

Chamaecyparis obtusa 'Crippsii'
Hinoki
☼ ❄❄❄ ↕10 m ↔5 m

Ce conifère à port lâche et conique a un feuillage aromatique, en grands rameaux aplatis, d'une superbe teinte dorée. Les cônes arrondis sont bruns. Craint les sols secs.

Chamaecyparis obtusa 'Tetragona Aurea' **Hinoki**
☼ ❄❄❄ ↕10 m ↔5 m

Facilement reconnaissable et très répandu, cet hinoki, d'abord buissonnant, prend avec l'âge un port conique lâche. Rameaux moussus de feuillage jaune.

Cunninghamia lanceolata
Sapin chinois
☼ ◐ ❄❄❄ ↕13 m ↔5 m

C'est un conifère en colonne à branches garnies de deux rangées de feuilles étroites, vert brillant, au revers argenté. Redoute les endroits venteux et les sols secs.

Cupressus cashmeriana
Cyprès
☼ ◐ ❄❄ ↕12 m ↔5,50 m

Ce bel arbre conique qui s'étale avec l'âge convient pour un emplacement abrité. Feuillage vert-bleu en élégants rameaux pendants. N'aime pas les sols secs.

Autres conifères moyens

Athrotaxis laxifolia
Chamaecyparis lawsoniana 'Columnaris'
Chamaecyparis nootkatensis 'Pendula'
Cupressus arizonica 'Pyramidalis'
Juniperus chinensis 'Aurea'
Pinus parviflora
Pinus sylvestris 'Aurea'
Pseudolarix amabilis
Sciadopitys verticillata
Thuja occidentalis 'Veriver'
Tsuga mertensiana

Fitzroya cupressoides (syn. *F. patagonica*) **Alerge**
◐ ❄❄❄ ↕10 m ↔5 m

D'abord en colonne, cet arbre buissonnant s'évase avec l'âge. Écorce brun rougeâtre qui s'exfolie et rameaux de feuilles écailleuses zébrées de blanc.

Pinus aristata
PIN
☼ ❄❄❄ ↕8 m ↔5 m

Ce pin buissonnant, dense, à croissance lente, convient à tous les jardins, sauf aux plus petits. Aiguilles foncées, vert bleuté, mouchetées de blanc. Cônes hérissés.

Taxodium ascendens 'Nutans'
TAXODIUM
☼ ❄❄❄ ↕15 m ↔5 m

Cet arbre en colonne à feuillage caduc a des branches dressées drapées de fins rameaux au feuillage vert brillant. Parfait pour les sols profonds ou humides.

Picea breweriana
ÉPICÉA DE BREWER
☼ ☀ ❄❄❄ ↕12 m ↔6 m

Cet épicéa est très reconnaissable à ses branches horizontales portant de longs rameaux pendants garnis de feuilles étroites. Cônes bruns cylindriques.

Podocarpus salignus
PODOCARPUS
☀ ❄❄ ↕10 m ↔6 m

Arbre très décoratif, en colonne puis conique, à l'écorce fibreuse, brun rougeâtre, et aux feuilles rappelant celles du saule, étroites et brillantes. Craint les sols secs.

Tsuga canadensis
TSUGA DU CANADA
☀ ● ❄❄❄ ↕15 m ↔10 m

Arbre à plusieurs troncs, aux rameaux pendants ou arqués, garnis de petites feuilles vert foncé, au revers argenté. Cônes bruns, abondants. Craint les sols secs.

Conifères pour sol très argileux

De nombreux conifères poussent en terrain très argileux, à condition que le sol ne soit pas détrempé en permanence. Ils offrent une grande variété de tailles, de formes et de feuillages. Ces arbres sont rustiques et, sauf mention contraire, persistants.

Cryptomeria japonica 'Elegans Compacta' **CRYPTOMÉRIA**

☼ ❄❄❄ ↕3 m ↔2 m

Cette variété forme un buisson dense. Le feuillage vert tendre est doux au toucher et prend, en hiver, une belle couleur bronze rougeâtre.

Metasequoia glyptostroboides
MÉTASÉQUOIA

☼ ◑ ❄❄❄ ↕20 m ↔5 m

Le feuillage léger et caduc de ce magnifique conifère vire au rose roux en automne. Cet arbre ancien et vigoureux forme un cône étroit ou une colonne.

Pinus leucodermis (syn. *P. heldreichii*)
PIN DE BOSNIE

☼ ❄❄❄ ↕18 m ↔9 m

Ce beau pin au port dense et conique s'élargit avec l'âge. Il a des aiguilles vert foncé, des bourgeons couverts de poils blancs et des cônes bleu cobalt.

Pinus mugo 'Mops'
PIN DES MONTAGNES

☼ ❄❄❄ ↕1 m ↔1,20 m

Cette variété naine du pin des montagnes finit par former une boule compacte aux aiguilles vert foncé. Idéal pour une grande rocaille ou un gros pot. Croissance lente.

Pinus peuce
PIN DE MACÉDOINE

☼ ❄❄❄ ↕18 m ↔6 m

Ce pin impressionnant, qui a besoin de place pour se développer, porte un feuillage dense vert-gris et des cônes pendants, ronds et arqués, tachetés de résine.

AUTRES CONIFÈRES PERSISTANTS POUR SOL TRÈS ARGILEUX

Abies koreana
Chamaecyparis lawsoniana 'Triomf Van Boskoop'
Picea likiangensis
Picea purpurea
Pinus aristata
Pinus coulteri
Pinus ponderosa
Saxegothaea conspicua
Thuja occidentalis

Pinus strobus
PIN WEYMOUTH

☼ ❄❄❄ ↕20 m ↔9 m

Ce pin conique s'élargit avec l'âge. Les branches ouvertes portent de fines aiguilles gris-vert et des cônes pendants. Ne supporte pas du tout la pollution.

Pinus thunbergii
PIN
☼ ❄❄❄ ↕13 m ↔8 m

Conique, s'élargissant avec l'âge, ce pin se distingue par ses aiguilles vert sombre et ses bourgeons recouverts de poils blancs. Excellent en bord de mer.

Taxodium distichum
CYPRÈS CHAUVE
☼ ❄❄❄ ↕20 m ↔9 m

Ce beau conifère à feuillage caduc se plaît en terrain humide. Son écorce fibreuse est brun rougeâtre et ses feuilles vertes, souples, virent au jaune en automne.

Thuja koraiensis
THUYA DE CORÉE
☼ ❄❄❄ ↕7 m ↔3 m

Conifère en colonne lâche, à croissance lente. Larges rameaux de feuillage écailleux vert brillant, blanc argenté dessous, à odeur d'amande quand on le froisse.

AUTRES CONIFÈRES CADUCS POUR SOL TRÈS ARGILEUX

Ginkgo biloba
Larix decidua
Larix kaempferi
Taxodium ascendens 'Nutans'

Taxus baccata 'Aurea'
IF
☼ ◑ ❄❄❄ ↕5 m ↔3 m

Les feuilles de cet if deviennent vertes la deuxième année. Le tailler tous les ans pour obtenir une silhouette arrondie et nette, comme ci-dessus.

Tsuga heterophylla
TSUGA
☼ ◑ ❄❄❄ PH ↕20 m ↔10 m

Les branches fines, garnies d'aiguilles vertes au revers argenté et pendantes à leur extrémité, sont disposées en étages. Conifère conique, à croissance rapide. Petits cônes.

Conifères pour situation sèche et ensoleillée

BEAUCOUP DE CONIFÈRES PROVIENNENT de régions chaudes et sèches, et un grand nombre d'entre eux peuvent être facilement plantés dans des jardins qui connaissent des étés de ce type. Certains poussent très vite et font rapidement de l'ombre, d'autres au contraire ont une croissance lente. Tous sont persistants. Pour qu'ils s'établissent bien, il est préférable de les planter quand ils sont petits.

Cedrus deodara
CÈDRE DE L'HIMALAYA
☼ ❄❄❄ ↕25 m ↔12 m

Ce bel arbre vigoureux a de longues branches retombantes quand il est jeune. Avec l'âge, il prend la silhouette typique du cèdre : sommet aplati et branches étagées.

Juniperus drupacea
GENÉVRIER
☼ ❄❄❄ ↕12 m ↔1,50 m

Facilement reconnaissable, ce genévrier en colonne serrée est superbe lorsqu'il est isolé sur une pelouse ou au sein d'une plate-bande. Feuilles en aiguille vert brillant.

Pinus cembroides
PIN
☼ ❄❄ ↕6 m ↔5 m

Ce pin à croissance lente, peu courant, est conique et buissonnant quand il est jeune, puis plus arrondi avec l'âge. Aiguilles rigides, gris-vert.

AUTRES PINS POUR SITUATION SÈCHE ET ENSOLEILLÉE

Pinus aristata
Pinus armandii
Pinus brutia
Pinus bungeana
Pinus contorta
Pinus coulteri
Pinus pinaster
Pinus radiata
Pinus sylvestris
Pinus yunnanensis

Cupressus macrocarpa
CYPRÈS DE LAMBERT
☼ ❄❄❄ ↕20 m ↔22 m

Ce conifère à croissance rapide est souvent utilisé en bord de mer, pour former des écrans. Feuillage vert en rameaux allongés. D'abord en colonne, il s'élargit avec l'âge.

Juniperus rigida
GENÉVRIER
☼ ❄❄❄ ↕8 m ↔5 m

Cet arbre ou grand arbuste à cime lâche et étalée porte des rameaux pendants de feuilles vertes en aiguille, qui virent au bronze en hiver. L'écorce s'exfolie.

Pinus halepensis
PIN D'ALEP
☼ ❄❄❄ ↕14 m ↔6 m

Idéal pour les sols sableux, ce pin s'arrondit avec l'âge. Aiguilles vert bleuté sur les jeunes arbres, vert vif sur les plus âgés. Cônes ovoïdes orange brillant.

Pinus muricata
PIN D'ANTHONY
☼ ❄❄❄ ↕18 m ↔9 m

Ce pin à croissance rapide, robuste et peu exigeant, forme d'abord une colonne, puis il s'élargit et sa cime s'aplatit. Parfait pour les sols pauvres, sableux.

Pinus pinea
PIN PARASOL
☼ ❄❄❄ ↕12 m ↔10 m

D'abord conique, ce pin finit par développer sa couronne caractéristique de branches radiantes. Feuillage vert foncé, vert-bleu dans sa forme juvénile.

Pinus virginiana
PIN
☼ ❄❄❄ PH ↕14 m ↔9 m

Pin d'aspect désordonné, revêtu de nombreuses aiguilles gris à gris-jaune sur des pousses blanc rosâtre. En hiver, il porte des petits cônes piquants brun-orange.

Torreya californica
TORREYA
◐ ❄❄ ↕18 m ↔8 m

Ce conifère impressionnant, érigé, a des branches verticillées et des feuilles longues, étroites et acuminées. Fruits pendants en forme d'olive sur les pieds femelles.

Taxus cuspidata
IF DU JAPON
☼ ◐ ● ❄❄❄ ↕5 m ↔5 m

Cet arbuste à plusieurs troncs s'étale avec l'âge. Feuilles vert jaunâtre, parfois teintées de brun-rouge en hiver. Les pieds femelles portent des fruits rouges.

AUTRES CONIFÈRES POUR SITUATION SÈCHE ET ENSOLEILLÉE

Abies concolor
Abies pinsapo
Abies pinsapo 'Glauca'
Cupressus glabra
Cupressus glabra 'Pyramidalis'
Cupressus lusitanica
Cupressus macnabiana
Cupressus sempervirens
Juniperus chinensis
Juniperus chinensis 'Aurea'
Juniperus deppeana
Juniperus oxycedrus
Juniperus virginiana 'Canaertii'
Picea likiangensis
Picea purpurea
Tsuga heterophylla

Conifères pour haies, brise-vent et écrans

LES CONIFÈRES SONT DES SUJETS idéaux pour les haies ou les écrans. D'une part, grâce à la persistance de leur feuillage, ils offrent un décor permanent. D'autre part en filtrant les vents, ils assurent un rôle bénéfique sur les plantes, qu'ils protègent. La plupart des espèces utilisées pour remplir cette fonction grandissent beaucoup et nécessitent de ce fait une taille régulière.

AUTRES CONIFÈRES POUR HAIES ET ÉCRANS

Chamaecyparis lawsoniana 'Erecta Viridis'
Chamaecyparis lawsoniana 'Golden Wonder'
Chamaecyparis lawsoniana 'Lane'
Chamaecyparis lawsoniana 'Pembury Blue'
× *Cupressocyparis leylandii* 'Gold Rider'
Thuja occidentalis 'Pyramidalis'
Tsuga heterophylla

Chamaecyparis lawsoniana 'Green Hedger' **CYPRÈS DE LAWSON**

☼ ❄❄❄ ↕15 m ↔6 m

Garni jusqu'à la base de rameaux de feuillage vert profond, c'est l'un des meilleurs cyprès pour écrans. Isolé, il prend une forme conique. Redoute les sols secs.

Chamaecyparis lawsoniana 'Green Pillar' **CYPRÈS DE LAWSON**

☼ ❄❄❄ ↕15 m ↔3 m

Bon pour écrans ou haies, ce cyprès en colonne nécessite peu de taille. Ses rameaux verticaux de feuillage vert sont teintés de doré au début du printemps.

× *Cupressocyparis leylandii* **CYPRÈS DE LEYLAND**

☼ ❄❄❄ ↕25 m ↔5,50 m

C'est l'un des conifères poussant le plus vite – trop vite pour beaucoup de jardins. Il convient pour créer un écran temporaire ou une grande haie. Feuillage vert foncé ou gris-vert.

× *Cupressocyparis leylandii* 'Castlewellan' **CYPRÈS DE LEYLAND**

☼ ❄❄❄ ↕25 m ↔5,50 m

Cette variété est couramment plantée en haie ou en écran. Elle pousse rapidement, mais demande une taille sévère. Feuillage dense jaune bronze, doré chez les jeunes sujets.

Picea asperata **ÉPICÉA**

☼ ❄❄❄ ↕15 m ↔10 m

Les pousses brun-jaune de cet épicéa conique sont garnies d'aiguilles gris bleuté. S'adaptant à la plupart des sols, il constitue un brise-vent efficace.

Pinus nigra
PIN NOIR D'AUTRICHE
☼ ❄❄❄ ↕25 m ↔20 m

De grande taille à terme, cet arbre robuste est excellent en brise-vent dans les situations exposées. Cime en dôme et branches étalées. N'aime pas les sols secs.

Taxus baccata
IF COMMUN
☼ ◐ ● ❄❄❄ ↕12 m ↔10 m

En raison de ses belles feuilles étroites vert sombre, l'if est souvent utilisé pour les haies. Une taille régulière permet d'obtenir un feuillage dense, très décoratif en topiaire.

Taxus × media 'Hicksii'
IF
☼ ◐ ● ❄❄❄ ↕6 m ↔2 m

Cet if à croissance lente convient bien pour les écrans et les haies. D'abord en colonne, puis en forme de vase. Il porte des fruits rouges s'il a été pollinisé.

AUTRES CONIFÈRES POUR BRISE-VENT

Cupressus macrocarpa
Larix decidua
Larix kaempferi
Picea sitchensis
Pinus cembra
Pinus contorta
Pinus contorta var. *latifolia*
Pinus leucodermis
Pinus sylvestris
Pinus thunbergii
Sequoiadendron giganteum

Pinus radiata
PIN DE MONTEREY
☼ ❄❄❄ PH ↕25 m ↔20 m

Ce grand pin imposant est un excellent brise-vent, à éviter dans les régions froides. Belles touffes d'aiguilles vertes et cônes mâles décoratifs au printemps.

CONIFÈRES POUR PETITES HAIES

Chamaecyparis lawsoniana 'Globosa'
Chamaecyparis thyoides 'Ericoides'
Cryptomeria japonica 'Elegans Nana'
Thuja occidentalis 'Sunkist'
Thuja orientalis 'Rosedalis'

Thuja plicata
THUYA GÉANT
☼ ◐ ❄❄❄ ↕25 m ↔8 m

Ce beau conifère conique est un sujet de choix pour une haie ou un écran. Rameaux denses de feuillage en écailles, luisant, qui sent l'ananas quand on le froisse.

Conifères nains ou à croissance lente

Les conifères à croissance lente, ou ceux qui restent nains naturellement, sont tout à fait adaptés aux plus petits jardins, aux rocailles ou à la culture en pot. La plupart proviennent de mutations d'arbres de taille normale et sont multipliés par greffage. Peu d'autres plantes ligneuses rustiques offrent tout au long de l'année une telle gamme de ports, de formes et de couleurs.

Abies balsamea 'Nana'
SAPIN BAUMIER NAIN
☼ ❄❄❄ ↕50 cm ↔75 cm

Ce sapin a une silhouette en dôme, dense et compacte. Les rameaux sont couverts de feuilles courtes, vert brillant, au revers orné de deux bandes argentées.

Abies nordmanniana 'Golden Spreader'
SAPIN DU CAUCASE NAIN
☼ ❄❄❄ ↕45 cm ↔1,20 m

Cette variété de sapin du Caucase a une forme basse, étalée et aplatie. Les feuilles sont jaunes dessus, blanc jaunâtre dessous, et jaune doré en hiver.

Chamaecyparis lawsoniana 'Gnome'
CYPRÈS DE LAWSON NAIN
☼ ❄❄❄ ↕30 cm ↔30 cm

Ce conifère nain, à croissance lente, a des rameaux aplatis de feuillage écailleux. Pour conserver sa silhouette, couper les touffes vigoureuses qui peuvent apparaître.

AUTRES CONIFÈRES NAINS EN BOULE OU EN DÔME

Picea abies 'Gregoryana'
Pinus mugo 'Ophir'
Pinus strobus 'Minima'
Pinus sylvestris 'Beuvronensis'
Pinus wallichiana 'Umbraculifera'
Thuja occidentalis 'Sunkist'
Thuja occidentalis 'Tiny Tim'
Thuja orientalis 'Meldensis'
Thujopsis dolabrata 'Nana'
Tsuga canadensis 'Jeddeloh'

Abies concolor 'Compacta' (syn. *A. c.* 'Glauca Compacta') **SAPIN NAIN**
☼ ❄❄❄ ↕1,10 m ↔1,30 m

Idéale pour les grandes rocailles, cette belle variété de sapin a une silhouette irrégulière, avec des branches garnies de feuilles étroites, bleu grisâtre.

Cedrus libani 'Sargentii'
CÈDRE DU LIBAN NAIN
☼ ❄❄❄ ↕75 cm ↔2,50 m

Cette magnifique variété de cèdre du Liban, prostrée, a de longues branches retombantes, avec des aiguilles vert bleuté. A palisser si on veut l'élever sur tige.

Chamaecyparis obtusa 'Nana Aurea'
HINOKI NAIN
☼ ❄❄❄ ↕1,30 m ↔65 cm

Cette excellente variété naine, à croissance lente, a une forme conique et porte des rameaux en éventail de feuillage en écailles d'un superbe jaune doré.

Juniperus squamata 'Blue Star'
GENÉVRIER NAIN
☼ ❄❄❄ ↕45 cm ↔50 cm

Les branches de ce genévrier à croissance lente, à la silhouette trapue, sont couvertes de feuilles en aiguille, bleu argenté. Excellent conifère nain bleu-gris.

Picea pungens 'Glauca Globosa'
ÉPICÉA NAIN
☼ ❄❄❄ ↕1,10 m ↔1,10 m

Cette variété de l'épicéa du Colorado forme un buisson globuleux, idéal pour une grande rocaille, ou à isoler. Des aiguilles acérées, glauques, gainent ses branches.

Pinus leucodermis 'Schmidtii'
PIN NAIN
☼ ❄❄❄ ↕1 m ↔75 cm

De croissance lente, cette variété du pin de Bosnie forme un buisson conique ou globuleux, compact. Ses branches courtes sont couvertes d'aiguilles vertes.

Picea glauca var. *albertiana* 'Conica'
ÉPICÉA NAIN
☼ ❄❄❄ ↕1,30 m ↔60 cm

Cette variété populaire développe une silhouette conique, fermée, si les pousses latérales qui s'en écartent sont enlevées. Feuillage vert, dense, en aiguille.

AUTRES CONIFÈRES NAINS EN COLONNE OU EN CÔNE

Abies lasiocarpa 'Compacta'
Chamaecyparis lawsoniana 'Ellwood's Gold'
× *Cupressocyparis leylandii* 'Hyde Hall'
Juniperus communis 'Compressa'
Juniperus communis 'Sentinel'
Picea abies 'Remontii'
Picea glauca 'Laurin'
Pinus parviflora 'Negishi'
Thuja plicata 'Rogersii'

Thuja plicata 'Stoneham Gold'
THUYA NAIN
☼ ❄❄❄ ↕1,70 m ↔75 cm

Cette variété du thuya forme un buisson conique. Les feuilles en écailles, aromatiques, apparaissent en rameaux aplatis et deviennent plus foncées avec l'âge.

AUTRES CONIFÈRES NAINS

Chamaecyparis obtusa 'Caespitosa'
Chamaecyparis obtusa 'Rigid Dwarf'
Cryptomeria japonica 'Vilmoriniana'
Thuja orientalis 'Elegantissima'
Tsuga canadensis 'Minima'

Conifères couvre-sol

Il existe de nombreuses mutations de conifères de grande taille, auxquelles s'ajoutent plusieurs espèces de genévriers au port naturellement rampant. Greffés ou issus de boutures, ces conifères s'étalent largement au sol en formant un tapis végétal bas et très dense. De coloris variés, leurs feuillages présentent également des formes et des dispositions diverses. Quand la place le permet, la plantation de plusieurs sujets offre de nombreuses possibilités de composition, et donc de créer un effet intéressant.

Juniperus communis 'Green Carpet'
Genévrier
☼ ❄❄❄ ↕10 cm ↔1,20 m

Ce genévrier prostré est un excellent couvre-sol, qui s'harmonise bien avec d'autres genévriers. Branches densément couvertes de feuilles vert brillant, piquantes, en aiguilles.

Juniperus procumbens 'Nana'
Genévrier rampant
☼ ❄❄❄ ↕30 cm ↔2 m

Les branches prostrées et très serrées de ce genévrier nain forment un tapis légèrement surélevé. Les pousses sont revêtues de feuilles rigides, vert bleuté.

Picea abies 'Reflexa'
Épicéa
☼ ❄❄❄ ↕45 cm ↔5 m

Les branches de cette variété d'épicéa, irrégulière et de croissance lente, sont longues, prostrées et garnies d'aiguilles vertes formant un tapis dense.

Autres conifères couvre-sol

- *Juniperus horizontalis* 'Blue Chip'
- *Juniperus horizontalis* 'Jade River'
- *Juniperus horizontalis* 'Turquoise Spreader'
- *Picea abies* 'Repens'
- *Picea pungens* 'Procumbens'
- *Taxus baccata* 'Cavendishii'
- *Taxus baccata* 'Repandens'
- *Taxus baccata* 'Summergold'

Juniperus horizontalis 'Plumosa'
Genévrier rampant
☼ ❄❄❄ ↕15 cm ↔2 m

Présenté ici à proximité de *J. horizontalis* 'Glauca', ce bon couvre-sol a des rameaux de feuillage gris-vert, qui vire au bronze-pourpre en hiver.

Microbiota decussata
Microbiota
☼ ◐ ❄❄❄ ↕30 cm ↔2 m

Les branches arquées de ce conifère largement étalé, à croissance lente, sont recouvertes d'un feuillage dense en écailles, vert franc, virant au bronze en hiver.

Taxus baccata 'Repandens Aurea'
If
☼ ◐ ❄❄❄ ↕45 cm ↔2 m

Des rameaux courts et retombants, revêtus de feuilles à marge jaune, vert foncé à l'ombre, garnissent les longues branches de cette variété d'if largement étalée.

Conifères à feuillage panaché

CHEZ LES CONIFÈRES, LA PANACHURE prend habituellement la forme de rameaux jaunes ou blancs dispersés dans le reste du feuillage. Cependant, de temps en temps, elle se traduit par des rayures, comme chez *Thuja plicata* 'Zebrina' (voir ci-contre), ou, dans d'autres cas, par un aspect général moucheté. Tous les jardiniers n'apprécient pas les panachures, mais elles peuvent offrir un contraste intéressant avec les feuillages verts, surtout en hiver. De tels conifères sont aussi de bons sujets à isoler sur une pelouse.

Calocedrus decurrens 'Aureovariegata'
CALOCÉDRUS
☼ ❄❄❄ ↕ 12 m ↔ 3 m

Les courtes branches étalées de cet arbre à croissance lente sont couvertes de rameaux de feuillage aromatique vert, parsemés de ramilles jaunes.

Chamaecyparis nootkatensis 'Variegata'
CYPRÈS DE NOOTKA
☼ ❄❄❄ ↕ 15 m ↔ 6 m

Les rameaux pendants de feuillage vert sont rugueux au toucher et entremêlés de rameaux blanc crème. Ce cyprès au port conique lâche craint les sols secs.

x *Cupressocyparis leylandii* 'Harlequin'
CYPRÈS DE LEYLAND
☼ ❄❄❄ ↕ 20 m ↔ 6 m

Cette variété panachée est aussi vigoureuse et aussi peu exigeante que l'espèce. Des rameaux dispersés blanc crème se détachent sur son feuillage plumeux, gris-vert.

Juniperus chinensis 'Kaizuka Variegata'
GENÉVRIER
☼ ❄❄❄ ↕ 3 m ↔ 2 m

Les branches saillantes de ce genévrier anguleux, lent à pousser, sont couvertes d'un feuillage presque moussu, vert brillant, marqué de taches blanc crème.

Thuja plicata 'Zebrina'
THUYA GÉANT
☼ ❄❄❄ ↕ 20 m ↔ 12 m

Ce conifère remarquable se reconnaît facilement à son feuillage à odeur d'ananas, vert foncé, zébré de jaune crème, et à son écorce fibreuse, rougeâtre.

AUTRES CONIFÈRES PANACHÉS

Chamaecyparis lawsoniana 'Argenteovariegata'
Chamaecyparis lawsoniana 'Ellwood's White'
Chamaecyparis lawsoniana 'Golden King'
Chamaecyparis lawsoniana 'Versicolor'
Chamaecyparis obtusa 'Tetragona Aurea'
Pinus mugo 'Pal Maleter'
Sequoia sempervirens 'Adpressa'

Thujopsis dolabrata 'Variegata'
THUYOPSIS
☼ ❄❄❄ ↕ 10 m ↔ 6 m

Les larges rameaux aplatis de feuillage aromatique sont argentés en dessous et présentent çà et là des plages blanc crème. Croissance lente, craint les sols secs.

Conifères à feuillage jaune ou doré

IL EXISTE UNE TRÈS GRANDE VARIÉTÉ de conifères à feuillage jaune ou doré pour les jardins, qu'ils soient petits ou grands. Dans certains cas, seule l'extrémité des pousses est colorée de jaune ; dans d'autres, l'ensemble du feuillage présente toute l'année une teinte dorée qui illumine le jardin durant les mois sombres de l'hiver. Les espèces présentées ici sont particulièrement décoratives.

AUTRES CONIFÈRES DORÉS, MOYENS À GRANDS

Cedruss deodora 'Aurea'
Chamaecyparis lawsoniana 'Lane'
Chamaecyparis lawsoniana 'Lutea'
Chamaecyparis obtusa 'Crippsii'
Juniperus chinensis 'Aurea'
Picea orientalis 'Aurea'
Thuja occidentalis 'Europe Gold'
Thuja plicata 'Aurea'
Thuja plicata 'Irish Gold'

Chamaecyparis pisifera 'Filifera Aurea'
SAWARA
☼ ❄❄❄ ↕ 12 m ↔ 5 m

Ce conifère dense, conique ou arrondi, produit de nombreuses branches, longues et effilées, revêtues de minuscules feuilles jaune vif. Il pousse lentement.

Cupressus macrocarpa 'Goldcrest'
CYPRÈS DE LAMBERT
☼ ❄❄ ↕ 10 m ↔ 3 m

L'une des meilleures variétés de sa couleur, cet arbre vigoureux forme une colonne ou un cône effilé. Feuillage dense et compact, plumeux. Ne pas tailler.

Cupressus sempervirens 'Swane's Golden'
CYPRÈS DE PROVENCE
☼ ❄❄❄ ↕ 10 m ↔ 60 cm

C'est l'un des meilleurs conifères de ce type pour les petits jardins. Il forme une haute colonne étroite de feuillage teinté de doré, en rameaux denses.

AUTRES CONIFÈRES DORÉS, PETITS OU À CROISSANCE LENTE

Cedrus deodara 'Golden Horizon'
Cryptomeria japonica 'Sekkan-sugi'
Juniperus communis 'Gold Cone'
Pinus sylvestris 'Moseri', en hiver
Taxus baccata 'Aurea'
Thuja occidentalis 'Golden Globe'
Thuja occidentalis 'Lutea Nana'
Thuja occidentalis 'Rheingold'
Thuja orientalis 'Conspicua'
Thuja plicata 'Stoneham Gold'

Pinus sylvestris 'Aurea'
PIN SYLVESTRE
☼ ❄❄❄ ↕ 12 m ↔ 5 m

Les aiguilles bleu-vert de cet arbre en large colonne virent au jaune vif de l'hiver au printemps. Plus l'hiver est froid, plus la couleur est intense.

Thuja plicata 'Collyer's Gold'
THUYA
☼ ❄❄❄ ↕ 2 m ↔ 1 m

Ce conifère à croissance lente a une silhouette compacte, en dôme ou conique. Le feuillage, d'une belle teinte jaune doré au stade juvénile, devient vert clair ensuite.

Conifères à feuillage gris-bleu ou argenté

LES CONIFÈRES À FEUILLAGE gris-bleu ou argenté créent toujours un effet saisissant lorsqu'ils se détachent sur un fond plus sombre. Le cèdre bleu de l'Atlas et l'épicéa bleu du Colorado sont peut-être les plus connus mais, heureusement, il en existe bien d'autres tout aussi intéressants, dont certains conviennent parfaitement pour les petits jardins.

Abies concolor 'Candicans'
SAPIN
☼ ❄❄❄ ↕ 20 m ↔ 7 m

Les branches de ce beau conifère conique sont revêtues d'aiguilles étalées, d'une remarquable couleur blanc argenté ou gris-bleu. N'aime pas les sols secs.

Cedrus atlantica 'Glauca'
CÈDRE BLEU
☼ ❄❄❄ ↕ 25 m ↔ 15 m

Poussant vite quand il est jeune, ce superbe conifère, largement étalé, a des cônes ovoïdes et des aiguilles bleu argenté. Redoute les sols secs.

Chamaecyparis lawsoniana 'Pembury Blue' **CYPRÈS DE LAWSON**
☼ ❄❄❄ ↕ 15 m ↔ 6 m

Cet excellent cyprès bleu-gris, conique, porte de nombreux rameaux de feuillage écailleux sur des branches légèrement arquées. Craint les sols secs.

Juniperus sabina 'Blue Danube'
GENÉVRIER SABINE
☼ ❄❄❄ ↕ 25 cm ↔ 1,50 m

Son port bas et largement étalé fait de ce conifère un sujet idéal pour une rocaille. Les branches, redressées à leur extrémité, sont couvertes de feuilles gris-bleu.

Picea glauca 'Coerulea'
SAPINETTE BLANCHE
☼ ❄❄❄ ↕ 13 m ↔ 6 m

D'abord redressées, les branches de cet arbre conique s'étalent avec l'âge. Elles sont garnies d'aiguilles courtes, gris-bleu à argenté. Craint les sols secs.

AUTRES CONIFÈRES À FEUILLAGE GRIS-BLEU OU ARGENTÉ

Chamaecyparis lawsoniana 'Chilworth Silver'
Chamaecyparis lawsoniana 'Van Pelt's Blue'
Cupressus glabra 'Pyramidalis'
Picea engelmannii 'Glauca'
Picea pungens 'Fat Albert'
Pinus pumila 'Glauca'
Pinus sylvestris 'Argentea'
Pinus wallichiana 'Nana'

Picea pungens 'Koster'
ÉPICÉA BLEU, ÉPICÉA DU COLORADO
☼ ❄❄❄ ↕ 13 m ↔ 5 m

Ce bel épicéa a une écorce grise d'aspect écailleux, des branches verticillées, et des aiguilles piquantes, bleu argenté, qui deviennent vertes en vieillissant.

LES ARBRES

JE PENSE QUE TOUTES LES PLANTES, même les plus petites, sont importantes ; mais les arbres éveillent en moi un sentiment bien particulier. Cela est dû, certes, à leur taille, mais bien plus à cette sensation de continuité et de permanence qu'ils apportent au jardin ; planter un arbre, surtout s'il doit vivre longtemps, est l'expression d'une croyance en l'avenir.

△ Quercus canariensis

△ POMMIER D'ORNEMENT *Les petites pommes rouges de* Malus *'Red Sentinel', un excellent petit arbre, persistent tout l'hiver.*

ATOUTS DES ARBRES

- Structurent les grandes lignes du jardin et délimitent les emplacements des autres plantes.
- Impression de permanence et de continuité créée par les grands arbres.
- Rafraîchissent par leur ombre.
- Changent avec les saisons.
- Infinie variété de tailles et de formes.
- Offrent une protection contre la pollution, le bruit et les regards indiscrets.
- Procurent abri et nourriture à la faune.

Dans de nombreux jardins, les arbres sont les éléments de base qui structurent l'ensemble. Ils peuvent être décoratifs par leur floraison, leur fructification, leur feuillage ou leur silhouette. Ils peuvent également mettre en valeur des plantes voisines, en attirant le regard sur elles. Certains associent plusieurs de ces éléments décoratifs, comme le sorbier (*Sorbus*), l'aubépine (*Crataegus*) et le pommier d'ornement (*Malus*).

AU FIL DES SAISONS

Dans les climats tempérés frais, le nombre d'arbres à feuillage caduc dépasse largement celui des arbres à feuillage persistant. Ces derniers sont souvent utilisés pour créer un fond, des écrans de verdure ou des brise-vent. L'éternel cycle végétatif – éclosion des bourgeons, floraison, fructification, chute des feuilles – que nous offrent chaque année les arbres à feuillage caduc est un phénomène dont nous ne nous lassons jamais. Les arbres présentés dans ce chapitre sont tous à feuillage caduc, sauf mention contraire.

UNE DIMENSION RAISONNÉE

Grâce à la variété des hauteurs et des formes d'arbre, il existe un grand choix pour chaque dimension et chaque type de jardin.

Ne réservez pas les petits arbres aux seuls petits jardins : un bel arbre solitaire peut attirer le regard et mettre en valeur les plantes environnantes. Mais quelles que soient vos priorités, le plus important est de procurer à l'arbre l'espace nécessaire. Il est déraisonnable de vouloir planter une espèce de grande dimension dans un espace limité.

△ ÉCLAT DORÉ *Populaire et de valeur sûre,* Robinia pseudoacacia *'Frisia', au feuillage jaune, illumine les coins sombres en été.*

◁ DOUBLE ATTRAIT *La délicieuse floraison printanière de* Amelanchier lamarckii *rivalise avec ses superbes teintes automnales.*

▷ PARURE D'AUTOMNE *Ce tulipier (*Liriodendron tulipifera *'Fastigiatum') convient aux grandes pelouses.*

Arbres à planter en sujets isolés

LES ARBRES À GRAND DÉVELOPPEMENT – souvent originaires des forêts – créent un effet impressionnant dans les jardins suffisamment spacieux pour les accueillir. Si les conditions leur conviennent, certains pourront vivre très vieux et raviront ainsi les générations futures.

Acer saccharinum

ÉRABLE ARGENTÉ — Croissance rapide

☼ ❄❄❄ — ↕ 25 m ↔ 15 m

D'abord en colonne large, ce bel arbre s'étale avec l'âge. Ses longues branches portent des feuilles lobées, dont le revers argenté brille dans le vent, et qui virent au jaune en automne. Il existe des variétés pleureuses, aux feuilles finement découpées.

Castanea sativa

CHÂTAIGNIER — Croissance rapide

☼ ☀ ❄❄❄ — ↕ 25 m ↔ 15 m

L'écorce brun rougeâtre de cet arbre magnifique se crevasse avec l'âge. En été, longs chatons de fleurs jaune pâle suivis des bogues épineuses, qui contiennent les fruits comestibles. Les feuilles virent au jaune en automne. Préfère les sols acides.

Catalpa speciosa

CATALPA CHAVANON — Croissance rapide

☼ ❄❄❄ — ↕ 20 m ↔ 15 m

Les feuilles luisantes, vert foncé, de cet arbre imposant sont larges à la base et pointues à l'extrémité. En été apparaissent des panicules de grandes fleurs blanches en forme de cloche, tachetées de pourpre, suivies de fines gousses pendantes.

Fagus sylvatica 'Aspleniifolia'

HÊTRE À FEUILLES DE FOUGÈRE — Croissance rapide

☼ ❄❄❄ — ↕ 25 m ↔ 25 m

Associant grâce et majesté, cet arbre souvent plus large que haut forme une grande couronne en dôme. Les fins rameaux retombants se couvrent de feuilles étroites, très découpées, qui deviennent jaunes, puis brunes à l'automne.

Liriodendron tulipifera

TULIPIER — Croissance rapide

☼ ❄❄❄ — ↕ 25 m ↔ 15 m

C'est l'un des arbres d'ornement les plus nobles, à cime conique s'étalant avec l'âge. Fleurs en tulipe à la mi-été. Les feuilles, au contour caractéristique, virent au jaune à l'automne. Les sujets issus de semis fleurissent rarement avant 15-20 ans.

Nothofagus obliqua
NOTHOFAGUS — Croissance rapide
☼ ❄❄❄ PH▼ — ↕ 20 m ↔ 18 m

Originaire d'Amérique du Sud, cet arbre élégant apparenté au hêtre a des branches dont l'extrémité retombe gracieusement. Les feuilles, d'un vert profond, virent au rouge et à l'orange en automne. Apprécie les sols humides mais bien drainés.

Quercus frainetto
CHÊNE DE HONGRIE — Croissance rapide
☼ ❄❄❄ — ↕ 20 m ↔ 18 m

Cette espèce de chêne, l'une des plus belles et des plus caractéristiques, a de grandes feuilles vert brillant, profondément et régulièrement lobées. La cime est étalée, et l'écorce foncée, fortement fissurée. Tolère la plupart des situations et des sols.

AUTRES ARBRES À PLANTER EN SUJETS ISOLÉS

Acer lobelii
Aesculus flava
Aesculus hippocastanum 'Baumannii'
Carpinus betulus
Carya ovata
Corylus colurna
Eucalyptus gunnii
Fraxinus americana
Juglans nigra
Magnolia acuminata
Platanus × *acerifolia*
Platanus orientalis
Quercus canariensis
Quercus cerris
Quercus petraea
Quercus robur
Tilia 'Petiolaris'
Tilia tomentosa

Quercus palustris
CHÊNE DES MARAIS — Croissance rapide
☼ ❄❄❄ PH▼ — ↕ 20 m ↔ 12 m

Ce superbe chêne est idéal pour une grande pelouse. Ses branches étalées, retombantes pour les plus basses, portent de belles feuilles lobées. D'un vert brillant en été, elles prennent en automne des teintes spectaculaires, bronze, orange ou rouge.

Pterocarya × *rehderiana*
PTÉROCARYA — Croissance rapide
☼ ❄❄❄ — ↕ 20 m ↔ 20 m

En été, les rameaux de ce cousin du noyer se couvrent de longs chatons, suivis de longues grappes de fruits ailés verts. Les feuilles deviennent jaune pâle en automne. Apprécie les sols profonds ou humides. Arbre imposant en toute saison.

Zelkova carpinifolia
ZELKOVA — Croissance lente
☼ ❄❄❄ — ↕ 30 m ↔ 25 m

Cet arbre à croissance lente est à planter pour les générations futures. Les spécimens adultes présentent une cime dense, ovale, aux branches fortement érigées, et un tronc court et épais. Les feuilles vertes virent au brun orangé à l'automne.

Arbres de taille moyenne

Certains des arbres les plus beaux se trouvent dans la gamme de taille moyenne, de 6 à 15 m ; seuls les très petits jardins ne leur conviennent pas. Cette sélection tient compte des divers intérêts décoratifs : fleurs, feuilles ou écorce. Certaines espèces sont rustiques, mais d'autres nécessitent un emplacement bien abrité.

Aesculus × *neglecta* 'Erythroblastos'
MARRONNIER — Croissance modérée
☼ ◐ ❄❄❄ — ↕10 m ↔6 m

Décoratif par son feuillage printanier, cet arbre présente une silhouette élancée qui s'étale avec l'âge. Les feuilles sont rose vif au stade juvénile, puis jaunes, et vertes en été. Elles se teintent de jaune orangé en automne. Situation abritée.

Cornus macrophylla
CORNOUILLER MACROPHYLLA — Croissance modérée
☼ ◐ ❄❄❄ — ↕12 m ↔10 m

Ce bel arbre au port étalé a des feuilles vertes, luisantes. Ses branches poussent en étages successifs. En été émergent du feuillage des cymes aplaties de petites fleurs blanc crème, suivies de baies bleu foncé en automne.

Magnolia × *loebneri* 'Leonard Messel'
MAGNOLIA — Croissance modérée
☼ ❄❄❄ — ↕10 m ↔6 m

Sa silhouette dressée en forme de vase devient conique à arrondie avec l'âge. Les branches encore nues se couvrent, au printemps, de fleurs parfumées, à nombreux pétales rose lilas, d'un ton plus soutenu lorsqu'elles sont en bouton.

Magnolia 'Wada's Memory'
MAGNOLIA — Croissance modérée
☼ ❄❄❄ — ↕10 m ↔7 m

Cime conique ou ovale. De grandes fleurs blanches et parfumées, à nombreux pétales, constellent les branches au printemps. Les feuilles, aromatiques, vert sombre, sont plus pâles en dessous. Spectaculaire quand il est en pleine floraison.

AUTRES ARBUSTES À FLEURS DE TAILLE MOYENNE

- *Cornus kousa* var. *chinensis*
- *Fraxinus ornus*
- *Koereuteria paniculata*
- *Magnolia* × *loebneri* 'Merrill'
- *Oxydendrum arboreum*
- *Prunus padus* 'Watereri'
- *Pterostyrax hispida*
- *Pyrus ussuriensis*
- *Sorbus alnifolia*
- *Stewartia pseudocamellia*

Malus hupehensis
POMMIER
Croissance rapide
☼ ❄❄❄
↕8 m ↔8 m

Les branches étalées de cet arbre à la cime dense et arrondie se couvrent, au printemps, de grandes fleurs blanches (roses en bouton), parfumées, suivies de petits fruits rouges à long pédoncule, qui persistent après la chute des feuilles.

Prunus avium 'Plena'
MERISIER
Croissance rapide
☼ ❄❄❄
↕12 m ↔12 m

Au printemps, la cime arrondie à étalée de ce vigoureux cerisier à fleurs très apprécié disparaît sous une profusion de bouquets de fleurs doubles blanches. Les feuilles prennent une superbe teinte rouge en automne. Arbre à isoler.

AUTRES ARBRES À FEUILLAGE DE TAILLE MOYENNE

Acer triflorum
Alnus glutinosa 'Imperialis'
Betula maximowicziana
Cladrastis lutea
Meliosma veitchiorum
Parrotia persica
Quercus cerris 'Variegata'
Robinia pseudoacacia 'Frisia'
Sorbus cuspidata
Tilia mongolica

Prunus serrulata var. *spontanea*
CERISIER JAPONAIS
Croissance modérée
☼ ❄❄❄
↕12 m ↔12 m

Sa cime évasée s'étale avec l'âge. Au printemps, les branches se couvrent de fleurs blanches ou roses. Au stade juvénile, les feuilles sont bronze. Elles se colorent vivement en automne. Lorsqu'il est en pleine floraison, l'arbre est superbe.

Styrax japonica
STYRAX
Croissance modérée
☼ ❄❄❄
↕10 m ↔10 m

Les branches étalées, recouvertes de feuilles luisantes vertes, forment une cime dense. En début d'été, le dessous des branches se garnit de fleurs blanches étoilées, retombantes, chacune pourvue d'un bouquet d'étamines jaunes.

Petits arbres pour espace limité

SÉLECTIONNER un arbre pour garnir un petit espace est une tâche difficile, car le choix est très grand. Vous pouvez planter les arbres présentés ici en sujets isolés au milieu d'une pelouse pour un effet spectaculaire, ou bien en bordure de terrain, où ils raviront les voisins et les passants.

Acer palmatum var. *coreanum*
ÉRABLE JAPONAIS — Croissance rapide
☼ ◑ ❄❄❄ — ↕5 m ↔5 m

Les fines branches de cet arbre peu exigeant se couvrent de jolies feuilles vertes, qui prennent une teinte spectaculaire rouge orangé à l'automne. De petites fleurs rouge pourpre émergent du feuillage au printemps. N'aime pas les sols secs.

Acer triflorum
ÉRABLE — Croissance lente
☼ ❄❄❄ — ↕8 m ↔7 m

Très décorative en hiver, l'écorce gris-brun de cet érable s'exfolie. Ses feuilles à trois folioles prennent, à l'automne, de belles teintes brillantes jaunes, orange et rouges. Bouquets de petites fleurs verdâtres à la fin du printemps.

Aesculus pavia 'Atrosanguinea'
MARRONNIER ROUGE — Croissance lente
☼ ❄❄❄ — ↕5 m ↔4 m

Du fait de sa croissance lente et de son port en dôme compact, cet arbre est idéal en sujet isolé sur une pelouse. En été, ses fleurs rouges, tubulaires, se détachent à merveille sur ses feuilles vert foncé. Elles sont suivies de fruits lisses brun clair.

Cornus alternifolia 'Argentea'
CORNOUILLER PANACHÉ — Croissance modérée
☼ ❄❄❄ — ↕3 m ↔2 m

Avec l'âge, les branches disposées en étages donnent à l'arbre une silhouette caractéristique. On peut tailler les branches basses pour dégager le tronc, ou bien les conserver. Petits bouquets de fleurs blanches au printemps.

Cornus florida 'White Cloud'
CORNOUILLER À FLEURS Croissance modérée
☼ ❄❄❄ ↕5 m ↔6 m

Cet arbre buissonnant à la cime étalée a besoin d'espace pour s'épanouir. Il est décoratif, d'abord au printemps, quand apparaissent ses inflorescences blanches, puis à l'automne, lorsque ses feuilles se colorent de rouge et de pourpre.

Eucalyptus niphophila
EUCALYPTUS Croissance modérée
☼ ❄❄❄ ↕10 m ↔8 m

Cet eucalyptus a des feuilles persistantes gris-vert et des bouquets duveteux de fleurs blanches estivales. Mais il est surtout cultivé pour la beauté de son écorce dont les teintes – vert, gris, crème, argenté – produisent un bel effet marbré.

Eucryphia glutinosa
EUCRYPHIA Croissance modérée
☼ ❄❄❄ PH ↕6 m ↔5 m

Les feuilles divisées, vert foncé brillant, virent à l'orange et au rouge à l'automne. Les fleurs parfumées, ressemblant à des roses, apparaissent du milieu à la fin de l'été. Préfère un sol humide mais bien drainé. Protéger les racines du soleil.

Rhus trichocarpa
SUMAC Croissance modérée
☼ ❄❄❄ ↕7 m ↔7 m

En automne, les grandes feuilles à nombreuses folioles de cet arbre à port étalé prennent une teinte pourpre, puis rouge et orangé, côtoyant les grappes retombantes de fruits jaunes. La sève est toxique et peut provoquer des allergies.

AUTRES PETITS ARBRES

- *Acer shirasawanum* 'Aureum'
- *Amelanchier lamarckii*
- *Aralia elata*
- *Crataegus laciniata*
- *Fraxinus mariesii*
- *Magnolia* 'Wada's Memory'
- *Malus* 'Red Sentinel'
- *Mespilus germanica* 'Nottingham'
- *Prunus* 'Kursar'
- *Prunus* 'Pink Shell'
- *Sorbus forrestii*

△ Sorbus vilmorinii *'Pearly King'*

Sorbus vilmorinii
SORBIER Croissance modérée
☼ ❄❄❄ ↕4 m ↔5 m

Les feuilles composées qui habillent les branches arquées de cet arbre élégant se teintent de rouge et d'orangé à l'automne. Fleurs blanches à la fin du printemps, et bouquets lâches et retombants de petits fruits roses en automne et en début d'hiver.

Arbres pour sol très argileux

LES SOLS ARGILEUX sont souvent très fertiles, mais leurs caractéristiques physiques posent parfois quelques difficultés. Vous trouverez ici une sélection d'arbres parmi les espèces les plus intéressantes, qui poussent sans problème dans les sols lourds, pourvu qu'ils ne soient pas complètement détrempés.

Aesculus hippocastanum 'Baumannii'
MARRONNIER D'INDE — Croissance rapide
☼ ❄❄❄ — ↕ 30 m ↔ 15 m

Ce grand arbre à la cime étalée a de grandes feuilles divisées en larges folioles. Au printemps émergent des panicules dressées de fleurs doubles blanches, marquées de rouge ou de jaune. Ce marronnier ne produit pas de fruits.

Alnus incana
AULNE BLANC — Croissance modérée
☼ ❄❄❄ — ↕ 18 m ↔ 10 m

C'est un arbre résistant et peu exigeant, à la silhouette conique et lâche. Les feuilles vert foncé très nervurées sont grises et tomenteuses en dessous. Des chatons jaunes pendants drapent les branches en février-mars. N'aime pas les sols secs.

Catalpa bignonioides
CATALPA COMMUN — Croissance modérée
☼ ❄❄❄ — ↕ 12 m ↔ 15 m

Cet arbre souvent plus large que haut a une silhouette originale et des feuilles cordiformes vert clair, d'abord pourprées. En été, il porte des bouquets lâches de fleurs blanches maculées de pourpre et de jaune, suivies de longues gousses pendantes.

Cotoneaster frigidus
COTONÉASTER — Croissance rapide
☼ ◑ ❄❄❄ — ↕ 10 m ↔ 10 m

Bien que souvent buissonnant, ce cotonéaster peut être taillé pour former un tronc unique. Il a de grandes feuilles et, en début d'été, des inflorescences blanches, suivies en automne et en début d'hiver de gros bouquets de baies rouges.

+ Laburnocytisus adamii
CYTISE D'ADAM
Croissance modérée
☼ ❄❄❄
↕8 m ↔7 m

Cet arbre a la silhouette et le feuillage d'un cytise. Obtenu à partir d'un greffage entre un cytise faux ébénier jaune et un genêt pourpre, il présente, en fin de printemps et en début d'été, des fleurs de différentes couleurs, jaunes, roses et pourpres.

Quercus robur
CHÊNE PÉDONCULÉ
Croissance lente
☼ ❄❄❄
↕25 m ↔25 m

Arbre bien connu, très présent dans la culture populaire, le chêne pédonculé justifie sa réputation de symbole de robustesse et de longévité. Son écorce rugueuse, ses feuilles lobées, vert foncé, et ses glands au long pédoncule contribuent à ses mérites.

Magnolia x soulangeana ▷

Magnolia × soulangeana
MAGNOLIA
Croissance modérée
☼ ❄❄❄
↕6 m ↔7 m

De grandes fleurs parfumées en forme de tulipe, blanches teintées de rose pourpre, ornent ce magnolia au printemps, offrant un spectacle magnifique. Il présente une cime étalée, à branches basses. Il existe de nombreuses et excellentes variétés.

AUTRES ARBRES POUR SOL TRÈS ARGILEUX

Acer pseudoplatanus 'Brilliantissimum'
Betula utilis 'Jermyns'
Carpinus betulus 'Fastigiata'
Crataegus prunifolia
Eucalyptus globulus
Ilex × koehneana
Malus hupehensis
Platanus × acerifolia
Prunus padus 'Watereri'
Quercus palustris
Salix pentandra
Sorbus intermedia
Tilia mongolica

Populus maximowiczii
PEUPLIER
Croissance rapide
☼ ❄❄❄
↕20 m ↔10 m

Ce grand arbre a des branches ascendantes puis s'étalant. Ses feuilles cordiformes vert brillant virent au jaune à l'automne. Les chatons printaniers sur les pieds femelles donnent, en fin d'été, des fruits couverts d'un duvet blanc cotonneux.

Sorbus alnifolia
SORBIER
Croissance modérée
☼ ◑ ❄❄❄
↕11 m ↔8 m

La cime de cet arbre peu exigeant et robuste, d'abord conique ou ovale, s'étale avec l'âge. Ses feuilles vertes deviennent orange puis rouges à l'automne. En fin de printemps apparaissent des bouquets de fleurs blanches suivis, en automne, de fruits rouge brillant.

Arbres pour sol non calcaire

En fait, seuls quelques arbres ne parviennent pas à se développer en sol calcaire ; beaucoup y végètent, préférant les sols acides ou neutres. Les arbres présentés ici poussent beaucoup mieux dans les terrains dépourvus de calcaire, à condition qu'ils aient suffisamment d'eau en été.

Cornus nuttallii
CORNOUILLER Croissance rapide
☼ ◐ ❄❄❄ PH▼ ↕13 m ↔8 m

Les feuilles vert foncé de ce bel arbre vigoureux deviennent jaunes ou rouges en automne. Des fleurs minuscules, entourées de grandes bractées blanches, apparaissent au printemps, suivies, les étés chauds, de grappes de fruits rouges.

Eucryphia × nymansensis
EUCRYPHIA Croissance modérée
☼ ◐ ❄❄ PH▼ ↕13 m ↔6 m

De la fin de l'été au début de l'automne, les rameaux de cet arbre à port en colonne se couvrent de fleurs blanches, ressemblant à des roses simples. Feuilles persistantes vertes, luisantes, simples ou divisées. Aime avoir les racines à l'ombre.

Magnolia fraseri
MAGNOLIA Croissance modérée
☼ ❄❄❄ PH▼ ↕10 m ↔8 m

Peu courant, ce magnolia au port lâche se distingue aisément par ses énormes feuilles vertes. De grandes fleurs parfumées apparaissent de la fin du printemps au début de l'été et peuvent être suivies de grappes de fruits rouges cylindriques.

ARBRES TOLÉRANT À LA FOIS FORTE ACIDITÉ ET FORTE ALCALINITÉ

Betula pendula
Crataegus monogyna
Fagus sylvatica
Ilex aquifolium
Populus alba
Populus canescens
Quercus cerris
Quercus robur
Sorbus × hybrida
Sorbus intermedia

Nothofagus procera
NOTHOFAGUS Croissance rapide
☼ ◐ ❄❄❄ PH▼ ↕20 m ↔12 m

Ce bel arbre au port élancé, au tronc droit, a des branches drapées de grandes feuilles fortement nervurées. D'abord bronze, puis vertes en été, elles prennent à l'automne de jolies teintes rouge orangé. Craint les vents violents.

AUTRES ARBRES POUR SOL NON CALCAIRE

Acer rubrum
Embothrium coccineum
Eucryphia glutinosa
Liquidambar styraciflua
Lyonothamnus floribundus ssp. *aspleniifolius*
Magnolia 'Heaven Scent'
Nothofagus dombeyi
Nyssa sylvatica
Picrasma quassioides

Oxydendrum arboreum
OSEILLE EN ARBRE
Croissance modérée
☼ ☀ ❄❄❄ PH▼
↕ 12 m ↔ 8 m

Port conique s'étalant avec l'âge. Les feuilles luisantes, vertes, virent au jaune, au rouge ou au pourpre en automne. De minuscules fleurs parfumées apparaissent en fin d'été et en automne. Prospère en sol humide, bien drainé, les racines à l'ombre.

Sassafras albidum
SASSAFRAS
Croissance modérée
☼ ☀ ❄❄❄ PH▼
↕ 20 m ↔ 8 m

Réputé pour les vertus médicinales de l'écorce aromatique de ses racines, cet arbre a des feuilles, souvent lobées, qui virent au jaune, à l'orange ou au pourpre à l'automne. Son écorce rugueuse et ses rameaux clairs sont décoratifs en hiver.

Quercus rubra
CHÊNE ROUGE
Croissance rapide
☼ ❄❄❄ PH▼
↕ 25 m ↔ 20 m

Cet arbre vigoureux, au port étalé, est à planter en sujet isolé ou à utiliser pour former un écran. Ses grandes feuilles, souvent profondément lobées, prennent en automne une couleur rouge bronze ou brun-rouge, virant parfois à un rouge plus vif avant de tomber.

Stewartia pseudocamellia
STUARTIA
Croissance modérée
☼ ☀ ❄❄❄ PH▼
↕ 12 m ↔ 6 m

Très décorative en hiver, l'écorce brun rougeâtre de cet arbre aux multiples qualités s'exfolie, faisant apparaître des plaques plus claires. Des fleurs blanches s'ouvrent dès le milieu de l'été, et les feuilles se colorent en orange ou en rouge vif à l'automne.

Arbres pour sol calcaire

DRAINANTS et se réchauffant bien plus vite au printemps, les sols calcaires conviennent à toute une gamme d'arbres d'ornement, dont certains sont très florifères. Beaucoup proviennent de régions à étés chauds et apprécient le soleil et la chaleur, qui favorisent l'aoûtement du bois et la floraison.

Albizia julibrissin
ARBRE DE SOIE
Croissance modérée
☼ ❄❄
↕10 m ↔10 m

Jeune, l'arbre est plus large que haut, avec des branches étalées et des feuilles finement divisées ressemblant à des frondes de fougères. En fin d'été et en automne apparaissent des bouquets de fleurs duveteuses à étamines roses. La variété 'Rosea' est plus rustique.

Cercis siliquastrum
ARBRE DE JUDÉE
Croissance modérée
☼ ❄❄❄
↕10 m ↔10 m

Cet arbre à port étalé, parfois buissonnant, souvent à un seul tronc, a des feuilles cordiformes vert-bleu. Au printemps, il se couvre de fleurs papilionacées rose lilas, suivies de gousses aplaties rouges. La variété 'Bodnant' a des fleurs pourpre foncé.

AUTRES ARBRES POUR SOL CALCAIRE

Acer campestre
Acer negundo 'Flamingo'
Acer platanoides
Aesculus hippocastanum 'Baumannii'
Arbutus × *andrachnoides*
Fraxinus mariesii
Ligustrum lucidum
Malus 'Red Sentinel'
Morus nigra
Paulownia tomentosa
Prunus 'Mount Fuji'
Prunus 'Shogetsu'
Prunus 'Ukon'
Robinia × *slavinii* 'Hillieri'
Sophora japonica 'Violacea'
Sorbus intermedia
Tilia tomentosa 'Brabant'

△ Crataegus orientalis

Crataegus orientalis (syn. *C. laciniata*)
ÉPINE D'ORIENT
Croissance lente
☼ ❄❄❄
↕5,50 m ↔5,50 m

Cette aubépine ornementale finit par développer une cime dense, arrondie, aux feuilles vert grisâtre, profondément lobées. A la fin du printemps apparaissent des bouquets de fleurs blanches, suivies en automne de gros fruits rouges.

Fraxinus ornus
FRÊNE À FLEURS — Croissance modérée
☼ ❄❄❄ — ↕15 m ↔13 m

Il a une cime typiquement arrondie et des feuilles vert clair à nombreuses folioles. De la fin du printemps au début de l'été apparaissent de grandes panicules de petites fleurs parfumées blanc crème, suivies de fruits teintés de bronze. Bel arbre à la silhouette compacte.

Malus floribunda
POMMIER À FLEURS — Croissance modérée
☼ ❄❄❄ — ↕8 m ↔10 m

Ce pommier à fleurs peu exigeant et répandu est l'un des premiers à fleurir. Sa cime dense et arrondie se couvre, au printemps, d'une profusion de fleurs rose pâle. De nombreux fruits jaunes, lavés de rouge, apparaissent en automne.

Koelreuteria paniculata
SAVONNIER — Croissance modérée
☼ ❄❄❄ — ↕10 m ↔10 m

Les feuilles de cet arbre à la cime étalée sont divisées en nombreuses folioles dentées, qui virent au jaune en automne. En fin d'été apparaissent de grandes panicules terminales de fleurs jaunes, suivies de gousses aplaties.

Prunus × *yedoensis*
CERISIER À FLEURS — Croissance modérée
☼ ❄❄❄ — ↕8 m ↔10 m

Cet arbre à cime arrondie a des branches largement étalées et arquées. Au début du printemps, les rameaux se couvrent de bouquets retombants de fleurs à odeur d'amande, roses en bouton, puis blanc rosé. C'est un des premiers cerisiers à fleurir.

Laburnum alpinum
CYTISE — Croissance modérée
☼ ❄❄❄ — ↕7 m ↔7 m

Cet arbre a une cime large et un tronc court et trapu. Les feuilles luisantes, vert foncé, comportent trois folioles. A la fin du printemps apparaissent de longues grappes pendantes de fleurs papilionacées jaunes, délicieusement parfumées. Attention, plante toxique.

Sorbus aria 'Lutescens'
ALISIER BLANC — Croissance modérée
☼ ❄❄❄ — ↕11 m ↔8 m

Cet arbre populaire a une cime dressée à ovale, s'étalant avec l'âge. Ses feuilles, blanc crème quand elles apparaissent au printemps, deviennent gris verdâtre pendant l'été. Des fleurs blanches s'épanouissent de la fin du printemps au début de l'été.

Arbres pour situation sèche et ensoleillée

CEUX QUI POSSÈDENT des jardins dans un climat sec et ensoleillé ne connaissent que trop bien les problèmes liés à la sécheresse estivale. Un sol sableux ou caillouteux peut encore aggraver la situation. Fort heureusement, certains arbres tolèrent parfaitement, à défaut de les apprécier, de telles conditions.

Eucalyptus dalrympleana
EUCALYPTUS — Croissance rapide
☼ ❄❄❄ — ↕ 20 m ↔ 9 m

En forme de colonne lorsqu'il est jeune, cet arbre s'élargit avec l'âge. Les feuilles persistantes, arrondies sur les jeunes arbres, deviennent étroites et pendantes. Des fleurs blanches apparaissent à la fin de l'été. L'écorce blanc crème est décorative.

Celtis australis
MICOCOULIER — Croissance modérée
☼ ❄❄❄ — ↕ 18 m ↔ 15 m

Peu courant mais peu exigeant, cet arbre a une écorce lisse gris pâle. Il forme une colonne large, avec une cime en dôme et des branches retombantes chez les sujets âgés. Ses feuilles étroites, pointues et finement dentées sont rugueuses au toucher.

Cladrastis lutea
VIRGILIER À BOIS JAUNE — Croissance modérée
☼ ❄❄❄ — ↕ 12 m ↔ 12 m

Cet arbre magnifique présente des intérêts multiples : cime arrondie ou en dôme, feuilles divisées, devenant jaune clair à l'automne, et grandes grappes terminales de fleurs papilionacées blanches, parfumées, s'épanouissant en été.

Gleditsia triacanthos 'Sunburst'
FÉVIER D'AMÉRIQUE — Croissance modérée
☼ ❄❄❄ — ↕ 12 m ↔ 12 m

Le tronc et les branches de cet arbre au port étalé et large sont brun-gris. Les feuilles luisantes, très divisées, sont jaunes quand elles apparaissent, vert foncé en été, puis deviennent jaune pâle en automne. Supporte très bien l'air pollué.

Maackia amurensis
MAACKIA — Croissance lente
☼ ❄❄❄ — ↕ 7 m ↔ 7 m

Cet arbre à port étalé et à écorce brun grisâtre a des feuilles divisées vert foncé, bleu argenté quand elles sont jeunes. Des épis denses et érigés de fleurs blanches nuancées de bleu ardoise très clair émergent du feuillage en été.

Pittosporum crassifolium 'Variegatum'
PITTOSPORUM — Croissance modérée
☼ ❄ — ↕ 5 m ↔ 3 m

Dans la nature, cet arbre persistant reste arbustif ; il faut donc le tailler pour former un tronc unique. Les feuilles coriaces sont gris-vert et bordées de blanc. De petites fleurs parfumées pourpre rougeâtre apparaissent au printemps. Convient aux régions côtières douces.

Quercus canariensis
CHÊNE ZEEN — Croissance modérée
☼ ❄❄❄ — ↕ 20 m ↔ 12 m

Ce bel arbre forme une colonne large s'arrondissant avec l'âge. Ses branches relevées sont recouvertes de nombreuses grandes feuilles, régulièrement lobées, qui virent au brun jaunâtre à l'automne et persistent souvent jusqu'à la fin de l'hiver.

Sophora japonica 'Violacea'
SOPHORA DU JAPON — Croissance rapide
☼ ❄❄❄ — ↕ 18 m ↔ 18 m

Cet arbre à cime arrondie présente une écorce brun-gris fortement ridée. Les feuilles à nombreuses folioles sortent tard. De grandes panicules de petites fleurs papilionacées blanches teintées de lilas apparaissent de la fin de l'été au début de l'automne.

AUTRES ARBRES POUR SITUATION SÈCHE ET ENSOLEILLÉE

Arbutus × andrachnoides
Cercis siliquastrum
Fraxinus velutina
Genista aetnensis
Juglans microcarpa
Koelreuteria paniculata
Ligustrum lucidum
Phillyrea latifolia
Quercus agrifolia
Quercus suber

Umbellularia californica
LAURIER DE CALIFORNIE — Croissance modérée
☼ ❄❄ — ↕ 12 m ↔ 10 m

Cet arbre persistant, dense et buissonnant, est un parent du laurier *(Laurus nobilis)*. Des bouquets de fleurs jaunâtres naissent au printemps. Ses feuilles coriaces, vert brillant, sont irritantes si on les écrase, et peuvent provoquer des nausées si on les respire.

Arbres pour le bord de l'eau

RIEN N'EST PLUS ROMANTIQUE qu'un saule pleureur poussant au bord d'une rivière. Peu nombreux sont ceux qui ont la chance d'avoir un cours d'eau coulant dans leur jardin, mais il est tout à fait possible de planter un arbre à proximité d'un étang ou d'une pièce d'eau, à condition de ne pas oublier la notion de proportion.

Alnus rubra
AULNE ROUGE — Croissance rapide
☼ ❄❄❄ — ↕15 m ↔10 m

Cet arbre à croissance rapide a une forme conique. Au début du printemps, les branches dénudées se couvrent de chatons mâles orange jaunâtre, qui peuvent atteindre 15 cm de long. Les feuilles dentées sont fortement nervurées. Écorce des sujets âgés gris pâle.

Betula nigra
BOULEAU NOIR — Croissance modérée
☼ ❄❄❄ — ↕15 m ↔15 m

Différent des autres bouleaux plus courants à tronc blanc, cet arbre se distingue par l'écorce de son tronc et de ses branches principales, pelucheuse et couverte de lambeaux, gris rosâtre devenant brun-noir avec l'âge. Feuilles en losange.

Pterocarya fraxinifolia
PTÉROCARYA — Croissance modérée
☼ ❄❄❄ — ↕25 m ↔20 m

Cet arbre a un port large et étalé. Les feuilles, très divisées, ressemblent à celles du frêne. De longs chatons de fleurs vertes donnent naissance à des fruits ailés verts. Il faut supprimer les rejets qui apparaissent, à moins de vouloir créer un bosquet.

AUTRES ARBRES POUR LE BORD DE L'EAU

Alnus firma
Alnus glutinosa 'Imperialis'
Populus alba 'Richardii'
Populus maximowiczii
Salix alba ssp. *vitellina*
Salix daphnoides
Salix matsudana 'Tortuosa'
Salix pentandra

△ Salix x sepulcralis *'Chrysocoma'*

Salix × *sepulcralis* 'Chrysocoma'
SAULE PLEUREUR — Croissance rapide
☼ ❄❄❄ — ↕20 m ↔25 m

Cet arbre bien connu est trop grand pour les petits jardins, où il est pourtant souvent planté. Ses longs rameaux retombants, fins et élancés, sont jaune doré en hiver. Ils se couvrent de délicates feuilles vert brillant au printemps et en été.

Arbres pleureurs

LES ARBRES PLEUREURS ne plaisent pas à tous les jardiniers. Certains trouvent leur port trop désordonné. Bien situé, cependant, un arbre aux branches retombantes est extrêmement décoratif et crée un effet spectaculaire. Il faut généralement tuteurer ces arbres pendant quelques années, pour qu'ils se développent harmonieusement, surtout s'il s'agit au départ de jeunes plants greffés. Les sujets plantés au bord d'une pièce d'eau sont particulièrement décoratifs.

Fagus sylvatica 'Pendula'
HÊTRE PLEUREUR — Croissance rapide
☼ ❄❄❄ — ↕ 18 m ↔ 20 m

Arbre magnifique pour une grande pelouse, le hêtre pleureur est souvent plus large que haut. De longs rameaux pendants drapent ses branches arquées ou étalées et en font un arbre décoratif toute l'année. Il en existe plusieurs variétés.

Prunus 'Cheal's Weeping'
CERISIER PLEUREUR — Croissance modérée
☼ ❄❄❄ — ↕ 2,50 m ↔ 3 m

Formant un dôme bas, ce petit cerisier du Japon est idéal pour les jardins où l'espace est limité. Au printemps, ses branches retombantes se couvrent d'une profusion de fleurs doubles, rose brillant. Très décoratif près d'un petit bassin.

Prunus subhirtella 'Pendula Rubra'
CERISIER PRINTANIER PLEUREUR — Croissance modérée
☼ ❄❄❄ — ↕ 5 m ↔ 6 m

Avec un palissage adapté, la cime en dôme de cet élégant cerisier peut dépasser 5 m de hauteur. D'abondantes petites fleurs simples, rose foncé, carmin lorsqu'elles sont en bouton, recouvrent ses fines branches retombantes au printemps.

AUTRES ARBRES PLEUREURS

Betula pendula 'Youngii'
Ilex aquifolium 'Pendula'
Morus alba 'Pendula'
Pyrus salicifolia 'Pendula'
Sophora japonica 'Pendula'

Salix caprea *'Pendula'* ▷

Salix caprea 'Pendula'
SAULE MARSAULT PLEUREUR — Croissance rapide
☼ ❄❄❄ — ↕ 2 m ↔ 1,50 m

La cime dense en parasol de cet arbre de petites dimensions convient aux jardins les plus exigus. Ses très nombreuses branches retombantes se garnissent, au printemps, de chatons mâles gris argenté, qui virent au jaune en mûrissant.

Arbres tolérant la pollution de l'air

LES EMPLACEMENTS SOUMIS à une pollution atmosphérique ne semblent pas les meilleurs endroits pour accueillir des arbres. Cependant, à condition de bien préparer le sol et de veiller à leur entretien, un certain nombre d'arbres, petits et grands, sauront y prospérer tout aussi bien qu'à l'air pur.

Fraxinus angustifolia
FRÊNE
☼ ✻✻✻

Croissance rapide
↕20 m ↔12 m

Ce grand arbre, plus élégant que le frêne commun *(Fraxinus excelsior)*, présente une cime ovale ou arrondie. Ses feuilles sont régulièrement divisées en étroites folioles vertes, lisses et luisantes, qui virent au jaune en automne.

Amelanchier laevis
AMÉLANCHIER
☼ ◐ ✻✻✻

Croissance modérée
↕6 m ↔6 m

Au printemps, des bouquets de fleurs blanches constellent les branches de ce petit arbre souvent buissonnant, à la silhouette dense et étalée. Ses feuilles, bronze au printemps, deviennent vertes en été, puis rouges ou orange en automne.

Ilex × altaclerensis 'Belgica Aurea'
HOUX
☼ ◐ ✻✻✻

Croissance modérée
↕8 m ↔3 m

Les feuilles persistantes de ce houx sont lancéolées, à bords lisses ou dentés. Elles sont marbrées de gris et de vert, avec une marge irrégulière, crème ou jaune pâle. A partir de l'automne, cet arbre compact et élancé porte des baies rouges.

Crataegus laevigata 'Paul's Scarlet'
AUBÉPINE
☼ ✻✻✻

Croissance modérée
↕6 m ↔8 m

Cet arbre a une cime touffue, arrondie ou étalée. A la fin du printemps et au début de l'été, les branches se couvrent de nombreux bouquets de fleurs doubles rouges. Les feuilles sont luisantes, vert foncé. 'Punicea' est identique, mais avec des fleurs simples cramoisies.

AUTRES ARBRES TOLÉRANT LA POLLUTION DE L'AIR

Acer pseudoplatanus 'Brilliantissimum'
Aesculus × carnea 'Briotii'
Ailanthus altissima
Alnus cordata
Amelanchier lamarckii
Catalpa bignonioides
Crataegus prunifolia
Magnolia × soulangeana
Malus baccata var. *mandschurica*
Malus 'Profusion'
Phellodendron amurense
Populus × euramericana 'Robusta'
Prunus 'Pink Perfection'
Quercus ilex
Sorbus aria 'Majestica'
Tilia × euchlora
Tilia platyphyllos 'Rubra'

△ Crataegus laevigata *'Paul's Scarlet'*

Laburnum × watereri 'Vossii'
CYTISE
Croissance modérée
☼ ❄❄❄
↕7 m ↔7 m

La cime étalée de cet arbre, le cytise le plus communément planté, est couverte de feuilles composées de trois folioles. À la fin du printemps ou en début d'été, de longues grappes effilées de fleurs papilionacées pendent de ses branches. Toxique.

Platanus × acerifolia
PLATANE À FEUILLES D'ÉRABLE
Croissance modérée
☼ ❄❄❄
↕30 m ↔20 m

Ce très grand arbre développe un tronc massif et une large cime étalée. L'écorce décorative s'exfolie par plaques. Les feuilles larges ont cinq lobes dentés. À partir de l'été apparaissent des fruits sphériques réunis en chapelets pendants.

Prunus dulcis 'Roseoplena'
AMANDIER
Croissance modérée
☼ ❄❄❄
↕8 m ↔8 m

À la fin de l'hiver et au début du printemps, les branches étalées de cet arbre se constellent de fleurs doubles, rose pâle. Elles précèdent les feuilles oblongues et pointues, vert foncé, et illuminent les plus sombres des derniers jours de l'hiver.

Pyrus calleryana 'Chanticleer'
POIRIER D'ORNEMENT
Croissance modérée
☼ ❄❄❄
↕12 m ↔6 m

Robuste et rustique, cet arbre conique et compact a des feuilles vertes, arrondies et luisantes, qui deviennent rouge pourpré à l'automne. Au printemps, l'arbre est totalement couvert de bouquets de belles fleurs blanches et se distingue de loin.

Robinia pseudoacacia
ROBINIER FAUX ACACIA
Croissance rapide
☼ ❄❄❄
↕20 m ↔12 m

Cet arbre robuste présente des pousses épineuses et des feuilles à folioles ovales. De la fin du printemps au début de l'été apparaissent des grappes pendantes de fleurs blanches parfumées. L'écorce se crevasse avec l'âge. Drageonne s'il est taillé sévèrement.

Arbres pour le bord de mer

SEULS LES ARBRES LES PLUS RÉSISTANTS peuvent affronter la double action des vents violents et des embruns des jardins de bord de mer. Les arbres suivants figurent parmi les plus tolérants, et ils sont très précieux car ils ont de plus l'avantage d'offrir une protection aux arbustes et aux plantes vivaces.

Hippophae rhamnoides
ARGOUSIER — Croissance modérée
☼ ❄❄❄ — ↕ 6 m ↔ 6 m

Buissonnant, l'argousier doit être taillé pour donner un ou quelques troncs. Les feuilles étroites et argentées recouvrent les branches épineuses. Il faut planter des pieds mâle et femelle pour voir apparaître des baies orange vif qui durent tout l'hiver.

AUTRES ARBRES POUR LE BORD DE MER

- *Alnus rubra*
- *Populus × euramericana* 'Robusta'
- *Quercus ilex*
- *Tilia cordata* 'Rancho'

Phillyrea latifolia
FILARIA — Croissance lente
☼ ❄❄❄ — ↕ 8 m ↔ 8 m

Ce petit arbre peu connu mais intéressant rappelle le chêne vert (*Quercus ilex*), en plus petit. Les feuilles étroites luisantes, vert foncé, sont coriaces et dentées. A la fin du printemps et en été apparaissent des bouquets denses de minuscules fleurs jaune crème.

Populus alba
PEUPLIER BLANC — Croissance rapide
☼ ❄❄❄ — ↕ 20 m ↔ 13 m

Cet arbre au port étalé, très commun, a une belle écorce sillonnée de gris. Les feuilles, lobées ou dentées, vert foncé sur le dessus et blanches et duveteuses en dessous, offrent un magnifique contraste quand le vent les agite.

Salix alba
SAULE BLANC — Croissance rapide
☼ ❄❄❄ — ↕ 20 m ↔ 13 m

Sa silhouette conique s'étale avec l'âge et devient aussi large que haute. Ses feuilles étroites et argentées miroitent au soleil. Convient aux terrains humides ; éviter la proximité de canalisations enterrées ou de bâtiments, à cause des racines.

Sorbus aucuparia
SORBIER DES OISELEURS — Croissance modérée
☼ ☀ ❄❄❄ — ↕ 10 m ↔ 7 m

Les feuilles divisées de cet arbre à l'écorce grise virent souvent au rouge ou au jaune à l'automne. Les bouquets de fleurs blanches printanières sont suivis de grappes de fruits rouge orangé, rouge vif à maturité. Résistant et adaptable.

Arbres pour écrans et brise-vent

OUTRE LES CONIFÈRES, des arbres à feuilles larges, de taille moyenne ou grande, peuvent créer une bonne ligne de défense contre les vents violents, ou masquer une vue ou une construction inesthétique. Ils ont en outre de grandes qualités ornementales.

Acer platanoides
ÉRABLE PLANE
Croissance rapide
☼ ❄❄❄
↕25 m ↔15 m

Cet arbre de culture facile présente une cime arrondie. Au milieu du printemps, avant la sortie des feuilles, apparaissent des bouquets de fleurs jaunes, suivis de fruits verts ailés. À l'automne, les feuilles prennent des teintes vives jaunes, orange ou rouges.

Alnus cordata
AULNE À FEUILLES EN CŒUR
Croissance rapide
☼ ❄❄❄
↕25 m ↔10 m

Ce bel arbre en colonne devient conique avec l'âge. De longs chatons mâles jaunes drapent les branches en fin d'hiver ou en début de printemps. En été, les fruits en forme de cône émergent des feuilles ovales, à la partie supérieure vert foncé et brillante.

Fagus sylvatica
HÊTRE COMMUN, FAYARD
Croissance modérée
☼ ❄❄❄
↕35 m ↔15 m

L'un des plus beaux arbres des régions tempérées, le fayard finit par développer une cime en dôme. Écorce lisse et gris clair, feuilles vert tendre au printemps, fonçant en été et virant au jaune doré à l'automne : c'est un arbre pour toutes les saisons.

AUTRES ARBRES POUR ÉCRANS OU BRISE-VENT

Acer pseudoplatanus
Fraxinus excelsior 'Westhof's Glorie'
Populus nigra 'Italica'
Populus × *euramericana* 'Robusta'
Quercus robur
Tilia cordata

△ Prunus serotina

Prunus serotina
CERISIER NOIR
Croissance modérée
☼ ◐ ❄❄❄
↕15 m ↔13 m

Il présente une couronne ovale de branches retombantes ou arquées. Les feuilles luisantes, vert foncé, sont caduques et virent au jaune ou au rouge à l'automne. Des grappes pendantes de fleurs blanches apparaissent au printemps, suivies de fruits brillants rouges puis noirs.

Arbres à feuillage persistant

En région tempérée, les arbres à feuilles persistantes (hormis les conifères) sont beaucoup moins nombreux que les arbres à feuilles caduques. Cela les rend encore plus précieux au jardin, surtout en hiver, quand leur feuillage vert, coloré ou panaché, contraste avec les ramilles nues ou les arbustes à floraison hivernale. Mais ils restent décoratifs toute l'année.

Pittosporum tenuifolium
Pittosporum — Croissance modérée
☼ ❄❄ — ↕6 m ↔5 m

D'abord en colonne, la forme s'arrondit avec l'âge. Les branches fines portent des feuilles luisantes. De petites fleurs pourpres en cloche, à odeur de miel, apparaissent à la fin du printemps. Excellent en écran ou isolé, surtout en bord de mer.

Autres arbres à feuillage persistant

Arbutus unedo
Drimys winteri
Eucalyptus globulus
Ilex latifolia
Laurus nobilis
Ligustrum lucidum
Magnolia grandiflora
Phillyrea latifolia
Prunus lusitanica
Quercus ilex
Trachycarpus fortunei

Maytenus boaria
Maytenus — Croissance modérée
☼ ◐ ❄❄❄ — ↕10 m ↔8 m

Cet arbre élégant et peu commun rappelle le saule pleureur. D'abord érigé, il acquiert progressivement une cime arrondie. Ses branches sont densément garnies de feuilles étroites, dentées, vert brillant. Les minuscules fleurs printanières sont insignifiantes.

Myrtus luma, syn. *Luma apiculata*
Myrte luma — Croissance rapide
☼ ◐ ❄❄ — ↕7 m ↔5 m

C'est un arbre très décoratif toute l'année. Du milieu de l'été à l'automne, de nombreuses petites fleurs blanches parsèment les feuilles luisantes, vert foncé, de la cime dense. L'écorce brun doré s'exfolie avec l'âge, en révélant des plages crème de nouvelle écorce.

Rhododendron arboreum
Rhododendron en arbre — Croissance lente
☼ ❄❄❄ — ↕12 m ↔3 m

Cette magnifique espèce de rhododendron s'élargit avec l'âge. Les feuilles sont coriaces et vert foncé au-dessus, brunâtres ou argentées en dessous. Au printemps s'épanouissent des bouquets compacts de fleurs en cloche, rouges, roses, parfois blanches.

Arbres à feuillage remarquable

Un arbre au feuillage remarquable transforme un jardin. Un sujet isolé arborant des feuilles de grande dimension peut en constituer le centre d'intérêt. Un tel feuillage peut également offrir un contraste très intéressant avec des espèces à petites feuilles. Beaucoup de ces arbres produisent en outre des fleurs et des fruits décoratifs.

Cedrela sinensis (syn. *Toona sinensis*)

CÈDRÉLA

Croissance rapide

↕15 m ↔10 m

Les feuilles divisées à nombreuses folioles, qui peuvent atteindre 60 cm de long, sont rouge bronze quand elles apparaissent, jaunes à l'automne. En été, les arbres adultes portent de grandes inflorescences pendantes de petites fleurs blanches parfumées.

Kalopanax pictus (syn. *Eleutherococcus pictus*, *Acanthopanax ricinifolium*)

KALOPANAX

Croissance modérée

↕12 m ↔10 m

Ce bel arbre a un tronc et des branches épineux, et des feuilles ressemblant à celles de l'érable, virant au jaune en automne. Au printemps, les bouquets arrondis de petites fleurs blanches sont suivis, après un été chaud, de baies noires.

AUTRES ARBRES À FEUILLAGE REMARQUABLE

Aralia elata 'Variegata'
Catalpa bignonioides
Juglans ailantifolia
Meliosma veitchiorum

Magnolia hypoleuca

MAGNOLIA

Croissance rapide

PH

↕20 m ↔10 m

Les grandes feuilles ovales de ce magnifique arbre conique, élargies à leur sommet, forment de remarquables verticilles à l'extrémité des branches. En été apparaissent des fleurs très parfumées, suivies de grappes de fruits rouges cylindriques.

Trachycarpus fortunei

PALMIER DE CHINE

Croissance lente

↕8 m ↔2,50 m

C'est probablement le palmier le plus rustique pour les climats tempérés frais, en particulier en région côtière. Il a une écorce fibreuse, une cime arrondie de grandes feuilles en forme d'éventail, très divisées, et des bouquets de fleurs crème, parfumées en début d'été.

Arbres à feuillage panaché

LES ARBRES AUX FEUILLES PANACHÉES sont particulièrement décoratifs quand ils se détachent sur un fond uni ou s'ils contrastent avec des sujets au feuillage foncé. Cela est encore plus vrai quand la panachure consiste en une marge bien nette, blanche ou jaune, contrastant sur un centre vert.

Cornus controversa 'Variegata'
CORNOUILLER — Croissance lente
☼ ❄❄❄ — ↕10 m ↔10 m

En sujet isolé sur une pelouse, ce bel arbre est inégalable. Souvent plus large que haut, il développe une cime aux branches étagées depuis le niveau du sol. Les feuilles, pointues à leur extrémité, ont un large pourtour blanc crème.

AUTRES ARBRES PANACHÉS

Acer negundo 'Flamingo'
Acer platanoides 'Drummondii'
Ligustrum lucidum 'Excelsum Superbum'
Populus candicans 'Aurora'

Ilex × altaclerensis 'Camelliifolia Variegata'
HOUX — Croissance lente
☼ ◑ ❄❄❄ — ↕8 m ↔3 m

Ce persistant forme une colonne large, densément garnie jusqu'à la base de branches courtes et étalées. Les feuilles oblongues, vert foncé brillant, ont une large bordure jaune. Ce houx porte des fruits rouges s'il a été pollinisé.

Liriodendron tulipifera 'Aureomarginatum'
TULIPIER — Croissance rapide
☼ ❄❄❄ — ↕18 m ↔11 m

Vigoureux et érigé, cet arbre s'étale avec l'âge. Feuilles lobées, tronquées, vert foncé à marge jaune en plein soleil, tirant sur le vert clair à l'ombre. Elles virent au jaune en automne. Les arbres adultes produisent des fleurs blanc verdâtre en coupe.

Quercus cerris 'Variegata'
CHÊNE CHEVELU — Croissance modérée
☼ ❄❄❄ — ↕10 m ↔12 m

Ce chêne au port largement étalé demande beaucoup d'espace pour atteindre son plein développement. C'est un des arbres panachés les plus rustiques. Les feuilles luisantes, lobées, fortement dentées, sont vert foncé bordées d'une marge irrégulière blanc crème.

Arbres à feuillage jaune ou doré

EN DEHORS DES PÉRIODES DE FLORAISON, aucun arbre n'apporte au jardin une note aussi lumineuse que les espèces à feuilles jaunes ou dorées. Isolé sur une pelouse ou opposé à un fond de feuillage vert foncé, un tel sujet attire aussitôt le regard. Les espèces présentées ici méritent d'être mises en valeur.

Acer japonicum 'Aureum'
ÉRABLE DORÉ DU JAPON — Croissance lente
☼ ◐ ❄❄❄ — ↕ 5,50 m ↔ 5 m

Ce bel érable s'étale avec l'âge. Les feuilles arrondies à nombreux lobes effilés sont jaune doré, souvent délimitées par une fine marge rouge. C'est un des plus beaux arbres à feuillage doré, mais il est sensible aux brûlures du soleil, surtout en terrain chaud et sec.

Catalpa bignonioides 'Aurea'
CATALPA — Croissance modérée
☼ ❄❄❄ — ↕ 10 m ↔ 10 m

Avec l'âge, ce catalpa développe une cime arrondie ou en dôme. Ses grandes feuilles cordiformes sont d'abord pourpre-bronze, puis jaune vif. Des fleurs en forme de cloche, blanches tachetées de pourpre et de jaune, s'épanouissent en été.

Ptelea trifoliata 'Aurea'
ORME DE SAMARIE — Croissance modérée
☼ ◐ ❄❄❄ — ↕ 3 m ↔ 3 m

C'est un petit arbre à la cime arrondie ou buissonnant. Les feuilles à trois folioles, aromatiques, passent du jaune tendre au vert-jaune, puis au vert. Il est plus discret que la plupart des autres arbres dorés. En été, les fleurs verdâtres sont suivies de fruits ailés.

Quercus rubra 'Aurea'
CHÊNE ROUGE — Croissance lente
☼ ◐ ❄❄❄ PH — ↕ 15 m ↔ 10 m

Rarement planté, cet arbre intéressant, à croissance lente, présente une couronne étalée de grandes feuilles très lobées. Jaune clair quand elles apparaissent, elles virent ensuite au vert. Préfère une situation à l'abri des vents froids.

Robinia pseudoacacia 'Frisia'
ROBINIER FAUX ACACIA — Croissance modérée
☼ ◐ ❄❄❄ — ↕ 15 m ↔ 8 m

C'est un des arbres à feuillage doré les plus populaires et les plus fréquemment plantés. Les feuilles divisées à nombreuses folioles sont dorées quand elles apparaissent, évoluant vers le jaune, puis le jaune verdâtre. Elles prennent une teinte jaune orangé à l'automne.

Arbres à feuillage argenté ou bleu-gris

PAR RAPPORT aux arbustes, il n'existe que très peu d'arbres aux feuilles argentées ou bleu-gris convenant aux jardins des régions tempérées fraîches. Ce petit groupe présente cependant une large gamme de tailles. Ces arbres font de merveilleux éléments décoratifs, en sujets isolés ou associés à d'autres espèces.

Elaeagnus angustifolia
OLIVIER DE BOHÊME
Croissance modérée
☼ ❄❄❄
↕5 m ↔5 m

Bien que buissonnant, l'olivier de Bohême peut être conduit sur un tronc unique pour former un petit arbre présentant une cime peu dense, étalée. Les feuilles étroites sont gris argenté. Les fleurs parfumées, en étoile, jaune crème, apparaissent à la fin du printemps ou en été.

Eucalyptus perriniana
EUCALYPTUS
Croissance rapide
☼ ❄❄
↕6 m ↔4 m

Les branches de ce petit arbre persistant présentent des taches sombres et des reflets blancs. Les feuilles du jeune arbre sont arrondies et d'un bleu argenté chatoyant. Celles de l'arbre adulte sont plus grandes, allongées et d'une teinte vert bleuté.

Pyrus salicifolia 'Pendula'
POIRIER PLEUREUR
Croissance rapide
☼ ❄❄❄
↕8 m ↔6 m

Ce petit arbre commun porte une cime en dôme dont les branches retombantes et pleureuses sont revêtues de feuilles grises, étroites et duveteuses. Les fleurs blanches produites au printemps sont suivies de petits fruits verts. Arbre peu exigeant.

AUTRES ARBRES À FEUILLAGE ARGENTÉ OU BLEU-GRIS

- *Eucalyptus coccifera*
- *Eucalyptus globulus*
- *Eucalyptus gunnii*
- *Populus alba*
- *Populus alba* 'Raket'
- *Pyrus nivalis*
- *Salix alba* f. *argentea* (syn. *S. alba*. 'Sericea')
- *Salix exigua*
- *Salix* × *seringeana*
- *Sorbus aria* 'Lutescens'

△ Sorbus thibetica *'John Mitchell'*

Sorbus thibetica 'John Mitchell'
SORBIER
Croissance rapide
☼ ◐ ❄❄❄
↕12 m ↔10 m

La cime conique s'arrondit avec l'âge. Les grandes feuilles gris-vert au-dessus sont vertes et feutrées de blanc dessous. Les feuilles des jeunes arbres vigoureux peuvent dépasser 15 cm de long. Des bouquets de fleurs blanches apparaissent à la fin du printemps.

Arbres à feuillage pourpre, rouge ou bronze

LES ARBRES À FEUILLES POURPRES OU BRONZE ne font pas l'unanimité. Il est vrai que ces couleurs peuvent choquer le regard si l'emplacement est mal choisi. Cependant, utilisé avec discernement, un feuillage pourpre peut produire un bel effet, surtout s'il est associé à des nuances d'argent ou de bleu-gris.

Fagus sylvatica f. *purpurea*
HÊTRE POURPRE
Croissance rapide
☼ ❄❄❄ ↕30 m ↔20 m

Il s'agit de l'arbre le plus grand dans cette couleur. Les feuilles ovales, à bord ondulé, sont pourpre brillant, prenant une belle teinte cuivrée à l'automne. Avec de riches couleurs automnales, 'Riversii' est également une excellente sélection.

Acer platanoides 'Crimson King'
ÉRABLE PLANE
Croissance rapide
☼ ❄❄❄ ↕18 m ↔15 m

Dans ce coloris, c'est un des arbres le plus communément planté. Cet érable a des feuilles pourpre foncé, profondément lobées. Même les bouquets de petites fleurs jaunes qui apparaissent au printemps ont une nuance rougeâtre. Très coloré à l'automne.

AUTRES ARBRES À FEUILLAGE POURPRE, ROUGE OU BRONZE

Acer palmatum 'Trompenburg'
Fagus sylvatica 'Purpurea Tricolor'
Malus 'Lizet'
Prunus virginiana 'Schubert'

Cercis canadensis 'Forest Pansy'
GAINIER DU CANADA
Croissance modérée
☼ ❄❄❄ ↕8 m ↔8 m

Ce petit arbre, souvent à plusieurs troncs, présente une cime large et arrondie. Ses feuilles cordiformes, assez grandes, sont pourpre rougeâtre. Les petites fleurs papilionacées roses, printanières, ne sont pas toujours très abondantes dans les climats tempérés.

△ Prunus cerasifera *'Nigra'*

Prunus cerasifera 'Nigra'
PRUNIER MYROBOLAN
Croissance modérée
☼ ❄❄❄ ↕10 m ↔10 m

Au printemps, les branches de cet arbre à la cime touffue se couvrent d'une profusion de fleurs roses, suivies par les feuilles, d'abord rouges, puis pourpre noirâtre. 'Pissardii' est une variété très proche, avec des fleurs blanches, roses en bouton.

Arbres à feuillage coloré en automne

Lorsqu'il se pare de ses teintes automnales, l'érable du Japon illumine tout le jardin d'un flamboiement de couleurs. Le feuillage de nombreux autres arbres revêt également de chaudes couleurs, mais aussi des nuances subtiles de jaune, de rose et de pourpre. Voici une sélection des espèces les plus intéressantes.

Amelanchier lamarckii
AMÉLANCHIER — Croissance modérée
☼ ◐ ❄❄❄ — ↕ 20 m ↔ 15 m

C'est un arbre superbe, décoratif au printemps, lorsque sa cime buissonnante croule sous les fleurs blanches, et en automne, quand son feuillage s'embrase de rouge et d'orange. N'aime pas les sols secs. C'est un des plus beaux arbres pour ses couleurs d'automne.

Acer palmatum 'Osakazuki'
ÉRABLE DU JAPON — Croissance modérée
☼ ◐ ❄❄❄ — ↕ 6 m ↔ 6 m

C'est l'une des variétés les plus spectaculaires de son espèce. Arrondi et buissonnant, il porte des feuilles à sept lobes, qui virent au rouge écarlate à l'automne. Comme tous les érables du Japon, il n'aime pas les situations ventées ni les terrains secs.

Carya ovata
NOYER BLANC D'AMÉRIQUE — Croissance modérée
☼ ◐ ❄❄❄ — ↕ 20 m ↔ 15 m

Cet arbre robuste présente une cime s'étalant avec l'âge. Ses feuilles, qui sont généralement divisées en cinq folioles étroites, prennent une belle teinte jaune d'or à l'automne. Son écorce grisâtre se détache par plaques verticales.

Acer rubrum 'Schlesingeri'
ÉRABLE ROUGE — Croissance modérée
☼ ❄❄❄ — ↕ 15 m ↔ 12 m

Cette variété ancienne est toujours l'une des premières à prendre sa remarquable coloration automnale. Les feuilles à trois ou cinq lobes, plus pâles en dessous, virent au rouge vif et restent belles même lorsqu'elles sont tombées.

Cercidiphyllum japonicum
CERCIDIPHYLLUM — Croissance rapide
☼ ◐ ❄❄❄ — ↕ 18 m ↔ 15 m

Cet arbre gracieux a un port étalé et de fines branches. Ses feuilles opposées, nettement arrondies, sont bronze quand elles apparaissent, virent au vert-bleu en été, puis se colorent de jaune, de rose ou de pourpre à l'automne. Redoute les terrains secs.

Cotinus 'Grace'
ARBRE À PERRUQUES

Croissance rapide

☼ ◑ ❄❄❄ ↕5 m ↔5 m

C'est un petit arbre à la cime touffue et arrondie ou un grand arbuste. Les feuilles, remarquables, sont pourpres en été, prenant en automne une brillante teinte rouge orangé. De grandes panicules plumeuses de fleurs rose pourpre apparaissent en été.

AUTRES ARBRES À FEUILLAGE COLORÉ EN AUTOMNE

Crataegus persimilis 'Prunifolia'
Fraxinus angustifolia 'Raywood'
Malus tschonoskii
Prunus sargentii
Sorbus commixta

Liquidambar styraciflua 'Lane Roberts'
COPALME D'AMÉRIQUE

Croissance modérée

☼ ◑ ❄❄❄ ↕20 m ↔11 m

C'est un des arbres les plus beaux pour ses teintes d'automne. Sa silhouette conique s'étale avec l'âge. Les feuilles vert brillant prennent, à l'automne, toute une gamme de coloris, de l'orange clair au rouge pourpre foncé. Craint les sols secs.

Nyssa sinensis
TUPÉLO

Croissance modérée

☼ ◑ ❄❄❄ ↕12 m ↔10 m

D'abord dressé ou conique, cet arbre finit par s'étaler. Ses longues feuilles étroites, pourpres quand elles apparaissent, deviennent vertes, puis écarlates à l'automne. Il est au moins aussi décoratif que *Nyssa sylvatica* en automne. Redoute les sols secs.

Parrotia persica
ARBRE DE FER

Croissance modérée

☼ ◑ ❄❄❄ ↕7 m ↔12 m

Cet arbre large et étalé présente une écorce bigarrée. Il produit de petits bouquets de fleurs rouges à la fin de l'hiver ou au début du printemps. Ses feuilles luisantes, vertes, virent au jaune, à l'orange et au rouge pourpré à l'automne. Craint les sols secs.

Rhus typhina 'Dissecta'
SUMAC DE VIRGINIE

Croissance rapide

☼ ❄❄❄ ↕7 m ↔12 m

Généralement plus large que haut, cet arbre a une cime aplatie et de grandes feuilles pendantes, profondément découpées, virant au rouge orangé à l'automne. Les fruits rouge foncé forment des sortes de cônes. La sève peut provoquer des réactions sur la peau.

Arbres à fruits persistant jusqu'en hiver

BEAUCOUP D'ARBRES produisent des fruits décoratifs en automne, mais bien peu les conservent durant l'hiver. Suspendus aux branches souvent dénudées, ils dévoilent alors toutes leurs qualités esthétiques. Les oiseaux apprécient cette nourriture providentielle.

Malus 'John Downie'
POMMIER — Croissance modérée
☼ ❄❄❄ — ↕8 m ↔5 m

C'est l'un des pommiers d'ornement les plus appréciés, à port érigé puis étalé. Les fleurs blanches s'épanouissent au printemps. Les fruits orange lavé de rouge, légèrement allongés, qui couvrent les branches à partir de l'automne sont comestibles.

Ilex × *altaclerensis* 'Lawsoniana'
HOUX — Croissance modérée
☼ ◑ ❄❄❄ — ↕10 m ↔5 m

Ce houx persistant a une cime touffue en colonne, s'élargissant avec l'âge. Grandes feuilles tachées de jaune et production abondante de fruits rouges à partir de l'automne. Il faut planter un pied mâle à proximité pour obtenir une pollinisation.

Malus 'Professor Sprenger'
POMMIER — Croissance modérée
☼ ❄❄❄ — ↕5,50 m ↔5,50 m

A partir de l'automne, ce pommier à la cime dense, en dôme, porte de nombreuses petites pommes, rouge orangé. Ses fleurs blanches, roses en bouton, s'ouvrent au printemps, et ses feuilles, d'abord vertes, virent au jaune en automne.

Malus 'Red Sentinel'
POMMIER — Croissance modérée
☼ ❄❄❄ — ↕5,50 m ↔5,50 m

Idéal pour les petits jardins, ce pommier présente une cime compacte, arrondie. Les fleurs blanches du printemps sont suivies, à l'automne, de fruits à la peau luisante, devenant rouge vif à maturité et persistant une bonne partie de l'hiver.

AUTRES ARBRES À FRUITS PERSISTANT JUSQU'EN HIVER

- *Arbutus unedo*
- *Crataegus crus-galli*
- *Crataegus* × *lavallei*
- *Idesia polycarpa* (femelle)
- *Ilex* × *altaclerensis* 'Wilsonii'
- *Ilex aquifolium* 'Bacciflava'
- *Melia azedarach*
- *Oxydendrum arboreum*
- *Pterostyrax hispida*
- *Sorbus hupehensis*

Photinia davidiana
PHOTINIA — Croissance modérée
☼ ◑ ❄❄❄ — ↕5 m ↔5 m

Ce grand arbuste persistant peut être taillé pour être cultivé en petit arbre à tronc unique. Les fleurs blanches s'épanouissent au début de l'été. Les grappes de baies rouge brillant apparaissant en automne persistent durant l'hiver.

Sorbus forrestii
SORBIER — Croissance modérée
☼ ◑ ❄❄❄ — ↕6 m ↔6 m

Les feuilles de ce petit arbre arrondi sont composées de nombreuses folioles vert bleuté. Des inflorescences blanches aplaties apparaissent à la fin du printemps. En automne, l'arbre produit de gros bouquets de petits fruits blancs persistant tout l'hiver.

Sorbus cashmiriana
SORBIER — Croissance modérée
☼ ◑ ❄❄❄ — ↕8 m ↔8 m

Les feuilles divisées de cet arbre à la cime peu dense jaunissent ou roussissent en automne. Les fleurs blanches nuancées de rose s'ouvrent au début de l'été, et les fruits blancs, de la taille d'une bille, ornent les branches dès l'automne.

Sorbus 'Joseph Rock'
SORBIER — Croissance rapide
☼ ◑ ❄❄❄ — ↕10 m ↔5,50 m

C'est un des sorbiers les plus appréciés, dont la cime a une forme caractéristique de vase s'étalant avec l'âge. Ses feuilles vertes, régulièrement divisées, prennent une teinte brillante en automne, tandis que mûrissent les baies jaunes en bouquets retombants.

Sorbus commixta
SORBIER — Croissance rapide
☼ ◑ ❄❄❄ — ↕10 m ↔5,50 m

C'est un beau sorbier, avec des branches dressées puis étalées. Les fleurs blanches s'épanouissent au printemps, et les feuilles régulièrement divisées prennent de vives couleurs d'automne. De gros bouquets de fruits rouges apparaissent à partir de l'automne.

Sorbus scalaris
SORBIER — Croissance modérée
☼ ◑ ❄❄❄ — ↕10 m ↔10 m

Les feuilles vert brillant de ce sorbier à la cime largement étalée poussent en rosettes et virent au rouge pourpre à l'automne. Les inflorescences blanches, aplaties, s'épanouissent à la fin du printemps, et les bouquets compacts de fruits rouges apparaissent de l'automne à l'hiver.

Écorce ou rameaux décoratifs en hiver

L'ÉCORCE DE NOMBREUX ARBRES est intéressante si elle est vue de près, mais certains sujets ont une écorce, colorée ou s'exfoliant, particulièrement ornementale. D'autres arborent des rameaux dont la forme ou la teinte sont remarquables par leurs qualités décoratives, surtout en hiver.

Acer griseum
ÉRABLE Croissance modérée
☼ ◐ ❄❄❄ ↕10 m ↔8 m

Apprécié pour son écorce brun orangé qui s'enroule en se détachant, cet érable a des feuilles à trois folioles, qui deviennent rouges puis orange en automne. Les branches sont d'abord érigées, puis étalées. Excellent en bordure ou sur une grande pelouse.

Acer palmatum 'Senkaki'
ÉRABLE JAPONAIS Croissance modérée
☼ ◐ ❄❄❄ ↕6 m ↔6 m

Les premières années, les pousses émergeant des branches dressées sont d'un très beau rose corail, devenant plus foncé avec le temps. Les feuilles joliment lobées sont jaune orangé au printemps, puis vertes et enfin jaunes en automne.

Arbutus menziesii
ARBOUSIER Croissance modérée
☼ ❄❄❄ ↕15 m ↔12 m

Cet arbre persistant à la cime étalée a des feuilles vert foncé. L'écorce lisse et rougeâtre s'exfolie en révélant la nouvelle écorce, vert feuille. Des fleurs blanches, à corolle en forme d'outre, apparaissent au début de l'été, suivies de fruits rouge orangé.

△ Betula utilis *ssp.* jacquemontii

Betula utilis ssp. *jacquemontii*
BOULEAU Croissance rapide
☼ ◐ ❄❄❄ ↕15 m ↔8 m

Ce bouleau est apprécié pour l'écorce blanche de son tronc et de ses branches. Ses feuilles virent au jaune en automne. 'Silver Shadow' a une écorce blanche similaire, ainsi que 'Jermyns', dont les branches se drapent de chatons au printemps.

Autres arbres à écorce ou rameaux décoratifs en hiver

Acer pensylvanicum 'Erythrocladum'
Acer tegmentosum
Arbutus × andrachnoides
Betula albosinensis var. *septentrionalis*
Betula ermanii 'Grayswood Hill'
Betula nigra
Fraxinus excelsior 'Aurea'
Myrtus luma
Salix alba 'Vitellina'
Stewartia sinensis

△ Eucalyptus niphophila

Eucalyptus niphophila
EUCALYPTUS
☼ ❄❄❄
Croissance modérée
↕ 10 m ↔ 8 m

Les feuilles coriaces, gris-vert, persistantes, apparaissent sur des pousses couvertes d'une pruine blanche quand elles sont jeunes. L'écorce du tronc et des branches principales forme un patchwork de gris, de crème et de vert. Fleurs blanches en été.

Prunus maackii
CERISIER
☼ ☀ ❄❄❄
Croissance modérée
↕ 12 m ↔ 10 m

Il a un port conique s'étalant avec l'âge. L'écorce lisse, brun jaunâtre, se détache en lambeaux comme chez un bouleau. Des grappes de petites fleurs blanches apparaissent au printemps. Les feuilles deviennent jaunes en automne. 'Amber Beauty' a également une écorce décorative.

△ Prunus serrula

Prunus serrula
CERISIER
☼ ❄❄❄
Croissance modérée
↕ 10 m ↔ 10 m

Son écorce luisante, comme lustrée, rouge acajou et qui s'exfolie par bandes, en fait un des cerisiers les plus plantés. Les petites fleurs blanches insignifiantes apparaissent au printemps. Les feuilles vertes, effilées et acuminées, deviennent jaunes en automne.

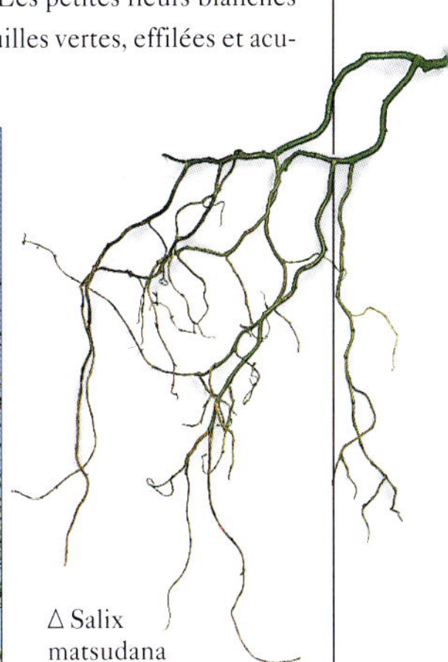

△ Salix matsudana *'Tortuosa'*

Salix matsudana 'Tortuosa'
SAULE
☼ ❄❄❄
Croissance rapide
↕ 15 m ↔ 10 m

Érigé quand il est jeune, puis étalé, ce saule est facilement reconnaissable. Ses longs rameaux tordus sont revêtus de feuilles étroites et tortueuses. Cet arbre est particulièrement remarquable en hiver, quand les branches nues révèlent leur curieuse forme.

Arbres polyvalents (à plusieurs aspects décoratifs)

Au moment de choisir un arbre, il est logique de s'intéresser aux espèces qui offrent plusieurs attraits, surtout quand il s'agit d'un petit jardin, où l'espace est limité. De très nombreux arbres présentent une bonne association de caractères ornementaux : fleurs, fruits, feuillage ou encore teintes automnales et écorce décorative.

Photinia villosa
PHOTINIA
Croissance modérée
☼ ◑ ❄❄❄ PH▼
↕ 5 m ↔ 5 m

Les feuilles de ce petit arbre largement étalé sont vert foncé, teintées de bronze quand elles apparaissent, et d'un magnifique coloris rouge orangé à l'automne. Les bouquets de fleurs blanches naissent au printemps, et les petits fruits rouges à partir de la fin de l'été.

△ Acer capillipes

Acer capillipes
ÉRABLE
Croissance modérée
☼ ❄❄❄
↕ 10 m ↔ 8 m

L'écorce et les couleurs automnales sont les principaux atouts de ce bel érable. Il a des branches étalées et des feuilles à trois lobes qui se colorent de rouge et d'orange. Le tronc et les branches principales sont vert foncé strié d'argent ou de vert clair.

Stewartia monadelpha
STUARTIA
Croissance modérée
◑ ❄❄❄ PH▼
↕ 10 m ↔ 8 m

Cet arbre a un port dressé et conique s'étalant avec l'âge. De petites fleurs blanches s'épanouissent en été au milieu des feuilles vertes. Le feuillage devient orange et rouge en automne. L'écorce prend un aspect bigarré en s'exfoliant. Redoute les sols secs.

Malus baccata var. *mandschurica*
POMMIER À PETITS FRUITS
Croissance rapide
☼ ❄❄❄
↕ 12 m ↔ 12 m

Les branches fines de cet arbre à cime ronde se couvrent, au printemps, d'une profusion de fleurs blanches parfumées. Les petits fruits sphériques, rouges, apparaissent de l'automne à l'hiver. L'écorce, tachetée et craquelée, est également décorative. Peu exigeant et robuste.

△ Malus baccata *var.* mandschurica

AUTRES ARBRES POLYVALENTS

Acer griseum
Aesculus flava
Arbutus unedo 'Rubra'
Magnolia grandiflora
Malus transitoria
Malus × *zumi*
Prunus sargentii
Pseudocydonia sinensis
Salix × *sepulchralis* 'Chrysocoma'
Sassafras albidum

Arbres en colonne

TRÈS UTILES, les arbres en colonne conviennent là où l'espace est limité, dans les jardins de petite taille ou longs et étroits. Ils forment la structure du jardin, en brisant la ligne horizontale des plantations basses, ou en constituant un point focal. La plupart des espèces présentent un intérêt décoratif.

Acer rubrum 'Columnare'
ÉRABLE ROUGE
☼ ❄❄❄
Croissance rapide
↕15 m ↔5 m

Cet arbre effilé en colonne a de longues branches érigées formant une cime lâche et s'étalant avec l'âge. Les feuilles lobées, vert foncé, virent au jaune, à l'orange et au rouge à l'automne. *A. rubrum* 'Bowhall' est également une excellente variété.

Acer saccharum 'Temple's Upright'
ÉRABLE À SUCRE
☼ ❄❄❄
Croissance lente
↕12 m ↔5 m

Les branches redressées de cet arbre en colonne large sont densément revêtues de grandes feuilles à cinq lobes qui deviennent jaunes puis orange à l'automne. Préfère les étés chauds et les hivers froids, comme c'est le cas en Europe et en Amérique du Nord.

AUTRES ARBRES EN COLONNE

Carpinus betulus 'Frans Fontaine'
Fagus sylvatica 'Dawyck Purple'
Liriodendron tulipifera 'Fastigiatum'
Populus alba 'Raket'
Quercus petraea 'Columna'

△ Prunus *'Amanogawa'*

Prunus 'Amanogawa'
CERISIER JAPONAIS
☼ ❄❄❄
Croissance modérée
↕10 m ↔4 m

Les branches érigées sont d'abord très denses, mais s'ouvrent avec l'âge. Au printemps, une profusion de grandes fleurs rose pâle, semi-doubles, s'épanouissent. Les feuilles prennent souvent de chaudes couleurs automnales. Un des cerisiers à fleurs les plus populaires.

Quercus robur 'Fastigiata'
CHÊNE COMMUN FASTIGIÉ
☼ ❄❄❄
Croissance lente
↕18 m ↔6 m

Cet arbre en forme de colonne large a des branches érigées revêtues de nombreuses feuilles vert brillant. *Q. robur* 'Fastigiata Koster' est une sélection compacte très décorative. Ces deux variétés ont une longue durée de vie.

Index

A

B

C

F

M

N

O

Q

R

S

T

U

V

Crédits illustrations

g = gauche, d = droite, c = centre, b = bas, h = haut

Photographies originales : Howard Rice, Colin Walton et Andrew Henley ; **photographies supplémentaires :** Clive Boursnell, Deni Bown, Jonathan Buckley, Andrew Butler, Eric Crichton, Andrew de Lory, Christine Douglas, John Fielding, Neil Fletcher, John Glover, Derek Hall, Jerry Harpur, Sunniva Harte, Neil Holmes, Andrew Lawson, Howard Rice, Robert Rundle, Juliette Wade, Colin Walton, Matthew Ward et Steven Wooster.

Dessins Laura Andrew, Marion Appleton, David Ashby, Bob Bamton, Anne Child, Tim Hayward, Janos Marffy, David More, Sue Oldfield, Liz Pepperell, Michelle Ross, Gill Tomlin, Barbara Walker ; **schéma** Karen Cockrane 13.

Toutes les photographies sont de : Clive Boursnell, Deni Bown, Jonathan Buckley, Andrew Butler, Eric Crichton, Andrew de Lory, Christine Douglas, John Fielding, Neil Fletcher, John Glover, Derek Hall, Jerry Harpur, Sunniva Harte, Neil Holmes, Andrew Lawson, Howard Rice, Robert Rundle, Juliette Wade, Colin Walton, Matthew Ward et Steve Wooster ; **à l'exception des suivantes : Garden Picture Library :** Lynne Brotchie : 156bg ; Brian Carter : 157 ; Robert Estall : 258bd ; John Glover : 18bd, 77hd, 78bg, 94hd, 142bg, 172bd, 258bg ; Michèle Lamontagne : 259 ; Marianne Majerus : 66 ; Gary Rogers : 77bd ; Ron Sutherland : 68 ; Brigitte Thomas : 73b, 236bg, 237 ; Steven Wooster : 20bd, 48bg, 77bg, 156bd ; 119. **Nature Photographers Ltd** Brinsley Burbage : 251hd. **Photos horticultural :** 205cd, 229bc, 241hc, 242hd, 250cd, 251bd, 255bd, 255bc, 257bc, 271bg, 276bg, 277hd, 293cd. **John Glover :** 238hc, 251hc, 277bg. **Derek Gould :** 229bg. **Roy Lancaster :** 28hg, 28bg, 30bg, 36bg, 36hc, 37hd, 42hd, 44hd, 46bd, 70hg, 72bg, 72 bd, 73hd, 73hc, 76bg, 82hd, 89bc, 104bg, 108hc, 124hd, 129hc, 129bc, 133hd, 134cd, 139c, 140bg, 140bc, 141hd, 142hd, 145bd,148bc, 149hg, 153bd, 154cg, 154hc, 154cd, 160hd, 166bg, 168bg, 168bc, 169bg, 169hd, 170hg, 170bg, 171hg, 171hd, 171cd, 175hg, 177cd, 181cd, 192bg, 192hc, 193hg, 193hd, 197cg, 199bc, 202hg, 204hg, 205hc, 215cd, 220hg, 220bc, 220hd, 221hg, 221bd, 225bd, 226bc, 227hg, 227bg, 228hd, 233hg, 233bg, 236hd, 236bd, 238bg, 240hg, 243bd, 245hd, 248hg, 249cg, 251hg, 254bg, 254bc, 255hg, 255bd, 256hc, 256hd, 258hd. **Andrew Lawson :** 20bg (concepteur : Wendy Lauderdale), 283hd. **Clive Nichols :** Chenies Manor Garden, Buckinghamshire : 173 ; Dartington Hall Garden, Devon : 78bd ; Longacre, Kent : 78cg. **Howard Rice :** 16bg, 16bd, 17hg, 19hg, 19hd, 19bd, 21, 33bc, 33hd, 45bd, 48bd, 49, 76hg, 76bg, 76bc, 76bd, 77bc, 77hd, 94bg, 94bd, 95, 103bc, 118bg, 118hd, 140bg, 143. **Harry Smith Collection / Polunin :** 274cg, 279bd. **Derek St Romaine :** 17hd. **Matthew Ward:** 16hg, 18cg (pot de Malcolm Hillier).

JARDINS, PÉPINIÈRES ET FOURNISSEURS :

En Angleterre : Alan Shipp, Beth Chatto Gardens, Bressingham Gardens, Broadlands Gardens, Cambridge Alpines, Cambridge Bulbs, Cambridge Garden Plants, Cambridge University Botanic Gardens, David Austin Roses Ltd., Fulbrooke Nursery, Goldbrooke Plants Ltd., John Morley, Lan gthorns Plantery, Monksilver Nursery, Paradise Centre, Peter Lewis, Potterton and Martin, Richard's Hardy Ferns, Mrs. Sally Edwards, West Acre Gardens. **En Australie :** Birchfield Herbs (Marcia Voce), Buskers End (Joan Arnold), Elizabeth Town Nursey (John et Corrie Dudley), Essie Huxley, Garden of St. Erth, Island Bulbs (Kevin Fagan, Viv Hale), Lambley Nursery (David Glenn), Moidart Wholesale Nursery (Graham Warwick), Otto Fauser, Penny Dunn, Rosevears Nursey (Rachael Howell), Sally Johansohn, Suz Price, Theresa Watts, Woodbank Nursery (Ken Gallander), Yates.